Mulherzinhas

Edição Integral

O livro é a porta que se abre para a realização do homem.

Jair Lot Vieira

Louisa May Alcott

Mulherzinhas

Edição Integral

Tradução
Giu Alonso
Daniel Moreira Miranda

VIA LEITURA

Copyright da tradução e desta edição © 2020 by Edipro Edições Profissionais Ltda.

Título original: *Little Women*. Publicado pela primeira vez em Boston (Massachusetts) nos Estados Unidos em 1868, (Primeira Parte) e 1869 (Segunda Parte), por Robert Brothers. Traduzido com base na 1ª edição.

Todos os direitos reservados. Nenhuma parte deste livro poderá ser reproduzida ou transmitida de qualquer forma ou por quaisquer meios, eletrônicos ou mecânicos, incluindo fotocópia, gravação ou qualquer sistema de armazenamento e recuperação de informações, sem permissão por escrito do editor.

Grafia conforme o novo Acordo Ortográfico da Língua Portuguesa.

1ª edição, 3ª reimpressão 2022.

Editores: Jair Lot Vieira e Maíra Lot Vieira Micales
Coordenação editorial: Fernanda Godoy Tarcinalli
Produção editorial: Carla Bitelli
Tradução: Giu Alonso e Daniel Moreira Miranda
Edição de texto: Marta Almeida de Sá
Assistente editorial: Thiago Santos
Preparação: Lygia Roncel e Marta Almeida de Sá
Revisão: Marta Almeida de Sá e Cátia de Almeida
Editoração eletrônica: Estúdio Design do Livro
Capa: Marcela Badolatto

Dados Internacionais de Catalogação na Publicação (CIP)
(Câmara Brasileira do Livro, SP, Brasil)

Alcott, Louisa May, 1832-1888.

Mulherzinhas – Edição integral / Louisa May Alcott; tradução de Giu Alonso e Daniel Moreira Miranda – São Paulo: Via Leitura, 2020.

Título original: Little Women.
"Edição integral."

ISBN 978-85-67097-82-4 (impresso)
ISBN 978-85-67097-83-1 (e-pub)

1. Ficção norte-americana I. Título.

19-32076   CDD-813

Índice para catálogo sistemático:
1. Ficção : Literatura norte-americana : 813

Maria Paula C. Riyuzo – Bibliotecária
– CRB-8/7639

VIA LEITURA

São Paulo: (11) 3107-7050 • Bauru: (14) 3234-4121
www.vialeitura.com.br • edipro@edipro.com.br
@editoraedipro   @editoraedipro

Prefácio

"Vá, então, meu querido livrinho, e mostre a todos
Tal divertimento e acolhimento tão cômodos,
E o que com carinho junto ao peito guardarás;
Sonho com as lições com as quais as abençoarás
Sobre o bem, para que escolham ser
Mais que tu ou eu, peregrinas de caráter.
Que sobre a misericórdia possa ensinar,
Ela em cujo caminho cedo deve-se começar.
Sim, que jovens e damas aprendam a dar valor
À sabedoria com que ajudarão o mundo a compor;
Pois meninas, crescidas ou não, a Deus seguirão
Os passados passos santos da abnegação."

Adaptado de John Bunyan

PRIMEIRA PARTE

1. Brincando de peregrinas

— O Natal não será o mesmo sem presentes — reclamou Jo, deitada no tapete.

— É mesmo um horror ser pobre! — suspirou Meg, baixando os olhos para o vestido velho.

— Não acho justo que algumas meninas tenham tantas coisas bonitas, e outras não tenham absolutamente nada — completou a pequena Amy, suspirando melindrosa.

— Temos pai e mãe, e temos umas às outras, e é o que importa — retrucou Beth, calmamente, do seu canto.

Os quatro rostos jovens iluminados pela lareira se animaram com aquelas palavras felizes, mas logo se entristeceram quando Jo respondeu chateada:

— Não temos pai, e não o teremos por um longo tempo. — Ela não disse "talvez nunca mais", mas cada menina acrescentou isso silenciosamente, pensando no pai, tão distante, na guerra.

Ninguém falou nada durante um minuto; então Meg comentou, com a voz alterada:

— Sabem, o motivo de a mamãe ter proposto não trocarmos presentes neste Natal é porque será um inverno difícil para todos; ela acha que não deveríamos gastar com supérfluos enquanto nossos homens estão sofrendo no exército. Não podemos fazer muito, mas cada uma de nós pode fazer pequenos sacrifícios, e nos darmos por contentes. Mas temo não conseguir. — Então ela balançou a cabeça, como se pensasse com tristeza em todas as coisas bonitas que desejava.

— Não acho, porém, que o pouco que temos faria alguma diferença. Cada uma tem um dólar, e ao exército não seria uma grande contribuição esse valor. Concordo que não devemos esperar ganhar nada da mamãe ou de você, mas eu gostaria de comprar um livro de contos de fadas para mim; já faz tempo que quero! — comentou Jo, que era uma devoradora de livros.

— Eu pensei em gastar meu dólar em um disco novo — disse Beth, dando um suspiro que ninguém além da escova da lareira e do porta-chaleira ouviu.

— Eu vou comprar uma bela caixa de lápis de cor da Faber; preciso muito deles — disse Amy, decidida.

— A mamãe não falou coisa alguma a respeito do nosso dinheiro, e não gostaria que desistíssemos de nada. Vamos comprar o que desejarmos e nos divertir um pouco; tenho certeza de que nos esforçamos o bastante para merecê-lo — argumentou Jo, examinando os saltos das botas como um rapaz.

— *Eu*, com certeza, trabalhei muito, cuidando daquelas crianças horríveis quase o dia todo, quando tudo o que eu queria era me divertir em casa — recomeçou Meg a reclamar.

— Você não teve nem metade do trabalho que eu tive — interrompeu Jo. — Aposto que não gostaria nada de passar horas trancafiada com uma velhota irritante que nunca está satisfeita com nada, que faz você andar de um lado para o outro sem parar e aborrece você a ponto de você ter vontade de se jogar da janela ou dar-lhe um belo de um tabefe.

— Eu sei que não é correto reclamar, mas realmente acho que lavar a louça e arrumar a casa são os piores trabalhos do mundo. Fico tão irritada! E minhas mãos doem tanto que mal consigo tocar piano. — Beth olhou para as mãos ásperas dando um suspiro que, dessa vez, todas ouviram.

— Não acho que nenhuma de vocês sofra como eu — choramingou Amy. — Vocês não precisam ir à escola com meninas insuportáveis, que atormentam você se você não sabe a lição, que riem dos seus vestidos e *zumbem* do seu pai por ele não ser rico, e insultam você por não ter um nariz bonito.

— Se você quis dizer "zombam", eu concordo, e não "zumbem", como se o papai fosse uma abelhinha — corrigiu Jo, rindo.

— Eu sei o que quis dizer, e você não precisa me tratar desse jeito *satítico*. É importante usar palavras difíceis e aumentar o *vocabilário* — retrucou Amy, muito orgulhosa.

— Não briguem, meninas. Você não gostaria que ainda tivéssemos o dinheiro que papai perdeu quando éramos pequenas, Jo? Minha nossa, como seríamos felizes se não tivéssemos preocupações — comentou Meg, que se lembrava de dias melhores.

— Você disse outro dia que nos considerava mais felizes que os filhos do rei, que passam o tempo todo brigando e se irritando, apesar de terem dinheiro.

— Disse, realmente, Beth. Bem, de certa forma, é verdade; pois, embora tenhamos de trabalhar, podemos também nos divertir, e somos bastante gaiatas, como diria Jo.

— Jo realmente usa essas palavras vulgares — observou Amy, com um olhar de reprovação à menina esguia esticada no tapete. Jo de imediato se sentou, enfiou as mãos nos bolsos do avental e começou a assobiar.

— Pare com isso, Jo; é tão masculino.

— É por isso que eu faço.

— Detesto meninas grosseiras e pouco femininas.

— E eu detesto fedelhas chatinhas e empoladas.

— Passarinhos, passarinhos, não briguem — cantarolou Beth, sempre pacificadora, fazendo uma careta tão engraçada que as duas que discutiam logo caíram na risada e pararam de se bicar.

— Sinceramente, meninas, vocês duas têm culpa — disse Meg, dando início a um sermão típico de irmã mais velha. — Você já está na idade de deixar de lado esses trejeitos de menino e se comportar melhor, Josephine. Isso não importava tanto quando você era pequena, mas agora você está tão crescida! E ajeite seu cabelo; lembre-se de que é uma mocinha.

— Não sou, não! E, se ajeitar o cabelo fizer de mim uma mocinha, eu o usarei em duas tranças até os vinte anos! — reclamou Jo, tirando a redinha e sacudindo a cabeleira castanho-avermelhada. — Odeio pensar que tenho de crescer e ser a senhorita March, usar vestidos longos e ficar tão empertigada quanto uma florzinha. Já é ruim o bastante ser menina quando gostamos de brincadeiras e atividades e roupas de menino. Não aguento a decepção de não ser menino, e é pior ainda agora, que estou louca de vontade de ir à guerra como o papai, mas só posso ficar em casa e tricotar que nem uma velhinha caduca. — Jo sacudiu a sacola azul de aviamentos até as agulhas estalarem como castanholas e a alfineteira voar até o outro lado da sala.

— Pobre Jo! É uma pena, mas não há o que fazer, então você precisa se contentar com seu apelido masculino e em ser o irmão que não temos — disse Beth, acariciando os cabelos bagunçados espalhados sobre seu joelho com as mãos que nem toda a louça e poeira do mundo poderiam tornar menos delicadas.

— E quanto a você, Amy — continuou Meg —, é exagerada demais, muito afetada! Seu jeitinho é engraçado agora, mas você vai crescer uma pretensiosa de primeira se não tomar cuidado. Gosto das suas boas maneiras e da sua forma refinada de falar, quando não está tentando ser elegante, mas suas palavras esquisitas são tão ruins quanto as palavras vulgares de Jo.

— Se Jo é uma moleca e Amy é uma pateta, o que eu sou? — perguntou Beth, pronta para também receber um sermão.

— Você é uma querida, e nada mais — respondeu Meg, amorosamente; ninguém a contradisse, pois "Ratinha" era a mais amada da família.

Como jovens leitores gostam de saber "como as pessoas são", aproveitaremos este momento para fazer um breve resumo das quatro irmãs, que se encontravam sentadas, tricotando, enquanto o sol se punha, a neve de dezembro caía suavemente lá fora e o fogo da lareira crepitava alegremente. Elas estavam num cômodo antigo e confortável, embora o tapete estivesse manchado e a mobília fosse simples, pois havia uma ou duas belas imagens penduradas nas paredes, livros ocupavam cada cantinho, crisântemos e rosas enfeitavam as janelas e uma atmosfera agradável de paz doméstica reinava.

Margaret, a mais velha das quatro, tinha dezesseis anos e era linda, o rosto redondo e branco, olhos grandes, o cabelo castanho volumoso, uma boca delicada e mãos graciosas das quais ela muitíssimo se orgulhava. Jo, de quinze anos, era bem alta, magra e bronzeada; era como um potrinho, não sabia o que fazer com seus membros longos, que sempre atravessavam seu caminho. Ela tinha lábios firmes, um nariz cômico e olhos cinzentos muito perspicazes, que pareciam perceber tudo e eram ora ferozes, ora alegres, ora reflexivos. Seu cabelo longo e volumoso era sua maior beleza, mas passava a maior parte do tempo envolto por uma redinha, para que não a atrapalhasse. Seus ombros eram largos; as mãos e os pés, grandes; as roupas, sempre bagunçadas; a aparência, invariavelmente de uma menina que logo se transformaria em mulher e não gostava nada dessa ideia. Elizabeth — ou Beth, como todos a chamavam — era uma jovem de treze anos, sempre corada, com o cabelo liso e os olhos brilhantes, de jeito acanhado, voz tímida e uma expressão calma, que quase nunca se alterava. O pai a chamava de "Pequena Tranquilidade", apelido que lhe cabia perfeitamente; ela parecia viver em um alegre mundo só dela, só se aventurando além de seus muros para encontrar os poucos em que depositava sua confiança e seu amor. Amy, embora fosse a mais jovem, era a pessoa mais importante, pelo menos na opinião dela mesma. Uma verdadeira princesa nórdica, com seus olhos azuis e o cabelo louro caindo em cachos sobre os ombros, ela era branca e elegante, com uma constante postura de jovem dama atenta às boas maneiras. Quanto à personalidade de cada uma das quatro irmãs, vamos deixar que conheçam aos poucos.

O relógio bateu as seis; depois de varrer a lareira, Beth pousou um par de chinelos ali para que esquentassem. De alguma forma, a visão dos sapatos antigos deixou as meninas felizes, pois significava que a mãe estava chegando, e todas se animaram para recebê-la. Meg parou de repreender as meninas e acendeu o lampião, Amy saiu da poltrona sem que precisassem pedir e Jo esqueceu-se do cansaço e sentou-se para segurar os chinelos mais perto das chamas.

— Estão bem gastos; a mamãe merecia um par novo.

— Pensei em comprar um com meu dólar — comentou Beth.

— Não, eu que vou! — exclamou Amy.

— Eu sou a mais velha — retrucou Meg, mas Jo, decidida, a interrompeu.

— Eu sou o homem da família agora que o papai está longe, então *eu* providenciarei os chinelos, pois ele me disse para cuidar bem da mamãe enquanto estivesse fora.

— Vou dizer o que podemos fazer — sugeriu Beth. — E se todas nós comprássemos algo para mamãe, de Natal, e não para nós mesmas?

— Que ótima ideia, querida! O que podemos comprar? — exclamou Jo.

Todas pensaram profundamente por um minuto; então Meg anunciou, como se a ideia tivesse surgido enquanto ela olhava para as próprias mãos, tão belas:

— Vou dar um bom par de luvas para a mamãe.

— Botas de couro, a melhor coisa que se pode ter — exclamou Jo.

— Um jogo de lenços, todos bordados — disse Beth.

— Vou comprar um frasquinho de perfume; ela vai gostar, e não é tão caro, então ainda poderei comprar alguma coisa para mim — completou Amy.

— E como vamos dar os presentes? — indagou Meg.

— Podemos colocar todos os embrulhos em cima da mesa, então trazê-la para a sala e vê-la abri-los. Não se lembram de como fazíamos nos nossos aniversários? — sugeriu Jo.

— Eu tinha *muito* medo quando era minha vez de sentar no cadeirão, com a coroa na cabeça, e ver todos vocês virem em marcha para me dar os presentes e um beijo. Eu gostava das surpresas e dos beijos, mas era horrível que ficassem todos me olhando enquanto eu abria os embrulhos — disse Beth, aquecendo o rosto enquanto torrava o pão para o chá.

— Podemos fazer a mamãe pensar que vamos comprar presentes para nós mesmas e então surpreendê-la. Temos de ir às compras amanhã à tarde, Meg; há muito o que fazer para a peça da noite de Natal — comentou Jo, indo de um lado para o outro, com as mãos atrás das costas e o nariz empinado no ar.

— Não quero mais atuar depois disso. Estou ficando velha demais para essas coisas — retrucou Meg, que continuava tão criança como sempre quando se tratava de "se fantasiar".

— Você não vai parar, eu sei, enquanto puder dar voltas em um vestido branco com o cabelo solto e usando joias de papel dourado. Você é a nossa melhor atriz, e a brincadeira toda vai acabar se você sair — disse Jo. — Temos de ensaiar hoje; venha aqui, Amy, e faça a cena do desmaio, pois você ainda está muito dura na queda.

— Não posso fazer nada. Nunca vi ninguém desmaiar, e não consigo me forçar a ficar roxa e capotar como você. Se eu puder cair com naturalidade, farei isso; senão, vou me jogar em uma cadeira o mais graciosamente possível. Nem ligo se Hugo vier até mim com uma pistola — retrucou Amy, que não tinha o dom da dramaticidade, mas havia sido escolhida por ser leve o bastante para que o herói da peça a carregasse, aos gritos.

— Faça assim: junte as mãos desse jeito e tropece pelo palco, gritando como louca "Roderigo! Salve-me! Salve-me!".

E lá se foi Jo, se jogando com um grito melodramático de fato impressionante.

Amy a imitou, mas suas mãos se ergueram em um gesto pouco natural, e os tropeços mais pareciam passos de um boneco de corda; seu "ai" soava como se ela estivesse sendo espetada por alfinetes e não como um grito de medo e angústia. Jo deu um grunhido impaciente e Meg caiu na gargalhada, enquanto Beth deixava seu pão queimar e assistia à brincadeira com interesse.

— Não adianta! Faça o seu melhor na hora, e, se o público reclamar, eu lavo minhas mãos. Vamos, Meg.

Então as coisas fluíram bem, pois Dom Pedro desafiava o mundo em um discurso de duas páginas sem uma pausa sequer; Hagar, a bruxa, fez um terrível encantamento em seu caldeirão borbulhante de sapos, com efeitos mágicos; Roderigo arrebentou, virilmente, as correntes que o prendiam, e Hugo morreu em estertores cheios de remorso e arsênico, com uma risada enlouquecida.

— É o melhor que já tivemos — comentou Meg quando o vilão morto se sentou e esfregou os cotovelos.

— Não entendo como você consegue escrever e atuar de forma tão esplêndida, Jo. É uma verdadeira Shakespeare! — exclamou Beth, que acreditava de todo o coração que as irmãs tinham maravilhosos dons em todas as áreas.

— Não é para tanto — respondeu Jo, com modéstia. — Tudo bem, "A maldição da bruxa: uma ópera trágica" ficou bastante boa, mas eu gostaria de tentar montar *Macbeth*, se ao menos tivéssemos um alçapão para Banquo. Eu sempre quis interpretar a parte da morte. "Será um punhal que vejo em minha frente?" — murmurou, revirando os olhos e agarrando o ar, como uma vez vira um famoso ator de tragédias fazer.

— Não, é um garfo de trinchar, com o sapato da mamãe espetado na ponta em vez de uma torrada. Beth está fascinada pelo teatro! — exclamou Meg, e o ensaio terminou em uma explosão de gargalhadas.

— Que bom encontrá-las tão contentes, minhas meninas — disse uma voz alegre à porta, e atrizes e público se viraram para receber uma mulher forte e maternal, com um jeito tão solícito que era de impressionar. Não era particularmente bonita, mas mães sempre parecem lindas para os filhos, e as meninas consideravam que a capa cinzenta e o chapéu fora de moda adornavam a mulher mais esplêndida do mundo. — Bem, queridas, como foi o dia? Eu tinha tanto a fazer, preparando as caixas para amanhã, que não consegui voltar para o jantar. Alguém me procurou, Beth? Como está o resfriado, Meg? Jo, você parece morta de cansaço. Venha e me dê um beijo, minha bebê.

Enquanto fazia esse interrogatório materno, a senhora March tirou suas roupas úmidas, calçou os chinelos quentinhos e se sentou na poltrona, puxando Amy para seu colo e se preparando para a hora mais feliz de seu atarefado dia. As meninas corriam de um lado para o outro, tentando manter a mãe confortável, cada uma à sua maneira. Meg pôs a mesa para o chá; Jo trouxe lenha e arrumou as cadeiras, derrubando e tombando, ruidosamente, tudo aquilo em que tocava; Beth ia e vinha da sala para a cozinha, silenciosa e meticulosa; enquanto isso, Amy dava instruções às outras, sentadinha com as mãos no colo.

Quando se reuniram em volta da mesa, a senhora March disse, com uma expressão especialmente contente:

— Tenho uma surpresa para vocês depois do chá.

Sorrisos admirados e animados correram pela mesa como um raio de sol. Beth bateu palmas, embora segurasse um pãozinho quente, e Jo jogou o guardanapo para o alto, exclamando:

— Uma carta! Uma carta! Três vivas para o papai!

— Sim, uma carta bem longa. Ele está bem, e acha que vai passar pela estação fria melhor do que esperávamos. Está desejando muito amor para o nosso Natal e envia uma mensagem especial para vocês, meninas — disse a senhora March, dando tapinhas no próprio bolso como se tivesse um tesouro escondido ali.

— Rápido, acabe logo com isso. Não pare para dobrar o dedo e passá-lo pelo prato, Amy — reclamou Jo, engasgando com o chá e derrubando o pão com o lado da manteiga virado para baixo no tapete, na pressa de chegar logo à hora da carta.

Beth parou de comer, se levantou lentamente, sentou-se no seu cantinho escuro e meditou sobre a felicidade que a esperava até as outras estarem prontas.

— Acho que foi esplêndido o fato de o papai ir à guerra como capelão, já que estava velho demais para ser convocado e não era forte o suficiente para ser soldado — comentou Meg de modo afetuoso.

— Como eu gostaria de ter ido como tamborista, ou uma *vivan...*[1] como chama? Ou como enfermeira, para que eu pudesse ficar perto do papai e ajudá-lo — exclamou Jo, suspirando.

— Deve ser muito desagradável dormir em barracas, comer todo tipo de coisas horríveis e beber em uma caneca de lata — suspirou Amy.

---

1. Aqui talvez a garota se refira a *vivandier*, como eram chamados antigamente os comerciantes que acompanhavam um exército para vender provisões aos soldados. (N.E.)

— Quando ele volta para casa, mamãe? — perguntou Beth, com um pequeno tremor na voz.

— Ainda vai demorar muitos meses, minha querida, a não ser que ele fique doente. Ele vai permanecer lá e trabalhar direitinho pelo tempo que puder, e não vamos pedir que volte um minuto antes enquanto o exército precisar dele. Agora venha aqui e ouça o que ele diz na carta.

Todas se aproximaram da lareira; a mãe na grande poltrona, com Beth aos seus pés, Meg e Amy uma em cada braço, e Jo empoleirada no encosto, onde ninguém perceberia qualquer sinal de emoção de sua parte caso a carta viesse a ser comovente.

Poucas cartas escritas naqueles tempos tão difíceis não eram comoventes, especialmente as escritas por pais para suas famílias. Naquela, pouco se falava sobre as dificuldades, os perigos ou a saudade de casa; era uma carta animada e esperançosa, cheia de descrições vívidas da vida no acampamento, das marchas e notícias militares; somente ao fim o coração do autor transbordou de amor e saudade paternal pelas meninas deixadas em casa.

— "Dê a elas todo o meu amor e um beijo. Diga-lhes que penso nelas durante o dia e rezo por elas à noite, e que é na sua afeição que encontro meu conforto todo o tempo. Um ano parece muito tempo de espera para vê-las, mas lembre-as de que, enquanto esperamos, devemos todos trabalhar, para que esses dias difíceis não sejam desperdiçados. Sei que elas vão se lembrar de tudo que eu lhes disse, que serão boas filhas para você, que farão suas tarefas com cuidado, encarando seus inimigos com coragem e amadurecendo de forma tão bela que, quando eu voltar, terei ainda mais orgulho e amor do que nunca pelas minhas meninas-moças."

Elas choramingaram ao ouvir essa parte; Jo não ficou envergonhada por conta da lágrima gorda que pingou da ponta de seu nariz, e Amy nem se importou de amassar seus cachos ao enfiar o rosto no ombro da mãe e soluçar.

— Eu sou *tão* egoísta! Mas vou tentar ser melhor, juro que vou, para o papai não se decepcionar comigo.

— Todas nós vamos! — exclamou Meg. — Eu penso demais na minha aparência e odeio trabalhar, mas não vou mais fazer isso, se puder.

— Vou tentar ser isso de que ele gosta de me chamar, "uma menina-moça", e não tão briguenta e dura; fazer meu dever aqui em vez de desejar estar em outro lugar — completou Jo, pensando que se comportar em casa era bem mais difícil que enfrentar um ou dois rebeldes no Sul.

Beth ficou em silêncio e enxugou as lágrimas com a sacola azul de costura, depois começou a tricotar com toda a vontade, sem perder tempo em dedicar-se ao trabalho mais urgente, enquanto decidia em sua alma serena ser tudo o que o pai desejava encontrar nela quando ele regressasse.

A senhora March interrompeu o silêncio que se seguiu às palavras de Jo, dizendo com sua voz animada:

— Vocês se lembram de quando brincavam de Caminho do Peregrino, quando eram pequenas? Nada as divertia mais do que eu prender minhas bolsas em suas costas como fardos, vesti-las com chapéus e dar-lhes bastões de caminhada e rolos de papel, e lá iam vocês, do porão, que era a Cidade da Destruição, atravessando a casa, subindo até o sótão, onde tinham juntado todas as coisas de que mais gostavam para construir a Cidade Celestial.

— Como era divertido... especialmente passar pelos leões, lutar com Abadom e passar pelo Vale dos Duendes — comentou Jo.

— Eu gostava de quando as bolsas se soltavam e caíam pelas escadas — disse Meg.

— Minha parte favorita era quando a gente saía para o terraço, onde estavam as flores e os caramanchões e todas as coisas bonitas, e cantávamos felizes sob o sol — completou Beth com um sorriso, como se aquele momento agradável lhe voltasse à memória.

— Não me lembro muito disso, só que eu tinha medo do porão e da entrada escura, e sempre gostava do bolo com leite que nos esperava lá em cima. Se eu não estivesse grande demais para essas coisas, gostaria muito de voltar a brincar disso — disse Amy, que começara a achar que deveria abrir mão de brincadeiras infantis com a *madura* idade de doze anos.

— Nunca estaremos grandes demais para isso, minha querida, pois brincamos disso o tempo todo, de uma maneira ou de outra. Nossos fardos estão aqui, nossa estrada se estende à nossa frente, e o desejo de felicidade e bondade é o guia que nos leva a atravessar muitos problemas e erros até encontrarmos a paz, que é a verdadeira Cidade Celestial. Agora, minhas pequenas peregrinas, vamos começar de novo, não de brincadeira, mas de verdade, e vejamos aonde conseguem chegar até seu pai retornar.

— Jura, mamãe? Mas onde estão nossos fardos? — perguntou Amy, que era uma jovem muito literal.

— Cada uma de vocês acabou de dizer quais são seus fardos, com a exceção de Beth; acho que na verdade ela não tem fardo algum — comentou a mãe.

— Tenho, sim; o meu são louças sujas e espanadores, e a inveja de meninas que têm belos pianos, e o meu medo de pessoas.

O fardo de Beth era tão engraçado que todas quiseram rir, mas ninguém o fez; isso a teria magoado muitíssimo.

— Vamos fazer isso, então — disse Meg, pensativa. — É só outro nome para tentar ser uma boa pessoa, e a história pode nos ajudar; embora nós queiramos ser boas, é difícil, e acabamos nos esquecendo e não nos esforçando tanto.

— Estávamos no fundo do poço esta noite, então veio a mamãe e nos tirou de lá, como Socorro fez no livro. Precisamos ter nossas direções, como Cristiano. O que faremos a respeito disso? — perguntou Jo, animada com a perspectiva de apimentar a chatíssima tarefa de fazer seus trabalhos diários.

— Procurem embaixo dos travesseiros na manhã de Natal e vão encontrar seus guias — respondeu a senhora March.

Elas conversaram sobre o novo plano enquanto a velha Hannah limpava a mesa; depois pegaram suas cestas de trabalho, e as agulhas voavam enquanto as meninas costuravam lençóis para a tia March. Era uma cerzidura sem graça, mas naquela noite ninguém reclamou. Elas adotaram o plano de Jo de dividir as longas costuras em quatro partes e chamá-las de Europa, Ásia, África e América, e dessa forma foram muito bem, em especial quando conversavam sobre os diferentes países enquanto costuravam.

Às nove horas, pararam de costurar, e, como de costume, cantaram um pouco antes de ir para a cama. Somente Beth era capaz de tirar alguma música do velho piano, mas ela tocava as teclas amareladas com um jeitinho que proporcionava um agradável acompanhamento às canções simples que cantavam. A voz de Meg era como uma flauta, e ela liderava o pequeno coral junto à mãe. Amy crocitava como um grilinho, e Jo variava as notas conforme lhe dava na telha, sempre usando na hora errada um som grave ou uma nota trêmula que estragava a melodia mais melancólica. Elas faziam isso desde os tempos em que mal gaguejavam *"Bilha, bilha, estelinha"*, e isso se tornara um costume da casa, pois a mãe era uma cantora nata. O primeiro som nas manhãs era sua voz, enquanto passeava pela casa cantando como uma cotovia; o último som da noite eram as mesmas notas alegres, pois as meninas nunca estariam grandes demais para aquela familiar canção de ninar.

2. Um feliz Natal

Jo foi a primeira a acordar na manhã cinzenta de Natal. Não havia meias penduradas na lareira, e por um momento ela se sentiu tão decepcionada quanto no dia em que, muito tempo atrás, sua pequena meia caiu por estar muito cheia de guloseimas. Então ela se lembrou da promessa da mãe e, enfiando a mão por baixo do travesseiro, tirou de lá um livrinho de capa carmim. Ela o conhecia bem, pois era uma linda e antiga história sobre a vida mais bem vivida de todos os tempos, e Jo sabia que era um guia verdadeiro para qualquer peregrino que fizesse a longa jornada. Ela despertou Meg com um "Feliz Natal" e a instou a ver o que havia sob seu travesseiro. Um livro de capa verde, com a mesma imagem na parte de dentro, e algumas palavras escritas pela mãe, o que só tornava aquele presente ainda mais precioso para as meninas. Logo Beth e Amy acordaram também e fizeram o mesmo: procuraram e encontraram os próprios livrinhos — um cor de creme, o outro azul; e todas se sentaram, observando e conversando sobre os presentes, até o céu ao leste se tingir de rosa com o nascer do dia.

Apesar das pequenas vaidades, Margaret tinha uma natureza dócil e devota, que inconscientemente influenciava as irmãs, em especial Jo, que a amava com muita ternura, e lhe obedecia porque seus conselhos eram dados de forma delicada.

— Meninas — chamou Meg, séria, olhando para a irmã descabelada ao seu lado e depois para as duas pequenas de touca no quarto ao lado —, a mamãe pediu que lêssemos e amássemos estes livros e cuidássemos deles, então devemos começar imediatamente. Antes éramos mais dedicadas, mas, desde que papai partiu e todos esses problemas relacionados à guerra nos atingiram, deixamos muitas coisas de lado. Vocês podem fazer como desejarem, mas *eu* vou manter meu livro nesta mesinha aqui e ler um tantinho toda manhã assim que acordar, pois sei que me fará bem e me ajudará a enfrentar o dia.

Então abriu seu livro e começou a ler. Jo a abraçou e, colando o rosto no da irmã, pôs-se a ler também, com uma expressão tranquila tão rara em seu semblante inquieto.

— Que boa menina é Meg! Vamos, Amy, vamos fazer o mesmo. Vou ajudá-la com as palavras mais difíceis, e elas vão explicar as coisas que não entendermos — sussurrou Beth, muito impressionada pela beleza dos livros e pelo exemplo das irmãs.

— Ainda bem que o meu é azul — disse Amy.

Então, os quartos ficaram muito silenciosos, só o sussurro das páginas sendo viradas e o sol de inverno entrando pelas janelas para tocar os cabelos brilhantes e rostos sérios com uma saudação natalina.

— Onde está a mamãe? — perguntou Meg, quando foi com Jo agradecê-la pelos presentes, meia hora depois.

— Só Deus sabe. Algum pobre desvalido veio pedir esmolas, e sua mãe foi logo ver do que ele precisava. Nunca *vi* mulher que doasse mais mantimentos e bebida, roupas e lenha — respondeu Hannah, que morava com a família desde o nascimento de Meg e era considerada por todos mais uma amiga que uma empregada.

— Ela vai voltar logo, acho. Então façam seus bolinhos e preparem tudo — disse Meg, observando os presentes que estavam reunidos em uma cesta embaixo do sofá, prontos para serem apresentados na hora certa. — Oras, onde está o perfume de Amy? — perguntou ela ao não encontrar o frasquinho de colônia.

— Ela o pegou há uns minutos, para amarrar uma fita nele ou algo do tipo — respondeu Jo, dançando pelo cômodo para amaciar os sapatos novos.

— Meus lenços ficaram uma lindeza, não? Hannah os lavou e passou, e eu fiz o bordado eu mesma — disse Beth, observando com orgulho as letras um pouco irregulares que lhe deram tanto trabalho.

— Que tola! Ela escreveu "mamãe" em vez de "M. March", que engraçado! — exclamou Jo, segurando um dos lenços.

— Fiz mal? Achei que seria melhor, pois as iniciais de Meg também são "M. M.", e não quero que ninguém use esses lenços além de mamãe — comentou Beth, parecendo preocupada.

— Não tem problema algum, querida, foi uma ótima ideia. E muito sensata, pois assim ninguém se confundirá. Ela ficará felicíssima, sem dúvida — retrucou Meg, franzindo a testa para Jo e em seguida sorrindo para Beth.

— Aí vem a mamãe; escondam a cesta, rápido! — exclamou Jo quando a porta bateu e passos soaram no corredor.

Amy entrou às pressas, parecendo bem envergonhada ao ver suas irmãs aguardando-a.

— Onde você esteve, e o que está escondendo atrás das costas? — perguntou Meg, surpresa por ver, pelo capuz e pela capa, que a preguiçosa Amy havia saído tão cedo.

— Não ria de mim, Jo, não queria que ninguém soubesse até a hora certa. Só fui trocar o frasco pequeno por um maior, e gastei *todo* o meu dinheiro com ele, e estou realmente tentando não ser mais tão egoísta.

Enquanto explicava, Amy mostrou o belo frasco que substituíra o mais barato; sua dedicação e humildade naquele pequeno gesto de abnegação eram tão genuínas que Meg a abraçou na hora, e Jo a elogiou com um "nota dez", enquanto Beth corria até a janela e pegava a rosa mais bonita para enfeitar o imponente frasco.

— Sabem, eu fiquei com vergonha do meu presente depois de ler e falar sobre ser boa hoje pela manhã, então corri até a esquina e o troquei no instante em que levantei. E estou felicíssima, porque o meu presente é o melhor agora.

Outra batida na porta da rua fez as meninas esconderem a cesta embaixo do sofá de novo e correrem para a mesa, ansiosas pelo café da manhã.

— Feliz Natal, mamãe! Que lindo dia! Obrigada pelos nossos livros; já lemos um pouco, e faremos isso todos os dias — exclamaram elas em conjunto.

— Feliz Natal, minhas filhinhas. Fico feliz por terem logo começado, e torço para que mantenham o hábito. Mas quero conversar com vocês antes de nos sentarmos para o café. Perto daqui há uma pobre moça com um bebezinho recém-nascido. Seis crianças se apertam na mesma cama para não congelarem, pois não têm fogo. Também não têm nada para comer, e o menino mais velho veio me contar que estão sofrendo de frio e fome. Meninas, vocês lhes dariam seu café da manhã como presente de Natal?

Elas estavam excepcionalmente famintas, tendo aguardado por quase uma hora, e por um momento ninguém respondeu. Foi só um momento, até Jo exclamar, impetuosamente:

— Que bom que a senhora chegou antes de começarmos a comer!

— Posso ajudar a carregar as coisas para as criancinhas pobres? — pediu Beth.

— *Eu* vou levar o creme e os bolinhos — completou Amy, heroicamente abrindo mão dos seus itens favoritos.

Meg já estava cobrindo os cereais e empilhando os pães em um prato grande.

— Achei que vocês concordariam — disse a senhora March, sorrindo com satisfação. — Vocês podem ir comigo para me ajudar, depois podemos comer um pouco de pão com leite para o café, e compensamos na hora do jantar.

Logo elas estavam prontas, e a procissão saiu porta afora. Ainda bem que ainda era cedo e que elas seguiram pelas ruelas secundárias, então poucas pessoas as viram, e ninguém riu daquele grupo curioso.

Era um cômodo miserável e triste, com janelas quebradas, nenhum aquecimento, roupas de cama esfarrapadas, uma mãe doente, um bebê chorando e um grupo de crianças pálidas e famintas aninhadas sob um cobertor antigo, tentando se aquecer. Como seus olhos imensos se arregalaram e os lábios roxos sorriram ao ver as meninas!

— *Ach, mein Gott!*[2] São anjos que vieram nos ajudar! — exclamou a pobre mulher, chorando de alegria.

— Que anjos engraçados, de capas e luvinhas — comentou Jo, fazendo todos rirem.

Em poucos minutos realmente parecia que espíritos bons haviam surgido naquele lugar. Hannah, que trouxera lenha, acendeu a lareira e bloqueou as janelas quebradas com chapéus antigos e seu xale. A senhora March serviu chá e mingau para a mãe, reconfortando-a com promessas de ajuda, e vestiu o bebezinho com tanto carinho como se fosse seu. As meninas, enquanto isso,

---

2. "Oh, meu Deus!", em alemão. (N.E.)

prepararam a mesa, trouxeram as crianças para perto do fogo e as alimentaram como se fossem passarinhos famintos; rindo, conversando, tentando entender o que diziam.

— *Das is gute! Der anjo-kinder!*[3] — exclamavam os pobrezinhos ao comer, esquentando as mãos azuis de frio no calor agradável das chamas. As meninas nunca haviam sido chamadas de crianças-anjos antes, e acharam aquilo muito agradável, em especial Jo, que era considerada uma palhaça desde que nasceu. Foi um café da manhã muito feliz, embora elas não tenham comido; quando foram embora, deixando o conforto para trás, acredito que não houvesse em toda a cidade quatro pessoas mais alegres que as meninas esfomeadas que abriram mão de seus desjejuns e se contentaram com pão e leite na manhã de Natal.

— É isso que significa amar o outro mais que a si mesmo, e eu gostei — comentou Meg ao pegarem os presentes, enquanto a mãe estava no segundo andar em busca de roupas para a pobre família Hummel.

Não era um tesouro dos mais esplêndidos, mas havia muito amor envolvido naqueles embrulhinhos; o vaso alto cheio de rosas vermelhas, crisântemos brancos e videiras cascateantes, posto bem no meio da mesa, dava um ar elegante.

— Ela está vindo! Pode começar, Beth, abra a porta, Amy. Três vivas para a mamãe! — gritou Jo, dando pulinhos enquanto Meg levava a mãe ao lugar de honra.

Beth tocou a marchinha mais alegre que conhecia, Amy abriu a porta e Meg fez o papel da acompanhante com grande dignidade. A senhora March ficou surpresa e emocionada; ela sorria, os olhos cheios de lágrimas, ao examinar os presentes e ler os recadinhos que os acompanhavam. Os chinelos foram calçados de pronto; um lenço novo foi guardado no bolso, perfumado com a colônia de Amy; a rosa, presa ao decote; e ela terminou por declarar que as luvas "cabiam perfeitamente".

Houve muitos risos, beijos e explicações, da maneira simples e amorosa que torna esses feriados domésticos tão agradáveis à época e tão doces quando relembrados tempos depois, e então todas seguiram para o trabalho.

As caridades e cerimônias da manhã levaram tanto tempo que o restante do dia foi dedicado ao preparo das festividades da noite. Ainda jovens demais para ir com frequência ao teatro e não abastadas o suficiente para pagar grandes somas para assistir a *performances* privadas, as meninas puseram a cabeça para funcionar e, sendo a necessidade a mãe da invenção, fizeram o que foi

---

3. "Que legal! São crianças-anjos!", em alemão. (N.E.)

preciso. Algumas das suas produções eram muito sagazes: violões de cartolina; abajures antigos feitos de manteigueiras sem uso, cobertas de papel prateado; lindas capas de tecido velho, brilhando com lantejoulas feitas de latas de uma fábrica de picles; e armaduras cobertas pelos mesmos diamantes brilhantes deixados nas lâminas de alumínio depois que as tampas das embalagens eram recortadas. Os móveis estavam acostumados a ser virados de pernas para o ar, e a sala era o cenário para muitas diversões inocentes.

Cavalheiros não eram bem-vindos, então Jo interpretava os papéis masculinos quando bem entendia e tinha imensa satisfação em usar um par de botas de couro cor de vinho recebido de presente de uma amiga, que conhecia uma moça que conhecia um ator. Essas botas, um florete antigo e um gibão esfarrapado antes usado por um artista para um retrato eram os maiores tesouros de Jo, e eram utilizados em todas as ocasiões. O tamanho diminuto da companhia tornava necessário que as duas atrizes principais interpretassem vários papéis, entrando e saindo às pressas de diferentes figurinos e ainda por cima gerenciando o palco. Era um ótimo treinamento para a memória, uma diversão inocente e que lhes tomava muitas horas que, sem isso, seriam passadas à toa, solitárias, ou em companhia menos proveitosa.

Na noite de Natal, uma dúzia de meninas se encarapitou na cama de armar, que fazia as vezes de camarote, e esperou diante das cortinas de chita azul e amarela, na mais deliciosa expectativa. Havia muita confusão e sussurros atrás da cortina, um pouco de fumaça das lamparinas e risadinhas repentinas de Amy, que estava à beira da histeria com a animação do momento. Logo um sino soou, as cortinas se abriram e a Ópera Trágica começou.

"Uma floresta sombria", de acordo com o programa, era representada por alguns arbustos em vasos, um metro de lã verde no chão e uma caverna ao longe. Essa caverna era feita com um varal como teto e armários como paredes; dentro dela havia um pequeno aquecedor a todo vapor, com um caldeirão preto em cima e uma velha bruxa inclinada por cima dele. O palco estava escuro, e o brilho do aquecedor fazia um efeito bonito, em especial com o vapor real que subia da panela quando a bruxa a destampava. Um momento para que a animação inicial diminuísse; então Hugo, o vilão, entrou com uma espada tilintando na cintura, um chapéu de abas caídas, barba negra, uma capa misteriosa e as botas. Depois de andar de um lado para o outro em grande agitação, ele bateu na testa e explodiu em ira, cantando sobre seu ódio a Roderigo, seu amor por Zara e sua boa decisão de matar o primeiro e conquistar a segunda. Os tons rascantes da voz de Hugo, com gritos repentinos quando seus sentimentos o dominavam, eram impressionantes, e o público aplaudiu no momento em que ele parou para respirar. Fazendo uma reverência com ares de quem está acostumado com a adoração do público, ele correu para a caverna e ordenou que Hagar se aproximasse com um comando:

— Atenção, criada! Eu preciso de ti!

E lá veio Meg, uma peruca de crina de cavalo grisalha cobrindo o rosto, uma túnica vermelha e negra, um cajado e uma capa com sinais cabalísticos. Hugo pediu a ela uma poção que fizesse Zara se apaixonar por ele e outra para destruir Roderigo. Hagar, em uma melodia bela e dramática, prometeu ambas, e então invocou o espírito que traria o líquido mágico do amor:

— Vem, vem, de teu lar,

Espírito do ar, ordeno que venhas te aproximar!

Nascido das rosas, alimentado de orvalhos,

Magias e poções criarás em ramalhos?

Com tua élfica rapidez, vais me trazer

A fragrante poção para me comprazer.

Que seja doce e rápida e potente;

Espírito, responda meu pedido premente!

Uma melodia suave começou a tocar, e então do fundo da caverna apareceu uma pequena figura em uma névoa branca, com asas brilhantes, cabelo dourado e uma coroa de rosas na cabeça. Balançando uma varinha, ela cantou:

— Estou vindo, estou vindo

Do meu lar que é tão lindo.

Distante, na lua brilhante.

Aqui está sua poção do amor,

Use-a com candor!

Ou o poder sumirá num instante!

E então pousou uma garrafinha dourada aos pés da bruxa, desaparecendo em seguida. Outra canção de Hagar invocou outra aparição — desta vez não muito encantadora —; com um estrondo, um demônio negro apareceu e, após uma réplica rouca, jogou uma garrafa escura para Hugo, desaparecendo com uma risada maléfica. Tendo trinado seu agradecimento e guardado as poções nas botas, Hugo se foi; Hagar informou ao público que, por ele ter matado algumas de suas amigas no passado, ela o amaldiçoou e planejava atrapalhar seus planos e se vingar dele. Então a cortina caiu, e o público descansou e comeu doces enquanto discutia os méritos da peça.

Uma barulheira de marteladas veio do palco antes que as cortinas se abrissem de novo, mas, quando ficou evidente a bela obra de carpintaria que havia sido erguida, ninguém deu um pio sobre o atraso. Era realmente soberbo! Uma torre elevava-se até o teto; na metade havia uma janela com uma lamparina acesa, e atrás da cortina branca estava Zara, em um lindo vestido azul e prata, esperando por Roderigo. Ele apareceu, em uma incrível vestimenta, com um chapéu emplumado, capa vermelha, cachos acastanhados, um violão e as botas, é claro. Ajoelhando-se ao pé da torre, ele cantou uma serenata em tom apaixonado. Zara respondeu e, depois de um diálogo musical, concordou em fugir. Então veio o grande momento da peça. Roderigo puxou uma escada de corda de cinco degraus, jogou uma das pontas para cima e convidou Zara para descer. Timidamente, ela saiu de sua torre, apoiou a mão no ombro de Roderigo e estava prestes a pular com graça para o chão quando, "ah, que azar de Zara!", ela se esqueceu da cauda do vestido, que se prendeu na janela; a torre balançou, inclinou-se para a frente e caiu com um estrondo, soterrando os infelizes amantes nas ruínas!

Um grito em uníssono explodiu enquanto as botas rubras se agitavam sob os escombros, e uma cabeça dourada se ergueu, gritando:

— Eu avisei! Eu avisei!

Com uma incrível presença de espírito, Dom Pedro, o cruel senhor, correu para a cena, arrastando a filha para longe com o comentário apressado:

— Não ria, finja que está tudo bem!

E então gritou com Roderigo, banindo-o do reino com ódio e repulsa. Embora sem dúvida abalado pela queda da torre sobre sua cabeça, Roderigo desafiou o velho e se recusou a partir. Esse exemplo corajoso incendiou Zara; ela também desafiou seu senhor, e ele ordenou que ambos fossem trancafiados nas masmorras mais profundas do castelo. Um servo baixinho e forte surgiu com as correntes e os levou, parecendo muito assustado e evidentemente esquecendo o discurso que deveria fazer.

O terceiro ato se passava no salão do castelo; ali, Hagar apareceu para libertar os amantes e derrotar Hugo. Ela ouve o vilão se aproximando e se esconde; vê-o colocando as poções em duas taças de vinho e ordenando ao tímido servo: "Leve-as aos prisioneiros em suas celas e avise-os de que vou vê-los em breve!". O servo chama Hugo a um canto para lhe contar algo, permitindo que Hagar troque as taças por outras, inofensivas. Ferdinando, o servo, as leva embora, e Hagar devolve a taça com o veneno destinado a Roderigo. Hugo, sedento após uma longa canção, bebe o vinho, enlouquece e, depois de um longo momento de tropeços e apertos no peito, desaba no chão e morre. Enquanto isso, Hagar lhe informa o que fez em uma música poderosa, bela e melodiosa.

Realmente foi uma cena impressionante, embora algumas pessoas possam ter considerado que o surgimento súbito de cabelos longos tenha tirado um pouco do impacto da morte do vilão. Ele foi chamado antes de a cortina fechar, e com muita pose surgiu à frente de Hagar, cujo canto foi considerado mais belo que todo o restante da apresentação somado.

O quarto ato mostrava um desesperado Roderigo a ponto de se esfaquear, por ter ouvido falar que Zara o abandonara. Bem quando a adaga toca seu peito, uma linda música começa em sua janela, informando-o de que Zara lhe é fiel, mas está em perigo, e que ele ainda pode salvá-la se quiser. Uma chave, que destranca a porta, é arremessada para ele, e, em um espasmo de êxtase, ele arranca as correntes que o prendiam e corre para encontrar e resgatar sua amada.

O quinto ato abria-se com uma cena tempestuosa entre Zara e Dom Pedro. Ele quer que ela se interne em um convento, mas ela não quer nem sequer ouvi-lo; depois de fazer uma emocionante súplica, ela está prestes a desmaiar, quando Roderigo entra às pressas e pede sua mão em casamento. Dom Pedro se recusa a aceitar, pelo fato de ele não ser rico. Eles gritam e gesticulam furiosamente, mas não conseguem chegar a um consenso, e Roderigo está a ponto de carregar a exausta Zara para longe quando o tímido servo entra com uma carta e uma bolsa de Hagar, que misteriosamente desapareceu. A carta informa aos ali reunidos que ela deixou inomináveis quantias para o jovem casal e que amaldiçoará Dom Pedro caso não os deixe ser felizes. Quando a bolsa é aberta, uma chuva de dinheiro de lata cai sobre o palco até tudo cintilar com o brilho do metal. Isso derrete por completo o "sério senhor", que consente sem reclamar, todos se unem em uma alegre canção e a cortina se fecha com a cena dos apaixonados de joelhos, recebendo as bênçãos de Dom Pedro, em pura graça romântica.

Aplausos exaltados se seguiram, mas foram interrompidos repentinamente; a cama de armar que servia de camarote se fechou sem aviso, interrompendo o exaltado público. Roderigo e Dom Pedro correram para ajudar, e todos foram retirados sem ferimentos, embora alguns estivessem sem fala de tanto rir. A animação mal havia se acalmado quando Hannah apareceu, dizendo:

— Com os cumprimentos da senhora March, convido as senhoras para a ceia.

Isso foi uma surpresa até para as atrizes; quando viram a mesa, trocaram olhares incrédulos e extáticos. Era típico de mamãe inventar algum tipo de agrado para elas, mas algo tão caprichado assim não era visto desde os dias passados de glória. Havia sorvete, na verdade de dois sabores — um rosa e o outro branco —, e bolo, frutas e bombons franceses que as atraíam, e no meio da mesa quatro grandes buquês de flores da estufa!

Isso deixou as meninas sem fôlego; primeiro, elas encararam a mesa, depois a mãe, que parecia muito satisfeita consigo mesma.

— Foram as fadas? — perguntou Amy.

— Foi o Papai Noel — disse Beth.

— Foi a mamãe — completou Meg, abrindo o sorriso mais doce apesar da barba branca e das sobrancelhas grisalhas.

— A tia March teve um arroubo de bondade e mandou essa ceia para nós — exclamou Jo, com uma inspiração súbita.

— Todas erraram. Foi o velho senhor Laurence — respondeu a senhora March.

— O avô do menino Laurence! Mas o que passou pela cabeça dele para fazer algo assim? Nós nem o conhecemos — exclamou Meg.

— Hannah contou a um dos empregados dele sobre a festa do café da manhã de vocês; ele é um senhorzinho estranho, mas a história lhe agradou. Ele conheceu meu pai, anos atrás, e me enviou um recado muito educado esta tarde, dizendo que esperava minha aprovação para expressar sua admiração amigável às minhas filhas enviando alguns bocados para comemorar o feriado. Eu não tinha como recusar, então, assim, vocês têm esse pequeno banquete à noite para compensar o café da manhã com leite e pão.

— Aquele menino colocou isso na cabeça dele, tenho certeza! Ele é um rapaz de primeira, e gostaria que nos conhecêssemos melhor. Parece que ele gostaria de ser nosso amigo, mas é tímido, e Meg é tão impaciente que não me deixa falar com ele quando nos encontramos — comentou Jo, enquanto os pratos eram passados pela mesa e o sorvete começava a desaparecer de vista, com *ohs!* e *ahs!* de satisfação.

— Você quer dizer as pessoas que moram naquela casa grande aqui ao lado, não é? — perguntou uma das meninas convidadas. — Minha mãe conhece o velho senhor Laurence, mas diz que é um homem muito orgulhoso, que não gosta de se misturar com os vizinhos. Ele mantém o neto trancado quando não está cavalgando ou caminhando com seu tutor, e o faz estudar muitíssimo. Nós o convidamos para nossa festa, mas ele não veio. Minha mãe diz que ele é muito bonzinho, embora nunca se dirija a nós, meninas.

— Nosso gato fugiu uma vez e foi ele quem o trouxe de volta, e conversamos pela cerca, e estávamos nos dando muito bem, falando de críquete e tudo o mais, quando ele viu Meg se aproximando e se afastou. Eu gostaria de conhecê-lo melhor, pois ele precisa se divertir, disso tenho certeza — disse Jo, decidida.

— Gosto de como ele é educado, e ele parece mesmo um cavalheiro, então não tenho objeção a você fazer amizade com ele, caso a oportunidade surja. Ele mesmo trouxe as flores, e eu deveria tê-lo convidado para entrar, se eu soubesse o que estava acontecendo no segundo andar. Ele pareceu tão curioso quando foi embora, ouvindo a algazarra, e evidentemente não tinha outra coisa para fazer.

— Ainda bem que não fez isso, mamãe — brincou Jo, rindo e olhando para as botas. — Mas vamos fazer outra peça em breve, uma à qual ele *vai* poder assistir. Talvez ele possa até atuar. Não seria ótimo?

— Eu nunca ganhei um buquê antes. Como é lindo! — disse Meg, examinando suas flores com muito interesse.

— São *mesmo* lindos, mas as rosas de Beth são mais adocicadas, em minha opinião — disse a senhora March, cheirando o ramalhete meio amassado que ela trazia preso ao cinto.

Beth a abraçou e sussurrou baixinho:

— Gostaria de poder mandar o meu buquê para o papai. Temo que ele não esteja tendo um Natal tão alegre quanto o nosso.

3. O menino Laurence

— Jo! Jo! Onde você está? — gritou Meg aos pés da escadaria.

— Aqui! — respondeu uma voz abafada lá em cima.

Correndo pelos degraus, Meg encontrou a irmã comendo maçãs e chorando com *O herdeiro de Redcliffe*, enrolada em uma manta no antigo divã de três pernas ao lado da janela ensolarada. Era o refúgio favorito de Jo; ela adorava se esconder ali com meia dúzia de maçãs e um bom livro, para aproveitar o silêncio e a companhia de um ratinho doméstico que vivia por perto e não se incomodava com sua presença. Quando Meg apareceu, o Rabisco logo se escondeu em sua toca. Jo limpou as lágrimas do rosto e esperou que a irmã contasse as novidades.

— Que diversão, veja só! Um convite da senhora Gardiner para amanhã à noite! — exclamou Meg, acenando com o precioso papel e depois pondo-se a lê-lo com uma alegria infantil: — "A senhora Gardiner tem prazer em convidar as senhoritas March e Josephine para um pequeno baile na noite de Ano-Novo." A mamãe disse que podemos ir, mas o que vamos *vestir*?

— Não sei por que está perguntando, quando sabe muito bem que vamos usar nossos vestidos de popelina, pois não temos nenhuma outra opção — respondeu Jo de boca cheia.

— Se ao menos eu tivesse um vestido de seda! — suspirou Meg. — A mamãe diz que talvez eu ganhe um quando fizer dezoito anos, mas dois anos é tempo demais para esperar.

— Com certeza os nossos parecem de seda, e estão bons o bastante para nós. O seu está como novo, mas esqueci-me da queimadura e do rasgo no meu. O que devo fazer? A queimadura é aparente demais, e não consigo tirar a mancha.

— Você terá de ficar sentada quieta o máximo possível, e manter as costas longe de vista; a frente está boa. Vou comprar uma fita nova para o meu cabelo, e a mamãe vai me emprestar seu grampinho de pérola, e meus sapatos novos são tão lindos; embora as luvas não sejam tão boas quanto eu gostaria, terão de servir.

— As minhas estão manchadas de limonada, e não posso comprar novas, então terei de ir sem — comentou Jo, que nunca se importara muito com roupas.

— Você *precisa* usar luvas, ou eu não vou — reclamou Meg, decidida. — As luvas são mais importantes que todo o resto. Você não vai poder dançar sem elas, e, se você não dançar, eu vou ficar muito envergonhada.

— Então ficarei parada; não ligo muito para dançar em pares; não é nada divertido ficar rodando de um lado para o outro, eu gosto mesmo é de pular e saltar.

— Você não pode pedir novas luvas a mamãe, elas são caras, e você não cuida bem das suas coisas. Ela disse, quando você sujou as antigas, que não compraria outras neste inverno. Você não consegue ajeitá-las? — insistiu Meg, ansiosa.

— Posso segurá-las bem enroladinhas na minha mão, assim ninguém verá que estão manchadas; é o máximo que posso fazer. Não! Sabe como vamos fazer? Cada uma usa uma luva boa e carrega uma suja, que tal?

— Suas mãos são maiores que as minhas, você vai alargar demais as minhas luvas — reclamou Meg, para quem as luvas eram um ponto sensível.

— Então vou sem. Não ligo para o que vão dizer — exclamou Jo, pegando novamente o livro.

— Tudo bem, pode usar! Mas não suje minha luva e se comporte direitinho. Não coloque as mãos atrás das costas nem fique encarando as pessoas nem diga "Cristóvão Colombo!" como uma boba. Pode ser?

— Não se preocupe comigo; vou ser tão doce quanto uma flor, e não vou me meter em nenhum problema se puder evitar. Agora, vá responder ao convite e me deixe terminar esta esplêndida história.

Então Meg se afastou para "aceitar com muita gratidão" e foi verificar seu vestido, cantando alegremente ao amarrar o único laço de renda verdadeira; enquanto isso, Jo terminava o livro, devorava as quatro maçãs restantes e brincava de correr com Rabisco.

Na véspera do Ano-Novo, a sala estava deserta, pois as duas meninas mais novas estavam brincando de camareiras enquanto as duas mais velhas estavam concentradas no importantíssimo trabalho de "se preparar para a festa". Por mais simples que fossem os banheiros, muito se correu para cima e para baixo, rindo e conversando, e em certo ponto um forte cheiro de cabelo queimado tomou a casa. Meg queria alguns cachos em volta do rosto, e Jo decidiu prender as mechas enroladas com pregadores quentes.

— É para cheirarem dessa forma? — perguntou Beth do seu canto da cama.

— É a umidade secando — respondeu Jo.

— Que cheiro esquisito! Parece de penas queimadas — observou Amy, alisando os próprios lindos cachos com ares de superioridade.

— Pronto, agora vou tirar os papéis e você verá uma nuvem de cachinhos — disse Jo, soltando os pregadores.

Ao tirar os papéis, porém, nenhuma nuvem de cachos foi vista, pois o cabelo saiu junto com os papéis, e a horrorizada cabeleireira estendeu uma fileira de pacotinhos chamuscados na cômoda diante da vítima.

— Ah, ah, ah! O que foi que você *fez*? Estou destruída! Não vou poder ir! Meu cabelo, ah, meu cabelo! — chorava Meg, olhando com desespero os fios emaranhados e desiguais em sua testa.

— Que azar o meu! Você não deveria ter me pedido para fazer isso, eu sempre estrago tudo. Sinto muitíssimo, mas os pregadores estavam quentes demais, e fiz uma confusão — resmungou a pobre Jo, observando as pelotas negras com lágrimas de arrependimento.

— Não está destruída! É só frisar o cabelo e prender a fita de modo que as pontas caiam um pouco na testa, isso está na moda. Já vi muitas meninas fazendo isso — disse Amy, para consolar a irmã.

— Bem feito para mim, por tentar ficar bonita. Eu deveria ter deixado meu cabelo em paz — choramingou Meg, irritada.

— Eu concordo, estava tão liso e bonito... Mas logo vai crescer de novo — disse Beth, aproximando-se para beijar e reconfortar a ovelhinha tosquiada.

Depois de outros contratempos menores, Meg por fim estava pronta, e, com a união dos esforços de toda a família, o cabelo de Jo foi ajeitado e seu vestido, abotoado. Elas estavam muito bem em suas roupas simples, Meg em um bege prateado com fitas de veludo azul, babados de renda e o grampinho de pérola; Jo com seu vestido marrom-escuro, com uma gola masculina de linho engomado e um par de crisântemos brancos para enfeitar. Cada uma vestiu uma luva boa e carregou a outra, suja, e todas consideraram que o resultado era "muito simples e bonito". Os sapatos de salto de Meg eram horrivelmente apertados e lhe machucavam os pés, embora ela não admitisse, e os dezenove grampos de cabelo de Jo pareciam espetar sua cabeça, o que não era exatamente confortável, mas, infelizmente, aquele era o preço da elegância.

— Divirtam-se, minhas queridas — disse a senhora March às filhas, que, delicadamente, seguiam pela calçada. — Não comam demais, e voltem às onze, quando Hannah for buscá-las. — Quando o portão se fechou atrás delas, uma voz gritou pela janela: — Meninas, meninas! Vocês duas *estão* com os lenços bons, não estão?

— Sim, sim, com os melhores, e Meg colocou um pouco de perfume no dela — respondeu Jo, completando com uma risada ao seguirem em frente: — Acho que a mamãe nos perguntaria isso mesmo se estivéssemos todas fugindo de um terremoto.

— É um dos seus costumes aristocráticos, e ela está certa, pois uma verdadeira dama deve ter sempre botas, luvas e lenços impecáveis — respondeu Meg, que tinha ela mesma muitos pequenos "costumes aristocráticos".

— Agora, não esqueça de manter o pedaço ruim do vestido escondido, Jo. Minha faixa está arrumada? Meu cabelo está *muito* ruim? — perguntou Meg, enquanto se olhava de um lado e de outro no espelho do vestíbulo da senhora Gardiner, depois de muito se ajeitar.

— Sei que vou esquecer. Se você me vir fazendo alguma coisa errada, avise-me com uma piscadela, está bem? — respondeu Jo, torcendo a gola do vestido e dando uma rápida ajeitada nos cabelos.

— Não, piscar não é próprio para uma dama. Vou erguer as sobrancelhas se algo estiver errado, e fazer um aceno se você estiver bem. Agora levante os ombros e dê passos curtos, e não aperte a mão de ninguém quando for apresentada, não é o correto.

— Mas *como* você aprende todas essas regras? Nunca conseguirei. Não acha essa música alegre?

E lá foram elas, sentindo-se um pouco envergonhadas, pois raramente iam a festas e, por mais informal que fosse essa reunião, para elas era um acontecimento. A senhora Gardiner, uma senhora imponente, recebeu-as com carinho e encaminhou-as para a mais velha das seis filhas. Meg conhecia Sallie e ficou logo à vontade com ela, mas Jo, que não tinha muito interesse em meninas ou em fofocas femininas, ficou parada, com as costas cuidadosamente junto à parede, e se sentiu tão deslocada quanto um potro em um jardim de flores. Meia dúzia de rapazes joviais estava conversando sobre patins em outra parte do salão, e ela desejava ir se juntar a eles, pois patinar era uma das suas alegrias na vida. Ela telegrafou seu desejo para Meg, mas as sobrancelhas da irmã se ergueram com tal gravidade que ela não ousou se mover. Ninguém veio falar com ela, e, uma a uma, as pessoas do grupo ao seu lado foram se afastando, até que ela ficou sozinha. Jo não podia passear e se divertir porque a queimadura no vestido apareceria, então ficou encarando as pessoas meio perdida até a dança começar. Meg logo foi tirada para dançar, e os sapatos apertados deslizaram com tal suavidade que ninguém adivinharia a dor que sua dona tinha de suportar com um sorriso no rosto. Jo viu um jovem alto e ruivo se aproximando do seu canto e, temendo que ele quisesse conversar, se escondeu em uma das reentrâncias da cortina, pretendendo observar e se divertir em paz. Infelizmente, outra pessoa tímida havia escolhido o mesmo refúgio; quando a cortina se fechou atrás de Jo, ela se viu cara a cara com o "menino Laurence".

— Desculpe, não sabia que havia alguém aqui! — gaguejou Jo, preparando-se para sair tão rápido quanto tinha entrado.

Mas o menino riu e disse de forma simpática, embora parecesse um pouco surpreso:

— Não se importe comigo, pode ficar, se quiser.

— Não vou atrapalhá-lo?

— Nem um pouco. Só venho para cá porque não conheço tantas pessoas, e me sinto muito estranho no início, sabe?

— É, eu também.

— Não vá embora, por favor, a não ser que você queira.

O menino se sentou de novo e olhou para as próprias botas até que Jo disse, tentando ser educada e simpática:

— Acho que já tive o prazer de vê-lo antes; você mora perto de nós, não mora?

— Bem ao lado — respondeu ele, erguendo os olhos e sorrindo, pois os modos educados de Jo eram muito engraçados quando ele se lembrava de como conversaram sobre críquete quando ele foi levar o gato até a casa dos Marchs.

Isso deixou Jo mais à vontade; ela riu também e, então, disse, com toda a sinceridade:

— Nós gostamos muito do seu delicioso presente de Natal.

— Foi meu avô que o enviou.

— Mas foi você que deu a ideia a ele, não foi?

— Como está seu gato, senhorita March? — perguntou o rapaz, tentando parecer sério, mas com um brilho de diversão nos olhos negros.

— Está bem, senhor Laurence. Mas eu não sou a senhorita March, sou apenas a Jo — retrucou a mocinha.

— Eu não sou o senhor Laurence, sou só Laurie.

— Laurie Laurence, que nome engraçado.

— Meu primeiro nome é Theodore, mas não gosto dele, pois os meninos me chamavam de Dora, então os forcei a me chamar de Laurie.

— Eu também odeio meu nome, é tão sentimental! Gostaria que todos me chamassem de Jo em vez de Josephine. Como você forçou os meninos a pararem de chamá-lo de Dora?

— Eu bati neles.

— Não posso bater na tia March, então acho que terei de aguentar — retrucou Jo com um suspiro resignado.

— Você não gosta de dançar, senhorita Jo? — perguntou Laurie, observando-a como se pensasse que o nome combinava com ela.

— Gosto muito quando tem bastante espaço e todos estão animados. Em um lugar assim, certamente vou acabar derrubando alguma coisa, pisando no pé de alguém ou fazendo algo terrível, então me mantenho longe de confusão e deixo Meg ser a bela do baile. E você, não dança?

— Às vezes. Sabe, passei muitos anos fora do país, e não estou tempo suficiente aqui para saber como são os costumes locais.

— Fora do país! — exclamou Jo. — Ah, por favor, me conte tudo! Eu adoro ouvir as pessoas contarem sobre suas viagens.

Laurie parecia não saber por onde começar, mas as perguntas curiosas de Jo logo o desinibiram, e ele contou sobre a escola que frequentava em Vevey, onde os meninos nunca usavam chapéus, e tinham uma frota de barcos no lago, e nas férias se divertiam fazendo passeios pela Suíça com os professores.

— Ah, como eu queria estar lá! — exclamou Jo. — Você foi a Paris?

— Passamos o último inverno lá.

— Sabe falar francês?

— É proibido falar qualquer outro idioma em Vevey.

— Fale alguma coisa para mim, por favor. Consigo ler, mas não sei falar.

— *Quel nom à cette jeune demoiselle en les pantoufles jolis?*[4] — disse Laurie, bem-humorado.

— Como você fala bonito. Deixe-me ver... Você disse: "Quem é a moça dos sapatos bonitos", não foi?

— *Oui, mademoiselle.*

— É minha irmã Margaret, e você sabe disso! Você acha ela bonita?

— Sim; ela me lembra as meninas alemãs, com seu frescor e calma, e dança como uma dama.

Jo ficou felicíssima com aquele elogio do rapaz à irmã, e guardou-o para repetir a Meg mais tarde. Os dois conversaram, discutiram e trocaram ideias até se sentirem como velhos amigos. A timidez de Laurie logo passou, pois o jeito de menino de Jo o divertia e o deixava à vontade, e Jo logo voltou à sua personalidade alegre de sempre, porque havia esquecido o vestido e não havia ninguém para erguer as sobrancelhas para ela. Ela gostou do "menino Laurence" mais do que nunca, e o observou bem atentamente, para que pudesse descrevê-lo

---

4. "Qual o nome dessa jovem de sapatos bonitos?" (N.E.)

bem para as irmãs; afinal, elas não tinham irmãos, tinham pouquíssimos primos, e meninos eram criaturas quase desconhecidas para elas.

"Cabelo preto cacheado, pele bronzeada, olhos grandes e negros, nariz longo, dentes bonitos, mãos e pés pequenos, da minha altura; muito educado para um menino, e bastante alegre. Quantos anos será que ele tem?"

A pergunta estava na ponta da língua de Jo, mas ela se segurou a tempo e, com um tato fora do comum, tentou encontrar outra maneira de descobrir.

— Imagino que você esteja prestes a ir para a faculdade, não? Vejo você com a cara enfiada nos livros o tempo todo, quero dizer, estudando muito — corrigiu-se Jo, enrubescendo com a expressão grosseira que lhe escapara.

Laurie sorriu, mas não pareceu ofendido, e respondeu, dando de ombros:

— Não, só daqui a dois ou três anos. Não vou antes dos dezessete, de qualquer forma.

— Mas você não tem menos de quinze anos, tem? — perguntou Jo, observando o rapaz alto que ela imaginava já ter dezessete.

— Faço dezesseis no mês que vem.

— Como eu gostaria de ir para a faculdade... Você não parece gostar muito.

— Odeio! Não se faz nada além de estudar ou praticar esportes; e não gosto de como os rapazes fazem isso aqui neste país.

— O que você gostaria de fazer?

— Gostaria de viver na Itália, e me divertir do meu jeito.

Jo queria muito perguntar que jeito seria esse, mas as sobrancelhas escuras dele pareciam muito ameaçadoras quando se franziam enquanto ele falava, então ela mudou de assunto e disse, batendo o pé no compasso da música:

— Essa é uma polca maravilhosa; por que não tenta dançar?

— Só se você vier comigo — respondeu ele, fazendo uma leve reverência à moda francesa.

— Não posso, falei para Meg que não dançaria, porque... — Então Jo se deteve, parecendo indecisa em relação a continuar a falar ou rir.

— Porque o quê? — perguntou Laurie, curioso.

— Você não vai contar a ninguém?

— Nunca!

— Bem, eu tenho o péssimo hábito de ficar perto demais do fogo e queimar meus vestidos, e foi o que aconteceu com este aqui. Embora tenha sido bem cerzido, a emenda é aparente, e Meg me disse para ficar quieta para que ninguém a visse. Você pode rir se quiser. Eu sei que é engraçado.

Mas Laurie não riu; ele só baixou os olhos por um instante, a expressão no seu rosto confundindo Jo, e depois disse, muito gentilmente:

— Não se preocupe com isso. Vou lhe dizer como podemos dar um jeito: tem um grande corredor por aqui, onde poderemos dançar sem preocupação e ninguém nos verá. Venha, por favor.

Jo agradeceu e foi com ele sem pestanejar, desejando ter duas luvas boas quando viu as belas luvas cor de pérola que seu parceiro de dança vestiu. O corredor realmente estava vazio, e eles se divertiram muitíssimo dançando a polca, pois Laurie dançava bem e ensinou-lhe os passos alemães, que muito agradaram a Jo, sendo cheios de pulos e saltos. Quando a música acabou, eles sentaram-se nos degraus para recuperar o fôlego, e Laurie estava no meio de uma história sobre um festival de estudantes em Heidelberg quando Meg apareceu procurando a irmã. Ela chamou, e Jo relutantemente a seguiu para um quarto separado, onde Meg se deixou cair em um sofá segurando o pé, pálida.

— Torci o tornozelo. Este sapato de salto idiota virou e me causou uma torção terrível. Está doendo tanto que mal consigo ficar em pé, e não sei como vou conseguir voltar para casa — disse ela, balançando-se para a frente e para trás de dor.

— Eu sabia que você machucaria os pés com esses sapatos estúpidos. Sinto muito, mas não vejo o que podemos fazer a não ser chamar uma carruagem ou ficar aqui a noite toda — respondeu Jo, massageando o tornozelo ferido da irmã enquanto falava.

— Não podemos chamar uma carruagem, vai custar muitíssimo; arrisco-me a dizer que não conseguiríamos chamar uma, mesmo se pudéssemos pagar, pois a maior parte das pessoas veio no próprio carro, e estamos longe demais dos estábulos, não há quem possamos mandar até lá.

— Eu vou.

— Não, de modo algum; já passa das dez, está escuro como o Egito.[5] Não posso ficar aqui, a casa está cheia. Algumas amigas de Sallie vão dormir aqui. Vou descansar até Hannah chegar, então farei o melhor que puder.

— Vou pedir a Laurie, ele pode ir — disse Jo, parecendo aliviada quando a ideia lhe ocorreu.

— Minha nossa, de jeito nenhum! Não diga nada nem peça nada a ninguém. Passe-me meus chinelos e guarde estes sapatos com as nossas coisas. Não posso mais dançar, mas, assim que o jantar acabar, fique de olho em Hannah e me avise no instante em que ela chegar.

— Vão servir o jantar agora. Vou ficar aqui com você, eu prefiro.

---

5. A expressão "escuro como o Egito" (em inglês, *dark as Egypt*) remete à história das dez pragas jogadas sobre o Egito, que consta no Livro do Êxodo. A nona praga seria a completa escuridão. Essa expressão significa exatamente isso. (N.E.)

— Não, querida; vá e me traga um café. Estou tão cansada que mal consigo me mexer.

Então Meg se reclinou, com os chinelos bem escondidos, e Jo foi procurar onde ficava a sala de jantar, e só a encontrou depois de entrar por engano em um armário de louças e abrir a porta de um cômodo em que o velho senhor Gardiner estava bebericando um refresco. Fazendo uma busca na mesa, ela encontrou o café, e imediatamente o derrubou sobre si, deixando a frente do vestido tão ruim quanto as costas.

— Minha nossa, mas que desastrada eu sou! — exclamou Jo, estragando a luva de Meg ao esfregar o tecido.

— Posso ajudá-la? — perguntou uma voz amigável; era Laurie, com uma xícara de café em uma das mãos e um prato de gelo na outra.

— Eu estava tentando levar algo para Meg, que está muito cansada, mas aí alguém esbarrou em mim, e aqui estou, neste estado — respondeu Jo, olhando, desesperada, do vestido manchado para a luva agora cor de café.

— Que pena! Eu estava procurando alguém para quem pudesse entregar isto. Posso levar para sua irmã?

— Ah, agradeço muito. Vou lhe mostrar onde ela está. Não me ofereço para levar eu mesma porque só me meteria em mais confusão.

Jo seguiu na frente, e, como se estivesse acostumado a servir damas, Laurie puxou uma mesinha, trouxe mais café e gelo para Jo, e foi tão dedicado que até mesmo a exigente Meg declarou que ele era "um bom rapaz". Eles se divertiram com bombons e anedotas, e estavam no meio de um silencioso jogo de aritmética com dois ou três outros jovens quando Hannah apareceu. Meg esqueceu do pé torcido e se levantou tão de repente que foi forçada a se segurar em Jo, dando um grito de dor.

— Shh! Não diga nada — sussurrou ela, completando em voz alta: — Não é nada, torci o pé um pouquinho, só isso. — E subiu a escada mancando para pegar suas coisas.

Hannah fez cara feia, Meg chorou e Jo não sabia mais o que fazer até decidir dar um jeito nas coisas ela mesma. Saindo às escondidas, ela correu para o andar de baixo e, ao encontrar um empregado, perguntou se ele poderia chamar uma carruagem para ela. O problema era que o rapaz era um garçom contratado, que não conhecia nada das redondezas; enquanto Jo procurava em volta outra pessoa para ajudá-la, Laurie, que ouvira sua pergunta, aproximou-se e ofereceu a carruagem do avô, que tinha acabado de chegar para buscá-lo, ele disse.

— Está tão cedo, não é possível que você já queira ir — começou Jo, parecendo aliviada, mas hesitando em aceitar a oferta.

— Eu sempre vou embora cedo, é verdade, acredite. Por favor, deixe-me levá-las em casa; é caminho, você sabe, e dizem que vai chover.

Isso resolveu o problema. Jo contou a ele sobre o contratempo de Meg, aceitou a oferta cheia de gratidão e correu para trazer o restante do grupo. Hannah odiava chuva tanto quanto um gato, então não reclamou, e elas saíram na luxuosa carruagem fechada, sentindo-se muito festivas e elegantes. Laurie foi no banco externo, para que Meg pudesse erguer o pé, e as garotas conversaram sobre a festa em liberdade.

— Eu me diverti muitíssimo, e você? — perguntou Jo, bagunçando o cabelo e se deixando confortável.

— Sim, até me machucar. A amiga de Sallie, Annie Moffat, parece ter gostado de mim, e me convidou para passar uma semana com ela quando Sallie for. Ela vai viajar na primavera, na época da ópera, e vai ser esplêndido se a mamãe me deixar ir — respondeu Meg, alegrando-se com a ideia.

— Eu vi você dançando com o rapaz de cabelo vermelho de quem eu fugi. Ele era simpático?

— Ah, muitíssimo. O cabelo dele é castanho-avermelhado, e não vermelho. Ele é muito educado, e dancei uma ótima *redowa*[6] com ele!

— Ele parecia um gafanhoto tendo convulsões quando fez aquele passo. Laurie e eu não conseguimos segurar as risadas. Vocês ouviram?

— Não, mas isso foi muito grosseiro. O que *exatamente* vocês ficaram fazendo todo esse tempo, escondidos lá?

Jo contou todas as suas aventuras e, quando terminou, já estavam em casa. Com muitos agradecimentos, despediram-se com um boa-noite e entraram em casa pé ante pé, torcendo para não acordar ninguém. No instante em que a porta se abriu, porém, duas cabecinhas em suas toucas de dormir apareceram, e duas vozes sonolentas mas curiosas gritaram:

— Contem da festa! Contem da festa!

Com o que Meg chamou de "grande falta de modos", Jo tinha guardado alguns bombons para as irmãs mais novas, e logo elas se acalmaram, depois de ouvir os eventos mais importantes da noite.

— Eu declaro que realmente me sinto uma jovem de prestígio, voltando para casa com meu grupo em uma carruagem, sentada, vestida em meu roupão, com uma criada me servindo — disse Meg, enquanto Jo envolvia o pé torcido com arnica e penteava seu cabelo.

— Não acredito que jovens de prestígio se divirtam tanto quanto nós, apesar do cabelo queimado, dos vestidos velhos, de usarmos uma luva cada

---

6. Dança de origem tcheca. (N.E.)

uma e sapatos apertados que torcem o pé quando somos tolas o bastante para usá-los!

E eu acho que Jo tinha toda a razão.

4. Fardos

— Minha nossa, como parece difícil ter de pegar nossos fardos e seguir em frente — disse Meg, suspirando, na manhã seguinte à festa. Agora as festas de fim de ano tinham acabado, e a semana de alegria não a havia preparado para encarar com facilidade a tarefa de que já não gostava.

— Eu gostaria que fosse Natal ou Ano-Novo o tempo todo. Não seria divertido? — retrucou Jo, bocejando.

— Nós não nos divertiríamos tanto quanto desta vez. Mas realmente parece bom fazer ceias e ganhar buquês, ir a festas e voltar para casa em uma carruagem, e ler e descansar, em vez de trabalhar. É como outras pessoas vivem, sabe, e eu sempre sinto muita inveja de meninas que vivem assim. Gosto mesmo de luxo — disse Meg, tentando decidir qual dos dois vestidos surrados era o menos surrado.

— Bem, não podemos viver assim, então vamos parar de reclamar, pegar nossas trouxas e seguir em frente com a mesma alegria que a mamãe. Tenho certeza de que a tia March é como se fosse o meu Velho do Mar,[7] mas imagino que, quando eu aprender a carregá-la sem reclamar, ela vai se soltar, ou ficar tão leve que nem vou me importar.

A ideia agradou a Jo e a deixou de bom humor, mas Meg não se animou, pois seu fardo, que consistia em lidar com quatro crianças mimadas, parecia mais pesado que nunca. Ela não tinha ânimo nem mesmo para se empetecar, como de costume, amarrando uma fita azul no pescoço ou arrumando o cabelo de um jeito mais bonito.

— Qual o sentido de ficar bela se ninguém me vê além daqueles anões irritantes, e ninguém se importa se estou bonita ou não? — resmungou ela, fechando a gaveta com força. — Vou ter de trabalhar até o fim dos meus dias, com pequenos momentos de diversão aqui e ali, até ficar velha, feia e amarga, porque sou pobre e não posso aproveitar a vida como as outras garotas. Que horror!

---

7. O Velho do Mar é um personagem de ficção de um conto da obra *As mil e uma noites*. Diz respeito a um velho que se agarrava aos ombros de Simbad, o Marujo, por muitos dias e noites. O termo é usado, portanto, para se referir a um grande fardo ou aborrecimento do qual é muito difícil se libertar. (N.E.)

Então Meg desceu, de cara amarrada, e não foi nada agradável durante o café da manhã. Todas pareciam meio fora de prumo e resmunguentas. Beth estava com dor de cabeça e ficou deitada no sofá tentando se distrair com sua gata e os três gatinhos. Amy estava nervosa porque não tinha decorado suas lições e não achava os chinelos. Jo ficava assobiando e fazendo bagunça enquanto se arrumava, e a senhora March estava muito ocupada tentando terminar uma carta que precisava ser enviada de imediato. Hannah estava mal-humorada porque odiava ficar acordada até tarde.

— *Nunca* vi família tão atrapalhada! — reclamou Jo, perdendo a paciência depois de virar um tinteiro, arrebentar dois cadarços e se sentar no próprio chapéu.

— Você é a mais atrapalhada de todas! — retrucou Amy, borrando a conta que fazia, toda errada, com as lágrimas que pingavam no dever.

— Beth, se não mantiver esses gatos terríveis lá embaixo, na adega, vou mandar afogá-los! — exclamou Meg, irritada, enquanto tentava se livrar de um filhote que tinha escalado suas costas e estava grudado nela como um carrapato onde ela não conseguia alcançá-lo.

Jo ria, Meg reclamava, Beth implorava e Amy chorava porque não conseguia se lembrar de quanto era nove vezes doze.

— Meninas! Meninas! Fiquem quietas um minuto. Eu *preciso* colocar esta carta no correio da manhã e vocês estão me distraindo com essa confusão toda — pediu a senhora March, riscando a terceira frase errada em sua carta.

Houve uma calmaria momentânea, interrompida por Hannah, que entrou num pulo, deixou duas tortinhas quentes sobre a mesa e saiu tão rápido quanto entrou. Essas tortinhas eram uma instituição na casa; as meninas as chamavam de "luvinhas", porque as tortas quentes eram muito reconfortantes em suas mãos nas manhãs frias. Hannah nunca deixava de fazê-las, não importava quão ocupada ou rabugenta estivesse, pois a caminhada era longa e difícil, as meninas não tinham outro almoço além daquilo e quase nunca voltavam para casa antes das três.

— Abrace seus gatos e supere essa dor de cabeça, Beth. Adeus, mamãe! Estamos um bando de malucas esta manhã, mas voltaremos para casa como anjinhos. Vamos, então, Meg — chamou Jo, dando passos pesados, sentindo que aquelas peregrinas não estavam se saindo tão bem quanto deveriam.

Elas sempre olhavam para trás antes de virar a esquina, pois a mãe se postava à janela para acenar e sorrir para elas. De certa forma, parecia que elas não poderiam enfrentar o dia sem aquilo, não importava o estado de espírito em que se encontravam, pois aquele último olhar para o rosto materno era certo que lhes iluminaria como um raio de sol.

— Se a mamãe nos desse uma banana em vez de nos mandar um beijo hoje seria bem feito para nós, pois nunca vi um bando de bruxas mais mal-agradecidas do que nós — choramingou Jo, encarando com uma satisfação penitente a estrada lamacenta e o vento cortante.

— Não fale essas coisas horríveis — disse Meg por debaixo do véu em que ela se envolvera como uma freira cansada do mundo.

— Eu gosto de palavras fortes e certeiras, que significam alguma coisa — respondeu Jo, segurando o chapéu antes que ele saísse voando da sua cabeça.

— Você pode se chamar do que quiser, mas *eu* não sou nem mal-agradecida nem bruxa, e não quero ser chamada assim.

— Você é uma coisinha chata e está particularmente insuportável hoje, só porque não pode ficar mergulhada no luxo o tempo todo. Ó, pobrezinha! Só espere até eu fazer minha fortuna, e você vai se refestelar em carruagens e sorvetes e sapatos altos e flores e rapazes ruivos com quem dançar.

— Que ridícula você é, Jo! — disse Meg, mas riu com aquela bobagem, e acabou se sentindo melhor apesar de tudo.

— Sorte a sua que sou, pois, se eu aparentasse tanto desânimo e ficasse deprimida assim como você, estaríamos em uma ótima situação realmente. Ainda bem que sempre consigo encontrar algo engraçado com que me animar. Pare de reclamar e volte para casa feliz, por favor.

Jo deu um tapinha encorajador no ombro da irmã quando se despediram, cada uma seguindo em uma direção diferente, as duas abraçando suas tortinhas quentes e tentando ficar bem-dispostas, apesar do clima invernal, do trabalho pesado e dos desejos insatisfeitos da juventude em busca de diversão.

Quando o senhor March perdeu sua propriedade ao tentar ajudar um amigo necessitado, as duas filhas mais velhas imploraram para que pudessem fazer alguma coisa a fim de ajudar no seu sustento, pelo menos. Acreditando que nunca era cedo demais para cultivar energia, empenho e independência, os pais concordaram, e as duas mergulharam em seus trabalhos com tal dedicação e boa vontade que, apesar de todos os obstáculos, certamente seriam bem-sucedidas. Margaret encontrou uma vaga como governanta e babá, e se sentia rica com o pequeno salário. Como ela mesma dizia, ela gostava de luxo, e seu principal problema era a pobreza. Era mais difícil para Meg aguentar a situação porque ela se lembrava de uma época em que a casa deles era bela, a vida, cheia de prazeres e tranquilidade, e não havia nenhum tipo de necessidade. Ela tentava não sentir inveja ou descontentamento, mas era muito natural que uma jovem desejasse coisas bonitas, amigos alegres, realizações e uma vida feliz. Na casa dos Kings ela via todos os dias o que desejava, pois as irmãs mais velhas das crianças haviam debutado pouco tempo antes, e Meg as via frequentemente em belos vestidos de baile, carregando lindos buquês, entreouvia fofocas animadas sobre teatros, concertos, festas e diversões de todo tipo, e as via gastar seu dinheiro em bobagens que seriam muito preciosas para ela. A pobre Meg pouco reclamava, mas uma sensação de injustiça a fazia se sentir amarga às vezes, pois ainda não havia percebido como sua vida era rica em bênçãos, e estas, por si só, são capazes de alegrar qualquer existência.

Jo acabou por auxiliar a tia March, que era manca e precisava de alguém ativo para ajudá-la. A velha senhora, que não tinha filhos, oferecera-se para adotar uma das meninas quando a família começou a enfrentar problemas financeiros, e ficou muito ofendida quando a oferta foi recusada. Alguns amigos disseram que os Marchs tinham perdido qualquer chance de ser lembrados no testamento da velhota rica, mas os Marchs, que não eram apegados a dinheiro, respondiam simplesmente:

— Não abrimos mão de nossas meninas nem por uma dúzia de fortunas. Ricos ou pobres, vamos permanecer juntos e ser felizes uns com os outros.

A velha senhora ficou sem falar com eles por um tempo, mas, ao encontrar por acaso Jo na casa de uma amiga, algo em seu rosto engraçado e seus trejeitos bruscos lhe agradou, fazendo com que propusesse que a menina se tornasse sua companheira. Isso não agradou a Jo nem um pouco, mas ela aceitou a oferta, pois nada melhor surgiu, e, para a surpresa de todos, ela se deu muito bem com a parenta irascível. Havia brigas aqui e ali, e uma vez Jo voltou para casa batendo os pés e declarando que não aguentava mais, mas a tia March sempre se acalmava logo e mandou chamar Jo de volta com tal urgência que a menina não teve como recusar, pois no fundo ela gostava bastante da velhinha mordaz.

Suspeito que a verdadeira atração era a grande biblioteca com livros incríveis, deixados cheios de pó e teias de aranha desde a morte do tio March. Jo se lembrava do velhinho gentil que costumava deixá-la construir ferrovias e pontes com seus grandes dicionários, contar-lhe histórias sobre as imagens curiosas em seus livros de latim e comprar biscoitos de gengibre para ela sempre que a encontrava na rua. O cômodo escuro e empoeirado, com bustos encarando os visitantes nas estantes altas, as poltronas confortáveis, os globos terrestres e, o melhor de tudo, aquela infinidade de livros, em que ela podia se perder sempre que quisesse, tornavam a biblioteca um lugar de êxtase para Jo. Na hora em que a tia March ia tirar seu cochilo ou se ocupava com alguma visita, Jo corria para aquele lugar silencioso e, aconchegando-se na grande poltrona, devorava poesias, romances, histórias, viagens e imagens como uma verdadeira traça. Mas, como toda felicidade, esses momentos não duravam muito; assim que ela chegava ao auge da história, ao verso mais doce da canção ou à aventura mais perigosa do viajante, uma voz aguda a chamava: "Josy-phine! Josy-phine!". E ela então tinha de abandonar seu paraíso para fiar a lã, lavar o *poodle* ou ler os ensaios de Belsham, por horas e mais horas.

A ambição de Jo era fazer algo esplêndido; ela não tinha ideia do quê, mas confiava que o tempo iria lhe dizer; enquanto isso, sua maior aflição era o fato de que não podia ler, correr e cavalgar o tanto que queria. O temperamento irritadiço, a língua ferina e o espírito inquieto sempre a metiam em encrencas, e sua vida era uma sequência de altos e baixos, que eram, ao mesmo tempo, cômicos e patéticos. Mas o treinamento que recebia na casa da tia March era exatamente aquilo de que precisava, e o fato de estar fazendo algo para se sustentar a deixava feliz, apesar dos gritos constantes de "Josy-phine!".

Beth era tímida demais para ir à escola; os pais tentaram fazê-la ir, mas ela sofria tanto que eles desistiram da ideia, e ela passou a tomar as lições em casa, com o pai. Mesmo quando ele viajou, e a mãe das meninas foi chamada para aplicar suas habilidades e energias à Sociedade em Apoio aos Soldados, Beth seguiu seus estudos por conta própria, e fazia o melhor de que era capaz. Era uma criaturinha doméstica, e ajudava Hannah a manter a casa arrumada e confortável para as meninas trabalhadeiras, nunca pensando em nenhuma recompensa além de ser amada. Seus dias eram longos e silenciosos, mas não solitários nem vazios, pois seu mundinho era povoado por amigos imaginários, e ela era por natureza muito ativa. Havia seis bonecas para serem cuidadas e vestidas todas as manhãs, afinal Beth ainda era uma criança e amava mais que tudo seus brinquedos; não havia uma boneca que estivesse inteira ou perfeita, todas tinham sido rejeitadas até Beth pegá-las para si. Quando as irmãs perdiam interesse nos brinquedos, elas os passavam para ela, porque Amy não queria nada que fosse velho ou feio. Beth, por essa mesma razão, amava-os ainda mais, e criou um hospital para bonecas enfermas. Nenhum alfinete era enfiado em seus órgãos vitais de algodão, ninguém lhes dirigia palavras ou gestos brutos, nem o coração da mais repulsiva boneca era negligenciado. Todas eram alimentadas e vestidas, abraçadas e acarinhadas, com uma afeição incondicional. Uma mísera criatura daquela *bonecalidade* pertencera a Jo e, após uma vida tempestuosa, foi abandonada, destruída, no saco de retalhos, um triste asilo de onde a pobrezinha foi resgatada por Beth, que a levou para o seu refúgio. Ela não tinha o topo da cabeça, então Beth amarrou uma linda touquinha nela, e, como também não tinha as pernas e os braços, Beth escondeu tais deficiências embrulhando-a em um cobertor e ofereceu a essa inválida crônica sua melhor caminha. Se alguém soubesse o amor que ela devotava àquela bonequinha, acho que ficaria tocado, mesmo se acabasse rindo daquilo. Beth lhe dava florzinhas, lia para ela, levava-a para tomar um ar, escondida debaixo do casaco, cantava-lhe canções de ninar e nunca ia se deitar sem beijar seu rostinho sujo, sussurrando com carinho:

— Espero que tenha uma boa noite, minha pobrezinha.

Beth tinha seus problemas, tanto quanto as outras irmãs; não era um anjo, e sim uma garotinha muito humana, e muitas vezes "dava uma choradinha", como diria Jo, porque não podia fazer aulas de música nem ter um bom piano. Ela amava música com tanto ardor, esforçava-se tanto para aprender e praticava tão diligentemente no velho instrumento trêmulo que alguém (sem querer fazer alusão à tia March) bem que poderia ajudá-la. Porém, tal ajuda nunca veio, e ninguém via Beth limpar as lágrimas das teclas amareladas daquele piano, que não se mantinha afinado, quando estava sozinha. Ela cantava como uma cotovia enquanto trabalhava, nunca estava cansada demais para tocar para a mãe e as irmãs, e dia após dia dizia a si mesma, cheia de esperança: "Eu sei que vou fazer minha própria música um dia, se for boa o bastante.".

Existem muitas Beths neste mundo, tímidas e quietas, sentadas pelos cantos até que alguém precise delas, vivendo para ajudar os outros tão alegremente que ninguém vê seus sacrifícios, até que o grilinho na lareira para de cantar e sua doce e ensolarada presença desaparece, deixando nada além de silêncio e de sombras para trás.

Se alguém perguntasse a Amy qual era sua maior dificuldade na vida, ela responderia de imediato: "Meu nariz". Quando ela era bebê, Jo deixou-a cair sem querer no balde de carvão, e Amy dizia que a queda arruinara seu nariz para sempre. Não era grande nem vermelho, como o da pobre Petrea; só era um tanto achatado, e nem todos os puxões do mundo lhe davam a ponta aristocrática que Amy desejava. Ninguém se importava com isso além dela, e o nariz fazia o que podia para crescer, mas Amy desejava ardentemente um nariz grego e desenhava narizes bonitos em folhas inteiras de papel para se consolar.

A "Pequena Rafael",[8] como as irmãs lhe chamavam, tinha um notável talento para o desenho, e o auge de sua felicidade era copiar flores, rabiscar fadas ou ilustrar histórias com desenhos estranhos. Suas professoras reclamavam que, em vez de realizar suas adições, ela cobria o caderno com animais; as páginas em branco do atlas eram usadas para copiar os mapas, e caricaturas das mais loucas voavam de seus livros nos momentos menos oportunos. Ela fazia as lições da melhor forma que podia, e conseguia escapar das broncas sendo um modelo de comportamento. Era querida por todos os colegas, por seu bom humor e sua habilidade de ser agradável sem esforço. Seus pequenos estrelismos eram muito admirados, assim como suas habilidades; além de desenhar,

---

8. Referência ao pintor italiano Rafael Sanzio (1483-1520). (N.E.)

ela sabia tocar doze músicas, fazer crochê e ler em francês pronunciando corretamente mais de dois terços das palavras. Ela tinha uma maneira melancólica de dizer "quando o papai era rico, fazíamos isso e aquilo" que era muito tocante; suas palavras compridas eram consideradas "extremamente elegantes" pelas outras meninas.

Amy estava num caminho célere para se tornar mimada; todos a amavam, e suas pequenas vaidades e seus egoísmos cresciam sem controle. Uma coisa, porém, feria-lhe a vaidade: ela tinha de usar as roupas da prima. O problema era que a mãe de Florence não tinha o menor bom gosto, e Amy sofria terrivelmente por ter de usar uma boina vermelha em vez de azul, vestidos fora de moda e aventais espalhafatosos que não lhe caíam bem. Tudo era de boa qualidade, bem-feito e pouco usado, mas os olhos artísticos de Amy ficavam sobremaneira incomodados, em especial naquele inverno, quando seu vestido da escola era de um roxo pálido com bolinhas amarelas, sem adornos.

— Meu único conforto — disse ela a Meg, com lágrimas nos olhos — é que a mamãe não encurta meus vestidos sempre que me comporto mal, como a mãe da Maria Parks faz. Minha nossa... é uma coisa horrível. Às vezes ela faz tantas besteiras que seu vestido chega aos joelhos, e ela não pode ir à escola. Quando penso nesse nível de *degerredação*, sinto que posso aguentar até meu nariz achatado e meu vestido roxo com fogos de artifício amarelos.

Meg era a confidente e mentora de Amy e, por alguma estranha lei de atração dos opostos, Jo era delicada com Beth. Somente para Jo a tímida criança contava seus pensamentos, e sobre a irmã mais velha e bagunceira Beth exercia mais influência do que qualquer outra pessoa da família. As duas meninas mais velhas eram muito próximas, mas cada uma delas colocou debaixo de suas asas uma das mais novas e cuidou dela de seu próprio modo; elas "brincavam de mãezinha", como diziam, e substituíam as bonecas abandonadas pelas irmãs, com o instinto maternal de mocinhas.

— Alguém tem alguma coisa para contar? Foi um dia tão deprimente que estou desesperada por diversão — disse Meg quando elas se juntaram para costurar naquela noite.

— Hoje aconteceu algo curioso comigo e com a tia, e, como consegui tirar proveito disso, vou contá-lo a vocês — começou Jo, que adorava contar histórias. — Eu estava lendo aquele Belsham infinito, da forma mais monótona possível, como sempre faço, para que a tia logo cochile e eu possa pegar um livro bom e lê-lo o mais rápido possível até ela acordar de novo. No fim, acabei eu mesma ficando com sono e, antes que ela tirasse sua soneca, eu acabei abrindo um bocão tão grande que ela me perguntou se eu queria engolir o livro inteiro de uma vez. "Bem que eu gostaria, assim acabaria logo com isso", eu falei, sem a intenção de ser atrevida. Mas aí ela me deu um longo sermão e me mandou sentar e pensar no que havia feito enquanto ela tirava um pequeno cochilo. Ela nunca acorda logo, então, no momento em que sua touca começou a balançar como uma dália bem pesada, eu tirei o *Vigário de Wakefield* do bolso e o li sem parar, com um olho no livro e o outro na tia. Eu tinha acabado de chegar à parte em que eles todos caem na água e, sem querer, ri alto. A tia acordou e, mais bem-humorada depois da soneca, pediu que eu lesse um pouco para ela, para mostrar que tipo de obra frívola eu preferia ao respeitável e instrutivo Belsham. Obedeci, e ela gostou do livro, embora só tenha dito: "Não estou entendendo sobre o que é. Volte e comece de novo, menina!". Então lá fui eu, e fiz o que pude para tornar os Primroses o mais interessante possível. Em certo ponto, fui malvada o bastante para interromper a leitura em um ponto emocionante e falei, humildemente: "A senhora deve estar cansada. Não seria melhor se eu parasse agora?". Ela agarrou o tricô que tinha caído de suas mãos e me lançou um olhar irritado através dos *oclinhos*, dizendo, daquele jeito brusco dela: "Termine o capítulo e não seja impertinente, mocinha!".

— Ela reconheceu que gostou do livro? — perguntou Meg.

— Ah, claro que não! Mas pelo menos deixou o velho Belsham descansar; quando voltei para buscar as luvas que tinha esquecido hoje à tarde, lá estava ela, tão mergulhada no *Vigário* que não me ouviu rir enquanto fazia uma dancinha no corredor, para comemorar os bons tempos que virão. Que vida boa ela poderia ter se quisesse... Eu não a invejo muito, apesar de todo o seu dinheiro, pois, afinal, os ricos têm tantas preocupações quanto os pobres, eu acho — completou Jo.

— Isso me lembra — disse Meg — que tenho uma coisa para contar. Não é engraçada como a história de Jo, mas pensei bastante nela enquanto voltava para casa. Hoje, na casa dos Kings, encontrei todos em grande alvoroço, e uma das crianças disse que o irmão mais velho havia feito algo terrível e que o pai o mandara para longe. Ouvi a senhora King chorar e o senhor King falar bem alto, e Grace e Ellen viraram o rosto quando passaram por mim para que eu não visse como seus olhos estavam vermelhos. Não fiz nenhuma pergunta, é claro, mas me senti tão mal por eles, e fiquei feliz por não ter nenhum irmão para fazer maldades e desgraçar a família.

— Eu acho que ser desgraçada na escola é muito *mais ruim* que qualquer coisa que meninos malvados são capazes de fazer — disse Amy, balançando a cabeça, como se sua experiência de vida tivesse sido muito profunda. — Susie Perkins foi à escola hoje com um lindo anel de cornalina vermelha; eu o desejei tanto, e desejei do fundo do meu coração ser ela. Bem, ela fez um desenho do senhor Davis com um nariz monstruoso e uma corcunda, com os dizeres

"Senhoritas, estou de olho em vocês!" saindo de um balão na sua boca. Nós estávamos rindo do desenho quando de repente notamos que ele realmente estava de olho em nós, e então ele mandou Susie lhe mostrar seu caderno. Ela ficou *parilisada* de medo, mas fez o que ele pediu, e, minha nossa, o *que* vocês acham que ele fez? Ele a puxou pela orelha, pela orelha! Imaginem que horror! E a levou até a plataforma de recitação e a fez ficar ali em pé por meia hora, segurando o caderno para todas verem.

— E as meninas não gritaram diante dessa imagem? — questionou Jo, que adorava uma confusão.

— Que troça! Nem uma! Ficaram todas sentadas, quietas como ratinhas, e Susie chorou litros, tenho certeza. Não senti mais inveja dela, pois percebi que nem um milhão de anéis de cornalina vermelha me fariam feliz depois daquilo. Eu nunca, nunca teria me recuperado dessa excruciante humilhação. — E Amy continuou a história, com a consciência orgulhosa de sua virtude e da pronúncia correta de duas palavras difíceis de uma só vez.

— Eu vi algo de que gostei nesta manhã, e ia contar sobre isso no jantar, mas esqueci — disse Beth, arrumando a bagunça da cesta de costura de Jo enquanto falava. — Quando fui comprar ostras para Hannah, o senhor Laurence estava na peixaria, mas ele não me viu, pois me escondi atrás de um barril, e ele estava ocupado conversando com o senhor Cutter, o peixeiro. Uma moça pobre entrou com um balde e um esfregão e perguntou ao senhor Cutter se ele deixaria que fizesse uma limpeza em troca de um pouco de peixe, pois não tinha o que dar de jantar aos filhos e havia sido dispensada do dia de trabalho. Ele estava meio apressado e recusou de forma bastante grosseira, então a moça começou a ir embora, parecendo desolada e com fome, quando o senhor Laurence pegou um peixão com a curva da bengala e o estendeu a ela. A moça ficou tão feliz e surpresa que abraçou o peixe e agradeceu sem parar ao senhor Laurence. Ele disse que ela podia ir para casa cozinhá-lo, e assim lá foi ela, tão contente! Não foi gentil da parte dele? Ah, foi tão engraçado, a moça abraçando o peixe, enorme e escorregadio, e desejando que o senhor Laurence tivesse um lugar bem especial guardado para ele no Céu.

Elas riram da história de Beth e então pediram que a mãe também contasse uma. Depois de pensar por um momento, ela começou, séria:

— Hoje, enquanto eu estava cortando flanela azul para jaquetas, nos alojamentos, comecei a me sentir muito preocupada com o pai de vocês e pensei como ficaríamos solitárias e desamparadas caso algo acontecesse com ele. Não foi sábio ficar pensando nisso, mas foi o que fiz, até que um senhor de idade entrou com uma carta. Ele se sentou perto de mim, e comecei a conversar com ele, pois parecia solitário, cansado e nervoso. "O senhor tem filhos no exército?", perguntei, pois a carta que trouxera não era endereçada a mim. "Sim, senhora. Tinha quatro filhos, mas dois foram mortos. Um está preso e vou visitar o outro, que está muito doente num hospital de Washington", respondeu ele baixinho. "O senhor fez muito pelo país, senhor", eu disse, sentindo respeito por ele, em vez de pena. "Nem um dedo a mais do que deveria, senhora. Eu mesmo teria ido, se pudesse ser útil de alguma maneira. Como não sou, dei meus meninos, sem pestanejar." Ele disse isso de forma tão alegre e sincera, parecendo tão feliz de poder dar tudo o que tinha, que fiquei com vergonha de mim mesma. Eu abri mão de um homem, e achei que era demais; ele deu seus quatro filhos sem pensar duas vezes. Eu tenho todas as minhas meninas em casa para me confortar, e seu último filho o está esperando, a quilômetros de distância, para se despedir, talvez. Eu me senti tão afortunada, tão feliz, pensando em todas as minhas bênçãos, que lhe preparei um belo pacote, dei-lhe alguns trocados e agradeci de coração pela lição que me ensinara.

— Conte outra história, mamãe, outra com uma moral, como essa. Eu gosto de pensar nelas depois, quando são reais e não muito exageradas — disse Jo, após um momento de silêncio.

A senhora March sorriu e logo começou a falar. Ela já contava histórias para aquele pequeno público havia muitos anos e sabia bem como agradar-lhe.

— Era uma vez quatro meninas que tinham o suficiente para comer, beber e vestir; muitos confortos e prazeres, amigos e parentes amorosos, que as queriam muito bem, e mesmo assim não estavam contentes. (Nesse instante as ouvintes trocaram olhares furtivos e começaram a costurar com afinco.) Essas meninas queriam muito ser boas e tomavam ótimas decisões, mas de alguma maneira não conseguiam cumpri-las muito bem e viviam dizendo coisas como "ah, se tivéssemos isso" ou "se ao menos pudéssemos fazer aquilo", sempre esquecendo quanto já tinham e quantas coisas maravilhosas já podiam fazer. Então, pediram a uma velhinha um feitiço que as fizesse feliz, e a velhinha lhes disse: "Quando se sentirem descontentes, pensem em suas bênçãos, e sintam gratidão." (Neste ponto, Jo ergueu os olhos brevemente, como se fosse dizer algo, mas mudou de ideia ao ver que a história ainda não tinha acabado.) Como elas eram meninas muito sensatas, decidiram tentar seguir o conselho da velhinha, e logo se surpreenderam ao ver como estavam felizes. Uma descobriu que dinheiro não é capaz de manter a vergonha e a tristeza longe da casa dos ricos; outra, que, apesar de ser pobre, estava muito mais feliz com sua juventude, saúde e alegria do que certa velhinha irritada e frágil que não conseguia apreciar os confortos que tinha. A terceira percebeu que, por mais chato que fosse ajudar a preparar o jantar, pior seria ter de esmolar por ele, e a quarta aprendeu que nem anéis brilhantes são tão valiosos quanto um bom comportamento. Então todas concordaram em parar de reclamar, aproveitar as bênçãos que já possuíam e tentar ser merecedoras delas, para que não as perdessem em vez de terem-nas multiplicadas. Eu acredito que as quatro meninas nunca se decepcionaram nem se arrependeram de seguir o conselho da velha senhora.

— Oras, mamãe, muito esperto de sua parte usar nossas próprias histórias contra nós, e nos dar um sermão em vez de um conto — exclamou Meg.

— Eu gosto deste tipo de sermão. É como os que o papai costumava nos contar — comentou Beth, pensativa, ajeitando os alfinetes na almofada de Jo.

— Eu não reclamo tanto quanto as outras, e serei ainda mais cuidadosa do que nunca agora, pois tirei uma lição da ruína de Susie — disse Amy, muito séria.

— Nós precisávamos dessa lição, e não nos esqueceremos dela. E, se esquecermos, a senhora só precisa nos lembrar como a Velha Chloe falou em *Tio Tom*:[9] "Pensem nas nossas bênçãos, crianças, pensem nas nossas bênçãos!" — completou Jo, que nem se quisesse conseguiria evitar se divertir um pouco com aquele pequeno sermão, embora o tenha levado tão a sério quanto as irmãs.

5. Boas vizinhas

— Mas que maluquice você vai fazer agora, Jo? — perguntou Meg em uma tarde nevada, quando a irmã veio pisando duro pelo corredor, usando galochas e uma capa velha com capuz, carregando uma vassoura em uma das mãos e uma pá na outra.

— Vou sair para me exercitar — respondeu Jo, com um brilho arteiro nos olhos.

— Eu imaginei que duas longas caminhadas, hoje de manhã, teriam sido suficientes. Está frio e horrível lá fora, e recomendo que você fique aqui dentro, quentinha e seca, ao lado da lareira, como eu — disse Meg, com um tremor.

— Nunca sigo conselhos; não consigo ficar parada o dia inteiro, e não sou um gato para ficar cochilando ao lado da lareira. Eu gosto de aventuras e vou procurar algumas.

Meg voltou a esquentar seus pés e ler *Ivanhoé*, enquanto Jo começou a limpar o caminho com grande energia. A neve estava leve; com a vassoura, ela

---

9. Referência ao livro *A cabana do pai Tomás* (*Uncle Tom's Cabin*), de Harriet Beecher Stowe. (N.E.)

logo abriu uma passagem por toda a volta do jardim, para Beth passear quando o sol saísse e para o caso de as bonecas inválidas precisarem pegar sol. O jardim separava a casa dos Marchs da do senhor Laurence; ambas ficavam no subúrbio da cidade, que ainda era quase rural, com muitos campos e matas, grandes jardins e ruas tranquilas. Uma cerca viva baixa dividia as duas propriedades. De um lado havia uma casa antiga, pintada de marrom, parecendo muito triste e malcuidada sem as heras que cobriam suas paredes durante o verão e as flores que a cercavam. Do outro lado havia uma imponente mansão de pedra que claramente indicava todo tipo de conforto e luxo, desde uma espaçosa cocheira e jardins bem-cuidados até a estufa, sendo possível vislumbrar objetos deslumbrantes dando uma rápida olhada entre as ricas cortinas. Ainda assim, a casa parecia solitária e sem vida; não havia crianças brincando no gramado nem um rosto maternal sorrindo pelas janelas, e poucas pessoas entravam e saíam dali, com exceção do velho cavalheiro e de seu neto.

Para a imaginação vívida de Jo, aquela linda casa parecia um tipo de palácio encantado, cheio de esplendores e delícias que ninguém aproveitava. Havia muito tempo, ela desejava descobrir essas glórias ocultas e conhecer o "menino Laurence", que parecia querer ser conhecido, se ao menos soubesse por onde começar. Desde a festa, ela tivera mais vontade do que nunca de encontrá-lo, e planejara muitas formas de fazer amizade com ele, mas ele não aparecia já fazia algum tempo, e Jo começou a pensar que ele tinha ido embora quando um dia viu um rosto moreno numa janela superior, olhando melancolicamente para o jardim dos Marchs, onde Beth e Amy estavam fazendo uma guerra de bolas de neve.

— Aquele menino está sofrendo por falta de amigos e diversão — disse Jo a si mesma. — Seu avô não sabe o que é bom para ele e o mantém trancado, sozinho. Ele precisa de muitos meninos divertidos com quem brincar, ou alguém jovem e engraçado. Eu deveria ir até lá e dizer isso àquele senhor.

A ideia divertia Jo, que gostava de fazer coisas ousadas e estava sempre escandalizando Meg com suas *performances* estranhas. O plano de ir até lá não foi esquecido e, quando chegou aquela tarde nevada, Jo resolveu tentar executá-lo. Ela viu o senhor Laurence sair de coche, então saiu para limpar seu caminho até a cerca, onde parou e observou os arredores. Tudo estava quieto; cortinas fechadas nas janelas do primeiro andar; empregados fora de vista; nada humano visível exceto uma cabeça de cachos negros apoiada em uma mão magra na janela superior.

"Lá está ele", pensou Jo. "Pobrezinho! Sozinho e doente, neste dia sombrio. Que tristeza! Vou jogar uma bola de neve lá em cima, para chamar a sua atenção, depois direi uma palavra gentil a ele."

Uma bola de neve fofa foi jogada então, e a cabeça se virou imediatamente, mostrando um rosto que rapidamente perdeu a apatia, quando seus olhos grandes se iluminaram e sua boca começou a sorrir. Jo assentiu e riu, brandindo a vassoura ao gritar:

— Como está você? Esteve doente?

Laurie abriu a janela e respondeu, a voz rouca como a de um corvo:

— Estou melhor, obrigado. Tive uma gripe horrenda, fiquei trancado aqui por uma semana.

— Sinto muito. O que fez para se divertir?

— Nada. É chato como a morte isso aqui.

— Você não leu?

— Não muito. Não deixaram.

— Não tem ninguém que possa ler para você?

— Meu avô, às vezes, mas meus livros não lhe interessam, e eu odeio pedir a Brooke o tempo todo.

— Convide alguém para visitá-lo, então.

— Não tem ninguém que eu gostaria de ver. Os meninos são muito bagunceiros, e minha cabeça não está boa.

— Não tem nenhuma menina boazinha que possa ler para você e diverti-lo? Meninas são calmas e gostam de brincar de enfermeira.

— Não conheço nenhuma.

— Conhece, sim: eu — falou Jo, começando a rir mas parando repentinamente.

— É verdade! Você pode vir, por favor? — pediu Laurie.

— Não sou tão boazinha e quieta assim, mas vou, se minha mãe deixar. Vou perguntar a ela. Seja obediente e feche essa janela; e espere até eu voltar.

Com isso, Jo apoiou a vassoura no ombro e marchou para dentro de casa, perguntando-se o que todas diriam sobre o assunto. Laurie ficou animado com a ideia de receber visita e correu para se aprontar, pois, como diria a senhora March, era um "pequeno cavalheiro", e decidiu honrar a futura convidada penteando a juba cacheada, vestindo uma camisa nova e tentando arrumar o quarto, que, apesar da meia dúzia de empregados, era tudo menos arrumado. Logo se ouviu um sino alto, uma voz decidida pedindo para ver o "senhor Laurie", e um empregado surpreso veio correndo anunciar a senhorita.

— Certo, pode mandá-la subir, é a senhorita Jo — disse Laurie, chegando à porta de sua pequena saleta para encontrar Jo, que apareceu, corada e gentil, e bem à vontade, com um prato coberto em uma das mãos e os três gatinhos de Beth na outra.

— Cá estou, de mala e cuia — disse ela, bruscamente. — Minha mãe lhe mandou um abraço e ficou feliz por eu poder ajudá-lo. Meg queria que eu trouxesse um pouco do seu manjar, que ela faz tão bem, e Beth pensou que seus gatos poderiam distraí-lo. Eu sabia que você ficaria irritado com eles, mas não pude recusar, ela estava tão ansiosa para ajudar em alguma coisa.

Acontece que o estranho empréstimo de Beth foi o mais perfeito, pois, rindo com as brincadeiras dos filhotes, Laurie esqueceu toda a timidez e logo ficou sociável.

— Isso parece bonito demais para se comer — disse ele, sorrindo com prazer quando Jo mostrou o prato de manjar cercado de uma guirlanda de folhas verdes e as flores vermelhas dos queridos gerânios de Amy.

— Não é nada, todas sentem carinho por você e quiseram demonstrá-lo. Diga à menina para guardar o manjar para o seu chá. É muito leve, você pode comer, e é tão suave que não vai machucar sua garganta dolorida. Que salinha mais aconchegante esta.

— Poderia ser, se fosse arrumada, mas as empregadas são preguiçosas, e não sei como pedir que limpem. Isso me incomoda.

— Posso ajeitar tudo em dois minutos. Só preciso varrer a lareira, assim... E alinhar os objetos na cornija da lareira, assim... E guardar os livros aqui, e as garrafas aqui, e virar seu sofá em direção à luz, assim, e afofar as almofadas. Pronto, viu, está tudo resolvido.

E realmente estava. Enquanto ria e conversava, Jo havia ajeitado tudo em seu lugar, dando ao cômodo um ar bem diferente. Laurie a observou em um silêncio respeitoso; quando ela o chamou para o sofá, ele se sentou com um suspiro satisfeito, dizendo, grato:

— Como você é gentil! Sim, era isso mesmo que eu queria. Agora, por favor, sente-se na poltrona e me deixe fazer algo para divertir minha visita.

— Não, eu é que vim para divertir você. Devo ler em voz alta? — perguntou Jo, olhando carinhosamente para alguns livros convidativos que estavam ali perto.

— Obrigado, mas já li todos esses. Se você não se importar, prefiro conversar — respondeu Laurie.

— Nem um pouco. Posso falar o dia todo se você deixar. Beth diz que nunca sei quando parar.

— Beth é a mais corada, que fica mais em casa e às vezes sai com uma cestinha? — perguntou Laurie, interessado.

— Sim, essa é a Beth; ela é a minha garota, e é muito boazinha.

— A bonita é a Meg, e a de cabelos cacheados é a Amy, certo?

— Como você descobriu tudo isso?

Laurie ficou vermelho, mas respondeu honestamente:

— Oras, veja só, muitas vezes ouço vocês chamando uma à outra, e, quando estou sozinho aqui em cima, não consigo evitar olhar para a sua casa. Vocês parecem estar sempre se divertindo tanto! Peço perdão pela indiscrição, mas às vezes vocês esquecem de baixar as cortinas da janela onde estão as flores; quando as luzes estão acesas, é como olhar um quadro: a lareira acesa e todas vocês ao redor da mesa com a sua mãe; o rosto dela fica bem de frente para mim, e fica tão doce, detrás das flores; não consigo deixar de admirar. Eu não tenho mãe, você sabe. — Laurie remexeu a lenha da lareira para esconder o tremor dos lábios que não conseguia controlar.

O olhar carente e solitário nos olhos dele atingiram em cheio o coração de Jo. Ela havia sido criada com tal simplicidade que não havia nenhuma besteira em sua mente, e aos quinze anos ela era tão inocente e sincera quanto uma criança. Laurie estava doente e solitário; percebendo quão rica era sua vida em amor doméstico e felicidade, ela alegremente se dispôs a dividir aquilo com ele. Seu rosto bronzeado assumiu uma expressão amigável, e sua voz estridente tornou-se incomumente gentil ao dizer:

— Nunca mais vamos fechar aquelas cortinas, e lhe dou a permissão de nos observar o tanto que quiser. Eu só gostaria, porém, que, em vez de nos espiar, você pudesse nos visitar de verdade. A mamãe é tão maravilhosa que lhe fará um bem imenso, e Beth cantaria para você se *eu* pedisse, e Amy pode dançar; Meg e eu faríamos você rir com nossas peças teatrais engraçadas, e todos nós nos divertiríamos muitíssimo. Seu avô não permitiria?

— Acho que sim, se sua mãe pedisse. Ele é muito bonzinho, embora não pareça. Ele me deixa fazer o que quero, só tem medo de que eu seja um incômodo para estranhos — respondeu Laurie, animando-se cada vez mais.

— Não somos estranhos, somos vizinhos, e você não deve pensar que será um incômodo. Nós *queremos* conhecê-lo melhor, e já tento fazer isso há tanto tempo. Não faz muito tempo que moramos aqui, sabe, mas conhecemos todos os nossos vizinhos exceto vocês.

— Sabe, meu avô vive enfiado nos livros e não se interessa muito pelo que acontece lá fora. O senhor Brooke, meu tutor, não mora aqui, entende, e não tenho ninguém para passear comigo, então só fico em casa e vivo como posso.

— Que droga. Você deveria passear e ir visitar a casa de todos que o convidam; assim, logo teria muitos amigos e vários lugares agradáveis aonde ir. Não se importe com a timidez, isso logo passa se você se esforçar.

Laurie ficou vermelho de novo, mas não se ofendeu com a acusação de timidez; afinal, Jo era tão cheia de boa vontade que era impossível não acolher bem sua franqueza.

— Você gosta da sua escola? — perguntou o menino, mudando de assunto depois de um breve intervalo em que ele ficou contemplando o fogo e Jo ficou olhando ao seu redor encantada.

— Eu não vou à escola. Sou um homem de negócios, ou melhor, uma menina. Sou dama de companhia da minha tia, que é uma boa alma mas uma velhota bem rabugenta também — respondeu Jo.

Laurie abriu a boca para fazer outra pergunta, mas lembrou-se bem a tempo de que não era educado fazer tantas perguntas pessoais, então se calou, parecendo contrariado. Jo gostou das boas maneiras dele e não se importava em dar umas risadas da tia March, então continuou falando, dando uma divertida descrição da velhinha impaciente, do seu *poodle* gordo, do papagaio que falava espanhol e da biblioteca, em que ela se refestelava. Laurie se divertiu muitíssimo com isso; quando Jo contou da vez em que um cavalheiro de muita pose apareceu para tentar conquistar o coração da tia March e, no meio do seu discurso empolado, foi atacado pelo papagaio, que arrancou sua peruca, para seu grande desespero, o menino se recostou e riu tanto que lágrimas correram pelo seu rosto a ponto de uma empregada entrar na sala para ver o que estava acontecendo.

— Ah, mas isso me faz muito bem! Por favor, conte mais — pediu ele, tirando o rosto da almofada do sofá, vermelho e radiante de alegria.

Felicíssima com seu sucesso, Jo continuou "dedurando": contou tudo sobre as peças e os planos dela e das irmãs, suas esperanças e temores em relação ao pai, e os eventos mais interessantes do mundinho em que viviam. Então eles começaram a falar sobre livros, e, para sua alegria, Jo descobriu que Laurie também amava ler, e que já havia lido ainda mais livros do que ela.

— Se gosta tanto de ler assim, venha ver nossa biblioteca. Meu avô saiu, então não precisa ter medo — disse Laurie, levantando-se.

— Eu não tenho medo de nada — retrucou Jo, sacudindo a cabeça.

— Eu acredito! — exclamou o menino, olhando para ela com muita admiração, embora em segredo ele pensasse que ela teria algum motivo para temer seu avô, caso o encontrasse em um dos seus dias de mau humor.

A atmosfera da casa inteira era veranil, e Laurie seguiu na frente, indo de cômodo em cômodo, deixando Jo parar e olhar o que quer que lhe chamasse a atenção; por fim, eles chegaram à biblioteca, onde ela bateu palmas e fez uma dancinha, como sempre fazia quando estava especialmente animada. O cômodo era preenchido por livros, e havia quadros e estátuas, e armarinhos cheios de moedas e pequenas curiosidades que lhe roubavam a atenção, e poltronas para leitura, e mesinhas engraçadas, e objetos de bronze; e o melhor de tudo: uma grande lareira com azulejos exóticos em volta.

— Que riqueza! — suspirou Jo, afundando-se em uma poltrona de veludo, olhando em volta com um ar de imensa satisfação. — Theodore Laurence, você deve ser o menino mais feliz do mundo — completou, impressionada.

— Um rapaz não pode viver só de livros — retrucou ele, balançando a cabeça, enquanto se empoleirava em uma mesa em frente.

Antes que ele pudesse dizer mais, um sino soou, e Jo levantou-se de um pulo, exclamando assustada:

— Minha nossa, é seu avô!

— Bem, e se for? Você não tem medo de nada, não é? — brincou o menino, com um olhar arteiro.

— Acho que tenho um pouco de medo dele, mas não sei por quê. Minha mãe me deixou vir, e não acho que você tenha piorado com a minha visita — respondeu Jo, recompondo-se, embora ainda com os olhos fixos na porta.

— Eu melhorei muito, isso sim, e estou muito grato. Só tenho medo de você estar cansada de tanto conversar comigo; foi *tão* agradável que eu não conseguia parar — disse Laurie, agradecido.

— O médico veio ver o senhor — disse a empregada, apontando para o corredor ao falar.

— Você se importaria se eu a deixasse por um minuto? Acho que tenho de falar com ele.

— Não ligue para mim. Estou como um pinto no lixo aqui — respondeu Jo.

Laurie saiu, deixando a convidada se divertir por conta própria. Ela estava parada em frente a um belo retrato do velho cavalheiro quando a porta se abriu de novo. Sem se virar, Jo disse, decidida:

— Agora tenho certeza de que não deveria ter medo dele, pois ele tem olhos gentis, embora a expressão da boca seja amarga, e ele pareça ter uma tremenda personalidade. Ele não é tão bonito quanto o *meu* avô, mas gosto dele.

— Obrigado, madame — disse uma voz áspera atrás dela. Para seu grande choque, ali estava o senhor Laurence.

A pobre Jo ficou corada até não poder mais, e seu coração começou a bater descompassadamente quando ela pensou no que dissera. Por um minuto, um desejo louco de desatar a correr a possuiu, mas isso seria covardia, e as meninas ririam dela; então ela resolveu ficar e sair da saia justa em que havia se metido. Ao olhar para ele de novo, ela percebeu que seus olhos, sob as sobrancelhas grossas e grisalhas, eram ainda mais gentis que os do retrato, e havia um brilho de diversão neles, o que atenuou seu medo. A voz áspera ficou ainda mais profunda quando o velho cavalheiro disse abruptamente, após aquela terrível pausa:

— Quer dizer que a senhorita não tem medo de mim, hã?

— Não muito, senhor.

— E a senhorita não acha que sou tão bonito quanto o seu avô?

— Não tanto, senhor.

— E tenho uma tremenda personalidade, não tenho?

— Eu só disse que achava isso.

— Mas a senhorita gosta de mim, apesar de tudo isso?

— Sim, senhor, eu gosto.

Essa resposta agradou ao senhor Laurence; ele deu uma risada curta, apertou a mão de Jo e, erguendo seu queixo com o indicador, avaliou o seu rosto com atenção. Ao soltá-lo, assentiu e disse:

— Você tem a personalidade do seu avô, apesar de não ter herdado suas feições. Ele era um homem e tanto, minha querida, mas o melhor é que ele era honesto e corajoso, e eu tenho orgulho de ter sido amigo dele.

— Obrigada, senhor — disse Jo, sentindo-se muito à vontade depois disso, pois aquelas palavras muito lhe agradaram.

— O que você tem feito com o meu garoto, hein? — foi a pergunta seguinte, feita incisivamente.

— Só estou tentando ser uma boa vizinha, senhor — respondeu Jo, explicando como combinaram a visita.

— Você acha que ele precisa se animar, então?

— Sim, senhor; ele parece um pouco solitário, e acho que outros jovens talvez possam animá-lo. Somos só meninas, mas ficaremos felizes em ajudar se pudermos, pois não nos esquecemos do esplêndido presente de Natal que o senhor nos enviou — disse Jo, ansiosa.

— Tsc, tsc... Isso foi ideia do garoto. Como está aquela pobre mulher?

— Melhor, senhor — retrucou Jo, continuando a falar bem rápido sobre os Hummels, a quem a mãe delas apresentara amigos mais ricos que elas.

— Ela tem o mesmo jeito do pai dela de fazer o bem. Eu tenho de ir visitar sua mãe qualquer dia desses. Diga-lhe que pretendo vê-la. Aí está o sino da hora do chá; vamos tomar nosso chá mais cedo, por causa do garoto. Venha, vamos descer, continue fazendo seu dever de boa vizinha.

— Se não for incômodo para o senhor me receber, senhor.

— Eu não a convidaria, se fosse — respondeu ele, oferecendo o braço à menina, em uma cortesia antiquada.

"O que Meg diria de tudo isso?", pensou Jo ao andar pela casa, revirando os olhos de alegria ao imaginar-se contando aquela história mais tarde.

— Ei, mas o que deu em você? — exclamou o senhor Laurence, quando Laurie, que descia correndo as escadas, levou um susto ao ver Jo de braço dado com seu temível avô.

— Eu não sabia que o senhor tinha chegado — ele começou a dizer, enquanto Jo o olhava com uma expressão de triunfo.

— Isso é evidente, pela algazarra que você estava fazendo ao descer as escadas. Venha tomar seu chá, senhor, e se comporte como um cavalheiro — falou o senhor Laurence, dando um puxão carinhoso no cabelo do rapaz e seguindo em frente, enquanto Laurie fazia uma série de palhaçadas pelas costas dos dois, o que quase fez Jo explodir em gargalhadas.

O senhor Laurence não falou muito enquanto bebia suas quatro xícaras de chá, mas ficou observando os jovens, que logo conversavam como velhos amigos, e a mudança no neto não lhe escapou. Havia cor, luz e vida no rosto do menino agora, uma vivacidade nos seus gestos e uma alegria genuína em sua risada.

"Ela tem razão, o rapaz *está* solitário. Veremos o que essas meninas podem fazer por ele", pensou o senhor Laurence enquanto observava e ouvia. Ele gostava de Jo, cujos modos estranhos e abruptos lhe agradavam, e ela parecia entender tão bem o menino que era como se ela também fosse um garoto.

Se os Laurences fossem o que Jo chamava de "esnobes e bichos do mato", ela não teria ficado nada à vontade, pois pessoas assim sempre a deixavam tímida e desconfortável, mas, ao perceber que eram sem-cerimônia e divertidos, ela pôde ser ela mesma, e causou uma boa impressão. Quando eles se levantaram, ela fez menção de ir embora, mas Laurie disse que queria lhe mostrar algo mais, e a levou para a estufa, que tinha sido iluminada para agradá-la. O lugar parecia mágico aos olhos de Jo, que caminhou de um lado para o outro pelas veredas, apreciando as flores abertas por todos os lados, a luz suave, o ar doce e úmido, as lindas heras e árvores que pairavam sobre ela, enquanto seu novo amigo cortava as mais lindas flores até suas mãos ficarem cheias. Então ele as amarrou em um buquê e disse, com um olhar contente que Jo gostava de ver em seu rosto:

— Por favor, dê este buquê a sua mãe e diga-lhe quanto apreciei o remédio que ela me enviou.

Os dois encontraram o senhor Laurence de pé em frente à lareira na grande sala de visitas, mas a atenção de Jo foi tomada pelo imenso piano de cauda aberto.

— Você toca? — perguntou ela, virando-se para Laurie com uma expressão respeitosa.

— Às vezes — respondeu ele, modestamente.

— Por favor, toque para mim. Quero ouvir, para contar a Beth.

— Não quer tocar primeiro?

— Eu não sei tocar, sou burra demais para aprender. Mas amo música.

Então ele tocou, e Jo o ouviu tocar com o nariz mergulhado no perfume luxuoso das rosas e dos heliotrópios. Seu respeito e sua consideração pelo "menino Laurence" só faziam aumentar, pois ele tocava maravilhosamente bem e não se mostrou nem um pouco orgulhoso. Ela desejou que Beth pudesse ouvi-lo, mas não disse nada, só o elogiou até deixá-lo bem corado e o avô vir em seu socorro.

— Chega, chega, minha jovem; muitos elogios não lhe farão bem. Ele não toca mal, mas espero que se dedique igualmente a coisas mais importantes. Já vai? Bem, eu lhe agradeço muitíssimo pela visita e espero que venha novamente. Minhas lembranças à sua mãe. Boa noite, doutora Jo.

O senhor Laurence apertou sua mão com gentileza, mas parecia que algo lhe havia desagradado. Quando saíram para o corredor, Jo perguntou a Laurie se ela havia falado algo de errado; ele balançou a cabeça.

— Não, fui eu. Ele não gosta de me ouvir tocar.

— Por que não?

— Um dia eu lhe contarei. John vai levá-la em casa, já que não posso fazer isso.

— Não há necessidade disso; não sou nenhuma menininha, e é logo aqui ao lado. Cuide-se bem, por favor.

— Sim, mas você virá me visitar de novo, não?

— Se você prometer vir nos visitar quando estiver melhor.

— Prometo.

— Boa noite, Laurie.

— Boa noite, Jo, boa noite.

Depois que todas as aventuras da tarde foram narradas, a família se sentiu disposta a fazer uma visita em conjunto, pois cada uma se sentiu atraída por algo na grande casa do outro lado da cerca viva. A senhora March gostaria de conversar sobre seu pai com o senhor que não o esquecera; Meg queria passear pela estufa; Beth suspirou pelo piano de cauda; e Amy ficou ansiosa para ver todos os lindos quadros e as estátuas.

— Mãe, por que o senhor Laurence não gosta que Laurie toque piano? — perguntou Jo, que tinha inclinação a fazer perguntas.

— Não tenho certeza, mas imagino que seja porque seu filho, o pai de Laurie, se casou com uma italiana que era musicista. O casamento não agradou ao pai, que é muito orgulhoso. A senhora era boa, linda e muito talentosa, mas ele não gostava dela, e não viu mais o filho após o casamento. O casal faleceu quando Laurie era bebê, e o avô o acolheu. Eu imagino que o menino, que nasceu na Itália, não seja dos mais fortes, e que o avô tenha medo de perdê-lo, por isso é tão cuidadoso. Certamente o amor à música é natural a Laurie, pois ele puxou à mãe, e me arrisco a dizer que o avô tema que ele queira seguir a carreira musical; de qualquer maneira, sua habilidade deve fazê-lo se lembrar da mulher de quem ele não gostava, e por isso ele fez "cara feia", como Jo disse.

— Minha nossa, que romântico! — exclamou Meg.

— Que bobagem — reclamou Jo. — Deixe o menino ser músico, se é o que ele quer, e não o apoquente com assuntos de faculdade, se ele odeia a ideia.

— É por isso que ele tem aqueles belos olhos negros e boas maneiras, imagino; italianos são sempre muito gentis — comentou Meg, que era um pouco sentimental.

— O que você sabe sobre os olhos e as boas maneiras dele? Você mal chegou a falar com ele! — reclamou Jo, que não era nem um pouco sentimental.

— Eu o vi na festa, e o que você conta demonstra que ele sabe se comportar. Foi muito bonito o que ele disse sobre o remédio que a mamãe mandou.

— Ele estava falando do manjar, imagino.

— Você é estúpida, menina? Ele estava falando de você, é claro.

— Estava? — repetiu Jo, arregalando os olhos como se a ideia nunca tivesse lhe ocorrido.

— Nunca vi uma menina assim! Você não reconhece um elogio quando o recebe — reclamou Meg, com ares de moça que sabia tudo sobre o assunto.

— Acho isso tudo uma tolice, e agradeço se você não for boba e acabar estragando minha diversão. Laurie é um bom rapaz e eu gosto dele, e não quero saber nada dessas bobeiras sentimentais de elogios e coisas do tipo. Vamos todas ser boazinhas para ele, porque ele não tem mãe, e *talvez* ele venha nos visitar, não é, mamãe?

— Sim, Jo, seu amiguinho será muito bem-vindo, e espero que Meg se lembre de que crianças devem permanecer crianças pelo tempo que puderem.

— Eu não me considero uma criança, e ainda não sou adolescente — comentou Amy. — O que você acha, Beth?

— Eu estava pensando no nosso Caminho do Peregrino — retrucou ela, que não ouvira uma palavra da conversa toda. — Como saímos do Atoleiro e atravessamos o Postigo quando decidimos ser boas, e subimos a colina íngreme ao nos esforçarmos; talvez aquela casa ao lado, tão cheia de coisas lindas, torne-se o nosso Belo Palácio.

— Temos que passar pelos leões, primeiro — interrompeu Jo, parecendo bem animada com a ideia.

6. Beth encontra o Belo Palácio

O casarão realmente se provou ser um Belo Palácio, embora tenha levado algum tempo para todas entrarem nele, e Beth tenha tido dificuldade em passar pelos leões. O senhor Laurence era o maior deles, mas, depois que ele as convidou, fez comentários engraçados e gentis para cada menina e conversou sobre os velhos tempos com a mãe delas, ninguém mais tinha tanto medo dele assim, exceto a tímida Beth. O outro leão era o fato de que elas eram pobres e Laurie, rico; isso as deixava com vergonha de aceitar favores que certamente elas não poderiam retribuir. Mas, depois de um tempo, elas descobriram que ele considerava as vizinhas suas benfeitoras, e não conseguia fazer o bastante para mostrar quão grato se sentia pela acolhida maternal da senhora March, pela companhia divertida das meninas e pelo conforto que ele sentia naquela humilde casa; então, logo as meninas esqueceram seu orgulho e começaram a trocar gentilezas com o garoto sem pensar em quem era mais generoso.

Todo tipo de coisas agradáveis aconteceu naquela época, pois a nova amizade florescia como grama na primavera. Todas gostavam muito de Laurie, e ele comentou em segredo com seu tutor que "as Marchs são garotas realmente sensacionais". Com o delicioso entusiasmo da juventude, elas receberam o menino solitário em seu grupo e lhe deram muita atenção, e ele descobriu algo muito atraente na companhia inocente daquelas meninas humildes. Sem mãe ou irmãs, logo ele sentiu as influências que elas lhe causavam, e a vida atarefada e intensa que elas tinham o deixava envergonhado pela vida indolente que levava. Estava cansado dos livros e considerava as pessoas tão mais interessantes agora que o senhor Brooke se via obrigado a fazer relatórios muito insatisfatórios, pois Laurie vivia fugindo para a casa das Marchs.

— Não tem problema, deixe o menino tirar uma folga, depois poderá compensar — disse o avô. — A nossa boa vizinha disse que ele está estudando demais e que precisa da companhia de outros jovens, de diversão, de exercício. Suspeito que ela tenha razão e que eu tenha prendido demais o garoto, como se fosse sua avó. Deixe-o fazer o que desejar, contanto que esteja feliz. Ele não pode se meter em nenhum problema no pequeno convento aí do lado, e a senhora March o está ajudando mais do que nós poderíamos.

E com certeza eles se divertiram. Muitas peças e jogos; inúmeras corridas de trenó e brincadeiras de patins; muitas noites agradáveis na pequena e antiga casa, e de vez em quando festinhas divertidas no casarão. Meg podia passear na estufa sempre que desejava e se maravilhar com as flores. Jo lançava-se vorazmente à nova biblioteca, deixando o velho senhor Laurence louco com suas críticas. Amy copiava figuras e apreciava toda a beleza até cansar, e Laurie brincava de dono da mansão com muito estilo.

Mas Beth, por mais que desejasse tocar o piano de cauda, não conseguia reunir coragem para ir à "mansão das alegrias", como Meg dizia. Ela chegou a ir uma vez com Jo, mas o senhor Laurence, sem ter conhecimento de sua fragilidade, encarou-a tão fixamente, por baixo das pesadas sobrancelhas, e disse um "alô!" tão alto que assustou Beth a ponto de a menina sentir "os pés tremerem no chão", segundo ela contou à mãe. Depois disso ela fugiu, declarando que nunca mais entraria lá, nem mesmo pelo tão desejado piano. Não havia persuasão ou promessa que a fizesse superar seu medo, até o fato misteriosamente chegar aos ouvidos do senhor Laurence, que decidiu solucionar a questão. Durante uma das suas breves visitas, ele conduziu engenhosamente a conversa e desandou a falar sobre música e sobre alguns dos maravilhosos cantores que ele já vira se apresentar, os órgãos esplêndidos que já ouvira, e contou histórias tão encantadoras que Beth não foi capaz de ficar longe, no seu canto, e se viu cada vez mais perto, fascinada. Ao chegar ao encosto da cadeira do senhor Laurence, ela parou, ouvindo com os olhos arregalados e o rosto corado pela emoção daquele relato extraordinário. Não dando a Beth mais atenção do que daria a uma mosca, o senhor Laurence passou a falar das aulas e dos professores de Laurie e, de repente, como se a ideia tivesse acabado de lhe ocorrer, comentou com a senhora March:

— O garoto não tem dado mais tanta atenção à música, o que me agrada, pois ele estava ficando muito ligado no assunto, mas o piano sofre por falta de uso. Será que alguma das suas garotas não gostaria de aparecer na nossa casa para praticar de vez em quando? Só para mantê-lo afinado, sabe, senhora?

Beth deu um passo à frente, apertando as mãos com força para impedi--las de bater palmas, tão irresistível era a tentação. A ideia de praticar naquele instrumento esplêndido quase tirava seu fôlego. Antes que a senhora March pudesse responder, o senhor Laurence continuou, com um estranho aceno de cabeça e um sorriso:

— Elas nem precisam ver ou falar com ninguém, é só entrar a hora que quiserem, pois passo o tempo todo trancado no meu escritório, que é do outro lado da casa. Laurie passa muito tempo fora, e os empregados quase nunca se aproximam da sala de visitas depois das nove horas. — Então ele se levantou, como se estivesse se preparando para sair, e Beth fez menção de falar algo, pois aquele acordo não deixava nada a desejar. — Por favor, diga às meninas o que lhe falei, mas, se mesmo assim elas não quiserem ir, não faz mal.

De repente, uma mãozinha segurou a dele, e Beth ergueu os olhos para o senhor Laurence com a expressão cheia de gratidão, ao dizer, do seu jeitinho tímido mas verdadeiro:

— Ah, senhor, elas querem muito, muito mesmo!

— Você é a menina que gosta de música? — perguntou ele, sem fazer muito alarde, ao olhar para ela com gentileza.

— Meu nome é Beth, e eu amo música, e irei à sua casa se o senhor tiver certeza de que ninguém vai me ouvir... e se incomodar — completou ela, com medo de ser grosseira, e tremendo com a própria ousadia ao falar.

— Nenhuma alma viva, minha querida. A casa fica vazia metade do tempo, então venha e toque quanto quiser, e eu ficarei agradecido a você.

— O senhor é muito gentil.

Beth corou como uma rosa sob o olhar amigável que o senhor Laurence lhe lançou, mas não estava mais com medo, e apertou carinhosamente a mão forte que segurava a dela, pois não tinha palavras para agradecer o presente precioso que ele lhe oferecera. O senhor Laurence fez um afago suave em seu cabelo e, abaixando-se, deu-lhe um beijo na testa, dizendo em um tom que poucas pessoas jamais tinham ouvido:

— Eu tive uma garotinha com olhos como os seus. Que Deus lhe abençoe, querida. Tenha um bom dia, senhora.

E se foi, apressado.

Sozinha com a mãe, Beth teve um ataque de euforia, depois correu para compartilhar a maravilhosa novidade com sua família de bonecas inválidas, já que as irmãs não estavam em casa. Quão alegremente ela cantou naquela noite, e fez todas rirem ao acordar Amy durante a noite tocando piano perto da irmã enquanto esta dormia. No dia seguinte, vendo que os dois cavalheiros não estavam em casa, Beth, depois de recuar duas ou três vezes, chegou à porta lateral do casarão e entrou tão silenciosamente quanto um ratinho na sala de visitas, onde ficava seu ídolo. Muito por acaso, é claro, algumas partituras de músicas bonitas e fáceis estavam em cima do piano; com os dedos trêmulos e paradas frequentes para verificar se não havia ninguém por perto, Beth por fim tocou o belo instrumento e logo se esqueceu de seus medos e de tudo o mais que não fosse a alegria extrema que a música lhe proporcionava, como se fosse a voz de um amigo querido.

Ela ficou lá até Hannah ir buscá-la para o jantar, mas Beth não tinha apetite, e só fez ficar sentada, sorrindo para todos, em um total estado de beatitude.

Depois disso, o capuzinho marrom passava às escondidas pela cerca viva quase todos os dias, e a grande sala de visitas era assombrada pelo fantasminha afinado que ia e vinha sem ser visto. Ela não sabia, porém, que o senhor Laurence muitas vezes deixava a porta do escritório aberto para ouvir as canções antigas de que mais gostava; ela nunca via Laurie montar guarda no corredor, para avisar aos empregados que ficassem longe; ela nunca suspeitava de que os livros de exercício e músicas novas que encontrava fossem colocados ali especialmente para ela; quando o senhor Laurence conversava com ela sobre música, ela só pensava em como ele era gentil de lhe contar coisas que tanto a ajudavam. Então ela se divertiu muitíssimo, e descobriu, embora nem sempre seja esse o caso, que aquilo com que tanto sonhara era mesmo do jeito que imaginava. Talvez fosse por ela ser tão grata por essa bênção que outra ainda maior lhe foi dada; seja como for, Beth merecia ambas.

— Mamãe, vou fazer um par de pantufas para o senhor Laurence. Ele é tão gentil comigo, tenho de lhe agradecer, e não sei de que outra forma eu poderia fazer isso. Posso? — perguntou Beth, algumas semanas depois daquela visita dele.

— Sim, querida. Isso vai alegrá-lo e será uma boa forma de agradecer. As meninas vão ajudar você a fazer as pantufas, e eu comprarei os materiais — respondeu a senhora March, que ficava especialmente feliz em fazer algo por Beth, que raramente pedia qualquer coisa para si mesma.

Depois de muitas discussões sérias com Meg e Jo, o modelo foi escolhido, os materiais, comprados, e as pantufas, iniciadas. O modelo considerado mais bonito e apropriado era um com um ramalhete de solenes mas alegres amores-perfeitos, em um fundo roxo-escuro, e Beth se dedicou à tarefa durante as manhãs e as noites, com ajuda ocasional nas partes mais difíceis. Ela era uma boa e ágil costureira, e as pantufas ficaram prontas antes que qualquer um se cansasse delas. Então Beth escreveu um recado curto e simples, e, com a ajuda de Laurie, conseguiu fazer com que as pantufas fossem deixadas na escrivaninha do senhor Laurence em uma manhã, antes que ele despertasse.

Quando esse alvoroço terminou, Beth esperou para ver o que aconteceria. Aquele dia inteiro se passou, e parte do seguinte, antes que qualquer resposta chegasse, e ela estava começando a temer que houvesse ofendido seu excêntrico amigo. Na tarde do segundo dia ela saiu para uma tarefa e para levar Joanna, sua pobre bonequinha inválida, para praticar seu exercício diário. Na volta, ao subir a rua, ela viu três, na verdade quatro cabeças entrando e saindo das janelas da sala. No momento em que a viram, todas acenaram com as mãos e gritaram, alegres:

— Chegou uma carta do senhor Laurence! Venha rápido, venha ler!

— Ah, Beth! Ele lhe mandou... — começou Amy, gesticulando com uma energia incomum, mas sem conseguir terminar, pois Jo a interrompeu, fechando a janela com força.

Beth correu, com a excitação do suspense; à porta, suas irmãs agarraram-na e levaram-na até a sala em uma procissão triunfal, todas apontando e dizendo ao mesmo tempo:

— Olhe ali! Olhe ali!

Beth olhou e empalideceu de surpresa e felicidade. Ali estava um pequeno piano de parede, com uma carta presa à tampa brilhosa, endereçada, como se fosse um cartaz, à "senhorita Elizabeth March".

— Para mim? — exclamou Beth, segurando-se em Jo e sentindo que ia desmaiar com uma surpresa tão avassaladora.

— Sim, minha querida, todinho para você! Não foi esplêndido da parte do senhor Laurence? Você não acha que ele é o velhinho mais querido do mundo inteiro? A chave dele está na carta; não abrimos, mas estamos doidas para saber o que diz — disse Jo, abraçando a irmã e oferecendo a ela o envelope.

— Leia você, eu não vou conseguir! Estou me sentindo tão estranha! Ah, é lindo demais! — choramingou Beth, escondendo o rosto no avental de Jo, muito abalada com o presente.

Jo abriu o envelope e começou a rir, pois as primeiras palavras eram:

Senhorita March,
prezada madame,

— Mas isso soa tão bem! Queria que alguém me escrevesse assim! — comentou Amy, que considerava as maneiras antigas muito elegantes.

— *Já tive muitos pares de pantufas na vida, mas nunca vi um que me servisse tão bem quanto o seu* — continuou Jo. — *O amor-perfeito é minha flor favorita, e sempre me lembrará da minha gentil benfeitora. Eu gosto de retribuir favores, então sei que a senhorita permitirá que o "velho cavalheiro" lhe presenteie com algo que uma vez pertenceu à netinha que ele perdeu. Com meus mais sinceros agradecimentos e felicitações, do seu grato amigo e humilde servo, James Laurence.*

— Olhe só, Beth, é uma honra da qual com certeza você deve se orgulhar! Laurie me contou que o senhor Laurence era muito carinhoso com a menininha que morreu e ainda guarda todas as coisinhas dela com cuidado. Pense só, ele presenteou você com o piano dela! É isso que dá ter grandes olhos azuis e amar a música — disse Jo, tentando acalmar Beth, que tremia e parecia mais animada do que já estivera na vida toda.

— Veja só que engenhosos esses suportes para velas, e que bela seda verde, adornada com uma rosa dourada no meio, e esse lindo banquinho e o suporte de partituras, tudo completo — acrescentou Meg, abrindo o instrumento e mostrando suas belezas.

— "Seu humilde servo, James Laurence", imagine só ele escrevendo isso a você. Vou contar às meninas, elas vão achar o máximo — disse Amy, muito impressionada com a carta.

— Toque, querida. Vamos ouvir o som desse pianinho — disse Hannah, que sempre participava das alegrias e tristezas da família.

Então Beth começou a tocar, e todas declararam que era o melhor piano já ouvido. Evidentemente, havia sido afinado recentemente e completamente reformado, mas, por mais perfeito que fosse, acho que o verdadeiro charme do instrumento estava nos rostos felizes que se debruçavam sobre ele enquanto Beth tocava amorosamente as lindas teclas pretas e brancas e os pedais brilhosos.

— Você vai ter de ir agradecer a ele — disse Jo, brincando, já que a ideia de a irmã realmente fazer isso nunca nem lhe passara pela cabeça.

— Sim, é o que pretendo fazer; acho que vou agora, antes que fique com medo só de pensar nisso.

E, para a total surpresa da família reunida, Beth andou decididamente pelo jardim, atravessou a cerca e bateu à porta da casa dos Laurences.

— Ora, vejam só, que um raio me parta a cabeça, se não é a coisa mais impressionante que já vi! O piano deixou a menina doida da cabeça. Ela nunca iria se estivesse no seu juízo perfeito — comentou Hannah, observando com atenção, enquanto as meninas ficavam boquiabertas com o milagre.

Elas ficariam ainda mais surpresas se tivessem visto o que Beth fez em seguida. Você não vai acreditar em mim, mas ela entrou e bateu à porta do escritório, antes de se dar tempo para pensar no que fazia. Quando uma voz rouca disse "Entre!", ela entrou, foi direto até o senhor Laurence, que parecia bastante surpreso, e estendeu-lhe a mão, dizendo, apenas com um leve tremor na voz:

— Eu vim agradecer, senhor, pelo... — Mas não conseguiu terminar seu discurso, pois ele parecia tão amigável que ela esqueceu o que ia dizer. Lembrando-se apenas de que ele havia perdido a menininha que tanto amava, ela envolveu seu pescoço com os braços e lhe deu um beijo no rosto.

Se o telhado da casa voasse pelos ares, o cavalheiro não teria ficado mais surpreso. Mas como ele gostou daquilo — oh, gostou profundamente! E ficou tão emocionado e contente com aquele beijinho confidente que toda a sua dureza desapareceu; ele colocou Beth em seu joelho e apertou sua bochecha enrugada contra a bochecha rosada dela, e era como se sua querida netinha houvesse retornado. Beth deixou de sentir medo dele naquele momento e permaneceu ali sentada, conversando com ele tão intimamente que era como se o conhecesse a vida inteira; afinal, o amor afasta o medo, e a gratidão pode vencer o orgulho. Quando ela voltou para casa, o senhor Laurence a levou até o portão, apertou sua mão cordialmente e tocou o chapéu ao marchar de volta ao casarão, majestoso e altivo, como o cavalheiro belo e corajoso que era.

Quando as meninas viram aquilo, Jo começou a fazer sua dancinha para expressar seu contentamento. Amy, de tão surpresa, quase caiu da janela, e Meg exclamou, lançando as mãos para o ar:

— Bem, então acredito realmente que é o fim do mundo!

7. O Vale da Humilhação de Amy

— Aquele menino é um perfeito ciclope, não é? — disse Amy um dia quando Laurie passou trotando no seu cavalo fazendo um floreio com o chicote.

— Como você pode dizer isso, se ele tem os dois olhos, e muito bonitos, por sinal? — reclamou Jo, que se ressentia muitíssimo de qualquer comentário negativo sobre o amigo.

— Eu não falei nada dos olhos dele, e não sei por que você ficou tão ofendida quando só admirei sua forma de cavalgar.

— Ah, minha nossa! Essa bobinha quis dizer que ele se parece um centauro, e chamou-o de ciclope! — exclamou Jo com uma gargalhada.

— Você não precisa ser tão maldosa, foi só um *lápis linguai*,[10] como diz o senhor Davis — retrucou Amy, assassinando o seu latim com Jo. — Eu só queria ter metade do dinheiro que Laurie gasta com aquele cavalo — completou ela, como se fosse só para si mesma, mas esperando que as irmãs a ouvissem.

— Por quê? — perguntou Meg, com doçura, enquanto Jo explodia em gargalhadas de novo com o segundo equívoco da irmã.

— Preciso muitíssimo. Estou cheia de dívidas, e minha vez de receber meus trocados[11] será só no mês que vem.

— Dívidas, Amy? Como assim? — questionou Meg, séria.

— Oras, devo pelo menos uma dúzia de limas em conserva e não posso pagar por elas, sabe, até ter dinheiro, pois a mamãe me proibiu de deixar qualquer coisa na conta do mercado.

— Me conte melhor essa história. A nova moda agora são limas? Antes eram pedacinhos de borracha para fazer bolinhas — disse Meg, tentando manter a compostura, pois Amy parecia muito séria e preocupada.

— Sabe, as meninas estão sempre comprando limas, e, a não ser que você queira ser considerada sovina, precisa comprá-las também. Agora tudo são limas em conserva, todo mundo passa o dia chupando-as em sua mesa durante as aulas, trocando-as por lápis, miçangas, bonecas de papel ou qualquer outra coisa durante o recreio. Se uma menina quer ser amiga de outra, ela lhe dá uma lima. Se está de mal dela, come sua lima bem na cara da outra sem oferecer nem uma mordida. Elas trocam suas limas reciprocamente, e eu já ganhei muitas, mas nunca retribuí, embora seja necessário, pois são dívidas de honra, você sabe.

---

10. Para que se compreenda a "brincadeira" proposta pela autora no texto original, lá ela diz "*lapse of lingy*". Em latim, seria *lapsus linguae*, que significa "lapso da língua" ou "erro de linguagem". (N.E.)
11. No original, "*rag money*", que seria uma expressão americana; "*rag*" pode ser trapo, farrapo, mas também pedaço. (N.E.)

— E de quanto você precisa para cobrir sua dívida e sair do vermelho? — perguntou Meg, pegando a bolsa.

— Vinte e cinco centavos será mais que suficiente e ainda poderei lhe comprar um agrado. Não gosta de limas em conserva?

— Não muito; pode ficar com a minha parte. Aqui está o dinheiro. Faça durar o máximo que puder, pois não temos muito, como você bem sabe.

— Ah, obrigada! Deve ser tão bom ter algum dinheiro... Vou fazer uma festa, pois não provei uma só lima esta semana. Fico com vergonha de aceitar, já que não posso retribuir o favor, e estou morrendo de vontade.

No dia seguinte, Amy se atrasou um bocado para a escola, mas não conseguiu resistir à tentação de exibir, com compreensível orgulho, a sacola de papel pardo úmida antes de escondê-la no fundo de sua mesa escolar. Durante os minutos seguintes, o rumor de que Amy March tinha vinte e quatro limas deliciosas (ela havia comido uma no caminho) e iria presentear as colegas circulou pelo seu grupo, e as atenções das amigas ficaram quase insuportáveis. Na mesma hora, Katy Brown a convidou para sua próxima festa; Mary Kingsley insistiu em emprestar seu relógio até o recreio, e Jenny Snow, uma mocinha zombeteira que muitas vezes alfinetara Amy a respeito de seu estado deslimado, de imediato deixou as brincadeiras para trás e se ofereceu para fornecer as respostas para algumas contas complicadas. Mas Amy não havia esquecido os comentários maldosos da senhorita Snow sobre "certas pessoas cujo nariz não era achatado o suficiente para deixar de sentir o cheiro das limas alheias" e "pessoas metidas que não eram orgulhosas demais para pedir limas", e logo destruiu as esperanças da "menina Snow" com uma mensagem curta e grossa: "Você não precisa ser tão educada assim de repente, porque não vai ganhar lima nenhuma".

A escola por acaso estava recebendo uma visita ilustre naquela manhã, e os lindos mapas desenhados de Amy receberam elogios, honra esta que irritou a senhorita Snow e fez a senhorita March assumir a pose de um pavão estudioso. Mas, infelizmente, o orgulho sempre precede uma queda, e a vingativa Snow conseguiu virar a mesa com um sucesso desastroso. Assim que o convidado ilustre terminou com os elogios sem graça de sempre e saiu, Jenny, usando a desculpa de fazer uma pergunta importante, informou ao senhor Davis, o professor, que Amy March tinha limas em conserva debaixo da mesa.

O problema era que o senhor Davis havia declarado as tais limas um artigo de contrabando e fizera uma promessa solene de submeter publicamente à palmatória a primeira pessoa que fosse pega quebrando tal regra. Aquele homem dedicado havia sido bem-sucedido em banir gomas de mascar depois de uma longa e tenebrosa guerra, feito uma fogueira com romances e jornais confiscados, interrompido as atividades de um correio secreto, proibido distorções da face, apelidos e caricaturas, e feito tudo o que um homem sozinho poderia fazer para manter meia centena de meninas rebeldes em ordem. Meninos já são cansativos o bastante para a paciência humana, Deus sabe, mas meninas são infinitamente piores, especialmente para cavalheiros nervosos com temperamentos tirânicos e um talento para o magistério comparável ao do Doutor Blimber.[12] O senhor Davis sabia tudo de grego, latim, álgebra e conhecia diferentes ciências, por isso era considerado um ótimo professor; boas maneiras, ética, sentimentos e bons exemplos não eram considerados de muita importância. Era um mau momento para denunciar Amy, e Jenny sabia disso. O senhor Davis evidentemente havia tomado um café forte demais naquela manhã; um vento leste soprava, o que sempre piorava sua nevralgia, e suas alunas não lhe deram o crédito que ele acreditava merecer; por isso, para usar a linguagem expressiva, embora não muito elegante, das meninas, "ele estava nervoso como uma bruxa e zangado como um urso". A palavra "lima" foi como fogo em pólvora; seu rosto amarelo ficou corado e ele bateu na mesa com uma energia que fez Jenny correr para o seu lugar com uma rapidez incomum.

— Senhoritas, atenção, por favor.

Com a severa ordem, toda a confusão cessou, e cinquenta pares de olhos azuis, pretos, cinzentos e castanhos fixaram-se obedientemente no seu terrível semblante.

— Senhorita March, venha até a minha mesa.

Amy se levantou para obedecer, demonstrando compostura, mas por dentro um medo secreto a dominava, pois as limas pesavam em sua consciência.

— Traga as limas que estão na sua mesa — completou ele, uma ordem inesperada que a surpreendeu antes que saísse da cadeira.

— Não leve tudo — sussurrou sua colega, uma jovem de grande presença de espírito.

Amy rapidamente separou uma meia dúzia e levou o restante para o senhor Davis, sentindo que qualquer homem com coração amoleceria quando sentisse o delicioso perfume das frutas. Infelizmente, o senhor Davis detestava especialmente o cheiro da conserva da moda, e o nojo só piorou sua raiva.

— Isso é tudo?

— Não exatamente — gaguejou Amy.

— Traga o resto, imediatamente.

Com um olhar desesperado, ela obedeceu.

---

12. O Doutor Blimber é um personagem de Charles Dickens (1812-1870), do romance *Dombey and Son* (publicado e conhecido no Brasil como *Dombey & filho*), de 1848. (N.E.)

— A senhorita tem certeza de que não há mais nenhuma?

— Eu nunca minto, senhor.

— Estou vendo. Agora leve essas coisas nojentas, em pares, e jogue-as pela janela.

Houve um suspiro coletivo, que gerou uma breve brisa enquanto suas últimas esperanças se esvaíam e o delicioso doce era arrancado de seus lábios desejosos. Escarlate de vergonha e raiva, Amy foi e voltou doze terríveis vezes; a cada amaldiçoado par que, parecendo tão delicioso e macio, caía de suas mãos relutantes, um grito vindo da rua completava a angústia das meninas, pois lhes informava que as limas estavam sendo comemoradas pelas crianças irlandesas, suas inimigas declaradas. Aquilo foi demais. Todas lançaram olhares indignados ou suplicantes para o inexorável senhor Davis, e uma especialmente passional amante da iguaria começou a chorar.

Quando Amy retornou da última viagem à janela, o senhor Davis pigarreou com muito gosto e disse, com sua voz mais imponente:

— Senhoritas, lembrem-se do que falei na semana passada. Sinto muito que isso tenha acontecido, mas não permito que minhas regras sejam desrespeitadas e *nunca* volto atrás em minha palavra. Senhorita March, estenda a mão.

Amy levou um susto e escondeu as mãos atrás das costas, virando-se para ele com um olhar suplicante, que defendia sua dona mais do que as palavras que ela não conseguia pronunciar. Ela era uma das favoritas do "velho Davies", como, é claro, ele era chamado, e no meu coração sinto que ele voltaria atrás, sim, em sua palavra, se a indignação de uma irresponsável menina não tivesse sido expressa com um bufar. Esse som, por mais baixo que fosse, irritou o cavalheiro irascível e garantiu o temível destino da culpada.

— Sua mão, senhorita March! — foi a única resposta que seu apelo mudo recebeu.

Orgulhosa demais para chorar ou suplicar, Amy trincou os dentes, ergueu o queixo desafiadoramente e aguentou sem se mexer vários golpes ardidos na palma da mãozinha. Não foram tantos assim nem muito fortes, mas isso não fazia diferença para ela. Pela primeira vez na sua vida ela apanhava; a desgraça, aos seus olhos, era tão profunda quanto se o professor a houvesse derrubado.

— A senhorita vai ficar no tablado até a hora do recreio — disse o senhor Davis, decidido a ir até o final, agora que havia começado.

Aquilo foi terrível; já teria sido ruim o bastante voltar para o seu lugar e ver as expressões de pena de suas amigas, ou as de satisfação das poucas inimigas, mas enfrentar a escola toda, após um vexame tão recente, parecia impossível, e por um segundo ela sentiu que ia desfalecer ali mesmo e cair no choro. Uma sensação amarga de injustiça e a lembrança de Jenny Snow ajudaram-na a aguentar sua provação; ao chegar ao ignóbil lugar, Amy fixou os olhos na chaminé de exaustão acima do que então parecia um mar de rostos e ali ficou, tão imóvel e pálida que as meninas tiveram dificuldade em se concentrar com aquela figurinha patética em sua frente.

Durante os quinze minutos seguintes, a menininha sensível e orgulhosa sofreu com uma vergonha e uma dor que ela nunca esqueceria. Para outras pessoas, a situação poderia parecer boba ou trivial, mas para ela foi uma experiência terrível, pois, nos seus doze anos, sua vida havia sido regida somente pelo amor, e nenhum golpe similar a havia tocado até então. O ardor em sua mão e a dor em seu coração foram esquecidos com a tristeza do pensamento...

— Terei de contar isso em casa, e elas ficarão tão decepcionadas comigo!

Os quinze minutos pareceram uma hora, mas por fim terminaram, e a palavra "recreio" nunca pareceu tão agradável a ela.

— A senhorita pode ir, senhorita March — disse o senhor Davis, que parecia, e de fato estava, desconfortável.

Ele não esqueceria tão cedo o olhar de reprovação que Amy lhe lançou ao sair, sem dizer uma palavra a ninguém, e se encaminhar direto para a antessala, pegando suas coisas e abandonando o local "para sempre", como furiosamente declarou a si mesma. Amy estava tristíssima quando chegou em casa. Quando as irmãs mais velhas chegaram, um pouco mais tarde, uma reunião de indignação logo se iniciou. A senhora March não disse muita coisa, mas parecia consternada, e reconfortou sua desolada caçula da melhor maneira possível. Meg banhou a mãozinha machucada com glicerina e lágrimas; Beth sentiu que nem mesmo seus amados gatinhos conseguiriam remediar um mal tão grande, e Jo propôs, enraivecida, que o senhor Davis fosse preso imediatamente, enquanto Hannah insultava o "vilão" e amassava as batatas do jantar como se o próprio estivesse sob seu pilão.

Ninguém percebeu a ausência de Amy, exceto suas amigas; mas as atentas *demoiselles* logo perceberam que o senhor Davies estava muito generoso à tarde, além de estranhamente nervoso. Pouco antes do fim das aulas, Jo apareceu, com uma expressão ameaçadora, e parou ao lado da mesa do professor para lhe entregar uma carta de sua mãe; depois, pegou o restante dos materiais de Amy e saiu, cuidadosamente limpando as botas no tapete, como se quisesse tirar a sujeira do lugar dos pés.

— Sim, você pode tirar uma folga da escola, mas quero que continue estudando um pouco todos os dias, junto com Beth — dissera a senhora March naquela noite. — Não aprovo castigos físicos, em especial para meninas. Não gosto do estilo de magistério do senhor Davis e não acho que as meninas com quem você anda estejam acrescentando algo a você, então vou pedir conselhos ao seu pai antes de decidir matriculá-la em qualquer outro lugar.

— Que bom! Eu gostaria que todas as meninas fossem embora daquela velha escola e acabassem com ela. É completamente enlouquecedor pensar naquelas lindas limas — suspirou Amy, com ares de mártir.

— Não acho ruim que você tenha perdido as limas, pois desobedeceu às regras e merecia alguma punição por isso — foi a resposta severa da mãe, um tanto decepcionante para a menina, que não esperava nada além de simpatia.

— Você quer dizer que está feliz por eu ter sido humilhada na frente da escola inteira? — exclamou Amy.

— Eu não teria escolhido essa forma de resolver o problema — respondeu a senhora March —, mas não tenho certeza de que um método menos drástico teria um melhor efeito. Você está se tornando uma menina muito vaidosa e presunçosa, querida, e já passou da hora de corrigir isso. Você tem muitos dons e virtudes, mas não há necessidade de ficar exibindo-os, pois a vaidade estraga até o maior dos gênios. Não há perigo que talentos ou bondade verdadeiros sejam ignorados por muito tempo, e, mesmo que o sejam, a certeza de que existem e de que são bem utilizados já deveria ser o bastante para satisfazer uma pessoa, e o maior charme em qualquer virtude vem da modéstia.

— É verdade! — exclamou Laurie, que jogava xadrez com Jo no canto da sala. — Conheci um dia uma menina que tinha um incrível talento para a música, mas não sabia disso. Ela nem sequer imaginava quão lindas eram as canções que ela compunha quando estava sozinha, e não acreditaria mesmo se alguém lhe dissesse isso.

— Eu gostaria de conhecer essa menina. Talvez ela pudesse me ajudar. Eu sou tão burra — comentou Beth, de pé ao lado dele, ouvindo com atenção.

— Você a conhece, e ela a ajuda mais do que qualquer outra pessoa — respondeu Laurie, encarando-a com um brilho maroto nos seus belos olhos negros.

Beth ficou muito vermelha de repente e correu para esconder o rosto na almofada do sofá, completamente perturbada com aquela descoberta tão inesperada.

Jo deixou Laurie vencer a partida como recompensa pelo elogio que ele fizera a Beth, a qual, porém, não conseguiram convencer a tocar para eles depois daquele episódio. Então Laurie fez o que pôde e cantou alegremente, especialmente bem-humorado; para as Marchs, ele raramente mostrava o lado mais melancólico de sua personalidade. Quando ele foi embora, Amy, que passara a noite toda pensativa, comentou de repente, como se tomada por uma ideia nova:

— Laurie é um rapaz talentoso?

— Sim. Teve uma excelente educação e tem muitos talentos. Ele se tornará um homem muito bom, se não ficar mimado por tanto carinho — respondeu sua mãe.

— E ele não é metido, é? — perguntou Amy.

— Nem um pouco; é por isso que é tão charmoso e todas nós gostamos tanto dele.

— Entendo. É bom ter talentos e ser elegante, sem ficar se exibindo ou se gabando — concluiu Amy, pensativa.

— Essas coisas são sempre percebidas naturalmente conforme a pessoa fala e age, se isso for feito com modéstia, mas não é necessário exibi-las — concordou a senhora March.

— Seria como usar todas as suas toucas e seus vestidos e fitas ao mesmo tempo só para mostrar aos outros que você os tem — completou Jo, e a lição acabou em uma bela gargalhada.

8. Jo encontra Abadom

— Meninas, aonde vocês vão? — perguntou Amy, entrando no quarto das irmãs mais velhas numa tarde de sábado e encontrando-as prontas para sair, com um ar de segredo que só instigou sua curiosidade.

— Não interessa; menininhas não deveriam fazer perguntas — retrucou Jo, rispidamente.

Se tem *uma coisa* que magoa nossos sentimentos quando somos jovens é ouvir algo assim, e escutar um "vá brincar, querida" é ainda pior. Amy se irritou com o insulto e decidiu descobrir o segredo, mesmo que precisasse insistir por uma hora. Virando-se para Meg, que nunca lhe recusava nada por muito tempo, ela pediu, persuasivamente:

— Ah, me conta, por favor! Eu acho que vocês deveriam me deixar ir também, porque Beth está lá com as bonecas dela e eu não tenho nada para fazer, e estou *tão* sozinha.

— Não posso, querida, porque você não foi convidada — começou Meg.

— Ora, Meg, fique quieta, ou vai estragar tudo — interrompeu Jo, impaciente. — Você não pode ir, Amy, então não seja infantil e pare de choramingar.

— Vocês vão a algum lugar com Laurie, eu sei que vão! Estavam rindo e fofocando juntos no sofá ontem à noite, e pararam quando eu entrei. Vocês vão sair com ele, não vão?

— Sim, nós vamos. Agora fique quieta e pare de incomodar.

Amy segurou a língua, mas continuou observando, e viu Meg guardar um leque no bolso.

— Já sei! Já sei! Vocês vão ao teatro ver *Os sete castelos*! — exclamou ela, completando, resoluta: — E eu *vou junto*, porque a mamãe disse que eu poderia assistir também. Eu ganhei meu dinheiro, e foi maldade de vocês não me contar a tempo.

— Apenas me escute por um minuto e seja uma boa menina — disse Meg, com meiguice. — A mamãe não quer que você vá nesta semana, pois seus olhos ainda não estão recuperados o bastante para aguentar as luzes desse espetáculo. Na semana que vem você poderá ir com Beth e Hannah e se divertir muito.

— Não vai ter nem metade da diversão que teria se eu fosse com vocês e com Laurie. Por favor, me deixem ir! Estive de cama por causa da gripe por tanto tempo, sem sair de casa, que estou morrendo por falta de diversão. Por favor, Meg! Eu vou me comportar! — implorou Amy, parecendo o mais patética possível.

— Acho que podemos levá-la. Não acredito que mamãe se importe, se for bem agasalhada — começou Meg.

— Se *ela* for, *eu* não vou, e, se eu não for, Laurie não vai gostar. Vai ser muito grosseiro de nossa parte arrastarmos a Amy junto, se ele convidou só nós duas. Acho que ela odiaria se meter onde não é chamada — retrucou Jo, irritada, pois odiava ter o trabalho de cuidar de uma criança inquieta quando só queria se divertir.

Seu tom e suas palavras enfureceram Amy, que começou a calçar as botas e dizer, com o jeito mais irritante possível:

— Eu *vou sim*. Meg disse que eu posso. Se eu pagar minha entrada, Laurie não vai ter nada a ver com isso.

— Você não vai sentar conosco, pois os lugares são reservados, e não vai poder sentar sozinha, então Laurie terá de lhe dar seu lugar, o que vai estragar nossa diversão, ou lhe arrumar outro assento, o que não é educado, considerando que você não foi convidada. Você não vai dar um passo para fora de casa; é melhor ficar onde está! — Jo se impôs, cada vez mais irritada, e, por causa da pressa, acabou espetando o dedo.

Sentada no chão, calçada com apenas uma bota, Amy começou a chorar, e, enquanto Meg tentava argumentar com ela, Laurie chegou, chamando-as do andar de baixo. As duas jovens saíram às pressas, deixando a irmã mais nova aos prantos; de vez em quando ela se esquecia de seus modos adultos e se comportava como uma criança mimada. Na hora em que o grupo estava saindo, Amy gritou do corrimão superior, em uma voz ameaçadora:

— Você vai se arrepender disso, Jo March! Ah, se vai!

— Até parece! — retrucou Jo, batendo a porta.

Eles se divertiram muito, pois *Os sete castelos do Lago Diamante* era tão boa e maravilhosa quanto se podia esperar. Mas, apesar dos demônios rubros divertidos, dos elfos cintilantes e dos belos príncipes e princesas, o prazer de Jo foi manchado por uma gota de amargor: os cachos dourados da rainha das fadas a fizeram se lembrar de Amy; entre um ato e outro, ela se distraía pensando no que a irmã faria para que ela "se arrependesse". Ela e Amy tiveram muitas brigas durante a vida toda, pois ambas tinham personalidade forte e explodiam quando provocadas. Amy perturbava Jo, Jo irritava Amy, e explosões regulares ocorriam, das quais ambas se envergonhavam terrivelmente depois. Embora fosse mais velha, Jo tinha menos autocontrole, e tinha dificuldade em tentar apaziguar o espírito explosivo que sempre a metia em problemas; sua raiva, porém, nunca durava muito, e, após humildemente assumir sua culpa, ela se arrependia com sinceridade e tentava agir melhor. Suas irmãs diziam que gostavam muito de fazer Jo explodir, porque ela virava um anjinho depois. A pobre Jo tentava desesperadamente ser boa, mas seu inimigo interior estava sempre pronto para inflamar-se e derrotá-la; e foram necessários anos de dedicação e paciência para controlá-lo.

Quando as irmãs chegaram em casa, encontraram Amy lendo na sala. Ela manteve ares de mágoa quando elas entraram, sem tirar os olhos do livro nem fazer uma só pergunta. Talvez sua curiosidade tivesse superado o ressentimento se Beth não estivesse lá para perguntar sobre a peça e receber uma brilhante descrição do espetáculo. Ao subir para guardar seu melhor chapéu, Jo logo foi dar uma olhada na sua cômoda; da última vez que tinham brigado, Amy havia acalmado seus sentimentos virando a gaveta superior de Jo toda no chão. Porém, tudo estava no lugar, e, depois de verificar rapidamente seus vários armários, as bolsas e caixas, Jo concluiu que Amy devia tê-la perdoado e ter esquecido a briga.

Nisso ela se enganou; no dia seguinte, veio a descoberta que deu início à tempestade. Meg, Beth e Amy estavam sentadas juntas, no fim da tarde, quando Jo entrou correndo no quarto, parecendo nervosa e preocupada, e questionou:

— Alguém pegou minha história?

Meg e Beth negaram de imediato, parecendo surpresas. Amy atiçou o fogo da lareira e não disse nada. Jo a viu corar e caiu em cima dela no mesmo instante.

— Amy, foi você quem pegou!

— Não, não peguei.

— Então você sabe onde está!

— Não, não sei.

— Que mentira! — gritou Jo, agarrando a irmã pelos ombros com uma expressão raivosa capaz de assustar uma criança muito mais corajosa que Amy.

— Não é mentira. Eu não peguei, não sei onde está e não me importo.

— Você sabe de alguma coisa, e é melhor contar logo, ou vou te obrigar a contar! — exigiu Jo, dando-lhe um chacoalhão.

— Pode gritar quanto quiser, mas nunca vai ter aquele livro bobo de volta — berrou Amy, exaltada.

— E por que não?

— Eu o queimei.

— O quê? Meu livrinho tão amado, a que tanto me dediquei e que queria terminar antes que o papai voltasse para casa? Você realmente o queimou? — inquiriu Jo, empalidecendo, enquanto seus olhos relampejavam e suas mãos apertavam Amy nervosamente.

— Sim, queimei! Eu avisei que faria você pagar por ser tão má ontem, e foi o que eu fiz, então...

Amy não conseguiu terminar, pois o temperamento explosivo de Jo a dominou, e ela sacudiu a caçula até seus dentes baterem. Chorando de raiva e tristeza, ela gritou:

— Sua menina horrível! Eu nunca mais vou conseguir escrever, e nunca mais na vida vou perdoá-la!

Meg correu para socorrer Amy, e Beth, para acalmar Jo, mas ela estava realmente fora de si. Depois de dar um derradeiro tabefe na orelha da irmã, Jo correu para o velho sofá no sótão, terminando a briga sozinha.

A tempestade se acalmou no piso inferior quando a senhora March chegou em casa e, tendo ouvido toda a história, logo fez Amy perceber o erro cometido contra a irmã. O livro de Jo era seu maior orgulho, e era considerado pela família uma semente promissora de talento literário. Era só uma meia dúzia de contos de fadas, mas Jo havia se dedicado com muito afinco a eles, colocando todo o seu amor nas histórias, na esperança de fazer algo bom o bastante para publicação. Ela havia acabado de copiar os contos com grande cuidado e de destruir o antigo manuscrito; a fogueira de Amy, portanto, havia consumido o aplicado trabalho de muitos anos. Para outras pessoas poderia parecer uma perda pequena, mas para Jo era uma imensa calamidade, e ela sentia-se como se nunca fosse conseguir se recuperar. Beth chorou como se um de seus gatinhos houvesse morrido, e Meg se recusou a defender a irmã preferida; a senhora March estava triste e séria, e Amy achou que ninguém nunca mais a amaria a não ser que pedisse perdão pelo ato que agora lamentava mais que todas.

Quando o sino do chá tocou, Jo surgiu, parecendo tão sombria e distante que Amy precisou reunir toda a sua coragem para dizer, humildemente:

— Por favor, me perdoe, Jo. Sinto muito, muitíssimo.

— Eu jamais perdoarei você — retrucou Jo, severa, passando a ignorar por completo Amy a partir daquele momento.

Ninguém comentou sobre a grande briga, nem mesmo a senhora March, pois todas já haviam aprendido com o tempo que, quando Jo estava naquele estado de humor, as palavras eram desperdiçadas, e o mais sábio a fazer era esperar até que algum pequeno acaso, ou sua própria natureza generosa, diminuísse o ressentimento da jovem e curasse seu coração. Não foi uma noite alegre; embora todas tenham costurado como de hábito, e a mãe tivesse lido em voz alta um pouco de Bremer, Scott ou Edgeworth, algo estava faltando, e a tranquilidade doméstica havia sido perturbada. Elas sentiram isso especialmente na hora de cantar. Beth mal conseguia tocar, Jo ficou parada como uma pedra e Amy começou a chorar, o que fez com que Meg e a mãe cantassem sozinhas. Mas, apesar do esforço para serem alegres como cotovias, as vozes sonoras não pareceram tão doces quanto o usual, e todas se sentiam fora de tom.

Quando Jo foi receber seu beijo de boa-noite, a senhora March sussurrou docemente:

— Minha querida, não termine o dia com raiva. Perdoem-se, ajudem-se e comecem do zero amanhã.

Jo queria mais que tudo deitar a cabeça no peito materno e chorar por toda a tristeza e raiva que sentia, mas lágrimas eram uma fraqueza de menininha, e ela se sentia tão profundamente magoada que na verdade não *conseguia* perdoar ainda. Então piscou duro, balançou a cabeça e disse, rispidamente, pois sabia que Amy estava ouvindo:

— Foi uma coisa abominável o que ela fez, e ela não merece ser perdoada.

Depois disso, ela marchou para a cama, e não houve brincadeiras ou fofocas alegres naquela noite.

Amy ficou muito ofendida com o fato de que suas tentativas de paz tivessem sido rejeitadas e começou a desejar que não tivesse se humilhado, pois se sentia mais magoada que nunca, o que a fez assumir um ar superior especialmente irritante. Jo ainda parecia uma nuvem negra, e nada correu bem o resto do dia. O dia amanheceu gélido; Jo derrubou sua preciosa tortinha na rua; a tia March teve um ataque de irritação; Meg permaneceu pensativa; Beth ficou chateada e tristonha ao chegar em casa, e Amy não parava de fazer comentários sobre pessoas que ficavam falando de bondade mas nem ao menos tentavam ser boas, mesmo quando outras pessoas davam o bom exemplo.

— Todas estão tão insuportáveis, vou chamar Laurie para patinar. Ele é sempre tão amigável e feliz que vai me deixar de bom humor de novo, tenho certeza — disse Jo a si mesma, e foi o que fez.

Amy ouviu o som dos patins, olhou pela janela e exclamou impaciente:

— Mas vejam só! Ela prometeu que me levaria da próxima vez, pois logo o gelo iria derreter. Mas não adianta pedir a alguém tão mal-humorado.

— Não diga isso; você foi mesmo muito malvada, e é mesmo difícil para ela perdoar a perda do livrinho que lhe era tão precioso. Mas acho que ela poderia levar você agora, e acho que talvez a levará, se você pedir no momento exato — disse Meg. — Vá atrás deles; não diga nada até Jo estar mais feliz com Laurie, então espere um minuto em silêncio e aí lhe dê um beijo ou faça algo gentil, e tenho certeza de que ela perdoará você com todo o coração e será sua amiga de novo.

— Vou tentar — disse Amy, pois o conselho lhe pareceu bom. Depois de se aprontar às pressas, ela saiu correndo atrás dos dois, que sumiam morro acima.

Não era longe até o rio, mas ambos já estavam prontos para patinar quando Amy se aproximou. Jo percebeu sua chegada e deu-lhe as costas; Laurie não a viu, pois estava patinando com cuidado ao longo da margem, verificando a resistência do gelo, pois antes daquela onda de frio havia esquentado um pouco.

— Vou até a próxima curva para ver se é seguro antes de começarmos a corrida — Amy ouviu Laurie dizer ao se afastar, parecendo um jovem russo com seu casaco e chapéu de pelo.

Jo ouviu Amy ofegar ao chegar, batendo os pés e soprando os dedos gelados enquanto tentava calçar os patins, mas não se virou nenhuma vez, e foi ziguezagueando devagar pelo rio, com uma amarga e triste satisfação por saber que a irmã estava com dificuldade. Ela havia alimentado tanto sua raiva que aquele sentimento se fortaleceu e tomou conta dela, como sentimentos e pensamentos ruins sempre fazem quando não nos livramos deles de imediato. Quando Laurie fez a curva, gritou:

— Fiquem perto da margem, o meio não está seguro.

Jo o ouviu, mas Amy estava tentando se colocar de pé e não escutou uma palavra. Jo deu uma olhada para trás, mas o diabinho que fizera morada em seu ombro lhe sussurrou: "Não importa se ela ouviu ou não, deixe que tome conta de si mesma".

Laurie havia desaparecido após a curva do rio; Jo estava quase lá, e Amy, bem atrás, disparou para a parte mais lisa do gelo, no centro. Por um minuto Jo ficou parada, com um sentimento estranho no coração, então resolveu continuar, mas algo a deteve e a fez se virar bem a tempo de ver Amy jogar as mãos para o alto e cair, com um estrondo do gelo se partindo, um esguicho de água e um grito que fez o coração de Jo parar de medo. Ela tentou chamar Laurie, mas sua voz desapareceu; ela tentou correr até lá, mas seus pés pareciam ter perdido as forças; por um segundo, tudo o que ela conseguiu fazer foi ficar parada, olhando, com uma expressão aterrorizada, o capuzinho azul que boiava na água escura. Algo passou voando por ela, e a voz de Laurie explodiu:

— Pegue um pau, rápido, rápido!

Como fez aquilo, Jo nunca soube, mas nos minutos seguintes ela agiu como se estivesse possuída, obedecendo a Laurie cegamente. Laurie tinha muito autocontrole; deitado no gelo, segurou Amy com o braço e um bastão de hóquei, até Jo conseguir trazer um pedaço de madeira da cerca, e juntos eles conseguiram tirar a menina do gelo, mais assustada que ferida.

— Agora, vamos, temos de levá-la para casa o mais rápido possível! Embrulhe bem nossos agasalhos em volta dela enquanto tiro esses malditos patins — exclamou Laurie, envolvendo Amy com seu agasalho e puxando os cadarços, que nunca pareceram tão emaranhados.

Tremendo, pingando e chorando, Amy foi levada por eles para casa; depois de um momento de emoção, ela caiu no sono, enrolada em cobertores e aquecida em frente à lareira. Durante toda a confusão, Jo mal havia falado, só correu de um lado para o outro, pálida e assustada, deixando as coisas pelo caminho, com o vestido rasgado, as mãos machucadas pelo gelo, pelo pau e por incômodas fivelas. Quando Amy estava dormindo confortavelmente, e a casa, silenciosa, a senhora March, sentada ao lado da cama, chamou Jo para perto e começou a tratar das mãos feridas da filha.

— Tem certeza de que ela está bem? — sussurrou Jo, olhando cheia de remorso para a cabeça dourada da irmã, que poderia ter sido arrancada de suas vistas para sempre, debaixo do gelo traiçoeiro.

— Muito bem, querida. Ela não se machucou e não deve nem pegar um resfriado, eu acho, pois vocês foram muito inteligentes em agasalhá-la bem e trazê-la para casa rápido — respondeu a mãe, tranquilizando-a.

— Laurie fez tudo isso; eu apenas a deixei ir. Mamãe, se ela *morresse*, seria por minha culpa! — E com isso Jo se ajoelhou ao lado da cama, deixando correr lágrimas arrependidas, contando tudo o que havia acontecido e condenando amargamente a dureza de seu coração, com soluços de gratidão por ter sido poupada do enorme castigo que poderia ter recebido. — É esse meu terrível temperamento! Eu tento controlá-lo, e fico achando que consegui, até que ele vem de novo à tona, pior que nunca. Ó, mamãe! O que posso fazer? O que posso fazer? — chorava a pobre Jo, desesperada.

— Observe e reze, minha filha. Nunca se canse de tentar e nunca pense que é impossível se livrar de seus defeitos — disse a senhora March, puxando a cabeça desalinhada da filha para o seu ombro e beijando seu rosto úmido com tanto carinho que Jo só fez chorar ainda mais.

— A senhora não sabe, a senhora não tem ideia de como é ruim! Parece que eu seria capaz de fazer qualquer coisa quando estou com a cabeça quente. Fico tão selvagem que poderia machucar qualquer um, e sentir prazer com isso. Tenho medo de que algum dia eu acabe mesmo fazendo algo horrível e estrague minha vida e faça todos me odiarem. Ah, mamãe! Me ajude, me ajude, por favor!

— Vou ajudá-la, minha filha, vou, sim. Não chore assim, mas lembre-se deste dia e decida, do fundo do seu coração, que nunca mais passará por outro dia como este. Jo, querida, todos temos nossas tentações, algumas muito maiores que as suas, e muitas vezes levamos a vida inteira para dominá-las. Você acha que seu temperamento é o pior do mundo, mas o meu costumava ser assim.

— O seu, mamãe? Mas a senhora nunca fica brava! — E por um momento, a surpresa fez Jo se esquecer do seu remorso.

— Eu tenho tentado me curar desse temperamento há quarenta anos, e só consegui controlá-lo. Fico com raiva quase todos os dias da minha vida, Jo, mas aprendi a não demonstrar isso. Ainda espero aprender a não sentir isso, embora talvez vá levar mais quarenta anos para conseguir.

A paciência e a humildade no rosto que ela amava tanto foram uma lição maior para Jo do que a aula mais sábia ou a mais severa repreensão. Ela se sentiu reconfortada de pronto pela compreensão e pela confiança oferecidas a ela; saber que sua mãe tinha uma falha como a sua, e que tentava corrigi-la, tornou a sua mais fácil de carregar e reforçou sua decisão de curá-la; por outro lado, quarenta anos parecia muito tempo para observar e rezar para uma menina de quinze anos.

— Mamãe, você está brava quando morde os lábios com força e sai da sala às vezes, quando a tia March é grossa, ou as pessoas a perturbam? — perguntou Jo, sentindo-se ainda mais próxima da mãe e mais querida por ela que antes.

— Sim. Eu aprendi a examinar as palavras que vêm muito rápido aos meus lábios. Quando sinto que vão ser ditas contra a minha vontade, eu saio por um minuto e me dou uma bronca por ser tão fraca e cruel — respondeu a senhora March com um suspiro e um sorriso, acariciando e prendendo os cabelos bagunçados de Jo.

— Como a senhora aprendeu a se manter quieta? Isso é o mais difícil para mim. As palavras duras saem da minha boca antes que eu consiga me dar conta do que estou falando, e, quanto mais eu falo, pior fico, até que seja um prazer magoar as outras pessoas e dizer coisas terríveis. Me diga como a senhora faz, mamãezinha querida.

— Minha boa mãe costumava me ajudar...

— Como a senhora faz conosco — interrompeu Jo com um beijo agradecido.

— Mas eu a perdi quando era um pouco mais velha que você, e por anos tive de me virar sozinha, pois era orgulhosa demais para confessar minhas fraquezas a qualquer outra pessoa. Eu tive muita dificuldade, Jo, e chorei lágrimas amargas por causa dos meus fracassos; apesar dos meus esforços, eu parecia nunca melhorar. Então seu pai surgiu, e ele me fazia tão feliz que era fácil ser boa. Mas o tempo passou e eu me vi cercada de quatro filhinhas, ficamos pobres, e os meus velhos problemas voltaram a surgir, pois não sou uma pessoa paciente por natureza, e me doía muito ver minhas filhas passando qualquer tipo de necessidade.

— Pobre mamãe! O que a ajudou, então?

— Seu pai, Jo. Ele nunca perde a paciência, nunca duvida nem reclama, e sempre permanece com esperança, e continua trabalhando e aguardando, tão alegremente, que qualquer pessoa teria vergonha de agir de outra forma na frente dele. Ele me ajudou e me reconfortou, e me mostrou que devo tentar praticar todas as virtudes que desejo que minhas meninas tenham, pois eu sou o exemplo delas. Era mais fácil agir assim pelo bem de vocês do que pelo meu próprio; um olhar surpreso ou assustado de uma de vocês quando eu dizia algo ferino me repreendia mais bruscamente do que qualquer palavra seria capaz; e o amor, o respeito e a confiança das minhas filhas são as mais doces recompensas que eu poderia receber por me esforçar para ser a mulher que desejo que vocês imitem.

— Ah, mamãe! Se algum dia eu chegar a ter metade da sua bondade, ficarei satisfeita — exclamou Jo, muito emocionada.

— Espero que você seja muito melhor, minha querida, mas você precisa ficar atenta ao seu "inimigo do peito", como seu pai chama, ou ele pode entristecer ou até estragar sua vida. Você recebeu um aviso; lembre-se dele, e tente com todo o coração controlar seu gênio antes que ele lhe traga mais tristeza e arrependimento do que sentiu hoje.

— Vou tentar, mamãe, vou tentar mesmo. Mas a senhora precisa me ajudar, me lembrar e me impedir de sair da linha. Às vezes eu via o papai colocar um dedo nos lábios e olhar para a senhora com uma expressão séria mas muito amorosa, e a senhora sempre mordia os lábios com força ou se afastava. Ele estava advertindo você, então? — perguntou Jo baixinho.

— Sim. Eu pedi que ele me ajudasse dessa forma, e ele nunca esqueceu de fazê-lo. E me impediu de dizer muitas palavras duras com aquele pequeno gesto e aquele olhar doce.

Jo viu que os olhos da mãe se encheram de lágrimas e que seus lábios tremeram ao dizer aquelas palavras; temendo que tivesse falado demais, ela sussurrou, nervosa:

— Fiz mal em observá-la, ou em falar nisso? Não foi minha intenção ser grosseira, mas me sinto tão confortável dizendo tudo o que penso para a senhora, e me sinto tão segura e feliz aqui.

— Minha Jo, você pode dizer qualquer coisa para a sua mãe, pois é minha maior alegria e meu maior orgulho saber que minhas meninas confiam em mim e sabem quanto eu as amo.

— Pensei que tinha deixado a senhora triste.

— Não, querida. Falar do seu pai me faz lembrar de quanto sinto a falta dele, de quanto devo a ele e quanto devo ser fiel e dedicada ao trabalho de manter nossas filhinhas boas e seguras para quando ele voltar.

— Mas a senhora disse para ele ir à guerra, mamãe, e não chorou quando ele foi embora, e mesmo agora nunca reclama nem parece precisar de ajuda — comentou Jo, pensativa.

— Eu dei meu melhor para o país que amo, e segurei minhas lágrimas até que ele se fosse. Por que deveria reclamar quando nós dois só cumprimos com o nosso dever e certamente seremos mais felizes por causa disso no final? Se não pareço precisar de ajuda, é porque tenho um amigo maravilhoso, ainda melhor que o papai, que me conforta e me sustenta. Minha filha, os problemas e as tentações da sua vida estão começando e talvez sejam inúmeros, mas você poderá superar todos eles se aprender a sentir a força e a ternura do nosso pai celestial tanto quanto sente a presença do seu pai aqui na Terra. Quanto mais você amá-lo e confiar nele, mais próxima se sentirá dele, e menos dependerá do poder e da sabedoria humanos. O amor e o carinho de Deus nunca diminuem ou mudam, nunca serão tirados de você, e podem se tornar a fonte de paz, felicidade e força por toda a sua vida. Acredite nisso com todo o seu coração e leve a Deus todas as suas preocupações, e esperanças, e pecados, e tristezas, com a mesma confiança e liberdade com que você os traz à sua mãe.

A única resposta de Jo foi abraçar a mãe com força, e, no silêncio que se seguiu, a oração mais sincera que ela já fizera saiu de seu coração, sem precisar de palavras; naquele momento triste e ao mesmo tempo feliz, ela aprendera não só o amargor do remorso e do desespero, mas a doçura do autocontrole e da abnegação. Conduzida pela mão materna, ela se aproximou ainda mais do

Amigo que recebe todos os seus filhos com um amor maior que o de qualquer pai e mais terno do que o de qualquer mãe.

Amy se mexeu e suspirou enquanto dormia; como se estivesse ansiosa para começar a corrigir seus defeitos, Jo olhou para cima com uma expressão nunca antes vista em seu rosto.

— Eu terminei o dia com raiva, não aceitei o pedido de desculpas dela, e hoje, se não fosse por Laurie, poderia ser tarde demais! Como eu pude ser tão má? — disse Jo, em voz alta, enquanto se inclinava para a irmã e acariciava suavemente seu cabelo úmido espalhado no travesseiro.

Como se tivesse ouvido suas palavras, Amy abriu os olhos e estendeu os braços, com um sorriso que foi direto ao coração de Jo. Nenhuma das duas disse uma palavra, mas elas se abraçaram com força, apesar dos cobertores, e tudo foi perdoado e esquecido com um beijo carinhoso.

9. Meg vai à Feira das Vaidades

— Eu realmente acho que foi a maior sorte do mundo essas crianças pegarem sarampo bem agora — comentou Meg, em um dia de abril, enquanto arrumava sua mala de "viagens longas" no quarto, cercada pelas irmãs.

— E foi muito gentil da parte de Annie Moffat não esquecer de sua promessa. Uma quinzena inteira de diversão será com certeza incrível — disse Jo, parecendo um moinho de vento enquanto dobrava saias com seus braços longos.

— E o clima anda tão agradável, estou muito feliz por isso — acrescentou Beth, arrumando cuidadosamente fitas de cabelo e de pescoço em sua melhor caixa, um empréstimo para a ocasião especial.

— Eu queria ter um tempo assim para me divertir e usar todas essas coisas bonitas — disse Amy com a boca cheia de alfinetes, os quais ela ia espetando artisticamente na almofadinha da irmã.

— Eu queria que todas vocês fossem comigo, mas, como não será possível, vou guardar todas as minhas aventuras para contar a vocês quando eu voltar. É o mínimo que posso fazer, visto que vocês estão sendo tão gentis, me emprestando coisas e me ajudando a arrumar tudo — disse Meg, lançando o olhar para as roupas e os apetrechos muito simples espalhados pelo quarto, que pareciam quase perfeitos aos seus olhos.

— O que a mamãe lhe deu do baú de tesouro? — perguntou Amy, que não estivera presente durante a abertura do baú de cedro no qual a senhora March guardava algumas relíquias do passado de esplendor para dar de presente às meninas no momento certo.

— Um par de meias de seda, aquele belo leque entalhado e uma linda cinta azul. Eu queria o vestido de seda violeta, mas não havia tempo para consertá--lo, então vou ter de me contentar com minha velha tarlatana.[13]

— Vai ficar bonita com a minha nova saia de musselina, e a cinta vai combinar perfeitamente. Eu gostaria de não ter quebrado meu bracelete de coral, assim você poderia levá-lo — disse Jo, que adorava dar e emprestar, mas cujas posses muitas vezes estavam dilapidadas demais devido ao tempo de uso.

— Tem uma linda pérola antiga no baú de tesouros, mas a mamãe disse que flores de verdade eram o melhor ornamento para uma menina, e Laurie me prometeu enviar todas as flores que eu quisesse — disse Meg. — Agora, vamos ver... Aqui está meu conjunto cinza novo... Beth, só enrole a pena do meu chapéu, por favor... E meu vestido de popelina para os domingos e para reuniões íntimas... parece pesado para a primavera, não? Ah, o vestido de seda violeta seria perfeito, ah, minha nossa!

— Não se preocupe. Você tem o de tarlatana para as festas maiores, e sempre fica parecendo um anjo de branco — disse Amy, refletindo sobre toda a sorte de adereços que a encantava.

— Ele não é decotado nem tão longo, mas vai ter de bastar. Meu vestido azul de ficar em casa está tão bonito, recém-virado e com costuras novas,[14] que é como se eu tivesse comprado um novo. Meu vestido de baile de seda não está na moda, e meu gorro não é como o de Sallie; eu não quis dizer nada, mas fiquei horrivelmente decepcionada com minha sombrinha. Eu pedi uma sombrinha preta com cabo branco para a mamãe, mas ela esqueceu e comprou uma sombrinha verde com um cabo amarelo feio. É de boa qualidade e benfeita, então não posso reclamar, mas sei que vou ficar com vergonha quando estiver ao lado de Annie, com sua sombrinha de seda dourada — suspirou Meg, observando a sombrinha com desgosto.

— Peça para trocá-la — sugeriu Jo.

— Não vou ser boba de fazer isso, ou magoar a mamãe, que teve tanto trabalho para conseguir essas coisas para mim. É bobeira de minha parte, e não vou me permitir agir dessa forma. Minhas meias de seda e meus dois lindos

---

13. A tarlatana é um tecido de algodão muito leve, de malha aberta e engomada, usado geralmente em forros de vestidos, saiotes de bailarina, golas de fantasias de pierrô etc. (N.E.)

14. Nessa época, pessoas com poucas posses costumavam desfazer as costuras das roupas usadas, cuja parte externa estava com aparência desbotada, e viravam o tecido do avesso, deixando a parte que era interna para o lado de fora. Dessa forma, a roupa voltava a parecer nova. (N.E.)

pares de luvas novas são meu conforto. Você foi muito gentil de me emprestar as suas, Jo; me sinto rica e muito elegante com dois pares novos, e as antigas que foram lavadas para uso diário. — Meg deu mais uma olhada para a caixa de luvas. — Annie Moffat tem toucas de dormir com laços em rosa e azul; vocês acham que eu deveria costurar uns laços nas minhas toucas também? — ela perguntou quando Beth trouxe uma pilha de musselinas brancas como neve, recém-lavadas por Hannah.

— Não, porque as toucas enfeitadas não combinariam com as camisolas simples e sem nenhum ornamento. Pessoas pobres não deveriam se meter a paramentar a si próprias — retrucou Jo, resoluta.

— Será que *algum dia* eu vou ter a felicidade de ter renda verdadeira nas minhas roupas, e laços nas minhas toucas? — disse Meg, impaciente.

— Outro dia você disse que já ficaria muito feliz se simplesmente pudesse ir à casa de Annie Moffat — observou Beth, em seu tom calmo.

— Falei! E estou mesmo feliz, e não vou reclamar, mas parece que, quanto mais nós temos, mais queremos, não é verdade? Aqui, pronto, tudo já está guardado, menos meu vestido de baile, que vou deixar para a mamãe — disse Meg, animando-se, olhando para a mala quase cheia e para o vestido de tarlatana branca muitas vezes passado e costurado, que ela chamou de "vestido de baile" com ares de importância.

O dia seguinte foi tranquilo, e Meg partiu, em grande estilo, para duas semanas de novidades e lazer. A senhora March havia concordado com a viagem com um pouco de relutância, temendo que Margaret voltasse mais descontente do que foi. Mas a menina havia implorado tanto, e Sallie prometera tomar conta dela, e um pouco de diversão parecia tão agradável depois de um inverno de tanto trabalho, que a mãe cedeu, e a filha foi sentir o primeiro gosto de uma vida sofisticada.

Os Moffats eram mesmo muito chiques, e Meg, de família simples, ficou muito intimidada a princípio, pelo esplendor da casa e pela elegância dos seus moradores. Mas a família era gentil, apesar da vida frívola que levavam, e logo deixaram a convidada à vontade. Talvez Meg sentisse, sem imaginar o motivo, que não eram pessoas especialmente cultas ou inteligentes, e que todo aquele rebuscamento não era capaz de esconder por completo o recheio medíocre de que eram feitos. Sem dúvida, era agradável se divertir com tais riquezas, passear em carros caros, usar os melhores vestidos todos os dias e não fazer nada além de entreter-se. Combinava bem com ela. Logo ela começou a imitar os trejeitos e maneirismos das pessoas ao redor, a fazer graças e poses, usar expressões em francês, cachear o cabelo, apertar os vestidos e falar de moda o melhor que era capaz. Quanto mais via as coisas belas de

Annie Moffat, mais sentia inveja dela, e ansiava ser rica. Seu lar agora parecia pobre e sem atrativos quando ela pensava nele, o trabalho parecia mais difícil que nunca, e ela se sentia muito injustiçada e necessitada, apesar das novas luvas e das meias de seda.

Contudo, ela não tinha muito tempo para remoer essas ideias, já que as três jovens se ocupavam a todo momento com diversões. Elas faziam compras, passeavam a pé ou a cavalo e faziam visitas o dia todo; à noite, iam a teatros e óperas, ou distraíam-se em casa. Annie tinha muitas amigas e sabia como entretê-las. Suas irmãs mais velhas eram moças muito encantadoras, e uma já estava noiva, o que Meg considerava muito interessante e romântico. O senhor Moffat era robusto e alegre e conhecia seu pai, e a senhora Moffat era também robusta e alegre e logo tomou Meg sob suas asas como a filha fizera. Todos a elogiavam, e "Margarida", como a apelidaram, estava caminhando em passos céleres para ser mimada.

Quando a noite da "reunião íntima" chegou, ela descobriu que o vestido de popelina não serviria nem de longe, pois as outras meninas estavam usando vestidos dos mais finos, e se arrumando ao máximo; então ela resolveu usar o de tarlatana, parecendo mais velho, mais triste e mais sem graça que nunca ao lado do vestido novíssimo de Sallie. Meg viu as outras garotas olhando para sua roupa, depois se entreolhando, e então suas bochechas começaram a arder; apesar de toda a sua ternura, Meg era muito orgulhosa. Ninguém disse uma palavra sobre o assunto, é claro, mas Sallie se ofereceu para arrumar seu cabelo, Annie, para amarrar a faixa do vestido, e Belle, a irmã noiva, elogiou seus braços brancos, mas, por trás de toda aquela gentileza, Meg só viu compaixão por sua pobreza, e seu coração pesou quando ela se pôs sozinha, em um canto, enquanto as outras riam e conversavam, se arrumando e indo daqui ali como borboletas etéreas. O sentimento amargo e pesado estava ficando cada vez pior quando uma empregada entrou com uma caixa de flores. Antes que a moça pudesse dizer algo, Annie tirou a tampa, e todas exclamaram com a beleza das rosas, urzes e folhagens na caixa.

— É para Belle, sem dúvida. George vive mandando flores para ela, mas essas são absolutamente arrebatadoras — exclamou Annie, cheirando-as.

— O entregador disse que são para a senhorita March. E há um bilhete — disse a empregada, estendendo-o para Meg.

— Que divertido! De quem são? Eu não sabia que você tinha um namorado — exclamaram as meninas, correndo para perto de Meg cheias de curiosidade e surpresa.

— O recado é de mamãe, e as flores são de Laurie — disse Meg simplesmente, muito agradecida por ele não ter lhe esquecido.

— Ah, é verdade! — disse Annie, com um olhar engraçado, enquanto Meg guardava o bilhete no bolso como um talismã contra a inveja, a vaidade e o orgulho; aquelas poucas palavras amáveis tinham lhe feito bem, e as flores a animaram com sua beleza.

Quase se sentindo feliz de novo, ela separou algumas das rosas e folhagens para si e logo arrumou o restante em lindos buquês para os decotes, cabelos ou saias das amigas, oferecendo-os com tal graça que Clara, a irmã mais velha, lhe chamou de "a coisa mais adorável que já viu na vida", e todas pareceram muito agradecidas com seu pequeno gesto de atenção. De alguma forma, aquele ato gentil acabou com seu desânimo, e quando todas foram se mostrar para a senhora Moffat, o que ela viu no espelho foi um rosto feliz e de olhos brilhantes, enquanto prendia as folhagens nos cabelos cacheados e as rosas no vestido que não parecia mais *tão* feio assim.

Ela se divertiu muitíssimo naquela noite, dançando até se cansar; todos foram muito afáveis, e ela recebeu três elogios. Annie pediu que Meg cantasse, e alguém comentou que sua voz era incrivelmente bela; o major Lincoln perguntou "quem era aquela garotinha de olhos tão lindos?"; o senhor Moffat insistiu em tirá-la para dançar, pois ela "não perdia tempo e tinha muito ânimo", como ele tão eloquentemente descreveu. Então, no geral, ela teve uma noite esplêndida, até entreouvir uma conversa que a perturbou sobremaneira. Estava sentada na estufa, esperando seu parceiro de dança lhe trazer um refresco, quando ouviu uma voz perguntar, do outro lado da parede de flores:

— Quantos anos ele tem?

— Dezesseis ou dezessete, eu acho — respondeu outra voz.

— Seria um golpe de sorte para uma dessas meninas, não é mesmo? Sallie diz que estão muito próximos agora, e que o velho as adora.

— A senhora M. já planejou tudo, arrisco dizer, e vai jogar suas cartas direitinho, por mais cedo que seja. A menina evidentemente ainda não pensa nisso — comentou a senhora Moffat.

— Ela contou aquela lorota sobre a mãe, como se ela soubesse de tudo, e ruborizou quando as flores chegaram. Pobrezinha! Seria linda se ao menos se vestisse melhor. Acham que ela se ofenderia se oferecêssemos um vestido emprestado a ela para quinta-feira? — outra voz questionou.

— Ela é orgulhosa, mas não acho que se importaria, pois aquele horrível vestido de tarlatana é tudo o que tem. Talvez ela o rasgue hoje à noite, e essa seria uma boa desculpa para oferecer um vestido decente para ela.

— Veremos; vou perguntar ao Laurence, como um favor a ela, e vamos nos divertir com essa história depois.

Nesse momento o parceiro de Meg voltou, encontrando-a corada e bastante nervosa. Ela era orgulhosa, e seu orgulho foi útil nesse momento, pois a ajudou a esconder a humilhação, a raiva e o nojo do que havia acabado de ouvir; inocente e sem malícia que era, não conseguia compreender que suas amigas fizessem fofoca sobre ela. Ela tentou esquecer aquilo, mas não conseguiu, e ficava repetindo para si mesma "A senhora M. já planejou tudo", "aquela lorota sobre a mãe" e "aquele horrível vestido de tarlatana" até se sentir prestes a chorar e desejar voltar para casa correndo para contar seus problemas e pedir conselhos. Como isso era impossível, ela fez o que pôde para parecer alegre e entusiasmada; Meg foi tão bem-sucedida em sua tentativa que ninguém nem sequer imaginaria o esforço que estava fazendo. Ela ficou muito feliz quando tudo acabou e ela pôde deitar-se em silêncio na cama, onde ficou pensando e imaginando e chateando-se até a cabeça doer e o rosto quente ser refrescado por algumas lágrimas. Aquelas palavras tolas, embora bem-intencionadas, haviam mostrado um novo mundo para Meg e perturbado a paz do antigo, no qual, até então, ela vivera feliz como uma criança. Sua amizade inocente com Laurie foi estragada pelas palavras estúpidas que ouvira; sua crença na mãe foi um pouco abalada pelos planos mundanos atribuídos a ela pela senhora Moffat, que media os outros com a própria régua; sua sensata decisão de ficar contente com o guarda-roupa simples que lhe cabia como filha de um homem de poucas posses foi enfraquecida pela piedade desnecessária das meninas, que acreditavam que um vestido pobre era uma das maiores calamidades possíveis no mundo.

A pobre Meg teve uma noite inquieta, e acordou infeliz e com os olhos pesados, parte ressentida com as amigas e parte envergonhada consigo mesma por não ter falado francamente e acertado o assunto. Todas arrastavam os pés naquela manhã, e já era meio-dia quando as garotas encontraram energia suficiente até mesmo para pegar suas costuras. Algo no comportamento das amigas deixou Meg desconfiada; elas estavam tratando-a com mais respeito, percebeu ela, prestando mais atenção no que ela dizia e olhando-a com expressões que denunciavam uma curiosidade óbvia. Tudo isso a surpreendeu e lisonjeou, embora ela não compreendesse o motivo até que a senhorita Belle ergueu os olhos de suas cartas e comentou, com ares sentimentais:

— Margarida, querida, enviei um convite para o seu amigo, senhor Laurence, para quinta-feira. Nós queremos conhecê-lo, e o convite é todo em atenção a você.

Meg corou, mas um ímpeto de gracejar com as meninas a fez responder, timidamente:

— São muito gentis, mas temo que ele não vá comparecer.

— E por que não, *cherie*? — perguntou a senhorita Belle.

— Ele é velho demais.

— Minha criança, como assim? Quantos anos ele tem, preciso saber! — exclamou a senhorita Clara.

— Quase setenta, imagino — respondeu Meg, contando os pontos do vestido para esconder o brilho de travessura nos olhos.

— Sua espertinha! É claro que estou falando do jovem cavalheiro — exclamou a senhorita Belle, rindo.

— Não sei de quem você pode estar falando, Laurie é só um garotinho — retrucou Meg, também rindo do olhar curioso que as irmãs trocaram quando ela descreveu de tal maneira seu suposto namorado.

— É da sua idade — disse Nan.

— Mais próximo da minha irmã, Jo; vou fazer dezessete em agosto — respondeu Meg, jogando o cabelo para trás.

— Foi muito gentil da parte dele mandar flores para você, não foi? — disse Annie, para sondá-la.

— Sim, ele faz isso muitas vezes, para todas nós. A casa deles é cheia de flores, e nós as amamos demais. Minha mãe e o velho senhor Laurence são amigos, vocês sabem, então é natural que as crianças das duas famílias brinquem juntas — falou Meg, torcendo para que fosse o fim do assunto.

— É evidente que Margarida ainda não debutou — disse a senhorita Clara para Belle com um aceno.

— Um belo estado de inocência em todos os sentidos — retrucou a senhorita Belle, dando de ombros.

— Vou sair para comprar algumas coisinhas para as meninas; precisam de algo, moças? — perguntou a senhora Moffat, arrastando-se pesadamente como um elefante envolto em seda e renda.

— Não, obrigada, senhora — respondeu Sallie. — Já tenho meu vestido de seda cor-de-rosa novo para quinta, e não preciso de mais nada.

— Eu também não... — começou Meg, mas interrompeu-se, pois lhe ocorreu que ela *precisava*, sim, de muitas coisas, e não podia tê-las.

— O que você vai usar? — perguntou Sallie.

— Meu vestido branco novamente, se conseguir consertá-lo a contento; infelizmente ele rasgou ontem à noite — disse Meg, tentando falar com tranquilidade, mas se sentindo bem desconfortável.

— Por que não escreve para casa e pede outro? — perguntou Sallie, que não era uma moça muito sagaz.

— Não tenho outro.

Meg precisou fazer um grande esforço para dizer tal coisa, mas Sallie não percebeu, e exclamou, em uma surpresa divertida:

— Só tem aquele? Que engraçado... — Ela não terminou a frase, pois Belle lhe fez um sinal com a cabeça, interrompendo-a, com a voz gentil:

— Nem um pouco engraçado, afinal qual a necessidade de ter vários vestidos se ela ainda não debutou? Não precisaria escrever para sua mãe, Margarida, mesmo se você tivesse uma dúzia de vestidos em casa, pois tenho um lindo de seda azul que está guardado e não cabe mais em mim. Você o usaria, para me agradar, não é mesmo, querida?

— É muito gentil, mas não me importo de usar meu vestido velho se vocês não se importarem. Combina bem com uma menina como eu — retrucou Meg.

— Ah, por favor, me deixe arrumá-la, será um prazer. Eu adoraria embonecá-la, e você ficará uma lindeza com um toque aqui e ali. Não vou deixar ninguém vê-la até estar pronta, então surgiremos como Cinderela e a fada madrinha indo ao baile — disse Belle em seu tom persuasivo.

Meg não poderia recusar uma oferta tão gentil, e o desejo de saber se ela ficaria mesmo "uma lindeza" depois dos toques de Belle a fez aceitar e esquecer todos os sentimentos desconfortáveis anteriores em relação aos Moffats.

Na noite de quinta-feira, Belle trancou-se com sua aia e as duas fizeram de tudo para transformar Meg em uma bela dama. Elas frisaram e enrolaram seu cabelo, cobriram seu pescoço e seus braços com um pó perfumado, pintaram seus lábios com pomada de coral para deixá-los mais rubros, e Hortense teria completado com "um *soupcon*[15] de *rouge*" caso Meg não se rebelasse. Elas colocaram Meg no vestido azul-celeste, que era tão justo que ela mal conseguia respirar, e tão decotado que Meg, sempre recatada, corou ao se ver no espelho. Um conjunto de filigranas de prata foi adicionado, braceletes, colar, broche e até brincos, que Hortense amarrou com um fio de seda cor-de-rosa que não aparecia. Um pequeno conjunto de botões de rosa no decote e um peitilho[16] de renda convenceram Meg a exibir os belos ombros alvos, e um par de botinhas de seda azul satisfez o último desejo de seu coração. Um lenço bordado, um leque de plumas e um buquê em uma presilha prateada completaram o visual; a senhorita Belle a observou com a satisfação de uma garotinha vendo sua boneca recém-vestida.

— A *mademoiselle* está *chamante*,[17] *tres*[18] *jolie*, não está? — exclamou Hortense, apertando as mãos em êxtase.

— Venha se mostrar — chamou-a a senhorita Belle, conduzindo-a para o quarto em que as outras a aguardavam.

---

15. A palavra correta em francês é *soupçon* e quer dizer "toque". (N.E.)
16. Peça fixa ou removível do vestuário que se assenta sobre o peito. (N.E.)
17. Ela quis dizer *charmante*, do francês, que significa "encantadora". (N.E.)
18. A palavra correta em francês é *très* (muito); *très jolie* significa "muito bonita". (N.E.)

Enquanto Meg seguia atrás dela, a saia comprida farfalhando, os brincos tilintando, os cachos balançando e o coração disparado, ela sentia que finalmente sua "diversão" tinha começado, pois o espelho lhe havia confirmado que ela era mesmo "uma lindeza". Suas amigas repetiram o agradável elogio com entusiasmo, e por muitos minutos ela ficou de pé, como a gralha da fábula, divertindo-se com as plumas emprestadas, enquanto as outras cacarejavam como um bando de pegas.

— Enquanto me visto, Nan, por favor, ensine a ela como lidar com a saia e com esses saltos franceses, senão ela vai acabar tropeçando. Prenda a sua borboleta prateada no meio daquela fita e prenda aquele cacho comprido do lado esquerdo, Clara. E vocês não ousem desarranjar o charmoso resultado do meu trabalho — avisou Belle enquanto saía às pressas, parecendo muito satisfeita com seu sucesso.

— Estou com medo de descer, estou me sentindo tão estranha e paralisada, e meio nua — comentou Meg para Sallie quando o sino soou e a senhora Moffat mandou chamarem as meninas.

— Você está muito diferente do normal, mas está muito bela. Eu não chego nem aos seus pés, e Belle tem muito bom gosto e você está bem francesa, isso eu garanto. Deixe as flores penderem, não precisa tomar tanto cuidado com elas, e atenção para não tropeçar — retrucou Sallie, tentando não se importar com o fato de Meg estar mais bonita que ela.

Mantendo o aviso em mente, Margaret conseguiu descer com segurança as escadas e flutuou pela sala de visitas onde os Moffats e alguns convidados adiantados estavam reunidos. Ela logo descobriu que há um tipo de encanto em roupas requintadas que fascina certa classe de pessoas e garante seu respeito. Muitas moças, que não haviam lhe dado nenhuma atenção antes, ficaram muito simpáticas de repente; muitos rapazes, que na festa anterior só a observaram, agora pediam que fossem apresentados, e disseram as mais variadas bobagens agradáveis; muitas senhoras, que ficavam sentadas nos sofás criticando o restante dos convidados, perguntaram de quem se tratava a menina, com ares de interesse. Meg ouviu a senhora Moffat responder a uma delas:

— Margarida March, o pai é coronel no exército. Foram uma de nossas primeiras famílias, mas sofreram reveses de fortuna, sabe como é. São amigos íntimos dos Laurences. É um doce de menina, posso garantir. Meu Ned é louco por ela.

— Minha nossa! — exclamou a senhora, colocando os óculos para dar outra olhada em Meg, que tentava fingir que não tinha escutado, embora estivesse bem chocada com as fofocas da senhora Moffat.

A sensação estranha não passou, mas ela se imaginou atuando no novo papel de moça da alta sociedade, e se deu muito bem nele, embora o vestido apertado lhe doesse o flanco, a cauda ficasse volta e meia presa nos pés e ela estivesse em pânico constante de os brincos caírem, se perderem ou quebrarem.

Ela estava agitando o leque e rindo das piadas fracas de um jovem cavalheiro que tentava ser sagaz quando, de repente, parou de rir e fez uma expressão confusa; do outro lado do salão surgiu Laurie. Ele a estava encarando com uma surpresa evidente, e reprovação também, ela achou; embora ele tenha feito uma mesura e sorrido, algo nos seus olhos sinceros fez Meg corar e desejar estar com seu vestido velho. Para completar a confusão, ela viu Belle cutucar Annie, e as duas olharam dela para Laurie, e Meg ficou feliz de ver que ele parecia incomumente infantil e tímido.

"Bobinhas, elas, por colocarem tais pensamentos na minha cabeça. Não vou dar atenção a isso nem deixar que me transformem", pensou Meg, farfalhando pelo salão para cumprimentar o amigo.

— Fico feliz que tenha vindo, temi que não viesse — disse, com o ar mais adulto possível.

— Jo queria que eu viesse para contar como você estava, então foi o que fiz — respondeu Laurie, sem pôr os olhos nela, embora meio que risse do seu tom maternal.

— O que vai contar a Jo? — perguntou Meg, cheia de curiosidade em relação à sua opinião sobre ela e, ao mesmo tempo, não se sentindo à vontade com Laurie pela primeira vez.

— Direi que não a reconheci, pois está tão adulta e diferente que estou até com medo de você — disse ele, remexendo no botão da luva.

— Que absurdo você dizer isso! As meninas me vestiram por diversão, e eu gostei muito. Jo não ficaria abismada, se me visse? — perguntou Meg, decidida a fazê-lo dizer se achava que ela estava melhor ou não.

— Sim, acho que ficaria — respondeu Laurie, sério.

— Não gostou de como estou?

— Não, não gostei — foi a sua resposta brusca.

— Por que não? — questionou Meg, ansiosa.

Ele olhou para a cabeleira frisada, os ombros desnudos e o vestido exageradamente ornamentado com uma expressão que a envergonhou mais que sua resposta, na qual não havia a usual delicadeza de Laurie.

— Não gosto de plumas e paetês.

Aquilo foi um verdadeiro abuso vindo de um rapaz mais novo que ela; Meg deu meia-volta e se afastou, mas não sem antes retrucar, petulante:

— Você é o menino mais mal-educado que já vi.

Sentindo-se muito irritada, ela se dirigiu a uma janela afastada para tomar um vento no rosto, já que o vestido apertado lhe dava um rubor e uma quentura desagradáveis. Enquanto estava ali, o major Lincoln passou; um minuto depois, Meg ouviu-lhe comentar com a mãe:

— Estão fazendo aquela menina de boba; eu queria que a senhora a conhecesse, mas a estragaram por completo. Não passa de uma boneca hoje à noite.

— Ah, meu Deus! — suspirou Meg. — Eu queria ter sido sensata e usado as minhas próprias roupas. Então não traria desgosto aos outros nem me sentiria tão desconfortável e envergonhada.

Ela apoiou a testa no vidro frio e ficou ali, meio escondida pelas cortinas, sem se importar com o fato de sua valsa favorita estar tocando, até que alguém a tocou; virando-se, ela viu Laurie, com ar arrependido. Ele fez sua melhor mesura, estendeu a mão e falou:

— Por favor, me perdoe a rudeza e venha dançar comigo.

— Temo que será terrível demais para você — retrucou Meg, tentando parecer ofendida e falhando completamente.

— Nem um pouco, estou louco para dançar. Venha, eu serei bonzinho. Não gosto do seu vestido, mas realmente acho que você está... simplesmente esplêndida — falou, agitando as mãos, como se as palavras não fossem suficientes para expressar sua admiração.

Meg sorriu e concordou, sussurrando enquanto esperavam para entrar na dança:

— Cuidado para não tropeçar na minha saia; ela é o terror da minha existência e fui uma boba de aceitar usar esse vestido.

— Prenda o tecido no colo, assim será útil como babador — brincou Laurie, baixando os olhos para as botinhas azuis, que evidentemente lhe agradavam.

E lá foram eles, ágeis e graciosos; tendo praticado em casa, os dois estavam bem acostumados um com o outro, e o jovem casal descontraído era um belo espetáculo, girando alegremente pelo salão, sentindo-se ainda mais próximos depois da pequena briga.

— Laurie, gostaria que você me fizesse um favor, você aceita? — perguntou Meg enquanto ele a abanava depois de ter ficado sem fôlego, o que aconteceu rapidamente, embora ela não entendesse o motivo.

— Mas é claro! — respondeu ele de imediato.

— Por favor, não conte lá em casa sobre o meu vestido desta noite. Elas não vão entender a brincadeira, e só servirá para deixar a mamãe preocupada.

— Então por que você o usou? — perguntaram os olhos de Laurie, tão claramente, que Meg foi obrigada a completar às pressas:

— Eu mesma contarei a elas tudinho, e vou choramingar com a mamãe sobre como fui boba. Mas prefiro fazer isso eu mesma, então, por favor, não diga nada, sim?

— Eu lhe dou minha palavra de que não contarei, mas o que devo dizer quando elas me perguntarem?

— Só diga que eu estava bonita e que me diverti muito.

— Direi que você estava bonita, de coração, mas quanto a ter se divertido... Você não parece estar se divertindo muito. Está? — Laurie olhou para ela com uma expressão que fez Meg responder em um sussurro:

— Não, não muito agora. Não pense que sou horrível. Eu só queria me divertir um pouco, mas esse tipo de coisa não funciona, acho, e estou ficando cansada.

— Aí vem Ned Moffat. O que ele quer? — perguntou Laurie, franzindo as sobrancelhas negras como se não considerasse o jovem anfitrião um elemento muito desejável naquela festa.

— Ele me pediu que lhe reservasse três danças, e acho que está vindo cobrá-las. Que tédio! — disse Meg, com um ar lânguido que agradou imensamente Laurie.

Ele não conversou com Meg novamente até a hora da ceia, quando a viu bebendo champanhe com Ned e seu amigo Fisher, que estavam se comportando como "um par de tolos", como Laurie disse a si mesmo, pois ele sentia um dever fraternal de cuidar das meninas March e defendê-las sempre que precisassem de um protetor.

— Você vai ficar com uma baita dor de cabeça amanhã se beber muito disso. Eu não faria isso, Meg; sua mãe não ficaria feliz, sabe — sussurrou ele, inclinando-se para a cadeira dela enquanto Ned se virava para encher novamente sua taça e Fisher se inclinava para pegar seu leque.

— Não sou Meg esta noite; sou uma "boneca" que faz todo tipo de loucura. Amanhã eu guardarei minhas "plumas e paetês" e serei uma santa novamente — respondeu ela, com uma risadinha afetada.

— Eu gostaria que já fosse amanhã, então — murmurou Laurie, afastando-se, irritado com a mudança que viu nela.

Meg dançou e flertou, conversou e riu, como as outras meninas faziam; depois da ceia ela bailou a valsa alemã aos tropeços, quase derrubando seu parceiro com a saia longa, e movendo-se de tal forma que escandalizou Laurie, que só observava e lhe preparava uma bronca. Mas ele não teve chance de expressar seu descontentamento, pois Meg não se aproximou dele até a hora de se despedir.

— Lembre-se! — disse ela, tentando sorrir, pois a dor de cabeça já havia começado.

— *Silence à la mort* — respondeu Laurie, com um floreio melodramático, ao ir embora.

Essa troca de palavras rápida atiçou a curiosidade de Annie, mas Meg estava cansada demais para fofocar e foi direto para a cama, sentindo-se como se tivesse participado de um baile de máscaras, sem ter aproveitado tanto quanto esperava. Ela passou o dia seguinte todo doente, e no sábado voltou para casa, bem cansada dos divertimentos daquela quinzena e com a sensação de que havia se refestelado no luxo o bastante.

— É bem agradável, na verdade, ficar sossegada, sem ter de manter as boas maneiras o tempo todo. Nossa casa é um bom lugar, embora não seja luxuosa — disse Meg, olhando ao redor com uma expressão de alívio enquanto conversava com a mãe e Jo no domingo à noite.

— Fico feliz que pense assim, querida, porque tive medo de que nosso lar lhe parecesse sem graça e pobre depois de você passar tanto tempo naquele palácio — respondeu sua mãe, que lhe lançara muitos olhares ansiosos naquele dia; pois o olhar materno sempre percebe rápido qualquer mudança no rosto dos filhos.

Meg contara suas aventuras com alegria, repetindo sem parar como havia se divertido, mas algo ainda parecia pesar em sua mente e, quando as meninas mais novas foram se deitar, ela ficou observando a lareira de modo contemplativo, sem falar muito, com uma expressão preocupada. Quando o relógio bateu nove horas e Jo propôs que fossem para a cama, Meg saiu de sua cadeira repentinamente e sentou-se no banquinho de Beth, apoiando os cotovelos no colo da mãe, ganhando coragem para dizer:

— Mamãe, quero confessar algo.

— Eu imaginei. O que foi, querida?

— Devo sair? — perguntou Jo, discretamente.

— Claro que não, eu não lhe conto tudo sempre? Eu estava com vergonha de falar na frente das meninas, mas quero que vocês saibam todas as coisas horríveis que fiz na casa dos Moffats.

— Estamos preparadas — disse a senhora March com um sorriso, mas parecendo um pouco ansiosa.

— Eu contei que elas me arrumaram, mas não contei que me passaram pó, me fizeram mostrar o decote, me enrolaram o cabelo e me fizeram parecer uma ilustração de moda. Laurie não achou certo, eu sei que sim, embora não tenha dito isso, e um homem me chamou de "boneca". Eu sabia que era bobagem, mas elas me elogiaram, disseram que eu estava linda, e muitas outras tolices, então deixei que me fizessem de boba.

— É só? — perguntou Jo, enquanto a senhora March observava em silêncio o rosto abatido da bela filha e não conseguia encontrar coragem para culpá-la por aquela pequena falha.

— Não. Eu bebi champanhe e dancei e tentei flertar... Fui totalmente ridícula — completou Meg, envergonhada.

— Tem algo mais, eu acho — falou a senhora March, fazendo um carinho na bochecha da filha, que corou de repente.

— Sim — disse Meg, devagar. — É bobagem, mas quero contar, porque odeio saber que as pessoas estão dizendo e pensando coisas assim sobre nós e Laurie.

Enquanto ela contava as fofocas que tinha ouvido na casa dos Moffats, Jo percebeu que a mãe mordeu o lábio com força, como se estivesse irritada por terem colocado esse tipo de ideia na mente inocente de Meg.

— Oras, se não é a maior idiotice que já ouvi — reclamou Jo, indignada. — Por que você não apareceu e respondeu, na hora?

— Não consegui, estava tão confusa... Eu não tinha a intenção de ouvir, no início, e depois fiquei com tanta vergonha e raiva que nem pensei que deveria me afastar.

— Só espere *eu* encontrar Annie Moffat, e você vai ver só como resolver essa história ridícula. A ideia de ter "planos" e só ser gentil com Laurie porque ele é rico e pode querer casar com uma de nós! Mas como ele vai gritar quando eu contar o tipo de coisa que aquelas desmioladas falam de nós! — Jo deu uma risada, como se, pensando melhor, a coisa toda lhe parecesse uma boa piada.

— Se você contar a Laurie, nunca vou perdoá-la! Ela não deve falar nada, não é, mamãe? — disse Meg, nervosa.

— Não. Nunca repita essas fofocas estúpidas e tire isso da sua cabeça o mais rápido possível — disse a senhora March, séria. — Eu fui muito imprudente de deixar você com essas pessoas que pouco conheço. São gentis, arrisco-me a dizer, mas mundanas, baixas, e cheias dessas ideias vulgares sobre os jovens. Sinto mais do que sou capaz de expressar, pelo mal que essa visita pode ter lhe causado, Meg.

— Não se sinta mal, não vou deixar que isso me atrapalhe; vou esquecer tudo o que foi ruim e lembrar só as coisas boas, pois eu me diverti muitíssimo, e agradeço demais que a senhora tenha me deixado ir. Não vou ser sentimental nem ingrata, mamãe. Sei que sou uma menina boba, e vou ficar com vocês até conseguir cuidar de mim mesma. Mas é bom ser admirada e elogiada, e não posso dizer que não gostei — disse Meg, parecendo um pouco envergonhada da confissão.

— Isso é perfeitamente natural e não causa mal algum, contanto que não se torne uma necessidade e leve você a fazer coisas tolas ou impróprias. Aprenda a identificar e valorizar elogios que valem ser recebidos e a garantir a admiração de pessoas de alta estima sendo tão modesta quanto é bela, Meg.

Margaret ficou sentada ali, pensando, por um instante, enquanto Jo, de pé, com as mãos atrás das costas, parecia ao mesmo tempo interessada e um pouco perplexa. Era novidade ver Meg corando e falando de admiradores, namorados e coisas assim, e Jo sentiu que durante aquela temporada sua irmã tinha crescido muito e estava se distanciando dela, entrando em um mundo em que ela não poderia segui-la.

— Mamãe, a senhora tem "planos", como a senhora Moffat disse? — perguntou Meg timidamente.

— Sim, minha filha, tenho muitos, todas as mães têm, mas os meus diferem bastante dos da senhora Moffat, eu suponho. Vou lhe contar alguns deles, pois chegou a hora de ter uma conversa que possa colocar sua cabeça e seu coração românticos no caminho certo, pois este é um assunto muito sério. Você é jovem, Meg, mas não jovem demais a ponto de não me compreender, e a melhor pessoa para dizer tais coisas para meninas como vocês é a mãe. Jo, sua vez chegará em breve, talvez, então ouça meus "planos", e me ajude a colocá-los em prática, se forem bons.

Jo se aproximou e sentou-se em um dos braços da poltrona, parecendo que iria participar de alguma reunião muito solene. Segurando a mão das duas e observando seus rostos jovens melancolicamente, a senhora March começou a falar, no seu tom ao mesmo tempo sério e alegre:

— Eu quero que minhas filhas sejam belas, realizadas e boas; que sejam admiradas, amadas e respeitadas, que tenham uma juventude feliz, que se casem de forma criteriosa e sensata e que tenham vidas úteis e agradáveis, com o mínimo de problemas e tristezas que Deus escolher lhes enviar. Ser amada e escolhida por um homem bom é a coisa mais bonita e encantadora que pode acontecer a uma mulher, e sinceramente torço para que minhas meninas conheçam essa experiência. É natural pensar nisso, Meg, é correto desejar e esperar que isso aconteça e é sábio se preparar para isso; dessa forma, quando essa ocasião feliz se realizar, você se sentirá pronta para seus deveres e digna dessa alegria. Minhas queridas meninas, eu *tenho* ambições para vocês, mas não quero fazer de vocês um joguete no mundo, casando-as com homens ricos só por serem ricos, ou por terem casas esplêndidas que não são lares por falta de amor. Dinheiro é uma coisa necessária e preciosa e, quando bem utilizado, uma coisa nobre, mas nunca quero que vocês pensem que é o maior ou o único prêmio a buscar. Prefiro ver vocês casadas com homens pobres se estiverem felizes, amadas, contentes, a vê-las rainhas em tronos, mas sem dignidade e paz.

— Belle diz que moças pobres não têm chance, a não ser que tomem a iniciativa — comentou Meg, dando um suspiro.

— Então ficaremos para titias — retrucou Jo.

— É verdade, Jo; melhor ficarem para titia do que serem esposas infelizes, ou jovens indecorosas, que correm por aí em busca de marido — falou a senhora March, decidida. — Não se preocupe, Meg; raramente a pobreza atrapalha um amor verdadeiro. Algumas das mulheres mais honradas e benquistas que conheço eram meninas pobres, mas tão dignas de amor que jamais se tornariam solteironas. Deixem isso com o tempo; cultivem a felicidade deste lar, para que possam fazer o mesmo, se lhe forem oferecidos lares próprios, ou se contentar em aqui ficar, caso contrário. Lembrem-se de uma coisa, minhas queridas: sua mãe está sempre aqui para ser sua confidente, seu pai sempre será seu amigo, e nós dois confiamos e esperamos que nossas filhas, sendo casadas ou solteiras, sejam o orgulho e o conforto de nossas vidas.

— Seremos, mamãe, seremos! — as duas exclamaram, de todo o coração, enquanto a mãe lhes desejava boa-noite.

10. O C.P. e a A.C.

Quando a primavera chegou, um novo tipo de divertimento entrou em voga, e os dias cada vez mais longos ofereciam tardes infinitas para trabalhos e brincadeiras de todo tipo. O jardim tinha de ser cuidado, e cada irmã tinha um quarto do pequeno terreno para fazer o que desejasse. Hannah costumava dizer: "Eu saberia de quem é cada um desses jardinzinhos até se estivessem na China", e era verdade, pois os gostos das meninas diferiam tanto quanto suas personalidades. O jardim de Meg tinha rosas e heliotrópios, murtas e uma pequena laranjeira. O canteiro de Jo nunca passava duas temporadas com a mesma aparência, pois a menina vivia fazendo experimentos; naquele ano, ela plantara girassóis, flores vivas e alegres cujas sementes serviriam para alimentar a "tia Cacaricó" e sua família de pintinhos. Beth tinha flores clássicas e perfumadas, como ervilhas-de-cheiro e resedás, esporinhas, cravos, amores-perfeitos e abrótanos, além de morugens para os pássaros e erva-de-gato para seus felinos. Amy tinha um caramanchão no seu jardim — era pequeno e cheio de tesourinhas, mas bonito de ver —, com madressilvas e ipomeias derramando suas coloridas hastes e corolas em graciosas grinaldas em toda a volta; altos lírios-brancos, samambaias delicadas e todo tipo de planta deslumbrante e pitoresca que se permitisse crescer ali.

Jardinagem, caminhadas, remadas pelo rio e colheitas de flores enchiam aqueles belos dias; quando a chuva caía, elas tinham diversões caseiras — algumas antigas, outras novas —, todas originais em maior ou menor grau. Uma delas era o "C.P."; como sociedades secretas estavam na moda, elas acharam conveniente formar uma; como todas as meninas admiravam Dickens, decidiram chamar de Clube Pickwick.[19] Com poucas interrupções, elas mantiveram o clube funcionando por um ano, e se reuniam toda noite de sábado no sótão maior, ocasiões nas quais as cerimônias decorriam assim: três cadeiras eram alinhadas atrás de uma mesa em que havia um lampião, quatro distintivos brancos com as letras "C.P." escritas em cores diferentes e o jornalzinho semanal, chamado *O Periódico Pickwick*, para o qual todas contribuíam e do qual Jo, que amava tintas e canetas, era a editora. Às sete horas, os quatro membros subiam à sala do clube, penduravam os distintivos ao redor do pescoço e se sentavam com grande solenidade. Meg, sendo a mais velha, era Samuel Pickwick; Jo, a literata, Augustus Snodgrass; Beth, que era rosada e fofinha, Tracy Tupman; e Amy, que sempre tentava fazer o que não podia, era Nathaniel Winkle.[20] Pickwick, o presidente, lia o jornal, que era cheio de contos originais, poesia, notícias locais, anúncios divertidos e dicas, nas quais elas, com bom humor, lembravam umas às outras de suas falhas e seus defeitos. Em uma ocasião, o senhor Pickwick colocou um par de óculos sem lentes, bateu na mesa, pigarreou e, lançando um olhar feio para o senhor Snodgrass, que estava se balançando na cadeira, até que ele se portasse direito, começou a ler:

O Periódico Pickwick

20 de maio de 18—

Canto do poeta

ODE DE ANIVERSÁRIO

Uma nova reunião vai celebrar,
   iluminando a noite como um farol,
nosso quinquagésimo segundo aniversário
   hoje no Pickwick Hall.

Estamos todos em perfeita saúde,
   presentes em nosso grupo íntimo;
faces familiares de novo a se revelar
   e cumprimentos a fazer num átimo.

Nosso Pickwick, sempre a postos,
   com reverência o recebemos,
e, com oclinhos no nariz, ele lê
   nosso periódico de atributos extremos.

Embora gripado esteja,
   é uma alegria ouvi-lo falar,
pois suas palavras são sempre sábias,
   apesar de ele não parar de espirrar.

O velho Snodgrass é um espigão.
   Com sua elefantina graça,
ele sorri aos convidados;
   é mesmo um boa-praça.

---

19. Referência ao livro *As aventuras do senhor Pickwick* (1836), também de Charles Dickens. No livro, ricos intelectuais fundam um clube com esse nome com o objetivo de coletar dados para compreender os hábitos das pessoas em Londres e nos arredores. (N.E.)

20. Samuel Pickwick, Augustus Snodgrass, Tracy Tupman e Nathaniel Winkle são personagens do livro de Dickens citado na nota anterior. (N.E.)

Queima nele o fogo da rima,
  e é difícil se controlar.
Veja só como seu rosto se ilumina,
  e como ele esquece de o nariz limpar!

A seguir, o Tupman, tão pacífico,
  rosado, rotundo e gentil,
perde o fôlego a cada piada,
  com uma gargalhada nada sutil.

O pequeno Winkle marca presença,
  e mantém seu cabelo sempre arrumado.
É um grande exemplo de educação,
  embora odeie sempre que seu rosto é lavado.

O ano acabou, permanecemos unidos
  para brincar e rir e ler,
e pelo caminho da literatura
  grandes glórias ainda vamos percorrer.

Que nosso jornal dure longo tempo,
  que nosso clube seja sempre uma equipe,
e que bênçãos sigam nos anos vindouros.
  Para o sempre útil e alegre "C.P."

A. SNODGRASS

O CASAMENTO MASCARADO
Um conto veneziano

Gôndola após gôndola deslizava até os degraus de mármore e deixava suas belas cargas para adensar a radiante multidão que enchia os majestosos salões do Conde de Adelon. Cavalheiros e damas, elfos e pajens, monges e daminhas de honra, todos se misturavam alegremente na dança. Doces vozes e uma esplêndida melodia enchiam o ar; assim, com júbilo e música, o baile de máscaras se desenrolava.

— Vossa Alteza já viu a Lady Viola nesta noite? — perguntou um galante trovador para a rainha das fadas que flutuava pelo salão segurando seu braço.

— Sim; ela é adorável, apesar de tão triste! Seu vestido, também, foi muito bem escolhido,

pois em uma semana ela deve se casar com o Conde Antonio, a quem ela tanto odeia.

— Juro por minha fé que o invejo. Aí vem ele, vestido de noivo, com a exceção da máscara negra. Quando a tirar, veremos como ele encara a bela criada cujo coração não consegue conquistar, embora o severo pai da moça lhe tenha concedido sua mão — retrucou o trovador.

— Segredam por aí que ela ama o jovem artista inglês que a persegue onde quer que vá e que é tratado com desprezo pelo velho conde — disse a dama enquanto eles se juntavam à dança.

A festa estava no auge quando um padre apareceu e, puxando o jovem casal para uma alcova protegida por cortinas de veludo roxo, fez sinal para que se ajoelhassem. De imediato a festiva multidão se calou; nenhum som além do jorro das fontes e do farfalhar das laranjeiras dormindo sob o luar quebrou o silêncio enquanto o Conde de Adelon falava:

— Senhoras e senhores, perdoem-me o engodo que utilizei para reuni-los aqui como testemunhas do casamento da minha filha. Padre, aguardamos seu serviço.

Todos os olhares se voltaram para os noivos, e um murmúrio de surpresa atravessou os presentes, pois nem a noiva nem o noivo retiraram suas máscaras. Curiosidade e assombro dominaram o coração de todos, mas o respeito segurou as línguas até que o rito sagrado estivesse terminado. Então os espectadores, confusos, reuniram-se ao redor do Conde exigindo explicações.

— Eu as daria de bom grado se pudesse, mas só sei que este foi o desejo da minha tímida Viola, e eu concordei. Agora, meus filhos, coloquem um fim a este espetáculo. Retirem suas máscaras e recebam minhas bênçãos.

Mas nenhum dos dois dobrou os joelhos; o jovem noivo respondeu, em uma voz que surpreendeu a todos, enquanto a máscara caía e revelava o nobre rosto de Ferdinand Devereux, o amante artista, em cujo peito, que agora exibia a estrela de um conde inglês, apoiava-se a adorável Viola, radiante de alegria e beleza.

— O senhor repeliu com desprezo minha proposta de casamento à sua filha, embora eu carregue tanto nome e tanta fortuna quanto o Conde Antonio. Posso fazer ainda mais, pois sua alma ambiciosa não pode recusar o

Conde de Devereux e De Vere quando ele lhe dá um sobrenome nobre e infinita fortuna em troca da amada mão desta bela dama, agora minha esposa.

O Conde ficou petrificado; voltando-se para a multidão estarrecida, Ferdinand completou, com um sorriso alegre de triunfo:

— Para vocês, meus valorosos amigos, só posso desejar que seus amores possam prosperar tanto quanto o meu, e que todos vocês consigam noivas tão belas quanto a que eu conquistei neste casamento mascarado.

S. Pickwick

— Por que o C.P. é como a Torre de Babel? É cheio de membros indisciplinados.

A HISTÓRIA DE UMA ABÓBORA

Era uma vez um fazendeiro que plantou uma sementinha em sua horta, e depois de um tempo ela brotou e se transformou em uma aboboreira que deu muitos frutos. Em um dia de outubro, quando as abóboras estavam maduras, ele escolheu uma e a levou para o mercado. O dono de uma mercearia a comprou e a colocou em seu estabelecimento. Naquela mesma manhã, uma garotinha, usando um chapéu marrom e um vestido azul, com um rosto redondo e nariz achatado, foi ao local e comprou-a para a sua mãe. Ela a carregou para casa, cortou-a em pedaços e ferveu-a na panela grande. Uma parte ela amassou, com sal e manteiga, para o jantar; ao restante, adicionou um pouquinho de leite, dois ovos, quatro colheres de açúcar, noz-moscada e alguns biscoitos, colocou a mistura em uma forma funda e assou-a até que ficasse dourada e bonita. No dia seguinte, a receita foi comida por uma família chamada March.

T. Tupman

SENHOR PICKWICK:

Venho por meio desta falar sobre o tema do pecado o pecador em questão é um homem chamado Winkle que faz bagunça no clube porque fica rindo e às vezes não escreve seus textos para este distinto jornal espero que possa perdoá-lo pela incorreção e deixá-lo enviar uma fábula francesa pois ele não consegue escrever nada da sua cabeça porque tem muitas lições para fazer e nenhum cérebro para tanto no futuro tentarei pegar o tempo pelo *tabefe*[21] assim que possível e preparar algo que será totalmente *commilifo* que significa correto estou com pressa está quase na hora da aula.

Respeitosamente,

N. Winkle

[O texto anterior é um corajoso e belo reconhecimento de delitos passados. Se nosso jovem amigo tivesse estudado pontuação, tudo estaria bem.]

UM TRISTE ACIDENTE

Na última sexta-feira, fomos surpreendidos por um estrondo violento em nosso porão, seguido por gritos de socorro. Às pressas, descemos todos para o subsolo, onde descobrimos nosso amado presidente prostrado no chão, tendo tropeçado e caído enquanto pegava lenha para fins domésticos. Uma perfeita cena de ruína se desenrolou perante nossos olhos; durante a queda, o senhor Pickwick havia enfiado a cabeça e os ombros em um balde de água, derrubado um tonel de sabonete líquido sobre o corpo másculo e rasgado totalmente suas vestimentas. Ao ser retirado dessa situação perigosa, foi descoberto que ele não sofreu ferimentos graves além de algumas escoriações. Estamos contentes em informar que está se recuperando bem.

Ed

---

21. No original, *"take time by the fetlock"*. A expressão correta em inglês seria *"take time by the forelock"*, cuja tradução seria "pegar o tempo pelo topete". (N.E.)

O LUTO PÚBLICO

É nosso doloroso dever informar o repentino e misterioso desaparecimento da nossa amada amiga, a senhora Snowball Pat Paw. Essa linda e amada gata era a preferida de um grande círculo de amigos amorosos e elogiosos, pois sua beleza atraía todos os olhares, suas virtudes e sua graça conquistavam todos os corações e sua perda é sentida por toda a comunidade.

Ela foi vista pela última vez sentada no portão, observando a carroça do açougueiro; teme-se que algum vilão, tentado por seu charme, covardemente a tenha roubado. Semanas se passaram, mas nenhum vestígio dela foi encontrado; abandonamos todas as esperanças, então, amarramos uma fita preta em sua cestinha, retiramos seu pote de comida e choramos por ela como se a tivéssemos perdido para sempre.

Um amigo simpático nos enviou a seguinte joia:

UM LAMENTO
Para S. Pat Paw

Choramos de saudade da nossa companheira,
  e suspiramos por seu triste destino,
pois ela não mais se sentará perto da lareira,
  nem no portão, como um vigia vespertino.

Seu bebê em uma pequena sepultura está
  sob a castanheira à sua espera;
mas na dela jamais vamos poder chorar,
  pois esse mistério nos exaspera.

Sua cama vazia, sua bola abandonada
  ficarão para sempre sós.
Seu ronronar amoroso, sua doce patada
  não estão mais entre nós.

Outra gata caça seus ratos agora,
  uma gata de rosto imundo.
Mas ela não é como nossa amada senhora
  nem encanta todo mundo.

Suas patas silenciosas andam no mesmo chão
  em que Snowball sempre correu,
mas seus rosnados para o velho cão
  não são iguais aos que Snowball deu.

Ela é útil e boa, e faz o seu melhor,
  mas nunca será tão linda como você,
e nós nunca daremos a ela o lugar
  e o amor que você sempre terá, até morrer.

A.S.

ANÚNCIOS

Senhorita oranthy bluggage, a bem-sucedida e tenaz palestrante, fará sua famosa conferência "Mulheres e sua posição social", no Pickwick Hall, no próximo sábado à noite, depois das *performances* habituais.

---

uma reunião semanal será realizada na Cozinha, para ensinar jovens damas a cozinhar. Hannah Brown será a professora, e todos estão convidados a participar.

---

a sociedade da pá de lixo vai se reunir na próxima quarta-feira e fazer um desfile pelo andar superior da Casa do Clube. Todos os membros devem comparecer munidos de uniforme e vassouras às nove em ponto.

SENHORITA BETH BOUNCER estreará sua nova coleção da Chapelaria da Boneca na semana que vem. As últimas modas de Paris chegaram, e os pedidos já podem ser feitos.

UMA NOVA PEÇA será exibida no Teatro Barnville, no decorrer das próximas semanas, superando qualquer espetáculo já visto nos palcos americanos. *O escravo grego*, ou *Constantino, o Vingador*, é o nome desse drama emocionante!!!

DICAS

Se S.P. não usasse tanto sabão nas mãos, ele não estaria sempre tão atrasado para o café da manhã. Solicita-se que A.S. não assobie na rua. T.T., por favor, não esqueça o lenço de Amy. N.W. não deve se preocupar por seu vestido não ter nove pregas.

RELATÓRIO SEMANAL

Meg – Bem	Beth – Muito bem
Jo – Mal	Amy – Mediano

Quando o presidente terminou de ler o jornal (que peço licença para garantir aos leitores que é uma cópia *bona fide*[22] de um exemplar escrito por meninas *bona fide* muito tempo atrás), uma salva de palmas se seguiu, e então o senhor Snodgrass se levantou para fazer uma proposta.

— Senhor presidente, senhores — começou ele, assumindo uma atitude e um tom parlamentar. — Eu gostaria de propor a admissão de um novo membro, alguém que é altamente merecedor dessa honra, que ficaria muitíssimo grato por recebê-la e que acrescentaria imensamente ao espírito do clube e ao valor literário do jornal, e seria por fim uma adição agradável e divertida. Proponho que o senhor Theodore Laurence seja admitido como membro honorário do C.P. Por favor, vamos deixá-lo entrar.

A mudança súbita no tom de voz de Jo fez as meninas rirem, mas ao mesmo tempo todas pareciam ansiosas, e ninguém disse uma palavra até Snodgrass voltar ao seu lugar.

— Vamos votar — disse o presidente. — Aqueles que são a favor da proposta, por favor, se manifestem dizendo *sim*.

Uma resposta enérgica de Snodgrass, seguida, para a surpresa de todos, da concordância tímida de Beth.

— Os contrários digam *não*.

Meg e Amy foram contra; o senhor Winkle se levantou para dizer, com muita elegância:

— Não queremos meninos aqui; eles só pulam e brincam. Este é um clube só de moças, e queremos nossa privacidade e exclusividade.

---

22. Significa "de boa-fé", em latim. (N.E.)

— Temo que ele vá rir do nosso jornal e tirar sarro de nós depois — observou Pickwick, puxando o cachinho de cabelo na testa, como sempre fazia quando estava na dúvida.

Snodgrass levantou-se de um pulo, muito séria.

— Senhor! Eu posso lhe dar minha palavra de cavalheiro de que Laurie não faria nada desse tipo. Ele gosta de escrever e vai dar um tom diferente à nossa publicação, nos impedindo de ser muito sentimentais, vocês não veem? Nós podemos fazer tão pouco por ele, que tanto nos ajuda, e acho que o mínimo que poderíamos fazer é lhe oferecer um lugar aqui e recebê-lo bem, se ele aceitar.

Essa sagaz alusão aos benefícios recebidos fez Tupman ficar em pé, parecendo muito decidido.

— Sim, temos de fazê-lo, mesmo se *estivermos* com medo. Eu digo que ele *pode* vir, e o avô dele também, se quiser.

Essa explosão decidida de Beth eletrizou o clube, e Jo levantou-se para apertar a mão da irmã com aprovação.

— Agora, vamos votar de novo. Lembrem-se todas de que é o nosso Laurie, e digam *sim*! — exclamou Snodgrass, animadamente.

— Sim! Sim! Sim! — responderam três vozes em uníssono.

— Que bom! Parabéns! Agora, já que não há nada como pegar o tempo pelo *tabefe*, como Winkle bem colocou, me permitam apresentar nosso novo membro. — Jo, então, para a surpresa do restante do clube, abriu de repente a porta do armário, revelando Laurie, sentado em um saco de trapos, corado, segurando o riso.

— Sua trapaceira! Sua traidora! Jo, como você pôde? — exclamaram as três meninas enquanto Snodgrass conduziu o amigo para fora do armário e, dando a ele uma cadeira e um distintivo, instalou-o em um segundo.

— A frieza desses dois tratantes é incrível — começou o senhor Pickwick, tentando fazer uma careta de desprazer, mas só conseguindo sorrir amigavelmente.

O novo membro, porém, se colocou à altura da ocasião e, erguendo-se com uma saudação cheia de gratidão, falou, da forma mais graciosa possível:

— Presidente, senhoritas... quero dizer, cavalheiros... Permitam-me me apresentar como Sam Weller,[23] o mais humilde servo deste clube.

— Que bom, que bom! — exclamou Jo, batendo no chão com o cabo de uma escalfeta[24] no qual se apoiava.

---

23. Na citada obra de Dickens, Sam Weller é um criado de Samuel Pickwick e também membro do Clube Pickwick. (N.E.)

24. Caixa com tampa de metal gradeada que contém um braseiro para aquecer os pés. (N.E.)

— Minha fiel amiga e nobre patrona — continuou Laurie, com uma mesura —, que tão generosamente me apresentou, não deve ser culpada pelo estratagema desta noite. Eu planejei tudo, e ela só aceitou depois de muita insistência.

— Por favor, não exagere; você sabe que quem propôs o armário fui eu — interrompeu Snodgrass, que estava se divertindo muitíssimo com a brincadeira.

— Esqueçam o que ela diz. Eu sou o canalha que inventou tudo isso, senhor — disse o novo membro, com um aceno welleriano para o senhor Pickwick. — Mas juro pela minha honra que nunca mais farei isso e que daqui em diante me dedicarei aos interesses deste clube imortal.

— Muito bem! Muito bem! — exclamou Jo, batendo na tampa da escalfeta como se fosse um címbalo.

— Continue, continue! — completaram Winkle e Tupman enquanto o presidente fazia uma mesura muito magnânima.

— Eu só gostaria de dizer que, como um humilde símbolo da minha gratidão pela honra que me foi concedida, e como forma de promover relações amigáveis entre nações vizinhas, montei uma agência de correios na sebe que divide nossos jardins; uma bela e espaçosa construção, com cadeados nas portas, e toda a conveniência para os correios e também para as fêmeas.[25] É uma antiga casa de andorinhas, mas tapei a porta e abri o telhado, assim podemos colocar nela todo tipo de coisa e economizar bastante tempo. Cartas, manuscritos, livros e pacotes podem ser passados por ela, e, como cada nação terá uma chave, será muito interessante, presumo. Permitam-me entregar-lhes a chave do clube e, com profundos agradecimentos pela honra, me sentar.

Muitos aplausos foram ouvidos quando o senhor Weller depositou uma pequena chave na mesa; a escalfeta foi batida e balançada loucamente, e demorou um tanto até que a ordem fosse restaurada. Uma longa discussão se seguiu, e todos se surpreenderam, pois cada um fez o seu melhor; então aquela foi uma reunião especialmente animada, que continuou por muitas horas, sendo encerrada com três vivas estridentes ao novo membro.

Ninguém se arrependeu de ter aceitado Sam Weller, pois membro mais devotado, bem-comportado e alegre nenhum clube jamais tinha visto. Ele certamente acrescentava certo "espírito" às reuniões, e "um tom" ao jornal; seus discursos emocionavam os leitores e suas contribuições eram excelentes, patrióticas, clássicas, cômicas e dramáticas, mas nunca sentimentais. Jo as

---

25. Aqui, no original, há uma brincadeira, e Laurie diz: "[...] *every convenience for the mails, also the females.*". A brincadeira é com a semelhança entre *mails* e *males*. Por isso, ele complementa a frase com *females*. (N.E.)

considerava comparáveis a Bacon, Milton ou Shakespeare, e teve bons resultados ao reformular, com base nos dele, os próprios escritos, pensava ela.

A A.C.[26] tornou-se uma instituição de primeira necessidade e floresceu incrivelmente, pois passaram por ela tantas coisas estranhas como as que passam por uma agência de correios de verdade. Tragédias e gravatas, poesias e picles, sementes de flores e longas cartas, músicas e biscoitos de gengibre, borrachas, convites, reprimendas e filhotes de cachorro. O velho senhor Laurence gostava da brincadeira e se divertia enviando estranhos embrulhos, mensagens misteriosas e telegramas engraçados; seu jardineiro, que era apaixonado por Hannah, chegou a enviar uma carta de amor aos cuidados de Jo. Como eles riram quando o segredo foi revelado, sem imaginar quantas cartas de amor aquela pequena agência de correios levaria nos anos seguintes!

11. Experimentos

— Dia primeiro de junho! Os Kings estão indo para o litoral amanhã, e eu estou livre! Três meses de férias! Como vou me divertir! — exclamou Meg, chegando em casa em um dia quente para encontrar Jo deitada no sofá em um estado incomum de exaustão enquanto Beth tirava as botas empoeiradas da irmã e Amy fazia uma limonada para refrescar o grupo.

— A tia March foi viajar hoje, e por isso estou radiante! — disse Jo. — Eu tive um medo mortal de que ela me pedisse para ir junto. Se isso acontecesse, eu me sentiria obrigada a ir, mas Plumfield é tão festivo quanto uma igreja, você sabe, e eu prefiro ser dispensada. Tivemos muito trabalho para despachar a velhota, e eu me assustava toda vez que ela se dirigia a mim. Tal era a minha pressa de acabar logo com tudo que fui incomumente prestativa e doce, e temi que ela achasse impossível se separar de mim. Tremi de medo até ela estar bem instalada dentro da carruagem, mas ainda levei um último susto quando, enquanto o carro se afastava, ela enfiou a cabeça pela janela e chamou: "Josyphine, você não...?". Eu nem ouvi mais nada; basicamente lhe dei as costas e fugi. Saí mesmo correndo, até virar a esquina, onde me senti segura.

— Pobre Jo! Quando ela chegou, parecia que ursos estavam atrás dela! — disse Beth enquanto massageava os pés da irmã com ar maternal.

— A tia March é uma verdadeira *vampinha*, não é mesmo? — observou Amy, provando sua bebida e atenta à conversa das irmãs.

---

26. Refere-se à agência dos correios, como no título do capítulo. (N.E.)

— Ela quer dizer *vampira*, mas não importa. Está quente demais para me importar com erros gramaticais — resmungou Jo.

— O que você planeja fazer nas suas férias? — perguntou Amy, mudando de assunto educadamente.

— Vou dormir até tarde e não fazer nada — respondeu Meg, das profundezas da cadeira de balanço. — Acordei cedo o inverno inteiro e tive de passar os dias trabalhando para outras pessoas. Então agora vou descansar e me divertir até cansar.

— Hum! — exclamou Jo. — Esse estilo dorminhoco não combina comigo. Já separei uma montanha de livros e vou aproveitar todo o tempo que puder lendo empoleirada na antiga macieira, isso quando não estiver entretida com as cot...

— Não são "cotovias"! — interrompeu Amy, em resposta à correção esnobe do "vampinha".

— Direi "rouxinóis", então, como Laurie. Faz sentido, pois são mesmo aves canoras.

— Será que não podemos ficar sem lições, Beth, por um tempinho, para brincar e descansar como as meninas querem fazer? — propôs Amy.

— Bem, por mim, tudo bem, se a mamãe permitir. Quero aprender algumas músicas novas, e minhas crianças precisam ser consertadas para o verão. Estão extremamente avariadas e precisando muito de roupas novas.

— Podemos, mamãe? — perguntou Meg, virando-se para a senhora March, que costurava sentada no lugar que as meninas chamavam de "cantinho da mamãe".

— Vocês podem fazer esse experimento por uma semana e ver o que acham. Eu acredito que no sábado à noite já terão percebido que só descansar, sem trabalhar, é tão ruim quanto só trabalhar, sem descansar.

— Ah, minha nossa, duvido! Será delicioso, tenho certeza — disse Meg, convencida.

— Agora proponho um brinde, como "minha amiga e *parcera*[27] Sairy Gamp"[28] diz. Diversão sempre e nada de trabalho! — exclamou Jo, erguendo-se, com um copo na mão, enquanto as outras se serviam da limonada.

Todas beberam alegremente, e começaram o experimento descansando o restante do dia. Na manhã seguinte, Meg não apareceu até as dez da manhã; seu café solitário não foi tão saboroso, e o cômodo pareceu solitário e bagunçado, pois Jo não havia enchido os vasos, Beth não tirara o pó e os livros de

---

27. No original, *"pardner"*, em vez de *"partner"*. Ortografia fora do padrão para representar um dialeto. Referência à personagem Sairy Gamp, que no livro de Dickens também propõe um brinde à sua *pardner*. (N.E.)

28. Sairy Gamp é uma personagem de Dickens do livro *Martin Chuzzlewit*. Enfermeira com forte inclinação para a bebida. (N.E.)

Amy estavam espalhados por todo lado. Nada estava arrumado e bonito, exceto o "cantinho da mamãe", que permanecia como sempre. Ali ela se sentou, para "ler e descansar", o que significava bocejar e pensar nos lindos vestidos de verão que poderia comprar com seu salário. Jo passou a manhã no rio, com Laurie, e a tarde lendo e chorando com *The Wide, Wide World*,[29] no topo da macieira. Beth começou a tirar tudo do grande armário em que sua família de bonecas morava, mas se cansou na metade do caminho e deixou o lugar de pernas para o ar, indo se dedicar à música, contente por não ter pratos para lavar. Amy arrumou seu caramanchão, vestiu o melhor vestido branco, ajeitou os cachos e se sentou para desenhar debaixo das madressilvas, torcendo para que alguém a visse e perguntasse quem era aquela jovem artista. Como ninguém apareceu além de um curioso aranhiço, que examinou seu trabalho com muito interesse, ela decidiu caminhar; foi pega por um pé-d'água e voltou para casa ensopada.

Na hora do chá, as meninas trocaram impressões, e todas concordaram que tinha sido um dia delicioso, embora incomumente longo. Meg, que tinha ido às compras durante a tarde e escolhido uma linda musselina azul-clara, descobriu, depois de ter cortado algumas peças, que o tecido não era lavável, erro que a deixou um pouco irritada. Jo tinha queimado o nariz durante um passeio de barco e ficado com uma horrível dor de cabeça por ter lido demais. Beth estava preocupada com a confusão no armário e com a dificuldade de aprender três ou quatro músicas de uma vez; Amy se arrependeu amargamente de ter estragado seu vestido, pois a festa de Katy Brown seria no dia seguinte e, agora, como Flora McFlimsy, ela não tinha "nada para vestir". Mas esses eram problemas pequenos; elas asseguraram à mãe que o experimento estava indo muito bem. Ela sorriu, não disse nada e, com a ajuda de Hannah, fez o trabalho que as meninas haviam negligenciado, mantendo a casa agradável e as engrenagens domésticas funcionando bem. Era espantoso o peculiar e desconfortável estado das coisas produzido pelo processo de "descansar e se divertir". Os dias ficavam cada vez mais longos; o clima era cada vez mais instável, assim como as emoções; uma sensação de inquietude tomou conta de todas elas, e o Diabo encontrou muitos problemas para causar àquelas mentes vazias. No auge do luxo, Meg pegou seu material de costura e, tendo muito tempo livre, resolveu ajustar suas roupas, estragando-as na tentativa de deixá-las na moda, como as dos Moffats. Jo leu até os olhos cansarem, e ficou sem paciência para livros; estava tão irritada que até mesmo o amável Laurie acabou brigando com ela, e aquilo a deixou tão chateada que a fez desejar desesperadamente ter ido com a tia March. Beth se deu melhor, pois o tempo todo esquecia que aquela semana

---

29. Livro da escritora americana Susan Warner (1819-1885).

deveria ser *só de diversão, sem trabalho*, e acabava voltando aos velhos hábitos de vez em quando; mas até mesmo ela era afetada por algo no ar, mais de uma vez tendo sua tranquilidade perturbada; tanto que, em uma ocasião, chegou a chacoalhar a pobre Joanna, dizendo que ela era "um horror". Amy foi quem se deu pior, pois seus recursos eram poucos; quando suas irmãs deixavam que ela se divertisse e se cuidasse sozinha, ela logo percebia que seu pequeno ego resoluto e presunçoso era um grande fardo. Ela não gostava de bonecas; contos de fadas eram coisa de criança; não era possível desenhar o tempo todo. Chás da tarde não serviam de muita coisa, assim como piqueniques, a não ser que fossem muito bem organizados. "Se eu pudesse ter uma linda casa, cheia de meninas simpáticas, ou se pudesse viajar, o verão seria esplêndido, mas ficar em casa com três irmãs egoístas e um menino crescido é o suficiente para acabar com a paciência de um Boaz",[30] reclamou a senhorita Distorção de Palavras depois de vários dias dedicados ao prazer, às chateações e ao *enfado*.

Nenhuma delas assumiu que estava cansada do experimento, mas, ao cair da noite de sexta-feira, todas reconheceram que estavam felizes porque a semana estava quase no fim. Querendo aprofundar ainda mais a lição, a senhora March, que tinha muito senso de humor, resolveu completar o processo de forma apropriada, então deu uma folga a Hannah e deixou as meninas lidarem com o efeito total do sistema de brincadeiras.

Quando elas despertaram no sábado de manhã, não havia fogo na cozinha, café na sala de jantar, nem mãe onde quer que procurassem.

— Misericórdia! O que aconteceu? — exclamou Jo, procurando a mãe, desesperada.

Meg correu para o andar de cima e logo voltou, parecendo aliviada mas confusa, e um pouco envergonhada.

— A mamãe não está doente, só cansada, e disse que vai passar o dia no quarto, quieta, e que nós teremos de nos virar como pudermos. É muito estranho ela fazer isso, não parece coisa dela, mas ela disse que foi uma semana muito pesada, então devemos cuidar de nós mesmas sem reclamar.

— Mas isso é fácil, e eu até gosto da ideia. Mal posso esperar até termos algo para fazer... algum novo divertimento, quero dizer — completou Jo às pressas.

De fato, foi mesmo um grande alívio ter algum trabalho, e elas se dedicaram com afinco, mas logo perceberam a verdade no que Hannah sempre dizia: "Tarefas domésticas não são brincadeira". Havia bastante comida na despensa, e, enquanto Beth e Amy colocavam a mesa, Meg e Jo começaram a preparar o

---

30. Aqui, provavelmente, Amy faz confusão entre Boaz e Jó. Jó é que é famoso por sua paciência. Boaz também é um personagem bíblico, marido de Rute. (N.E.)

café da manhã, perguntando-se por que os empregados consideravam aquilo um trabalho duro.

— Vou levar um pouco de cada coisa para a mamãe, embora ela tenha dito que não deveríamos nos preocupar com ela, pois cuidaria de si mesma — disse Meg, que estava na liderança, com um ar de matrona ao levar ao fogo o bule de chá.

Então, antes que começassem a comer, uma bandeja foi arrumada e levada ao andar de cima com os cumprimentos da cozinheira. O chá estava muito amargo, a omelete, queimada, e os biscoitos, salpicados de bicarbonato de sódio, mas a senhora March aceitou sua refeição com gratidão e deu boas gargalhadas depois que Jo saiu.

— Pobrezinhas, temo que terão dificuldades, mas isso não as fará sofrer, e vai lhes fazer bem — disse, servindo-se de iguarias mais saborosas que já havia preparado para si mesma e descartando o café da manhã ruim, para que não ferisse os sentimentos das meninas; uma mentirinha maternal pela qual ficariam gratas.

Muitas foram as reclamações no andar de baixo, e grande foi o desgosto da cozinheira-chefe pelos seus erros.

— Esqueçam. Vou fazer o almoço, e serei a criada; você será a senhorita, mantenha as mãos bem cuidadas, receba as visitas e dê as ordens — disse Jo, que sabia ainda menos que Meg sobre assuntos culinários.

Essa oferta gentil foi aceita de bom grado, e Margaret foi para a sala e rapidamente a colocou em ordem, varrendo a sujeira para baixo do sofá e fechando as cortinas para não precisar tirar o pó dos móveis. Jo, com grande fé em seus dotes e um desejo amistoso de fazer as pazes, de imediato enviou um recado pelo correio convidando Laurie para o almoço.

— É melhor ver o que temos antes de pensar em convidar alguém — disse Meg, quando foi informada da atitude hospitaleira mas precipitada.

— Ah, tem carne-seca e muitas batatas; vou pegar alguns aspargos e uma lagosta, "para dar um sabor", como diz Hannah. Temos alface, então farei uma salada; não sei como, mas o livro ensina. E teremos um manjar-branco e morangos de sobremesa, além de café, se você quiser ser elegante.

— Não invente demais, Jo, afinal, você não sabe fazer nada além de biscoitos de gengibre e bombons de melaço. Lavo minhas mãos em relação a esse almoço, e, como você convidou Laurie por sua conta, vai ter de cuidar dele sozinha.

— Não quero que você faça nada além de ser uma boa companhia para ele e me ajudar com o manjar. Vai me dar conselhos se eu me atrapalhar, não vai? — perguntou Jo, bastante magoada.

— Sim, mas não sei fazer muita coisa além de pão e algumas outras coisinhas. É melhor você pedir permissão à mamãe antes de comprar qualquer item — retrucou Meg, precavida.

— É claro que farei isso, não sou boba. — E Jo saiu com pressa, irritada por duvidarem de seus dotes.

— Compre o que quiser e não me perturbe; vou sair para comer e não vou me preocupar com afazeres da casa — respondeu a senhora March quando Jo foi falar com ela. — Nunca gostei de tarefas domésticas, e vou tirar um dia de folga hoje, para ler, escrever, fazer visitas e me divertir.

A cena incomum de sua mãe, sempre tão ocupada, balançando-se tranquilamente, lendo de manhã cedo, fez com que Jo sentisse algo como se um fenômeno natural tivesse acontecido; um eclipse, um terremoto ou uma erupção vulcânica não pareceriam tão estranhos.

— Está tudo um pouco confuso, de certo modo — disse ela a si mesma enquanto descia as escadas. — Aí está Beth chorando; esse é um sinal definitivo de que há algo errado com esta família. Se Amy a estiver chateando, vou lhe dar um safanão.

Sentindo-se muito estranha, Jo correu para a sala, onde encontrou Beth chorando por Pip, o canário, que jazia morto na gaiola, com suas pequenas garras tristemente estendidas como se implorassem por comida, por falta da qual ele havia morrido.

— É tudo minha culpa... Eu me esqueci dele! Não sobrou uma sementinha nem uma gota de água... Ah, Pip! Ah, Pip! Como eu pude ser tão cruel com você? — chorava Beth, segurando o pobre bichinho e tentando reanimá-lo.

Jo examinou seu olho entreaberto, sentiu seu coraçãozinho e, constatando que ele estava mesmo duro e frio, balançou a cabeça e ofereceu sua caixa de dominó como caixão.

— Coloque-o no forno, assim talvez ele se aqueça e reviva — sugeriu Amy, esperançosa.

— Ele morreu de fome, e não será assado agora que está morto. Vou fazer uma mortalha para ele e, depois, enterrá-lo. Nunca mais terei outro pássaro, nunca mais, meu Pip! Sou muito má para ter um passarinho — murmurou Beth, sentada no chão com o animalzinho na concha das mãos.

— O funeral será à tardinha, e todas nós compareceremos. Não chore mais, Bethinha; é uma pena, mas nada está indo bem nesta semana, e Pip foi a maior vítima do experimento. Faça a mortalha e coloque-o na minha caixa. Depois do almoço, faremos um belo funeral para ele — disse Jo, começando a sentir que teria muita coisa para fazer.

Ela deixou as outras consolando Beth e seguiu para a cozinha, que estava no mais desanimador estado de confusão. Vestindo um grande avental, ela começou a trabalhar, empilhando os pratos para lavar, quando descobriu que o fogo se apagara.

— Mas que bom sinal! — murmurou Jo, abrindo com força a porta do forno e remexendo as brasas vigorosamente.

Conseguindo reacender o forno, ela decidiu ir às compras enquanto a água fervia. A caminhada a alegrou, e, elogiando-se pelos bons preços conseguidos, ela voltou para casa depois de comprar uma lagosta bem jovem, aspargos bem velhos e duas caixas de morangos azedos. Quando arrumou tudo, o almoço estava a caminho e o forno, incandescente. Hannah havia deixado uma massa de pão para crescer e Meg o havia sovado mais cedo, deixando-o no forno para crescer mais, e o esquecera lá. Meg estava conversando com Sallie Gardiner na sala quando a porta se abriu e uma figura suja, corada, despenteada e coberta de farinha apareceu, perguntando com uma voz amarga:

— Diga-me, o pão já não cresceu o bastante quando escapa da forma?

Sallie começou a rir, mas Meg só balançou a cabeça concordando que sim e ergueu as sobrancelhas ao máximo, o que fez a aparição sumir e colocar o pão azedo no forno sem mais demora. A senhora March saiu, depois de dar uma olhada aqui e ali para ver como estavam as coisas, e deixando uma palavra de conforto para Beth, que estava sentada fazendo a mortalha, enquanto o querido falecido permanecia exposto na caixa de dominó. Uma sensação estranha de desamparo tomou conta das meninas quando a boina cinza sumiu ao virar a esquina; e o desespero as abateu quando, alguns minutos depois, a senhorita Crocker surgiu, dizendo que viera para o almoço. Essa moça era uma solteirona magrela e macilenta, com um nariz aquilino e olhos inquisitivos, que reparava em tudo e fofocava sobre tudo o que via. As meninas não gostavam dela, mas haviam sido ensinadas a ser gentis com ela simplesmente porque era velha e pobre e não tinha muitos amigos. Então Meg lhe indicou a poltrona e tentou entretê-la, enquanto ela fazia perguntas, questionava tudo e contava histórias sobre as pessoas que conhecia.

Palavras não são capazes de descrever as ansiedades, as experiências e os esforços de Jo naquela manhã, e ainda assim a refeição que ela serviu se tornou uma piada interna. Temendo pedir mais conselhos, ela fez o que pôde sozinha e descobriu que era preciso mais que energia e boa vontade para ser um bom cozinheiro. Ela ferveu os aspargos duros por uma hora e ficou aflita ao ver as cabeças cozidas e os talos mais duros do que nunca. O pão ficou preto de tão queimado, pois o molho da salada a irritou tanto que ela deixou tudo de lado, até se convencer de que não seria capaz de torná-lo comestível. A lagosta era um mistério escarlate para ela, mas ela tanto martelou e cutucou que conseguiu tirar a casca, e escondeu a pouca carne restante em um bosque de folhas de alface. As batatas tinham de ser feitas depressa, para não deixar os aspargos esperando, e acabaram não sendo preparadas. O manjar ficou cheio de grumos, e os morangos não estavam tão maduros quanto pareciam; tinham sido, na verdade, habilmente arrumados de forma a disfarçar os piores na camada inferior da caixa.

"Bem, eles poderão comer a carne-seca com pão e manteiga, se estiverem com fome; só é vergonhoso ter passado a manhã inteira nisso para nada", pensou Jo, ao tocar o sino meia hora mais tarde que o normal, sentindo-se afogueada, cansada e desanimada, observando o banquete preparado para Laurie, que estava acostumado a todo tipo de elegância, e para a senhorita Crocker, cujos olhos curiosos notariam todas as suas falhas e cuja língua solta as relataria por toda parte.

A pobre Jo teria se escondido embaixo da mesa sem pensar duas vezes ao ver que um prato após o outro era provado e deixado de lado; enquanto Amy dava risadinhas, Meg parecia nervosa, a senhorita Croker apertava os lábios e Laurie conversava e ria com toda a alegria, tentando dar um tom positivo à cena festiva. O ponto forte de Jo foram os morangos, pois ela os tinha adoçado bem, servindo-os com um belo creme. Suas bochechas coradas esfriaram um pouco e ela conseguiu respirar fundo enquanto os belos pratos de vidro rodavam pela mesa, e todos observavam compassivamente as ilhotas rosadas flutuando num mar de creme. A senhorita Crocker provou primeiro e fez uma careta, bebendo água às pressas. Jo, que recusara, pensando que não haveria o suficiente para todos (os morangos tinham lamentavelmente sido reduzidos em número depois de selecionados), olhou de relance para Laurie, que comia avidamente, embora seus lábios estivessem um pouco franzidos e seus olhos, fixos no prato. Amy, que adorava pratos delicados, levou à boca uma colherada cheia, engasgou-se, escondeu o rosto no guardanapo e saiu da mesa correndo.

— Ah, mas o que foi que eu fiz? — questionou Jo, trêmula.

— Você pôs sal em vez de açúcar, e o creme está azedo — respondeu Meg, com um gesto trágico.

Jo soltou um grunhido e recostou-se na cadeira; lembrando-se de que havia polvilhado apressadamente os morangos com o conteúdo de um dos dois recipientes que estavam sobre a mesa da cozinha e de que havia esquecido de guardar o leite no refrigerador. Ela ficou vermelha como um pimentão e estava prestes a chorar quando seus olhos encontraram os de Laurie, que parecia se divertir apesar do seu esforço heroico para se conter; o lado cômico da situação repentinamente lhe ocorreu e Jo caiu na gargalhada até lágrimas escorrerem por seu rosto. Todos os outros convidados riram junto, até mesmo a "Resmungona", como as meninas chamavam a velha senhora. E o desastroso almoço terminou alegre, com pão e manteiga, azeitonas e diversão.

— Não tenho forças para limpar as coisas agora, então vamos nos acalmar com um funeral — disse Jo enquanto se levantavam.

A senhorita Crocker se ajeitou para sair, ansiosa para contar a nova história à mesa de outros amigos.

Eles realmente se acalmaram, em respeito a Beth. Laurie cavou uma cova sob as samambaias do bosque; o pequeno Pip foi depositado ali, com muitas lágrimas da sua dona de bom coração, e coberto com musgo, enquanto uma grinalda de violetas e morugens foi pendurada na pedra que carregava seu epitáfio, composto por Jo, enquanto lidava com o almoço:

> Aqui jaz Pip March,
> que morreu em 7 de junho.
> Amado e tão pranteado,
> tão cedo não será esquecido.

No final das cerimônias, Beth recolheu-se em seu quarto, vencida pela tristeza e pela lagosta, mas não teve onde descansar, pois as camas estavam desarrumadas, e ela percebeu que seu luto se aliviava quando colocava as coisas em ordem e batia os travesseiros. Meg ajudou Jo a retirar o que restara do banquete, o que levou metade da tarde e as deixou tão exaustas que concordaram em jantar chá com torradas. Laurie levou Amy para um passeio, o que foi um gesto caridoso considerando que o creme azedo lhe azedara o humor. A senhora March chegou em casa e encontrou as três filhas mais velhas trabalhando com afinco no meio da tarde, e uma olhada na despensa lhe deu uma ideia do sucesso de parte do experimento.

Antes que as donas de casa pudessem descansar, muitas visitas apareceram, e houve muita correria para que pudessem se aprontar para recebê-las; então o chá precisa ser preparado, as tarefas precisam ser feitas e uma ou duas peças precisavam ser costuradas, mas eram negligenciadas até o último minuto. Quando a tarde se pôs, úmida e tranquila, uma a uma elas se reuniram na varanda, onde as rosas de junho estavam se abrindo, tão lindas, e todas gemeram ou suspiraram ao se sentar, como se estivessem cansadas ou chateadas.

— Que dia terrível foi este! — começou Jo, normalmente a primeira a falar.

— Pareceu mais curto que o normal, mas *tão* difícil — concordou Meg.

— Não pareceu nada com a nossa casa de sempre — completou Amy.

— Nunca se parecerá, sem a mamãe e o pequeno Pip — suspirou Beth, lançando o olhar, com tristeza, para a gaiola vazia, pendurada lá no alto.

— A mamãe está aqui, querida, e amanhã mesmo você terá outro passarinho, se quiser.

Ao falar, a senhora March aproximou-se e se sentou entre as filhas, parecendo não ter tido um dia de folga muito melhor que o delas.

— Ficaram satisfeitas com o seu experimento, meninas, ou querem seguir com ele por mais uma semana? — perguntou ela, enquanto Beth se aninhava em seu colo e as outras se viravam para ela com olhos alegres, como flores voltando-se para o sol.

— Eu não! — exclamou Jo, decidida.

— Nem eu! — as outras repetiram.

— Vocês acham, então, que é melhor ter algumas tarefas e se doar um pouco para os outros?

— Descansar e ficar de papo para o ar não servem para nada — observou Jo, balançando a cabeça. — Estou cansada disso e quero começar a trabalhar em algo agora mesmo.

— Suponho que possa começar a aprender o básico de cozinha, habilidade útil que nenhuma mulher deveria ignorar — disse a senhora March, rindo alto ao lembrar-se do almoço de Jo; ela encontrara a senhorita Crocker e ouvira o relato dela.

— Mamãe! A senhora foi embora e deixou que fizéssemos as coisas sozinhas só para ver como nos sairíamos? — questionou Meg, que tivera tais suspeitas durante todo o dia.

— Sim. Eu queria que vocês percebessem que o conforto de todas depende de cada uma fazer sua parte. Enquanto eu e Hannah fizemos o trabalho de vocês, ninguém reclamou, embora eu não creia que estivessem muito felizes ou contentes; então achei que, como uma pequena lição, eu deveria lhes mostrar o que acontece quando uma pessoa só pensa em si mesma. Vocês não concordam que é melhor ajudar umas às outras, ter tarefas diárias que tornam o nosso lazer mais doce quando chega o momento de desfrutá-lo, e, pelo bem ou pelo mal, que nossa casa deve ser confortável e agradável para todas?

— Concordamos, sim, mamãe! — disseram as meninas.

— Então me permitam aconselhar a vocês que retomem suas tarefas logo; por mais que pareçam pesadas às vezes, elas são boas para nós, e ficam mais leves quanto mais aprendemos a lidar com elas. Trabalhar é sagrado, e há o bastante para todos nos ocuparmos; o trabalho nos livra do mal e do tédio, é bom para a saúde e para o espírito, e nos dá uma sensação de poder e independência maior que o dinheiro ou a moda poderiam nos dar.

— Vamos trabalhar como abelhinhas, e sem reclamar; veja só se não! — disse Jo. — Minha missão nestas férias será aprender a cozinhar, e no próximo banquete serei um sucesso.

— Eu vou fazer um conjunto de camisas para o papai, em vez de deixar a senhora fazê-lo, mamãe. Eu posso e vou fazer isso, embora não goste tanto de costurar; será melhor do que ficar remexendo nas minhas coisas, que já são ótimas como são — disse Meg.

— Vou fazer minhas lições todos os dias e não vou passar tanto tempo com o piano e as bonecas. Eu não sou muito esperta, e deveria estar estudando, não brincando — foi a decisão de Beth.

Amy seguiu o exemplo das irmãs e declarou heroicamente:

— Eu vou aprender a fazer casas de botão e prestar mais atenção no que falo.

— Muito bem! Então estou bastante satisfeita com o experimento, e acredito que não precisaremos repeti-lo. Só não quero que sigam para o outro extremo e trabalhem feito escravas. Cumpram as horas devidas de trabalho e diversão; tornem cada dia ao mesmo tempo útil e agradável, e provem que vocês compreendem o valor do tempo empregando-o bem. Assim, sua juventude será uma delícia, a velhice virá com poucos arrependimentos e a vida será um enorme sucesso, apesar da pobreza.

— Vamos nos lembrar disso, mamãe!

E assim elas fizeram.

12. Acampamento Laurence

Beth era a responsável pelo correio, pois, estando mais em casa, conseguia dar atenção regular às correspondências, e adorava a tarefa diária de destrancar a portinha e distribuir as encomendas. Em um dia de julho, ela chegou com as mãos cheias e foi passando pela casa deixando cartas e caixotes como se fosse uma verdadeira carteira.

— Aqui está seu ramalhete, mamãe! Laurie nunca esquece — disse ela, colocando o buquê fresco no vaso que ficava no "cantinho da mamãe" e que era alimentado pelo carinhoso menino.

— Senhorita Meg March, uma carta e uma luva — continuou Beth, entregando-as para a irmã que estava sentada ao lado da mãe, costurando punhos.

— Oras, mas eu deixei um par lá, e aqui só tem uma — comentou Meg, olhando para a luva de algodão cinza. — Você não deixou cair a outra no jardim?

— Não, tenho certeza de que não; só havia uma no correio.

— Odeio luvas sem par! Esqueça, a outra será encontrada. Minha carta é só uma tradução da música alemã que pedi; deve ter sido feita pelo senhor Brooke, pois essa não é a caligrafia de Laurie.

A senhora March observou a filha, que estava muito bonita com seu robe de guingão,[31] os cachos balançando em volta da testa, tão feminina, sentada à mesinha de costura, repleta de carretéis brancos e bem organizados. Sem perceber os pensamentos da mãe, Meg costurava e cantava enquanto seus dedos trabalhavam, e sua mente estava ocupada de fantasias infantis, tão inocentes e frescas quanto os amores-perfeitos no seu cinto. Aquela imagem fez a senhora March sorrir satisfeita.

— Duas cartas para a doutora Jo, e um livro e um chapéu antigo engraçado, que cobriu a caixa de correio inteira e ainda ficou sobrando — disse Beth, rindo, ao entrar no escritório, onde Jo estava escrevendo.

— Que espertalhão é este Laurie! Eu disse a ele que gostaria que chapéus de abas mais largas entrassem na moda, porque acabo queimando meu rosto toda vez que faz um dia mais ensolarado. Ele disse "Por que se importar com a moda? Use um chapelão e fique confortável!". Eu lhe disse que faria isso se tivesse um chapéu desses, então ele me mandou este para me testar; vou usá-lo, só de brincadeira, e mostrar a ele que *não* ligo para a moda. Dito isso, ela pendurou o chapéu antigo de abas largas em um busto de Platão e começou a ler suas cartas.

A primeira, de sua mãe, fez suas bochechas corarem e seus olhos se encherem de lágrimas, pois dizia:

> Minha querida,
> Escrevo-lhe uma palavra rápida para dizer que é com muita satisfação que vejo seu esforço para controlar seu temperamento. Você não diz nada sobre suas dificuldades, falhas ou vitórias, e pensa, talvez, que ninguém as vê além do Amigo para quem você pede ajuda diariamente, se eu posso confiar na capa já gasta do seu livro-guia. Eu também as vejo todas, e acredito de coração na honestidade da sua decisão, que já começou a gerar frutos. Siga em frente, minha querida, com paciência e coragem, e sempre acredite que ninguém a compreende mais que sua amada *mãe*.

— Como isso me faz bem! Esta carta vale mais que milhões em dinheiro e um montão de elogios. Ah, mamãe, como eu me esforço! Vou continuar tentando, e não vou cansar, pois tenho a senhora para me ajudar.

---

31. Derivado da seda, o guingão é uma espécie de tecido de algodão muito fino e lustroso. (N.E.)

Deitando a cabeça nos braços, Jo molhou seu livrinho com algumas lágrimas de alegria, pois havia, sim, acreditado que ninguém via ou apreciava seus esforços para ser boa, e aquela garantia era duplamente preciosa, duplamente encorajadora, porque era inesperada e vinha da pessoa cuja aceitação mais lhe importava. Sentindo-se mais forte do que nunca para enfrentar e conquistar seu Abadom, ela prendeu a cartinha à parte interna do vestido, como um escudo e um lembrete, para não se esquecer de seu dever, e seguiu para abrir a segunda carta, pronta para receber tanto boas quanto más notícias. Em uma letra grande e animada, Laurie escrevia:

Querida Jo,

Como está?

Alguns meninos e meninas ingleses virão me ver amanhã, e quero me divertir. Se o tempo estiver bom, vou montar a barraca em Longmeadow e juntar todo o grupo para almoçar e jogar croqué, fazer uma fogueira, dar uma festa no estilo cigano e todo tipo de brincadeira. São pessoas legais e gostam desse tipo de coisa. Brooke vai junto, para manter os meninos sob controle, e Kate Vaughn será a acompanhante das meninas. Quero que todas vocês venham; não deixe Beth fugir, por qualquer motivo, pois ninguém vai aborrecê-la. Não se preocupe com as provisões, vou cuidar disso e de todo o resto. Só venham, sejam boas companheiras!

Um recado rápido e apressado,
Sempre seu, Laurie.

— Mas que beleza! — exclamou Jo, correndo para contar a novidade a Meg. — É claro que vamos, minha mãe! Vou ser de grande ajuda para Laurie, pois consigo remar, e Meg pode ajudar com a comida, e as crianças serão úteis de alguma forma.

— Espero que os Vaughns não sejam muito adultos e metidos. Você sabe alguma coisa deles, Jo? — perguntou Meg.

— Só sei que são quatro. Kate é mais velha que você; Fred e Frank são gêmeos, mais ou menos da minha idade; e a menininha, Grace, tem nove ou dez anos. Laurie os conheceu no exterior e gostou dos meninos. Pelo que entendi, pela careta que ele fez quando falou dela, ele não admira muito a Kate.

— Que bom que meu vestido estampado está limpo. É o melhor para a ocasião, e me deixa tão bem! — comentou Meg, satisfeita. — Você tem algo decente para usar, Jo?

— O conjunto cinza e escarlate, mais casual, está bom o bastante para mim. Vou remar e vadiar por aí, então não quero nada engomado demais. Você virá, Bethinha?

— Se você não deixar nenhum dos meninos falar comigo.

— Nenhum, eu prometo.

— Quero agradar a Laurie e não tenho medo do senhor Brooke, que é tão bondoso, mas não quero brincar, nem cantar, nem dizer nada. Vou trabalhar bastante e não incomodar ninguém. Se você cuidar de mim, Jo, eu vou.

— Essa é a minha garota. Você tenta lutar contra sua timidez, e eu amo você por isso. Lutar contra os nossos defeitos não é fácil, eu bem sei. E uma palavra amiga certamente nos ajuda. Obrigada, mamãe! — Então Jo deu na bochecha magra um beijo agradecido, mais precioso para a senhora March do que se o beijo tivesse lhe dado de volta a vivacidade rósea de sua juventude.

— Eu ganhei uma caixa de gotas de chocolate e o desenho que queria copiar — disse Amy, mostrando sua correspondência.

— E eu recebi um recado do senhor Laurence, me convidando para visitá-lo e tocar para ele hoje à noite, antes de os lampiões serem acesos, e devo ir — completou Beth, cuja amizade com o velho cavalheiro havia prosperado imensamente.

— Então vamos nos apressar e trabalhar em dobro hoje, para podermos nos divertir amanhã com a mente livre — disse Jo, preparando-se para trocar a caneta pela vassoura.

Quando o sol surgiu no quarto das meninas cedinho na manhã seguinte, prometendo-lhes um belo dia, encontrou uma cena cômica. Cada uma havia se preparado para a *fête*[32] como lhe pareceu necessário e apropriado. Meg havia enrolado uma fileira extra de papelotes na franja, Jo tinha aplicado uma camada generosa de creme gelado no rosto aflito, Beth levara Joanna para a cama com ela para compensar a separação iminente, e Amy, para completar, havia prendido um pregador no nariz para deixá-lo empinado. Era um desses pregadores que artistas usam para prender o papel nas pranchetas, e, portanto, muito apropriado e eficaz para o propósito ao qual fora destinado. Esse cômico espetáculo pareceu divertir o sol, que surgiu com tamanho brilho que despertou Jo, que por sua vez acordou as irmãs com uma gargalhada ao ver o adereço no rosto da caçula.

Luz do sol e risadas pareciam bons presságios para uma festa divertida, e logo uma atividade animada começou nas duas casas. Beth, que ficou pronta primeiro, começou a contar às irmãs o que acontecia na vizinhança, divertindo o banheiro das garotas com telegramas frequentes enviados pela janela.

---

32. "Festa", em francês. (N.E.)

— Lá vai o homem com a barraca! Estou vendo a senhora Barker levando o almoço em dois cestos grandes. Agora o senhor Laurence está olhando para o céu e para o galo dos ventos; eu bem que gostaria que ele fosse também! Aí vai Laurie, parecendo um marinheiro, que bonito ele está! Ah, minha nossa! Está chegando uma carruagem cheia de gente: uma moça alta, uma garotinha e dois meninos terríveis. Um deles é manco, pobrezinho, usa muletas. Laurie não nos contou isso. Rápido, meninas, está ficando tarde. Oras, aí vem Ned Moffat, quem diria. Veja, Meg! Esse não é o rapaz que se curvou na sua frente outro dia, fazendo uma mesura, quando estávamos fazendo compras?

— Realmente é. Que curioso que ele tenha vindo! Achei que estava nas montanhas. Aquela lá é Sallie? Fico feliz que ela tenha voltado a tempo. Eu estou bem, Jo? — perguntou Meg, agitada.

— Uma perfeita margarida. Segure o vestido e ajuste o chapéu; ele fica bobo, assim, inclinado, e vai voar no primeiro sopro de vento. Então vamos, agora!

— Ah, não, Jo! Você não vai usar esse chapéu horrendo, vai? É ridículo demais! Por favor, não se faça de maluca — reclamou Meg quando Jo amarrou com uma fita vermelha o antiquado chapéu de palha de abas largas que Laurie mandara como piada.

— É claro que vou! É essencial; faz uma bela sombra, é leve e grande. Será engraçado, e não me importo de ser maluca, se estiver confortável.

Com isso, Jo marchou direto porta afora, e as irmãs a seguiram, um pequeno e esplendoroso bando de meninas, todas em seus melhores trajes de verão, com expressões alegres sob vistosos chapéus.

Laurie correu para encontrá-las e apresentá-las aos amigos da maneira mais cordial. O gramado era a recepção, e por muitos minutos uma cena alegre desenrolou-se ali. Meg ficou feliz por ver que a senhorita Kate, embora já tivesse vinte anos, estava vestida com uma simplicidade que as moças americanas poderiam muito bem imitar, e ficou muito lisonjeada pelas garantias do senhor Ned de que ele só havia aparecido para vê-la. Jo entendeu por que Laurie fez careta ao falar de Kate, pois a moça tinha um ar distante e cheio de não me toques que contrastava bastante com o comportamento descontraído e tranquilo das outras meninas. Beth ficou observando os meninos desconhecidos e decidiu que o menino manco não era terrível, e sim gentil e delicado, e que ela seria amável com ele por isso. Amy achou Grace muito bem-educada e divertida e, depois de ficarem se encarando em silêncio por alguns minutos, viraram subitamente boas amigas.

Barracas, almoço e utensílios de croqué haviam sido enviados antecipadamente, então a festa logo embarcou, e os dois barcos partiram juntos, deixando o senhor Laurence acenando com o chapéu na margem do rio. Laurie e Jo remaram em um dos barcos, o senhor Brooke e Ned no outro; enquanto isso, Fred

Vaughn, o gêmeo mais desordeiro, fez tudo o que podia para atrapalhar os dois, remando vigorosamente em um bote como uma libélula perturbada. O chapéu engraçado de Jo merecia os agradecimentos de todos, pois teve utilidade geral; foi ótimo para quebrar o gelo de início, causando grandes risadas; criava uma brisa fresca ao abanar para cá e para lá enquanto ela remava, e faria as vezes de um ótimo guarda-chuva para todos os convidados se caísse um pé-d'água, disse ela. Kate pareceu muito impressionada com os trejeitos de Jo, especialmente quando ela exclamou "Cristóvão Colombo!" ao perder um dos remos; também quando Laurie perguntou "Minha camarada, machuquei você?", quando tropeçou no pé da menina ao sentar-se em seu lugar. Mas, depois de vestir os óculos para examinar a curiosa menina várias vezes, a senhorita Kate concluiu que ela era "estranha, mas muito esperta", e sorriu para ela de longe.

Meg, no outro barco, estava num lugar ótimo, de frente para os remadores, que ficaram ambos muito animados com a ideia e remaram com "habilidade e destreza" incomuns. O senhor Brooke era um homem jovem, sério e quieto, com belos olhos castanhos e uma voz agradável. Meg gostava de sua discrição e considerava-o uma enciclopédia ambulante de conhecimento útil. Ele nunca falava muito com ela, mas a observava um bocado, e ela tinha certeza de que não era com aversão. Ned estava na faculdade, e é claro que tinha a pose que todos os calouros consideram ser sua obrigação assumir assim que ingressam no ensino superior; ele não era muito sábio, mas tinha bom coração, era muito alegre e uma ótima companhia para um piquenique. Sallie Gardiner estava concentrada em não deixar que seu vestido de piquê branco se sujasse e em conversar com o onipresente Fred, que mantinha Beth em constante terror por conta de suas brincadeiras.

Não era um longo caminho até Longmeadow, mas a barraca já estava montada e os arcos, encaixados para o jogo de croqué quando eles chegaram. Havia um belo campo verde, com três imensos carvalhos no meio e uma área plana de grama para o croqué.

— Bem-vindos ao Acampamento Laurence! — exclamou o jovem anfitrião quando aportaram com gritos de animação. — Brooke é o comandante-chefe; eu sou o comissário-geral; os outros rapazes são oficiais do estado-maior; vocês, senhoras, são nossas convidadas. A barraca é para seu uso exclusivo, e aquele carvalho será sua sala de visitas; esta é a sala de jantar e aquela é a cozinha do acampamento. Agora vamos começar um jogo antes que fique quente demais, depois veremos o almoço.

Frank, Beth, Amy e Grace se sentaram para ver o jogo dos outros oito convidados. O senhor Brooke escolheu Meg, Kate e Fred; Laurie ficou com Sallie, Jo e Ned. Os ingleses jogaram bem, mas os americanos foram melhores, e conquistaram cada ponto como se o espírito dos pais fundadores os inspirasse. Jo e Fred se desentenderam várias vezes, e por pouco não trocaram insultos. Jo estava quase vencendo o último arco, mas errara a batida, o que muito a irritou. Fred estava logo atrás dela, e sua vez era antes da dela; ele fez sua jogada, a bola bateu no arco e parou alguns centímetros do lado errado. Ninguém estava por perto; então, correndo para examinar o lance, o rapaz deu um toquinho na bola com a ponta da bota, o que a fez rolar e parar exatamente um centímetro depois do arco.

— Passei! Agora, senhorita Jo, vou alcançá-la e passar primeiro! — exclamou o jovem, erguendo o taco para outra jogada.

— Você empurrou a bola. Eu vi! É minha vez agora — reclamou Jo.

— Dou minha palavra que não empurrei! A bola rolou um pouco, talvez, mas isso é permitido. Então se afaste, por favor, e me deixe fazer minha jogada.

— Nós não trapaceamos na América, mas *você* faça o que quiser — retrucou Jo, irritada.

— Vocês, ianques, são muito complicados, todos sabem. Pode jogar agora — disse Fred, arremessando a bola dela para longe.

Jo abriu a boca para dizer algo rude, mas se controlou a tempo, ficou com a testa vermelha, afastou-se por um minuto, martelando um dos arcos com toda a força enquanto Fred acertava sua jogada e se declarava fora, comemorando muito. Ela saiu para buscar sua bola e demorou um longo tempo para encontrá-la entre os arbustos; quando voltou, parecia fria e tranquila, e esperou sua vez pacientemente. Levou muitas jogadas para recuperar o lugar que havia perdido; quando chegou lá, o outro time já quase havia ganhado, pois a bola de Kate era a penúltima e estava próxima do poste.

— Pelo rei George, agora é conosco! Adeus, Kate; a senhorita Jo me deve uma, então você está fora! — comemorou Fred quando todos se aproximaram para ver o lance final.

— Nós, ianques, somos generosos com nossos inimigos — disse Jo, com um olhar que fez o garoto corar —, especialmente quando os vencemos — completou, quando, deixando a bola de Kate intocada, ganhou a partida com uma jogada perfeita.

Laurie jogou para cima o chapéu, depois se lembrou de que não seria educado comemorar a derrota dos seus convidados e, parando no meio de um grito, veio cochichar com a amiga:

— Muito bem, Jo! Ele roubou, sim, eu vi. Não podemos comentar, mas ele não vai mais fazer isso, eu dou minha palavra.

Meg a chamou para um canto, sob o pretexto de ajeitar uma trança que se soltara, e disse, orgulhosa:

— Ele foi extremamente provocador, mas você se controlou, e fico muito feliz, Jo.

— Não me elogie, Meg, porque eu poderia dar um tabefe na orelha dele agora mesmo. Eu certamente teria explodido se não tivesse passado tanto tempo entre as urtigas até minha raiva se acalmar a ponto de eu conseguir segurar a língua. Ainda estou com raiva, então espero que ele fique fora do meu caminho — respondeu Jo, mordendo os lábios, enquanto lançava um olhar feio para Fred por baixo do chapéu de abas largas.

— Hora do almoço — disse o senhor Brooke, olhando o relógio. — Comissário-geral, poderia acender o fogo e buscar água para nós? Enquanto isso, eu e as senhoritas Marchs e Sallie vamos arrumar a mesa. Quem sabe fazer um bom café?

— A Jo — respondeu Meg, feliz por recomendar a irmã.

Então Jo, sentindo que suas últimas lições de culinária lhe serviriam bem, foi cuidar da cafeteira, enquanto as crianças catavam gravetos e os meninos acendiam a fogueira e pegavam água de uma fonte próxima. A senhorita Kate ficou desenhando, e Frank conversava com Beth, que estava fazendo pequenas esteiras de palha trançada para servir de pratos.

O comandante-chefe e suas ajudantes logo esticaram a toalha de mesa com uma variedade convidativa de comidas e bebidas, tudo decorado lindamente com folhagens. Jo anunciou que o café estava pronto, e todos se sentaram para a farta refeição; afinal, jovens raramente são dispépticos, e exercícios são uma ótima forma de abrir o apetite. Foi um almoço dos mais alegres; tudo parecia fresco e divertido, e frequentes explosões de risadas assustaram um velho cavalo que pastava por ali. Havia um cômico desnível na mesa, que produzia muitas confusões com pratos e copos; bolotas de carvalho caíam no leite, formiguinhas negras mergulhavam nos refrescos sem ser convidadas e lagartas peludas se penduravam nos galhos da árvore para ver o que estava havendo. Três crianças muito louras observavam por cima da cerca, e um cachorro irritante latia sem parar para elas do outro lado do rio com toda a energia.

— Tem sal aqui, se você preferir — disse Laurie ao passar um pires de frutas para Jo.

— Obrigada, mas prefiro aranhas — respondeu ela, tirando duas aranhinhas perdidas que haviam se afogado no creme. — Como você ousa me relembrar daquele almoço horrendo, quando o seu está tão bom em todos os sentidos? — acrescentou Jo, enquanto os dois riam e comiam do mesmo prato, já que o jogo de porcelana não havia sido suficiente.

— Eu me diverti demais naquele dia, e ainda não houve outro melhor. Não sou o responsável por isto aqui, você sabe, eu não fiz nada. Foram você, Meg e Brooke que fizeram tudo dar certo, e não sei como agradecê-los. O que vamos fazer quando estivermos satisfeitos? — perguntou Laurie, sentindo que seu trunfo havia sido a refeição.

— Jogar alguma coisa até a temperatura baixar um pouco. Eu trouxe *Autores*, mas arrisco dizer que a senhorita Kate deve conhecer outros jogos, mais recentes e divertidos. Vá perguntar a ela. Ela é uma convidada, e você deveria passar mais tempo com ela.

— E você não é uma convidada também? Achei que ela agradaria a Brooke, mas ele não para de conversar com Meg, e Kate só fica olhando os dois com aqueles óculos ridículos. Vou falar com ela, então não tente me dar lições de boa educação, porque isso não lhe cabe bem, Jo.

A senhorita Kate conhecia mesmo muitos jogos; quando as meninas não quiseram mais e os rapazes não conseguiam mais comer nada, todos se juntaram na sala de visitas para jogar *Ladainha*.

— Uma pessoa começa uma história, pode ser a mais maluca possível, e conta quanto quiser, só tomando cuidado para parar em algum ponto interessante, e então a próxima pessoa continua a história desse ponto, e por aí vai. É muito engraçado quando bem-feito, e cria uma mistura perfeita de coisas trágicas e cômicas para provocar risadas. Por favor, pode começar, senhor Brooke — disse Kate com um gesto imperioso, o que muito surpreendeu Meg, que tratava o tutor com tanto respeito quanto tratava qualquer outro cavalheiro.

Deitado na grama, aos pés das duas moças, o senhor Brooke obedientemente começou sua história, com os belos olhos castanhos fixos no rio iluminado pelo sol.

— Era uma vez um cavaleiro que saiu pelo mundo em busca de fortuna, pois não tinha nada além de sua espada e seu escudo. Ele viajou muito tempo, quase vinte e oito anos, e enfrentou muitas dificuldades, até chegar ao palácio de um velho e bondoso rei, que oferecia uma recompensa para qualquer um que domasse e treinasse um lindo mas indomável potro do qual ele muito gostava. O cavaleiro concordou em tentar e o fez devagar mas firmemente; o potro era bastante imponente e logo aprendeu a amar seu novo mestre, embora fosse caprichoso e selvagem. Todo dia, quando treinava o animal de estimação do rei, o cavaleiro cavalgava por toda a cidade; enquanto cavalgava, procurava em toda parte certo rosto, belíssimo, que ele vira muitas vezes em seus sonhos, mas nunca encontrara. Um dia, quando empinava o animal por uma ruela tranquila, ele viu à janela de um castelo em ruínas aquele belo rosto. Ele ficou encantado e perguntou quem morava naquele velho castelo. Disseram-lhe que muitas princesas eram mantidas aprisionadas lá por um feitiço e passavam o dia todo fiando para juntar dinheiro e comprar sua liberdade. O cavaleiro desejou profundamente poder libertá-las, mas era pobre e só podia passar por ali todos os dias para observar aquele lindo rosto, desejando vê-lo ao sol. Finalmente, resolveu entrar no castelo e perguntar como poderia ajudá-las. Ele foi até lá e bateu à porta; a imensa porta se abriu e ele viu...

— Uma linda e encantadora donzela, que exclamou, com um grito de êxtase, "Finalmente! Finalmente!" — continuou Kate, que lia muitos romances franceses e admirava o estilo. — "É ela!", exclamou o Conde Gustave, caindo aos seus pés em uma explosão de alegria. "Ah, levante-se", disse a moça, estendendo sua mão de brancura marmórea. "Nunca! Não até a senhorita me dizer como posso resgatá-la", jurou o cavaleiro, ainda de joelhos. "Infelizmente, meu destino cruel me condena a permanecer aqui até que o tirano seja destruído." "E onde está o vilão?" "No salão lilás; vá, corajoso senhor, e me salve desse desespero." "Seu desejo é uma ordem, e eu voltarei vitorioso ou morto!" Com essas palavras emocionantes, o cavaleiro partiu às pressas e, empurrando a porta do salão lilás, estava prestes a entrar quando recebeu...

— Um impressionante golpe de um grande dicionário de grego, que um velhote em um robe preto atirou sobre ele — continuou Ned. — No mesmo instante, o senhor Seja Lá Quem For se recuperou, jogou o tirano pela janela e se virou para se juntar à donzela, vitorioso mas com um galo na testa. A porta estava trancada, então ele arrancou as cortinas, fez uma corda de tecido e começou a descer. Na metade do caminho, a corda se partiu, e ele caiu de cabeça no fosso, vinte metros abaixo. Nadando como um pato, o cavaleiro contornou o castelo até chegar a uma portinha protegida por dois robustos camaradas, bateu suas cabeças, uma contra a outra, até racharem como nozes, e, com uma pequena demonstração de sua prodigiosa força, derrubou a porta, subiu por uma escadaria de pedra recoberta por trinta centímetros de poeira, sapos do tamanho de um punho e aranhas que fariam vocês ficarem histéricas, senhoritas Marchs. No fim dessa escadaria, ele encontrou uma cena que tirou seu fôlego e gelou seu sangue...

— Uma figura alta, toda de branco, com um véu cobrindo o rosto e uma lamparina na mão cadavérica — continuou Meg. — A figura o chamou, flutuando silenciosamente à sua frente por um corredor tão escuro e frio quanto uma tumba. Efígies sombrias em armaduras estavam postas de cada lado do corredor, um silêncio fúnebre reinava, a chama da lamparina era azul e a figura fantasmagórica virava-se a todo momento para o cavaleiro, mostrando o brilho de olhos medonhos através do véu branco. Eles chegaram a uma porta acortinada, atrás da qual se ouvia uma linda música; o cavaleiro se adiantou para entrar, mas o espectro o segurou e lhe estendeu, ameaçadoramente...

— Uma caixinha de rapé — continuou Jo, em um tom sepulcral, o que fez o público cair na gargalhada. — "Agradecido!", disse educadamente o cavaleiro, ao pegar uma pitada que lhe fez espirrar sete vezes, com tanta violência que sua cabeça rolou. "Rá! Rá!", riu o fantasma, que, tendo olhado pela fechadura as princesas fiando sem parar, pegou sua vítima e a enfiou em uma grande caixa de lata, onde outros onze cavaleiros já estavam apertados, sem cabeça, como sardinhas. Todos se ergueram e começaram a...

— Dançar uma giga escocesa — interrompeu Fred quando Jo parou para respirar. — Enquanto eles dançavam, o velho castelo caindo aos pedaços se transformou em um galeão com as velas içadas. "Icem a vela de estai, puxem as adriças, girem o leme a sota-vento, preparem as armas!", rugiu o capitão quando uma embarcação pirata portuguesa surgiu à vista, com uma bandeira negra como nanquim balançando no mastro. "Vão e vençam, rapazes", ordenou o capitão, e uma tremenda luta começou. É claro que os ingleses ganharam, nós sempre ganhamos, e, fazendo o capitão pirata prisioneiro, zarparam num solavanco com a escuna, cujo convés estava coberto de corpos e de cujos embornais escorria sangue, pois as ordens haviam sido "O sabre ou a morte!". "Contramestre, pegue uma corda da escota e amarre esse vilão se ele não confessar seus pecados rapidinho", disse o capitão britânico. O português mordeu a língua e andou na prancha enquanto os alegres marinheiros comemoravam como loucos. Mas o patife mergulhou e ficou embaixo do galeão, abrindo um rombo no casco que o fez afundar, com todas as velas içadas, "até o fundo, o fundo, o fundo do mar", onde...

— Ah, minha nossa, o que eu *posso* dizer? — exclamou Sallie quando Fred terminou sua ladainha, em que havia misturado, atabalhoadamente, um bando de expressões e termos náuticos tirados de um dos seus livros favoritos. — Bem, eles afundaram e uma linda sereia os recebeu, mas ficou muito assustada ao ver a caixa com os cavaleiros sem cabeça. Então, bondosamente, ela os conservou em salmoura, desejando um dia descobrir algo sobre aquele mistério, afinal, era mulher e, portanto, curiosa. Um dia, um mergulhador apareceu e a sereia disse "vou lhe dar essa caixa de pérolas se você puder levá-las lá para cima", pois ela queria fazer os pobrezinhos ressuscitar e não conseguia erguer a caixa sozinha. Então o mergulhador a levou e ficou muito decepcionado quando a abriu e não encontrou pérola alguma. Ele a deixou num grande e ermo campo, onde ela foi encontrada por...

— Uma criadora de gansos, que cuidava de cem gansos gordos naquele campo — continuou Amy, quando a fábula de Sallie acabou. — A menininha ficou com pena dos cavaleiros e perguntou a uma velhinha o que poderia fazer para ajudá-los. "Seus gansos é que vão lhe dizer, eles sabem de tudo", disse a velha. Então ela perguntou o que deveria usar para substituir as cabeças que haviam se perdido, e todos os gansos abriram seus bicos e gritaram...

— Repolhos! — continuou Laurie, prontamente. — "Perfeito!", disse a menina, e correu para pegar as doze melhores cabeças de repolho da sua horta. Ela as colocou no lugar, os cavaleiros despertaram imediatamente, agradeceram-na e seguiram seu caminho alegremente, sem perceber a diferença, pois havia tantos outros cabeças de repolho no mundo que ninguém estranhava aquilo. O nosso cavaleiro voltou para encontrar o belo rosto que buscava, e descobriu que as princesas tinham conseguido escapar e que todas iam se casar, menos uma. Ele ficou muito feliz depois de saber disso; montando seu potro, que ficou ao seu lado mesmo depois de tantas tormentas, correu para o castelo para ver qual delas havia ficado lá. Olhando por sobre a sebe, ele viu a rainha de seu coração colhendo flores no jardim. "Você vai me dar uma rosa?", disse ele. "Você precisa vir aqui buscar; eu não posso ir até você, não é correto", respondeu ela, com a voz doce como mel. Ele tentou escalar a sebe, mas ela parecia crescer cada vez mais; então ele tentou atravessá-la, mas ela ia ficando cada vez mais espessa, e o cavaleiro começou a se desesperar. Então pacientemente ele quebrou galho após galho até abrir um buraquinho na sebe, pelo qual ele espiou e pediu, suplicante: "Deixe-me entrar! Deixe-me entrar!". Mas a linda princesa não parecia entender o que ele dizia, pois continuava a colher suas rosas em silêncio e deixou-o descobrir como entrar sozinho. Se ele conseguiu ou não, Frank vai nos contar.

— Não, eu não estou brincando, eu nunca brinco disso — disse Frank, apreensivo com a situação sentimental da qual ele teria de resgatar o absurdo casal. Beth tinha desaparecido atrás de Jo, e Grace estava dormindo.

— Então o pobre cavaleiro vai ficar preso na sebe, é isso mesmo? — perguntou o senhor Brooke, ainda observando o rio e brincando com o botão de rosa na lapela.

— Suponho então que a princesa lhe deu uma flor, afinal, e abriu o portão depois de um tempo — disse Laurie, rindo sozinho e jogando bolotas de carvalho no tutor.

— Mas que maluquice nós criamos! Com alguma prática, é possível inventar algo bem interessante. Vocês conhecem *Verdade*? — perguntou Sallie, depois de eles rirem da história.

— Espero que sim — respondeu Meg, séria.

— O jogo, eu quis dizer.

— Como é? — perguntou Fred.

— Bem, nós sorteamos um número e, depois, empilhamos nossas mãos, sucessivamente, até chegar ao número sorteado. A pessoa cuja mão estiver por último na pilha tem de responder sinceramente às perguntas feitas pelo restante. É muito divertido.

— Vamos tentar — disse Jo, que gostava de novas experiências.

A senhorita Kate e o senhor Brooke, assim como Meg e Ned, recusaram; mas Fred, Sallie, Jo e Laurie resolveram brincar. A primeira rodada terminou em Laurie.

— Quem são seus heróis? — perguntou Jo.

— Meu avô e Napoleão.

— Qual a moça que você acha mais bonita? — perguntou Sallie.

— Margaret.

— De qual delas você gosta mais? — disse Fred.

— Jo, é claro.

— Que perguntas bobas vocês fazem! — exclamou Jo, dando de ombros, enquanto o restante ria do tom prosaico de Laurie.

— Vamos tentar de novo. *Verdade* não é um jogo ruim — disse Fred.

— É ótimo para você — retrucou Jo, num resmungo.

Era agora a sua vez.

— Qual é o seu maior defeito? — perguntou Fred, a fim de verificar se ela tinha a virtude que lhe faltava.

— Sou muito esquentada.

— O que você mais deseja no mundo? — disse Laurie.

— Um par de botas com cadarços — respondeu Jo, adivinhando e fugindo da resposta que ele queria ouvir.

— Não é verdade; você precisa dizer o que realmente mais deseja.

— Inteligência. Você não gostaria de poder me dar isso, Laurie? — Ela deu um sorriso astuto ao ver a expressão decepcionada do amigo.

— Que virtudes você mais admira em um homem? — perguntou Sallie.

— Coragem e honestidade.

— Minha vez agora — disse Fred, quando sua mão ficou por último na pilha.

— Vamos cair em cima dele — sussurrou Laurie para Jo, que assentiu e logo disparou:

— Você roubou no croqué, não roubou?

— Bem, sim, um pouco.

— Muito bem! E a história que contou não foi tirada de *O Leão Marinho*? — perguntou Laurie.

— Uma parte.

— Você não acha que a Inglaterra é uma nação perfeita em todos os aspectos? — perguntou Sallie.

— Eu teria vergonha de mim mesmo se dissesse que não.

— É um verdadeiro John Bull.[33] Agora, senhorita Sallie, será sua vez e nem precisaremos sortear. Vou fazer seu coração bater mais forte perguntando logo se você não se acha um pouco namoradeira — perguntou Laurie enquanto Jo assentia para Fred em sinal de paz.

---

33. John Bull é uma personificação nacional do Reino da Grã-Bretanha. (N.E.)

— Seu rapaz impertinente! É claro que não — exclamou Sallie, com um ar que provava o contrário.

— O que você mais odeia? — perguntou Fred.

— Aranhas e arroz-doce.

— Do que você mais gosta? — perguntou Jo.

— De dançar e de luvas francesas.

— Bem, *eu* acho que *Verdade* é um jogo muito bobo. Vamos jogar uma partida de *Autores* para refrescar a cabeça — propôs Jo.

Ned, Frank e as meninas menores resolveram participar, e, durante o jogo, os três mais velhos ficaram conversando em um grupo separado. A senhorita Kate tirou seu bloco de desenho novamente, e Margaret ficou observando-a trabalhar, enquanto o senhor Brooke deitou-se na grama com um livro, sem, no entanto, lê-lo.

— Que lindeza você fez; eu gostaria de saber desenhar — disse Meg, com uma mistura de admiração e tristeza na voz.

— Por que não aprende? Acho que você teria o gosto e o talento para tal — respondeu a senhorita Kate, graciosamente.

— Não tenho tempo.

— Sua mãe prefere que você se dedique a outras tarefas, imagino. A minha também preferia, mas provei a ela que eu tinha talento fazendo algumas aulas particulares, então ela se convenceu de que eu deveria continuar. Você não pode fazer o mesmo com a sua governanta?

— Não tenho governanta.

— Esqueci que as moças na América frequentam escolas mais do que nós. Ótimas escolas, inclusive, segundo meu pai. Você deve frequentar uma escola particular, imagino.

— Não, não vou a nenhuma. Sou eu a governanta, na verdade.

— Ah, realmente? — exclamou a senhorita Kate, mas poderia muito bem ter falado "minha nossa, que horror", pelo que seu tom de voz deu a entender, e algo na sua expressão fez Meg corar e desejar não ter sido tão sincera.

O senhor Brooke ergueu os olhos para as moças e logo interrompeu:

— As moças na América valorizam a independência tanto quanto seus ancestrais, e são admiradas e respeitadas por serem capazes de se sustentar.

— Ah, sim, mas é claro! Fazem elas muito bem. Temos muitas moças respeitáveis e honradas que fazem o mesmo, e ainda são empregadas pela nobreza, pois, sendo filhas de cavalheiros, são bem-criadas e talentosíssimas, sabe — respondeu a senhorita Kate com um tom condescendente que feriu o orgulho de Meg e fez seu trabalho parecer não só desagradável mas também degradante.

— A música alemã lhe agradou, senhorita March? — perguntou o senhor Brooke para quebrar o silêncio desconfortável.

— Ah, sim. É muito harmoniosa, e devo muito a quem a traduziu para mim. — E o melancólico rosto de Meg corou quando ela disse isso.

— Você não sabe alemão? — perguntou a senhorita Kate, com uma expressão de surpresa.

— Não muito. Meu pai, que foi quem me ensinou, está longe, e não consigo avançar muito sozinha, sem ter quem corrija minha pronúncia.

— Tente ler um pouco agora. Aqui temos o *Mary Stuart* de Schiller[34] e um tutor que ama ensinar. — E o senhor Brooke colocou o livro no colo dela, com um sorriso convidativo.

— É muito difícil, fico até com medo de tentar — disse Meg, agradecida, mas tímida na presença da talentosa moça ao seu lado.

— Vou ler um pouco, para encorajá-la. — A senhorita Kate leu uma das mais lindas passagens, de uma maneira perfeitamente correta, mas perfeitamente inexpressiva.

O senhor Brooke não fez nenhum comentário quando ela devolveu o livro para Meg, que disse inocentemente:

— Achei que fossem poesias.

— Uma parte é; tente esta passagem.

Havia um estranho sorriso nos lábios do senhor Brooke enquanto ele abria o livro na passagem das lamentações da pobre Maria.

Seguindo obedientemente a folha de relva que seu novo tutor usava para apontar o referido trecho, Meg começou a ler, devagar e timidamente, e, sem querer, com a entonação doce e musical de sua voz, transformou aquelas palavras duras em poesia. O indicador verde foi descendo a página, e logo, esquecendo que estava sendo ouvida devido à beleza daquela triste cena, Meg começou a ler como se estivesse sozinha, dando um leve toque de tragédia às palavras da rainha infeliz. Se ela tivesse visto aqueles olhos castanhos naquele momento, teria parado imediatamente, mas, como não ergueu o rosto, a lição não foi arruinada.

— Muito, muito bem! — disse o senhor Brooke quando ela parou, ignorando seus muitos erros e parecendo realmente que "amava ensinar".

A senhorita Kate ajeitou os óculos e, com uma olhada para o quadro à sua frente, fechou o caderno de desenho e comentou, condescendente:

---

34. Peça que trata da rainha da Escócia e de seus conflitos com a realeza britânica, escrita pelo poeta alemão Friedrich Schiller (1759-1805). (N.E.)

— Você tem um bom sotaque e, com o tempo, será uma boa leitora. Eu recomendo que aprenda a língua, pois alemão é uma habilidade valiosa para professoras. Tenho de ir cuidar de Grace, que está fazendo bagunça. — Então, a senhorita Kate se afastou, complementando para si mesma, com um encolher de ombros: — Não vim para cá para acompanhar uma governanta, por mais jovem e bonita que seja. Que pessoas estranhas são esses ianques! Temo que Laurie seja estragado por essas companhias.

— Eu esqueci que os ingleses torcem o nariz para governantas e não as tratam como nós, americanos — comentou Meg, observando a figura que se afastava com uma expressão incomodada.

— Tutores também têm dificuldades por lá, como infelizmente sei bem. Não há lugar como a América para nós, trabalhadores, senhorita Margaret.

O senhor Brooke parecia tão contente e alegre que Meg se sentiu envergonhada de lamentar sua sorte.

— Estou feliz por viver aqui, agora. Não gosto muito do meu trabalho, mas consigo me sentir satisfeita com ele, então não devo reclamar. Só queria gostar de lecionar como o senhor.

— Acho que a senhorita gostaria se tivesse Laurie como pupilo. Eu ficarei triste por me despedir dele no ano que vem — disse o senhor Brooke, que estava ocupado fazendo furos no gramado.

— Ele vai para a faculdade, imagino? — Os lábios de Meg fizeram a pergunta, mas seus olhos completaram: — E o que será do senhor?

— Sim, já passou da hora de ele ir, e ele está quase pronto. Assim que ele for embora, vou me alistar como soldado.

— Fico feliz de saber! — exclamou Meg. — Acho que todo homem e rapaz deve ter esse desejo, embora seja difícil para as mães e irmãs, que ficam em casa — acrescentou, tristonha.

— Não tenho nem mãe nem irmãs, e poucos amigos se importam se estou vivo ou morto — disse o senhor Brooke com amargura, enquanto distraidamente colocava a rosa morta no buraco que havia cavado e a cobria, como se fosse uma pequena cova.

— Laurie e seu avô se importariam muito, e todas nós ficaríamos muito tristes se qualquer coisa acontecesse ao senhor — disse Meg, com sinceridade.

— Eu agradeço, você é muito gentil — começou o senhor Brooke, parecendo alegre de novo. Mas, antes que ele pudesse continuar, Ned, montado no velho cavalo, surgiu fazendo movimentos desajeitados, para demonstrar suas habilidades de cavalaria para as moças, e não houve mais sossego naquele dia.

— Você não adora cavalgar? — Grace perguntou a Amy enquanto elas descansavam depois de uma corrida pelo campo liderada por Ned.

— Demais! Minha irmã Meg costumava cavalgar, quando o papai era rico, mas não temos mais cavalos, só a Ellen Tree[35] — comentou Amy, rindo.

— Conte-me mais sobre a Ellen Tree. É um burrico? — perguntou Grace, curiosa.

— Veja você: Jo é louca por cavalos, assim como eu, mas nós só temos uma sela e nenhum cavalo. No nosso quintal há uma macieira que tem um belo galho baixo, então eu coloquei a sela nele, prendi as rédeas na parte que sobe, e nós brincamos na Ellen Tree sempre que queremos.

— Que engraçado! — riu Grace. — Eu tenho um pônei em casa e saio com ele quase todo dia para passear pelo parque com Fred e Kate; é muito agradável, pois minhas amigas também vão, e a Row fica cheia de damas e cavalheiros.

— Minha nossa, mas que charme! Eu gostaria muito de viajar para o exterior um dia, mas acho que prefiro ir à Roma que à Row — disse Amy, que não tinha a mais remota ideia do que seria Row e não perguntaria por nada neste mundo.

Frank, sentado logo atrás das meninas, ouviu o que elas estavam falando e empurrou sua bengala para longe com um gesto de impaciência, enquanto observava os enérgicos rapazes fazendo todo tipo de ginástica cômica. Beth, que estava reunindo as cartas espalhadas do jogo *Autores*, ergueu os olhos e, com seu jeitinho tímido mas amigável, disse:

— Temo que você esteja cansado. Posso fazer alguma coisa para ajudá-lo?

— Converse comigo, por favor. É muito chato ficar aqui sentado sozinho — respondeu Frank, que evidentemente estava acostumado a receber muitas atenções em casa.

Se ele tivesse pedido que Beth lhe recitasse uma oração em latim não teria parecido tão impossível para a tímida menina, mas não havia como fugir, não havia Jo por perto, atrás de quem pudesse se esconder, e o pobre menino olhava para ela tão melancolicamente que ela resolver tentar.

— Sobre o que você gosta de conversar? — perguntou ela, enrolando-se com as cartas e deixando cair metade do baralho na tentativa de amarrá-lo.

— Bem, eu gosto de críquete, canoagem e caçadas — disse Frank, que ainda não havia aprendido a adequar seus interesses às suas capacidades.

"Minha nossa! O que devo fazer? Não sei absolutamente nada sobre isso", pensou Beth, e esquecendo-se dos infortúnios do rapaz em meio ao seu nervosismo, disse, na tentativa de fazê-lo falar:

— Eu nunca vi nenhuma caçada, mas imagino que você saiba tudo sobre isso.

---

35. Uma brincadeira proposital com a palavra "*tree*" (árvore), como se quisessem denominá-la Ellen Árvore. (N.E.)

— Já soube, mas nunca mais vou poder caçar, porque me machuquei pulando um confuso portão de cinco barras. Então nada de cavalos e cães de caça para mim agora — disse Frank, com um suspiro que fez Beth se odiar por seu lapso inocente.

— Os cervos ingleses são muito mais bonitos que os nossos búfalos horrendos — comentou ela, voltando-se para as pradarias e agradecendo por ter lido um dos livros de menino de que Jo tanto gostava.

Búfalos provaram-se satisfatórios e tranquilizantes; no seu afã de entreter o menino, Beth esqueceu-se de si mesma e ficou totalmente alheia à surpresa e alegria da irmã ao vê-la conversando sem parar com um dos terríveis garotos, contra quem ela implorara proteção.

— Deus lhe proteja! Ela ficou com pena dele, então está sendo boazinha — disse Jo sorrindo, do campo de croqué.

— Eu sempre disse que ela era uma santa — completou Meg, como se não houvesse mais dúvida a respeito disso.

— Não ouço Frank rir tanto já faz muito tempo! — disse Grace para Amy, enquanto as duas conversavam sobre bonecas e faziam pequenas xícaras com as bolotas de carvalho.

— Minha irmã Beth é muito fastidiosa quando quer ser — disse Amy, muito satisfeita com o sucesso de Beth. Ela queria dizer "fascinante", mas, como Grace não sabia o significado exato de nenhuma das duas palavras, "fastidiosa" soou bem e causou boa impressão.

Um pequeno circo improvisado, com direito a raposas e gansos, e um amigável jogo de croqué encerraram a tarde. Ao pôr do sol, a barraca foi desmontada, os cestos, abarrotados, os arcos, arrancados, os barcos, carregados, e os convidados todos desceram o rio cantando com todo o fôlego. Ned, ficando sentimental, improvisou uma serenata com o pensativo refrão:

Sozinho, sozinho, ah! Tão sozinho...

completando-o com os versos:

Nós dois somos jovens, nós dois somos amados,
ah, por que temos de ficar tão tristemente separados?

Enquanto cantava, ele olhou para Meg com uma expressão tão lânguida que ela caiu na gargalhada e estragou a canção.

— Como você pode ser tão cruel comigo? — sussurrou ele, sob o disfarce do animado coro. — Você passou o dia todo ao lado daquela inglesa engomadinha e agora está me esnobando.

— Não foi minha intenção, mas você estava tão engraçado que não consegui me segurar — respondeu Meg, ignorando a primeira parte da reclamação; a verdade é que ela o havia, sim, evitado, pois as lembranças da festa dos Moffats e da conversa depois dela ainda eram bem vívidas.

Ned ficou ofendido e voltou-se para Sallie para se consolar, dizendo com um tom bem ríspido:

— Não dá nem para flertar com essa garota, não é mesmo?

— Não mesmo. Mas ela é uma querida — retrucou Sallie, defendendo a amiga e ao mesmo tempo reconhecendo nela aquele defeito.

— É uma ferida, isso sim — completou Ned, tentando ser engraçado e tendo tanto sucesso quanto os jovens normalmente têm.

No campo em que o grupo havia se reunido, eles se separaram com boas-noites e adeuses cordiais, pois os Vaughns iriam para o Canadá. Enquanto as quatro irmãs iam para casa pelo jardim, a senhorita Kate as observava, comentando, sem aquele tom condescendente na voz:

— Apesar de seus modos exagerados, as meninas americanas são muito simpáticas quando as conhecemos melhor.

— Eu concordo totalmente com a senhorita — disse o senhor Brooke.

13. Castelos no ar

Laurie estava deitado luxuriosamente na sua rede, balançando de um lado para outro, numa tarde quente de setembro, perguntando-se o que suas vizinhas estavam fazendo, mas com preguiça demais para levantar e ir descobrir. Ele estava de mau humor; o dia havia sido ao mesmo tempo improdutivo e insatisfatório, e ele desejava poder revivê-lo. O calor o deixava indolente, e ele havia fugido dos estudos, enchido ao máximo a paciência do senhor Brooke, desagradado ao avô por passar metade da tarde tocando piano, quase matado as empregadas de susto ao travessamente sugerir que um dos seus cães estava com raiva, e, depois de gritar com o cavalariço sobre o que considerava ser um descuido com seu cavalo, Laurie jogara-se em sua rede para exasperar-se com a estupidez geral do mundo, até que a paz do adorável dia o acalmou, apesar de tudo. Com os olhos fixos na sombra verde das castanheiras acima de sua cabeça, ele sonhava com diferentes cenários, imaginando a si mesmo balançando no meio do oceano, em uma viagem ao redor do mundo, quando o som de vozes o trouxe à terra firme num instante. Espiando pela trama da rede, ele viu as Marchs saindo de casa como se determinadas a seguir numa expedição.

"Mas o que essas meninas vão aprontar agora?", pensou Laurie, abrindo os olhos sonolentos para dar uma olhada melhor, pois havia algo bem peculiar na aparência das vizinhas. Cada uma delas usava um grande chapéu de abas moles, uma bolsa marrom de linho pendurada no ombro e carregava um cajado. Meg levava uma almofada, Jo, um livro, Beth, uma concha de cozinha, e Amy, um caderno. Elas atravessaram o jardim em silêncio, saíram pelo portão dos fundos e começaram a subir a pequena colina que separava a casa do rio.

— Ora, que absurdo — disse Laurie para si mesmo —, vão fazer um piquenique e nem me chamaram. Não podem ir de barco, pois não têm a chave. Talvez tenham esquecido. Vou levar a chave para elas e ver o que está havendo.

Embora tivesse mais de meia dúzia de chapéus, ele levou algum tempo até encontrar um; depois foi uma luta até achar a chave, que por fim foi encontrada no seu bolso; assim, as meninas já estavam bem distantes quando ele pulou a cerca e correu atrás delas. Pegando o caminho mais curto para a garagem de barcos, ele esperou até que elas aparecessem; ninguém veio, porém, e ele acabou subindo a colina para observar. Um bosque de pinheiros cobria parte da colina, e do coração dessa mata verde veio um som mais limpo que o sussurro suave dos pinheiros ou o canto monótono dos grilos.

"Mas que imagem!", pensou Laurie, espiando por entre os arbustos, já parecendo desperto e animado de novo.

Era *realmente* uma linda imagem; as irmãs estavam sentadas juntas num cantinho sombreado, com sol e sombra alternando-se sobre elas — o vento aromático bagunçando seus cabelos e refrescando as bochechas afogueadas —, e todas as criaturinhas da floresta continuaram suas atividades como se elas não fossem estranhas, e sim velhas amigas. Meg estava sentada em sua almofada, costurando delicadamente com suas mãos brancas e parecendo tão fresca e doce quanto uma rosa, no seu vestido cor-de-rosa em meio ao verde. Beth estava separando as pinhas que forravam o chão em torno de um pinheiro ali perto, com as quais fazia adoráveis enfeites. Amy estava desenhando um grupo de samambaias, e Jo estava tricotando e lendo em voz alta. Uma sombra cobriu o rosto do menino enquanto ele as observava, e ele sentiu que deveria ir embora, pois não havia sido convidado; ao mesmo tempo ele se demorava ali porque sua casa parecia muito solitária e aquela reunião silenciosa na floresta atraía sobremaneira seu espírito inquieto. Ele ficou tão imóvel que um esquilo, ocupado catando suas nozes, desceu correndo por um pinheiro bem ao seu lado e, vendo-o ali de repente, deu um pulo para trás e um trinado de susto tão alto que Beth ergueu os olhos, viu o rosto desejoso escondido atrás das bétulas e o recepcionou com um sorriso acolhedor.

— Posso me juntar a vocês, por favor? Ou serei um incômodo? — perguntou ele, aproximando-se devagar.

Meg ergueu as sobrancelhas, mas Jo fez uma cara feia para ela, desafiando-
-a, e logo respondeu:

— Claro que pode. Nós teríamos chamado você, mas pensamos que você não ia gostar dessas brincadeiras femininas.

— Eu sempre gosto das brincadeiras de vocês, mas, se Meg não quiser que eu fique, posso ir embora.

— Não tenho objeção, contanto que você faça alguma coisa; é contra as regras ficar à toa aqui — respondeu ela, séria mas afável.

— Muito grato; farei o que quiserem se me deixarem ficar aqui um pou-quinho, pois as coisas estão tão monótonas quanto o deserto do Saara lá em casa. Devo costurar, ler, catar pinhas, desenhar ou tudo ao mesmo tempo? Podem me dar qualquer tarefa, estou pronto — disse Laurie, sentando-se, com um jeitinho obediente que era uma graça de ver.

— Termine esta história enquanto termino o calcanhar da meia — disse Jo, entregando-lhe o livro.

— Sim, senhora — foi a sua dócil resposta.

Então ele começou a ler, esforçando-se para provar sua gratidão por ter sido admitido na "Sociedade das Abelhinhas Ocupadas".

A história não era longa e, quando acabou de lê-la, Laurie arriscou-se a fa-zer algumas perguntas como prêmio por seu bom comportamento.

— Por favor, madame, posso inquirir se esta altamente instrutiva e char-mosa instituição é nova?

— Vocês vão contar a ele? — perguntou Meg às irmãs.

— Ele vai rir — avisou Amy.

— Quem liga? — perguntou Jo.

— Eu acho que ele vai gostar — completou Beth.

— É claro que vou. Dou-lhes minha palavra que não vou rir. Conte-me, Jo, não tenha medo.

— Até parece que vou ter medo de você! Bem, a questão é que nós brin-cávamos de Caminho do Peregrino, e nos dedicamos bastante a isso durante todo o inverno e o verão.

— Sim, eu sei — disse Laurie, assentindo.

— Quem lhe contou? — perguntou Jo, bruscamente.

— Um passarinho verde.

— Não, fui eu; eu queria entreter Laurie numa noite em que vocês todas tinham saído e ele estava muito chateado. Ele gostou da história, então não faça cara feia para mim, Jo — disse Beth, docilmente.

— Você não consegue guardar um segredo. Esqueça, vai me economizar o trabalho de explicar agora.

— Continue, por favor — pediu Laurie, quando Jo se concentrou em seu trabalho, parecendo um pouco aborrecida.

— Ah, ela não contou então sobre este nosso novo plano? Bem, não queríamos desperdiçar nossas férias, então cada uma recebeu uma tarefa e se dedicou a ela com afinco. As férias estão quase no fim, nossos serviços estão prontos, e nós ficamos felizes por não termos perdido tempo.

— Sim, imagino que sim — disse Laurie, pensando com arrependimento em seus muitos dias ociosos.

— A mamãe gosta que passemos a maior parte possível do tempo ao ar livre, então trazemos nossas tarefas para cá e nos divertimos. De brincadeira, vestimos nossos velhos chapelões, usamos os bastões para subir a colina e brincamos de peregrinas, como fazíamos anos atrás. Chamamos esta colina de "Montanha Deleitável", pois daqui enxergamos muito longe, e avistamos o lugar em que esperamos morar um dia.

Jo apontou, e Laurie ergueu-se para olhar; por uma abertura entre as árvores era possível ver, do outro lado do vasto rio azul, os prados da outra margem, passando pelos subúrbios da cidade, até as colinas verdes que se elevavam para tocar o firmamento. O sol estava baixo, e o céu brilhava com o esplendor de um pôr do sol outonal. Nuvens douradas e lilases pousavam nos cumes das colinas; erguendo-se na luz avermelhada havia picos branco-prateados que brilhavam como pináculos altíssimos de alguma Cidade Celestial.

— Que lindo! — exclamou Laurie baixinho, pois ele tinha grande facilidade de ver e sentir belezas de toda espécie.

— Muitas vezes é bonito assim; gostamos de ver o céu, pois ele nunca é igual, mas é sempre esplêndido — respondeu Amy, desejando poder pintar aquilo.

— Jo fala do lugar em que esperamos morar um dia e está falando do lugar real, uma fazenda, com porcos e galinhas e rolos de feno. Seria bom, mas eu gostaria que aquele lindo lugar no céu fosse real e que pudéssemos ir até lá — disse Beth, pensativa.

— Há um lugar ainda mais lindo que aquele, aonde *todos* iremos, mais cedo ou mais tarde, se formos bons o bastante — respondeu Meg com sua voz doce.

— Parece tão longe e tão difícil de alcançar; eu gostaria de poder voar para lá, como essas andorinhas, e entrar por aquele esplêndido portal.

— Você chegará lá, Beth, mais cedo ou mais tarde, não se preocupe — disse Jo. — Eu é que terei de lutar e me esforçar, subir e esperar, e talvez, mesmo assim, nunca consiga entrar.

— Pois eu lhe farei companhia, se isso lhe servir de conforto. Terei de fazer muitas viagens antes de pôr os olhos na sua Cidade Celestial. Se eu chegar atrasado, você dirá coisas boas sobre mim, não é mesmo, Beth?

Algo no rosto do menino preocupou sua amiga, mas ela respondeu, alegremente, com os olhos serenos nas nuvens sempre em movimento:

— Se as pessoas realmente desejam entrar lá, e se realmente se esforçarem a vida toda para isso, acho que vão poder entrar; não acredito que existam cadeados ou guardas no portão. Imagino que seja como é naquele quadro em que anjos brilhantes estendem as mãos para receber o pobre cristão quando ele sai do rio.

— Não seria divertido se todos os castelos no ar que inventamos pudessem virar realidade e pudéssemos morar neles? — perguntou Jo, depois de uma pequena pausa.

— Eu já imaginei tantos que seria difícil escolher em qual deles eu viveria — comentou Laurie, deitando-se de bruços e atirando pinhas no esquilo que o traíra.

— Você teria de escolher seu favorito. Qual seria?

— Se eu contar o meu, você conta o seu?

— Sim, se as meninas contarem também.

— Contaremos. Agora fale, Laurie!

— Depois de ver tudo o que desejo ver no mundo, eu gostaria de me estabelecer na Alemanha e me dedicaria totalmente à música. Vou ser eu mesmo um musicista famoso, e todo o mundo vai correr para me ouvir tocar; nunca me preocuparei com dinheiro ou negócios, e só vou me divertir e viver para o que amo. Esse é o meu castelo favorito. E o seu, Meg?

Margaret pareceu ter dificuldade para contar sua fantasia, e abanou uma folha diante do rosto como se estivesse afastando mosquitos imaginários, enquanto respondia lentamente:

— Eu gostaria de viver numa linda casa, cheia das coisas mais luxuosas; boa comida, roupas bonitas, móveis elegantes, pessoas agradáveis e uma pilha de dinheiro. Eu seria a senhora desse castelo e o administraria como desejasse, e teria muitos empregados para que eu nunca precisasse trabalhar. Ah, como eu me divertiria! Não ficaria à toa, mas sim fazendo o bem e cuidando que todos me amassem muito.

— E não existe um senhor no seu castelo no ar? — perguntou Laurie, marotamente.

— Eu disse "pessoas agradáveis", não disse? — retrucou ela, amarrando o sapato cuidadosamente para que ninguém visse seu rosto.

— Por que você não diz que teria um marido extraordinário, inteligente e bondoso, e alguns filhinhos angelicais? Você sabe que seu castelo não seria perfeito sem isso — disse bruscamente Jo, que ainda não tinha esse tipo de fantasia e na verdade torcia o nariz para romances que não os dos livros.

— E você só teria cavalos, nanquins e livros no seu — retrucou Meg, irritada.

— Ah, se eu não teria! Eu teria um estábulo cheio de corcéis árabes, quartos e mais quartos cheios de livros, e eu escreveria com um nanquim mágico que faria meus livros serem tão famosos quanto a música de Laurie. Quero fazer algo magnífico antes de ir para o meu castelo, algo heroico ou incrível, que não será esquecido depois que eu morrer. Não sei o que será, mas estou de olho nisso, e vou surpreender todos vocês um dia. Acho que vou escrever livros e ficar rica e famosa; isso combina comigo, então esse é o *meu* sonho favorito.

— O meu é ficar em casa, em segurança, com o papai e a mamãe, e ajudar a cuidar da família — disse Beth, satisfeita.

— Você não deseja nada mais? — questionou Laurie.

— Desde que ganhei o meu pianinho, estou totalmente satisfeita. Eu só desejo que todos nós fiquemos bem e unidos; nada mais.

— Eu tenho muitos desejos, mas meu preferido é ser uma artista, ir a Roma, pintar muitos quadros lindos e ser a melhor artista do mundo inteiro — foi o modesto desejo de Amy.

— Mas nós somos um grupinho ambicioso, não somos? Cada um de nós, com a exceção de Beth, quer ser rico e famoso, e grandioso em diversos contextos. Eu me pergunto se alguém vai conseguir realizar esses sonhos — comentou Laurie, mordiscando uma folha de grama como um bezerro meditativo.

— Eu tenho a chave do meu castelo no ar; resta saber se vou conseguir destrancar a porta — comentou Jo, toda misteriosa.

— Eu tenho a chave do meu, mas não tenho permissão para tentar abrir minha porta. Maldita faculdade! — murmurou Laurie, com um suspiro impaciente.

— Esta é a minha! — Amy balançou o lápis.

— Eu não tenho minha chave — disse Meg, desolada.

— É claro que tem — respondeu imediatamente Laurie.

— Como assim?

— O seu rosto.

— Que bobagem. Isso não me serve de nada.

— Espere só para ver se sua beleza não lhe trará algo que valha a pena — respondeu o menino, rindo ao pensar em um segredinho que só ele sabia.

Meg corou atrás das folhas, mas não fez perguntas, e olhou para o rio com a mesma expressão pensativa do senhor Brooke quando contava a história do cavalheiro.

— Se todos estivermos vivos daqui a dez anos, vamos nos encontrar e ver quais dos nossos desejos se realizaram ou quanto estamos próximos de realizá-los — disse Jo, sempre pronta a fazer um plano.

— Minha nossa! Quantos anos eu vou ter? Vinte e sete! — exclamou Meg, que já se sentia adulta, mal tendo completado dezessete anos.

— Eu e você teremos vinte e seis, Teddy; Beth terá vinte e quatro, e Amy, vinte e dois; que festa mais adulta! — disse Jo.

— Espero que eu já tenha feito algo de que possa me orgulhar a essa altura, mas sou tão preguiçoso que tenho medo de que vá "vadiar", Jo.

— Você precisa de uma motivação, segundo a mamãe; ela disse que, quando você a encontrar, tem certeza de que vai trabalhar de forma maravilhosa.

— Ela tem? Então, juro por Júpiter que vou fazê-lo, se eu puder! — exclamou Laurie, levantando-se com uma explosão repentina de energia. — Eu deveria me satisfazer em agradar ao meu avô, e eu realmente tento, mas isso vai contra a minha natureza, sabem, e é difícil. Ele quer que eu seja um mercador da Índia, como ele foi, e eu prefiro morrer. Odeio chá e seda e especiarias e todas as porcarias que aqueles velhos navios dele trazem, e não me importo que eles todos afundem assim que eu me tornar dono deles. Minha ida para a faculdade deveria satisfazê-lo, pois, se eu lhe der esses quatro anos, ele deveria me deixar sair do negócio. Mas ele está decidido, e eu tenho de fazer as coisas exatamente como ele fez, a não ser que eu me revolte e faça o que eu quiser, como o meu pai. Se houvesse alguém para ficar com o velho, eu faria isso amanhã — disse Laurie, animadamente, e parecia pronto para cumprir sua ameaça sob a menor provocação, pois estava crescendo rápido demais e, apesar dos seus modos indolentes, tinha, como todos os jovens, horror a ser subjugado, o inquieto desejo de ver o mundo por si mesmo.

— Eu aconselho você a pegar um dos seus navios e navegar para bem longe, e nunca mais voltar até ter tentado traçar o próprio caminho — disse Jo, cuja imaginação era incendiada pela ideia de tão ousada aventura, e cuja compaixão era exacerbada pelo que ela chamava de "as desventuras de Teddy".

— Isso não é certo, Jo; você não deveria falar desse modo, e Laurie não deve seguir seus maus conselhos. Você deve fazer exatamente o que seu avô deseja, meu querido — disse Meg, no seu tom mais maternal. — Se esforce bastante na faculdade e, quando ele perceber que você está se esforçando para lhe agradar, tenho certeza de que não será injusto ou exigente demais com você. Como você disse, não há mais ninguém para ficar com ele e amá-lo, e você nunca se perdoaria se fosse embora sem seu consentimento. Não desanime nem se desespere; cumpra seu dever, e receberá sua recompensa, como o bondoso senhor Brooke, tornando-se respeitado e amado.

— O que você sabe sobre ele? — perguntou Laurie, grato pelo conselho, mas desgostoso por ter levado uma bronca, e contente por desviar a conversa de si mesmo, depois da sua inusitada explosão.

— Só o que seu avô contou à minha mãe. Ele disse que o senhor Brooke cuidou bem da própria mãe até ela morrer e recusou uma oportunidade de viajar ao exterior para trabalhar como tutor de algum ricaço porque não queria deixá-la, e que agora ele sustenta uma senhora que cuidava da mãe dele, e nunca fala disso com ninguém, só segue sendo tão generoso, paciente e bondoso quanto pode ser.

— E é mesmo, aquele velho camarada! — disse Laurie, emocionado, quando Meg se calou, corada e comovida com a história. — É bem coisa do vovô descobrir tudo sobre Brooke sem que ele saiba e falar de todas as suas caridades para que as pessoas gostem dele. Brooke nunca entendeu por que sua mãe foi tão simpática com ele, convidando-o para ir à sua casa comigo e o tratando tão bem. Ele a considerou absolutamente perfeita, e falou disso por dias e mais dias, e não parou de elogiar vocês, com ardor. Se eu conseguir realizar o meu desejo, vocês verão o que farei por Brooke.

— Comece por algo que pode fazer agora, como não o importunar até a morte — retrucou Meg, rispidamente.

— Como a senhorita sabe que eu o importuno?

— Sempre consigo perceber pela expressão dele quando ele vai embora. Se você se comportou bem, ele parece satisfeito e caminha com ânimo; se você o atormentou, ele fica sério e anda devagar, como se quisesse voltar e fazer seu trabalho melhor.

— Oras, mas isso muito me agrada! Então você acompanha meu comportamento pelas expressões de Brooke, é isso? Eu o vejo se curvar e abrir um sorriso quando passa pela sua janela, mas não sabia que vocês trocavam telegramas.

— Não trocamos! Não fique chateado, e por favor não diga a ele que falei isso! Eu só queria mostrar que me importo com a sua conduta, e o que se diz aqui é segredo, você sabe — exclamou Meg, assustadíssima com a ideia do que poderia resultar de seu discurso descuidado.

— *Eu* não faço fofocas — respondeu Laurie, com ares de metido a besta, como Jo chamava certa expressão que ele às vezes tinha. — Se Brooke está sendo usado como termômetro, então devo me vigiar e sempre fazer bom tempo para que ele ponha isso em seus relatórios.

— Por favor, não se ofenda; não foi minha intenção dar lições de moral, ou fazer fofoca, ou ser estúpida. Só achei que Jo estava encorajando um sentimento em você que o faria se arrepender mais cedo ou mais tarde. Você é tão gentil conosco que o consideramos nosso irmão e falamos exatamente aquilo que pensamos. Me perdoe, eu falei com boas intenções! — E Meg ofereceu sua mão em um gesto ao mesmo tempo afetuoso e tímido.

Envergonhado de sua irritação momentânea, Laurie apertou a meiga mãozinha e respondeu, sinceramente:

— Eu é que devo pedir perdão. Estou de péssimo humor e passei o dia todo estranho. Fico feliz que vocês apontem meus erros e sejam fraternais, então não liguem se eu ficar rabugento às vezes. Vou continuar agradecido.

Determinado a demonstrar que não estava ofendido, ele se forçou a ser o mais simpático possível; enrolou algodão para Meg, recitou poesia para agradar a Jo, balançou os pinheiros para Beth catar suas pinhas e ajudou Amy com as suas samambaias, provando-se à altura da "Sociedade das Abelhinhas Ocupadas". No meio de uma animada discussão sobre os hábitos domésticos das tartarugas (uma dessas amigáveis criaturas havia saído do rio), o som distante de um sino os avisou de que Hannah tinha colocado o chá para fazer, e, assim, elas deveriam seguir para casa, para o jantar.

— Posso me juntar a vocês de novo? — perguntou Laurie.

— Sim, se você se comportar bem e amar seu livro, como os meninos na cartilha são instruídos a fazer — disse Meg, sorrindo.

— Vou tentar.

— Então você pode vir, e vou ensiná-lo a tricotar como os escoceses; estamos desprovidas de meias no momento — completou Jo, balançando as suas como um estandarte de lã azul, enquanto eles se despediam no portão.

Naquela noite, quando Beth foi tocar piano para o senhor Laurence, ao crepúsculo, Laurie, de pé no escuro atrás das cortinas, ficou ouvindo aquele pequeno Davi, cujas músicas simples sempre aquietavam seu espírito inconstante, e observou o velhinho, sentado com a cabeça grisalha entre as mãos, pensando com ternura na criança morta que ele tanto amava. Lembrando-se da conversa daquela tarde, o menino disse a si mesmo, decidido a fazer aquele sacrifício com prazer:

— Vou abrir mão do meu castelo no ar e ficar com esse querido velhinho enquanto ele precisar de mim, pois sou tudo o que ele tem.

14. Segredos

Jo estava muito ocupada no sótão, pois os dias de outubro estavam ficando mais frios e as tardes, mais curtas. Por duas ou três horas o sol batia cálido naquela janela alta, através da qual se podia ver Jo sentada no antigo sofá, escrevendo furiosamente, com seus papéis espalhados em um baú à sua frente, enquanto Rabisco, o ratinho de estimação, passeava pelas vigas do teto, acompanhado de seu filho mais velho, um belo camarada que, evidentemente, tinha muito orgulho dos bigodes. Bastante concentrada em seu trabalho, Jo rabiscava até que a última página estivesse preenchida, então assinou seu nome com um floreio e largou a pena no chão, exclamando:

— Pronto, eu fiz o que pude! Se não funcionar, vou ter de esperar até conseguir fazer melhor.

Deitada no sofá, ela releu o manuscrito atentamente do começo ao fim, riscando aqui e ali e acrescentando muitos pontos de exclamação, que pareciam balõezinhos. Então, amarrou as páginas com uma elegante fita vermelha e ficou um minuto sentada, observando a resma de papel com uma expressão séria e esperançosa, que demonstrava quanto ela havia se dedicado àquele trabalho. A escrivaninha de Jo no sótão era um antigo forno refletor de latão que ficava junto à parede. Nele, ela mantinha seus papéis e alguns livros, protegidos de Rabisco, que, sendo igualmente um literato, adorava pegar emprestados os livros que eram deixados em seu caminho e roía suas páginas. Daquele recipiente de lata Jo tirou outro manuscrito; depois de enfiar os dois no bolso, ela desceu pé ante pé as escadas, deixando seu amigo mordiscando suas penas e provando seu nanquim.

Ela vestiu o casaco e o chapéu o mais silenciosamente possível e, dirigindo-se até a janela dos fundos, saiu para o telhado de uma varanda baixa, jogou-se para o campo gramado lá embaixo e fez um caminho mais longo até a estrada. Ao chegar lá, ela se recompôs, fez sinal para um ônibus que passava e seguiu para a cidade, parecendo muito alegre e misteriosa.

Se alguém a estivesse observando, pensaria que seus movimentos eram claramente suspeitos; pois, ao desembarcar, ela seguiu a passos rápidos até chegar a um determinado número de uma rua movimentada; depois de ter alguma dificuldade para encontrar o local, ela entrou pela porta, ergueu os olhos para as escadas sujas e, após hesitar um pouco, de repente saltou de volta para a rua e foi embora tão rápido quanto na ida. Essa manobra foi repetida muitas vezes, para o divertimento do jovem rapaz de olhos negros que descansava na janela do prédio em frente. Ao voltar pela terceira vez, Jo se sacudiu, puxou o chapéu para cima dos olhos e subiu as escadas, parecendo prestes a ter todos os dentes arrancados.

Entre as placas que adornavam a entrada, havia, mesmo, uma de dentista, e, depois de encarar por um momento o par de mandíbulas mecânicas que se abriam e fechavam lentamente para chamar atenção para um belo conjunto de dentes, o rapaz vestiu seu casaco, pegou o chapéu e desceu para se postar à porta do prédio em frente, dizendo a si mesmo, com um sorriso e um tremor:

— É bem coisa dela vir sozinha, mas, se algo ruim acontecer, ela precisará de alguém para levá-la para casa.

Em dez minutos, Jo veio correndo escada abaixo com o rosto muito vermelho e a aparência geral de alguém que acabara de passar por um grande sofrimento. Quando ela viu o rapaz, pareceu tudo menos satisfeita e passou por ele com nada além de um aceno. Ele a seguiu, porém, perguntando com ar de pena:

— Foi ruim?

— Não muito.

— Você saiu rápido.

— Sim, graças a Deus!

— Por que você veio sozinha?

— Não queria que ninguém soubesse.

— Você é a pessoa mais estranha que já vi. Quantos extraiu?

Jo olhou para o amigo como se não entendesse o que ele estava falando; então começou a rir, como se algo a divertisse sobremaneira.

— Quero extrair dois, mas tenho de esperar uma semana.

— Do que você está rindo, Jo? Você está aprontando alguma coisa — disse Laurie, parecendo confuso.

— Você também. O que o senhor estava fazendo naquele salão de bilhar?

— Sinto muito, senhora, mas não era um salão de bilhar, e sim uma academia, e eu estava fazendo uma aula de esgrima.

— Fico feliz por saber!

— Por quê?

— Assim você pode me ensinar e, então, quando interpretarmos *Hamlet*, você pode ser o Laertes, e teremos uma linda cena de esgrima.

Laurie explodiu em uma bela gargalhada infantil, que fez vários passantes sorrir involuntariamente.

— Vou ensiná-la, interpretando *Hamlet* ou não. É muito divertido, e vai lhe dar uma ótima postura. Mas não acredito que essa tenha sido sua única razão para dizer que "fica feliz por saber" de um jeito tão decidido. Ou foi?

— Não, fiquei feliz porque você não estava no bilhar, pois espero que nunca frequente esse tipo de lugar. Você frequenta?

— Não muito.

— Eu gostaria que você não fosse nunca.

— Não há nada de mal nisso, Jo. Eu tenho uma mesa de bilhar em casa, mas não adianta se não tiver quem saiba jogar; então, como eu gosto do esporte, às vezes venho jogar uma partida com Ned Moffat ou algum dos outros rapazes.

— Ah, minha nossa, eu lamento muito isso, pois você vai passar a gostar cada vez mais, perdendo cada vez mais tempo e dinheiro, e vai acabar ficando igual àqueles garotos horrendos. Eu esperava que você se mantivesse mais respeitável e fosse um orgulho para seus amigos — retrucou Jo, balançando a cabeça.

— Um camarada não pode se divertir um pouco de vez em quando sem perder sua respeitabilidade? — perguntou Laurie, parecendo incomodado.

— Isso depende de como e de onde ele se diverte. Eu não gosto de Ned e da turma dele, e gostaria que você não se aproximasse deles. A mamãe não nos deixa recebê-lo lá em casa, embora ele queira ir, e, se você ficar como ele, ela não vai nos deixar brincar juntos como fazemos agora.

— Não vai? — perguntou Laurie, ansioso.

— Não, ela não suporta almofadinhas, e preferiria nos prender nas nossas caixas de costura a nos deixar socializar com eles.

— Bem, ela não precisa pegar a caixa de costura por enquanto; não sou nada almofadinha nem pretendo ser. Mas gosto de brincar de coisas inofensivas de vez em quando, você não?

— É claro que ninguém desgosta disso, então brinque à vontade, mas não exagere, por favor. Ou será o fim da nossa diversão.

— Eu serei um absoluto santo.

— Não tenho a menor paciência para santos; só seja um rapaz honesto, humilde e respeitável, e nós nunca o abandonaremos. Não sei o que eu faria se você se comportasse como o filho do senhor King. Ele tinha muito dinheiro, mas não sabia como gastá-lo, então ficava bêbado, fazia apostas e fugia, manchando o nome do pai, eu acho, e era uma coisa horrenda.

— E você acha que eu vou fazer o mesmo? Muito agradecido!

— Não, não acho, *minha nossa*! Mas eu escuto as pessoas falando de como o dinheiro é uma tentação, e isso às vezes me faz desejar que você fosse pobre, pois então eu não precisaria me preocupar.

— Você se preocupa comigo, Jo?

— Um pouco, quando você parece chateado ou descontente, como às vezes acontece, pois você é tão cabeça-dura que, se começar alguma coisa de forma errada, temo que seria difícil impedi-lo.

Laurie caminhou em silêncio por alguns minutos, e Jo o observou, desejando ter mordido a língua, pois seus olhos pareciam zangados, embora ele ainda sorrisse como se pensando nas palavras dela.

— Você vai me dar broncas até em casa? — perguntou ele, de repente.

— Claro que não. Por quê?

— Porque, se for, vou pegar o ônibus; se não, eu gostaria de voltar caminhando com você, para lhe contar algo bem interessante.

— Não vou mais reclamar, e adoraria saber as novidades.

— Muito bem, então; vamos lá. É um segredo, e, se eu contar o meu, você precisa me prometer contar o seu também.

— Eu não tenho segredo algum — retrucou Jo, mas se deteve de repente ao se lembrar de que, na verdade, tinha.

— Você sabe que tem; não consegue esconder nada, então pode ir confessando, ou não vou contar o meu — insistiu Laurie.

— O seu segredo é interessante?

— Ah, e como! É sobre pessoas que você conhece, e muito divertido. Você tem de ouvi-lo, e estou morrendo de vontade de contá-lo a você já faz muito tempo. Vamos! Você começa.

— Você não vai falar nada sobre isso em casa, vai?

— Nem uma palavra.

— E não vai zombar de mim em particular?

— Eu nunca zombo de você.

— Zomba, sim. Você consegue tirar tudo o que quer das pessoas. Não sei como você faz isso, mas é um bajulador nato.

— Muito obrigado. Pode falar!

— Bem, eu deixei duas histórias com o homem do jornal e ele deve me dar uma resposta na próxima semana — sussurrou Jo no ouvido do seu confidente.

— Viva a senhorita March, a célebre autora americana! — exclamou Laurie, jogando o chapéu para o alto e o pegando de volta, para grande deleite de dois patos, quatro gatos, cinco galinhas e meia dúzia de criancinhas irlandesas, pois eles já estavam afastados do centro agora.

— Shh! Não vai acontecer nada, provavelmente, mas eu não conseguiria descansar enquanto não tentasse, e não falei nada sobre o assunto porque não queria que ninguém mais ficasse desapontado.

— Vai dar tudo certo! Ora, Jo, suas histórias são obras de Shakespeare comparadas à metade das bobagens que são publicadas todos os dias. Seria divertido vê-las impressas, e ficaríamos todos muito orgulhosos da nossa autora!

Os olhos de Jo brilharam, pois é sempre agradável quando acreditam em você, e o elogio de um amigo vale mais que uma dúzia de manchetes de jornal.

— E qual é o *seu* segredo? Seja honesto, Teddy, ou nunca mais acreditarei em você — disse ela, tentando abafar o brilho das esperanças que se reacenderam com aquelas palavras de encorajamento.

— Eu talvez me meta em confusão por contar, mas não prometi segredo, então é o que vou fazer, pois minha mente nunca fica tranquila até que eu lhe conte cada pequena informação que chegue aos meus ouvidos. Eu sei onde está a luva de Meg.

— Só isso? — reclamou Jo, parecendo decepcionada, enquanto Laurie assentia e dava uma piscadela, e sua expressão era de quem guardava várias informações confidenciais.

— É o suficiente para o momento, e você vai concordar comigo quando eu lhe contar onde ela está.

— Conte, então.

Laurie se inclinou e sussurrou três palavras no ouvido de Jo que foram responsáveis por uma cômica mudança. Ela ficou paralisada e encarou o amigo por um minuto, parecendo ao mesmo tempo surpresa e incomodada, depois continuou a caminhar, dizendo, bruscamente:

— Como você sabe?

— Eu vi.

— Onde?

— No bolso.

— Durante todo esse tempo?

— Sim. Não é romântico?

— Não, é um horror.

— Você não gostou da ideia?

— É claro que não! É ridículo. Nunca vou permitir. Minha santa paciência! O que Meg diria?

— Você não pode contar para ninguém, não se esqueça.

— Eu não prometi nada.

— Isso estava implícito, e eu confiei em você.

— Bem, não vou falar nada por enquanto, de qualquer forma, mas estou enojada, e gostaria que você não tivesse me dito nada.

— Achei que você ficaria contente.

— Com a ideia de alguém vir e levar Meg embora? Não, obrigada.

— Você vai se sentir melhor quando alguém vier e levar você embora.

— Eu quero ver alguém tentar — retrucou Jo, ferozmente.

— Eu também! — E Laurie riu por dentro imaginando aquilo.

— Acho que não sei lidar bem com segredos; estou me sentindo muito esquisita desde que você me contou isso — disse Jo, muito mal-agradecida.

— Venha correr comigo até o pé desta colina, e você vai se sentir melhor — sugeriu Laurie.

Não havia ninguém à vista; a estrada corria reta à sua frente, convidando-a, e logo a tentação a venceu. Jo saiu a toda velocidade, com o chapéu e o pente voando às suas costas e deixando cair inúmeros grampos de cabelo enquanto corria. Laurie foi o primeiro a chegar e ficou muito satisfeito com o resultado do seu método terapêutico, pois sua Atalanta chegou ofegante, com os cabelos esvoaçantes, os olhos brilhantes, as bochechas coradas e não havia nenhum sinal de insatisfação no seu rosto.

— Eu queria ser um cavalo; assim, eu poderia correr por muitos quilômetros neste ar esplêndido e nunca perder o fôlego. Foi incrível, mas veja só em que estado fiquei. Vá pegar minhas coisas, mostre o anjinho que você é — pediu Jo, jogando-se à sombra de um bordo que forrava com suas folhas vermelhas a margem da estrada.

Laurie seguiu sem pressa para recuperar os objetos perdidos, e Jo refez suas tranças, torcendo para que ninguém passasse por ali até que estivesse arrumada outra vez. Mas alguém surgiu, e não era ninguém menos do que Meg, particularmente elegante no seu vestido de festa, pois estivera fazendo visitas.

— Mas o que você está fazendo aqui? — perguntou ela, com uma surpresa polida, ao ver a irmã toda despenteada.

— Catando folhas — respondeu meigamente Jo, ordenando a pilha avermelhada de folhas que tinha acabado de juntar.

— E grampos — acrescentou Laurie, jogando meia dúzia no colo de Jo. — Eles crescem aqui nesta estrada, Meg; pentes e chapéus de palha marrons também.

— Você estava correndo, não estava, Jo? *Quando* vai parar com esse jeito traquina? — disse Meg, em tom de reprovação, ao ajustar suas mangas e alisar seus cabelos, com os quais o vento tomara liberdades.

— Nunca, até estar velha e dura, e ter de usar muletas. Não tente me fazer crescer antes da hora, Meg. Já é muito difícil ver você toda mudada assim de repente. Me deixe ser criança o máximo de tempo que eu puder.

Enquanto falava, Jo inclinou-se para esconder o tremor nos lábios. Nos últimos tempos, ela sentia que Margaret estava se tornando uma mulher rápido demais, e o segredo de Laurie só a fez temer mais a separação que certamente viria, e que agora parecia ainda mais próxima. Ele percebeu a tristeza no rosto de Jo e chamou a atenção de Meg ao lhe perguntar, de repente:

— Quem você foi visitar, assim toda arrumada?

— Os Gardiners. Sallie me contou tudo sobre o casamento de Belle Moffat. Foi uma festa esplêndida, e eles foram passar o inverno em Paris. Imaginem só, que maravilha não deve ser isso!

— Você a inveja, Meg? — perguntou Laurie.

— Temo dizer que sim.

— Ainda bem! — resmungou Jo, amarrando o chapéu com um puxão forte.

— Por quê? — questionou Meg, parecendo surpresa.

— Porque, se você se importar com luxos, nunca vai sair se casando com qualquer pobretão — disse Jo, fazendo cara feia para Laurie, que estava silenciosamente avisando-a para manter a boca fechada.

— Eu nunca vou "sair casando" com ninguém — comentou Meg, caminhando com grande dignidade enquanto os outros dois a seguiam, rindo, sussurrando, jogando pedras e "comportando-se como crianças", como Meg disse a si mesma, embora talvez se sentisse tentada a se juntar a eles se não estivesse usando seu melhor vestido.

Durante uma ou duas semanas depois disso, Jo comportou-se de forma tão estranha que as irmãs ficaram preocupadas. Ela corria para a porta quando chegava o carteiro; era rude com o senhor Brooke sempre que o encontrava; ficava sentada encarando Meg com uma expressão inconsolável; às vezes, levantando-se de um pulo para dar-lhe um beijo ou sacudi-la, de forma muito misteriosa; Laurie e ela estavam o tempo todo trocando sinais e falando sobre *The Spread Eagle*,[36] até que as meninas declararam que os dois tinham ficado birutas. No segundo sábado depois de Jo sair pela janela, Meg, sentada costurando junto à sua janela, ficou escandalizada ao ver Laurie perseguindo Jo pelo quintal até finalmente capturá-la no caramanchão de Amy. O que aconteceu ali, Meg não conseguiu ver, mas ouviu gargalhadas seguidas de vozes murmurantes e um grande farfalhar de jornais.

— Mas o que vamos fazer com essa menina? Ela *nunca* vai se comportar como uma dama — suspirou Meg, enquanto assistia à corrida com uma expressão de desaprovação.

— Espero que não; ela é engraçada e querida do jeitinho que é — disse Beth, que nunca deixou ninguém perceber sua pequena mágoa por Jo ter segredos com outra pessoa que não ela.

— É muito difícil, mas nunca vamos conseguir forçá-la a ser *commilifo*[37] — completou Amy, que estava costurando novos babados para si, com os cachos presos em um penteado muito bonito; duas coisas agradáveis que a faziam se sentir incomumente elegante e adulta.

Alguns minutos depois, Jo entrou saltitando, deitou-se no sofá e pôs-se a ler.

— Tem alguma coisa interessante aí? — perguntou Meg, de modo condescendente.

— Nada, só uma história; nada de mais, acho — retrucou Jo, cuidadosamente cobrindo o nome do jornal.

---

36. Em inglês, "A águia voadora". Trata-se de um jornal diário, inventado por Louisa May Alcott para ilustrar esta obra. (N.E.)

37. Aqui, em mais uma de suas trapalhadas com a linguagem, provavelmente Amy quis dizer *comme la fleur* (como a flor). (N.E.)

— Melhor ler em voz alta; vai nos divertir e vai manter você longe de confusões — disse Amy, em seu tom mais adulto.

— Qual o título? — perguntou Beth, estranhando o fato de Jo esconder o rosto atrás da folha.

— "Os pintores rivais".

— Parece bom. Pode ler — disse Meg.

Dando um pigarro alto, Jo tomou fôlego e começou a ler muito rápido. As meninas ouviram com interesse, pois era um conto romântico um tanto comovente, porque vários personagens morriam no final.

— Gostei da parte sobre a linda pintura — comentou Amy, aprovando, quando Jo fez uma pausa.

— Prefiro a parte dos amantes. Viola e Angelo são dois dos nossos nomes preferidos, não é uma coincidência? — comentou Meg, secando os olhos, pois "a parte dos amantes" era trágica.

— Quem escreveu? — perguntou Beth, que observara de relance o rosto de Jo.

A leitora sentou-se de repente, jogou o jornal longe e, com o rosto corado e uma mistura cômica de solenidade e animação, respondeu com um grito:

— Sua irmã!

— Você? — exclamou Meg, soltando a costura.

— É ótimo — elogiou Amy, analisando.

— Eu sabia! Eu sabia! Ah, minha querida Jo, estou *tão* orgulhosa! — Beth correu para abraçar a irmã e comemorar aquele esplêndido sucesso.

Minha nossa, como todas ficaram felizes! Meg não acreditou até ver as palavras "Senhorita Josephine March" impressas de verdade no jornal. Amy fez uma graciosa crítica às partes artísticas da história e deu sugestões para uma sequência, que infelizmente não teria como acontecer, pois tanto o herói quanto a heroína haviam morrido. Beth ficou animada, cantando e dando pulos de alegria. Hannah veio exclamar: "Oh, meu Deus, nunca imaginei!", perplexa com "essa proeza da Jo". A senhora March ficou orgulhosa quando ficou sabendo. Jo riu, com lágrimas nos olhos, quando sua mãe declarou que ela bem que poderia se gabar daquilo como um pavão em vez de fingir modéstia; e poder-se-ia dizer, enquanto o jornal passava de mão em mão, que a "Águia Voadora" bateu suas asas triunfantes sobre a casa das Marchs.

— Conte-nos tudo.

— Quando chegou?

— Quanto você ganhou?

— O que o papai vai dizer?

— O Laurie não vai rir?

Todas essas perguntas foram feitas, ao mesmo tempo, pela família, que se reunia em torno de Jo, pois essas pessoas, tão puras e afetuosas, faziam uma grande comemoração por qualquer pequena alegria doméstica.

— Parem de tagarelar, meninas, e lhes contarei tudo — disse Jo, perguntando-se se a senhorita Burney[38] sentia-se mais feliz com sua *Evelina*[39] do que ela se sentia com "Os pintores rivais". Tendo contado como enviou seus contos, Jo completou: — Então, quando eu fui saber a resposta, o homem disse que gostou das duas histórias, mas não pagava nada a iniciantes, só deixava que seus escritos fossem impressos no jornal e divulgados ao público. Dá bons resultados, ele disse; e, quando os iniciantes ficam melhores, qualquer um paga pelas suas histórias. Por isso, permiti que ele ficasse com os dois contos, e hoje este me foi enviado, e Laurie me viu com o jornal e insistiu que eu o deixasse ver, então eu deixei; ele disse que a história era boa, portanto, vou escrever mais, e ele vai se certificar de que as próximas sejam pagas e... Ah! Estou *tão* feliz, pois em breve poderei me sustentar e ajudar as meninas.

Jo ficou sem fôlego depois disso; enrolando a cabeça com o jornal, ela molhou sua historinha com algumas lágrimas genuínas, pois ser independente e elogiada por aqueles que ela amava era o que seu coração mais desejava, e aquele parecia o primeiro passo para o seu final feliz.

15. Um telegrama

— Novembro é o pior mês do ano inteiro — disse Meg, de pé junto à janela, numa tarde monótona, olhando para o jardim congelado.

— É por isso que nasci neste mês — comentou Jo, pensativa, sem perceber a mancha no nariz.

— Se alguma coisa boa acontecesse agora, consideraríamos um ótimo mês — disse Beth, que tinha uma visão otimista de tudo, até de novembro.

— Arrisco dizer que *nada* de bom acontece com essa família — retrucou Meg, que estava de mau humor. — Nós trabalhamos, dia após dia, sem nenhuma mudança nem muita diversão. É como se estivéssemos rodando em uma atafona.

— Minha santa paciência, mas como estamos melancólicas! — exclamou Jo. — Não me surpreende, querida, com você vendo outras meninas

---

38. Fanny Burney (1752-1840), escritora inglesa. (N.E.)
39. Romance publicado pela referida autora em 1778. (N.E.)

se divertindo muitíssimo enquanto você mói[40] sem parar, ano após ano. Ah, como eu gostaria de poder resolver isso para você como faço com as minhas heroínas. Você já é bonita e bondosa o bastante, então eu faria com que algum parente rico lhe deixasse uma fortuna inesperadamente, e você partiria pelo mundo como herdeira, menosprezando todos que desdenharam de você, viajaria para o exterior e voltaria para casa como Lady Qualquer Coisa, em uma explosão de esplendor e elegância.

— As pessoas não recebem fortunas assim hoje em dia; os homens têm de trabalhar e as mulheres têm de se casar com homens ricos. É um mundo extremamente injusto — reclamou Meg, amargurada.

— Jo e eu vamos fazer fortuna por vocês; só esperem dez anos e vejam só se não — comentou Amy, que estava sentada em um canto fazendo suas "tortas de lama", como Hannah chamava suas pequenas esculturas de argila de pássaros, frutas e rostos.

— Mal posso esperar, e sinto não ter muita fé em tintas e barro, embora fique grata pelas suas boas intenções.

Meg suspirou e virou-se novamente para o jardim congelado; Jo resmungou e apoiou os cotovelos na mesa com uma expressão desanimada, mas Amy continuou modelando vigorosamente, e Beth, que estava sentada junto à outra janela, disse sorrindo:

— Duas coisas agradáveis vão acontecer em breve: a mamãe está descendo a rua, e Laurie está atravessando o jardim como se tivesse algo bom para contar.

Os dois entraram, a senhora March com sua pergunta de sempre — "Alguma carta do papai, meninas?" —, e Laurie, para fazer um convite, com seu tom persuasivo de sempre:

— Vocês não querem vir dar um passeio de carruagem comigo? Estudei tanto matemática que minha cabeça está até zonza, então vou descansar um pouco dando uma voltinha. O dia está cinzento, mas não está tão frio, e vou levar Brooke em casa, assim pelo menos haverá com que nos divertirmos, apesar do dia. Vamos, Jo, você e Beth vêm, não vêm?

— Claro que sim.

— Agradeço muito, mas estou ocupada — respondeu Meg, pegando sua cesta de costura, pois havia combinado com a mãe que era melhor, para ela pelo menos, não sair tanto para passear com o rapaz.

— Nós três ficaremos prontas em um minuto — exclamou Amy, correndo para lavar as mãos.

---

40. A referência é à atafona mencionada por Meg, que é um moinho de tração animal. (N.E.)

— Posso fazer algo pela senhora, madame? — perguntou Laurie, inclinando-se sobre a poltrona da senhora March com o jeito afetuoso que sempre usava com ela.

— Não, obrigada, exceto passar nos correios, se puder, querido. É o dia de recebermos nossa carta, mas o carteiro não passou. O papai é pontual como o sol, então talvez tenha havido algum atraso na entrega.

Um sino agudo a interrompeu, e um minuto depois Hannah entrou com uma carta.

— É um daqueles negócios horríveis de telegrama, madame — disse, entregando o envelope como se tivesse medo de ele explodir e destruir tudo.

Ao ouvir a palavra telegrama, a senhora March agarrou a carta, leu as duas linhas contidas nela e caiu de volta em sua poltrona, pálida como se o papelzinho tivesse dado um tiro no seu coração. Laurie correu para buscar um copo d'água, enquanto Meg e Hannah a amparavam, e Jo lia o que o telegrama dizia com uma voz assustada:

> Senhora March:
> Seu marido está muito doente. Venha imediatamente.
>
> S. Hale,
> Hospital Blank, Washington

Como a sala ficou silenciosa enquanto elas ouviam aquilo, sem sequer respirar! Como o dia ficou estranhamente sombrio lá fora! E como o mundo inteiro pareceu mudar de repente quando as meninas se reuniram em torno da mãe, sentindo como se toda a felicidade e a estrutura de sua vida estivessem prestes a ser arrancadas delas. A senhora March logo se recompôs; leu a mensagem de novo e estendeu os braços para as filhas, dizendo, em um tom que elas nunca esqueceriam:

— Devo ir de pronto, mas talvez já seja tarde demais. Ah, meninas, minhas meninas! Me ajudem a suportar!

Por muitos minutos não houve nada além de soluços na sala, misturados a palavras soltas de conforto, delicadas ofertas de apoio e sussurros esperançosos que morriam em meio às lágrimas. A pobre Hannah foi a primeira a se recuperar, e, com sua humilde sabedoria, deu um bom exemplo a todas; para ela, o trabalho era a panaceia de quase todas as aflições.

— O Senhor vai guardar nosso querido senhor March! Não vou perder tempo chorando e vou logo arrumar suas coisas, madame — comentou ela, com determinação, ao limpar o rosto com o avental; depois, com sua mão calejada, apertou a mão da patroa e foi fazer seu trabalho, como três mulheres em uma.

— Ela tem razão. Não há tempo para chorar. Fiquem calmas, meninas, e me deixem pensar.

Elas tentaram ficar calmas, pobrezinhas, enquanto a mãe se erguia, ainda pálida mas firme, e deixava a dor de lado para pensar e planejar.

— Onde está Laurie? — perguntou ela de repente, quando pôs ordem nos pensamentos e decidiu quais seriam as primeiras coisas a serem feitas.

— Aqui, senhora. Ah, por favor, deixe-me ajudar com alguma coisa! — exclamou o menino, voltando do outro cômodo para o qual se retirara ao sentir que aquela tristeza inicial era íntima demais até mesmo para seus olhos amistosos testemunharem.

— Envie um telegrama de volta avisando que irei de imediato. O próximo trem sai de manhã cedo, e eu estarei nele.

— O que mais? Os cavalos estão prontos, eu posso ir a qualquer lugar e fazer qualquer coisa — disse ele, parecendo pronto para voar até os confins do planeta.

— Deixe um recado na casa da tia March. Jo, me passe aquela pena e um papel.

Arrancando uma folha em branco do seu caderno com escritos mais recentes, Jo puxou a mesa para perto da mãe, sabendo bem que o dinheiro para aquela longa e triste jornada teria de ser emprestado, e desejando poder fazer qualquer coisa para acrescentar algum valor ao montante.

— Pode ir, querido, mas não se mate na estrada correndo demais; não há necessidade de tanta pressa.

O aviso da senhora March evidentemente foi ignorado; cinco minutos depois, Laurie passou à toda pela janela, no seu próprio cavalo, cavalgando como se fosse para salvar a própria vida.

— Jo, corra até o alojamento e avise à senhora King que não poderei ir hoje. No caminho, compre as seguintes coisas. Vou anotar; elas serão necessárias, e devo ir preparada para fazer as vezes de enfermeira. Nem sempre os hospitais têm os suprimentos necessários. Beth, vá pedir ao senhor Laurence algumas garrafas de vinho tinto; não sou orgulhosa demais para pedir coisas para o seu pai; ele terá o melhor de tudo. Amy, diga a Hannah para pegar o baú preto; Meg, venha me ajudar a arrumar as coisas porque estou meio avoada.

Escrever, pensar e dar instruções, tudo ao mesmo tempo, provavelmente só deixou a pobre senhora mais confusa, e Meg implorou que ela ficasse sentada em silêncio no seu quarto por um tempo e deixasse que elas trabalhassem. Cada uma foi para um lado, como folhas espalhadas por uma rajada de vento; assim, a tranquilidade e a felicidade da casa foram desfeitas de repente, como se aquele envelope contivesse um feitiço maligno.

O senhor Laurence veio correndo com Beth, trazendo tudo o que sua bondade pôde oferecer para servir de conforto ao enfermo, e fez promessas das mais amigáveis de proteger as meninas durante a ausência da mãe, o que a tranquilizou sobremaneira. Ele ofereceu de tudo, do próprio roupão à sua presença como acompanhante na viagem. Esta última, porém, era impossível. A senhora March não aceitaria que ele, um senhor de idade, fizesse uma viagem tão longa; ainda assim, uma expressão de alívio surgiu no rosto dela quando aquela ideia foi lançada, pois de fato viajar sozinha só aumentava a sua ansiedade. Ele percebeu seu olhar, franziu as densas sobrancelhas, esfregou as mãos e saiu abruptamente, dizendo que voltaria em breve. Ninguém teve tempo de pensar naquilo até que Meg, passando pelo vestíbulo com um par de chinelos em uma das mãos e uma xícara de chá na outra, quase deu um encontrão com o senhor Brooke.

— Sinto muito pelo que aconteceu, senhorita March — disse ele, em um tom de voz calmo e gentil que pareceu muito agradável à sua mente inquieta. — Vim me oferecer como acompanhante da sua mãe. O senhor Laurence tem alguns serviços para mim em Washington, e me trará muita satisfação ajudar sua mãe enquanto ela estiver lá.

Os chinelos caíram no chão, e a xícara de chá quase caiu junto, quando Meg lhe estendeu a mão, com o rosto tão cheio de gratidão que o senhor Brooke teria se sentido recompensado por um sacrifício muito maior do que aquele insignificante que estava prestes a fazer, que era oferecer seu tempo e seu conforto.

— Mas como vocês todos são gentis! A mamãe vai aceitar, tenho certeza, e será um alívio saber que ela terá alguém tomando conta dela. Muito, muito, muito obrigada!

Meg falou com sinceridade, e esqueceu totalmente de si mesma até que algo naqueles olhos castanhos que a encaravam a fez lembrar-se do chá que esfriava; então, ela se retirou para a sala, dizendo que tinha de chamar a mãe.

Tudo já estava combinado quando Laurie voltou com um recado da tia March e a soma necessária, e algumas linhas repetindo o que ela já dissera muitas vezes antes, que foi um absurdo o senhor March se juntar ao exército, que ela sempre soubera que nada de bom resultaria daquilo e que ela esperava que a família seguisse seu conselho da próxima vez. A senhora March jogou seu recado no fogo, guardou o dinheiro na bolsa e continuou com os preparativos, apertando os lábios com força de uma forma que Jo reconheceria se estivesse ali.

A curta tarde esvaiu-se rápido; todas as outras tarefas estavam feitas, e Meg e a mãe se ocupavam com algumas costuras que eram necessárias, enquanto Beth e Amy preparavam o chá, e Hannah passava roupas "rápida como um raio", como ela mesma dizia, mas nada de Jo voltar. Elas começaram a ficar aflitas; e Laurie saiu para procurá-la, pois ninguém conseguia nunca imaginar que maluquice ela poderia ter na cabeça. Ele não a encontrou, porém, e ela voltou com uma expressão muito esquisita, uma mistura de diversão e medo, satisfação e arrependimento, que surpreendeu a família tanto quanto o maço de notas que ela colocou diante da mãe, dizendo com a voz embargada:

— Essa é a minha contribuição em prol do conforto do papai e do seu retorno rápido!

— Minha nossa, onde você conseguiu isso? Vinte e cinco dólares? Jo, espero que não tenha feito nada imprudente.

— Não, eu o ganhei honestamente. Não pedi esmolas, não peguei emprestado nem roubei. Eu o ganhei, e não acho que a senhora vá me repreender, pois só vendi o que era meu.

Enquanto falava, Jo tirou sua touca, causando uma gritaria geral: a sua abundante cabeleira fora cortada rente.

— Seu cabelo! Seu lindo cabelo!

— Ah, Jo, como pôde! Sua maior beleza!

— Minha querida, não havia necessidade disso.

— Ela não parece mais a minha Jo, mas eu a amo ainda mais por isso!

Enquanto todas exclamavam e Beth abraçava com carinho a cabeça raspada, Jo assumiu um ar indiferente, que não enganou a ninguém, e disse, despenteando sua relva castanha e tentando fingir que tinha gostado:

— Isso não vai afetar o futuro da nação, então não precisa chorar, Beth. Será bom para a minha vaidade, pois eu estava começando a me orgulhar demais da minha juba. Vai ser bom para o meu cérebro, não ter de segurar todo aquele peso; minha cabeça está deliciosamente leve e fresca, e o barbeiro disse que em breve eu ficarei com um corte cacheado curto como o de um menino, bonito e fácil de manter. Estou satisfeita; por isso, por favor, pegue o dinheiro e vamos jantar.

— Conte-me tudo, Jo. Ainda não estou satisfeita, mas não posso culpá-la, pois sei que abriu mão voluntariamente de sua vaidade, como disse, por amor. Mas, minha querida, isso não era necessário, e temo que você ainda virá a se arrepender disso — disse a senhora March.

— Não vou, não! — retrucou Jo, decidida, sentindo-se muito aliviada por sua travessura não ter sido recriminada por completo.

— Mas por que você fez isso? — perguntou Amy, que preferiria que lhe cortassem a cabeça a abrir mão do seu lindo cabelo.

— Bem, eu estava louca para fazer algo para ajudar o papai — respondeu Jo enquanto todas se reuniam à mesa de jantar, pois jovens saudáveis conseguem comer mesmo nos momentos mais difíceis. — Odeio pedir dinheiro emprestado tanto quanto a mamãe, e eu sabia que a tia March ia reclamar, ela sempre reclama, mesmo que você peça um só centavo. Meg usou todo o seu salário da quinzena para pagar o aluguel, e a única coisa que fiz com o meu foi comprar roupas, então fiquei me sentindo mal e decidi ganhar algum dinheiro mesmo que tivesse de vender os olhos da cara.

— Você não precisava se sentir mal, minha filha, você estava sem roupas de inverno, e comprou as mais simples possíveis com o próprio salário — disse a senhora March, com um olhar que aqueceu o coração de Jo.

— Eu não tinha pensado em vender meu cabelo de início, mas, à medida que caminhava, fui pensando no *que* poderia fazer, e sentindo que acabaria tendo de entrar de fininho nas lojas caras e resolver o problema. Na vitrine de uma barbearia, vi rabos de cabelos pendurados, com os preços marcados; um rabo de cabelo preto, mais comprido mas não tão cheio quanto o meu, estava quarenta dólares. Eu me dei conta de repente de que eu tinha, sim, algo com que ganhar dinheiro e, sem parar para pensar, entrei, perguntei se eles compravam cabelo e quanto dariam pelo meu.

— Não consigo acreditar que você teve coragem! — disse Beth, espantada.

— Ah, era um homenzinho que parecia viver apenas para passar óleo no próprio cabelo. Ele ficou espantado, a princípio, como se não estivesse acostumado a ver meninas entrando na sua loja e lhe pedindo que lhes comprasse o cabelo. E disse que não queria comprar o meu, porque não era de uma cor que estivesse na moda, tampouco valia muita coisa, pois é a dedicação que se coloca nele que o torna valioso, e por aí vai. Estava ficando tarde, e eu tinha medo de que, se não fizesse aquilo logo, acabasse não fazendo, e vocês sabem que, quando eu começo uma coisa, odeio desistir dela, então implorei que ele aceitasse e expliquei por que estava com tanta pressa. Foi uma tolice, talvez, mas isso o fez mudar de ideia, pois me empolguei e fui contando a história desse meu jeito meio confuso, e a esposa dele a ouviu e falou, muito caridosa: "Aceite, Thomas, faça esse favor para a mocinha; eu faria o mesmo pelo nosso Jimmy sem pensar duas vezes, se tivesse um fio de cabelo que valesse vender".

— Quem é Jimmy? — perguntou Amy, que gostava que lhe explicassem as coisas conforme a história se desenrolava.

— O filho deles, ela disse, que também está no exército. Como esse tipo de coisa faz estranhos se sentirem próximos, não é mesmo? Ela ficou conversando comigo o tempo todo enquanto o homem cortava meu cabelo, e me distraiu completamente.

— Você não entrou em pânico quando ele começou a cortar? — perguntou Meg, com um arrepio.

— Só dei uma última olhada no meu cabelo enquanto o barbeiro arrumava as coisas dele e pronto. Eu nunca choramingo por bobagens assim; vou confessar, porém, que me senti um pouco estranha quando vi o meu velho e amado cabelo sobre a mesa e senti só as pontas curtas, espinhudas, na minha cabeça. Era como se eu tivesse perdido uma perna ou um braço. A moça me viu olhando e escolheu uma longa madeixa para eu guardar de lembrança. Vou deixá-la com você, mamãe, para lembrar das glórias do passado; a verdade é que esse corte é tão confortável que acho que nunca mais deixarei o cabelo crescer.

A senhora March enrolou a mecha comprida e castanha junto a um chumaço de cabelos curtos e grisalhos na sua escrivaninha. Ela disse apenas "Obrigada, querida", mas algo na sua expressão fez com que as meninas mudassem de assunto e conversassem o mais animadamente possível sobre a bondade do senhor Brooke, a possibilidade de bom tempo no dia seguinte e os momentos felizes que viriam quando o pai delas estivesse ali de volta em recuperação.

Ninguém queria ir para a cama, mas, às dez da noite, a senhora March concluiu o último trabalho a ser feito e chamou as filhas. Beth foi para o piano e tocou o hino favorito do pai; todas começaram a cantar com energia, mas, uma a uma, caíram em lágrimas até que restasse somente Beth, cantando de todo o coração, pois para ela a música sempre foi o melhor consolo.

— Vão para a cama, e nada de conversar, pois temos de levantar cedo amanhã, e é melhor dormirmos o máximo que pudermos. Boa noite, minhas queridas — disse a senhora March quando a música terminou, pois ninguém arriscaria cantar mais uma.

As meninas beijaram a mãe em silêncio e foram para a cama tão quietas que era como se o pai doente já estivesse deitado no quarto ao lado. Beth e Amy logo caíram no sono, apesar da grande preocupação, mas Meg permaneceu acordada com os pensamentos mais sérios que já lhe tinham ocorrido em sua curta vida. Jo estava imóvel, e a irmã supôs que ela havia caído no sono, até que um soluço abafado a fez exclamar ao tocar a bochecha úmida da menina:

— Jo, minha querida, o que foi? Está chorando por causa do papai?

— Não, agora não.

— O que é, então?

— Meu... meu cabelo — explodiu a pobre Jo, tentando em vão abafar suas emoções no travesseiro.

Aquilo não pareceu nada cômico para Meg, que abraçou e beijou a tristonha heroína da forma mais carinhosa possível.

— Eu não estou arrependida — disse Jo, engasgada. — Eu faria tudo de novo amanhã, se pudesse. É só meu lado vaidoso e egoísta que me faz chorar desse jeito bobo. Não conte para ninguém, já passou. Pensei que você estivesse dormindo, então me permiti chorar um pouquinho pela única coisa que eu tinha de bonito. Por que você está acordada?

— Não consigo dormir, estou ansiosa demais.

— Pense em algo bonito, e logo você vai apagar.

— Eu tentei, mas acabei mais acordada do que antes.

— No que você pensou?

— Em rostos bonitos e olhos, em especial — respondeu Meg, sorrindo para si mesma no escuro.

— Qual cor você prefere?

— Castanhos... Quer dizer, às vezes. Azuis também são lindos.

Jo riu, e Meg se irritou e mandou a irmã fazer silêncio. Depois, carinhosamente, prometeu fazer cachos no cabelo curto dela, e adormeceu sonhando em viver no seu castelo no ar.

O relógio bateu meia-noite, e os quartos estavam todos em silêncio quando uma figura passou calmamente de cama em cama, esticando uma coberta aqui, ajeitando um travesseiro ali, pausando para olhar com amor cada rosto adormecido, beijar cada testa com lábios que abençoavam sem palavras e faziam as preces que só as mães conhecem. Quando ela afastou a cortina para observar a noite nublada, a lua repentinamente surgiu por trás das nuvens e a iluminou como um claro rosto caridoso que parecia sussurrar na madrugada:

— Fique calmo, meu coração! Sempre há luz atrás das nuvens.

16. Cartas

Naquele nascer do sol frio e cinzento, as irmãs acenderam o lampião e leram o capítulo de suas Bíblias com uma devoção nunca sentida antes, pois a sombra de uma provação real havia surgido, mostrando-lhes quanto a vida delas tinha sido iluminada até então. Os livrinhos ofereceram muita ajuda e conforto, e, enquanto elas se vestiam, concordaram em se despedir da mãe com alegria e esperança, para que em sua angustiante viagem não pesassem lágrimas ou reclamações das filhas. Tudo parecia estranho quando elas desceram; estava tudo escuro e silencioso lá fora, e muito confuso e iluminado ali dentro. Tomar café tão cedo parecia estranho, e até o rosto familiar de Hannah parecia desconhecido enquanto ela ia de um lado para o outro da cozinha com sua touca de dormir. O grande baú estava pronto no *hall*, a capa e a touca da mãe repousavam no sofá, e a própria senhora March estava sentada, tentando comer, mas parecendo tão pálida e cansada com a insônia e a ansiedade que as meninas tiveram dificuldade em manter a decisão que tinham tomado. Os olhos de Meg pareciam se encher de lágrimas contra a sua vontade; Jo foi obrigada a esconder o rosto atrás do rolo de macarrão mais de uma vez, e o rosto das meninas mais novas demonstravam uma expressão séria e preocupada, como se a tristeza fosse uma experiência nova para elas.

Ninguém falou muito, mas, conforme a hora da partida se aproximava, e elas esperavam a carruagem, a senhora March disse às filhas, que estavam todas em plena atividade ao redor da mãe, uma dobrando seu xale, outra ajeitando sua touca, uma terceira colocando suas botas e a quarta fechando a mala de viagem:

— Crianças, deixo-as sob os cuidados da Hannah e sob a proteção do senhor Laurence. Hannah é a lealdade em pessoa, e nosso bom vizinho vai protegê-las como se fossem sangue do seu sangue. Não temo por vocês, mas espero que encarem essa provação de forma correta. Não chorem nem se desesperem enquanto eu estiver fora, tampouco pensem que poderão se confortar ficando à toa e tentando esquecer. Continuem com suas tarefas como de costume, pois o trabalho é um abençoado consolo. Tenham esperança e se ocupem; não importa o que aconteça, lembrem-se de que nunca ficarão sem um pai.

— Sim, mãe.

— Meg, querida, seja prudente, cuide das suas irmãs, consulte Hannah e, caso haja qualquer complicação, peça ajuda ao senhor Laurence. Seja paciente, Jo, não fique desanimada nem tome atitudes precipitadas; escreva bastante para mim e seja corajosa, sempre pronta para ajudar e animar a todos. Beth, procure conforto na sua música e não esqueça dos seus pequenos deveres de casa. Você, Amy, ajude com tudo o que puder, seja obediente e mantenha-se em segurança em casa.

— Pode deixar, mamãe, pode deixar!

O ruído de uma carruagem se aproximando as fez parar e ouvir. Aquele era o momento mais difícil, mas as meninas o suportaram bem; ninguém chorou, nem saiu correndo, nem reclamou, embora o coração de todas estivesse pesado ao enviarem mensagens amorosas ao pai, lembrando-se, mesmo enquanto falavam, que talvez já fosse tarde demais para que ele as recebesse. Elas beijaram a mãe em silêncio, abraçaram-na com carinho e tentaram acenar alegremente enquanto a carruagem partia.

Laurie e o avô também vieram se despedir, e o senhor Brooke parecia tão forte, decidido e gentil que as meninas o apelidaram na hora de senhor Bom Coração.

— Adeus, minhas queridas! Que Deus nos abençoe e proteja — sussurrou a senhora March ao beijar cada rostinho, e então subiu às pressas na carruagem.

Enquanto o carro se afastava, o sol se ergueu no horizonte, e, olhando para trás, a senhora March viu os raios iluminando o grupo parado no portão, como um bom presságio. Todos no grupo também perceberam, e sorriram e acenaram ainda mais. Assim, a última coisa que ela viu, ao virar a esquina, foi o rosto iluminado de suas quatro filhas, e, atrás delas, como um guarda-costas, o velho senhor Laurence, a dedicada Hannah e o devotado Laurie.

— Como todos são tão gentis conosco — comentou ela, virando-se e vendo uma prova disso na expressão generosa e respeitosa do jovem cavalheiro à sua frente.

— Não faço ideia de como poderiam deixar de ser! — retrucou o senhor Brooke, dando uma risada tão genuína que a senhora March não conseguiu segurar um sorriso.

Assim, a longa jornada começou com bons presságios: raios de sol, sorrisos e palavras alegres.

— É como se tivesse acontecido um terremoto — comentou Jo quando os vizinhos voltaram para casa para tomar seu café da manhã, deixando que elas descansassem e se recuperassem.

— Parece que metade da casa foi embora — completou Meg, desamparada.

Beth abriu a boca para dizer algo, mas só foi capaz de apontar para a pilha de meias lindamente remendadas na mesa da mãe, que mostrava que, mesmo naqueles últimos momentos de pressa, ela pensara e trabalhara para elas. Era um detalhe, mas tocou o coração delas; apesar da decisão corajosa, todas desabaram em lágrimas sofridas.

Hannah sabiamente permitiu que elas aliviassem seus sentimentos; e, quando a cachoeira deu sinais de parar, ela veio em seu socorro, armada com a cafeteira.

— Agora, minhas queridas, lembrem-se do que a mãe de vocês disse, e não se desesperem; venham tomar uma xícara de café e depois voltem ao trabalho para orgulhar esta família.

O café lhes fez muito bem, e Hannah demonstrou grande tato ao prepará-lo naquela manhã. Ninguém foi capaz de resistir aos seus gestos persuasivos nem ao convite perfumado que escapava do bico da cafeteira. Elas se reuniram à mesa, usaram os lenços como guardanapos e, em dez minutos, ficaram bem novamente.

— "Ter esperança e ocupar-se" é o nosso novo lema, e veremos quem vai se lembrar melhor dele. Vou para a casa da tia March, como sempre. Ó céus, mas como ela vai reclamar! — disse Jo enquanto bebericava, animando-se de novo.

— Eu vou para os meus Kings, embora preferisse ficar em casa e cuidar de tudo por aqui — disse Meg, desejando que seus olhos não estivessem tão vermelhos.

— Não será preciso! Eu e Beth vamos deixar a casa em perfeito estado — disse Amy com ar importante.

— Hannah vai nos dizer o que fazer, e deixaremos tudo arrumado para quando vocês voltarem — completou Beth, pegando logo o esfregão e o balde.

— Eu acho ansiedade uma coisa muito interessante — observou Amy, comendo açúcar com uma expressão pensativa.

As meninas não conseguiram segurar o riso, e se sentiram melhor com isso, embora Meg tenha olhado com reprovação para a jovem que conseguia encontrar consolo em um açucareiro.

A visão das tortinhas deixou Jo triste de novo; quando as duas saíram para o trabalho, lançaram um olhar tristonho para a janela onde estavam acostumadas a ver o rosto da mãe. Ela não estava lá, mas Beth se lembrara da pequena tradição familiar e se postou no lugar, acenando para elas como um brinquedinho de corda.[41]

— Isso é tão típico de Beth! — exclamou Jo, balançando o chapéu com um sorriso agradecido. — Adeus, Meg; espero que os Kings não lhe deem trabalho hoje. Não sofra pelo papai, querida — completou, ao se despedirem.

— E eu torço para que a tia March não reclame demais. Seu cabelo está mesmo muito bonito, bem andrógino e diferente — respondeu Meg, tentando não rir dos cachos, que pareciam comicamente pequenos nos ombros da esguia irmã.

— Esse é o meu único conforto! — E, com um toque no chapéu como Laurie fazia, Jo foi embora, sentindo-se uma ovelha tosquiada num dia de inverno.

Novidades sobre o pai reconfortavam muito as meninas; embora ele estivesse muito doente, a presença da melhor e mais carinhosa enfermeira já o fizera melhorar. O senhor Brooke enviava um relatório todos os dias e, como chefe da família, Meg insistia em ler ela mesma as cartas, que ficavam cada vez mais animadas a cada semana que passava. No início, todas estavam ansiosas para escrever de volta, e os envelopes grossos eram cuidadosamente depositados na caixa de correio por uma ou outra irmã, e elas se sentiam muito importantes por ter um correspondente em Washington. Como um desses envelopes continha recados característicos do grupo, vamos roubar imaginariamente uma carta e lê-la:

> Minha queridíssima mãe,
> É impossível dizer quanto sua última carta nos alegrou, pois as notícias eram tão boas que não conseguíamos parar de rir e chorar. Como o senhor Brooke é gentil e que sorte a nossa que os negócios do senhor Laurence o mantenham com a senhora por tanto tempo, pois ele realmente é muito útil à senhora e ao

---

41. No original, "*like a rosy-faced mandarin*". A referência é a um ornamento chinês feito de porcelana com uma cabeça que, quando chacoalhada, continua a balançar por um longo tempo. (N.E.)

papai. As meninas estão se comportando muitíssimo bem. Jo me ajuda com a costura e insiste em fazer todo tipo de trabalho pesado. Eu teria medo de ela exagerar se não soubesse que essa 'superioridade moral' não vai durar muito. Beth segue nas suas tarefas com a regularidade de um relógio, e nunca se esquece do que a senhora disse a ela. Ela fica triste pelo papai, e passa o tempo todo séria, a não ser quando está tocando seu pianinho. Amy está me obedecendo bem, e tenho cuidado bem dela. Ela está penteando o próprio cabelo, e está aprendendo comigo a fazer casas de botões e a remendar as próprias meias. Ela está se esforçando, e sei que a senhora ficará satisfeita com seu progresso quando voltar. O senhor Laurence cuida de nós como uma galinha cuida de seus pintinhos, como Jo diz; Laurie é muito gentil e prestativo. Ele e Jo nos mantêm alegres, pois às vezes ficamos bem abatidas, sentindo-nos órfãs com a senhora tão distante. Hannah é uma completa santa; ela não briga conosco e sempre me chama de 'senhorita Margaret', o que é muito distinto, como sabe, e me trata com muito respeito. Estamos todas bem e nos mantendo ocupadas; mas esperamos ansiosamente pelo dia em que teremos vocês de volta. Com todo o meu amor pelo papai e pela senhora,

Meg

Esse recado, escrito com uma caligrafia cuidadosa em um papel perfumado, contrastava imensamente com o seguinte, rabiscado em uma grande folha de papel fino, pontilhado de manchas de nanquim e enfeitado por toda sorte de floreios e letras com caudas e perninhas:

Minha preciosa mamãe,

Três vivas para o nosso amado pai! Brooke foi incrível por nos telegrafar de imediato e nos dar a notícia no minuto em que ele melhorou. Eu corri para o sótão quando a carta chegou, e tentei agradecer a Deus por ser tão bom conosco, mas só conseguia chorar e dizer: 'Estou tão feliz! Estou tão feliz!'. Isso deve ter servido como uma prece normal, pois eu sentia muitas delas no meu coração. Estamos nos divertindo bastante, e agora posso aproveitar cada momento, pois todas estão tão desesperadamente bondosas que é como viver num ninho de rolinhas. A senhora morreria de rir vendo Meg administrando a casa e tentando ser maternal. Ela está cada dia mais bonita, e de vez em quando eu sinto ainda mais amor por ela. As meninas são verdadeiros anjos, e eu... Bem, eu sou a mesma Jo de sempre, e nunca serei nada de diferente. Ah, eu tenho de contar à senhora que quase tive uma briga com Laurie. Falei sem pensar alguma bobeirinha qualquer, e ele se ofendeu. Eu tinha razão, mas não falei da maneira mais apropriada, e ele foi para casa pisando duro, dizendo que não voltaria até que eu implorasse seu perdão. Eu declarei que não faria isso e fiquei irritadíssima. Durou o dia todo. Eu me senti mal e queria muito que você estivesse por perto. Laurie e eu somos tão orgulhosos que é difícil pedir desculpas, mas eu pensei que ele viria até mim, pois *eu* estava certa. Ele não veio; de noite, eu me lembrei do que a senhora disse quando Amy caiu no rio. Li minha Bíblia, me senti melhor, resolvi não ir dormir com raiva e corri para pedir desculpas a Laurie. Eu o encontrei no portão, pois ele estava vindo fazer o mesmo. Caímos na risada, pedimos perdão um ao outro e ficamos de bem novamente.

Fiz um *pema* ontem quando estava ajudando Hannah a lavar as roupas; como o papai gosta das minhas bobeirinhas, eu o estou enviando aqui para diverti-lo. Dê a ele o abraço mais amoroso do mundo e à senhora mil beijinhos, da sua pimentinha,

Jo

UMA CANÇÃO PARA O SABÃO

Rainha do tanque, para ti eu canto
enquanto a espuma branca se ergue ao céu.
Com força eu lavo, estico e abrilhanto
e penduro para secar seu lindo véu.
Aí no sol as roupas dançam com encanto
balançando-se ao léu.

Gostaria de lavar coração e alma
e suas grandes manchas tirar
e permitir que a água faça sua mágica
para tão puros quanto as roupas nos deixar.
Então na Terra haveria sem dúvida
um lindo dia de lavar!

Pelo caminho de uma vida útil
a felicidade vai florescer.
Uma mente ocupada não tem tempo
para reclamar, brigar ou se entristecer,
e pensamentos ansiosos são expulsos
quando começamos a varrer.

Fico feliz de receber a tarefa
e de poder trabalhar todo dia,

pois isso me traz força, saúde e fé
e em mim se firma a sabedoria
de cabeça pensante, coração palpitante
e a mão nunca vadia!

Querida mãe,

Só há espaço para eu enviar meu amor e alguns amores-perfeitos prensados da muda que **guardei** aqui em casa para o papai ver. Leio a Bíblia toda manhã, tento ser boazinha todos os dias, e canto a música do papai na hora de dormir. Não consigo mais cantar *Land of the leal*; essa canção me faz chorar. Todos são **muito** gentis, e estamos tão felizes quanto podemos ser sem vocês aqui. Amy quer **escrever** no restante da página, então tenho de parar. Não esqueci de tapar as panelas e dou corda no relógio e abro as janelas dos cômodos todos os dias.

Dê um beijo no papai na bochecha que ele diz que é minha. Ah, por favor, voltem logo! Da sua amada,

Pequena Beth

Ma chere Mamma,

Estamos todas bem faço sempre meus deveres e sempre corroboro com as meninas — Meg disse que é colaboro então vou escrever as duas e a senhora decide a mais *porópria*. Meg me ajuda demais e me deixa comer geleia toda noite na hora do chá é tão bom para mim Jo diz que me deixa doce. Laurie não é tão *respeituoso* quanto deveria agora que já tenho quase *trese* anos, ele me chama de Coisinha e me dá vergonha quando fala francês comigo muito rápido quando digo *merci* ou *bon jour* que nem a Hattie King. As mangas do meu vestido azul estavam manchadas aí Meg costurou novas mas o tecido veio errado e era mais azul que o vestido. Fiquei triste mas não reclamei e sou muito *resiniente* mas bem que eu queria que a Hannah colocasse mais goma nos meus aventais e fizesse farinha todo dia. Ela não pode? Essa interrogação não ficou bonita. Meg diz que a minha *pontuassão* e gramática são uma *disgraça* e eu fico *mordificada* mas minha nossa eu tenho muita coisa pra fazer e não posso parar. *Adieu*, estou mandando muito amor para o papai.

Sua filha querida,

Amy Curtis March

Querida dona March,

Só queria escrever um tiquinho pra dizer que tá tudo indo *nas* mil maravilhas. As meninas são *esperta* e fazem tudo que é nota dez. A dona Meg vai ser uma bela duma dona de casa um dia; ela gosta bem do negócio e pega *as coisa* rápido que só. Jo é a mais esperta de todas, mas acaba que num para pra pensar e aí você *num* sabe que que vai aprontar. Segunda mesmo ela lavou uma tina toda de *ropa*, mas botou goma antes de torcer, e colocou anil num *vistido* de algodão rosa que só me faltou *morre* de rir. Beth é um doce de *minina* e me auxilia demais, fica o tempo todo do meu lado e me ajuda com tudo. Ela tenta *aprende* tudinho e é mesmo crescida pra idade; também faz *as conta* das coisa de casa tudo, comigo ajudando, muito direitinha ela. *Nós somo* econômica, acredite; só deixo as *minina* tomar café uma vez na semana que nem a *sinhora* disse, e faço todo mundo comer as *virdura* pra continuar bem fortinho. Amy *num* fica triste *purque* tá usando os *vistido bunito* e come uns docinho aqui e ali. O seu Laurie vive fazendo travessura como sempre, e volta e meia inventa um fuzuê, mas ele traz uma *aligria* pras *minina* que eu até deixo eles brincar *a* vontade. O *sinhor* vizinho manda tanta coisa, dona, que acaba até se perdendo, mas é de bondade, então eu acabo que *num* falo nada. Meu pão tá *bão* então vou *para* por aqui. Mando *meus cumprimento* pro seu March, torço que já tenha passado tudo da *pineumunia*.

Com muito carinho,

Hannah Mullet

Enfermeira-chefe da Enfermaria II:
Tudo sereno no Rappahannock, as tropas seguem em boas condições, o departamento do comissário está sendo bem conduzido, a Guarda Doméstica sob o comando do coronel Teddy acompanha o exército diariamente, o intendente Mullett mantém o acampamento em ordem, e o major Lion mantém as fronteiras à noite. Uma saudação de vinte e quatro tiros foi feita ao recebermos boas notícias de Washington, e um desfile militar ocorreu no quartel-general. O comandante-chefe envia saudações, nas quais alegremente se subscreve,

Coronel Teddy

Querida Senhora,
As meninas vão muitíssimo bem; Beth e meu neto me trazem notícias diariamente; Hannah é uma empregada exemplar e cuida de Meg como um dragão. Contenta-me saber que o tempo continua agradável; permaneço em minhas preces de que Brooke siga sendo útil, e conte comigo caso as despesas superem as expectativas. Não deixe nada faltar à senhora ou ao seu marido. Agradeço e peço ao Senhor que ele se recupere em passos céleres. Seu amigo sincero e humilde servo,

James Laurence

17. Boa-fé

Durante uma semana, a quantidade de virtudes naquela velha casa teria suprido a vizinhança. Realmente era incrível, pois todos pareciam se encontrar em um estado de espírito celestial, e abnegação parecia ser a última moda. Aliviadas da preocupação com o pai, as meninas sem perceber relaxaram um pouco nos seus louváveis esforços e começaram a voltar aos velhos hábitos. Não esqueceram o lema, mas de certa forma ter esperança e se ocupar não era mais um desafio; depois daquela tremenda dedicação, sentiram que mereciam umas férias, e aproveitaram bastante.

Jo pegou um resfriado brabo por esquecer de cobrir a cabeça pelada, e a tia March mandou que ficasse em casa até estar se sentindo melhor, pois não gostava de ouvir pessoas resfriadas lendo. Jo aproveitou-se bem disso e, depois de uma busca animada do porão ao sótão, reclinou-se no sofá para aproveitar a gripe com um xarope e alguns livros. Amy descobriu que trabalhos domésticos não combinavam em nada com sua arte, e voltou a se dedicar às suas tortas de lama. Meg ia à casa dos Kings diariamente, e, em sua casa, costurava, ou pensava que o fazia, mas a maior parte do seu tempo era gasto escrevendo longas cartas para a mãe ou lendo as notícias de Washington sem parar. Beth continuava firme em seu ofício, com algumas poucas recaídas de tédio ou tristeza. Todas as suas pequenas tarefas eram rigorosamente concluídas dia após dia, e muitas vezes as das irmãs também, pois elas se esqueciam, e a casa parecia um relógio cujo pêndulo havia se ausentado. Quando seu coração pesava com saudade da mãe, ou medo pela condição do pai, ela se escondia em um quarto de vestir, enfiava o rosto nas dobras de algum vestido querido e antigo, e choramingava, fazendo uma pequena prece a sós. Ninguém sabia o que podia animá-la depois desses rompantes de seriedade, mas todas reconheciam quão doce e prestativa era Beth, e acabaram criando o hábito de procurá-la em busca de conselhos ou consolo sobre este ou aquele probleminha.

Nenhuma delas tinha consciência de que aquela experiência era um teste de caráter; quando a primeira adversidade foi vencida, todas sentiram que haviam se saído bem e que mereciam elogios. Elas tinham mesmo razão; mas o erro veio quando pararam de se esforçar em fazer o bem, e essa lição só foi aprendida depois de muita aflição e arrependimento.

— Meg, gostaria que você fosse visitar os Hummels; você sabe que a mamãe nos falou para não nos esquecermos deles — disse Beth, dez dias depois da partida da senhora March.

— Estou cansada demais para ir nesta tarde — respondeu Meg, balançando-se confortavelmente na cadeira enquanto costurava.

— Você não pode ir, Jo? — perguntou Beth.

— Está frio demais para mim, por causa do resfriado.

— Achei que já estava quase boa.

— Estou boa o bastante para sair com Laurie, mas não para ir à casa dos Hummels — disse Jo, rindo, mas parecendo um pouco envergonhada da incoerência.

— Por que você não vai? — perguntou Meg.

— Tenho ido *todos os dias*, mas o bebê está doente, e não sei o que fazer. A senhora Hummel vai trabalhar e deixa Lottchen cuidando dele, mas o bebê está ficando cada vez pior, e acho que você ou Hannah deveriam ir vê-lo.

Beth falara com veemência, e Meg prometeu que iria no dia seguinte.

— Peça que Hannah arrume uma bela refeição e leve até lá, Beth. O ar fresco vai lhe fazer bem — disse Jo, completando em tom de desculpas. — Eu iria, mas quero terminar minha história.

— Minha cabeça dói e estou cansada, por isso pensei que alguma de vocês poderia ir — pediu Beth.

— Amy vai chegar logo, e ela vai dar um pulo lá por nós — sugeriu Meg.

— Bom, então vou descansar um pouco enquanto espero por ela.

Assim, Beth deitou-se no sofá, as outras voltaram aos seus afazeres, e os Hummels foram esquecidos. Uma hora se passou e Amy não havia voltado; Meg foi para o quarto experimentar um vestido novo, Jo estava concentrada na própria história e Hannah havia caído no sono em frente ao fogão a lenha, então Beth vestiu seu capuz em silêncio, encheu a cesta com alguns lanches para as crianças pobres e saiu na friagem com a cabeça pesada e um olhar chateado no rosto. Estava tarde quando ela voltou, e ninguém a viu subir pé ante pé as escadas e se trancar no quarto da mãe. Meia hora depois, Jo entrou para procurar algo no quarto de vestir da mãe e lá dentro encontrou Beth, sentada no baú de remédios, com os olhos vermelhos, o rosto muito sério e uma garrafinha de cânfora nas mãos.

— Cristóvão Colombo! O que houve? — exclamou Jo, enquanto Beth fazia com a mão sinal para que ela se afastasse.

— Você já teve escarlatina, não teve? — perguntou Beth, de súbito.

— Anos atrás, junto com Meg. Por quê?

— Então vou lhe contar... Ah, Jo, o bebê morreu!

— Que bebê?

— O bebê da senhora Hummel. Ele morreu no meu colo antes que ela chegasse em casa! — disse Beth, com um soluço.

— Oh, querida, que horror! Eu deveria ter ido — disse Jo, abraçando a irmã enquanto se sentava na poltrona da mãe cheia de remorso.

— Não é um horror, Jo, e sim muito triste! Eu logo percebi que ele estava ainda mais doente, mas Lottchen disse que a mãe deles tinha ido buscar o médico, então fiquei com o bebê e deixei Lott descansar. Ele parecia estar dormindo, mas de repente soltou um gemido, tremeu um pouco e depois ficou completamente imóvel. Eu tentei esquentar seus pezinhos e Lott quis lhe dar um pouco de leite, mas ele nem se mexeu, e eu sabia que estava morto.

— Não chore, querida! O que você fez?

— Fiquei lá sentada, segurando o bebê, até a senhora Hummel voltar com o médico. Ele declarou que o bebê estava mesmo morto, e olhou as gargantas de Heinrich e Minna, que estavam inflamadas. "Escarlatina, senhora; deveria ter me chamado antes", disse o homem, parecendo irritado. A senhora Hummel explicou que é pobre e que tentou curar o bebê ela mesma, mas que agora era tarde demais e que só poderia pedir que ele ajudasse as crianças e fizesse aquela caridade por ela. Ele sorriu, então, e foi mais gentil, mas foi muito triste, e eu chorei com eles até o médico se virar de repente e me mandar voltar para casa e tomar beladona imediatamente, ou então eu pegaria escarlatina também.

— Não, isso não vai acontecer! — exclamou Jo, abraçando ainda mais a irmã com um olhar assustado. — Ah, Beth, se você ficar doente, eu nunca vou me perdoar! O que vamos fazer?!

— Não se assuste, acho que não vou ficar tão mal; eu procurei no livro da mamãe e vi que começa com dores de cabeça, garganta inflamada e sensações estranhas como as que tenho tido, então tomei um pouco de beladona e já estou me sentindo melhor — disse Beth, pousando as mãos frias na testa febril e tentando parecer melhor.

— Se ao menos a mamãe estivesse em casa! — exclamou Jo, pegando o livro e sentindo que Washington estava cada vez mais distante. Ela leu a página, olhou para Beth, sentiu sua temperatura, analisou sua garganta e então declarou: — Você passou todos os dias com o bebê por mais de uma semana, e ficou entre os outros meninos que também estão doentes, então acho que você não vai escapar, Beth. Vou chamar Hannah; ela sabe tudo sobre doenças.

— Não deixe a Amy entrar; ela nunca pegou escarlatina, e eu odiaria passar para ela. Você e Meg não podem pegar de novo? — perguntou Beth, preocupada.

— Acho que não, mas também não me importo. Seria bem feito para mim, egoísta, por deixar você ir sozinha e ficar aqui escrevendo! — resmungou Jo, ao descer para consultar Hannah.

A boa mulher despertou completamente no mesmo minuto e tomou a frente da situação, assegurando a Jo que não havia motivo para se preocupar; todo mundo tinha escarlatina, e, se bem tratada, aquela doença não era fatal. Jo acreditou nela e ficou bem aliviada quando subiram para avisar Meg.

— Agora vou dizer o que vamos fazer — disse Hannah, depois de examinar e interrogar Beth. — Vou chamar o doutor Bangs, só pra dar uma olhadinha em você, querida, e deixar tudo arrumado. Depois vamos mandar Amy passar um tempo na casa da tia March, para não correr nenhum risco, e uma de vocês pode ficar em casa para cuidar de Beth por uns dois dias.

— Eu vou ficar, é claro, sou a mais velha — disse Meg, parecendo assustada e arrependida.

— *Eu* vou, porque é minha culpa que ela esteja doente; falei para a mamãe que cuidaria desses afazeres e não cuidei — retrucou Jo, decidida.

— Quem você prefere, Beth? Não há necessidade de ficarem as duas.

— Jo, por favor — respondeu a menina, reclinando-se junto à irmã com um olhar contente que resolveu a questão.

— Eu vou avisar a Amy — disse Meg, sentindo-se um pouco magoada mas aliviada, pois ela não gostava de servir de enfermeira, e Jo, sim.

Amy de imediato se rebelou e declarou abertamente que preferia ficar doente a ir para a casa da tia March. Meg argumentou, pediu, ordenou, tudo em vão. Amy só respondia que *não, não e não*, o que fez Meg deixá-la para trás e ir perguntar a Hannah o que fazer. Antes que ela voltasse, Laurie entrou na sala e encontrou Amy soluçando dramaticamente, caída no sofá. Ela contou a história, esperando ser consolada, mas Laurie só enfiou as mãos nos bolsos e ficou andando de um lado para o outro, assobiando baixo, franzindo a testa como se pensasse. De repente, ele se sentou ao lado dela e disse, no seu tom mais afável:

— Vamos, seja uma dama responsável, faça o que estão pedindo. Não, não chore. Preste atenção neste plano em que pensei aqui. Você vai para a casa da tia March e eu vou visitá-la todos os dias, e podemos sair para passear, a pé ou de carro, e vamos nos divertir bastante. Não será melhor que ficar trancada aqui?

— Não quero ser mandada embora como se fosse atrapalhar — reclamou Amy, com uma vozinha magoada.

— Ah, criança, não pense assim! É pelo seu bem. Você não quer ficar doente, quer?

— Não, claro que não. Mas acredito que vou acabar ficando, pois já passei esse tempo todo com Beth.

— É exatamente por esse motivo que você deve ir logo, para tentar escapar. Uma mudança de ares vai protegê-la, acredito. E, mesmo que não a proteja, sua febre será mais leve. Eu aconselho que você vá para a tia March assim que possível, porque escarlatina não é nenhuma brincadeira, mocinha.

— Mas a casa da tia March é tão chata, e ela é tão brava — reclamou Amy, assustada.

— Não será chato se eu aparecer todo dia para lhe contar como Beth está e para levá-la para passear. A velhota gosta de mim, e vou ser o mais educado possível com ela, assim ela não vai nos perturbar, não importa o que nós façamos.

— Você vai me levar para passear na carruagem com Puck?

— Dou minha palavra de cavalheiro.

— E promete que vai me visitar todos os dias?

— Veja só se não.

— E vai me trazer de volta no minuto em que Beth estiver melhor?

— No minuto exato.

— E vai me levar para o teatro, mesmo?

— Para mil teatros, se puder.

— Bem... então... acho que vou — disse Amy, pausadamente.

— Muito bem! Vá chamar a Meg e conte a ela que você mudou de ideia — disse Laurie, com um tapinha amigável que irritou Amy ainda mais que o "mudou de ideia".

Meg e Jo vieram correndo para presenciar o milagre que ocorrera; e Amy, sentindo-se importante e martirizada, prometeu ir se o médico confirmasse que Beth estava doente.

— Como está a pobrezinha? — perguntou Laurie, pois Beth era sua preferida, e ele ficava mais preocupado com ela do que gostava de demonstrar.

— Está descansando na cama da mamãe, e se sentindo melhor. A morte do bebê a abalou, mas arrisco dizer que ela só está gripada. Hannah *diz* que concorda, mas *parece* preocupada, e isso me deixa nervosa — respondeu Meg.

— Mas que mundo difícil! — exclamou Jo, bagunçando o cabelo com aflição. — Mal nos livramos de um problema, surge outro. Parece não haver onde se segurar quando a mamãe não está aqui; é como se eu estivesse naufragando.

— Bom, não vá virar um porco-espinho, o penteado não lhe cai bem. Ajeite a peruca, Jo, e me diga se devo enviar um telegrama para a sua mãe ou se posso fazer qualquer outra coisa — perguntou Laurie, que nunca tinha se conformado com a perda da beleza da amiga.

— É isso que me preocupa — disse Meg. — Acho que devemos contar a ela, se Beth realmente estiver doente, mas Hannah diz que é melhor não, pois a mamãe não pode deixar o papai, e isso só vai fazer com que fiquem preocupados. Beth não ficará doente por muito tempo, e Hannah sabe bem o que fazer, e a mamãe disse que deveríamos obedecê-la, então acho que é o melhor a fazer, mas ainda não me parece muito certo.

— Hum, bem, não sei dizer. Imagino que vocês podem conversar com o meu avô depois que o médico passar aqui.

— Faremos isso. Jo, vá chamar o doutor Bangs logo — ordenou Meg. — Não podemos decidir nada até ouvirmos o que ele tem a dizer.

— Fique onde está, Jo; eu sou o menino de recados deste estabelecimento — disse Laurie, pegando o chapéu.

— Temo que você esteja ocupado — começou Meg.

— Não, já acabei as minhas lições por hoje.

— Você estuda mesmo durante as férias? — perguntou Jo.

— Eu sigo o bom exemplo das minhas vizinhas — foi a resposta dele ao sair às pressas da sala.

— Confio muito nesse garoto — comentou Jo, observando-o pular a cerca, com um sorriso de aprovação.

— Para um menino, até que ele se sai bem — foi a resposta um pouco indelicada de Meg, que não estava interessada no assunto.

O doutor Bangs veio, disse que Beth tinha os sintomas da doença, mas que acreditava que seria pouco afetada, embora tenha ouvido com uma expressão sombria a história sobre os Hummels. Amy foi despachada de pronto, com remédios para afastar o perigo, e partiu em grande estilo, com Jo e Laurie como acompanhantes.

A tia March os recebeu com a hospitalidade de sempre.

— O que vocês querem agora? — perguntou, olhando intrigada para eles por cima dos *oclinhos*, enquanto o papagaio, empoleirado nas costas da poltrona, gritou:

— Fora! Meninos não entram!

Laurie afastou-se para o lado da janela, e Jo contou a história.

— Não era de surpreender, já que vocês ficam se misturando com essa gentalha. Amy pode ficar e ser útil se não estiver doente, e não duvido nada de que esteja. Olhem só para ela. Não chore, criança, me irrita ouvir gente fungando.

Amy estava mesmo a ponto de chorar, mas Laurie disfarçadamente puxou o rabo do papagaio, o que fez o Louro soltar um berro surpreso e gritar:

— Pelas minhas botas!

Foi tão engraçado que ela acabou caindo na risada em vez de chorar.

— E quais são as novidades de sua mãe? — perguntou a senhora rabugenta.

— O papai está bem melhor — respondeu Jo, tentando permanecer séria.

— Ah, jura? Bom, não vai durar muito, imagino. March nunca teve muita estâmina — foi a agradável resposta.

— Rá, rá, rá! Nunca diga nunca! Um biscoito aqui, um biscoito acolá, até mais! — gritou o Louro, dançando no poleiro, arranhando a touca da senhora, enquanto Laurie cutucava o traseiro do pássaro.

— Segure a língua, seu pássaro mal-educado! E Jo, é melhor ir logo; não é correto ficar passeando por aí tão tarde com um menino tão desaforado quanto...

— Segure a língua, seu pássaro mal-educado! — gritou o Louro, caindo da poltrona com uma cambalhota, e correndo para bicar o menino "desaforado" que se torcia de rir com o último discurso.

"Não acho que vou aguentar, mas vou tentar", pensou Amy, ao ser deixada a sós com a tia March.

— Sai daqui, coisa feia! — gritou o Louro, e com aquela grosseria Amy não conseguiu segurar uma fungada.

18. Dias sombrios

Beth pegou, sim, escarlatina, e ficou bem mais doente do que qualquer um além de Hannah e o médico suspeitaram. As meninas não entendiam nada de doenças, e o senhor Laurence não podia visitá-la, então Hannah fez tudo do seu jeito, e o ocupado doutor Bangs fez o que pôde, mas deixou bastante responsabilidade nas mãos da competente enfermeira. Meg ficou em casa, para não infectar os Kings, e pouco saiu, sentindo-se muito ansiosa e um tanto culpada por escrever cartas que não faziam menção à doença de Beth. Ela não conseguia aceitar que fosse correto enganar a mãe, mas ela havia prometido obedecer a Hannah, e Hannah não queria nem ouvir falar de "contarem pra dona March e deixarem ela preocupada nem um segundo que seja". Jo dedicou-se a Beth dia e noite; não era uma tarefa difícil, pois Beth era muito paciente e lidava com a doença o mais calmamente que a dor lhe permitia. Mas em certo ponto a febre ficou tão alta que ela começou a falar com uma voz aguda e trêmula, a tocar nas cobertas como se fossem seu querido pianinho e tentar cantar com a garganta tão inchada que não havia como sair música; chegou a um ponto em que ela não reconhecia os rostos familiares à sua volta e os chamava pelos nomes errados, e chorava chamando pela mãe. Então Jo ficou com medo, e Meg implorou que pudesse escrever dizendo a verdade, e até Hannah disse que "pensaria nisso, embora não tivesse nenhum perigo *por enquanto*". Uma carta de Washington só as preocupou mais, pois o senhor March sofrera uma recaída e, por um longo tempo, não poderia nem pensar em voltar para casa.

Como os dias pareciam sombrios, como a casa estava triste e vazia, como os corações das irmãs pesavam enquanto trabalhavam e esperavam, com a sombra da morte pairando sobre aquele lar outrora tão feliz! Foi então que Margaret, sentada sozinha, com lágrimas pingando sobre sua costura, percebeu como tinha sido abençoada e tido coisas mais preciosas do que qualquer luxo que o dinheiro poderia comprar: amor, proteção, paz e saúde, as verdadeiras bênçãos da vida. Foi então que Jo, o tempo todo naquele quarto abafado, com sua irmãzinha sofrida sempre sob seu olhar, e aquela vozinha fraca nos ouvidos, aprendeu a ver a beleza e a doçura da personalidade de Beth, a sentir como ela preenchia o coração de todas elas com amor profundo e gentileza, e a dar valor às aspirações altruístas de Beth, de viver para os outros e tornar a vida doméstica feliz pelo exercício das virtudes simples que todos podemos ter, e que deveríamos amar e valorizar mais que o talento, a riqueza ou a beleza. E Amy, no seu exílio, desejava profundamente estar em casa, para poder ajudar Beth, sentindo agora que nenhum serviço seria difícil ou cansativo, e lembrando-se com pesar e arrependimento das muitas tarefas esquecidas que aquelas mãozinhas dedicadas fizeram por ela. Laurie assombrava a casa como um fantasma incansável, e o senhor Laurence trancou o piano de cauda, porque não conseguia aguentar a lembrança da jovem vizinha que tornava seus crepúsculos tão contentes. Todos sentiam falta de Beth. O leiteiro, o padeiro, o verdureiro e o açougueiro, todos perguntavam por ela; a pobre senhora Hummel veio pedir perdão pela insensibilidade e uma mortalha para Minna; os vizinhos enviaram todo tipo de presentes e boas energias, e, mesmo aqueles que melhor a conheciam, surpreenderam-se ao ver quantos amigos a tímida Beth tinha.

Enquanto isso, ela ficava deitada na cama, com a velha Joanna ao seu lado, pois, mesmo em seus delírios, ela não esquecia a tristonha boneca preferida. Ela sentia saudade dos gatos, mas não podia deixá-los entrar, por medo de que ficassem doentes; nos seus momentos mais íntimos, sentia-se muito ansiosa por Jo. Ela mandava mensagens carinhosas para Amy, pedindo que dissesse à mãe que escreveria logo, e muitas vezes implorava por um papel e uma caneta para tentar enviar um recado, para que o pai não pensasse que ela o havia esquecido. Mas logo esses intervalos de consciência terminavam, e ela passava horas se revirando na cama com palavras incoerentes saindo dos lábios, ou mergulhava num sono pesado que não lhe trazia descanso. O doutor Bangs vinha duas vezes por dia, Hannah passava a noite ao seu lado, Meg mantinha um telegrama pronto na mesa para ser enviado a qualquer momento e Jo nunca saía da beirada da cama da irmã.

O primeiro de dezembro foi realmente um dia invernal para elas, pois um vento cortante soprava, a neve caía sem parar e o ano parecia pronto para morrer. Quando o doutor Bangs chegou naquela manhã, olhou com atenção para Beth, segurou suas mãozinhas quentes por um minuto e, ao baixá-la no cobertor, falou baixo para Hannah:

— Se a senhora March *puder* deixar o marido, é melhor que seja chamada.

Hannah assentiu sem falar, mordendo os lábios nervosamente; Meg caiu em uma cadeira quando as forças pareceram deixar seu corpo ao ouvir aquelas palavras, e Jo, depois de ficar perplexa, com o rosto pálido, por um minuto, correu para a sala, pegou o telegrama e, vestindo o casaco às pressas, correu porta afora direto para a tempestade. Ela logo voltou e, enquanto tirava a capa sem fazer barulho, viu Laurie entrar com uma carta que dizia que o senhor March estava melhorando de novo. Jo leu a grata notícia, mas o peso em seu coração não se dissipou, e sua expressão era tão desesperada que logo Laurie perguntou:

— O que foi? Beth piorou?

— Mandei o telegrama pedindo que mamãe retorne — disse Jo, com uma expressão trágica, tentando tirar as galochas.

— Que bom, Jo! Você fez isso espontaneamente? — perguntou Laurie, levando a amiga para a cadeira do corredor e tirando suas botas rebeldes ao ver como suas mãos tremiam.

— Não, o médico nos mandou fazer isso.

— Ah, Jo, não me diga que é tão grave assim! — exclamou Laurie com uma expressão assustada.

— Sim, é. Ela não nos reconhece, ela nem fala mais sobre os bandos de pombinhas verdes, como chama as folhas do papel de parede. Ela não parece mais a minha Beth, e não temos ninguém para nos ajudar a suportar isso. A mamãe e o papai estão longe, e Deus parece tão distante que não consigo encontrá-lo.

As lágrimas corriam sem controle pelo rosto da pobre Jo, que estendeu a mão de um jeito desamparado, como se tentando se agarrar a algo no escuro, e Laurie a segurou, sussurrando com todo o coração e a voz embargada:

— Estou aqui, minha querida Jo, pode contar comigo!

Ela não conseguia responder, mas se agarrou a ele, e o aperto cálido da mão do amigo reconfortou seu coração dolorido e pareceu levá-la um pouco mais perto do abraço divino que lhe daria forças naquele momento de provação. Laurie desejava dizer algo carinhoso e consolador, mas nenhuma palavra correta lhe ocorreu. Então ele só ficou ali, em silêncio, acariciando a cabeça baixa da amiga, como a mãe delas costumava fazer. Foi a melhor coisa que ele poderia ter feito; muito mais acalentador do que as palavras mais eloquentes, pois Jo percebeu a solidariedade do amigo e, no silêncio, descobriu quanto a afeição é capaz de aliviar a tristeza. Logo ela secou as lágrimas e ergueu os olhos, grata.

— Obrigada, Teddy, estou melhor agora. Não estou mais me sentindo tão desamparada e vou tentar suportar como eu puder.

— Continue tendo esperança, isso vai ajudar muito, Jo. Logo sua mãe estará aqui, e então tudo ficará bem.

— Fico feliz que o papai esteja melhor, assim ela não se sentirá tão mal por vir para casa. Ah, minha nossa! Parece mesmo que todos os problemas vieram de uma só vez, e eu tenho de carregar o maior peso nos meus ombros — suspirou Jo, esticando o lenço úmido sobre os joelhos para secar.

— A Meg não está fazendo a parte dela? — questionou Laurie, parecendo indignado.

— Ah, sim, ela tenta, mas não ama Bethinha tanto quanto eu e não sentiria tanto a falta dela. Beth é a minha consciência, e não *posso* ficar sem ela. Não posso! Não posso!

Jo baixou a cabeça no lenço úmido e desatou a chorar, embora até aquele momento ela tivesse se mantido estoica e sem derramar uma lágrima. Laurie esfregou os olhos mas não conseguiu falar até o nó na garganta se desfazer e seus lábios se estabilizarem novamente. Poderia ser pouco masculino, mas ele não conseguiu se segurar, e ficou feliz por isso. Logo que os soluços de Jo se acalmaram, ele disse, esperançoso:

— Não acredito que ela vá morrer; ela é tão boa e todos nós a amamos tanto que não acho que Deus a tiraria de nós.

— As pessoas boas e queridas sempre morrem — resmungou Jo, que tinha parado de chorar, pois as palavras do amigo a haviam alegrado, apesar de todas as suas dúvidas e de seus medos.

— Pobrezinha, você está exausta. Não é do seu feitio ficar tão triste. Descanse um pouco, eu vou animá-la em um minuto.

Laurie desceu as escadas dois degraus de cada vez, e Jo pousou a cabeça pesada no capuzinho marrom de Beth, que ninguém tinha pensado em tirar da mesa em que ela o havia deixado. O tecido devia ter alguma propriedade mágica, pois o espírito gentil da sua dona pareceu se apossar de Jo; quando Laurie surgiu com uma taça de vinho, ela a aceitou com um sorriso e corajosamente declarou:

— Vou brindar à saúde da minha Beth! Você é um bom doutor, Teddy, e um amigo maravilhoso. Como vou poder recompensá-lo? — completou ela, e o vinho refrescava seu corpo como as palavras gentis haviam acalmado sua mente.

— Enviarei minha conta em breve, mas hoje à noite vou lhe dar um presente que aquecerá seu coração mais que qualquer vinho — disse Laurie, sorrindo para ela com uma expressão de satisfação reprimida.

— O que é? — questionou Jo, esquecendo suas tristezas pela surpresa.

— Eu enviei um telegrama para a sua mãe ontem, e Brooke respondeu que ela viria de imediato, então deve chegar hoje à noite e tudo ficará bem. Não está feliz que eu tenha feito isso?

Laurie falou tudo isso muito rápido, com o rosto vermelho e animado, pois ele havia mantido seu plano em segredo por medo de decepcionar as meninas ou de causar mal a Beth. Jo ficou muito pálida, saltou da cadeira e, no momento em que Laurie parou de falar, passou os braços ao redor do seu pescoço e deu um grito de alegria:

— Ah, Laurie! A mamãe! Estou *tão* feliz!

Ela não chorou mais, e sim começou a rir histericamente, tremendo e abraçando o amigo como se as notícias repentinas a tivessem deixado sem rumo. Laurie, embora decididamente surpreso, agiu com grande presença de espírito; ele deu alguns tapinhas nas costas dela, seguidos por dois ou três beijinhos tímidos, que fizeram Jo melhorar de pronto. Segurando-se ao corrimão, ela se afastou dele gentilmente e falou, sem fôlego:

— Ah, não, não foi minha intenção; eu agi errado, mas você foi realmente tão querido em fazer isso, apesar do que Hannah disse, que não consegui me segurar. Conte-me tudo sobre isso e não me dê mais vinho, que ele me faz agir assim.

— Eu não me importo! — respondeu Laurie, com uma risada, enquanto ajeitava a gravata. — Sabe, eu comecei a ficar nervoso com essa situação, e meu avô também. Nós consideramos que talvez Hannah estivesse abusando de sua autoridade, e pensamos que a sua mãe tinha de saber o que está acontecendo. Ela nunca nos perdoaria se Beth, bem... Se qualquer coisa acontecesse, sabe. Então, por fim, meu avô decidiu que já passara da hora de fazermos alguma coisa, e lá fui eu até os correios ontem, pois o médico parecia sério e Hannah quase arrancou minha cabeça quando propus um telegrama. Eu não *aguento* receber ordens, e isso me fez decidir fazê-lo de uma vez por todas, e de fato fiz. Sua mãe virá, tenho certeza, e o último trem chega às duas da manhã. Vou buscá-la na estação, e você só precisa controlar sua felicidade para deixar Beth descansar até aquela santa mulher chegar em casa.

— Laurie, você é um anjo! Como poderei agradecê-lo?

— Pode me abraçar de novo, eu gostei bastante — disse ele, com um olhar travesso (e já fazia uma quinzena que ele não brincava assim).

— Não, obrigada. Vou fazer isso para agradecer ao seu avô, quando ele vier. Não implique comigo! Vá para casa e descanse, já que vai passar metade da noite acordado. Deus o abençoe, Teddy, Deus o abençoe!

Jo havia recuado para um canto e, quando terminou seu discurso, saiu correndo para a cozinha, onde se apoiou em um armário e contou aos gatos ali reunidos como ela estava "feliz, ah, tão feliz!", enquanto Laurie ia para casa, sentindo que havia feito uma boa ação.

— Esse moleque é o maior intrometido que eu já vi, mas tem meu perdão, porque eu espero mesmo que a dona March esteja vindo logo — disse Hannah, com ar de alívio quando Jo contou as boas-novas.

Meg quase desmaiou, depois ficou chateada pensando na carta, enquanto Jo arrumava o quarto da doente e Hannah "preparava umas tortas, caso aparecessem visitas-surpresa". Uma brisa de ar fresco parecia soprar pela casa, e algo melhor que luz do sol pareceu iluminar os cômodos silenciosos; tudo parecia sentir a mudança esperançosa. O passarinho de Beth começou a cantar de novo, e um botão de rosa quase florescendo foi visto na roseira de Amy junto à janela. As lareiras pareciam iluminar a casa com renovada alegria, e, toda vez que as meninas se viam, seus rostos pálidos se abriam em sorrisos e elas trocavam abraços, sussurrando, dando forças uma à outra:

— A mamãe está vindo, querida, ela está chegando!

Todas comemoravam, menos Beth, que dormia em um pesado estupor, totalmente inconsciente de qualquer esperança e alegria ou dúvida e perigo. Era uma imagem triste: o rosto, antes rosado, tão transformado e vazio; as mãos, antes sempre ocupadas, agora paralisadas e fracas; os lábios, antes sorridentes, agora frouxos; o cabelo, tão lindo e bem-cuidado, espalhado, bagunçado e cheio de nós no travesseiro. O dia todo ela ficou deitada daquele jeito, só se levantando aqui e ali para murmurar "Água!", com a boca tão seca que mal conseguia enunciar a palavra. O dia todo Jo e Meg ficaram em volta da irmã, observando, esperando, torcendo e confiando em Deus e na mãe; o dia todo a neve caiu, o vento frio soprou e as horas se arrastaram. Mas, finalmente, a noite chegou, e, toda vez que o relógio batia as horas, as irmãs, ainda sentadas de lados opostos da cama, se entreolhavam com esperança, pois a cada hora a ajuda se aproximava. O médico tinha passado para avisar que qualquer mudança para melhor ou para pior provavelmente viria em torno da meia-noite, e ele viria de novo por volta desse horário.

Hannah, muito cansada, deitou-se no sofá ao pé da cama e caiu num sono profundo; o senhor Laurence andava de um lado para o outro na sala, sabendo que preferiria enfrentar um exército rebelde a lidar com as reclamações da senhora March quando entrasse. Laurie deitou-se no tapete, fingindo descansar mas observando o fogo com um olhar pensativo que fazia seus olhos negros brilharem lindamente, amorosos e claros.

As meninas nunca esqueceram aquela noite, pois nenhum sono veio enquanto elas faziam sua vigília, com aquela sensação terrível de impotência que nos vem em momentos assim.

— Se Deus proteger Beth, eu nunca mais vou reclamar de nada — sussurrou Meg, com sinceridade.

— Se Deus proteger Beth, vou tentar amá-Lo e servi-Lo durante toda a minha vida — respondeu Jo, com o mesmo fervor.

— Eu queria não ter coração, de tanto que ele dói — Meg suspirou, depois de uma pausa.

— Se a vida for sempre assim, tão difícil, não imagino como seremos capazes de suportar — completou a irmã, decepcionada.

Quando o relógio bateu meia-noite, as duas esqueceram de si enquanto cuidavam de Beth, pois ambas sentiram que houve uma mudança no seu rosto pálido. A casa estava parada como a morte, e nada exceto o grito do vento quebrava o silêncio profundo. Hannah, exausta, dormia, e ninguém além das irmãs viu a sombra pálida que pareceu cair sobre a caminha. Outra hora se passou, e nada aconteceu além da partida silenciosa de Laurie para a estação. Outra hora sem ninguém chegar; temores sobre atrasos por conta da neve, ou acidentes no caminho, ou, pior de tudo, alguma grande tragédia em Washington assombravam as meninas.

Já passava das duas quando Jo, que estava de pé junto à janela pensando como o mundo parecia assustador sob aquele cobertor de neve, ouviu um movimento na cama e, virando-se às pressas, viu Meg ajoelhando-se em frente à poltrona da mãe, com o rosto escondido. Um medo terrível dominou Jo quando ela pensou "Beth morreu, e Meg está com medo de me contar".

Ela voltou ao seu posto de imediato, e sob seus olhos ansiosos uma grande mudança ocorrera. A vermelhidão da febre e o olhar de dor desapareceram, e aquele amado rostinho parecia tão calmo e tranquilo em seu descanso que Jo não sentiu vontade de chorar ou lamentar. Inclinando-se sobre a irmã mais amada, ela beijou sua testa úmida com o coração na boca e sussurrou baixinho:

— Adeus, minha Beth, adeus!

Despertada pela movimentação, Hannah levantou-se de um pulo e correu para a cama, onde olhou para Beth, sentiu sua mão, ouviu a respiração e então, jogando o avental para o alto, sentou-se e começou a se balançar para a frente e para trás, comemorando baixinho:

— A febre baixou! Ela está dormindo tranquila, a pele está úmida e a respiração está normal. O Senhor seja louvado! Ah, minha nossa!

Antes que as meninas acreditassem na feliz verdade, o médico chegou para confirmá-la. Era um homem rústico, mas elas acharam seu rosto celestial quando ele sorriu e, com um olhar paternal, explicou:

— Sim, minhas queridas, acho que nossa menininha vai sobreviver a essa. Mantenham a casa quieta e deixem-na dormir. Quando acordar, deem...

O que deveriam dar à irmã nenhuma delas ouviu; ambas saíram pé ante pé para o corredor e, sentadas nas escadas, abraçaram-se com força, com o coração alegre demais para expressá-lo em palavras. Quando voltaram para serem beijadas e abraçadas pela fiel Hannah, encontraram Beth deitada, como de costume, com o rostinho descansando na palma da mão, sem mais aquela palidez assustadora, e com a respiração tranquila, como se cochilasse.

— Ah, se a mamãe chegasse agora! — disse Jo, quando a noite invernal começava a se pôr.

— Sabe — começou Meg, mostrando uma rosa branca meio aberta —, eu achei que esta rosa poderia estar pronta amanhã para pormos nas mãos de Beth se ela... se fosse. Mas ela abriu durante a noite, então vou colocá-la no meu vaso aqui, para que, quando nossa querida acordar, a primeira coisa que veja seja essa rosinha e o rosto da mamãe.

Nunca o sol nasceu tão lindo, e nunca o mundo pareceu tão belo quanto pareceu aos olhos cansados de Meg e Jo quando olharam pela janela na manhã seguinte, ao fim daquela longa e triste vigília.

— Parece um mundo de fadas — disse Meg, sorrindo sozinha de pé atrás da cortina, ao observar a luz brilhante.

— Eita! — gritou Jo, levantando-se de um pulo.

Sim, era o som do sino tocando na porta lá embaixo, seguido por um grito de Hannah, e então a voz de Laurie, em um sussurro exultante:

— Meninas! Ela chegou! Ela chegou!

19. O TESTAMENTO DE AMY

Enquanto tudo isso acontecia em casa, Amy estava passando por maus bocados com a tia March. Ela sentia profundamente seu exílio, e pela primeira vez na vida percebeu quanto era amada e mimada em casa. A tia March nunca mimava ninguém, era contra isso, mas tentava ser gentil, pois a menininha educada lhe agradava e ela tinha um fraco em seu velho coração pelas filhas do sobrinho, embora não considerasse correto confessá-lo. Ela realmente se esforçou para deixar Amy feliz, mas, minha nossa, quantos erros cometeu! Alguns idosos se mantêm jovens, apesar das rugas e dos cabelos brancos, e conseguem se identificar com os problemas e as alegrias dos jovens, deixando-os à vontade e escondendo suas lições de sabedoria sob brincadeiras agradáveis, criando laços de amizade da forma mais doce. Mas a tia March não tinha esse dom, e levava Amy quase à morte com suas regras e ordens, seu jeito empertigado e conversas longas e entediantes. Considerando a criança mais dócil e maleável que a irmã mais velha, a senhora imaginava que era seu dever tentar combater, o máximo possível, os efeitos indesejados da liberdade e indulgência que resultavam de sua criação. Então, pegou Amy pela mão e ensinou a ela as mesmas coisas que havia aprendido sessenta anos antes; um processo que pesou na alma de Amy e a fez se sentir como uma mosquinha na teia de uma aranha das mais rígidas.

Ela tinha de lavar as xícaras toda manhã e polir as antigas colheres, a chaleira gorda de prata e os copos até que brilhassem. Então tinha de tirar o pó da sala, e que trabalho mais difícil era esse! Nem um grãozinho escapava às vistas da tia March, e todos os móveis tinham pés em garra entalhados, que nunca estavam limpos satisfatoriamente. Depois o Louro tinha de ser alimentado, o cãozinho, escovado, e ela tinha de subir e descer as escadas uma dúzia de vezes para buscar coisas ou repassar ordens, pois a senhora tinha muita dificuldade para andar e pouco saía da sua grande poltrona. Depois desses trabalhos cansativos, Amy tinha de estudar, o que era um exercício diário de todas as suas virtudes. Só então podia passar uma hora brincando ou se exercitando, e como ela aproveitava esse tempo! Laurie vinha todos os dias e insistia até a tia March permitir que Amy o acompanhasse em passeios e caminhadas que muito a divertiam. Depois do jantar, ela tinha de ler em voz alta e ficar parada enquanto a senhora dormia, o que normalmente durava uma hora, porque ela cochilava já na primeira página. Em seguida, vinham as toalhas ou cobertas, e Amy as costurava até o pôr do sol, aparentemente obediente mas por dentro extremamente revoltada, pois só podia se distrair como quisesse até a hora do chá. As noites eram a pior parte, pois a tia March decidia contar longas histórias sobre a sua juventude, que havia sido insuportavelmente chata, até Amy estar pronta para ir para a cama, sempre com a intenção de chorar por conta de seu terrível destino, mas geralmente caindo no sono antes de conseguir derramar mais de uma ou duas lágrimas.

Se não fosse por Laurie ou pela velha Esther, a empregada, Amy não seria capaz de suportar aquele período terrível. O papagaio, por si só, já era o bastante para distraí-la, pois logo percebeu que a menina não gostava dele e vingou-se dela sendo o mais travesso possível. Ele puxava o cabelo dela sempre que Amy se aproximava, derrubava seu pão com leite para atrapalhá-la assim que ela limpava sua gaiola, fazia Mop latir bicando-o enquanto a Madame dormia; xingava-a na frente das visitas e comportava-se muitíssimo mal. Além disso, ela não aguentava o cachorro, um bicho gordo e irritadiço que rosnava e latia para ela quando ela o levava para fazer suas necessidades, e que deitava de barriga para cima, com as patas no ar e a expressão mais idiota de contentamento quando queria comer alguma coisa, o que acontecia mais ou menos dez vezes por dia. O cozinheiro era mal-humorado, o velho cocheiro, surdo, e Esther era a única que se importava com a menina.

Esther era uma moça francesa que morava com a "madame", como chamava sua patroa, fazia muitos anos, e que enlouquecia a velhota, que não a suportava. Seu nome verdadeiro era Estelle, mas a tia March havia ordenado que o mudasse, e ela a obedeceu, na condição de que nunca lhe pedissem que mudasse de religião. Ela se apegou à *mademoiselle* e se divertia muito com ela, que contava histórias curiosas da sua vida na França quando Amy se sentava ao seu lado enquanto ela passava as rendas da madame. Ela também permitia que Amy passeasse pelo casarão e examinasse os objetos belos e curiosos guardados nos grandes guarda-roupas e antiquíssimos baús, pois a tia March guardava tudo sempre. A maior alegria de Amy era uma cômoda indiana cheia de gavetinhas e compartimentos secretos que escondiam toda sorte de enfeites; alguns lindos, outros só engraçados, todos mais ou menos antigos. Amy tinha imensa satisfação em observar e arrumar todas essas coisas, especialmente as caixinhas de joias; nelas, em almofadas de veludo, repousavam os ornamentos que enfeitavam uma *belle* de quarenta anos atrás. Havia o conjunto de granada que a tia March usou em seu *cotillion*, as pérolas que o pai lhe dera no dia do seu casamento, os diamantes do marido, os anéis e broches negros da viuvez, os medalhões enfeitados, com retratos de amigos já falecidos ou mechas de cabelo, os braceletes de bebê que a sua única filhinha havia usado; o grande relógio do tio March, com cujo berloque vermelho muitas mãozinhas infantis já tinham brincado, e, sozinho em uma caixa, o anel de casamento da tia March, pequeno demais para o seu dedo gordo de agora, mas cuidadosamente guardado, como se fosse a joia mais preciosa de todas.

— Qual a *mademoiselle* escolheria se pudesse ter o que quisesse? — perguntou Esther, que sempre ficava por perto para tomar conta e depois guardar os bens valiosos.

— Eu gosto mais dos diamantes, mas não tem um colar no conjunto, e eu gosto muito de colares, são tão bonitos. Acho que eu escolheria este, se pudesse — respondeu Amy, observando com grande admiração um fio de contas douradas e negras, do qual pendia uma cruz pesada do mesmo material.

— Eu também admiro muito essa peça, mas não como colar, não! Para mim é um rosário, e, como boa católica, seria assim que eu o usaria — disse Esther, observando o lindo objeto com desejo.

— Esse é feito para ser usado como aquelas contas de madeira perfumada que ficam penduradas no seu espelho? — perguntou Amy.

— Sim, é isso mesmo, para rezar. Os santos apreciariam o uso de um rosário tão lindo quanto este com tal objetivo, em vez de ser usado somente por vaidade.

— Você parece se reconfortar muito com suas orações, Esther, e sempre volta parecendo tranquila e satisfeita. Eu gostaria de ser assim também.

— Se a *mademoiselle* fosse católica, encontraria verdadeiro conforto nisso, mas, como não é o caso, seria bom se você se isolasse um pouco todos os dias para meditar e rezar, como fazia a boa senhora a quem eu servia antes de madame. Ela tinha uma capelinha e, nela, encontrava grande consolo para seus problemas.

— Teria algum problema se eu fizesse o mesmo? — perguntou Amy, que, em sua solidão, sentia necessidade de alguma ajuda e percebia que acabava esquecendo suas lições da Bíblia, sem Beth ali para lembrá-la.

— Seria excelente, uma ótima ideia. Ficarei feliz de arrumar aquele quarto de vestir para você, se quiser. Não diga nada a madame, mas, quando ela for dormir, venha e sente-se sozinha para refletir sobre bons pensamentos e pedir a Deus que ajude sua irmã.

Esther realmente era uma mulher de muita fé, e seu conselho era sincero, pois seu coração era amoroso e sentia muito pela situação das irmãs. Amy gostou da ideia e deu-lhe permissão de arrumar o quartinho ao lado do seu quarto, torcendo para que lhe fizesse bem.

— Eu gostaria de saber para quem todas essas coisas tão lindas vão depois que a tia March morrer — comentou ela, ao guardar devagar o rosário brilhante e fechar as caixas de joias uma a uma.

— Para você e para as suas irmãs. Eu sei, a madame me contou. Eu fui testemunha do seu testamento, e será assim — sussurrou Esther, sorrindo.

— Que boa notícia! Mas bem que eu gostaria que ela nos desse isso tudo logo. Pro-cras-ti-nar não é de bom-tom — observou Amy, dando uma última olhada nos diamantes.

— É cedo demais para as mocinhas usarem essas coisas. A primeira a ficar noiva vai receber as pérolas, foi o que a madame disse. E acredito que o anelzinho de turquesa vai ser um presente para você quando voltar para casa, pois a madame aprova seu bom comportamento e suas boas maneiras.

— A senhora acha? Ah, vou ser uma boneca, se puder ganhar esse lindo anel! É muito mais bonito que o de Kitty Bryant. Eu gosto bastante da tia March, no fim das contas.

Amy experimentou o anel azul com uma expressão exultante e com a firme decisão de fazer por merecer o presente.

Daquele dia em diante, ela foi um modelo de obediência, e a senhora complacentemente admirava o sucesso do seu treinamento. Esther arrumou o quarto de vestir com uma mesinha e um banquinho, e no alto, uma imagem, tirada de um dos quartos fechados. Ela pensou que não fosse de grande valor e, servindo bem para aquele propósito, pegou-a emprestada, crente de que a madame nunca saberia nem se importaria. Porém a imagem era uma cópia muito valiosa de uma das pinturas mais famosas do mundo, e os olhos de Amy, que tanto amavam a beleza, nunca se cansavam de observar o rosto doce da mãe celestial, enquanto seus pensamentos doces ocupavam seu coração. Na mesinha, ela pousou seu testamento e seu livro de hinos, ao lado de um vaso que ela mantinha cheio das melhores flores que Laurie lhe trazia, e aparecia todos os dias para "sentar-se sozinha, cultivar bons pensamentos e rezar para que nosso amado Senhor protegesse sua irmã". Esther lhe dera um rosário de contas negras e uma cruz de prata, mas Amy só o pendurou, sem usá-lo, por questionar a validade dele para suas preces protestantes.

A menininha era muito sincera em tudo isso, pois, sozinha e longe da segurança do seu lar, ela sentia a necessidade de uma mão gentil para guiá-la, e por isso instintivamente voltou-se ao mais forte e carinhoso Amigo, cujo amor paternal circunda todos os Seus filhos. Ela sentia a falta do auxílio da mãe para ajudá-la a compreender e seguir suas regras, mas havia aprendido onde buscar tal conhecimento, então fez tudo o que pôde para encontrar seu caminho e segui-lo com confiança. Mas Amy era uma jovem peregrina, e naquele momento seu fardo parecia por demais pesado. Ela tentava esquecer de si, manter-se alegre e permanecer satisfeita em fazer o bem, embora não houvesse ninguém vendo ou elogiando-a por isso. No seu primeiro esforço para ser muito, muito boazinha, ela decidiu fazer seu testamento, como fizera a tia March. Assim, se por acaso ela ficasse doente e morresse, suas posses seriam divididas de forma justa e generosa. No entanto, a simples ideia de seus pequenos tesouros sendo doados lhe deu uma dor no coração, pois para ela suas posses eram tão preciosas quanto as joias da senhora.

Durante uma de suas horas livres, ela escreveu o importante documento da melhor forma que podia, com alguma ajuda de Esther para os termos legais; quando a simpática francesa assinou seu nome, Amy sentiu alívio, e guardou o papel para mostrar a Laurie, que deveria ser sua segunda testemunha. Como o dia estava chuvoso, ela subiu para se divertir em um dos salões, e levou o Louro para lhe fazer companhia. Naquela sala ficava um armário cheio de roupas fora de moda com as quais Esther deixava que ela brincasse, e era sua diversão favorita se enrolar nos brocados desbotados e andar de um lado para o outro em frente ao grande espelho, fazendo mesuras e arrastando sua cauda pelo chão com um farfalhar que era como música aos seus ouvidos. Amy estava tão distraída naquele dia que não ouviu Laurie chegar nem viu o amigo espiando pela fresta da porta enquanto ela desfilava com uma expressão séria, abanando o leque e jogando a cabeça para trás, coberta com um imenso turbante cor-de-rosa que contrastava estranhamente com o vestido de brocado azul e o casaco amarelo de pele. Ela era obrigada a andar com cuidado, pois estava usando sapatos de salto alto, e, conforme Laurie contou a Jo depois, era uma visão extremamente cômica vê-la dando seus passinhos arrastados naquela roupa descombinada, o Louro atrás dela, imitando-a como podia, de vez em quando parando para soltar uma risada ou exclamar: "Não estamos lindas? Vamos logo, sua mocoronga! Morda a língua! Me dê uma beijoca! Rá, rá, rá!".

Tendo com dificuldade segurado uma explosão de gargalhadas, para não ofender vossa majestade, Laurie bateu à porta e foi graciosamente recebido.

— Sente-se e descanse enquanto guardo essas coisas; depois quero consultá-lo sobre um assunto sério — disse Amy, após ter mostrado todo o seu esplendor e prendido o Louro em um canto. — Essa ave é a minha cruz — comentou, removendo a montanha cor-de-rosa da cabeça enquanto Laurie se sentava de frente para o encosto da cadeira. — Ontem, quando a tia estava dormindo e eu estava tentando ficar bem quietinha, o Louro começou a gritar e voar dentro da gaiola. Eu fui abrir a portinhola para deixá-lo sair e encontrei uma aranha bem grande lá dentro. Eu a cutuquei até que ela correu para baixo da estante; o Louro marchou direto até lá e disse, desse jeito engraçado dele, inclinando a cabeça: "Saia daí e venha dar um passeio, querida!". Eu não *consegui* me segurar e tive de rir, o que fez o Louro soltar um palavrão, acordando a tia, que deu uma bronca em nós dois.

— A aranha aceitou o convite do cavalheiro? — perguntou Laurie, bocejando.

— Sim. Quando ela saiu, o Louro disparou, morrendo de medo, e subiu nas costas da poltrona da tia, gritando "Socorro! Socorro!", enquanto eu tentava capturar a aranha.

— Que mentira! Minha nossa! — gritou o papagaio, bicando a bota de Laurie.

— Eu torceria seu pescoço se você fosse meu, seu insuportável — reclamou Laurie, balançando o punho para a ave.

Ele só inclinou a cabeça e crocitou, muito sério:

— Aleluia! Deus te abençoe, querido!

— Agora estou pronta — avisou Amy, fechando a porta do armário e tirando um papel do bolso. — Quero que você leia isto, por favor, e me diga se está de acordo com a lei e tudo o mais. Eu senti que deveria fazer isso, porque a vida é incerta, você sabe, e não quero nenhum mal-estar causado pela minha passagem.

Laurie mordeu o lábio e, afastando-se um pouco da pensativa interlocutora, leu o seguinte documento, com máxima atenção, apesar da ortografia:

> Meu último testamento *praticular*:
> Eu, Amy Curtis March, em pleno *goso* das minhas faculdades mentais, disponho dos meus bens terrenos, na presença das testemunhas, da *siguinte* maneira:
> Ao meu pai, meus melhores desenhos, rascunhos, mapas e obras de arte, inclusive as molduras. Também meus cem dólares, para ele fazer o que bem desejar.

À minha mãe, todas as minhas roupas, exceto o avental azul com bolsos. Também meu retrato e minha medalha, com muito amor.

À minha querida irmã Margaret, deixo meu anel de *torqueza* (se eu ganhar), também minha caixa verde com as pombinhas, também minha faixa de renda de verdade para amarrar no pescoço e meu retrato dela como lembrança da sua 'garotinha'.

Para Jo deixo meu broche, o consertado com cera, e meu porta-nanquim de bronze (que ela perdeu a tampa), além do meu mais precioso coelho de cerâmica, porque sinto muito que coloquei fogo no seu livro.

Para Beth (se ela viver mais que eu) deixo minhas bonecas e meu bauzinho, meu leque, minhas golas de linho e meus chinelos novos se ela conseguir usá-los agora que emagreceu depois de ficar doente. Aproveito o *encejo* para demonstrar meu arrependimento por zombar da pobre Joanna.

Para meu amigo e *visinho* Theodore Laurence deixo meu caderno de papel *marchê*, minha escultura de argila de cavalo embora ele tenha dito que estava faltando pescoço. Também em retribuição pela grande generosidade em momentos de *aflissão*, qualquer obra artística minha que ele desejar, *Noter* Dame é a melhor.

Para o nosso venerável *benefetor* senhor Laurence deixo minha caixa roxa com a lupa na tampa que acho que será boa para suas penas e vai lembrá-lo da falecida menina que é muito grata pelos seus favores à nossa família, em especial a Beth.

Desejo que minha amiga favorita Kitty Bryant fique com meu avental de seda azul e com meu anel de bolinhas douradas, com um beijo.

Para Hannah deixo minha caixa de costura que ela queria e todos os meus retalhos, torcendo que ela "se lembre de mim quando vir".

E assim, tendo distribuído minhas *porpriedades* mais valiosas, espero que todos se *satisfassam* e não culpem os falecidos. Eu perdoo a todos e confio que nos encontraremos de novo quando as trombetas soarem. Amém.

Este testamento *praticular* foi escrito de próprio *bunho* e selado no dia 20 de novembro de 1861.

Amy Curtis March
Testemunas: Estelle Valnor, Theodore Laurence

O último nome estava escrito a lápis, e Amy explicou que Laurie deveria reescrevê-lo à caneta e selar o testamento depois.

— Quem pôs essa ideia na sua cabeça? Alguém comentou com você que Beth distribuiu suas coisas? — perguntou Laurie, sério, enquanto Amy colocava um pedaço de fita vermelha, cera e um sinete à sua frente.

Ela explicou, depois perguntou, ansiosa:

— O que você falou sobre a Beth?

— Sinto muito que tenha tocado no assunto, mas, como comecei, vou terminar. Ela se sentiu tão mal um dia que disse que queria deixar o piano para Meg, o passarinho para você e a pobre bonequinha velha para Jo, que a amaria em seu lugar. Ela sentia muito que tivesse tão pouco a dar, então deixou mechas de cabelo para o restante de nós, e muito amor ao vovô. *Ela* não pensou em um testamento.

Laurie estava falando e assinando ao mesmo tempo, e só ergueu os olhos quando uma lágrima gorda caiu no papel. O rosto de Amy estava pesado de angústia, mas ela só disse:

— As pessoas não colocam uns pê-esses nos testamentos, às vezes?

— Sim. São chamados de "codicilos".

— Coloque um no meu, então: que desejo que *todo* o meu cabelo seja cortado e distribuído entre os meus amigos. Eu esqueci, mas gostaria disso, embora vá estragar minha aparência.

Laurie adicionou o que ela pedira, sorrindo com o último grande sacrifício de Amy. Então ele a divertiu durante uma hora, perguntando com muito interesse sobre todas as suas dificuldades. Mas, quando chegou o momento de ir embora, Amy o puxou para perto e, com os lábios trêmulos, sussurrou:

— Beth está realmente correndo perigo?

— Temo que sim, mas precisamos manter a fé e torcer pelo melhor. Não chore, minha querida — E Laurie envolveu-a em um abraço fraternal que foi muito confortante.

Quando ele foi embora, Amy foi para sua capelinha e, sentada sozinha no crepúsculo, rezou por Beth com lágrimas correndo pelo rosto e o coração pesado, sentindo que nem um milhão de anéis de turquesa a consolariam pela perda da sua gentil irmãzinha.

20. Confidencial

Não acredito que tenho palavras para descrever o encontro da mãe com as filhas; tais momentos são lindos de viver, mas difíceis de contar, então deixarei para a imaginação dos meus leitores. Direi somente que a casa ficou cheia de felicidade verdadeira, e que a doce esperança de Meg se realizou: quando Beth acordou daquele longo sono restaurador, as primeiras coisas que viu foram mesmo a rosinha e o rosto da mãe. Fraca demais para questionar qualquer coisa, ela só sorriu e se aconchegou nos braços amorosos que a abraçavam, sentindo aquele desejo ser satisfeito enfim. Então ela caiu no sono de novo, e as meninas serviram a mãe, que não soltava a mãozinha magra que segurava a sua nem ao dormir. Hannah tinha preparado um incrível café da manhã para a viajante, sentindo que não havia outra maneira de expressar sua felicidade; Meg e Jo ajudaram a mãe a comer como patinhas dedicadas enquanto a ouviam contar aos sussurros sobre o estado do pai, que o senhor Brooke prometera continuar ajudando, sobre os atrasos causados pela neve na viagem para casa e sobre o indescritível conforto que foi ver o rosto esperançoso de Laurie ao chegar cansada, ansiosa e com frio.

Que dia mais estranho e, ainda assim, agradável foi aquele! Tão iluminado e alegre do lado de fora, pois o mundo parecia se deleitar com a primeira neve da estação; tão silencioso e repousante do lado de dentro, pois todos dormiam, cansados da vigília, e uma quietude sabática reinava na casa enquanto Hannah, batendo cabeça, vigiava a porta. Com o alívio de estarem livres de um peso, Meg e Jo fecharam os olhos cansados e deitaram-se para descansar como barcos jogados por uma tempestade, finalmente seguros no porto. A senhora March, que não saía do lado de Beth, descansou na poltrona, despertando várias vezes para olhar, tocar e observar a filha, como um miserável cuidando de um tesouro redescoberto.

Laurie, enquanto isso, havia partido para confortar Amy, e contou a história toda tão bem que a tia March acabou dando umas "fungadas" ela mesma, e não falou "eu avisei" nenhuma vez. Amy estava tão mudada que acredito que os bons pensamentos na sua capelinha estavam começando a dar frutos. Ela logo secou as lágrimas, segurou a ansiedade para ver a mãe e nenhuma vez pensou no anel de turquesa, quando a senhora concordou com a opinião de Laurie de que ela se comportara como "uma excelente dama". Até o Louro pareceu impressionado, chamando-a de "boa menina" e convidando-a para "dar um passeio, querida", em um tom carinhoso. Ela teria ido de bom grado para aproveitar o dia de sol invernal, mas, percebendo que Laurie estava caindo de sono, apesar dos seus hercúleos esforços de disfarçá-lo, Amy convenceu-o a descansar no sofá enquanto ela escrevia uma cartinha para a mãe. Ela passou um bom tempo fazendo isso; quando voltou, Laurie estava esticado, com os braços embaixo da cabeça, em um sono profundo, e a tia March tinha baixado as cortinas e ficado bem quieta, em um incomum surto de bondade.

Depois de um tempo, elas começaram a achar que ele só despertaria à noite, e provavelmente o teria feito, se não tivesse sido acordado pelo grito de alegria de Amy ao ver a mãe. Provavelmente havia muitas meninas felizes na cidade naquele dia, mas minha opinião pessoal é que Amy era a mais feliz de todas, sentada no colo da mãe, contando todas as suas dificuldades, recebendo consolo e recompensas na forma de carinhos e sorrisos de aprovação. Elas foram juntas à capelinha, a qual a mãe não desaprovou depois que soube qual foi o propósito.

— Pelo contrário, gostei muito, minha querida — disse ela, olhando do rosário empoeirado para o livrinho gasto e, depois, para a linda imagem com sua bela coroa de sempre-vivas. — É uma ótima ideia ter um lugar em que podemos ficar em silêncio quando o mundo nos preocupa ou incomoda. Existem muitas provações nesta vida, mas sempre seremos capazes de superá-las se pedirmos ajuda do jeito correto. Acho que minha menininha está aprendendo esta lição!

— Sim, mamãe. Quando eu voltar para casa, vou separar um cantinho no quarto de vestir maior para guardar meus livros e a cópia dessa imagem que estou tentando fazer. O rosto da mulher não está bom, porque é bonito demais para eu desenhar, mas o bebê ficou melhor, e eu amo muito esse desenho. Gosto de pensar que ele já foi uma criancinha, pois assim ele não me parece tão distante, o que me ajuda muito.

Quando Amy apontou para o Menino Jesus no colo da mãe, a senhora March viu algo na mão erguida que a fez sorrir. Não disse nada, mas Amy entendeu o olhar e, depois de uma pausa, completou, séria:

— Eu queria conversar com a senhora sobre isso, mas esqueci. A tia me deu o anel hoje; me chamou e me beijou e o colocou no meu dedo, e disse que eu era uma bênção para ela e que ela sempre vai me ajudar. Ela me deu essa guarda engraçada para prender o anel de turquesa, que por enquanto é grande demais. Eu gostaria de usá-los, mãe. Posso?

— Eles são muito bonitos, Amy, mas acho que você ainda é jovem demais para usar esses ornamentos — disse a senhora March, olhando a mãozinha gorda com o anel de pedras azul-celeste no indicador e a guarda curiosa formando duas mãozinhas douradas.

— Vou tentar não ser vaidosa — disse Amy. — Não acho que eu goste dele só porque é muito lindo, mas quero usá-lo como a menina da história usava o bracelete, para me lembrar de algo.

— Está falando da tia March? — perguntou a mãe, rindo.

— Não, para me lembrar de não ser egoísta.

Amy parecia tão honesta e decidida que a senhora March parou de rir e ouviu respeitosamente o plano da menina.

— Pensei muito ultimamente sobre as minhas falhas, e ser egoísta é a maior delas, então vou tentar me curar disso, se puder. Beth não é egoísta, e é por isso que todos a amam e se sentiram tão mal em pensar em perdê-la. As pessoas não se sentiriam tão mal se eu ficasse doente, e eu não mereceria mesmo isso. Mas eu gostaria de ser amada por muitos amigos, então vou tentar ser mais como Beth, se puder. Eu sei que muitas vezes esqueço minhas resoluções, mas, se eu tiver algo sempre comigo para me lembrar, talvez eu me saia melhor. Posso tentar fazer isso?

— Sim, embora eu tenha mais fé no seu cantinho do quarto de vestir. Use seu anel, minha querida, e faça seu melhor. Acho que você vai prosperar, pois o desejo de ser boa já é metade do caminho. Agora tenho de voltar para Beth. Mantenha-se no bom caminho, minha filhinha, e logo você poderá voltar para casa.

Naquela noite, enquanto Meg estava escrevendo para o pai, para contar que a mãe chegara em segurança, Jo subiu às escondidas para o quarto de Beth, onde a mãe ocupava seu posto de sempre. A menina ficou um minuto retorcendo os dedos nos cabelos, em um gesto de preocupação e indecisão.

— O que foi, querida? — perguntou a senhora March, estendendo a mão com uma expressão que a convidava a fazer confidências.

— Quero contar uma coisa à senhora, mamãe.

— Sobre Meg?

— Como adivinhou tão rápido? Sim, é sobre ela, e, embora não seja nada de mais, me incomoda.

— Beth está dormindo. Fale baixinho e me conte. Aquele menino Moffat não apareceu aqui, espero? — perguntou a mãe, já um pouco irritada.

— Não. Eu bateria a porta na cara dele se aparecesse — respondeu Jo, ajeitando-se no chão aos pés da mãe. — No verão passado, Meg esqueceu um par de luvas na casa dos Laurences, e só uma foi devolvida. Nós esquecemos totalmente a questão, até que Teddy me contou que o senhor Brooke ficou com ela. Ele a guarda no bolso do colete, e Teddy viu quando ela caiu, uma vez. Quando Teddy zombou dele em relação ao assunto, o senhor Brooke assumiu que gostava de Meg, mas não ousava dizer nada, pois ela ainda é muito jovem e ele é pobre. Não é uma situação *horrível*?

— Você acha que Meg gosta dele? — perguntou a senhora March, com um olhar ansioso.

— Minha nossa! Eu não sei nada sobre amor e essas bobagens — exclamou Jo, com uma mistura engraçada de interesse e desdém. — Nos livros, as meninas demonstram interesse corando e se assustando, desmaiando, ficando sem comer e agindo como tolas. Pensando assim, Meg não faz nada disso. Ela come e bebe e dorme como uma pessoa sensata. Ela olha para mim diretamente quando falo daquele homem, e só cora um pouco quando Teddy faz piadas sobre romances. Eu o proibi, mas ele não me obedece como deveria.

— Então você acha que Meg *não* está interessada em John?

— Quem? — perguntou Jo, surpresa.

— O senhor Brooke. Eu o chamo de John agora. Começamos a fazer isso no hospital, e ele prefere.

— Ah, minha nossa! Agora tenho certeza de que vai ficar do lado dele. Ele tem sido bom para o papai, então você não vai expulsá-lo e vai deixar Meg se casar com ele se quiser. Que ardiloso! Foi se aproximando do papai e de você só para fazer vocês gostarem dele — disse Jo, que recomeçara a puxar os cabelos, irritada.

— Minha querida, não fique nervosa, vou lhe contar o que houve. John foi para Washington comigo a pedido do senhor Laurence, e foi tão devotado ao seu pai que não tínhamos como não gostar dele. Ele sempre foi completamente honesto e honrado em relação a Meg e nos contou que a amava, mas disse que queria ter uma casa confortável antes de pedi-la em casamento. Ele só queria nossa permissão para amá-la e cuidar dela, e o direito de fazê-la amá-lo de volta se ela assim desejasse. Ele é realmente um jovem excepcional, e não poderíamos recusar-nos a ouvi-lo, mas não vou permitir que Meg fique noiva assim tão jovem.

— É claro que não! Seria idiotice! Eu sabia que tinha alguma coisa esquisita aí, eu senti. E agora é pior ainda do que eu tinha imaginado. Eu gostaria de poder me casar com a Meg eu mesma, assim ela ficaria em segurança, na família.

Essa estranha sugestão fez a senhora March sorrir, mas sua resposta foi séria:

— Jo, eu confio em você e não quero que fale nada com Meg ainda. Quando John voltar, e eu os vir juntos, vou poder julgar melhor os sentimentos dela.

— Ela vai ver os sentimentos dele naqueles lindos olhos de que tanto fala e aí vai ser o fim da história. Ela tem um coração tão mole que vai derreter que nem manteiga no sol assim que alguém olhar para ela de modo mais amoroso. Ela leu os relatórios que ele enviou mais vezes do que leu as suas cartas, e me beliscava quando eu falava isso, e gosta de olhos castanhos, e não acha que John é um nome feio, e vai se apaixonar e aí acabou a nossa paz e a nossa diversão e os nossos momentos juntas. Estou vendo! Eles vão ficar de namoricos pela casa e nós vamos ter de fugir deles. Meg não vai pensar em outra coisa e não vai servir mais para nada. Brooke vai arrumar uma fortuna de alguma maneira, então vai levá-la para longe e deixar um buraco na família. Aí só vamos sobrar eu e esse buraco horrível no meu coração, e tudo vai ser péssimo. Ah, puxa vida! Por que não somos todos meninos?! Assim não haveria esses problemas!

Jo apoiou o queixo nos joelhos com uma expressão desolada e fez uma careta para o terrível John. A senhora March suspirou, e Jo ergueu os olhos com um ar de alívio.

— Não concorda comigo, mãe? Faço votos que sim. Vamos dizer para ele não nos perturbar nem dizer uma palavra a Meg, e assim ficaremos todos juntos, felizes como sempre.

— Fiz errado em suspirar, Jo. É natural e correto que todas vocês sigam para suas próprias casas, no tempo certo. Mas eu gostaria de manter minhas meninas aqui pelo tempo que for possível. Fico triste que isso tenha acontecido tão cedo, pois Meg tem só dezessete anos, e ainda teremos alguns anos até que John seja capaz de prover uma casa a ela. Seu pai e eu concordamos que ela não deve se prender de forma alguma nem se casar antes dos vinte anos. Se ela e John se amarem, podem esperar, e seu amor será testado por isso. Ela é delicada, e não tenho temor algum de que vá tratá-lo injustamente. Minha gentil e linda menina! Espero que as coisas corram bem para ela.

— Você não prefere que ela se case com um homem rico? — perguntou Jo, vendo que a voz da mãe falhara um pouco nas últimas palavras.

— Dinheiro é uma coisa muito útil, Jo, e eu espero que ele nunca lhes falte nem lhes tente em demasia. Eu gostaria que John estivesse bem estabelecido em algum negócio direito, que provesse um salário justo para que não precisasse dever a ninguém e que pudesse dar conforto a Meg. Não ambiciono grandes fortunas, uma posição de destaque ou um grande sobrenome para as minhas meninas. Se posição e dinheiro vierem junto com amor e virtude, também, então eu os aceitarei de bom grado e me deleitarei com essa sorte. Mas sei, por experiência própria, quanta alegria genuína é possível haver numa casinha simples onde se ganha o pão de todo dia, e pequenas privações dão ainda mais sabor aos prazeres. Fico contente em ver Meg começar de baixo, pois, se não me engano, ela terá a riqueza do coração de um bom homem, e isso é mais valioso que qualquer fortuna.

— Eu entendo, mãe, e concordo bastante, mas fico decepcionada por Meg, pois eu havia planejado que ela se casasse com Teddy no futuro e rolasse no luxo pelo resto dos seus dias. Não seria bom? — perguntou Jo, com uma expressão mais alegre.

— Ele é mais novo que ela, você sabe — começou a senhora March, mas Jo interrompeu:

— Ah, isso não importa. Ele é maduro para a idade, e alto. E age de forma bem adulta quando quer. E ele é rico e generoso e bondoso e nos ama. *Eu* digo que é uma pena que meu plano seja estragado.

— Temo que Laurie não seja adulto o bastante para Meg, e é um tanto volúvel, por enquanto, para que qualquer um dependa dele. Não faça planos, Jo, só deixe o tempo e os corações mandarem. Não é uma boa ideia se meter nesses assuntos, e é melhor não colocar essas "bobagens românticas" na cabeça, como você diz, para não atrapalhar nossas amizades.

— Bem, não farei isso. Mas odeio ver as coisas todas enroladas assim, quando um puxão aqui e um corte acolá poderiam resolver tudo. Gostaria de poder passar a ferro as nossas cabeças para nunca crescermos. Mas botões viram rosas e gatinhos viram gatos, infelizmente!

— Que história é essa de ferros e gatos? — perguntou Meg, que tinha entrado no quarto sem ser notada, com a carta terminada em mãos.

— Só um dos meus discursos idiotas. Vou para a cama. Vamos, Peggy — chamou Jo, esticando-se como um boneco de mola.

— Muito bem, e lindamente escrita. Por favor, acrescente que estou mandando um abraço amoroso para John — disse a senhora March depois de ler a carta e devolvê-la.

— Você o chama de "John"? — perguntou Meg, sorrindo e olhando inocentemente para a mãe.

— Sim. Ele tem sido como um filho para nós, e passamos a gostar muito dele — respondeu a senhora March, encarando a filha com atenção.

— Fico contente, ele é tão solitário. Boa noite, mamãe querida. É inexplicavelmente uma felicidade ter a senhora aqui — foi a resposta de Meg.

O beijo que a mãe lhe deu foi muito delicado. Enquanto a menina se afastava, a senhora March disse, com uma mistura de satisfação e arrependimento:

— Ela ainda não ama John, mas logo vai aprender a amá-lo.

21. LAURIE FAZ UMA TRAVESSURA, E JO FAZ AS PAZES

O rosto de Jo era um enigma no dia seguinte, pois o segredo muito lhe pesava, e ela tinha dificuldade em não parecer misteriosa e cheia de si. Meg percebeu, mas não se deu o trabalho de fazer perguntas, pois tinha aprendido que a melhor forma de lidar com Jo era pela lei dos contrários, então tinha certeza de que ficaria sabendo de tudo contanto que não fizesse perguntas. Ela ficou bastante surpresa, portanto, quando o silêncio permaneceu e Jo assumiu ares de superioridade, o que sem dúvida irritou Meg, que por sua vez assumiu ares de respeitável reserva e se devotou à mãe. Isso deixou Jo à própria sorte, pois a senhora March havia tomado seu lugar como enfermeira e mandara a filha descansar, se exercitar e se divertir depois do longo confinamento. Sem Amy por perto, Laurie era seu único refúgio, e, por mais que ela gostasse da companhia do rapaz, também a temia naquele momento, pois ele era um provocador nato, e ela receava que ele conseguisse fazê-la revelar seu segredo.

Jo tinha razão em seus receios. Assim que o travesso rapaz suspeitou que havia um mistério, ele tratou de tentar desvendá-lo, por mais que isso infernizasse a vida de Jo. Ele insistia, subornava, zombava, ameaçava e brigava; fingia indiferença, de modo a tirar a verdade dela de surpresa; declarava que já sabia, depois que nem ligava; por fim, tamanha foi sua perseverança que ele se satisfez com o fato de que era sobre Meg e o senhor Brooke. Indignado pelo tutor não ter confiado nele, Laurie decidiu que criaria algum plano de vingança pela desconsideração.

Enquanto isso, Meg aparentemente havia esquecido a questão e estava absorta nos preparativos para o retorno do pai. De repente, porém, uma mudança a dominou, e, durante uns dois dias, Meg não agiu como ela mesma. Ela se assustava quando falavam com ela, corava quando olhavam para ela, ficava muito quieta, sentada, trabalhando em suas costuras com uma expressão tímida e preocupada. Às perguntas da mãe, ela só respondia que estava muito bem, e as de Jo foram silenciadas com pedidos de que fosse deixada em paz.

— Ela está sentindo no ar, esse tal amor, quero dizer, e está entrando de cabeça. Está exibindo quase todos os sintomas, está inquieta e irritada, não come, não dorme, e fica se escondendo pelos cantos. Outro dia eu a peguei cantando aquela música do "riacho de voz doce", e uma vez ela chamou-o de "John", como a senhora faz, e ficou vermelha que nem um pimentão. O que vamos fazer? — perguntou Jo, pronta para qualquer medida, não importando quão violenta fosse.

— Nada além de esperar. Deixe sua irmã em paz, seja gentil e paciente, e confie que a chegada do seu pai vai colocar tudo nos eixos — respondeu a mãe.

— Aqui tem uma mensagem para você, Meg. Está até selada. Que engraçado! Teddy nunca faz isso com as minhas cartas — disse Jo no dia seguinte, enquanto distribuía os conteúdos do pequeno correio.

A senhora March e Jo estavam concentradas em seus afazeres quando Meg emitiu um som que as fez erguer os olhos para a jovem, que encarava a carta com uma expressão assustada.

— Minha filha, o que houve? — perguntou a mãe, correndo até ela, enquanto Jo tentava pegar o papel que a assustara.

— É tudo um engano... Ele não enviou isso... Ah, Jo, como você pôde! — Meg escondeu o rosto nas mãos, chorando como se o seu coração tivesse se partido.

— Eu?! Mas eu não fiz nada! Do que ela está falando? — exclamou Jo, confusa.

Os olhos tranquilos de Meg ardiam de raiva quando ela tirou a carta amassada do bolso e a jogou em Jo, dizendo:

— Você escreveu isso, e aquele menino cruel ajudou. Como vocês podem ser tão perversos, tão maldosos e tão cruéis conosco?

Jo mal a ouviu, pois estava, com a mãe, lendo a carta, escrita numa caligrafia peculiar.

Minha querida Margaret,

Não posso mais controlar minha paixão, e preciso saber meu destino antes de retornar. Não ouso contar aos seus pais ainda, mas acho que eles concordariam se soubessem que nos amamos. O senhor Laurence me ajudará a encontrar uma boa casa e, então, minha doce menina, você me fará feliz. Eu imploro que não diga nada à sua família por enquanto, mas envie uma palavra de esperança por intermédio de Laurie para o seu devotado

John

— Ah, que vilão! Foi assim que ele decidiu se vingar de mim por eu ter mantido minha palavra à mamãe. Vou lhe dar uma bela bronca e trazê-lo aqui para pedir desculpas — gritou Jo, ardendo de raiva e louca para executar sua justiça de imediato. Mas a senhora March a segurou, com um olhar incomum, e disse:

— Pare com isso, Jo. Primeiro, você precisa provar sua inocência. Você já fez tantas travessuras que temo que esteja envolvida nesta também.

— Eu juro, mamãe, juro que não! Nunca vi essa carta antes, nem sei nada sobre isso, juro pela minha vida! — respondeu Jo, tão sinceramente que as duas acreditaram nela. — *Se* eu tivesse participado disso, teria escrito uma carta melhor do que essa. Você deve conhecer o senhor Brooke o bastante para saber que ele não escreveria algo assim — completou ela, jogando o papel no lixo com desdém.

— A letra é parecida com a dele — gaguejou Meg, comparando-a com a de outra carta que tinha em mãos.

— Ah, Meg, não me diga que você respondeu a essa carta! — perguntou a senhora March imediatamente.

— Sim, respondi! — disse Meg, escondendo o rosto de novo, tomada pela vergonha.

— Mas que confusão! *Por favor*, me deixem trazer aquele garoto horrível aqui para dar algumas explicações e levar uma bronca daquelas. Não vou descansar até pegá-lo! — Jo exclamou, indo em direção à porta.

— Quieta! Me deixe cuidar disso, é pior do que eu imaginava. Margaret, me conte a história toda — ordenou a senhora March, sentando-se ao lado de Meg, mas ainda segurando Jo para que ela não tentasse disparar porta afora.

— Eu recebi a primeira carta das mãos de Laurie, que não parecia saber do que se tratava — começou Meg, sem erguer os olhos. — No início, fiquei aborrecida e pensei em contar à senhora; depois me lembrei de como a senhora gosta do senhor Brooke, então pensei que não se importaria se eu guardasse esse segredinho por alguns dias. Fui tão boba por pensar que ninguém saberia;

enquanto eu decidia o que pensar, me senti como as meninas nos livros, que fazem esse tipo de coisa. Perdoe-me, mamãe, estou pagando pela minha bobeira agora. Nunca mais vou poder olhar nos olhos dele!

— O que você disse a ele? — perguntou a senhora March.

— Só disse que eu sou nova demais para fazer qualquer coisa em relação a isso; que não queria ter segredos com a senhora e que ele deveria conversar com o meu pai. Que eu agradecia muito pela sua gentileza, e que seria sua amiga, e nada mais, por muito tempo.

A senhora March sorriu satisfeita, e Jo bateu palmas, rindo e exclamando:

— Mas você é uma verdadeira Caroline Percy,[42] um exemplo de prudência! Continue, Meg. O que ele disse agora?

— Ele escreveu de forma totalmente diferente, dizendo que nunca enviou carta de amor nenhuma e que sente muito que minha malvada irmã Jo tenha tomado tais liberdades com nossos nomes. Ele foi muito gentil e respeitoso, mas pense só que horror para mim!

Meg apoiou-se na mãe, e era a imagem do desespero, enquanto Jo caminhava de um lado para o outro da sala, xingando Laurie. De repente ela parou, pegou as duas cartas e, depois de examiná-las, declarou:

— Não acho que Brooke tenha escrito nenhuma dessas cartas. Teddy escreveu ambas, e guardou a sua resposta para zombar de mim, pois não lhe contei meu segredo.

— Não guarde segredos, Jo! Conte tudo para a mamãe e não se meta em confusão, como eu deveria ter feito — avisou Meg.

— Que Deus lhe abençoe, querida... Foi a mamãe que me contou.

— Chega, Jo. Vou acalmar Meg enquanto você vai buscar Laurie. Vou chegar ao fundo dessa questão e acabar com essas travessuras de uma vez por todas.

E lá foi Jo, enquanto a senhora March contava a Meg os verdadeiros sentimentos do senhor Brooke.

— Agora, querida, como você se sente? Você o ama o bastante para esperar até que ele possa lhe dar uma casa, ou vai se manter livre por enquanto?

— Tenho estado tão assustada e preocupada que não quero pensar em amor por um bom tempo, talvez nunca — respondeu Meg, irritada. — Se John não souber sobre essa confusão toda, não conte nada, e faça Jo e Laurie morderem a língua. Eu não serei enganada e torturada e zombada e... Que vergonha!

---

42. Uma das personagens principais do romance em quatro volumes da escritora britânica Maria Edgeworth (1768-1849), *Patronage* (1814). (N.E.)

Vendo que o temperamento em geral tranquilo de Meg estava exaltado, e seu orgulho estava ferido pela travessura, a senhora March a tranquilizou com promessas de absoluto silêncio e discrição. No instante em que ouviram os passos de Laurie no corredor, Meg fugiu para o escritório e a senhora March recebeu o culpado a sós. Jo não tinha contado por que ele estava sendo chamado, temendo que ele não quisesse ir caso soubesse, mas, no minuto em que viu o rosto da senhora March, Laurie soube, e ficou parado girando o chapéu com um ar culpado que o entregou na hora. Jo foi dispensada, mas permaneceu do lado de fora da porta, marchando como uma sentinela, por medo de que o prisioneiro tentasse fugir. O som das vozes na sala aumentava e diminuía, e a conversa durou mais de meia hora. O que aconteceu nesse intervalo, porém, as meninas nunca descobriram.

Quando elas foram chamadas de volta, Laurie estava parado ao lado da senhora March com uma expressão tão arrependida que Jo o perdoou na mesma hora, mas não achou que seria sábio demonstrá-lo. Meg aceitou suas humildes desculpas e ficou mais tranquila com a certeza de que Brooke não sabia de nada.

— Eu nunca vou contar a ele, nem no meu leito de morte, nem se mil cavalos me arrastarem. Então, por favor, me perdoe, Meg, eu farei qualquer coisa para provar que estou arrependido — completou ele, parecendo envergonhado.

— Vou tentar. Mas foi uma atitude nada cavalheiresca da sua parte. Nunca pensei que você pudesse ser tão maldoso e perverso, Laurie — respondeu Meg, tentando esconder sua confusão sob um ar de seriedade.

— Foi realmente abominável, e não mereço que vocês falem comigo por um mês inteiro. Mas não farão isso, certo? — E Laurie juntou as mãos em um gesto de súplica e ergueu os olhos de um jeito tão arrependido, enquanto usava seu tom de voz mais afável, que era impossível continuar fazendo cara feia para ele, apesar de seu terrível comportamento. Meg o perdoou, e a expressão séria da senhora March serenou, apesar do seu esforço de se manter firme, ao ouvi-lo declarar que compensaria seus pecados com todo tipo de penitência, humilhando-se como uma formiga aos pés da dama ofendida.

Jo permaneceu indiferente, tentando endurecer o coração em relação a Laurie, e só conseguindo manter uma expressão de total reprovação. Laurie olhou para ela uma ou duas vezes, mas, como Jo não dava sinais de se dobrar, acabou se sentindo magoado e deu as costas à amiga assim que a família parou de repreendê-lo. Com uma mesura, ele saiu sem dizer uma palavra.

Assim que ele foi embora, Jo desejou ter sido mais clemente; quando Meg e a mãe subiram, ela se sentiu solitária e teve saudade de Teddy. Depois de resistir por algum tempo, ela cedeu ao seu impulso e, armada com um livro que precisava devolver, foi até o casarão.

— O senhor Laurence está? — perguntou Jo a uma empregada que descia as escadas.

— Sim, senhorita, mas acho que não está recebendo visitas no momento.

— Por que não? Está doente?

— Ah, não, senhorita! Ele teve uma briga com o senhor Laurie, que por algum motivo está em um dos seus acessos de mau humor, o que irrita demais o velho senhor Laurence, então eu não chegaria perto dele.

— Onde está Laurie?

— Trancado no quarto, sem abrir a porta, embora eu tenha batido algumas vezes. Não sei o que fazer com o jantar, que já está pronto, mas não tem ninguém a quem servi-lo.

— Eu vou ver qual é o problema. Não tenho medo de nenhum dos dois.

E, assim, Jo subiu e bateu energicamente à porta do pequeno escritório de Laurie.

— Pare com isso imediatamente, ou vou abrir a porta e obrigar você a parar! — gritou o rapaz em um tom ameaçador.

Jo respondeu batendo com ainda mais força; a porta se abriu de repente e ela pulou para dentro antes que Laurie pudesse se recuperar da surpresa. Vendo que ele estava *mesmo* fora de si, Jo, que sabia como lidar com o rapaz, fez uma expressão sofrida e, caindo dramaticamente de joelhos, implorou:

— Por favor, me perdoe por ser tão brava. Eu vim aqui pedir desculpas, e não posso ir embora antes de conseguir.

— Não tem problema. Levante-se, Jo, não seja boba — foi a educada resposta ao seu pedido.

— Obrigada, farei isso. Posso perguntar qual é o problema? Você não parece bem.

— Levei um chacoalhão, e não vou aturar isso! — reclamou Laurie, indignado.

— De quem?

— Do vovô. Se tivesse sido qualquer outra pessoa, eu... — E o jovem ofendido terminou a frase com um gesto enérgico do punho direito.

— Isso não é nada! Eu sempre lhe dou uns chacoalhões e você não liga — disse Jo, tentando acalmá-lo.

— Bah! Você é menina, e é engraçado. Mas não vou permitir que nenhum homem me trate assim.

— Acho que ninguém tentaria fazer isso, irritado do jeito que você está agora. Por que seu avô lhe fez isso?

— Foi só porque eu me recusei a dizer por que sua mãe me chamou. Eu prometi que não contaria a ninguém, e é claro que não ia quebrar a promessa.

— Você não poderia satisfazer as vontades do seu avô de outra maneira?

— Não. Ele queria a verdade, toda a verdade, nada mais que a verdade. Eu contaria minha parte da confusão, se pudesse fazê-lo sem envolver Meg. Como não era possível, mordi a língua e aguentei a bronca até meu avô me dar um chacoalhão. Aí eu fiquei bravo e saí correndo, por medo de não me controlar.

— Isso não foi legal, mas tenho certeza de que ele sente muito. Vamos descer e resolver isso. Eu ajudo.

— Mas de modo algum! Não vou levar bronca de todo mundo só por causa de uma brincadeirinha. Fiquei me sentindo mal por Meg, mesmo, e implorei o perdão dela como um cavalheiro, mas não farei isso se estiver com a razão.

— Seu avô não sabe disso.

— Ele deveria confiar em mim, e não agir como se eu fosse um bebê. Não adianta, Jo, ele tem de aprender que posso cuidar de mim sozinho e não preciso me segurar nas barras das calças de ninguém para viver.

— Mas que esquentadinho você é! — suspirou Jo. — E como você pretende resolver a questão?

— Bem, ele deveria me pedir perdão, e acreditar quando digo que não posso contar qual foi o problema.

— Ora, mas ele não vai fazer isso.

— Eu não vou descer até isso acontecer.

— Ah, Teddy, seja razoável. Deixe isso para lá. Eu vou explicar o que puder. Não fique trancado aqui. Para que ser tão melodramático?

— Não pretendo ficar aqui muito tempo, na verdade. Vou fugir e fazer uma viagem para algum lugar, e, quando meu avô perceber que sumi, vai mudar de ideia rapidinho.

— Me arrisco a dizer que é uma má ideia desaparecer e deixar seu avô preocupado.

— Não me recrimine. Vou para Washington ver Brooke. É bonito lá, e vou me divertir depois de tantos problemas.

— Mas que ótima ideia! Eu bem que gostaria de fugir com você! — comentou Jo, esquecendo seu papel de mentora em meio às visões da vida na capital em plena guerra.

— Vamos, então! Por que não? Você poderia fazer uma surpresa ao seu pai, e eu darei um susto no velho Brooke. Será uma brincadeira gloriosa. Vamos, Jo! Podemos deixar uma carta avisando que estamos bem e sair agora mesmo. Eu tenho dinheiro o bastante. Será bom para você, e não fará mal, pois você vai ver seu pai.

Por um momento Jo parecia prestes a concordar; por mais louco que fosse o plano, ele era bem a sua cara. Ela estava cansada de ficar presa em casa cuidando dos outros, sentia falta de mudanças, e imagens do pai se misturavam, tentadoras, aos atrativos inéditos de acampamentos e hospitais, liberdade e diversão. Seus olhos brilharam ao encarar a janela pensativamente, mas acabaram focando a velha casa ao lado, e ela balançou a cabeça com a triste decisão.

— Se eu fosse um menino, nós poderíamos fugir juntos e nos divertir imensamente, mas infelizmente eu sou menina; devo agir corretamente e ficar em casa. Não me tente, Teddy, esse plano é louco.

— E por isso é divertido! — começou Laurie, que era muito determinado e estava decidido a fugir daquelas amarras de alguma forma.

— Cale a boca! — exclamou Jo, tapando os ouvidos. — As afetações femininas são a minha sina, e é melhor eu aceitar isso de uma vez por todas. Vim aqui lhe dar uma lição, não para ouvir essas coisas que fazem meu coração disparar.

— Eu imaginei que Meg jogaria um balde de água fria numa proposta assim, mas pensei que você tivesse mais personalidade — comentou Laurie, tentando convencê-la.

— Seu menino malvado, cale a boca. Sente-se e pense nos seus pecados, não tente me fazer cometer outros. Se eu convencer seu avô a pedir desculpas pela briga, você desiste da ideia de fugir? — perguntou Jo, séria.

— Sim, mas você não vai conseguir — respondeu Laurie, que queria fazer as pazes, mas sentia que sua dignidade ferida deveria ser aplacada primeiro.

— Se consigo lidar com o mais novo, consigo lidar com o mais velho também — murmurou Jo enquanto se afastava, deixando Laurie debruçado sobre um mapa ferroviário, com a cabeça apoiada nas mãos.

— Pode entrar! — chamou o senhor Laurence, a voz mais taciturna que nunca, quando Jo bateu à porta.

— Sou só eu, senhor, vim devolver seu livro — disse ela meigamente ao entrar.

— Quer outro? — perguntou o cavalheiro, parecendo chateado e sério, mas tentando não demonstrar.

— Sim, por favor, eu gosto muito do velho Sam, então quero tentar ler o segundo volume — respondeu Jo, tentando ganhar sua simpatia ao aceitar uma segunda dose de *A vida de Samuel Johnson*,[43] de Boswell,[44] que ele tanto recomendara.

As grossas sobrancelhas relaxaram um pouco quando ele empurrou a escada até a prateleira onde estava a literatura johnsoniana. Jo subiu rapidamente

---

43. Samuel Johnson (1709-1784) foi um escritor inglês, poeta, ensaísta, dramaturgo e crítico literário. (N.E.)
44. James Boswell (1740-1795), biógrafo escocês. (N.E.)

e, sentando-se no degrau mais alto, fingiu estar procurando o livro, embora estivesse na verdade pensando em qual seria a melhor forma de começar o perigoso assunto da visita. O senhor Laurence pareceu suspeitar de que algo estivesse na mente da menina, porque, depois de dar várias voltas apressadas pela biblioteca, ele se virou para encará-la, falando tão bruscamente que um exemplar de *Rasselas*[45] caiu com a capa no chão.

— O que aquele moleque está aprontando? Não tente protegê-lo! Eu sei que ele fez alguma travessura, pelo jeito que ele agia quando chegou em casa. Não consegui tirar uma palavra dele e, quando ameacei tirar a verdade à força, o rapaz correu escada acima e se trancou no quarto.

— Ele fez, sim, uma coisa feia, mas nós o perdoamos, e todos prometemos não dizer uma palavra a ninguém — começou Jo, relutante.

— Bobagem! Ele não vai se esconder atrás de vocês, meninas de bom coração. Se fez algo errado, ele deve confessar, pedir perdão e ser punido. Vamos, Jo! Eu não serei feito de idiota.

O senhor Laurence parecia tão assustador, e falou com tanta raiva, que Jo, por ela, teria fugido, mas estava no alto da escada, e ele, aos pés dos degraus, como um leão no seu caminho, então Jo teve de ficar e ser corajosa.

— Senhor, sinto muito, não posso contar, minha mãe nos proibiu. Laurie confessou, pediu perdão e já foi punido o bastante. Não estamos guardando segredo para protegê-lo, e sim para proteger outra pessoa, e só teremos mais problemas se o senhor interferir. Por favor, não se preocupe. Foi em parte minha culpa, mas está tudo bem agora, então vamos esquecer tudo isso e falar do *The Rambler*[46] ou de algo mais agradável.

— Para os diabos com o *The Rambler*! Desça e me dê sua palavra de que aquele meu menino travesso não fez nada ingrato ou impertinente. Se fez, depois de toda a bondade que sua família nos mostrou, vou dar-lhe uma surra com as minhas próprias mãos.

A ameaça pareceu horrível, mas Jo não se assustou, pois sabia que o velho irascível nunca ergueria um dedo contra o neto, não importava o que dissesse. Ela desceu, obediente, e explicou o que pôde da travessura sem trair a confiança de Meg ou faltar com a verdade.

— Hum! Humpf. Bem, se o menino me escondeu essa história porque havia prometido, e não por teimosia, vou perdoá-lo. É um cabeça-dura, difícil de controlar — disse o senhor Laurence, bagunçando os cabelos até que

---

45. *A história de Rasselas* — Príncipe da Abissínia, obra de Johnson publicada em 1759. (N.E.)
46. *The Rambler* (em português, "o divagante"), periódico publicado entre 1750 e 1752 em que Johnson escrevia ensaios. (N.E.)

parecesse que tinha estado em um vendaval e desfazendo as rugas da testa com ar de alívio.

— Eu também sou, mas uma palavra gentil me acalma quando nem todos os homens do rei poderiam fazer isso — disse Jo, tentando dizer uma palavra gentil sobre o amigo, que parecia ter saído de uma confusão para cair em outra.

— Você acha que não sou gentil com ele, então? — foi a resposta brusca.

— Ah, minha nossa, não, senhor! O senhor é gentil demais até, às vezes, e aí fica um pouco nervoso quando ele abusa da sua paciência. O senhor não concorda?

Jo estava decidida a terminar com aquilo logo, e tentava parecer bastante calma, embora tivesse tremido um pouco nas bases depois do discurso ousado. Para seu grande alívio e surpresa, o senhor só largou os óculos na mesa e exclamou:

— Você tem razão, menina, fico mesmo! Eu amo esse rapaz, mas ele me testa a paciência demais, e não sei como vamos ficar se continuarmos assim.

— Vou lhe contar... Ele vai fugir — e, no momento em que disse aquilo, Jo se arrependeu. A intenção era somente avisá-lo de que Laurie não suportaria muitas amarras, torcendo para que o senhor fosse mais compreensivo com o rapaz.

A expressão no rosto corado do senhor Laurence transformou-se repentinamente, e ele se sentou lançando um olhar preocupado para o retrato de um belo homem, pendurado sobre sua escrivaninha. Era o pai de Laurie, que *tinha fugido* na juventude e se casado contra a vontade do rígido pai. Jo imaginou que ele se lembrava e se arrependia do passado, e desejou ter segurado a língua.

— Ele não vai fazer algo assim a não ser que fique muito chateado, e só ameaça fazê-lo às vezes quando se cansa de estudar. Muitas vezes, eu penso que gostaria de fazer o mesmo, em especial desde que cortei o cabelo. Assim, se algum dia vocês derem falta de nós, podem mandar procurar dois meninos entre os navios que partirem para a Índia.

Ela riu ao falar, e o senhor Laurence pareceu aliviado, evidentemente levando aquilo como piada.

— Sua danada, como se atreve a falar desse jeito? Onde está seu respeito e suas boas maneiras? Deus abençoe as crianças, que tormento vocês são! Por outro lado, não podemos viver sem vocês — disse ele, beliscando as bochechas da menina de forma brincalhona. — Vá e traga o rapaz para jantar, diga que está tudo bem, e o aconselhe a não fazer dramas com o avô, que não vou aceitar.

— Ele não virá, senhor; ficou se sentindo mal porque o senhor não acreditou quando ele disse que não podia contar o acontecido. Acho que o chacoalhão o magoou.

Jo tentou parecer comovente, mas deve ter falhado, porque o senhor Laurence caiu na gargalhada, e ela sabia que tinha ganhado o dia.

— Sinto muito por isso, e devo agradecer por ele não ter *me* chacoalhado também, não é mesmo? Mas que diabos esse menino quer, então? — O cavalheiro parecia um pouco envergonhado da própria irritação.

— Se eu fosse o senhor, escreveria um pedido de desculpas. Ele disse que não vai descer até que isso aconteça. Está falando de ir para Washington, e outros absurdos semelhantes. Um pedido formal de desculpas vai fazê-lo ver como está sendo bobo e descer amigavelmente. Tente. Ele gosta de uma gracinha, e desse jeito é melhor que conversar cara a cara. Eu posso levar o recado e dar-lhe uma lição.

O senhor Laurence a encarou com atenção e colocou os óculos, dizendo mansamente:

— Você é uma danadinha! Mas não me importo de receber ordens suas e de Beth. Agora, me passe um papel e vamos acabar logo com isso.

O recado foi escrito nos termos que um cavalheiro usaria depois de insultar profundamente outro. Jo tascou uma beijoca na careca do senhor Laurence e correu escadas acima para passar o pedido de desculpas por baixo da porta de Laurie, aconselhando-o pelo buraco da fechadura a ser educado, submisso e outras impossibilidades úteis. Vendo que a porta estava trancada de novo, ela deixou que o recado fizesse seu trabalho e estava pronta para ir embora, silenciosamente, quando o rapaz veio correndo, escorregou pelo corrimão e esperou por ela no fim das escadas, com a maior expressão de aprovação possível.

— Mas que boa amiga você é, Jo! Levou uma bronca? — perguntou ele, rindo.

— Não. Ele foi bem simpático, no geral.

— Ah! Eu estraguei tudo. Até você virou as costas para mim, e eu achei que estava a ponto de ir para o inferno — desculpou-se ele.

— Não fale assim. Vamos virar a página e recomeçar, Teddy, filhão.

— Eu não paro de virar novas páginas e estragá-las, como fazia com meus livros de caligrafia; faço tantos novos começos que acho que nunca chegarei a um fim — disse ele, com tristeza.

— Vá jantar. Você vai se sentir melhor depois de comer. Homens sempre ficam reclamões quando estão com fome. — E Jo escapou pela porta da frente.

— Isso é uma *canúnia* contra o meu *gêndero* — respondeu Laurie, imitando Amy, e depois foi obedientemente sentar-se à mesa com o avô, que, durante todo o restante do dia, comportou-se como um verdadeiro santo e foi impressionantemente respeitoso.

Todos achavam que o problema terminara e que aquela pequena nuvem negra se dissipara, mas a travessura deixou marcas, pois, embora todos tenham se esquecido, Meg se lembrava. Meg nunca mencionava certa pessoa, mas pensava nela muitas vezes, sonhava com ela mais do que nunca; uma vez, enquanto procurava selos na gaveta da irmã, Jo encontrou um papelzinho com as seguintes palavras rabiscadas: "senhora John Brooke". Resmungou dramaticamente e jogou o papelete na lareira, sentindo que a travessura de Laurie havia acelerado a chegada do dia que tanto temia.

22. Agradáveis campos

Como um dia ensolarado depois da tempestade foram as semanas tranquilas que se seguiram. Os doentes melhoraram em um ritmo rápido, e o senhor March começou a falar sobre voltar para casa no novo ano. Beth já podia ficar no sofá da sala durante o dia, divertindo-se com seus amados gatinhos e depois com a costura das bonecas, que infelizmente tinha ficado atrasada. Seus membros antes tão ativos estavam tão frágeis e tensos que Jo, que tinha braços fortes, carregava a irmãzinha para uma volta diária pela casa. Meg queimou e machucou as lindas mãos com alegria preparando lanches delicados para a "querida", enquanto Amy, que sempre fora uma serva leal das joias, celebrava sua volta abrindo mão de todos os tesouros — sempre que conseguia convencer as irmãs a aceitar.

Conforme o Natal se aproximava, os mistérios de sempre começaram a rondar a casa, e Jo muitas vezes enlouquecia a família propondo coisas totalmente impossíveis ou absurdamente deslumbrantes para as cerimônias em honra daquele Natal extraordinariamente feliz. Laurie fazia o mesmo, e teria organizado fogueiras, foguetes e arcos triunfais se pudesse. Depois de muitas briguinhas e discussões, o ambicioso par foi controlado e seguiu com expressões tristonhas, que logo se transformavam em gargalhadas sempre que os dois se encontravam.

Vários dias de um clima incomumente quente culminaram perfeitamente em um esplêndido dia de Natal. Hannah "sentia nos ossos que ia ser um dia mais que especial", e ela se provou uma verdadeira profeta, pois tudo e todos pareciam determinados a fazer as coisas dar certo. Para começar, o senhor March escreveu uma carta dizendo que deveria estar com elas em breve; depois Beth se sentiu excepcionalmente bem naquela manhã e, vestida com o presente da mãe — um xale macio de lã carmim —, foi levada em triunfo à janela para examinar o regalo de Jo e Laurie. Os Incansáveis tinham feito jus ao nome e trabalhado feito elfos a noite toda para preparar uma cômica surpresa. Do lado de fora, no quintal, estava uma vistosa dama invernal, coroada com azevinhos, carregando uma cesta de flores e frutas em uma das mãos e um rolo de músicas novas na outra, um xale multicolorido nos ombros gelados e uma canção natalina saindo de seus lábios, em uma faixa de papel cor-de-rosa:

O JUNGFRAU PARA BETH
Deus a abençoe, querida Rainha Bess!
Nada de tristeza, é fundamental,
e que de saúde, felicidade e paz
seja cheio seu dia de Natal.

Aqui estão frutas para nossa mocinha,
e lindas flores para cheirar.
Aqui uma música para nos dar uma palinha,
e um cobertor para seus pés esquentar.

Veja um retrato de Joanna,
feito por Raphael n. 2,
ficou mesmo muito bacana,
o museu até o expôs.

Aceite essa fita vermelha
para o rabo de Madame Ronrom.
Um sorvete com mel de abelha
que a linda Peg preparou num latão.

Com muita alegria ao mundo eu vim
e meu peito gelado é cheio de amor.
Sou essa moça de neve no seu jardim,
feita pelas mãos de Laurie e Jo.

Como Beth riu quando viu aquilo! Laurie saiu correndo pelas escadas, levando os presentes, e Jo fez os discursos mais engraçados ao entregá-los.

— Estou tão cheia de felicidade que, se o papai estivesse aqui, não caberia mais nem uma gota — disse Beth, suspirando de contentamento enquanto Jo a carregava para o escritório para descansar depois da confusão e de se refrescar com as deliciosas uvas que a *"Jungfrau"* trouxera.

— Eu também — concordou Jo, tocando o bolso em que repousava o seu havia muito desejado livro de contos de fadas.

— Eu sinto o mesmo — disse Amy, sem tirar os olhos da reprodução emoldurada de *A virgem e o menino* que a mãe lhe dera.

— É claro que eu também — exclamou Meg, alisando as pregas prateadas do seu primeiro vestido de seda com o qual o senhor Laurence insistira em presenteá-la.

— Como *eu* poderia me sentir diferente? — disse a senhora March, muito grata, com os olhos indo da carta do marido para o rosto sorridente de Beth, enquanto seus dedos acariciavam o broche com mechas de cabelo grisalho e dourado, castanho-escuro e avermelhado que as meninas tinham acabado de prender no seu vestido.

De vez em quando, neste nosso mundo, as coisas acontecem como num lindo conto de fadas, e que grande conforto é saber disso. Meia hora depois que todas disseram estar tão felizes que só aguentariam mais uma gota, a gota chegou. Laurie abriu a porta da sala e enfiou a cabeça no cômodo bem discretamente. Ele poderia ter dado uma cambalhota ou emitido um grito de guerra indiano tal era a animação reprimida em sua expressão, e sua voz foi tão traiçoeiramente alegre que todos pularam, embora ele só tenha sussurrado, quase sem ar:

— Aqui está outro presente de Natal para a família March.

Antes que ele terminasse de dizer aquelas palavras, foi empurrado para trás, e em seu lugar apareceu um homem alto, encasacado até as orelhas, apoiando-se em outro homem alto, que tentou dizer alguma coisa e não conseguiu. É claro que houve uma debandada geral; por muitos minutos todos pareceram perder a cabeça, as coisas mais estranhas aconteceram e ninguém disse uma só palavra. O senhor March desapareceu envolto em quatro pares de braços amorosos; com a emoção, Jo quase desmaiou e, com vergonha, precisou ser socorrida por Laurie junto às estantes de louças; o senhor Brooke beijou Meg por engano, segundo sua meio incoerente explicação; Amy, sempre tão digna, tropeçou em um banquinho e, sem esperar para se levantar, abraçou e chorou sobre as botas do pai emocionadamente. A senhora March foi a primeira a se recuperar e, erguendo a mão em aviso, pediu:

— Quietas! Lembrem-se de Beth!

Mas era tarde demais. A porta do escritório se abriu com um estrondo, o xale vermelho surgiu na porta, a alegria dando força aos membros frágeis, e Beth correu direto para os braços do pai. Não importa o que aconteceu logo depois; digamos apenas que a alegria nos corações transbordou, lavando toda a tristeza do passado e deixando apenas a doçura do presente.

Nem tudo foi romântico, pois uma boa gargalhada fez todos se sobressaltarem. Hannah foi encontrada escondida atrás da porta, soluçando com o peru de Natal, que tinha esquecido de deixar na cozinha quando correu para ver a comoção. Quando as risadas cessaram, a senhora March começou a agradecer ao senhor Brooke pelo cuidado e pela dedicação ao seu marido, fazendo com que Brooke se lembrasse de repente de que o homem precisava de sossego; então, puxando Laurie pela mão, ele retirou-se. Os dois doentes receberam a ordem de repousar, o que fizeram, juntos, na mesma poltrona, conversando sem parar.

O senhor March contou que queria surpreendê-las havia muito tempo, e que, quando o clima melhorou, o médico permitiu que ele se aproveitasse daquilo; contou como Brooke tinha sido dedicado e como era um rapaz muito estimado e muito correto. Por que o senhor March parou por um minuto ao dizer isso e, com um olhar para Meg, que violentamente atiçava a lareira, encarou a esposa com um erguer curioso de sobrancelhas, deixo para você imaginar, assim como o motivo de a senhora March assentir discretamente e perguntar de forma repentina se ele não gostaria de comer alguma coisa. Jo viu a troca de olhares e compreendeu; então saiu, de cara amarrada, para pegar vinho e caldo de carne, resmungando para si mesma ao bater a porta: "Odeio rapazes corretos de olhos castanhos!".

Nunca houve jantar de Natal como o da família March naquele dia. O peru gordo era uma obra de arte, bem decorado, recheado e dourado, e foi posto à mesa por Hannah. O mesmo se podia dizer do pudim de ameixas, que derretia na boca; as geleias estavam igualmente deliciosas, fazendo Amy se fartar como uma abelha no mel. Tudo correu bem, o que foi uma sorte, segundo Hannah, que "estava com a cabeça tão nas nuvens, minha nossa, que é um milagre não ter queimado o pudim e recheado o peru com ameixas".

O senhor Laurence e o neto jantaram com eles, assim como o senhor Brooke — para quem Jo passou o jantar inteiro olhando de cara feia, para a grande diversão de Laurie. Duas poltronas haviam sido colocadas lado a lado na cabeceira da mesa, e nelas sentavam-se Beth e o pai, com uma modesta ceia de frango e frutas. Eles fizeram brindes, narraram histórias, cantaram, contaram coisas do arco da velha, como os mais velhos diriam, e se divertiram muitíssimo. Um passeio de trenó havia sido planejado, mas as meninas não queriam deixar o pai, então os convidados saíram mais cedo e, ao fim da noite, a família feliz sentou-se ao redor da lareira.

— Foi só um ano atrás que estávamos reclamando do péssimo Natal que esperávamos ter. Vocês se lembram? — perguntou Jo, depois de uma pausa que seguira uma longa conversa sobre assuntos variados.

— Foi um ótimo ano, no geral! — disse Meg, sorrindo para as chamas, parabenizando-se por tratar o senhor Brooke com dignidade.

— Acho que foi um ano bem difícil — observou Amy, pensativa, vendo a luz refletir no seu anel.

— Fico feliz que tenha acabado, porque temos o senhor de volta — sussurrou Beth, sentada no colo do pai.

— Foi uma jornada dura para vocês, minhas pequenas peregrinas, especialmente a última parte. Mas vocês suportaram as provações bravamente, e acho que seus fardos estão prestes a ser deixados para trás — disse o senhor March, observando, com uma satisfação paternal, as quatro mocinhas reunidas ao seu redor.

— Como o senhor sabe? A mamãe lhe contou? — perguntou Jo.

— Não exatamente; a grama aponta para onde o vento sopra, e fiz várias descobertas hoje.

— Ah, conte para nós quais foram elas! — exclamou Meg, sentada ao seu lado.

— Aqui está uma! — exclamou ele, pegando a mão que repousava no braço da sua poltrona e apontando o indicador machucado, uma queimadura nas costas da mão e dois ou três calos na palma. — Eu me lembro de uma época em que sua mão era branca e macia, e sua maior preocupação era que permanecesse assim. Era muito bonita na época, mas para mim é ainda mais linda agora, pois nesses defeitinhos consigo ler uma história. A vaidade ofereceu-se em sacrifício; essa palma dolorida ganhou muito mais que simples bolhas, e tenho certeza de que as costuras que furaram seus dedos vão durar muito tempo, pois dedicação foi costurada em cada ponto. Meg, minha querida, valorizo muito mais a habilidade feminina de manter um lar feliz do que mãos macias ou realizações estilísticas. Tenho orgulho de apertar essa mãozinha forte e habilidosa, e espero que não precise cedê-la tão cedo.

Se Meg queria uma recompensa pelas horas de trabalho paciente, ela a recebeu na pressão amorosa da mão paterna e no sorriso de aprovação que ele lhe deu.

— E Jo? Por favor, diga alguma coisa gentil a ela, que tem se esforçado tanto e sido tão boa comigo — pediu Beth ao pé do ouvido do pai.

Ele riu e olhou para a menina alta do outro lado da mesa, com uma expressão incomumente tranquila no rosto bronzeado.

— Apesar dos cachos curtos, não estou vendo o "menino Jo" que deixei um ano atrás — disse o senhor March. — Vejo uma jovem moça que prende a gola do vestido corretamente, amarra as botas com cuidado e não assobia, nem fala gírias, nem se deita no tapete, como costumava fazer. Seu rosto está magro e pálido, agora, pela preocupação e ansiedade, mas gosto de observá-lo, pois está mais gracioso, sua voz mais suave; ela não corre, e sim se move em silêncio, e cuida de certa pessoinha de forma muito maternal, o que me alegra demais. Sinto falta da minha menina maluquinha, mas, se terei uma mulher forte, prestativa e doce no lugar dela, então fico bem satisfeito. Não sei se a tosagem acalmou nossa ovelha negra, mas sei que em toda a cidade de Washington não fui capaz de encontrar nada tão lindo que merecesse ser comprado com os vinte e cinco dólares que minha boa menina mandou.

Os olhos sagazes de Jo ficaram turvos por um minuto, e o rosto magro corou à luz da lareira enquanto ela recebia os elogios do pai, sentindo que realmente merecia parte deles.

— Agora Beth — disse Amy, ansiosa pela sua vez, mas disposta a esperar.

— Ela está tão magrinha que tenho medo de dizer muito, por medo de que ela desapareça por completo, embora não esteja mais tão tímida quanto antigamente — começou o pai, brincalhão; lembrando-se, porém, de que quase havia perdido a menina, ele a abraçou com carinho, encostando sua bochecha na dela. — Vou mantê-la em segurança, minha Beth, com a ajuda do Senhor.

Depois de um minuto de silêncio, ele olhou para Amy, sentada no pufe aos seus pés, alisou seu cabelo brilhante e disse:

— Eu notei que Amy ficou com as coxas no jantar, passou a tarde fazendo tarefas para a mãe, deu seu lugar para Meg nesta noite e serviu todo mundo com paciência e bom humor. Também notei que ela não fez muito drama, não ficou se olhando no espelho e nem mesmo mencionou um lindo anel que está usando; com isso, concluí que ela aprendeu a pensar mais nos outros e menos em si mesma, e decidiu tentar moldar seu caráter com o mesmo cuidado que dedica às suas esculturas de argila. Fico feliz, pois, apesar de me orgulhar caso ela esculpa uma linda estátua, me orgulharei mais ainda por ter uma filha tão amável, com um talento para tornar a vida bela para si mesma e para os outros.

— No que você está pensando, Beth? — perguntou Jo, depois que Amy agradeceu ao pai e contou a ele sobre o anel.

— Eu li em *O caminho do peregrino*[47] hoje que, depois de muitas provações, Cristiano e Socorro chegaram a um agradável campo gramado, em que lírios floresciam o ano inteiro, e lá eles descansaram alegremente, como estamos agora, antes de seguirem para o final da jornada — respondeu Beth, afastando-se dos braços do pai e dirigindo-se lentamente ao seu piano. — Está na hora de cantar agora, e quero ficar no meu lugar de sempre. Vou tentar cantar a música do menino pastor que o Peregrino ouviu. Eu escrevi para o papai, porque ele gosta dos versos.

---

47. Livro escrito pelo pastor batista reformado John Bunyan (1628-1688), em 1678. Trata-se de uma alegoria da vida cristã. (N.T.)

Então, sentada diante de seu querido pianinho, Beth tocou as teclas suavemente e, na voz mais doce que a família pensou que nunca mais ouviria, cantou sozinha o delicado hino, que combinava perfeitamente com ela:

> Ele que caiu não precisa temer.
> Ele que é pobre não vai necessitar.
> Ele que é humilde sempre vai ter
> Deus para o guiar.
>
> Eu me alegro com o que tenho,
> seja pouco ou seja muito.
> Ah, Senhor, ainda me empenho
> pelo seu dom tão fortuito.
>
> É um grande peso a abundância
> e atrapalha a peregrinação.
> Um pouco agora e só depois a bonança
> é o nosso melhor bordão!

23. TIA MARCH RESOLVE A QUESTÃO

Como abelhas circundando sua rainha, mãe e filhas não saíam de perto do senhor March durante o dia seguinte, esquecendo-se de todo o resto para olhar, ajudar e ouvir o doente, que estava sendo sufocado por tanto amor. Ele estava sentado na poltrona maior, cercado por almofadas, ao lado do sofá de Beth, com as outras três por perto e Hannah aparecendo de vez em quando "para dar uma olhada no rapaz", e a felicidade tinha tudo para estar completa. Mas *algo* faltava, e os mais velhos percebiam isso, embora ninguém confessasse. O senhor e a senhora March trocavam olhares ansiosos enquanto observavam Meg. Jo tinha ataques de seriedade repentinos, e foi vista sacudindo o punho para o guarda-chuva do senhor Brooke, esquecido no vestíbulo; Meg estava distraída, tímida e quieta, estremecendo ao soar da campainha e corando quando o nome de John era citado. Amy comentou: "Todos parecem estar esperando alguma coisa e ninguém consegue ficar parado, o que é estranho, já que o papai está em casa de novo", e Beth inocentemente se perguntou por que os vizinhos não vieram lhes visitar como de costume.

Laurie passou lá à tarde e, vendo Meg na janela, pareceu repentinamente possuído por um ataque melodramático, ajoelhando-se na neve, batendo no peito, arrancando os cabelos e juntando as mãos em súplica, como se implorasse uma bênção. Quando Meg mandou Laurie se comportar e ir embora, ele secou lágrimas imaginárias com seu lenço e cambaleou pelo jardim como se estivesse em profundo desespero.

— O que aquele bobo quis dizer? — perguntou Meg, rindo, tentando parecer despreocupada.

— Ele está demonstrando como o seu John vai se comportar em breve. Emocionante, não? — retrucou Jo.

— Não diga *meu John*, que não é nem verdade nem correto. — Mas a voz de Meg se demorou naquelas palavras como se o som fosse agradável aos seus ouvidos. — Por favor, não me aborreça, Jo; já falei que não gosto *tanto* dele assim, e não tenho nada mais a dizer além de que temos de ser todos amigos e seguir a vida como antes.

— Não podemos, pois algo já foi dito, e a travessura de Laurie estragou você, para mim. Eu vejo, e a mamãe também. Você não está se comportando como antes e parece muito distante de mim. Não quero aborrecê-la, e vou aguentar tudo como um homem, mas bem que eu gostaria que isso fosse resolvido logo. Odeio esperar, então, se você quiser que algo aconteça, apresse-se, e acabe logo com isso — reclamou Jo.

— *Eu* não posso falar nem fazer nada até ele se posicionar, e ele não vai fazer isso, porque o papai disse que sou muito nova — começou Meg, se debruçando sobre o trabalho com um sorrisinho curioso, o que sugeria que ela não concordava totalmente com o pai naquele aspecto.

— Se ele se posicionasse, você não saberia o que dizer, só iria chorar ou corar, e aceitaria o que ele falasse, em vez de responder com um belo e decidido *não*.

— Não sou tão boba e fraca quanto você imagina. Eu sei exatamente o que eu diria, porque já planejei tudo para não ser pega de surpresa; não tenho como saber o que pode acontecer, então é melhor estar preparada.

Jo não conseguiu segurar o sorriso provocado pelo ar de importância que Meg sem querer tinha usado e que lhe caía tão bem quanto o rubor que enfeitava suas bochechas.

— Você se importa de me contar o que você diria? — perguntou Jo, mais respeitosamente.

— Nem um pouco. Você já tem dezesseis anos, é grande o bastante para ser minha confidente, e minha experiência será útil para você em breve, talvez, para os seus próprios problemas do coração.

— Eu não quero me meter com essas coisas; é engraçado observar os outros namorarem, mas acho que me sentiria uma boba se fizesse isso — respondeu Jo, parecendo assustada com a ideia.

— Eu não acho, se você gostar de alguém e ele gostar de você também. — Meg falou como se falasse para si mesma, olhando de relance para a trilha em que muitas vezes apaixonados caminhavam durante os crepúsculos veranis.

— Achei que você ia me contar sobre o seu discurso àquele homem — disse Jo, interrompendo os sonhos acordados da irmã.

— Ah, eu só diria, bem calma e decidida: "Obrigada, senhor Brooke, o senhor é muito gentil, mas concordo com o meu pai que sou jovem demais para me comprometer no presente momento; por isso, por favor, não diga mais nada, e permita-nos voltar a ser amigos como éramos.".

— Hum! É suficientemente sério e distante. Mas acho que você não vai conseguir dizer isso, e tenho certeza de que ele não vai se satisfazer mesmo se você disser. Se ele insistir, como os apaixonados fazem nos livros, você vai acabar cedendo para não o magoar.

— Não vou, não! Vou dizer que já decidi e vou sair de perto, com dignidade.

Meg se levantou ao falar e estava prestes a ensaiar a saída digna quando passos na entrada a fizeram voltar voando para a cadeira e continuar a costurar como se sua vida dependesse de terminar aquela peça o mais rápido possível. Jo abafou uma risada com aquela mudança súbita e, quando alguém bateu de leve na porta, ela a abriu com uma expressão séria que foi qualquer coisa menos hospitaleira.

— Boa tarde, eu vim pegar meu guarda-chuva... Quero dizer, vim ver como seu pai está se sentindo hoje — disse o senhor Brooke, confundindo-se um pouco enquanto seus olhos iam de um rosto enigmático para o outro.

— Muito bem, ele está na prateleira, vou pegá-lo e avisar que o senhor está aqui — respondeu ela, confundindo um pouco o pai com o guarda-chuva na resposta, e retirou-se da sala para dar uma chance a Meg de fazer seu discurso e sair com dignidade.

Mas, no instante em que a irmã saiu, Meg começou a se dirigir para a porta, murmurando:

— A mamãe vai querer vê-lo, por favor, sente-se, vou chamá-la.

— Não vá. Você tem medo de mim, Margaret? — O senhor Brooke pareceu tão magoado que Meg pensou que devia ter feito alguma grosseria. Ela corou até os cachinhos da testa, pois ele nunca tinha a chamado de Margaret antes, e ficou surpresa ao perceber como parecia doce e natural ouvi-lo dizer seu nome. Querendo parecer amigável e tranquila, ela esticou a mão em um gesto confiante e disse, muito grata:

— Como posso ter medo quando o senhor foi tão gentil com meu pai? Só gostaria de poder agradecer-lhe por isso.

— Posso lhe dizer como agradecer? — perguntou o senhor Brooke, segurando a mãozinha com suas mãos grandes e olhando para Meg com tanto amor nos olhos castanhos que seu coração disparou como um beija-flor, e ela ao mesmo tempo desejou sair correndo e ficar e ouvir.

— Ah, não, por favor, não faça isso, eu prefiro que não — ela gaguejou, tentando tirar a mão e parecendo assustada apesar da negativa.

— Não vou aborrecê-la, só quero saber se você gosta um pouquinho de mim, Meg. Eu a amo tanto, querida — completou o senhor Brooke, ternamente.

Aquele era o momento para o tal discurso calmo e educado, mas Meg não conseguiu fazê-lo; esqueceu cada palavra, baixou a cabeça e respondeu simplesmente:

— Não sei — falou com a voz tão baixa que John teve de se abaixar para ouvir a tola resposta.

Ele pareceu pensar que valia a pena, pois sorria para si mesmo como se estivesse muito satisfeito; então, apertou a mãozinha fofa com gratidão e disse, no seu tom mais persuasivo:

— Você pode tentar descobrir? Eu quero *tanto* saber. Não posso continuar a me dedicar ao trabalho até descobrir se terei minha recompensa no final ou não.

— Sou jovem demais — gaguejou Meg, perguntando-se por que estava tão nervosa, e ao mesmo tempo gostando da sensação.

— Eu posso esperar; enquanto isso, você pode aprender a gostar de mim. Será essa uma lição tão difícil assim, minha querida?

— Não se eu decidir aprender, mas...

— Por favor, decida que sim, Meg. Eu amo ensinar, e isso será mais fácil que alemão — interrompeu John, segurando a outra mão de Meg de forma que ela não tivesse como esconder o rosto quando ele se inclinou para encará-la.

Seu tom era de súplica, mas, ao olhá-lo timidamente, Meg percebeu que seus olhos demonstravam não só carinho como também alegria, e que ele tinha o sorriso satisfeito de quem não duvida do seu sucesso. Isso a incomodou; as insensatas lições de paquera de Annie Moffat lhe ocorreram, e o amor pelo poder, que dorme no coração até das melhores das mulheres, despertou de repente e a possuiu. Ela se sentiu entusiasmada e estranha, e, sem saber o que mais fazer, seguiu um impulso caprichoso, arrancando as mãos das dele petulantemente, e retrucou:

— *Não* vou escolher. Por favor, vá embora e me deixe em paz!

O pobre senhor Brooke pareceu estar vendo seu mais lindo sonho se desfazer à sua frente, pois nunca tinha visto Meg agir daquela forma, o que muito o surpreendeu.

— Você realmente quis dizer isso? — perguntou ele, ansioso, indo atrás de Meg, que saíra da sala.

— Sim. Não quero me preocupar com essas coisas. O papai diz que não devo, é cedo demais, então prefiro assim.

— Mas você não pode mudar de ideia no futuro? Eu posso esperar, e não direi mais nada até você ter mais tempo. Não brinque comigo, Meg. Nunca pensei que você seria assim.

— Não pense em mim, e ponto. Prefiro que não — disse Meg, sentindo uma maldosa satisfação em testar a paciência do apaixonado, assim como seu próprio poder.

Ele estava sério e pálido, parecendo muito mais com os heróis das novelas que ela tanto admirava, mas ele não franziu o cenho nem saiu do cômodo com passos fortes, como aqueles personagens faziam. Ele só ficou parado, olhando para ela com tanto carinho e desejo, que Meg sentiu seu coração se apertar sem querer. O que teria acontecido a seguir, não sei dizer, se a tia March não tivesse entrado bem naquele instante.

A senhora não tinha resistido à vontade de ver o sobrinho, pois encontrara Laurie na sua caminhada diária, e, descobrindo que o senhor March chegara em casa, foi direto vê-lo. A família estava toda nos fundos da casa, e ela entrou sozinha e em silêncio, esperando surpreendê-los. E conseguiu surpreender duas pessoas, pois Meg pulou como se tivesse visto um fantasma, e o senhor Brooke desapareceu em direção ao escritório.

— Valha-me, Deus! O que significa isso? — exclamou a senhora, batendo a bengala no chão, ao olhar do jovem cavalheiro pálido para a moça corada.

— É um amigo do papai. Estou *tão* surpresa por vê-la! — gaguejou Meg, sentindo que estava prestes a receber uma bronca.

— Isso está evidente — retrucou a tia March, sentando-se. — Mas o que esse amigo do seu pai disse que fez você corar como uma peônia? Tem algo acontecendo, e eu insisto em saber o que é! — exclamou batendo a bengala novamente.

— Só estávamos conversando. O senhor Brooke veio pegar seu guarda--chuva... — começou Meg a explicar, desejando que o senhor Brooke e seu guarda-chuva estivessem bem longe dali.

— Brooke? O tutor daquele menino? Ah! Entendi tudo agora. Já sei dessa história. Jo comentou alguma coisa sobre uma mensagem errada em uma das cartas do seu pai, e eu fiz ela me contar tudo. Você não aceitou o pedido dele, não é, criança? — questionou a tia March, parecendo escandalizada.

— Shh! Ele vai ouvir! Não posso chamar a mamãe? — perguntou Meg, nervosa.

— Ainda não. Tenho algo a lhe dizer, e quero me expressar de uma vez por todas. Diga-me, você pretende se casar com esse tal de Cookie? Se fizer isso, saiba que nem um centavo do meu dinheiro irá para você. Lembre-se disso, e seja uma menina sensata — disse a senhora, muito decidida.

Tia March tinha a perfeita capacidade de trazer à tona a vontade de contrariar, mesmo nas pessoas mais calmas, e adorava fazer isso. Até as melhores pessoas do mundo têm um quê de teimosia, especialmente quando jovens e apaixonadas. Se a tia March tivesse implorado a Meg que aceitasse John Brooke, ela provavelmente teria declarado que nem queria pensar naquilo; mas, como foi categoricamente ordenada a *não* gostar dele, ela de imediato decidiu que o faria. Sua inclinação pessoal somada à teimosia tornou a decisão fácil, e, já estando em polvorosa, Meg respondeu à velhota algo inusitado.

— Eu vou casar com quem eu quiser, tia March, e a senhora pode deixar seu dinheiro para quem bem desejar — disse ela, assentindo de forma resoluta.

— Mas que absurdo! É assim que você recebe meus conselhos, mocinha? Você vai se arrepender, cedo ou tarde, quando tentar encontrar o amor em uma cabana e não achar.

— Não pode ser pior do que o que algumas pessoas encontram em uma mansão — retrucou Meg.

Tia March colocou os óculos e encarou a menina, pois não reconhecia aquele novo temperamento. Meg também mal se reconhecia, de tão corajosa e independente que se sentia, tão feliz por defender John e seu direito de amá-lo, se assim desejasse. A tia percebeu que tinha começado mal e, depois de uma pausa, tentou de novo, dizendo, o mais calmamente que conseguia:

— Ora, Meg, querida, seja razoável, e aceite meu conselho. Minha intenção é boa, não quero que estrague sua vida inteira cometendo um erro assim logo no início dela. Você deve se casar bem para ajudar sua família; é seu dever encontrar um marido rico, e você deve entender a importância disso.

— Meu pai e minha mãe discordam; eles gostam de John, apesar de ele ser pobre.

— Seus pais, minha querida, entendem tanto das questões do mundo quanto dois bebês recém-nascidos.

— E fico feliz por isso! — exclamou Meg, decidida.

Tia March não ouviu, e só continuou seu discurso.

— Esse tal de Truque é pobre e não tem nenhum conhecido rico, tem?

— Não. Mas ele tem muitos amigos queridos.

— Não se pode viver de amizades; tente para ver como o amor se esvai rápido. Ele não tem um negócio próprio, tem?

— Ainda não; o senhor Laurence vai ajudá-lo.

— Isso não vai durar. James Laurence é um velho caduco, e é melhor não contar com ele. Então você pretende casar com um homem sem dinheiro, sem posição social e sem negócios, e continuar trabalhando ainda mais do que já trabalha, quando poderia ficar confortável se me ouvisse e escolhesse melhor? Achei que você fosse mais inteligente, Meg.

— Eu não poderia escolher alguém melhor nem se esperasse minha vida toda! John é bom e sábio; tem muito talento; está disposto a trabalhar e tem certeza de que vai ser bem-sucedido, pois tem coragem e energia. Todos gostam dele e o respeitam, e fico orgulhosa por saber que ele gosta de mim, apesar de eu ser tão pobre, jovem e boba — disse Meg, mais bonita do que nunca ao ser tão sincera.

— Ele sabe que *você* tem conhecidos ricos, criança; esse é o motivo do amor dele, suspeito.

— Tia March, como a senhora ousa dizer algo assim? John está acima de baixezas desse tipo, e me recuso a escutar mais um minuto se a senhora continuar a falar essas coisas — exclamou Meg, indignada, esquecendo-se de tudo menos das injustas suspeitas da parenta. — Meu John não se casaria por dinheiro, do mesmo modo que eu. Estamos dispostos a trabalhar, e vamos esperar. Não tenho medo de ser pobre, pois fui feliz assim até aqui, e sei que serei feliz com ele, porque ele me ama e eu...

Meg parou nesse momento, lembrando-se, de repente, que ainda não havia decidido; que tinha mandado "seu John" ir embora, e que ele podia estar ouvindo sua fala tão inconsistente.

A tia March ficou muito brava, pois alimentava o desejo de casar sua linda sobrinha com algum herdeiro, e algo no rosto jovem e feliz da menina fez a mulher idosa e solitária se sentir triste e amarga.

— Bem. Lavo minhas mãos dessa situação toda! Você é uma criança mimada e perdeu mais do que imagina com essa bobagem. Não, não vou me calar; estou decepcionada e não tenho ânimo para ver seu pai agora. Não espere nada de mim quando se casar; os amigos do seu senhor Duque podem cuidar de você. Não quero mais saber de você.

Com isso, ela bateu a porta na cara de Meg e saiu a toda velocidade. Ela pareceu levar toda a coragem da menina junto. Assim que se viu sozinha, Meg ficou parada, sem saber se ria ou se chorava. Antes que pudesse decidir, foi abraçada pelo senhor Brooke, que disse em um só fôlego:

— Não pude deixar de ouvir, Meg. Obrigado por me defender, e agradeço à tia March por provar que você gosta, sim, um pouco de mim.

— Eu não sabia o quanto até ela falar mal de você — disse Meg.

— E eu não fui embora. Posso ficar e ser feliz, querida?

Aqui estava outra ótima chance de fazer aquele discurso decisivo e aquela saída digna, mas Meg nem sequer pensou nessa possibilidade e, desgraçando-se para sempre aos olhos de Jo, só respondeu baixinho, escondendo o rosto no peito do senhor Brooke:

— Sim, John.

Quinze minutos depois da saída da tia March, Jo desceu as escadas pé ante pé, parou um instante na porta da sala e, não ouvindo nada vindo de lá de dentro, assentiu e sorriu, satisfeita, dizendo a si mesma:

— Ela o mandou embora como planejamos, e essa questão está resolvida. Vou entrar e ouvir a história, e vamos rir bastante disso.

Mas a pobre Jo nem chegou a rir, pois foi surpreendida no batente da porta por um espetáculo que a deixou paralisada, a boca quase tão aberta quanto os olhos. Entrando com a intenção de comemorar o inimigo vencido e elogiar a determinada irmã por banir o repreensível apaixonado, certamente foi um choque ver o pretenso inimigo sentado serenamente no sofá com a tal determinada irmã aboletada em seu colo com uma abjeta expressão submissa. Jo arfou como se tivesse sido atingida por um balde de água gelada, pois tal reviravolta inesperada tirou seu fôlego. Ao ouvir o estranho som, os apaixonados se viraram e a encararam. Meg pulou, parecendo ao mesmo tempo orgulhosa e tímida, mas "aquele homem", como Jo o chamava, ousou rir, dizendo calmamente, ao beijar a atônita recém-chegada:

— Irmã Jo, nos dê os parabéns!

Isso só piorou as coisas! Foi demais! E, fazendo um gesto ameaçador com as mãos, Jo desapareceu sem dizer uma palavra. Correndo para o andar de cima, ela assustou os doentes escancarando a porta do quarto e exclamando tragicamente:

— Ah, *alguém* faça alguma coisa! John Brooke está se comportando de uma forma horrível, e Meg está gostando!

O senhor e a senhora March saíram do quarto às pressas; jogando-se na cama, Jo chorava e xingava ao contar as péssimas notícias para Beth e Amy. As meninas, porém, consideraram aquele um evento muito interessante e positivo, dando pouco consolo a Jo, que então foi para o seu refúgio no sótão confidenciar sua tristeza aos ratos.

Ninguém soube exatamente o que aconteceu na sala de estar naquela tarde, mas houve muita conversa, e o quieto senhor Brooke surpreendeu seus amigos pela eloquência e convicção com que defendeu seu pedido, contou seus planos e os persuadiu a fazer tudo da forma como desejava.

O sino tocou chamando para o jantar antes que ele tivesse terminado de descrever o paraíso que planejava construir para Meg, então ele orgulhosamente a acompanhou durante a refeição, os dois tão alegres que Jo não teve coragem de sentir ciúme ou raiva. Amy ficou muito impressionada com a devoção de John e com o ar imponente de Meg. Beth os contemplava amorosamente a distância, enquanto o senhor e a senhora March observavam o jovem casal com uma satisfação e um carinho tão grandes que ficou evidente que a tia March tinha razão de chamá-los de "dois bebês". Ninguém comeu muito, mas todos pareciam muito felizes, e a sala antiga pareceu se iluminar quando o primeiro romance da família começou ali.

— Você não pode dizer que "nada de bom acontece" agora, não é, Meg? — disse Amy, tentando decidir como agruparia os namorados no desenho que estava planejando fazer.

— Não, realmente não posso. Quanta coisa aconteceu desde que falei isso! Parece que foi há um ano — respondeu Meg, envolta em um sonho feliz, muito além de coisas comuns como pão e manteiga.

— As alegrias seguiram de perto as tristezas dessa vez, e acredito que as mudanças começaram — disse a senhora March. — Na maior parte das famílias, acontece, de vez em quando, um ano cheio de eventos. Este foi o nosso, mas ele termina bem, pelo menos.

— Espero que o próximo termine melhor — resmungou Jo, que achava muito difícil ver Meg tão absorta por um estranho; afinal, Jo amava poucas pessoas, mas com fervor, e temia perder ou ver diminuir suas afeições de alguma forma.

— Espero que o terceiro ano depois deste termine *ainda* melhor; quero dizer, ele vai terminar, se eu conseguir colocar meus planos em prática — disse o senhor Brooke, sorrindo para Meg como se tudo fosse possível para ele agora.

— Não parece muito tempo para esperar? — perguntou Amy, que estava com pressa para o casamento.

— Eu tenho muito a aprender antes de estar pronta, me parece pouco tempo — respondeu Meg, com uma doce seriedade em seu rosto, nunca antes vista.

— Você só precisa esperar. *Eu* é que farei todo o trabalho — disse John, começando seus labores apanhando o guardanapo para Meg, com uma expressão que fez Jo balançar a cabeça e então dizer a si mesma, com alívio, quando ouviu uma batida na porta da frente:

— Aí vem Laurie; agora teremos uma conversa razoável.

Mas Jo estava errada. Laurie entrou saltitando, animadíssimo, carregando um lindo buquê nupcial para a "senhora John Brooke", e evidentemente acreditando que toda a situação havia sido resolvida por conta de seu excelente gerenciamento.

— Eu sabia que Brooke conseguiria o que queria, ele sempre consegue! Quando ele coloca na cabeça que vai fazer algo, pode considerar feito, nem que os céus caiam sobre nossas cabeças — comentou Laurie depois de entregar seus presentes e oferecer suas congratulações.

— Agradeço muito pelo elogio. Considero isso um bom presságio para o futuro, e convido-o desde já para o nosso casamento aqui mesmo — respondeu o senhor Brooke, que se sentia em paz com toda a humanidade, até com seu travesso pupilo.

— Eu estarei presente, mesmo que tenha de voltar dos confins do mundo para isso; só a cara de Jo nessa ocasião será recompensa pela viagem. Você não parece tão festiva, senhorita, qual o problema? — perguntou Laurie, seguindo-a para um canto da sala de estar, enquanto todos se reuniam para saudar o senhor Laurence.

— Eu não aprovo essa união, mas decidi suportá-la, e não direi uma palavra contra isso — respondeu Jo, solene. — Você não sabe como é difícil para mim abrir mão de Meg — continuou, com a voz trêmula.

— Você não vai abrir mão dela. Só terá que dividi-la. — Laurie tentou consolá-la.

— As coisas nunca mais serão as mesmas. Perdi minha melhor amiga — suspirou Jo.

— Você ainda tem a mim, de qualquer maneira. Não sirvo para muito, eu sei, mas ficarei do seu lado, Jo, por todos os dias da minha vida. Eu juro que sim! — disse Laurie sinceramente.

— Eu sei que sim, e agradeço muito. Você sempre é um grande consolo para mim, Teddy — respondeu Jo, apertando a mão do amigo com gratidão.

— Bem, então não fique triste, seja uma boa companheira. Vai ficar tudo bem, você vai ver. Meg está feliz. Brooke vai resolver tudo e se acertar imediatamente. Meu avô vai ajudá-lo, e será muito bom ver Meg na sua própria casinha. Nós nos divertiremos muito depois que ela se mudar, pois eu terminarei a faculdade logo em seguida, e então nós vamos viajar, para o exterior ou para qualquer outro lugar interessante. Isso não a consola?

— Acho que sim, mas não temos como saber o que vai acontecer em três anos — disse Jo, pensativa.

— Isso é verdade. Você não gostaria de espiar o futuro e ver como estaremos lá? Eu gostaria.

— Eu acho que não, pois poderia ver algo triste, e todos parecem tão felizes agora que não imagino como as coisas poderiam ser melhores — E os olhos de Jo passearam pela sala, iluminando-se ao ver as pessoas reunidas, pois era realmente uma imagem encantadora.

O pai e a mãe estavam sentados lado a lado, quietos, relembrando o primeiro capítulo de um romance que para eles começara havia mais de vinte anos. Amy desenhava os noivos, que se encontravam em um lindo mundo próprio, a luz tocando seus rostos com uma graça tal que a pequena artista não conseguia imitar. Beth estava deitada no seu sofá, conversando com o seu velho amigo, que segurava sua mãozinha como se ela possuísse o poder de levá-lo pelos caminhos pacíficos de sua vida. Jo estava sentada em seu banquinho favorito, com o olhar sério e tranquilo que tanto lhe favorecia, e Laurie, inclinado nas costas da sua cadeira, o queixo na altura dos cabelos cacheados da amiga, sorriu da maneira mais afetuosa e acenou com a cabeça para ela através do espelho que refletia a imagem dos dois.

E, assim, a cortina cai sobre Meg, Jo, Beth e Amy. Se ela alguma vez voltará a se erguer, tudo dependerá da recepção dada ao primeiro ato deste drama doméstico chamado *Mulherzinhas*.

SEGUNDA PARTE

24. Fofoca

Para iniciarmos tudo de novo e irmos ao casamento da Meg com a mente aberta, vamos começar com uma pequena fofoca sobre a família March. E já vou dizendo que, se os mais velhos acham que esta história está muito cheia de "amor", pois acredito que vão achar exatamente isso (e tenho certeza de que os mais jovens não farão esse tipo de objeção), só posso repetir o que diria a senhora March, "Isso já era esperado; eu tenho quatro meninas entusiasmadas em casa e um vizinho jovem e galante a caminho!".

Passaram-se três anos, e houve poucas mudanças nessa família discreta. A guerra acabou, e o senhor March está seguro em casa, ocupado com seus livros e com uma pequena paróquia que vislumbrava nele um ministro por natureza e pela graça, um homem tranquilo e estudioso, rico daquela sabedoria que é melhor do que a erudição, a caridade que chama toda a humanidade de "irmão", a piedade que floresce em caráter, tornando-o respeitável e adorável.

Apesar de a pobreza e a integridade estrita terem-no afastado de triunfos mais mundanos, suas qualidades atraíam muitas pessoas admiráveis, assim como as ervas aromáticas atraem naturalmente as abelhas, e ele, da mesma forma natural, oferecia a elas um mel tão doce que nem mesmo seus cinquenta anos de experiência foram capazes de destilar uma única gota amarga. Os jovens mais sérios viam naquele estudioso de cabelos agrisalhados alguém com um coração tão jovem quanto o deles, mulheres absortas em seus pensamentos ou preocupadas levavam instintivamente suas dúvidas até ele, sabendo que iriam encontrar a compaixão mais gentil, o conselho mais sábio. Os pecadores confessavam seus pecados para o velho de coração puro e, então, eram repreendidos e salvos. Os homens talentosos viam nele um companheiro. Nele, os homens ambiciosos conseguiam vislumbrar ambições mais nobres do que as suas; e até os mais mundanos confessavam que, mesmo que "não as comprassem", as crenças do senhor March eram belas e verdadeiras.

Para as pessoas de fora, parecia que a casa era comandada pela energia das cinco mulheres — e, na verdade, era isso que acontecia em muitos casos —, contudo, o estudioso compenetrado, sentado em meio a seus livros, ainda era o chefe da família, a consciência doméstica, a âncora e o pacificador, pois, nos momentos difíceis, as mulheres ocupadas e ansiosas sempre o buscavam e, nele, encontravam o marido e o pai, no sentido mais verdadeiro dessas palavras sagradas.

As meninas haviam entregado seus corações para que a mãe os guardasse; porém as almas, entregaram ao pai. E entregaram aos dois, pai e mãe, que viviam e trabalhavam tão fielmente para elas, um amor que só aumentava conforme elas cresciam e os unia a todos ternamente pelo laço mais doce que abençoa a vida e sobrevive à morte.

A senhora March continua vigorosa e alegre, mas um pouco mais grisalha do que quando a vimos pela última vez; e agora tão absorvida nos assuntos da Meg que os hospitais e abrigos, ainda cheios de "meninos" feridos e viúvas de soldados, sentem certamente falta das visitas da missionária maternal.

John Brooke cumpriu seu dever durante um ano; ficou ferido, foi enviado para casa e não foi autorizado a voltar. Ele não recebeu condecorações, mas merecia, pois arriscou prontamente tudo o que tinha: vida e amor são muito preciosos quando ambos estão em pleno desabrochar. Perfeitamente resignado com sua dispensa, dedicou-se a ficar bem, a preparar-se para os negócios e a ter recursos para comprar uma casa para Meg. Pelo bom senso e pela forte independência que o caracterizavam, recusou as ofertas mais generosas do senhor Laurence e aceitou o emprego de guarda-livros, sentindo-se mais feliz por começar com um salário recebido honestamente do que se sentiria caso tivesse de correr riscos com dinheiro emprestado.

Enquanto esperava, Meg também trabalhou, tornou-se mais feminina em seus modos, conhecedora das artes domésticas e esteve mais bonita do que nunca, pois o amor é um grande embelezador. Ela mantinha suas ambições e esperanças de menina e, por isso, sentia uma certa decepção pelo início humilde de sua nova vida. Ned Moffat acabou se casando com Sallie Gardiner. Meg, vendo a bela casa e a carruagem, bem como os muitos presentes e as roupas elegantes deles, não conseguiu deixar de comparar com seus próprios e, secretamente, desejou poder ter as mesmas coisas. Entretanto, de alguma forma, a inveja e o descontentamento logo desapareceram assim que ela se lembrou de todo o amor, da paciência e do trabalho que John havia colocado na pequena casa que a esperava; e, quando eles se sentaram juntos no crepúsculo, falando sobre seus pequenos planos, o futuro sempre surgia tão bonito e brilhante que ela se esquecia de toda a elegância de Sallie e sentia-se a garota mais rica e feliz da cristandade.

Jo não voltou para a casa da tia March, pois a velha senhora gostava tanto da Amy que a subornou com a oferta de aulas de desenho de um dos melhores professores, e, por causa dessa vantagem, Amy certamente tornou-se uma acompanhante muito mais difícil. Então, devotava suas manhãs aos seus afazeres, as tardes, aos prazeres, e, assim, floresceu de modo elegante. Jo, entretanto, dedicou-se à literatura e à Beth, que continuava frágil, mesmo depois de muito tempo ter se passado após a cura da febre. Não era exatamente uma inválida, porém nunca mais foi a criatura rosada e saudável do passado e, ainda assim, estava sempre esperançosa, feliz e serena, ocupada com os afazeres silenciosos que amava; já era amiga de todos e um anjo na casa muito antes de aqueles que mais a amavam terem percebido isso.

Enquanto o *The Spread Eagle* lhe pagasse um dólar por coluna para o seu "lixo", como ela chamava seus textos, Jo sentia-se uma mulher "de meios" e, de modo perseverante, construía seus pequenos romances. No entanto, seu cérebro ocupado e sua mente ambiciosa fermentavam grandes planos e, no sótão, dentro do velho forno refletor de alumínio, ela acumulava uma pilha cada vez maior de manuscritos rasurados que, um dia, levaria o nome March ao rol da fama.

Laurie, depois de ter frequentando obedientemente a faculdade para agradar seu avô, estava agora terminando-a da maneira mais fácil possível para agradar a si mesmo. Por ser o favorito de todos, graças ao seu dinheiro, às suas boas maneiras, a muito talento e ao coração mais gentil que deixou seu proprietário em situações difíceis, tentando tirar outras pessoas dele, ele corria grande perigo de ser mimado e, como muitos outros meninos promissores, provavelmente teria sido se não possuísse um talismã contra o mal: a memória do velho bondoso que estava ligado a seu sucesso, o amigo maternal que cuidou dele como se fosse seu próprio filho, e por último, mas de forma nenhuma menos importante, a consciência de que quatro meninas inocentes o amavam, o admiravam e acreditavam nele profundamente.

É claro que, sendo apenas "um garoto esplêndido", ele brincou e flertou, tornou-se um dândi, aquático, sentimental ou um ginasta, conforme requeria a moda da faculdade, fez e recebeu trotes, usou gírias e por mais de uma vez chegou perigosamente perto de ser suspenso ou expulso. Contudo, como o bom humor e o amor à diversão eram as causas dessas brincadeiras de mau gosto, ele sempre conseguia se livrar por meio da confissão franca, da expiação honrosa, ou de seu perfeito poder irresistível de persuasão. Na verdade, ele se orgulhava de suas escapadas e gostava de provocar as meninas fazendo relatos explícitos de seus triunfos sobre tutores irados, professores imponentes e inimigos vencidos. Os "homens da minha classe" eram heróis aos olhos das meninas, que nunca se cansavam das façanhas dos "nossos companheiros" que, frequentemente, estavam autorizados a desfrutar dos sorrisos dessas grandes criaturas, sempre que Laurie os trazia para casa.

Amy, especialmente, gostava dessa grande honra, e tornou-se a "bela dama" entre os meninos, pois, logo cedo, sua senhoria já havia sentido e aprendido a usar o dom do fascínio com o qual havia sido dotada. Meg estava muito absorvida por seu próprio John para dar atenção a quaisquer outros senhores da criação, e Beth, muito tímida para fazer mais do que espiá-los e se perguntar como Amy se atrevia a dar ordens a eles; porém Jo sentia-se em seu próprio ambiente e achava muito difícil abster-se de imitar as atitudes, as frases e os feitos cavalheirescos que, para ela, pareciam ser mais naturais do que as composturas prescritas para as jovens senhoras. Todos gostavam imensamente de Jo, mas nunca se apaixonavam por ela; todavia, pouquíssimos deixaram de pagar o tributo de um ou dois suspiros sentimentais no santuário de Amy. E falar sobre sentimentos nos leva muito naturalmente à *Dovecote*, a casa dos pombos.

Este era o nome da pequena casa marrom que o senhor Brooke havia arrumado para ser o primeiro lar de Meg. O nome foi dado por Laurie, que afirmou ser muito apropriado para os doces amantes que "mantinham-se juntos como um casal de pombos, primeiro com bicadinhas e depois com pios de amor". Era uma casa pequena; atrás dela havia um pequeno jardim e na frente um gramado tão extenso quanto um lenço de bolso. Meg desejava ter uma fonte, arbustos e uma profusão de belas flores, mas, no momento, a fonte era representada por uma vasilha abatida pelo tempo, muito parecida com uma tigela em ruínas para resíduos de chá; os arbustos eram formados por várias coníferas jovens, que não sabiam se viveriam ou morreriam, e a profusão de flores era meramente esboçada por regimentos de gravetos, indicando onde as sementes haviam sido plantadas. Entretanto, por dentro, a casa era extremamente encantadora, e a noiva, muito feliz, não via nenhum defeito entre o sótão e o porão. Na verdade, a sala era tão estreita que, por sorte, eles não tinham um piano, pois seria impossível fazer caber um inteiro ali; a sala de jantar era tão pequena que mal acomodava seis pessoas, e as escadas da cozinha pareciam ter sido especialmente projetadas para que empregados e porcelanas caíssem atabalhoadamente na cesta de carvão. Porém, assim que se acostumassem com essas pequenas nódoas, nada poderia estar mais completo, pois o mobiliário havia sido escolhido com bom senso e bom gosto e, dessa maneira, o resultado era altamente satisfatório. Não havia mesas com tampo de mármore, espelhos longos ou cortinas de renda na pequena sala de estar, mas móveis simples, muitos livros, um ou dois belos quadros, um suporte de flores na janela saliente e, espalhados por toda parte, os belos presentes dados por mãos amigas, que se tornavam mais lindos pelas mensagens de amor que continham.

Não creio que o presente de Laurie, a Psiquê feita em mármore de Paros, tenha perdido sua beleza depois de John tê-la tirado do suporte, não acho que quaisquer outros tecidos teriam enfeitado as cortinas de musselina simples de forma mais graciosa do que os feitos pelas mãos artísticas de Amy, ou que qualquer despensa estivesse mais bem-servida com bons votos, palavras e esperanças do que aquela em que Jo e sua mãe organizaram as poucas caixas, os barris e pacotes de Meg; e tenho certeza de que a novíssima cozinha nunca teria ficado tão aconchegante e arrumada se Hannah não tivesse organizado todas as panelas e os potes mais de doze vezes e preparado o fogão para que fosse aceso assim que "a senhora Brooke chegasse em casa". Duvido que alguma jovem esposa tenha iniciado a vida com um suprimento tão rico de espanadores, suportes e sacolas para tecidos e retalhos, pois o estoque feito por Beth duraria até as bodas de prata do casal, e, além disso, ela produziu três tipos diferentes de panos de prato somente para serem utilizados com a louça do casamento.

Nunca sabem o que estão perdendo todos aqueles que contratam outras pessoas para fazer essas coisas, pois as tarefas caseiras ganham maior beleza quando feitas por mãos amorosas; e Meg encontrou muitas provas disso, tudo em seu pequeno ninho, desde o rolo de cozinha até o vaso de prata da mesa de sua sala, tudo expressava o amor pelo lar e o afeto antecipado.

Como se divertiram planejando! Quantos passeios foram feitos para compras solenes! Quantos erros engraçados cometeram! E quantas gargalhadas com as pechinchas ridículas propostas por Laurie! Embora o jovem cavalheiro estivesse quase terminando a faculdade, com seu talento nato para piadas, ele se mostrava o mesmo menino de sempre. Seu último capricho tinha sido trazer com ele em suas visitas semanais algum objeto novo, útil e engenhoso para a nova criada. Um dia, era uma bolsa cheia de incríveis prendedores de roupas, no outro, um maravilhoso ralador de noz-moscada que caiu aos pedaços em seu primeiro uso, um limpador de facas que estragava todas as facas, ou uma vassoura que, de forma muito ordenada, arrancava a superfície do tapete, mas deixava a sujeira, um sabão para diminuir o trabalho que esfolava a pele das mãos, colas infalíveis que em nada se prendiam senão nos dedos do comprador iludido e todo tipo de quinquilharia de alumínio, desde um cofrinho para os centavos que sobravam até uma caldeira maravilhosa que prometia lavar as roupas em seu próprio vapor, com todas as perspectivas de explodir durante o processo.

Meg lhe implorava, em vão, que parasse. John ria, e Jo o chamava de "senhor Toodles".[1] Ele estava obcecado de modo indulgente com a genialidade dos ianques e por ver a casa de seus amigos devidamente mobiliada. Por isso, toda semana, ele trazia um novo objeto absurdo.

Tudo estava finalmente pronto, inclusive Amy distribuiu sabões coloridos pela casa para que combinassem com as diferentes cores dos cômodos, e Beth deixou a mesa arrumada para a primeira refeição do casal.

---

1. Timothy Toodles é um personagem da peça *The Toodles* (de 1840), escrita por William Evans Burton (1804-1860). Na peça, a esposa de Timothy o deixa muito irritado, pois começa a comprar bugigangas inúteis em leilões. Por fim, também em um leilão, ele resolve comprar um caixão e diz à esposa que o objeto seria muito útil caso ela morresse antes dele. (N.T.)

— Está satisfeita? Parece um lar? Você acredita que pode ser feliz aqui? — perguntou a senhora March, enquanto percorriam o novo reino de braços dados, pois nesse momento pareciam estar unidas com mais ternura do que nunca.

— Sim, mamãe, perfeitamente satisfeita, graças a todos vocês, e tão feliz que nem consigo me expressar — respondeu Meg com um olhar que dizia muito mais que quaisquer palavras.

— Se, ao menos, tivesse um ou dois empregados, seria perfeito — disse Amy, vindo da sala, onde tentava decidir se a estátua de Mercúrio feita de bronze ficaria melhor na estante ou no aparador da lareira.

— Mamãe e eu estivemos falando sobre isso, e eu resolvi tentar fazer do jeito dela primeiro. Lotty vai me ajudar um bocado levando meus recados e me auxiliando aqui e ali; mesmo assim, eu terei trabalho suficiente para não sentir preguiça ou saudades de casa — respondeu Meg tranquilamente.

— Sallie Moffat tem quatro... — Amy começou a dizer, mas logo foi interrompida.

— Se Meg tivesse quatro empregados, eles não caberiam na casa, e então eles teriam que acampar no jardim — interrompeu Jo, que, usando um enorme avental azul, estava dando a última polida nas maçanetas da porta.

— Sallie não é esposa de um homem pobre, e as muitas empregadas domésticas das quais ela dispõem estão de acordo com sua moradia refinada. Meg e John estão começando de forma humilde, porém tenho a sensação de que haveria tanta felicidade em uma pequena casa quanto em uma imensa. Seria um grande erro permitir que meninas como a Meg não tivessem outros afazeres a não ser vestir-se, dar ordens e fazer fofocas. Quando me casei, eu esperava ansiosamente que minhas roupas novas ficassem velhas e rasgadas para que eu pudesse me divertir remendando-as, pois eu estava completamente exausta de bordar e cuidar do meu lenço de bolso.

— Você deveria ter ido brincar de cozinhar,[2] como a Sallie diz que faz para se divertir, embora suas bagunças nunca terminem bem e as empregadas sempre acabem rindo dela — disse Meg.

— Foi o que eu fiz depois de um tempo não para fazer *bagunça*, mas para aprender a fazer as coisas de forma correta com a Hannah, para que minhas empregadas não rissem de mim. Mesmo sendo apenas uma brincadeira, chegou um momento em que eu passei a me sentir verdadeiramente agradecida não só por ter tido vontade de aprender, mas por ter a oportunidade de cozinhar alimentos saudáveis para as minhas meninas, e por poder cuidar das coisas quando não foi mais possível pagar o trabalho das ajudantes. Você, Meg

---

2. *Mess*, em inglês. Brincadeira entre os dois significados da palavra, isto é, bagunça e refeição. (N.T.)

querida, começa de um outro modo, e tudo o que você aprender agora lhe será útil no futuro, quando John for um homem mais rico, pois uma dona de casa, por mais esplêndida que seja, deve saber como fazer o trabalho para poder ser bem-atendida com honestidade.

— Sim, mamãe, tenho certeza disso — disse Meg, absorvendo de modo respeitoso a singela aula, pois sabemos que as melhores mulheres discursam longamente quando se trata de um tema tão sedutor quanto a manutenção da casa. — A senhora sabe que, nesta minha casa de bonecas, este é o quarto de que eu mais gosto — acrescentou Meg, logo depois, conforme subiam e ela admirava seu bem suprido armário de roupas de cama e banho.

Beth também estava lá, organizando com delicadeza as pilhas de roupas brancas nas prateleiras e deleitando-se com a imensa variedade. Quando Meg disse isso, as três riram, pois aquele armário de roupas de cama e banho era uma piada antiga. Ocorre que a tia March disse certa vez que, se a Meg se casasse com o "tal Brooke", ela não veria nem mesmo um centavo de seu dinheiro; e o fato tornou-se um dilema para ela quando o tempo, tendo apaziguado a sua ira, fez com que se arrependesse da promessa. Ela nunca quebrou a promessa, apesar disso, em sua mente; treinou muito para saber como contorná-la e finalmente elaborou um plano que a deixaria feliz. Mandou a senhora Carrol, a mãe de Florence, comprar, costurar e bordar uma quantidade generosa de roupa de cama e mesa e enviá-la como presente de casamento; tudo foi feito exatamente dessa forma; no entanto, o segredo vazou, divertindo muito a família, pois a tia March tentava fazer-se de desentendida e insistia em afirmar que ela nunca daria outro presente senão as antigas pérolas que haviam sido prometidas para a primeira noiva.

— Este é um gosto das donas de casa que me agrada bastante ver. Uma jovem amiga minha tinha em sua casa apenas seis lençóis; também, ela tinha tigelas de lavar dedos para as suas visitas, e isso já era o bastante para ela — disse a senhora March, enquanto passava as mãos sobre as toalhas de mesa de damasco, apreciando com um deslumbre feminino a sua finura.

— Eu não tenho nenhuma tigela para lavar os dedos, mas a Hannah diz que este conjunto durará até meus últimos dias. — E, como era de esperar, Meg parecia bastante satisfeita.

Um jovem alto, de ombros largos, cabelos curtos, chapéu de feltro e um casaco esvoaçante vinha vagando rapidamente pela estrada; pulou a cerca baixa sem nem abrir o portão e seguiu em direção à senhora March com as duas mãos estendidas e, de um modo entusiasmado, disse:

— Cheguei, mamãe! Sim, está tudo bem.

As últimas palavras eram uma resposta ao olhar que a senhora March lhe direcionou, um olhar gentil, embora questionador, e foram recebidas com tanta sinceridade por aqueles belos olhos que, como de costume, a pequena cerimônia encerrou-se com um beijo maternal.

— Para a senhora John Brooke, com os cumprimentos e felicitações do fabricante. Deus te abençoe, Beth! Jo, você é um espetáculo reconfortante! Amy, você está ficando muito bonita para uma senhorita solteira.

Enquanto Laurie falava, ele entregou um pacote embrulhado num papel marrom para Meg, puxou a fita de cabelo de Beth, encarou o grande avental de Jo e prostrou-se como num arroubo simulado diante de Amy; em seguida, cumprimentou cada uma delas com um aperto de mão, e todas se puseram a fazer perguntas ao mesmo tempo.

— Onde está o John? — perguntou Meg ansiosamente.

— Foi buscar a licença para amanhã, senhorita.

— Quem venceu a última partida, Teddy? Perguntou Jo, que, apesar de seus dezenove anos, ainda se interessava pelos esportes masculinos.

— Nós, é claro. Eu queria que você estivesse lá pra ver.

— Como está a adorável senhorita Randal? — perguntou Amy com um sorriso significativo.

— Mais cruel do que nunca. Você não percebeu como eu estou sofrendo? — Laurie deu uma sonora palmada em seu peito estufado e soltou um suspiro melodramático.

— Qual é a última novidade? Abra o pacote para vermos, Meg — disse Beth, observando curiosamente aquele pacote cheio de saliências.

— É uma coisa muito útil para se ter em casa numa eventualidade de incêndio ou ladrões — observou Laurie, enquanto tiravam do pacote uma matraca[3] como as usadas pelos policiais, o que fez todas as meninas caírem no riso.

— Se John estiver fora de casa e você se sentir assustada, senhorita Meg, vá até a janela da frente e gire este objeto; isso despertará todo o bairro em um instante. Uma beleza, não é? — dizendo isso, Laurie fez uma demonstração dos poderes da matraca, e todas instintivamente taparam os ouvidos com as mãos.

— Nossa... quanta gratidão! E, por falar em gratidão, acho que vocês devem agradecer a Hannah por salvar o bolo de casamento da destruição. Eu o vi chegando à vossa casa quando eu estava vindo para cá, e, se ela não o tivesse defendido de modo incisivo, eu teria roubado alguns pedaços, pois parecia extremamente delicioso.

— Será que você nunca vai crescer, Laurie? — disse Meg num tom de mulher mais madura.

---

3. Peça de madeira com uma plaqueta ou uma argola que se agita e produz barulho em torno de um eixo. (N.E.)

— Estou dando o melhor de mim, senhorita; no entanto, não sei se conseguirei ficar maior; um metro e oitenta é quase o máximo que os homens conseguem atingir nesses tempos degenerados — respondeu o jovem cavalheiro, cuja cabeça quase batia no lustre.

— Suponho que seria uma profanação comer algo nestes cômodos tão limpos, mas, já que estou imensamente faminto, proponho uma mudança de local — acrescentou.

— Mamãe e eu vamos esperar o John. Ainda temos algumas últimas coisas para resolver — disse Meg, apressando-se.

— Beth e eu vamos para a casa de Kitty Bryant, a fim de buscar mais flores para a cerimônia de amanhã — acrescentou Amy, amarrando um chapéu pitoresco sobre seus cachos pitorescos e divertindo-se com o efeito tanto quanto os outros.

— Vamos, Jo, não abandone um amigo. Estou tão exausto que não conseguiria chegar em casa sozinho. Seja lá o que você for fazer, não tire o avental; ele é bem atrativo de um modo peculiar — disse Laurie, enquanto Jo observava a aversão que ele tinha especialmente por aquele bolso espaçoso, e oferecendo seu braço para apoiar os passos oscilantes dela.

— Vamos, Teddy, quero ter uma conversa séria com você sobre a festa de amanhã — começou Jo, enquanto caminhavam juntos. — Prometa que vai se comportar bem, que não fará brincadeiras que estraguem nossos planos.

— Não farei nenhuma brincadeira.

— E não diga coisas engraçadas em momentos sérios.

— Eu nunca faço isso. Nesse ponto, você é melhor que eu.

— Mais uma coisa: eu imploro que você não olhe para mim durante a cerimônia. Se você olhar, eu certamente vou rir.

— Você nem vai me ver. Você vai chorar tanto que a névoa espessa à sua volta nem permitirá que isso aconteça.

— Eu nunca choro, a menos que sinta alguma grande aflição.

— Como colegas indo para a faculdade, hein? — interrompeu Laurie, com uma risada sugestiva.

— Não seja presunçoso. Só reclamei um pouquinho para poder acompanhar as meninas.

— Eu percebi. Diga-me, Jo, como está o vovô esta semana? Bastante amável?

— Sim, muito. Por quê? Você se meteu em alguma enrascada e quer saber como ele vai receber a notícia? — perguntou Jo bruscamente.

— Ah, Jo, você acha que eu iria conseguir encarar sua mãe e dizer "tudo bem" se as coisas não estivessem bem? — Laurie parou de andar, expressando um ar de mágoa.

— Não, eu não acho.

— Então, não seja desconfiada. Eu só quero algum dinheiro — disse Laurie, voltando a caminhar sentindo-se acalentado pelo tom amigável de Jo.

— Você gasta muito, Teddy.

— Ah, minha querida, eu não gasto... O dinheiro, de alguma forma, se gasta sozinho e, antes mesmo que eu perceba, ele acaba.

— Você é tão generoso e bondoso a ponto de permitir que as pessoas lhe peçam dinheiro emprestado! E você não consegue dizer não a ninguém. Ouvimos falar de Henshaw e de tudo o que você fez por ele. Se você sempre gastasse seu dinheiro dessa forma, ninguém o reprovaria — disse Jo calorosamente.

— Ah, o sujeito faz tempestades em copo d'água. Você não permitiria que um bom companheiro como ele trabalhasse até a morte só por lhe faltar uma pequena ajuda, sabendo que ele vale doze de nós, que somos preguiçosos, não é?

— Claro que não, eu só não entendo por que você precisa de dezessete casacos, uma infinidade de gravatas e um chapéu novo cada vez que você volta pra casa. Pensei que tivesse deixado seu período dândi para trás, mas, vez ou outra, ele brota novamente em um novo ponto. Neste exato momento, está na moda ficar horrível, deixar que os cabelos fiquem parecidos com um esfregão, usar paletós justos, luvas cor de laranja e botas apertadas de bico quadrado. Eu não diria nada se fosse uma feiura qualquer, porém uma moda custa tanto quanto a outra, e nenhuma delas me agrada.

Laurie jogou a cabeça para trás e riu tão sinceramente do ataque que seu chapéu de feltro caiu e Jo pisou sobre ele; insulto que lhe ofereceu a oportunidade de discorrer sobre as vantagens dos trajes pouco refinados, enquanto ele dobrava o chapéu maltratado e o metia no bolso.

— Seja uma boa alma e não me dê mais lições! Já ouço muitas durante toda a semana e, além disso, gosto de me divertir quando volto para casa. Não importa quanto eu gaste, amanhã estarei muito bem-vestido para alegrar os meus amigos.

— Eu o deixarei em paz se, ao menos, você deixar seu cabelo crescer um pouco. Apesar de não ser uma aristocrata, eu me recuso a ser vista com uma pessoa que mais parece um jovem pugilista — observou Jo com severidade.

— Este estilo despretensioso facilita os estudos, é por isso que nós o adotamos — respondeu Laurie, que certamente não poderia ser acusado de vaidade, tendo voluntariamente sacrificado uma bela cabeleira encaracolada para o projeto, mantendo apenas um restolho de meio centímetro de comprimento.

— A propósito, Jo — continuou Laurie —, eu acho que o pequeno Parker está ficando verdadeiramente desesperado pela Amy. Ele fala dela sem parar, escreve poesias e devaneia de modo bastante suspeito. Seria melhor se ele cortasse essa paixão pela raiz, não é? — acrescentou Laurie em um tom confidencial de irmão mais velho, depois de um minuto de silêncio.

— Claro que sim. Não queremos outro casamento na família nos próximos anos. Deus misericordioso, o que essas crianças estão pensando? — disse Jo, escandalizada, como se Amy e Parker ainda não tivessem chegado nem mesmo à adolescência.

— Vivemos em uma era muito veloz, senhorita, e não sei aonde vamos chegar. Você é só uma criança, Jo, e, ainda assim, será a próxima a se casar, e ficaremos lamentando por isso — disse Laurie, sacudindo a cabeça e refletindo sobre a degeneração de nossa época.

— Não se preocupe. Não sou do tipo mais agradável. Ninguém vai me querer; e isso é uma bênção, pois toda família deve sempre ter uma velha solteirona.

— Você não dá chance a ninguém — disse Laurie, lançando-lhe um olhar de soslaio e com o rosto, queimado do sol, um pouco mais corado do que antes. — Você não demonstra o lado delicado de seu caráter, e, quando alguém consegue notá-lo sem querer e, por isso, passa a demonstrar que gosta do que vê, você passa a tratá-lo da mesma forma que a senhora Gummidge tratava o namorado: joga água fria nele e fica tão espinhenta que ninguém ousa se aproximar ou olhar para você.

— Eu não gosto dessas coisas. Sou muito ocupada para me preocupar com bobagens e, além disso, também acho terrível separar as famílias assim. Agora chega! Não falemos mais sobre isso. O casamento da Meg nos fez perder a cabeça, e não temos mais outro assunto a não ser amor e outros absurdos semelhantes. E, como não quero ficar brava, então, vamos mudar de assunto! — Jo parecia estar prontíssima para jogar água fria à menor provocação.

Quaisquer que fossem seus sentimentos, Laurie deixou que fossem ventilados por um longo e silencioso suspiro e uma previsão temerosa assim que se separaram no portão:

— Lembre-se do que eu disse, Jo. Você será a próxima.

25. O PRIMEIRO CASAMENTO

Naquela manhã, as radiantes rosas de junho despertaram bem cedo, seus corações regozijavam-se com o sol sem nuvens, como vizinhas amigáveis que eram. Bastante coradas de emoção, balançavam ao vento, sussurrando umas para as outras o que tinham visto, pois algumas espiavam pelas janelas da sala de jantar onde estavam as comidas, outras subiam para acenar e sorrir para as irmãs conforme elas vestiam a noiva, outras acenavam um "bem-vindos" para aqueles que entravam e saíam a fim de transmitir diversos recados no jardim, na varanda, e no salão, e todas, desde a flor mais rosada e desabrochada até o mais pálido botão, ofereciam seu tributo de beleza e fragrância para a bela senhora que as amava e delas cuidava havia tanto tempo.

A própria Meg parecia muito com uma rosa, pois todas as coisas boas e mais doces para o coração e para a alma pareciam florescer em seu semblante naquele dia, tornando-o belo e delicado, com um charme que era mais belo que a própria beleza. Ela não quis seda, rendas nem flores de laranjeira.

— Hoje, eu não quero parecer nem esquisita nem enfeitada demais — disse ela. — Não quero um casamento elegante, quero apenas estar com aqueles a quem eu amo, e desejo parecer, para eles, a mesma pessoa que tanto conhecem.

Então ela mesma fez seu vestido de casamento, costurando nele as delicadas esperanças e os romances inocentes de um coração de menina. Suas irmãs trançaram seus cabelos, e os únicos enfeites que ela usava eram os lírios do vale, que eram as flores preferidas de "seu querido John".

— Você está exatamente como a nossa querida Meg, e tão doce e adorável que eu te abraçaria se não fosse amassar o seu vestido — exclamou Amy, observando-a com encanto assim que ela ficou pronta.

— Fico bastante feliz. Mas, por favor, todas vocês, me abracem e me beijem e não se preocupem com o meu vestido. Hoje, eu quero que o tecido de meu vestido ganhe muitos vincos desse tipo. — E Meg abriu os braços para suas irmãs, que, por um instante, se agarraram a ela felizes, certas de que o novo amor não tinha mudado o antigo.

— Agora eu vou fazer o nó da gravata do John e depois ficarei quieta por alguns minutos com o papai no escritório! — Meg se apressou para realizar essas pequenas cerimônias e, então, passou a seguir sua mãe onde quer que ela fosse, consciente de que, apesar dos sorrisos daquele rosto maternal, havia nele uma tristeza secreta, que se escondia em seu coração materno, porque sua primeira passarinha estava saindo do ninho.

Enquanto as meninas mais jovens estão juntas, dando os últimos retoques em sua maquiagem simples, talvez seja um bom momento para falarmos sobre algumas mudanças que os três últimos anos causaram na aparência delas, pois, agora, todas estavam muito melhor.

O rosto anguloso de Jo está muito mais delicado, ela aprendeu a conduzir-se de forma mais leve, se não com maior graça. Seus cabelos encaracolados cresceram bem e se tornaram cachos espessos, mais harmoniosos para uma cabeça pequena em um corpo esguio. Há um tom corado que traz um frescor a suas bochechas bronzeadas, um brilho suave em seus olhos, e, agora, só ouvimos palavras gentis proferidas por sua língua antes afiada.

Beth está mais esbelta, porém mais pálida e mais retraída do que nunca. Seus belos olhos que expressam tanta gentileza estão mais destacados e, neles, há uma expressão entristecida, embora não seja triste em si. É a sombra da dor que toca um rosto jovem com uma lamentável complacência. Beth, entretanto, raramente reclama e, cheia de esperança, sempre fala em "estar melhor em breve".

Amy é considerada de modo justo "a flor da família", pois aos dezesseis anos ela tem o ar e o porte de uma mulher adulta; não é bonita, mas tem aquele charme indescritível que chamamos de graça. Sua delicadeza pode ser percebida nas linhas de sua silhueta, na figura e nos trejeitos de suas mãos, no balanço sutil de seu vestido, no deslize inconsciente e harmonioso de seus cabelos que são tão atraentes para muitos, como se fossem a própria beleza. Amy ainda se aflige com seu nariz, que nunca será do tipo grego, e também com sua boca, que ela considera muito larga em seu queixo um tanto pronunciado. Ainda que não consiga enxergar, essas características acentuadas dão caráter ao seu rosto, e ela, então, se consola com sua pele maravilhosamente clara, seus olhos profundamente azuis e seus cachos mais dourados e abundantes do que nunca.

Todas as três vestiam tons prateados (seus melhores vestidos para o verão), com rosas vermelhas no cabelo e na lapela, e todas elas pareciam ser exatamente o que eram, meninas de aparência jovem e com o coração feliz, dando uma pausa em suas vidas ocupadas para, com olhos reflexivos, ler o capítulo mais doce do romance da vida feminina.

Não haveria apresentações cerimoniosas, tudo deveria ser o mais natural e simples possível; por isso, quando a tia March chegou, ela ficou escandalizada ao ver a noiva correr para recebê-la e conduzi-la até a festa, ao encontrar o noivo amarrando uma guirlanda que havia caído e ao entrever pela janela a autoridade paterna marchando no andar de cima com um semblante sério e uma garrafa de vinho sob cada braço.

— Por Deus, o que está acontecendo aqui?! — exclamou a velha senhora após tomar o assento de honra que estava reservado para ela e arrumar as pregas de sua *moiré*[4] arroxeada com um grande farfalhar. — Ah, criança, você não deveria ser vista por ninguém até o último minuto.

— Eu não sou um espetáculo, tia, e ninguém veio aqui para ficar me olhando, nem para criticar o meu vestido, nem para calcular o preço do bufê. Estou muito feliz, e não quero me importar com o que os outros dizem ou pensam, e meu modesto casamento ocorrerá da forma que mais me agrada. — E, virando-se,

---

4. Tecido similar ao tafetá. (N.E.)

disse: — John, querido, aqui está o seu martelo. — E Meg foi ajudar "aquele homem" em sua tarefa bastante *inapropriada*.

O senhor Brooke nem sequer agradeceu e, ao abaixar-se para apanhar aquela ferramenta nada *romântica*, beijou sua noiva atrás do biombo, sob o olhar de tia March, que nesse instante retirou seu lenço de bolso para secar uma gota repentina de orvalho em seus profundos e desgastados olhos.

Um estrondo, um grito e uma risada de Laurie, acompanhados pela indecorosa exclamação "Júpiter Amon! A Jo derrubou o bolo de novo!" causou uma agitação momentânea que mal havia acabado quando chegou um bando de primos e "a festa começou", como Beth costumava dizer quando era criança.

— Não deixe que aquele jovem gigante se aproxime de mim, ele me perturba mais do que os mosquitos — sussurrou a velha senhora para Amy, enquanto os espaços eram preenchidos e a cabeleira escura de Laurie destacava-se em meio a todos os convidados.

— Ele prometeu comportar-se hoje e, quando quer, ele sabe ser perfeitamente elegante — respondeu Amy, deslizando-se para dizer a Hércules que tomasse cuidado com o dragão, aviso que o levou a assombrar a velha senhora com uma devoção que quase chegou a distraí-la.

Não houve procissão nupcial; um silêncio repentino caiu sobre a sala assim que o senhor March e o jovem casal tomaram seus lugares sob o arco nupcial de folhas verdes. A mãe e as irmãs se aproximaram muito, como se relutassem em deixar Meg partir. A voz do pai oscilou por conta da emoção mais de uma vez, o que tornava tudo mais bonito e solene. A mão do noivo tremia visivelmente, e ninguém ouviu suas respostas. Meg, no entanto, mantinha a cabeça erguida, e olhando firme nos olhos do marido disse "Aceito!" com uma confiança tão cheia de ternura em seu semblante e na voz que o coração de sua mãe se encheu de alegria e tia March choramingou.

Jo não chorou e, embora tenha chegado muito perto disso em um momento, foi salva ao lembrar-se de que Laurie estava olhando fixamente para ela com uma mistura cômica de alegria e emoção em seus terríveis olhos negros. Beth manteve o rosto escondido no ombro da mãe, e Amy, como uma estátua graciosa, recebia um raio de sol extremamente adequado em sua testa alva e na flor fixada em seus cabelos.

Talvez não tenha sido a atitude mais apropriada, porém, no minuto em que foi declarada casada, Meg gritou "O primeiro beijo para Marmee!" e, virando-se, beijou-lhe com o coração nos lábios. Durante os quinze minutos seguintes, ela, mais do que nunca, parecia uma rosa, pois todos se aproveitaram ao máximo do privilégio de beijar a noiva, desde o senhor Laurence até a velha Hannah, que, adornada com uma touca linda feita à mão, despencou sobre ela na sala, chorando entre soluços e risos: "Deus te abençoe, querida, cem vezes! O bolo ainda *tá* muito bom e todo o resto *tá* adorável!".

Depois disso, todos se sentiram um pouco melhor e disseram algo brilhante, ou tentaram dizer, o que dava na mesma, pois o riso flui com facilidade quando os corações estão leves. Não houve exibição de presentes, pois estes já estavam na pequena casa; também não houve serviço de bufê muito elaborado: apenas um almoço com bolos e frutas decorados com flores. O senhor Laurence e a tia March encolheram os ombros e sorriram um para o outro quando descobriram que água, limonada e café eram os únicos néctares que as três Hebes[5] serviam aos convidados. Ninguém havia dito nada até que Laurie, insistindo em servir a noiva, postou-se diante dela com um bandeja cheia na mão e uma expressão atrapalhada no rosto.

— Será que Jo quebrou todas as garrafas por acidente? — ele sussurrou. — Ou estou iludido, imaginando ter visto pela manhã algumas garrafas soltas por aí?

— Não, seu avô gentilmente nos ofereceu suas melhores bebidas, e a tia March também nos enviou algumas, mas o papai guardou um pouco para a Beth, e o restante, enviou ao Abrigo dos Soldados. Você sabe que ele acredita que o vinho deve ser usado apenas em caso de doença, e, além disso, a mamãe diz que nem ela nem suas filhas nunca oferecerão vinho a algum jovem sob seu teto.

Meg falava sério, e achava que Laurie fosse franzir a testa ou rir, mas ele não fez nem uma coisa nem outra, apenas lançou um rápido olhar em sua direção e disse com seu jeito impetuoso:

— Eu gosto disso! Pois já o vi causando muitas mágoas, e eu gostaria que outras mulheres pensassem como você.

— Espero que esta sabedoria não seja fruto de sua experiência. — Havia um tom de expectativa na voz de Meg.

— Não. Juro que não. Contudo, não me dê muito crédito, pois esta não é uma de minhas grandes tentações. Eu fui criado em um lugar onde o vinho é tão comum e quase tão inofensivo quanto a água, portanto, não me interesso muito por ele, ainda que não seja possível recusá-lo quando oferecido por uma menina linda, entende?

— Mas você vai recusar. Se não for para seu próprio bem, pelo bem dos outros. Por favor, Laurie, prometa-me isso, e me dê mais uma razão para que este seja o dia mais feliz de toda a minha vida.

---

5. Na mitologia grega, Hebe era filha de Zeus e Hera, a deusa da juventude, e representava a donzela consagrada aos trabalhos domésticos. (N.T.)

Um pedido tão inesperado e tão sério fez o jovem hesitar por um momento, pois o ridículo é muitas vezes mais difícil de suportar do que a abnegação. Meg sabia que, se ele fizesse uma promessa, a manteria a todo custo, e, sentindo que tinha esse poder, usou-o como somente uma mulher o saberia usar para o bem de um amigo. Ela não falou, apenas o fitou com a eloquência de um rosto feliz e um sorriso que dizia "hoje, ninguém pode recusar-me nada". Laurie certamente não podia e, respondendo com um sorriso, estendeu-lhe a mão e disse afetuosamente:

— Eu prometo, senhora Brooke!

— Agradeço muito, muitíssimo!

— E eu faço um brinde e desejo longa vida à sua resolução, Teddy — exclamou Jo, batizando-o com um borrifo de limonada, enquanto balançava o copo e lhe lançava um olhar de aprovação.

Assim, foi feito o brinde e a promessa, que foi lealmente mantida, apesar de muitas tentações, pois, com sabedoria instintiva, as meninas aproveitaram um momento de felicidade para prestar um serviço ao amigo que, a elas, seria grato por toda a vida.

Depois do almoço, as pessoas começaram a passear em grupos de dois ou três pela casa e pelo jardim, aproveitando o sol que batia fora e dentro dela. Meg e John estavam juntos em pé no meio de um espaço gramado quando Laurie foi tomado por uma inspiração que deu o toque final a este casamento tão fora do comum.

— Gostaria que todos os casados dessem as mãos e dançassem em volta dos recém-casados, como fazem os alemães; enquanto isso, nós, solteiros e solteiras, dançaremos em pares do lado de fora da roda! — exclamou Laurie, passeando pelo caminho com a Amy. Seu espírito era tão contagiante e habilidoso que, sem titubear, todos os outros passaram a seguir seu exemplo. O senhor e a senhora March e a tia e o tio Carrol deram início à roda, e os outros rapidamente se juntaram. Até mesmo a Sallie Moffat, depois de hesitar por um momento, jogou a cauda de seu vestido sobre o braço e arrastou Ned para a roda. A coroação daquele episódio, no entanto, veio do senhor Laurence e da tia March, pois, quando aquele velho senhor imponente se dirigiu com solenidade àquela senhora, ela enfiou a bengala debaixo do braço e, rapidamente, saltou para dar as mãos aos outros e dançar em torno dos noivos, enquanto os jovens invadiam o jardim como borboletas em um dia de verão.

A falta de fôlego foi dando fim àquele baile improvisado e, então, as pessoas começaram a ir embora.

— Desejo-lhe o melhor, minha querida, eu sinceramente desejo-lhe o melhor, porém ainda acredito que você vai se arrepender — disse a tia March a

Meg, acrescentando ao noivo que a acompanhou até a carruagem: — Você tem um tesouro, jovem, faça tudo para merecê-lo.

— Há tempos que não vejo um casamento tão bonito quanto esse, Ned, e não sei dizer por que, pois não teve nem um pingo de elegância — observou a senhora Moffat para o marido quando voltavam para casa.

— Laurie, meu rapaz, se você, em algum momento, quiser entrar nesse tipo de coisa, chame uma dessas meninas para ajudá-lo, e ficarei perfeitamente satisfeito — disse o senhor Laurence ao sentar-se em sua poltrona para descansar após as emoções da manhã.

— Farei de tudo para gratificá-lo, senhor — foi a resposta excepcionalmente atenciosa de Laurie enquanto com cuidado ele desprendia a flor que Jo havia colocado em sua lapela.

A pequena casa não ficava longe, e a única viagem de lua de mel de Meg foi a tranquila caminhada com John da antiga casa para a nova. Quando ela desceu, parecendo uma bela *quaker* em seu lindo vestido cor de creme e com seu chapéu de palha adornado com uma fita branca, todos se reuniram em volta dela para dizer adeus com tanta ternura como se ela fosse fazer uma excursão pela Europa.

— Não pense que estou me separando de você, mamãe querida, ou que eu a amo menos por amar tanto o John — disse ela, agarrando-se à mãe com os olhos momentaneamente úmidos. — Virei todos os dias, papai, e, embora esteja casada, espero manter o meu antigo lugar em vossos corações. A Beth vai passar muito tempo comigo, e as outras meninas vão me visitar vez ou outra para rir de minhas dificuldades com a manutenção da casa. Obrigada a todos vocês pelo meu lindo dia de casamento. Tchau, até mais!

Com os semblantes expressivos de amor, esperança e orgulho, eles ficaram observando-a se afastar apoiada sobre o braço do marido, com as mãos cheias de flores e o sol do verão iluminando seu rosto feliz — e, dessa forma, Meg iniciou sua vida de casada.

26. Tentativas artísticas

As pessoas levam muito tempo para aprender a diferença entre talento e gênio, especialmente os jovens ambiciosos. Amy compreendia essa distinção com algum sofrimento, pois, confundindo seu entusiasmo com inspiração, ela experimentava diversos ramos da arte com a audácia típica da juventude. Durante um longo tempo, ela abandonou as modelagens no barro e dedicou-se ao trabalho mais delicado do desenho feito a pena, para o qual demonstrou tanto talento e habilidade que suas obras graciosas se revelaram agradáveis e proveitosas. Acontece que o esforço excessivo causado aos seus olhos fez com que a pena e a tinta fossem colocadas de lado, levando-a a um ensaio ousado em pirogravura.

Na época desse último *ataque*, a família vivia com medo constante de um incêndio, pois o odor de madeira queimada pairava pela casa o tempo todo; saía fumaça pelo sótão e pelo galpão com uma frequência alarmante. Amy deixava canetas em brasa espalhadas pela casa inteira, por isso, Hannah nunca ia para a cama sem um balde de água e sem a sineta do jantar, a qual ela deixava junto à porta para o caso de haver uma tragédia. Nessa época, eles viram o rosto de Rafael muito bem executado na parte inferior da bancada de moldagem, e Baco em cima da tampa de um barril de cerveja. Um querubim bardo adornava a tampa do pote de açúcar, porém a tentativa de retratar Romeu e Julieta proveu à família um bom fornecimento de lenha por algum tempo.

Seus dedos queimados fizeram uma transição natural do fogo para o óleo, e, sem diminuir a empolgação, Amy passou a pintar. Um amigo artista lhe deu paletas, pincéis e tintas que ele não usaria mais, e ela se pôs a pintar imagens pastorais e marinhas nunca antes vistas em terra ou mar. Seus monstros em forma de gado teriam ganhado prêmios em uma feira agrícola, e a perigosa inclinação de seus navios certamente provocaria enjoo até mesmo no maior dos navegantes se o total desrespeito a todas as regras conhecidas da construção de navios e cordames não o convulsionasse de tanto rir. Meninos bronzeados e madonas[6] de olhos negros, olhando para o observador de um canto do estúdio, remetiam a um Murillo;[7] rascunhos de retratos produzidos com um óleo acastanhado e um raio sombrio meio deslocado faziam lembrar um Rembrandt; mulheres robustas e bebês hidrópicos, um Rubens;[8] via-se Turner[9] nas tempestades com trovões azuis, relâmpagos alaranjados, chuvas marrons e nuvens roxas, com um respingo cor de tomate no meio, que podia representar o sol ou uma boia, a camisa de um marinheiro ou um manto real, conforme quisesse o espectador.

Em seguida vieram os retratos a carvão, e toda a família foi pendurada em uma fileira de quadros, todos parecendo tão selvagens e fuliginosos, como se

---

6. Madona é a representação de Nossa Senhora (ou a Virgem Maria) em pintura ou escultura, uma figura muito representativa do catolicismo. (N.E.)

7. Bartolomé Esteban Perez Murillo, pintor barroco espanhol. (N.E.)

8. Peter Paul Rubens foi um pintor brabantino (de Brabante, região histórica que hoje ficaria entre a Bélgica e os Países Baixos) de estilo barroco, que enfatizava movimento, cor e sensualidade. Ele é conhecido por suas obras contrarreformistas, pelos retratos e pinturas históricas de temas mitológicos e alegóricos. (N.E.)

9. Joseph Mallord William Turner, conhecido contemporaneamente como William Turner, foi um pintor, músico, gravurista e aquarelista romântico inglês, considerado um dos precursores do modernismo na pintura, em função de seus estudos sobre cor e luz. (N.E.)

tivessem acabado de sair do depósito de carvão. As imagens ficaram melhores quando foram retocadas pelos esboços de giz de cera, pois as semelhanças eram incríveis, e disseram que o cabelo da Amy, o nariz da Jo, a boca da Meg e os olhos do Laurie estavam "maravilhosamente bons". Então houve um regresso ao barro e ao gesso: moldes fantasmagóricos de todos os seus conhecidos assombravam a casa, ou caíam das prateleiras dos armários na cabeça das pessoas. As crianças foram subornadas para que servissem como modelos, até que seus relatos incoerentes dos feitos misteriosos levaram a senhorita Amy a ser considerada uma jovem ogra. Seus esforços nesse campo da arte, no entanto, foram abruptamente interrompidos por um acidente desagradável que a fez perder a inspiração. Como, por um tempo, havia falta de modelos, ela passou a fazer moldes de seu lindo pé, e um dia a família ficou bastante alarmada com um estrondo de outro mundo, gritos e muita correria para o resgate, pois a jovem entusiasta foi encontrada pulando descontroladamente no galpão com o pé preso em uma panela cheia de gesso que havia endurecido com uma inesperada rapidez. Com muita dificuldade e correndo algum perigo, ela foi retirada do gesso, porém Jo ria tanto enquanto escavava que sua faca escapou e cortou um pouco o pé da pobre menina, deixando, ao menos, uma lembrança duradoura desse ensaio artístico.

Amy diminuiu suas atividades até que a mania de traçar esboços com inspiração na natureza a levou a buscar rios, campos e bosques para seus estudos pictóricos; ela ansiava, porém, encontrar ruínas nas quais pudesse se basear. Teve resfriados intermináveis por sentar-se na grama úmida para registrar "um detalhe maravilhoso" composto de uma pedra, um toco, um cogumelo e um talo quebrado de verbasco, ou "um volume celestial de nuvens", que parecia, quando pintado, uma seleção de belos colchões de penas. Ela sacrificou a pele boiando no rio sob o sol de verão para estudar a luz e a sombra, e ganhou uma ruga em seu nariz ensaiando "pontos de vista", ou seja lá qual for o nome que dão ao exercício de franzir e esticar o rosto.

Se o "gênio decorre da paciência eterna", como afirmava Michelangelo, Amy tinha direito a esse atributo divino, pois, apesar de todos os obstáculos, fracassos e desânimos, ela perseverou, acreditando firmemente que, no tempo devido, faria algo digno de ser chamado de "grande arte".

Entretanto, ela aprendia, fazia e gostava de outras coisas, pois, mesmo que nunca se tornasse uma grande artista, era agora uma mulher atraente e realizada. Assim ela obteve mais sucesso, pois era um daqueles seres criados com alegria que agradam sem esforço, fazem amigos em todos os lugares e levam a vida de forma tão graciosa e fácil que as almas menos afortunadas são tentadas a acreditar que pessoas assim nasceram sob uma estrela da sorte. Todos gostavam dela, pois entre seus grandes dons ela tinha a gentileza. Tinha também um sentido instintivo do que era agradável e adequado, sempre dizia a coisa certa para a pessoa certa, fazia exatamente o que era conveniente para determinado momento e local e era tão dona de si que suas irmãs costumavam dizer: "Se a Amy precisasse ir à corte sem nenhum ensaio antecipado, ela saberia exatamente o que fazer.".

Uma de suas fraquezas era o desejo de se mover em "nossa elevada sociedade" sem ter muita certeza do que "elevada" realmente significava. A seu ver, dinheiro, posição, realizações e modos elegantes eram atributos muito desejáveis, e ela gostava de associar-se com aqueles que os possuíam; muitas vezes, confundia o falso e o verdadeiro e admirava o que não era admirável. Sem nunca se esquecer de que era uma dama por nascimento, ela cultivava seus gostos e sentimentos aristocráticos com a esperança de que, assim que surgisse a oportunidade, ela estivesse pronta para tomar o lugar do qual, agora, a pobreza a excluía.

Essa "dama", como seus amigos se referiam a ela, desejava sinceramente ser uma verdadeira senhora, e o era em seu coração, mas ainda precisava aprender que o dinheiro não pode comprar uma natureza refinada, que posição nem sempre confere nobreza e que a verdadeira educação se faz sentir, independentemente dos empecilhos externos.

— Eu quero pedir um favor a você, mamãezinha — disse Amy, entrando um dia em casa com um ar solene.

— Sim, minha menina, o que é? — respondeu a mãe, para quem a pequena jovem ainda era "uma bebê".

— Nossas aulas de desenho terminarão na próxima semana, e, antes que as meninas se separem durante as férias de verão, eu gostaria que elas passassem um dia aqui em casa. Elas estão loucas para ver o rio, desenhar a ponte quebrada e copiar algumas das coisas que admiram em meu livro de desenhos. As meninas têm sido muito gentis comigo de muitas maneiras, e estou muito grata, pois todas elas são ricas e eu sei que sou pobre, mas elas nunca fizeram diferença disso.

— E por que fariam? — questionou a senhora March em um tom que as meninas chamavam de "ar de Maria Teresa".[10]

— Você sabe tão bem quanto eu, mamãe, que isso faz diferença para quase todos, então não se irrite como se fosse uma adorável galinha maternal quando seus pintinhos são bicados por pássaros mais espertos. Você bem sabe que o patinho feio acabou virando um cisne. — Amy sorriu sem amargura, pois ela possuía um temperamento feliz e tinha uma alma romântica.

---

10. Maria Teresa (1717-1780) foi uma imperatriz do Sacro Império Romano-Germânico, arquiduquesa da Áustria, rainha da Hungria, da Croácia e da Boêmia. Era uma católica bastante devota, conhecida por sua generosidade. (N.E.)

A senhora March riu e tranquilizou seu orgulho materno enquanto perguntava:

— Bem, meu cisne, qual é o seu plano?

— Eu gostaria de convidar as meninas para almoçar na próxima semana, e levá-las de carruagem aos lugares que elas querem ver, talvez remar no rio... Seria uma pequena festa artística.

— Isso parece possível. O que você quer para o almoço? Acredito que bastará servirmos um bolo, sanduíches, frutas e café, não?

— Oh, meu Deus, não! Além disso, devemos também servir alguns embutidos frios, chocolate francês e sorvete. As meninas estão acostumadas a essas coisas, e eu quero que meu almoço seja adequado e elegante, embora eu precise trabalhar para viver.

— Quantas meninas virão? — perguntou a mãe, começando a ficar preocupada.

— Há doze ou catorze em minha sala. Ouso dizer, porém, que nem todas virão.

— Pelo amor de Deus, criança, você terá que fretar um ônibus para trazer tanta gente.

— Por que, mamãe? Como você pode pensar em uma coisa dessas? Talvez venham apenas seis ou oito meninas... Então, vou alugar uma carroça de praia e pedir emprestado o *charabã*[11] do senhor Laurence.

— Tudo isso sairá muito caro, Amy.

— Não muito. Eu calculei o custo e pagarei a festa.

— Querida, essas meninas já estão acostumadas a essas coisas, por isso, o melhor que pudermos fazer não será nenhuma novidade para elas. Você não acha que elas ficariam mais felizes com um plano mais simples que para elas seria algo diferente e para nós seria melhor? Pois, assim, não precisaríamos comprar ou pedir emprestado coisas de que não precisamos para tentarmos ter um estilo que não está adequado às nossas condições.

— Se eu não puder fazer o que eu quero, prefiro não fazer nada. Sei que posso preparar tudo perfeitamente bem se você e as meninas me derem uma ajuda, e não entendo por que não posso se estou disposta a me responsabilizar pelos custos — disse Amy com seu típico modo decidido que se transformava em obstinação sempre que havia alguma oposição ao que ela desejava.

A senhora March sabia que a experiência era uma excelente mestra e, sempre que possível, deixava que suas filhas aprendessem sozinhas muitas lições,

---

11. Carruagem com assentos laterais para mais de quatro pessoas, normalmente aberta nos lados e coberta com um toldo. (N.E.)

que ela, com prazer, tornaria mais fácil se elas não se opusessem a receber conselhos tanto quanto recusavam os sais e as ervas medicinais.

— Muito bem, Amy, se você está decidida e sabe como proceder sem gastar muito dinheiro, tempo e energia, então, eu não direi mais nada. Fale sobre isso com as meninas, e, seja qual for sua decisão, darei o melhor de mim para ajudá-la.

— Obrigada, mamãe, você é sempre muito gentil! — Amy foi, então, contar seus planos para as irmãs.

Meg concordou na hora e prometeu-lhe ajuda de bom grado, oferecendo qualquer coisa que tivesse, desde sua pequena casa até o melhor conjunto de colheres de chá. Jo, no entanto, desaprovou os planos de Amy e disse que não ajudaria em nada.

— Que motivo te levaria a gastar seu dinheiro, preocupar sua família e virar a casa de cabeça para baixo por causa de um bando de meninas que não estão nem aí para você? Eu imaginava que você fosse muito mais orgulhosa e sensata a ponto de não se dobrar a qualquer mulher mortal só porque ela usa botas francesas e passeia em um cupê[12] — disse Jo, que, tendo sido interrompida no clímax trágico de seu romance, não estava com o melhor humor para as empreitadas sociais de Amy.

— Eu não me dobro, e odeio ser tratada com indulgência tanto quanto você! — respondeu Amy, indignada, pois as duas ainda discutiam sempre que surgiam tais questões. — As meninas se importam comigo, e eu com elas. Entre elas, além de muito talento, há também bondade e sentimentos, apesar de tudo o que você chama de absurdo da moda. Você não se importa em fazer as pessoas gostarem de você, em entrar para a alta sociedade, nem faz questão de cultivar as boas maneiras e gostos. Eu me importo e pretendo aproveitar ao máximo todas as oportunidades que surgirem. Você pode atravessar o mundo com os cotovelos para fora, o nariz empinado e chamar isso de independência, se quiser. Eu não sou assim.

Quando Amy afiava a língua e dizia o que pensava, ela quase sempre se dava bem, pois raramente deixava de ter o bom senso a seu favor, enquanto Jo levava seu amor pela liberdade e seu ódio às convencionalidades a extremos tão ilimitados que, geralmente, saía derrotada nas discussões. A definição de Amy sobre a ideia de independência de Jo foi tão certeira que ambas explodiram em gargalhadas, e, assim, a discussão tornou-se mais amigável. Apesar de estar muito contrariada, Jo, finalmente, concordou em interpretar a senhora Grundy e ajudar sua irmã naquilo que ela considerava "um negócio sem sentido".

---

12. Antiga carruagem fechada de tração animal, com duas portas e geralmente dois lugares, guiada por um cocheiro num banco à frente. (N.E.)

Enviaram-se os convites, quase todos foram aceitos, e a segunda-feira seguinte foi escolhida para o grande evento. Hannah estava de mau humor, pois sua semana de trabalho tinha sido perturbada, então ela fez uma previsão de que tudo ficaria fora de controle se as roupas não fossem lavadas e passadas a tempo. Esse *engasgo* na mola principal da maquinaria doméstica causou um efeito ruim em todo o planejamento. Amy, no entanto, seguiu o lema *"Nil desperandum!"*[13] e, depois de resolver o que fazer, ela começou a pôr tudo em prática, apesar de todos os obstáculos. Para começar, Hannah não conseguiu cozinhar bem. O frango ficou duro, a carne, muito salgada, e o chocolate não ficou aerado da forma apropriada. Para piorar, o bolo e o gelo custaram mais do que Amy esperava, assim como a carruagem e várias outras despesas, que, no início, pareciam insignificantes, acabaram atingindo um valor alarmante no final. Beth ficou resfriada e precisou recolher-se. Meg recebeu um número incomum de visitas e teve de ficar em casa. Jo encontrava-se em um estado de espírito tão dividido que as interrupções, os acidentes e erros foram inúmeros, sérios e bem complicados de um modo incomum.

— Se não fosse a mamãe, eu nunca teria conseguido — declarou Amy depois, lembrando-se com gratidão de quando "a melhor piada da época" foi totalmente esquecida por todos.

Se o tempo não estivesse bom na segunda-feira, as jovens viriam na terça, um acordo que deixou Jo e Hannah irritadíssimas. Na segunda-feira de manhã o tempo estava instável, o que era mais desesperador do que se estivesse caindo uma chuva constante. Chuviscou um tanto, o sol saiu timidamente, ventou um pouco e o tempo somente resolveu se firmar quando já era tarde demais para que as pessoas conseguissem tomar suas próprias resoluções. Amy acordou logo que amanheceu, tirou todos da cama e adiantou o café da manhã para que todo mundo ficasse disponível para lhe ajudar a preparar a casa. A sala de estar parecia-lhe empobrecida de um modo incomum, mas, sem parar para choramingar pelo que não tinha, ela habilmente fez o melhor com o que tinha; colocou as cadeiras em cima dos lugares em que o tapete estava desgastado e cobriu as manchas das paredes com esculturas feitas em casa, que, aliadas aos encantadores vasos de flores espalhados por Jo, deu um ar artístico para a sala.

O almoço estava com um belo aspecto, e, ao inspecioná-lo, Amy esperava sinceramente que seu sabor também estivesse bom e que os copos, as porcelanas e a prataria emprestados voltassem em segurança para a casa de seus donos. As carruagens chegariam na hora. Meg e mamãe estavam prontas para fazer as honras. Beth conseguiu ajudar Hannah nos bastidores. Jo havia se

---

13. "Nunca se desespere!" (N.E.).

comprometido a apresentar-se tão disposta e amável quanto lhe permitissem sua desatenção, sua dor de cabeça e sua desaprovação peculiar a todos e a tudo; e enquanto, já cansada, se vestia, Amy animou-se ao imaginar o momento feliz em que, após o almoço, ela sairia com as amigas para uma tarde deliciosa permeada de arte, pois o charabã e a ponte quebrada seriam seus pontos fortes.

Então vieram as horas de suspense, durante as quais ela oscilava da sala para a varanda enquanto a opinião pública variava como o galo do tempo. Um aguaceiro às onze horas da manhã certamente desestimulou as jovens senhoras que deveriam chegar às doze, pois ninguém veio, e, às duas da tarde, a família exausta se sentou sob o calor forte do sol a fim de consumir as porções perecíveis do almoço para que nada fosse perdido.

— Não há dúvidas a respeito do tempo de hoje, elas certamente virão, por isso devemos nos apressar e ficar prontas para recebê-las — disse Amy assim que o sol a acordou na manhã seguinte. Ela parecia entusiasmada; contudo, no fundo de sua alma, desejava não ter dito nada sobre terça-feira, pois seu interesse, assim como o bolo, estava começando a esmaecer.

— Não consegui comprar lagostas, então, hoje não haverá salada — disse o senhor March, chegando meia hora depois com uma expressão de plácido desespero.

— Então use o frango, sua dureza não fará diferença em uma salada — aconselhou a senhora March.

— Hannah o deixou na mesa da cozinha por um instante, e os gatos o levaram. Sinto muito, Amy — acrescentou Beth, que continuava sendo a padroeira dos gatos.

— Agora, preciso de uma lagosta, pois não há como servir somente a carne — disse Amy de modo decidido.

— Você quer que eu corra até a cidade e compre uma? — perguntou Jo, com a magnanimidade de um mártir.

— Você a traria para casa carregando-a debaixo do braço, sem nenhum embrulho, apenas para me provocar. Eu mesma irei — respondeu Amy, cuja boa disposição estava começando a falhar.

Envolta em um xale e munida de uma cesta elegante, ela partiu sentindo que uma caminhada tranquila acalmaria seu espírito e a deixaria pronta para os trabalhos do dia. Logo depois, ela obteve o objeto de seus desejos; comprou também o molho para a salada, a fim de evitar perder mais tempo em casa, e voltou bastante satisfeita com seus preparativos.

O ônibus levava apenas uma outra passageira, uma velhinha sonolenta, então Amy guardou o xale na bolsa e ludibriou o tédio do caminho tentando descobrir para onde havia ido todo o seu dinheiro. Estava tão ocupada com o papel cheio de números insubordináveis que nem percebeu quando entrou o novo passageiro — que, sem solicitar que o veículo parasse, havia embarcado neste em andamento —, até que uma voz masculina disse "Bom dia, senhorita March!", e, ao erguer o olhar, ela avistou um dos amigos mais elegantes da faculdade de Laurie. Esperando fervorosamente que ele descesse antes dela, Amy esqueceu-se totalmente da cesta a seus pés e, felicitando-se por estar usando seu novo vestido de passeio, retribuiu a saudação do jovem com sua habitual delicadeza e animação.

Eles se deram muito bem, pois a principal preocupação de Amy logo foi amenizada quando ela soube que o cavalheiro desceria primeiro, e ela estava conversando num tom peculiarmente esnobe até o momento em que a velha senhora levantou para descer. Contudo, ao tropeçar na porta, a mulher virou a cesta e — oh, que horror! — a lagosta, em toda a sua extensão e com seu brilho vulgar, foi revelada aos olhos nobres de um Tudor![14]

— Por Júpiter, ela esqueceu o jantar! — exclamou o jovem, que nada sabia, empurrando o monstro escarlate de volta ao seu lugar com a bengala; então ele tentou, em vão, devolver a cesta para a velha senhora, que já havia descido.

— Por favor, não... é minha — murmurou Amy com o rosto quase tão vermelho quanto o seu crustáceo.

— Oh, verdade? Peço desculpas! Esta é uma lagosta extraordinariamente boa, não? — disse o jovem Tudor com grande presença de espírito e um ar de interesse sóbrio que fazia jus à sua educação.

Amy se recuperou com rapidez, colocou a cesta corajosamente no banco e disse:

— Você não gostaria de experimentar a bela salada em que ela vai se transformar e conhecer as encantadoras jovens que vão comê-la?

Isso sim é tato, pois ela havia tocado nas duas principais fraquezas da mente masculina. A lagosta foi instantaneamente envolvida por um halo de imaginações agradáveis e pela curiosidade a respeito das "encantadoras jovens", desviando o pensamento do rapaz daquele acidente cômico.

"Acho que ele vai rir e fazer piadas disso com o Laurie; no entanto, como não estarei presente, isso já é um consolo para mim", pensou Amy enquanto o jovem Tudor inclinava-se em despedida para partir.

Em casa, ela não mencionou o encontro (embora tenha descoberto que, graças ao ocorrido, seu novo vestido estava bastante danificado pelos veios

---

14. Uma alusão à família Tudor, da monarquia inglesa, que governou a Inglaterra e seus reinos, incluindo o País de Gales e também o reino da Irlanda, de 1485 a 1603. (N.E.)

de molho que escorriam por sua saia), e continuou com as preparações, que, agora, pareciam mais irritantes do que nunca; ao meio-dia, estava tudo pronto de novo. Percebendo que os vizinhos pareciam interessados em seus movimentos, ela desejou apagar a memória de fracasso do dia anterior com um grande sucesso; então, pediu que trouxessem o charabã e, com muita cerimônia, saiu para encontrar — e escoltar — as convidadas do banquete.

— Já ouço o barulho! Estão chegando! Ficarei na varanda para encontrá-las. É algo hospitaleiro, e eu quero que a pobre criança consiga se divertir depois de tantos contratempos — disse a senhora March, acomodando sua atitude às palavras. Todavia, após perceber o que se passava, ela se retirou com uma expressão indescritível, pois, parecendo um tanto constrangidas na enorme carruagem, vinham Amy e apenas uma jovem.

— Corra, Beth, e ajude Hannah a tirar metade das coisas da mesa. Será muito ridículo uma mesa arrumada para doze pessoas diante de uma única menina — exclamou Jo, correndo para dentro, exaltada o bastante até mesmo para conseguir rir.

Amy entrou bastante calma e agradavelmente cordial com a única convidada que havia mantido sua promessa. O resto da família, tendo um quê para o teatro, desempenhou seu papel igualmente bem, e a senhorita Eliott os achou bastante engraçados, pois era impossível controlar todo o contentamento que os envolvia. Após encerrarem alegremente o almoço remodelado, visitarem o estúdio e o jardim e discutirem sobre arte com entusiasmo, Amy pediu um cabriolé[15] (em detrimento do elegante charabã) e com tranquilidade conduziu sua amiga a um passeio pela vizinhança, no qual permaneceram até o pôr do sol, quando a festa teve fim.

Mais tarde, quando entrou em casa parecendo muito cansada, mas sempre com a mesma boa compostura, ela percebeu que todos os vestígios daquela festa infeliz haviam desaparecido, exceto por uma contração suspeita nos cantos dos lábios de Jo.

— Você teve uma bela tarde de passeio, não é, querida? — disse sua mãe, tão respeitosamente como se todas as doze tivessem vindo.

— A senhorita Eliott é uma menina muito doce e parecia estar se divertindo — observou Beth, demonstrando uma afeição incomum.

— Você poderia me dar alguns pedaços do seu bolo? Eu realmente preciso disso. Tenho muitas visitas, e não sei fazer coisas tão deliciosas como essas — disse Meg com sobriedade.

---

15. Carruagem pequena, leve e rápida, de duas rodas, com uma capota móvel, conduzida por apenas um cavalo. (N.E.)

— Leve tudo. Eu sou a única aqui que gosta de doces, e ele vai se estragar antes que eu consiga comê-lo inteiro — respondeu Amy, pensando com alívio sobre a generosidade que ela havia despendido para que houvesse um fim como aquele.

— É uma pena Laurie não estar aqui para nos ajudar — disse Jo enquanto se sentavam para comer sorvete e salada pela segunda vez em dois dias.

Um olhar de advertência da mãe fez com que cessassem quaisquer novas observações, e a família toda continuou a comer num silêncio épico, até que o senhor March observou calmamente:

— Salada era um dos pratos favoritos dos antigos, e Evelyn... — Nesse momento, uma explosão geral de risos interrompeu a "história das saladas", para grande surpresa do cavalheiro erudito.

— Embrulhem tudo, coloquem numa cesta e enviem para os Hummels. Os alemães adoram ter provisões prontas. Estou farta de ver isso, e não há razão para que morramos todos empanturrados por causa de minhas tolices — exclamou Amy, enxugando os olhos.

— Eu quase morri de rir quando vi vocês duas chacoalhando no... Como chama aquele tipo de veículo? Pareciam dois pequenos grãos em uma gigantesca casca de noz, e a mamãe esperando cerimoniosamente para receber a comitiva — suspirou Jo, exausta de tanto rir.

— Sinto muito por você ter se desapontado, querida, todas fizemos o possível para que você ficasse feliz — disse a senhora March, num tom de lamento maternal.

— Eu *estou* feliz. Fiz o que me propus a fazer, e a empreitada não fracassou por minha culpa. Isso me consola — disse Amy, com a voz meio embargada. — Agradeço muito a todos por terem me ajudado, e ficarei ainda mais agradecida se ninguém tocar mais nesse assunto por pelo menos um mês.

Ninguém tocou mais no assunto por muitos meses; no entanto a palavra "*fête*" costumava produzir um riso geral, e, além disso, o presente de aniversário de Laurie para Amy foi um pequeno amuleto, uma lagosta feita de coral para a corrente de seu relógio de bolso.

27. Lições literárias

A boa fortuna de repente sorriu para Jo e deixou cair uma moeda da sorte em seu caminho. Não era exatamente uma moeda de ouro, mas duvido que meio milhão trouxesse uma felicidade tão verdadeira naquele momento quanto a pequena soma que lhe chegou.

A cada poucas semanas ela se fechava em seu quarto, vestia sua roupa de escritora e "caía em um vórtice", como ela dizia, trabalhando em seu romance com toda a força de seu coração e da alma, pois não encontraria paz enquanto não o terminasse. Sua "roupa de escrever" consistia em um avental de lã preta, para que pudesse limpar a caneta tinteiro à vontade, e uma touca, também de lã, adornada com uma linda faixa vermelha com a qual ela podia prender os cabelos quando quisesse. A touca funcionava como um sinal para os olhares questionadores das pessoas da família, que durante esses períodos mantinham-se distantes e apenas de vez em quando surgiam para perguntar com interesse algo como "A genialidade incendeia, Jo?". Elas nem sempre se aventuravam a fazer perguntas, apenas observavam a touca e reagiam com respeito. Quando essa peça de vestuário significativa estava mais baixa, sobre a testa, era um sinal de trabalho árduo; nos momentos emocionantes, ficava meio torta na cabeça; e, quando a autora era tomada pelo desespero, a touca era arrancada e lançada ao chão. Nesses momentos, o intruso silenciosamente se retirava e não se atrevia a voltar e dirigir-se à Jo até que pudesse ver a faixa vermelha altiva sobre a testa daquela mente tão talentosa.

Jo não se considerava, de forma alguma, um gênio, e quando a inspiração vinha, ela deixava-se abandonar por ela, e passava a levar uma vida idílica, sem desejos, melindres ou tempo ruim enquanto estivesse na cadeira em segurança e feliz em seu mundo imaginário, repleto de amigos quase tão reais e queridos como quaisquer outros feitos de carne e osso. O sono abandonava seus olhos, as refeições perdiam o sabor, o dia e a noite se tornavam muito curtos para que ela conseguisse desfrutar a felicidade que a abençoava apenas nesses momentos, que faziam com que essas horas valessem a pena ser vividas, ainda que não dessem outros frutos. A inspiração divina costumava durar uma ou duas semanas, e então Jo saía de seu "vórtice" esfomeada, sonolenta, desanimada, mal-humorada ou sem energia nenhuma.

Ela estava se recuperando de um desses *ataques* quando foi escolhida para escoltar a senhorita Crocker em uma palestra, e, como recompensa por sua virtude, foi inspirada por uma nova ideia. Era um curso para um público comum, uma palestra sobre as pirâmides do Egito, e Jo, que se questionava a respeito do motivo da escolha desse assunto para tal público, achou, não obstante, que algum grande mal poderia ser sanado na sociedade ou alguma grande carência talvez fosse suprida ao se falar das glórias dos faraós para uma plateia preocupada com o preço do carvão e da farinha e que passava a vida tentando resolver enigmas mais difíceis do que o da Esfinge.

Elas chegaram cedo e, enquanto a senhorita Crocker arrumava o calcanhar de sua meia, Jo divertia-se observando os semblantes das pessoas que ocupavam a sala junto a elas. À sua esquerda havia duas mulheres corpulentas com testas enormes e gorros adequados a elas que discutiam os direitos das mulheres enquanto tricotavam.

Pouco mais adiante, havia um casal de namorados simplórios com as mãos entrelaçadas aparentemente de modo sincero, uma moça solteira com ar melancólico comendo pastilhas de hortelã que ela retirava de um saco de papel e um velho cavalheiro quase cochilando disfarçadamente por trás de um lenço amarelo que ele segurava. À sua direita, seu único vizinho era um rapaz de aparência erudita que parecia absorvido na leitura de um jornal.

Era um jornal com figuras, e Jo examinava a imagem de uma ilustração artística que estava mais próxima dela ociosamente perguntando-se quais circunstâncias teriam levado alguém a fazer uma ilustração melodramática de um indiano em trajes de guerra, rolando de um precipício com um lobo em sua garganta, enquanto dois jovens cavalheiros enfurecidos, com pés desproporcionalmente pequenos e olhos enormes, esfaqueavam-se próximo a uma mulher desgrenhada que fugia ao fundo com a boca aberta. Ao pausar para virar a página, o rapaz percebeu que ela o estava observando e, com a gentileza de um bom homem, ofereceu-lhe metade de seu jornal, sem rodeios, dizendo:

— Você quer ler? É uma história muito boa.

Jo aceitou a oferta sorrindo, pois não havia superado sua preferência pela companhia de rapazes; então, logo se viu envolvida num labirinto habitual de amor, mistério e assassinatos, pois a história pertencia a essa classe de literatura leve em que as paixões estão em festa, e quando falta criatividade ao autor, uma grande catástrofe destrói metade dos personagens, deixando a outra metade exultante com a ruína dos outros.

— Muito boa a história, não é? — perguntou o rapaz enquanto Jo chegava ao último parágrafo de sua parte.

— Eu acho que nós poderíamos escrever uma história igualmente boa, se tentássemos — retrucou Jo, divertindo-se com a admiração do rapaz por aquela bobagem.

— Eu me sentiria como um homem de sorte se fosse capaz de escrever assim. Dizem que ela ganha um bom dinheiro com essas histórias. — E ele apontou para o nome da senhora S.L.A.N.G. Northbury, abaixo do título do conto.

— Você a conhece? — perguntou Jo, com interesse repentino.

— Não, mas eu li todos os contos dela, e conheço um sujeito que trabalha no escritório onde este jornal é impresso.

— Você disse que ela ganha um bom dinheiro com histórias como esta? — Jo observou com mais atenção o comportamento dos personagens agitados e os pontos de exclamação que se espalhavam densamente pela página.

— Acho que ganha! Ela sabe exatamente o que as pessoas gostam e é bem paga para escrever seus textos.

Nesse momento, a palestra havia começado. Jo ouviu muito pouco dela, pois, enquanto o professor Sands discorria sobre Belzoni, Quéops, escaravelhos e hieróglifos, ela estava secretamente anotando o endereço do jornal e decidindo corajosamente concorrer ao prêmio de cem dólares oferecidos em suas colunas por uma história extraordinária. No momento em que a palestra terminou e o público despertou, ela já havia elaborado uma fortuna esplêndida para si mesma (não seria a primeira feita de papel) e já estava profundamente concentrada na construção de sua história, incapaz de decidir se o duelo ocorreria antes do casamento secreto ou depois do assassinato.

Ela não disse nada sobre seu plano em casa, e passou a trabalhar já no dia seguinte, para a inquietação de sua mãe, que sempre parecia um pouco ansiosa quando "o gênio passava a se iluminar". Jo nunca havia tentado esse estilo antes; satisfazia-se com romances levíssimos que escrevia para o jornal *The Spread Eagle*. Sua experiência e a diversidade de suas leituras seriam muito úteis agora, pois lhe dariam alguma ideia de efeito dramático e proporcionariam o enredo, a linguagem e os trajes. Sua história estava tão cheia de desespero e aflição quanto lhe permitia seu conhecimento limitado dessas emoções desconfortáveis, e tendo situado seu enredo em Lisboa, ela finalizou-o com um terremoto, um desfecho impressionante e apropriado. Despachou o manuscrito em segredo, acompanhado por uma nota, dizendo de forma modesta que, se o conto não recebesse o prêmio, que a autora mal se atrevia a esperar, ela ficaria muito feliz em receber qualquer quantia que o jornal considerasse apropriada.

Seis semanas é muito tempo para esperar, e um tempo muito mais longo para que uma menina consiga manter um segredo. Jo, entretanto, fez os dois, e já estava começando a desistir da esperança de rever o seu manuscrito quando chegou uma carta que quase lhe tirou o fôlego, pois, ao abri-la, caiu em seu colo um cheque de cem dólares. Ela olhou para a carta por um momento como se fosse uma cobra; então, leu a carta e começou a chorar. Se o amável cavalheiro que havia escrito a nota visse a intensa felicidade que estava proporcionando a um semelhante, acho que ele dedicaria suas horas de lazer, se é que tinha alguma, a isso, pois Jo dera mais valor à carta do que ao dinheiro, porque esta era encorajadora, e, depois de anos de esforço, foi muito agradável descobrir que havia aprendido a fazer alguma coisa, embora fosse apenas a confecção de uma história para os sentidos.

Havia um bom tempo que não se encontrava uma jovem tão orgulhosa quanto ela. Depois de se recompor, ela atiçou a família, surgindo diante de todos com a carta em uma mão, o cheque na outra, e anunciando que havia ganhado o prêmio. Claro que houve uma grande celebração, e, quando a história foi publicada, todos a leram e a elogiaram; no entanto, o pai, embora tivesse dito que a linguagem era boa, o romance jovial e saudável e a tragédia bastante emocionante, balançou a cabeça e disse num tom incomum:

— Você pode fazer melhor do que isso, Jo. Mire cada vez mais alto, e não se importe com o dinheiro.

— Eu acho que o dinheiro é a melhor parte. O que você vai fazer com essa fortuna? — perguntou Amy, olhando para aquela folha de papel mágica com olhos reverentes.

— Enviar Beth e a mamãe para o litoral por um ou dois meses — respondeu Jo prontamente.

— Oh, que esplêndido! Não, eu não posso aceitar, querida, seria muito egoísta... — exclamou Beth, batendo palmas com suas mãos delicadas e retomando o fôlego como se sentisse a brisa fresca do oceano. Então, ela fez uma pausa e afastou com a mão o cheque que sua irmã balançava diante dela.

— Ah, mas você deve ir, já está resolvido! Foi por isso que entrei no concurso, e foi por isso que eu ganhei. Eu nunca me dou bem quando penso somente em mim; assim, trabalhar para você vai me ajudar, entendeu? Além disso, a mamãe precisa dessa mudança, mas ela não vai deixar você sozinha aqui; então, você deve ir. Seria muito bom vê-la chegar em casa mais encorpada e corada, sabia? Viva a doutora Jo, que sempre cura seus pacientes!

Elas foram para o litoral depois de muita discussão, e, embora Beth não tivesse voltado para casa tão robusta e bronzeada conforme esperado, ela estava muito melhor. Já a senhora March declarou que se sentia dez anos mais jovem. Então, Jo ficou satisfeita com o investimento de seu prêmio em dinheiro e passou a trabalhar com o espírito alegre, empenhada em ganhar mais desses cheques maravilhosos. Naquele ano, ela recebeu vários deles, e começou a sentir-se como uma potência em casa, pois, com a magia de uma caneta, suas "bobagens" se transformavam em confortos e mimos para todos eles. A Filha do Duque pagou a conta do açougueiro. A Mão Fantasma trouxe um novo tapete, e A Maldição dos Coventrys abençoou a família March com mantimentos e vestidos.

Enquanto a riqueza é certamente algo bastante desejável, a pobreza tem seu lado positivo, e um dos usos mais belos da adversidade é a satisfação genuína que se obtém do saudável trabalho intelectual ou manual: à inspiração que nasce da necessidade devemos metade das bênçãos de sabedoria belas e úteis para o mundo. Jo sentia um gostinho dessa satisfação e deixou de invejar as meninas mais ricas, feliz por saber que era capaz de satisfazer aos próprios desejos sem precisar pedir nem um centavo a ninguém.

Apesar de suas histórias terem chamado pouca atenção da sociedade, elas tinham um público; então, encorajada por esse fato, Jo resolveu tomar uma atitude ousada para obter fama e fortuna. Depois de copiar seu romance pela quarta vez, lê-lo para todos os seus amigos particulares e tê-lo apresentado, meio receosa, a três editores, ela finalmente conseguiu vendê-lo, mas teria de reduzir um terço de seu tamanho e eliminar todas as passagens de que ela particularmente mais gostava.

— Agora, tenho três opções: ou eu o empacoto e guardo de volta para mofar dentro do forno de ferro, ou financio sua impressão, ou, então, diminuo seu tamanho para agradar os compradores e recebo o que conseguir. Fama é algo muito bom para se ter em casa; o dinheiro, contudo, é mais conveniente; portanto, eu gostaria de saber o que todos pensam sobre esse assunto importante — disse Jo, ao convocar um conselho de família.

— Não estrague o seu livro, minha menina, pois há mais nele do que você imagina, e a ideia está bem apresentada. Vamos deixá-lo descansar para que amadureça. — Foi o conselho do pai, que praticava o que pregava; afinal, ele esperou pacientemente durante trinta anos para que o fruto de sua autoria amadurecesse, e não tinha nenhuma pressa de colhê-lo, mesmo agora, quando estava doce e suave.

— Acredito que Jo lucrará mais com a tentativa do que com a espera — disse a senhora March. — A crítica é o melhor teste para esse tipo de obra, pois vai lhe mostrar tanto os méritos quanto as falhas desconhecidas, e a ajudará a melhorar. Somos muito parciais, e, mesmo que ela receba pouco dinheiro pelo romance, o louvor e a crítica do público serão úteis.

— Sim — disse Jo, franzindo as sobrancelhas —, é isso mesmo. Faz tanto tempo que estou trabalhando em meu romance que já não sei mais se ele é bom, ruim ou inócuo. Será muito bom que pessoas isentas de influências e imparciais deem uma olhada e me digam o que pensam dele.

— Eu não tiraria dele sequer uma palavra. Se fizer isso, você o estragará, pois o interessante da história está mais na mente do que nas ações dos personagens, e ele ficará muito confuso sem suas explicações — disse Meg, que acreditava firmemente que esse livro era o melhor romance já escrito.

— Acontece que o senhor Allen me disse "Deixe de fora as explicações, torne a história mais compacta e dramática e permita que os próprios personagens contem a história" — interrompeu Jo, lendo em voz alta a nota do editor.

— Faça o que ele pede. Ele sabe o que vende, nós não. Publique um bom livro popular e ganhe todo o dinheiro que puder. Daqui a pouco, quando seu nome já for famoso, você poderá se dar ao luxo de fazer digressões e criar personagens filosóficos e metafísicos em seus romances — disse Amy, que defendia uma visão estritamente prática em relação ao assunto.

— Bem — disse Jo, dando risada —, se os meus personagens são "filosóficos e metafísicos", não é minha culpa, pois não sei nada sobre essas coisas, exceto o que ouço o papai dizer, às vezes. Se algumas de suas ideias sábias se misturaram em meu romance, tanto melhor para mim. E você, Beth, o que diz?

— Eu gostaria tanto de vê-lo impresso em breve... — Foi tudo o que Beth disse e, ao dizê-lo, sorriu.

A ênfase inconsciente nas últimas palavras e a aparência melancólica daqueles olhos que nunca haviam perdido sua candura infantil gelaram o coração de Jo por um instante, revelando um medo de mau agouro que a fez decidir realizar seu pequeno empreendimento "em breve".

Então, com uma firmeza espartana, a jovem autora deitou seu primeiro filho sobre a mesa e, como uma ogra, cortou-o cruelmente. Na esperança de agradar toda a família, ela aceitou o conselho de todos e, como o velho e o burro da fábula, não satisfez ninguém.

Seu pai gostava do feixe metafísico que havia entrado nele de forma inconsciente, então essas partes estavam autorizadas a ficar no livro, embora ela tivesse dúvidas a respeito disso. A senhora March acreditava que as descrições eram um pouco exageradas. Foram, portanto, cortadas e, com elas, muitas ligações necessárias para o enredo. Meg admirava a tragédia; desse modo, para agradá-la, Jo manteve toda a parte dramática. Amy se opunha à diversão e às boas intenções da vida, então Jo eliminou as cenas alegres que ofereciam um certo alívio ao caráter sombrio da história. Assim, coroando a ruína, ela cortou um terço do texto e, com muita autoconfiança, lançou o pobre romance, como um tordo sem penas, no grande e movimentado mundo para tentar a sorte.

Bem, o livro foi impresso, e, além dos trezentos dólares, ela também recebeu muitos elogios e censuras que, sendo muito mais numerosos do que esperava, a jogaram em um estado de perplexidade do qual ela levou algum tempo para se desvencilhar.

— Mamãe, você disse que a crítica iria me ajudar. Mas como poderia? Ela é tão contraditória que nem sei se escrevi um livro promissor ou se quebrei todos os dez mandamentos — exclamou a pobre Jo, folheando um sem-número de artigos cuja leitura a enchiam de orgulho e alegria em um instante e, no seguinte, de rancor e consternação. — Este homem diz "Um livro requintado, cheio de verdades, beleza e seriedade... É doce, puro e saudável" — continuou a autora perplexa. — Já este outro comenta "A teoria do livro é ruim, cheia de fantasias mórbidas, ideias espiritualistas e personagens nada naturais...". Agora, já que eu não tinha desenvolvido nenhum tipo de teoria, não acredito no espiritismo e tirei os meus personagens da vida real, não sei como esse crítico pode estar certo. Um outro diz: "É um dos melhores romances americanos dos últimos anos!".

Quanta bobagem! E o seguinte afirma que, "Embora seja original, e escrito com grande força e sentimento, é um livro perigoso.". Não é! Alguns zombam, outros elogiam e quase todos insistem em afirmar que eu desejava expor uma teoria profunda; eu, contudo, só o escrevi por prazer e por dinheiro. Eu deveria tê-lo publicado na íntegra ou tê-lo abandonado de vez, pois odeio ser tão mal-interpretada.

A família e os amigos a reconfortavam e a elogiavam de forma generosa. Mesmo assim, aquele foi um momento difícil para a sensível e alegre Jo, que só desejava fazer o bem e, aparentemente, havia se saído tão mal. No entanto, aquilo tudo foi bom para ela, pois aqueles cuja opinião realmente valia fizeram-lhe uma crítica que podia ser interpretada como um grande aprendizado para ela como autora, e, depois de passado esse primeiro momento de dores, ela já conseguia rir de seu pobre livro e, ainda assim, continuava acreditando nele e sentia-se mais sábia e mais forte depois dos golpes que havia recebido.

— Não vindo de um gênio, como Keats, as críticas não me matarão — disse ela com segurança — e, além do mais, o bom humor está a meu favor, pois as partes tidas como fantásticas e absurdas foram retiradas diretamente da vida real, enquanto as cenas inventadas por minha imaginação tola foram chamadas de "encantadoramente naturais, delicadas e verdadeiras". Então, vou me consolar com isso e, quando estiver pronta, farei uma nova tentativa.

28. Experiências domésticas

Como a maioria das outras jovens esposas, Meg começou sua vida de casada com a determinação de ser uma dona de casa exemplar. Ela queria que John encontrasse em casa um paraíso, sempre um rosto sorridente, que se alimentasse muito bem todos os dias e nunca tivesse nem notícias da perda de um botão. Colocou tanto amor, tanta energia e alegria nessa tarefa que, embora houvesse alguns obstáculos, ela só poderia ser bem-sucedida. Seu paraíso não era tranquilo; às vezes, ela também ralhava, pois queria agradar demais e andava de lá para cá como uma verdadeira Marta,[16] sobrecarregada com muitos afazeres. Outras vezes, ela estava tão cansada que não conseguia nem mesmo sorrir. John começou a sofrer de indigestão em consequência da fineza dos pratos oferecidos a ele e, com ingratidão, passou a exigir uma alimentação mais simples. Quanto aos botões, ela logo aprendeu a se perguntar para onde

---

16. Em uma passagem bíblica do Novo Testamento, Marta é a irmã de Maria que se ocupa de servir a todos, enquanto Maria repousa aos pés de Jesus. É o protótipo da mulher ativa. (N.T.)

iam, a balançar a cabeça indignada com o descuido dos homens e a ameaçá-lo, mandando que ele próprio os costurasse para ver se o seu trabalho, mais do que o dela, suportaria o manuseio impaciente e desajeitado.

Eles estavam muito felizes, mesmo após terem descoberto que não podiam viver somente de amor. John não achava que a beleza de Meg havia diminuído, embora ela sorrisse para ele por de trás de uma cafeteira familiar. Meg, por sua vez, não via como falta de romantismo a separação cotidiana, quando, após beijá-la, seu marido lhe fazia a doce pergunta: "Você quer que eu mande trazer vitela ou carneiro para o jantar, querida?". A pequena casa deixou de ser um local excessivamente enaltecido para se tornar um lar, e o jovem casal logo percebeu que esta era uma mudança para melhor. No início, eles estavam brincando de casinha como crianças. John, no entanto, começou a trabalhar firme e seriamente, sentindo sobre seus ombros as preocupações de um chefe de família. Meg deixou de lado suas roupas de cambraia, vestiu um grande avental e enfiou-se no trabalho com mais energia do que discrição.

Enquanto durou a mania de cozinhar, ela percorreu o livro de receitas da senhora Cornelius como se fosse um exercício matemático, resolvendo as questões com paciência e cuidado. Às vezes, ela convidava a família para que os ajudassem a comer um banquete muito abundante de sucessos, ou Lotty despachava escondida uma fornada de fracassos que deveria ser ocultada de todos os olhos nos convenientes estômagos dos pequenos Hummels. Uma noite debruçada com John sobre os livros contábeis da casa costumava produzir uma calmaria temporária em seu entusiasmo culinário, e se seguia um ataque de frugalidade durante o qual o pobre homem era colocado sob um regime de pudim de pão, guisado e café requentado que desafiava seu espírito, mas ele o suportava com uma louvável coragem. Antes de conseguir encontrar o caminho do meio, no entanto, Meg adicionou às suas posses domésticas algo de que os jovens casais raramente escapam: uma discussão familiar.

Imbuída de um entusiasmo, próprio das donas de casa, de ver sua despensa abastecida com conservas caseiras, ela comprometeu-se a fabricar sua própria geleia de groselha. Então, pediu ao John que encomendasse uma dúzia de pequenos potes e uma quantidade extraordinária de açúcar, pois suas groselhas estavam maduras e deveriam ser usadas todas de uma só vez. Como John acreditava firmemente que "minha esposa" era capaz de fazer qualquer coisa e mantinha um orgulho natural de suas habilidades, ele resolveu atendê-la e, para o inverno, utilizar dessa forma mais agradável a única colheita de frutas que tinham. Chegaram, pois, à casa quatro dúzias de lindos potinhos, meio barril de açúcar e um menino que deveria colher as groselhas para ela. Com seu lindo cabelo preso em um pequeno chapéu, os braços descobertos até os cotovelos e um avental quadriculado que lhe dava uma aparência bastante coquete, apesar do peitilho, a jovem dona de casa se pôs a trabalhar sem nenhum sentimento de dúvidas a respeito de seu sucesso, pois ela já não tinha visto Hannah fazer isso centenas de vezes? No início, ela se espantou bastante com a quantidade de potes, mas John gostava tanto de geleia e os lindos frasquinhos ficariam tão lindos na prateleira de cima, que Meg resolveu usá-los todos; ela passou um longo dia colhendo, fervendo, peneirando e ralhando com sua geleia. Fez o melhor que pôde, tomou conselhos do livro da senhora Cornelius, torturou-se para se lembrar do que Hannah fazia que ela havia deixado de fazer, ferveu as frutas novamente, colocou mais açúcar e peneirou outra vez; aquelas coisas terríveis não viravam geleia!

Ela quis fugir para a casa dos pais, com avental e tudo, e pedir à mãe que lhe desse uma mão, mas John e ela haviam combinado de nunca incomodar ninguém com suas preocupações, seus experimentos ou suas brigas particulares. A palavra "brigas" os havia feito rir como se a ideia que sugeria fosse extremamente absurda, mas resolveram manter o acordo e, sempre que possível, resolviam tudo sem ajuda; e ninguém interferia, pois o plano havia sido sugerido pela senhora March. Isso posto, Meg lutou sozinha com os doces teimosos durante todo aquele dia quente de verão e, às cinco horas da tarde, sentou-se em sua cozinha revirada, apertou as mãos lambuzadas, gritou e chorou.

Nessa época, no início entusiasmado de sua nova vida, ela disse muitas vezes: "Meu marido deve se sentir livre para trazer um amigo para casa quando quiser. Estarei sempre preparada. Não haverá alvoroço, nem broncas, nem desconforto, mas uma casa limpa, uma esposa alegre e um bom jantar. John, querido, você não precisa pedir minha licença, convide quem você quiser e tenha certeza de que seu convidado será bem-recebido!". Ah, quanto encantamento! John brilhava de orgulho ao ouvi-la dizer isso, e sentia-se abençoado por ter uma esposa tão elevada. Embora tivessem visitas de tempos em tempos, nunca aconteceu de serem inesperadas, e Meg não tivera a oportunidade de destacar-se até então. Acontece sempre assim nesse vale de lágrimas, há algo inusitado em relação a tais coisas que nos permite apenas questioná-las, lamentá-las e suportá-las da melhor forma possível.

Se John não tivesse se esquecido completamente da geleia, não haveria como perdoá-lo por ter escolhido aquele dia, entre todos os dias do ano, para levar um amigo em casa, o qual ele havia convidado para jantar, sem avisar. Congratulando-se pela bela refeição que havia encomendado naquela manhã, com a certeza de que ela estaria pronta no momento certo, e entregando-se a expectativas agradáveis sobre o efeito encantador que seria produzido por sua bela esposa, que correria para recebê-lo, assim, ele conduziu o amigo até sua mansão com a satisfação irreprimível de um jovem anfitrião e marido.

Este é um mundo de decepções, foi o que descobriu John assim que chegou à *Dovecote*. A porta da frente costumava estar sempre aberta de um modo convidativo. Naquele momento, porém, ela não estava apenas fechada, estava trancada, e os degraus ainda se encontravam adornados pela lama do dia anterior. As janelas da sala também estavam fechadas e acortinadas; não se via nenhuma imagem da bela esposa vestida de branco costurando na varanda, com um pequeno laço solto em seu cabelo, nem de uma anfitriã de olhos brilhantes, dando as boas-vindas com um sorriso tímido para cumprimentar o convidado. Nada do tipo, pois não se avistava uma alma, exceto um menino de aparência selvagem dormindo sob os arbustos de groselha.

— Temo que algo tenha acontecido. Espere no jardim, Scott, enquanto eu procuro a senhora Brooke — disse John, alarmado com o silêncio e a solidão.

Guiado por um odor pungente de açúcar queimado, ele deu a volta apressadamente em torno da casa; o senhor Scott o seguia devagar com um olhar estranho em seu semblante. Ele fez uma pausa discreta a distância quando o senhor Brooke desapareceu; todavia, ele ainda podia vê-lo e ouvi-lo e, sendo solteiro, estava gostando bastante dessa perspectiva.

Na cozinha reinava a confusão e o desespero. A primeira edição da geleia estava respingada em cada um dos potes, a outra jazia no chão, e uma terceira queimava alegremente no fogão. Lotty, com uma apatia teutônica, estava calmamente comendo pão com vinho de groselha, pois a geleia ainda estava em um estado irremediavelmente líquido, enquanto a senhora Brooke, com seu avental sobre a cabeça, sentava-se soluçando tristemente.

— Minha querida menina, o que está acontecendo? — exclamou John, ao entrar rapidamente vendo uma cena terrível de mãos escaldadas, com notícias repentinas da aflição, e, ao pensar no convidado que estava no jardim, sentindo uma consternação secreta.

— Ah, John, estou tão cansada e nervosa e zangada, e preocupada... Eu perseverei até não aguentar mais. Por favor, venha me ajudar ou eu morrerei! — E a exausta dona de casa lançou-se sobre o peito do marido, dando-lhe doces boas-vindas em todos os sentidos, pois seu avental estava repleto de geleia, assim como o chão.

— O que lhe preocupa, querida? Aconteceu alguma coisa terrível? — perguntou John ansioso, carinhosamente beijando o topo do pequeno chapéu, que agora estava todo torto.

— Sim — soluçou Meg desesperadamente.

— Diga-me rapidamente, então. Não chore. Eu posso suportar tudo menos isso. Vamos, me conte tudo, meu amor.

— A... A geleia não vira geleia e eu não sei o que fazer!

Nesse momento, John Brooke riu como nunca se atreveu a fazer de novo, e o desdenhoso Scott sorriu involuntariamente ao ouvir aquela forte gargalhada, que deu o golpe final à desgraça da pobre Meg.

— É só isso? Jogue tudo fora pela janela e deixe esse assunto pra lá. Eu lhe comprarei quilos de geleia se você quiser, mas, pelo amor de Deus, não fique histérica, pois eu trouxe Jack Scott para jantar conosco e...

John não terminou de falar, pois Meg o empurrou, apertou as mãos com um gesto trágico e se jogou em uma cadeira, exclamando em um tom que misturava indignação, censura e consternação:

— Um homem para jantar? Tudo está uma bagunça! John Brooke, como você pode fazer algo assim?

— Fale baixo, ele está no jardim! Esqueci-me da maldita geleia, não há o que fazer agora... — disse John, avaliando suas perspectivas com um olhar ansioso.

— Você deveria ter mandado alguém me avisar, ou me avisado de manhã, e deveria ter se lembrado de que eu estava muitíssimo ocupada — continuou Meg num tom petulante, pois até mesmo as pombas bicam quando estão nervosas.

— De manhã, eu ainda não sabia, e não houve tempo para enviar um mensageiro, pois eu o encontrei quando voltava para casa. Nunca pensei em pedir licença... Você sempre me disse que eu poderia ficar à vontade para trazer um amigo. Nunca havia trazido ninguém e, por favor, me enforquem se eu tentar trazer alguém de novo! — acrescentou John, com um ar de mágoa.

— Eu espero que não, mesmo! Leve-o embora agora. Eu não quero nem vê-lo; e não há um jantar preparado.

— Ah, que bom, estou adorando isso! Onde estão os legumes que mandei entregar em casa e o pudim que você me prometeu? — exclamou John, correndo para a despensa.

— Eu não tive tempo de cozinhar nada. Pretendia jantar na casa da mamãe. Sinto muito, eu estava tão ocupada... — Meg começou a chorar de novo.

John era um homem calmo; no entanto, ele era humano. Assim, voltar para casa cansado, com fome e esperançoso depois de um longo dia de trabalho e encontrar um clima caótico, uma mesa vazia e uma esposa zangada não era exatamente algo propício à tranquilidade e aos bons modos. Contudo, ele se conteve, e a pequena tempestade poderia ter sido afastada, não fosse por uma única palavra desafortunada.

— É uma enrascada, eu reconheço, mas, se você ajudar, poderemos superá-la e nos divertir. Não chore, querida, se esforce um pouco e faça algo para comermos. Nós dois estamos famintos como caçadores, então, comeremos o que vier. Ofereça-nos carne fria com pão e queijo. Não pediremos geleia.

Mesmo querendo apenas fazer uma brincadeira amigável, aquela palavra selou o destino do homem. Meg achou muito cruel fazer piada em cima de seu triste fracasso; e, enquanto ele falava, seu último átomo de paciência desapareceu.

— Livre-se dessa enrascada da forma que você quiser. Estou cansada demais para "me esforçar" para quem quer que seja. Só mesmo um homem seria capaz de propor que eu servisse algo tão vulgar como um osso com pão e queijo para uma visita. Isso nunca vai acontecer em minha casa. Leve esse tal Scott para a casa da mamãe e diga-lhe que saí, que estou doente, morta, qualquer coisa. Não o verei, e vocês podem rir de mim e de minha geleia o quanto quiserem. Vocês não terão mais nada aqui. — E, após ter lançado seu desafio em uma só respiração, Meg jogou o avental longe e precipitadamente deixou o campo de batalha para lamentar-se em seu quarto.

O que aquelas duas criaturas fizeram na ausência dela, ela nunca soube. O senhor Scott não foi levado "para a casa da mamãe", e quando Meg desceu, depois que os dois saíram, ela encontrou vestígios de uma refeição fortuita que a encheu de horror. Lotty relatou que eles comeram "muito e riram muito, e o patrão pediu para jogar fora todos os doces e esconder os potes".

Embora Meg desejasse ir contar à mãe, ela foi contida por um sentimento de vergonha por conta de seu próprio fracasso e da lealdade a John, "que podia ser cruel, mas ninguém precisaria saber disso", e, depois de uma rápida limpeza na cozinha, ela se vestiu lindamente e sentou-se para esperar John, quando ele voltasse, e para perdoá-lo.

Infelizmente, John não voltou, pois não via o assunto sob a mesma luz. Encarou tudo aquilo como uma boa piada junto a Scott, perdoou sua pequena esposa da melhor forma possível e foi um anfitrião tão hospitaleiro que seu amigo acabou apreciando o jantar improvisado, prometendo que voltaria novamente; embora não demonstrasse, John estava com raiva de Meg, que o abandonara em um momento de necessidade. "Não é justo dizer a um homem que ele tem toda a liberdade para levar pessoas em sua casa a qualquer momento e, quando ele o faz, acatando as suas palavras, você ficar zangada, o culpar e, em uma atitude brusca, o deixar sozinho para ser ridicularizado ou tomado por coitado. Não, por Deus, não é justo! E Meg deve saber disso!"

Durante o *jantar* ele estava fumegando por dentro; porém, quando o alvoroço teve fim, e ele voltou para casa após despedir-se de Scott, um humor mais ameno repousou sobre ele. "Pobrezinha! Deve ter sido muito difícil para ela, pois tentou me agradar com tanto entusiasmo... Claro que estava errada, porém, por outro lado, ela é muito jovem ainda. Devo ser paciente e ensiná-la." Ele esperava que ela não tivesse ido para a casa da mãe — ele odiava fofocas e interferências. Por um instante, ele ficou irritado novamente com esse simples pensamento e, então, o medo de que Meg chorasse até ficar doente amoleceu seu coração e o fez caminhar em um passo mais acelerado; ele havia resolvido ser calmo e gentil, sem deixar de ser firme, bastante firme, e mostrar-lhe em que pontos ela havia falhado em seus deveres ao cônjuge.

Meg também resolveu ser "calma e gentil, sem deixar de ser firme", e mostrar a ele o seu dever. Ela ansiava por correr e encontrá-lo, e implorar-lhe perdão, e ser beijada e confortada como tinha certeza de que seria; no entanto, obviamente, ela não fez nada disso e, quando viu John chegando, começou a cantarolar muito naturalmente, enquanto se balançava e costurava, como uma senhora de posses em sua melhor sala de estar.

Ao não se deparar com uma terna Niobe,[17] John ficou um pouco desapontado; porém, sentindo que sua dignidade precisava receber um primeiro pedido de desculpas, ele nada fez, só entrou calmamente e sentou-se no sofá fazendo uma observação singularmente relevante:

— Hoje é noite de lua nova, querida.

— Eu não tenho nenhuma objeção a isso — foi a observação igualmente tranquila de Meg.

Alguns outros tópicos de interesse geral foram introduzidos pelo senhor Brooke, sobre os quais a senhora Brooke lançou panos frios, e então a conversa esmoreceu. John foi até uma janela, abriu seu jornal e envolveu-se nele, figurativamente falando. Meg foi até a outra janela, sentou-se próximo a ela e costurou como se novas rosetas para os seus chinelos fossem bens de primeira necessidade. Nenhum dos dois falou mais nada. Ambos pareciam bastante "calmos e seguros", porém eles se sentiam desesperadamente desconfortáveis.

"Oh, querido", pensou Meg, "a vida de casada é muito exigente e, além de amor, requer paciência infinita, como diz a mamãe...". A palavra "mamãe" remeteu-lhe a outros conselhos maternos dados muito tempo atrás, que foram recebidos com afirmações de incredulidade:

— John é um bom homem; entretanto, ele tem seus defeitos, e você deve aprender a reconhecê-los e lidar com eles, lembrando-se de que você também os tem. Ele é muito decidido, por isso, ofereça gentilmente as suas razões e não se oponha de modo obstinado; assim, ele nunca perderá a paciência. Ele é muito preciso e específico em relação à verdade, o que é uma boa característica, embora você o chame de "exigente". Nunca o engane por meio da aparência ou da palavra, Meg, e ele lhe entregará toda a confiança que você merece,

---

17. Na mitologia grega, Niobe era filha de Tântalo e Dione. Certa feita, ela vangloriou-se de seus catorze filhos a Leto, que só tinha dois filhos, Ártemis e Apolo. Indignada, Leto implorou vingança; então, seus dois filhos mataram todos os filhos de Niobe. Zeus, vendo-a arrasada, transformou-a em uma pedra, mas, mesmo transformada em mineral, ela nunca deixou de chorar. (N.T.)

todo o apoio de que você precisa. A cólera dos homens, diferente da nossa, que explode e passa rapidamente, constitui-se em uma raiva controlada e estática, raramente agitada, mas, uma vez despertada, é difícil de extinguir-se. Tenha cuidado, tenha muito cuidado, para não despertar sua raiva contra si mesma, pois o sossego e a felicidade dependem do respeito dele. Fique atenta, seja a primeira a pedir perdão quando ambos estiverem errados, e se proteja contra os pequenos ressentimentos, os mal-entendidos e as palavras impensadas, que, muitas vezes, levam à amargura e ao arrependimento.

Essas palavras voltaram à mente de Meg enquanto ela costurava sentada ao ocaso, especialmente a última. Esse foi o primeiro desentendimento sério entre os dois. Ao relembrar de seus discursos apressados, esses agora lhe soavam bobos e cruéis, sua raiva parecia infantil, e seu coração se derretia ao imaginar o pobre John chegando em casa e encontrando aquela cena. Ela o fitou com lágrimas nos olhos, porém ele não as viu. Então, ela deixou seu trabalho de lado e se levantou pensando "Serei a primeira a pedir desculpas!". No entanto, ele parecia não a ouvir. Assim, ela atravessou a sala muito lentamente, pois era difícil engolir o orgulho, e ficou ao lado dele; ele nem mexeu a cabeça. Por um instante, ela achou que não conseguiria fazê-lo, porém, surgiu-lhe um pensamento: "Isto é só o começo. Farei minha parte e, então, não terei nada que me desaprove.". Inclinando-se na direção dele, ela beijou suavemente o marido na testa. Claro que isso resolveu o assunto. O beijo penitente foi melhor do que um mundo de palavras. John a colocou em seu colo por um instante e disse amorosamente:

— Foi terrível ter rido das pobres panelas de geleia. Perdoe-me, querida. Nunca mais farei isso!

No entanto, ele riu, sim, ainda bem, outras centenas de vezes, e Meg também. Ambos diziam que aquela tinha sido a geleia mais doce que já haviam feito, pois, após a briga, a tranquilidade da família foi conservada naquele pequeno pote.

Um tempo depois, Meg fez um convite especial para que o senhor Scott viesse jantar e serviu-lhe um banquete agradável, sem uma esposa nervosa, ocasião em que ela estava tão feliz e graciosa, e conduziu tudo de forma tão encantadora, que o senhor Scott disse a John que ele era um camarada de sorte, e lamentou-se das dificuldes da vida de solteiro todo o caminho de volta para casa.

No outono, Meg passou por novas provações e experiências. Sallie Moffat havia renovado sua amizade e estava sempre em busca de um prato de fofocas na pequena casa, ou convidando "aquela pobre querida" para visitá-la e passar o dia no casarão. Isso era agradável, pois Meg costumava sentir-se sozinha quando o tempo estava ruim. Todos mantinham-se ocupados em casa. John ficava ausente até a noite, e ela não tinha nada para fazer senão costurar, ler ou executar tarefas domésticas apenas para se manter ocupada. Assim, foi natural que Meg adquirisse o gosto por perambular e fofocar com sua amiga. Ver todas aquelas belas posses de Sallie a fez desejá-las e apiedar-se de si mesma por não poder tê-las. Sallie era muito gentil e, algumas vezes, lhe oferecia as cobiçadas ninharias. Meg as recusava, sabendo que John não gostaria que ela as aceitasse; no entanto, essa pequena mulher tola foi e fez o que John menos gostaria que ela fizesse.

Ela tinha consciência da renda do marido e adorava saber que ele, além de confiar a ela a sua felicidade, também confiava algo que alguns homens parecem valorizar mais — o dinheiro. Ela sabia onde ele estava guardado e podia pegar quanto quisesse; e tudo o que ele pedia era que ela mantivesse a contabilidade de cada centavo, pagasse as contas uma vez por mês e se lembrasse de que ela era esposa de um homem pobre. Até então, ela tinha se saído bem. Era prudente, correta, mantinha os livros de contabilidade em ordem e, sem medo, os mostrava mensalmente a ele. Ocorre que, naquele outono, a serpente entrou no paraíso de Meg e a tentou, como a muitas Evas modernas, não com maçãs, mas sim com vestidos. Meg não gostava que tivessem pena dela nem que a fizessem se sentir pobre. Isso a irritava, ainda que tivesse vergonha de confessar, e de vez em quando ela tentava se consolar comprando algo bonito para que Sallie não descobrisse que ela precisava economizar dinheiro. Ela sempre se sentia mal depois disso, já que raramente as coisas bonitas eram bens de primeira necessidade; no entanto, elas custavam tão pouco que não valia a pena se preocupar, porém as ninharias foram aumentando inconscientemente. Meg deixou de ser uma mera espectadora passiva nos passeios que faziam às lojas.

As ninharias, entretanto, custavam mais do que se pode imaginar. A soma a assustou muito no final do mês, quando Meg as lançou nos livros contábeis. John estava ocupado naquele mês e deixou que ela cuidasse das contas; no mês seguinte, ele também estava ausente, mas no terceiro mês ele fez um grande acerto trimestral do qual Meg nunca mais se esqueceria. Poucos dias antes, ela havia feito algo terrível, e isso pesava em sua consciência. Sallie vinha comprando sedas, e Meg desejava um novo vestido, somente um vestido leve e bonito para as festas, pois seu vestido de seda preta era muito comum, e os tecidos finos para uso vespertino só eram adequados às meninas. Tia March costumava dar 25 dólares para cada uma das irmãs como presente de ano-novo. Faltava apenas um mês para isso, e então ela encontrou uma linda pechincha de seda violeta. Meg tinha o dinheiro, ela precisava apenas ter coragem de pegá-lo. John havia sempre dito que tudo o que era dele também era dela, mas será que ele acharia certo gastar não só os 25 dólares ainda não recebidos, mas outros 25 retirados dos fundos domésticos? Eis a questão. Sallie instigou-lhe a fazer isso; havia oferecido dinheiro emprestado e, com as melhores intenções na vida, aguçou a cobiça de Meg para além de suas forças. Em um momento amaldiçoado, o vendedor ergueu o adorável tecido brilhante e disse:

— Uma pechincha! Eu garanto a você, senhora.

Então, ela respondeu:

— Vou levar!

E, assim, o tecido foi cortado e pago, e Sallie ficou exultante, e Meg riu como se fosse uma coisa sem nenhuma consequência, e afastou-se, sentindo-se como se tivesse roubado algo e a polícia estivesse em seu encalço.

Quando chegou em casa, ela tentou aliviar as dores do remorso admirando a linda seda, que, agora, parecia menos luminosa, menos adequada, e as palavras "cinquenta dólares" lhe apareciam estampadas como um carimbo de ponta a ponta. Ela guardou o tecido que agora a perseguia não com prazer, como deveria ocorrer no caso de um vestido novo, mas com terror, como se fosse o fantasma de uma loucura muito difícil de ser encoberta. Quando John pegou seus livros naquela noite, Meg desesperou-se e, pela primeira vez em sua vida de casada, ela estava com medo do marido. Aqueles olhos castanhos gentis pareciam capazes de se tornar severos, e, embora ele estivesse extraordinariamente alegre, ela imaginava que ele já havia descoberto e que não queria que ela soubesse disso. As contas da casa estavam todas pagas, os livros estavam todos em ordem. John a elogiou e, logo, foi se desfazendo do caderno que eles chamavam de "banco" quando Meg, sabendo que ele estava bastante vazio, deteve a mão do marido, dizendo com a voz trêmula:

— Você ainda não viu o meu livro de despesas privadas.

John nunca pedia para vê-lo, apesar de ela sempre insistir que ele o verificasse, divertindo-se com seu espanto masculino pelas coisas estranhas que as mulheres desejavam, fazendo-lhe adivinhar que tipo de ornamento era um *debrum*,[18] perguntando animadamente que tipo de casaco era um *"hug-me-tight"* ou então admirando sua perplexidade ao tentar descobrir como algo tão pequeno, composto de três botões de rosa, um pouco de veludo e um par de cordões poderia ser chamado de gorro e custar seis dólares. Ele achava que naquela noite iria se divertir questionando-a sobre as cifras gastas e fingindo-se horrorizado pela extravagância de sua esposa, como o fez muitas vezes, mas sempre muito orgulhoso da prudência de sua mulher.

Então, o livrinho foi trazido lentamente e colocado diante dele. Meg posicionou-se atrás da cadeira de seu marido sob o pretexto de suavizar as

---

18. Fita ou tira de pano que se cose dobrada sobre a orla de um tecido de modo a formar uma guarnição em relevo ou a prender a trama do tecido. (N.E.)

rugas de sua testa cansada e, ali, em pé, enquanto seu pânico aumentava a cada palavra, ela disse:

— John, querido, tenho vergonha de mostrar-lhe o meu livro, pois eu realmente tenho sido terrivelmente extravagante em meus gastos. Passeio tanto, que eu preciso ter coisas, sabe? E a Sallie aconselhou-me a comprar, então eu comprei, e o dinheiro que vou receber no ano-novo vai pagá-lo parcialmente, mas eu me arrependi no instante em que comprei, pois eu sabia que você me julgaria mal.

John riu e a puxou para perto de si, dizendo bem-humorado:

— Não se esconda. Eu não vou bater em você só porque você comprou um par de botas. Estou muito orgulhoso dos pés de minha esposa, e não me importo se ela gasta oito ou nove dólares por boas botas.

Essa tinha sido uma de suas últimas "ninharias", e os olhos de John passaram para o caderno enquanto falava. "Ah, o que ele dirá quando chegar naqueles terríveis cinquenta dólares?", pensou Meg, sentindo um arrepio.

— É pior do que botas, é um vestido de seda — disse ela, com uma calma desesperadora, pois queria que o pior acabasse logo.

— Bem, querida, como diria o senhor Mantalini,[19] qual é a "maldita soma"?

Isso não soava como John, e ela sabia que ele estava olhando para ela com aquele olhar direto que, até então, ela sempre retribuiu prontamente com outro olhar igualmente franco. Então ela virou a página e a cabeça ao mesmo tempo, apontando para a soma que teria sido suficientemente ruim sem os cinquenta, e que, para ela, era ainda mais terrível com o acréscimo daquele valor. Houve um silêncio por um instante e, então, John disse lentamente — e ela percebia que ele se esforçava para não expressar seu descontentamento:

— Bem, eu não sei se cinquenta é muito para um vestido, com todos os ornamentos e aviamentos utilizados hoje em dia para o seu acabamento.

— Não está pronto nem cortado — suspirou Meg, quase desmaiando ao imaginar quanto ainda deveria gastar para terminá-lo.

— Vinte e dois metros de seda parecem muito tecido para cobrir uma mulher tão pequena; se bem que eu não tenho nenhuma dúvida de que minha esposa ficará tão linda quanto a de Ned Moffat, assim que o vestir — disse John secamente.

— Eu sei que você está bravo, John, infelizmente não há nada mais que eu possa fazer. Eu não desejo desperdiçar o seu dinheiro e não imaginava que aquelas pequenas compras chegariam a uma soma tão alta. Não consigo

---

19. O senhor Mantalini é um personagem do terceiro romance de Dickens, *A vida e as aventuras de Nicholas Nickleby*, narrativa em que o patriarca de uma família a deixa endividada após a sua morte. (N.E.)

resistir a elas quando eu vejo que a Sallie, além de comprar tudo o que deseja, ainda sente pena de mim pelo fato de eu não poder fazer o mesmo. Embora eu tente me contentar, é muito difícil, e estou cansada de ser pobre.

Ela disse as últimas palavras num tom tão baixo que pensou que ele não as tinha ouvido, mas ele as ouviu, e elas o feriram profundamente, pois, para o bem de Meg, ele havia negado a si mesmo muitos prazeres. Naquele mesmo instante, ela quis morder a língua, pois John empurrou os livros para longe e se levantou dizendo com a voz meio trêmula:

— Eu temia isso. Eu faço o melhor que posso, Meg.

Se a tivesse repreendido, ou mesmo a sacudido, ele não teria partido o coração dela como partiu com essas poucas palavras. Ela correu até ele e o abraçou forte, chorando, com lágrimas arrependidas:

— Oh, John, meu menino querido, gentil e trabalhador. Eu não quis dizer isso! Foi algo tão perverso, tão falso e ingrato... Como eu pude dizer isso? Ah, como eu pude dizer isso!

Ele foi muito gentil e perdoou-a prontamente, e não proferiu sequer mais nenhuma reprovação. Meg, no entanto, sabia o que ela havia feito e disse uma coisa que não seria rapidamente esquecida, mesmo que ele nunca mais a mencionasse. Ela prometeu amá-lo nos melhores e nos piores momentos, e então ela, sua esposa, repreendeu-o por sua pobreza depois de gastar seus ganhos de forma tão imprudente. Foi terrível! E o pior de tudo foi o fato de John ter se mantido calmo depois, como se nada tivesse acontecido. Após esse episódio, ele passou a ficar na cidade até mais tarde e trabalhar à noite, enquanto ela se punha a chorar até dormir. Uma semana de remorso quase deixou Meg doente, e a descoberta de que John havia cancelado a compra de um novo sobretudo para ele a reduziu a um estado de desespero que era patético de ver. Em resposta às suas inquirições surpresas quanto ao cancelamento dessa aquisição, ele disse simplesmente:

— Eu não posso pagar, minha querida.

Meg não disse mais nada, e, alguns minutos depois, ele a encontrou no corredor com seu rosto enterrado no velho casaco, chorando como se seu coração fosse se partir.

Tiveram uma longa conversa naquela noite, e Meg aprendeu a amar ainda mais o marido por sua pobreza, porque isso parecia tê-lo transformado em um homem. Deu-lhe força e coragem para lutar em seu próprio caminho e ensinou-lhe a ter paciência amorosa para oferecer apoio e confortar os anseios naturais e os fracassos daqueles que ele amava.

No dia seguinte, ela guardou seu orgulho no bolso, foi até a casa de Sallie, disse a verdade e pediu-lhe que comprasse a seda como um favor. A amável senhora Moffat aceitou voluntariamente seu pedido e teve a delicadeza de não a devolver imediatamente como um presente. E, então, Meg comprou o sobretudo e, quando John chegou em casa, ela vestiu-o e lhe perguntou se ele havia gostado de seu novo vestido de seda. Pode-se imaginar qual foi a sua resposta, como recebeu o presente e a tamanha felicidade resultante dessa atitude. John começou a voltar mais cedo para casa, Meg parou de passear, e aquele sobretudo era vestido pela manhã por um marido muito feliz e tirado à noite por uma esposa devotada. Assim, o ano se passou e, no meio do verão, Meg teve uma nova experiência, a mais profunda e terna da vida de uma mulher.

Em um sábado, Laurie, muito animado, entrou se esgueirando na cozinha de *Dovecote* e foi recebido com o rufar de címbalos, pois Hannah batia palmas com uma panela em uma das mãos e a tampa na outra.

— Como está a mamãezinha? Onde está todo mundo? Por que você não me contou antes de eu voltar para casa? — foi dizendo Laurie primeiro num sussurro e aumentando o tom de voz.

— Feliz como uma rainha, a querida! Eles *tão* tudo lá em cima em adoração. A gente não queria nenhum furacão por perto. Agora você vai *prá* sala e *eu vou chamar eles.* — Depois dessa resposta um pouco truculenta, Hannah desapareceu, gargalhando em êxtase.

Jo desceu rapidamente, carregando com orgulho um manto de flanela ajeitado sobre um enorme travesseiro. Embora o semblante de Jo estivesse muito sério, seus olhos brilhavam, e havia em sua voz o som de algum tipo de emoção reprimida.

— Feche os olhos e estenda os braços — disse ela de um modo convidativo.

Laurie apoiou-se precipitadamente em um canto e colocou as mãos para trás em um gesto de súplica:

— Não, obrigado. Prefiro não. Eu vou soltá-lo ou esmagá-lo, tão certo quanto o destino.

— Então, você não verá o seu pequeno sobrinho — disse Jo decididamente, virando-se como se fosse embora.

— Eu o seguro, eu o seguro! Se você se responsabilizar pelos danos...

E, obedecendo às ordens, Laurie heroicamente fechou os olhos enquanto algo foi colocado em seus braços. Uma sonora série de gargalhadas vindo de Jo, de Amy, da senhora March, de Hannah e John fez com que ele os abrisse no minuto seguinte e encontrasse dois bebês em seus braços, não um.

Todos riam muito, pois a expressão em seu rosto era tão engraçada que provocaria convulsões até num *quaker*. Enquanto ele continuava ali em pé, seu olhar migrava descontroladamente dos dois pequenos inocentes para os espectadores hilariantes de modo sincronizado e com tanto espanto que Jo sentou-se no chão gritando de tanto rir.

— Gêmeos, por Júpiter! — Foi tudo o que ele conseguiu dizer por um instante. Em seguida, voltando-se para as mulheres com um olhar suplicante que era pateticamente lamentável, acrescentou: — Alguém, por favor... Tirem essas crianças de mim! Vou rir e as deixarei cair.

Jo resgatou os bebês e começou a marchar para cima e para baixo, com um em cada braço, como se já tivesse sido iniciada nos mistérios dos cuidados com os bebês, enquanto Laurie gargalhava tanto que lágrimas começaram a rolar em seu rosto.

— Esta é a melhor piada da temporada, não é? Eu não quis que contassem para você, pois resolvi surpreendê-lo, e estou muito feliz por ter conseguido fazer isso — disse Jo, assim que recuperou o fôlego.

— Nunca fiquei tão atordoado em toda a minha vida. Não é engraçado? São dois meninos? Eles já têm nomes? Deixe-me olhar de novo. Segure-me, Jo, pois dois é demais para mim — disse Laurie, olhando para as crianças com o ar de um grande e benevolente cão terra-nova vendo um par de gatinhos.

— Menino e menina. Não são umas lindezas? — disse o pai orgulhoso, radiante com suas duas criancinhas rosadas que se contorciam como se fossem anjos sem plumas.

— As crianças mais incríveis que eu já vi. Quem é quem? — E Laurie inclinou-se para examinar os prodígios.

— Amy colocou uma fita azul no menino e uma cor-de-rosa na menina, uma moda francesa, para que saibamos quem é quem. Além disso, os olhos dele são azuis, e os dela, castanhos. Vamos, tio Teddy, dê um beijo neles — disse a perversa Jo.

— Tenho medo de que eles não gostem — disse Laurie, que tinha uma timidez incomum para tais assuntos.

— É claro que eles vão gostar, eles já estão acostumados com isso. Faça isso neste instante, senhor! — ordenou Jo, temendo que ele pudesse escolher um substituto.

Laurie franziu o rosto e obedeceu dando um beijinho breve na bochecha de cada bebê, provocando outra gargalhada e fazendo os bebês darem gritinhos.

— Viram!? Eu sabia que eles não iam gostar! Este é o menino, veja como ele chuta e bate com os punhos como se desse socos. Ah, jovem Brooke, bata em alguém do seu tamanho, está me ouvindo? — exclamou Laurie, encantado com o soco que levou no rosto daquele punho minúsculo, que dava soquinhos para todos os lados.

— Ele vai se chamar John Laurence, e a menina, Margaret, como sua mãe e a avó. Vamos chamá-la de Daisy, para não termos duas Megs, e eu suponho que o mocinho será o Jack, a menos que encontremos um nome melhor — disse Amy, com interesse de tia.

— Vamos chamá-lo de *Demijohn* e apelidá-lo de Demi, como um modo abreviado — disse Laurie.

— Daisy e Demi, perfeito! Eu sabia que Teddy resolveria isso — exclamou Jo, batendo palmas.

Teddy certamente resolveu a questão, pois os bebês foram realmente chamados de Daisy e Demi para sempre.

29. Visitas

— Vamos, Jo, está na hora.

— De quê?

— Não me diga que você esqueceu que havia prometido fazer meia dúzia de visitas comigo hoje!

— Já fiz muitas coisas precipitadas e tolas na minha vida, mas acho que ainda não estou tão louca a ponto de dizer que faria seis visitas em um só dia quando uma única visita já me incomoda a semana toda.

— Sim, você disse, foi um acordo entre nós. Eu deveria terminar o esboço de Beth em giz de cera para você e, em retribuição, você me acompanharia, vestida de maneira apropriada, nas visitas aos nossos vizinhos.

— Eu iria se o tempo estivesse bom, este foi nosso acordo. E eu sigo o meu acordo ao pé da letra, Shylock.[20] No entanto, vejo nuvens carregadas no leste, o tempo não está bom; então, eu não vou.

— Ora, você está se esquivando. Está um dia lindo, sem nenhuma perspectiva de chuva, e você se orgulha de cumprir suas promessas; portanto, mantenha sua honra e venha cumprir seu dever. Depois, você pode ficar tranquila por mais seis meses.

Nessa época, Jo estava particularmente absorvida com a costura, pois ela era a estilista e costureira das roupas da família, e tinha um crédito especial para si mesma porque sabia manejar uma agulha tão bem quanto manejava uma caneta. Ela estava irritada por ser interrompida no momento de sua primeira prova e por

---

20. Shylock é um agiota judeu, personagem de *O mercador de Veneza*, de William Shakespeare (1564-1616). Popularmente, é alguém que empresta dinheiro a juros excessivos. (N.T.)

ser obrigada a fazer visitas vestindo seus melhores trajes em um dia quente de julho. Aliás, ela odiava fazer visitas formais, e nunca havia realizado nenhuma até Amy a obrigar por meio de uma barganha, ou de um suborno, ou uma promessa. Nesse caso, não havia escapatória; depois de arremessar suas tesouras com rebeldia e dizer que estava sentindo cheiro de chuva, ela acabou cedendo, guardou suas costuras, apanhou o chapéu e as luvas com um ar de resignação e disse a Amy que a vítima estava pronta.

— Jo March, você é perversa o suficiente para provocar até um santo! Você não pretende fazer visitas nesse estado, eu espero — exclamou Amy, observando-a com espanto.

— Por que não? Estou limpa, fresca e confortável, tudo bastante adequado para andar em meio à poeira de um dia quente. Se as pessoas se importam mais com as minhas roupas do que comigo, não quero vê-las. Você pode se vestir bem por nós duas e ser tão elegante quanto quiser. O bom estilo lhe cai bem, mas não para mim. Além disso, os ornamentos e babados só me incomodam.

— Oh, céus... — suspirou Amy. — Agora ela está tendo um ataque de contrariedade e vai me perturbar e me impedir que a faça se arrumar de maneira apropriada. Eu também não tenho nenhum prazer em ir hoje, porém essa é uma dívida que temos com a sociedade, e somente nós duas podemos pagá-la. Farei qualquer coisa por você, Jo, contanto que se vista muito bem e venha me ajudar a cumprir nosso dever civil. Você sabe falar tão bem... Parece uma aristocrata quando usa suas melhores roupas, e se comporta de uma maneira tão bela quando tenta, que sinto orgulho de você. Eu tenho medo de sair sozinha. Por favor, venha cuidar de mim.

— Você é uma menininha muito astuta! Lisonjeando e adulando a sua mal-humorada irmã mais velha dessa forma. Ah, essas ideias de que sou aristocrata e bem-educada e de que você tem medo de ir a qualquer lugar sozinha! Não sei qual delas é mais absurda. Bem, eu irei se for preciso e farei tudo da melhor maneira possível. Você será a comandante da expedição, e eu a obedecerei às cegas. Está satisfeita? — disse Jo, com uma mudança repentina de humor: da teimosia obstinada para a submissão servil.

— Você é um perfeito querubim! Agora, vista suas melhores roupas, e lhe direi como se comportar em cada lugar para que possa deixar uma boa impressão. Eu quero que as pessoas gostem de você; e elas realmente vão gostar se você tentar ser um pouco mais agradável. Faça um penteado bonito e ponha uma rosa de tom rosado em sua boina. Ficará muito bem em você. Seus trajes simples lhe dão uma aparência muito séria. Leve suas luvas claras e o lenço bordado. Vamos parar na casa da Meg para pegar emprestada sua sombrinha branca e, então, você poderá ficar com a minha sombrinha cor de pombo.

Enquanto Amy se vestia, ela dava ordens e Jo as obedecia; não sem protestar, no entanto, pois ela ficou ofegante para entrar em seu vestido novo de organdi[21] que farfalhava, franziu a testa de um modo sombrio para si mesma ao amarrar os cordões da boina fazendo um laço impecável, lutou violentamente com os broches enquanto arrumava o colarinho, encolheu-se toda ao sacudir o lenço, cujo bordado era tão irritante para o nariz como a atual missão era para seus sentimentos, e, depois de ter espremido as mãos em luvas apertadas de três botões e uma borla[22] como o último toque de elegância, ela virou-se para Amy com uma expressão estúpida em seu rosto e disse humildemente:

— Sinto-me horrorosa, mas, se você acredita que estou apresentável, então eu posso morrer feliz.

— Você está bastante apresentável. Vire-se lentamente e deixe-me ver melhor. — Jo girava levemente, e Amy dava um toque aqui e ali; então, recuou um pouco, olhando com o pescoço inclinado, e observou graciosamente: — Sim, está bom. Seu rosto está lindíssimo, pois a boina branca com a rosa ficou muito encantadora. Ponha os ombros para trás e deixe as mãos soltas mesmo que as luvas belisquem um pouco. Se há uma coisa que você sabe fazer muito bem, Jo, é usar um xale. Eu não sei vesti-los; porém, em você, eles ficam muito bem. Estou muito feliz pelo fato de a tia March ter lhe dado este xale adorável. É simples e bonito; e essas pregas sobre o braço são realmente artísticas... A ponta do meu xale está centralizada? Meu vestido está elevado de modo uniforme? Gosto de mostrar minhas botas, pois meus pés são bonitos, embora meu nariz não seja.

— Você é uma coisa de linda e uma alegria eterna — disse Jo, olhando com ar de perita para a pena azul que Amy usava em meio aos cabelos dourados. — Por favor, senhorita, me diga: devo arrastar o meu melhor vestido na poeira ou levantá-lo também?

— Segure-o quando estiver caminhando e solte-o quando estiver em casa. Esse estilo combina mais com você; aprenda a arrastar as saias com delicadeza. Você não acabou de abotoar um dos punhos, faça isso. Você nunca parecerá arrumada se não cuidar dos pequenos detalhes, pois são eles que tornam o conjunto agradável.

Jo suspirava enquanto abria com força os botões da luva para arrumar os punhos. Enfim, as duas ficaram prontas e partiram tão "bonitas quanto uma pintura", como Hannah disse, observando-as da janela de cima.

---

21. Tecido originário de Urganje, região do antigo Turquistão, famosa na Idade Média por seu mercado de seda. (N.E.)

22. Obra de passamanaria composta de uma base forrada de tecido, linha ou outro material, da qual pendem franjas; pompom, bolota. (N.E.)

— Olha, Jo querida, os Chesters se consideram pessoas muito elegantes; por isso, quero que você se comporte da melhor maneira possível. Não faça nenhuma de suas observações impulsivas nem diga qualquer coisa estranha, certo? Basta se manter calma, fria e silenciosa; esse modo é seguro e bastante feminino; sei que você é capaz de permanecer assim por quinze minutos — disse Amy, quando se aproximaram da primeira casa, depois de terem pegado a sombrinha branca e sido inspecionadas por Meg, que carregava um bebê em cada braço.

— Deixe-me ver. "Calma, fria e silenciosa", sim, acho que posso prometer isso. Já fiz o papel de uma jovem puritana no palco e o farei de novo. Você verá que meus poderes são imensuráveis; então, fique tranquila, minha criança.

Amy parecia aliviada, mas a impertinente Jo levou seus conselhos ao pé da letra, pois, durante a primeira visita, ela se sentou com todos os seus membros graciosamente bem-compostos, todas as dobras de seu vestido corretamente drapeadas, calma como um mar de verão, fria como um banco de neve e silenciosa como uma esfinge. Em vão, a senhora Chester aludiu ao seu "encantador romance" e as senhoritas Chesters perguntaram sobre festas e piqueniques, sobre a ópera e a moda. Todos os questionamentos foram respondidos com um sorriso, uma reverência e um frio e recatado "sim" ou "não". Inutilmente, Amy telegrafou a palavra "fale", tentou tirar informações dela e a cutucou com o pé. No entanto, Jo permaneceu sentada como se estivesse quase inconsciente de tudo o que se passava; comportava-se como a expressão no rosto de Maud,[23] "friamente correta, esplendidamente vazia".

— Que criatura mais arrogante e desinteressante é a senhorita March mais velha! — Foi a observação, infelizmente audível, de uma das senhoras, após despedir-se e fechar a porta. Enquanto Jo ria sem emitir ruídos ao atravessar o pátio, Amy parecia indignada com o fracasso de suas instruções e, muito naturalmente, colocou a culpa em Jo.

— Como você pode ter me entendido tão mal? Eu só queria que você se comportasse com dignidade e compostura; entretanto, você se portou como uma verdadeira pedra. Tente ser sociável na casa dos Lambs. Fofoque como as meninas e se mostre interessada em vestidos, flertes e qualquer outra bobagem. Eles circulam na melhor sociedade; por isso, a amizade deles pode ser bastante valiosa para nós. Eu nunca, por nada neste mundo, deixaria de causar uma boa impressão na casa deles.

— Serei agradável. Farei fofocas e darei risadinhas; demonstrarei horror e êxtase por quaisquer bobagens que me disserem. Eu até que gosto disso, e

---

23. Referência ao poema *Maud* (de 1855) de Alfred Tennyson (1809-1892). No poema, a face de Maud é descrita como "*icily regular, splendidly null*". (N.T.)

agora farei a imitação daquilo que chamam de "uma menina encantadora". Eu posso fazer isso, pois tenho May Chester como inspiração e poderei fazer uma versão melhorada dela. Veremos se os Lambs não dirão "Que criatura animada e agradável é essa Jo March!".

Amy sentia-se ansiosa, e não era para menos, pois, quando Jo começava com suas bizarrices, não havia como saber quando ela iria parar. Amy ficou um tanto perplexa ao ver sua irmã deslizar pela sala de estar da segunda visita, beijar todas as jovens senhoras com efusão, sorrir graciosamente para os jovens cavalheiros e participar do bate-papo com um espírito que surpreenderia qualquer observador. Amy foi induzida pela senhora Lamb, de quem era uma das favoritas, a ouvir um longo relato sobre o último ataque de Lucrécia enquanto três encantadores jovens cavalheiros a rodeavam, esperando por uma pausa para que pudessem resgatá-la. A situação a impossibilitava de supervisionar Jo, que parecia possuída por um espírito travesso e falava de modo tão volúvel quanto a senhora Lamb. Um emaranhado de cabeças havia se reunido em torno dela, e Amy esticava os ouvidos para tentar ouvir e saber o que estava acontecendo, pois frases soltas enchiam-na de curiosidade e as frequentes gargalhadas a deixavam louca para participar da diversão. Pode-se imaginar seu sofrimento ao ouvir fragmentos do seguinte tipo de conversa:

— Ela monta com esplendor. Quem a ensinou?

— Ninguém. Ela costumava praticar montaria segurando as rédeas e se sentando ereta em uma velha sela presa a uma árvore. Agora, ela monta qualquer coisa, pois ela não sabe o que é o medo, e o cavalariço lhe oferece os cavalos, pois ela os treina muito bem para a condução de senhoras. Ela tem muita paixão pela montaria, e, às vezes, eu digo a ela que, se tudo mais fracassar, ela poderá ganhar a vida como treinadora.

Ao ouvir essas palavras terríveis, Amy conteve-se com dificuldade, pois dava a impressão de que ela era uma jovem ágil, que era o que mais lhe causava aversão. O que ela poderia fazer? A velha senhora estava no meio de sua história, e, muito antes de terminá-la, Jo já estava em outro ponto, fazendo novas revelações cômicas e cometendo gafes ainda mais temerosas.

— Sim, Amy estava desesperada naquele dia, pois todos os bons animais não estavam lá, e, dos três que haviam sobrado, um era coxo, outro era cego e o terceiro era tão empacado e esquivo que era necessário colocar terra em sua boca para que ele se movimentasse. Excelente animal para um passeio, não é mesmo?

— Qual ela escolheu? — perguntou rindo um dos cavalheiros, que se divertia com a história.

— Nenhum deles. Ela ouviu dizer que havia um jovem cavalo na fazenda do outro lado do rio e que ele nunca tinha sido montado por uma dama, então, ela resolveu tentar, pois ele era bonito e animado. Suas tentativas foram bastante patéticas. Ninguém conseguia trazer o cavalo até a sela; daí ela resolveu levar a sela até o cavalo. Minha doce criatura... Ela realmente atravessou o rio a remo, colocou a sela na cabeça e andou até o celeiro para o total espanto do velho!

— E ela montou o cavalo?

— Claro que sim, e se divertiu muitíssimo. Eu esperava vê-la voltar para casa em frangalhos, porém, ela o dominou perfeitamente, e esse foi o ponto alto do passeio.

— Bem, eu chamo isso de coragem! — disse o jovem senhor Lamb lançando um olhar de aprovação na direção de Amy, perguntando-se o que sua mãe poderia estar dizendo a ela para que a menina estivesse tão ruborizada e aparentemente desconfortável.

Ela ficou ainda mais ruborizada e desconfortável no momento seguinte, quando uma súbita reviravolta na conversa trouxe o tema vestimentas. Uma das jovens senhoras perguntou a Jo onde ela havia obtido aquele belo chapéu castanho-claro que usava no piquenique, e Jo, estúpida, em vez de mencionar o lugar onde o chapéu foi comprado dois anos antes, resolveu responder com uma franqueza desnecessária:

— Ah, ele foi pintado pela Amy. Não há onde comprar esses tons mais suaves, então, nós pintamos os nossos chapéus da cor que queremos. É muito bom ter uma irmã artista.

— Que ideia original! — exclamou a senhorita Lamb, que estava achando Jo muito divertida.

— Isso não é nada comparado a algumas de suas brilhantes realizações. Não há nada que essa menina não possa fazer. Veja, Amy queria um par de botas azuis para a festa da Sallie, então ela pintou suas velhas botas brancas em tons de azul-celeste, os mais belos já vistos; as botas ficaram exatamente iguais a cetim — acrescentou Jo, com um ar de orgulho em relação aos feitos da irmã, o que irritou Amy a ponto de ela achar que seria um alívio atirar nela a sua bolsa.

— Lemos uma de suas histórias um dia desses e gostamos muito — observou a senhorita Lamb mais velha, desejando elogiar a jovem dama letrada, que, confesso, não cabia no papel de escritora naquele momento.

Qualquer menção a suas "obras" sempre causava um efeito ruim sobre Jo, que ou ficava tensa e parecia ofendida, ou mudava de assunto fazendo uma brusca observação, como agora.

— Lamento você não ter encontrado nada melhor para ler. Escrevo aquelas bobagens porque são vendáveis e agradam as pessoas comuns. Você irá para Nova York neste inverno?

A senhorita Lamb tinha mesmo "apreciado" a história, então essa resposta não era exatamente um agradecimento nem uma cortesia. No instante em que respondeu, Jo percebeu seu erro, mas, temendo piorar a conversa, lembrou-se de repente que o movimento de saída deveria ser feito por ela, e o fez de forma tão abrupta que deixou três pessoas com frases inacabadas em sua bocas.

— Amy, temos de ir. Adeus, querida, venha nos ver. Queremos muito recebê-la em casa. Não me atrevo a lhe convidar, senhor Lamb, porém, se o senhor vier, acredito que não teremos coragem de mandá-lo embora.

Jo disse isso com uma imitação tão engraçada do estilo efusivo de May Chester que Amy saiu da sala o mais rápido possível sentindo um forte desejo de rir e chorar ao mesmo tempo.

— Não me saí bem? — perguntou Jo, com um ar satisfeito enquanto se afastavam.

— Nada poderia ter sido pior. — Foi a resposta esmagadora de Amy. — Que espírito lhe possuiu para que contasse aquelas histórias sobre a minha sela, e sobre os chapéus, e sobre as botas e todo o resto?

— Ora, é engraçado e diverte as pessoas. Elas sabem que somos pobres, então não adianta fingir que temos empregados, que compramos três ou quatro chapéus por temporada e que temos coisas boas e fáceis como eles.

— Você não precisa lhes contar todas as nossas pequenas táticas e expor a nossa pobreza dessa forma tão desnecessária. Você não tem um pingo de orgulho próprio e nunca sabe o que deve falar e quando deve se calar — disse Amy com desespero.

A pobre Jo sentiu-se envergonhada e, em silêncio, esfregou a ponta do nariz com o lenço áspero como se estivesse fazendo uma penitência por suas contravenções.

— Como devo me comportar aqui? — ela perguntou, quando se aproximaram da terceira mansão.

— Do jeito que você quiser. Lavo minhas mãos em relação a você. — Foi a resposta curta de Amy.

— Então, vou me divertir. Os rapazes estão em casa, e vamos passar bons momentos. Só Deus sabe que preciso de uma pequena mudança, pois a elegância causa um efeito ruim sobre a minha constituição — respondeu Jo com rispidez, perturbada por não conseguir adaptar-se.

Uma recepção entusiasmada dos três meninos mais velhos e de diversas crianças muito bonitas acalmou rapidamente seus sentimentos confusos, e, deixando Amy entreter a anfitriã e o senhor Tudor, que também estava fazendo uma visita, Jo dedicou-se aos jovens e achou a mudança de ares reanimadora. Ela ouviu as histórias da faculdade com profundo interesse, acariciou os cães *pointers* e *poodles* sem reclamar, concordou de todo o coração que "Tom Brown era espetacular", embora considerasse esse tipo de elogio inapropriado, e quando um garoto lhe convidou para visitar seu tanque de tartarugas, ela aceitou com um entusiasmo que fez a mãe do menino sorrir para ela enquanto arrumava o chapéu do filho que havia sido deixado em condições terríveis por conta dos abraços maternos, apertados, porém afetuosos, e mais importantes para ela do que o penteado mais impecável feito pelas mãos de alguma cabeleireira francesa inspirada.

Deixando sua irmã se virar sozinha, Amy passou a se divertir da forma que mais lhe agradava. O tio do senhor Tudor havia casado com uma inglesa que era prima em terceiro grau de um lorde vivo, e Amy considerava toda a família com um grande respeito, pois, apesar de ser americana por nascimento e criação, ela tinha uma reverência por títulos que causaria espanto na melhor das criaturas — uma lealdade não reconhecida à antiga fé nos reis que, alguns anos antes, pôs a nação mais democrática do mundo em ebulição em virtude da visita de um jovem rapaz loiro da realeza, e que ainda tinha algo a ver com o amor que o jovem país sentia pelo antigo, como o amor de um grande filho por sua mãe imperiosa que, o tendo segurado enquanto pôde, o deixou partir, despedindo-se com uma repreensão por sua rebeldia. Entretanto, até mesmo a satisfação de se relacionar com uma conexão distante da nobreza britânica não permitiu que Amy se esquecesse do tempo, e, assim que o número adequado de minutos se passou, ela libertou-se com relutância dessa sociedade aristocrática e olhou para Jo com uma esperança fervorosa de que sua irmã incorrigível não estivesse em uma situação que trouxesse desgraça ao nome March.

Embora Amy tenha considerado essa situação ruim, poderia ter sido pior. Jo estava sentada na grama com um grupo de meninos em torno dela, e um cão de patas sujas repousava sobre a saia de seu vestido de festa enquanto ela narrava um dos trotes de Laurie para seu público admirador. Uma criança pequena estava cutucando as tartarugas com a estimada sombrinha de Amy enquanto outra comia pão de gengibre sobre o melhor chapéu de Jo e uma terceira jogava bola com as luvas; todos estavam se divertindo, e quando Jo recolheu seus bens danificados para ir embora, sua escolta a acompanhou, implorando-lhe para que os visitasse novamente: "Foi tão divertido ouvir sobre as peças pregadas por Laurie...".

— Grandes meninos, não? Eu me sinto bastante rejuvenescida e novamente viva depois disso — disse Jo, seguindo com as mãos atrás do corpo, em parte por hábito, em parte para esconder a sombrinha suja.

— Por que você sempre evita o senhor Tudor? — perguntou Amy, sabiamente abstendo-se de qualquer comentário sobre a aparência já em ruínas de Jo.

— Não gosto dele, ele mantém um ar... Despreza suas irmãs, causa preocupações a seu pai e não fala de sua mãe de um modo respeitoso. Laurie diz que ele é leviano, e eu não o considero uma pessoa desejável, então eu o ignoro.

— Você poderia, ao menos, tratá-lo com civilidade. Você fez a ele um aceno indiferente e, há pouco, se curvou e sorriu da forma mais polida possível para Tommy Chamberlain, cujo pai é dono de uma mercearia. Você teria acertado se tivesse invertido os dois atos, inclinar-se para o primeiro e acenar para o segundo — disse Amy, reprovando-a.

— Não, eu não teria — retrucou a perversa Jo. — Eu não respeito, não admiro o jovem Tudor e não gosto dele, embora a sobrinha do sobrinho do tio de seu avô seja prima em terceiro grau de um lorde. Já Tommy é pobre, tímido, generoso e muito inteligente. Eu o tenho em consideração e gosto de demonstrar isso, pois ele é um cavalheiro, apesar dos embrulhos de papel marrom.

— Não adianta tentar discutir com você — começou Amy.

— Nem um pouco, minha querida — Jo a interrompeu. — Então, vamos nos manter amigáveis e deixar um cartão aqui, pois a família King não está em casa, fato que me deixa profundamente agradecida.

Depois de o estojo de cartões da família ter feito seu dever, as meninas foram embora e Jo proferiu outro agradecimento, pois, ao chegarem à quinta casa, foram informadas de que as jovens senhoritas que moravam ali estavam ocupadas.

— Agora, vamos para casa e deixemos a tia March para outro dia. Podemos visitá-la a qualquer momento, e é realmente uma tragédia ficarmos arrastando os nossos melhores trajes na poeira, ainda mais quando estamos cansadas e mal-humoradas.

— Fale por si mesma, se quiser. A tia March sente-se lisonjeada quando lhe fazemos uma visita formal e em grande estilo. É algo simples que lhe dá bastante prazer, e acredito que isso não causará maiores danos às suas roupas do que deixar cães sujos e grupos de meninos arruiná-las. Abaixe-se para que eu tire as migalhas de sua boina.

— Ah, Amy, que boa menina! — disse Jo, com um olhar de arrependimento que ia de seu próprio traje danificado ao de sua irmã, ainda limpo e impecável. — Eu gostaria que, para mim, fosse tão fácil fazer essas pequenas coisas para agradar os outros como é para você. Eu penso nelas, mas é preciso muito tempo para realizá-las, então eu espero por uma chance de fazer um grande favor e deixo que todos os pequenos me escapem; e, no final, me parece que os pequenos contam muito mais.

Amy sorriu e, imediatamente, se acalmou, dizendo com um ar maternal:

— As mulheres devem aprender a ser agradáveis, particularmente as mais pobres, pois não temos outra maneira de retribuir as gentilezas que recebemos.

Você tem muito mais a oferecer do que eu, por isso, se você se lembrasse e praticasse o que eu digo, as pessoas iriam gostar muito mais de você.

— Sou uma velha rabugenta e sempre serei, mas estou disposta a concordar com você. Acontece que acho mais fácil arriscar a minha vida por alguém do que ser agradável com uma pessoa quando não tenho vontade. É uma grande infelicidade ter gostos e desgostos tão consistentes, não é?

— É muito pior, no entanto, não ser capaz de escondê-los. Eu, assim como você, também não aprovo o comportamento do senhor Tudor e, apesar disso, não tenho nenhuma obrigação de lhe confessar esse fato. Nem você! Não há razão em ser desagradável só porque ele o é.

— Eu acho que as meninas devem demonstrar quando desaprovam os jovens. E de que outro modo poderíamos fazê-lo, exceto pelo modo como os tratamos? Discursos de nada servem, isso eu infelizmente sei muito bem, pois tenho de lidar com o Teddy. Uso de pequenas artimanhas para influenciá-lo sem que eu precise dizer uma palavra, e acho que deveríamos fazer o mesmo com os outros sempre que possível.

— Teddy é um rapaz notável, e não pode ser tomado como exemplo de outros garotos — disse Amy em um tom de convicção solene que teria feito o "rapaz notável" convulsionar-se em gargalhadas se ele a tivesse ouvido. — Se fôssemos beldades, ou mulheres com riquezas e posição social elevada, poderíamos fazer algo, talvez, mas franzirmos a testa a alguns jovens cavalheiros porque não os aprovamos e sorrirmos para outros porque os aprovamos não causam o mínimo efeito. Seríamos apenas consideradas estranhas e puritanas.

— Portanto, devemos aceitar as coisas e as pessoas que detestamos apenas porque não somos nem beldades nem milionárias, é isso? Que belo tipo de moralidade.

— Não tenho como discutir sobre isso, eu só sei que o mundo é assim, e todo aquele que se opõe a isso acaba sendo ridicularizado por seus esforços. Eu não gosto de reformistas, e espero que você nunca tente ser uma.

— Eu gosto e, se puder, serei uma, pois, apesar de serem ridicularizados, o mundo nunca vai se livrar deles. Não concordamos porque você pertence ao grupo do antigo e eu pertenço ao grupo do novo. Você conseguirá uma vida melhor, enquanto eu terei o melhor da vida. Acho que prefiro as pedradas e as vaias.

— Bem, componha-se agora, e não deixe a tia ficar preocupada com suas novas ideias.

— Vou tentar, mas, diante dela, estou sempre pronta para explodir com alguns discursos particularmente contundentes ou sentimentos revolucionários. Esta é minha sina, e não consigo evitá-la.

Elas encontraram a tia Carrol com a velha senhora, ambas entretidas em algum assunto extremamente interessante, mas o interromperam assim que as meninas entraram com uma expressão que as entregava: estavam falando sobre as sobrinhas. Jo já não estava de bom humor, e seu ataque de obstinação havia retornado, porém Amy, que havia cumprido seus deveres virtuosamente, não deixou que seu humor fosse abalado e agradou a todos; ela estava em seu estado de espírito mais angelical. Seu humor amigável foi imediatamente percebido, pois as duas tias passaram a tratá-la de "minha querida" carinhosamente, reforçando o que, mais tarde, disseram com ênfase: "Essa criança está cada dia melhor!".

— Você vai ajudar na feira, querida? — perguntou a senhora Carrol, enquanto Amy se sentava ao lado dela com um ar confiante que os idosos apreciam tanto nos jovens.

— Sim, tia. A senhora Chester pediu a minha ajuda, e eu me ofereci para cuidar de uma mesa, pois meu tempo é tudo o que tenho para oferecer.

— Eu não — disse Jo, num tom decidido. — Eu odeio ser tratada com condescendência, e a família Chester acha que nos presta um grande favor permitindo que ajudemos em sua feira burguesa. Nem sei por que você aceitou, Amy. Eles só querem o seu trabalho.

— Acontece que eu estou disposta a trabalhar. É para os libertos, bem como para os Chesters; e eu os acho muito gentis por compartilharem comigo o trabalho e a diversão. A condescendência não me incomoda quando é bem-intencionada.

— Muito correto e adequado. Gosto do seu espírito de gratidão, minha querida. É um prazer ajudar as pessoas que apreciam os nossos esforços. Algumas não apreciam, e isso é muito irritante — observou a tia March, olhando por cima de seus óculos para Jo, que se sentou distante, balançando-se com uma expressão meio sombria.

Se Jo soubesse que uma grande felicidade estava sendo posta na balança para uma delas, ela teria imediatamente se transformado em uma doce passarinha, mas, infelizmente, não temos janelas em nosso peito e não conseguimos enxergar o que se passa na mente de nossos amigos. Na maioria das vezes, é melhor que não consigamos enxergar; no entanto, seria reconfortante se ocorresse de vez em quando, pois economizaria tempo e tranquilidade. O que Jo disse em seguida a privou de muitos anos de prazer e lhe deu uma lição oportuna sobre a arte de manter a boca fechada.

— Eu não gosto de favores, eles oprimem e fazem com que eu me sinta uma escrava. Eu prefiro fazer tudo sozinha e ser totalmente independente.

— Aham! — pigarreou tia Carrol suavemente, lançando um olhar para a tia March.

— Como eu disse — continuou a tia March, com um aceno de cabeça firme para a tia Carrol.

Misericordiosamente sem saber o que tinha feito, Jo sentou-se com o nariz empinado e uma postura revolucionária que podia ser tudo, exceto cordial.

— Você fala francês, querida? — perguntou a senhora Carrol, segurando a mão de Amy.

— Muito bem, graças à tia March, que permite que a Esther converse comigo sempre que eu quero — respondeu Amy, com um olhar de gratidão que fez a velha senhora sorrir de modo afetuoso.

— E você, como está em relação a outros idiomas? — perguntou a senhora Carrol à Jo.

— Não sei nenhuma palavra. Sou muito burra para estudar, acho francês horrível, é uma língua tão fugaz e tola. — Foi sua resposta brusca.

Outro olhar foi trocado pelas senhoras, e então a tia March disse a Amy:

— Querida, acredito que você esteja bastante forte e bem agora, não? Os olhos não a incomodam mais, certo?

— Nem um pouco, obrigada, senhora. Estou muito bem, e desejo fazer grande coisas no próximo inverno, para que eu possa estar pronta para ir a Roma, quando essa maravilhosa oportunidade chegar.

— Boa menina! Você merece ir, e eu tenho certeza de que você irá algum dia — disse a tia March, dando um tapinha de aprovação na cabeça de Amy, que havia acabado de pegar para a tia o novelo de lã.

— Sua ranzinza, destrave a roca, sente-se perto do fogo e vá fiar[24] — gritou o Louro, descendo de seu poleiro até a parte de trás da cadeira para espiar o rosto de Jo com um ar inquisitivo e impertinente tão cômico que era impossível não rir.

— Um pássaro bastante observador — disse a velha senhora.

— Venha caminhar comigo, minha querida! — gritou o Louro, pulando em direção ao armário das porcelanas, indicando um torrão de açúcar com o olhar.

— Irei sim, obrigada. Vamos, Amy! — Jo encerrou a visita sentindo-se mais forte do que nunca, pois as visitas causavam um efeito ruim à sua constituição. Ela apertou a mão das tias de forma educada, porém Amy as beijou, e então as meninas partiram deixando para trás uma impressão de sombra e sol; impressão que levou a tia March a dizer, enquanto elas desapareciam:

— É sua melhor escolha, Mary. Eu darei o dinheiro.

---

24. Tradução literal do cancioneiro infantil: *Cross Patch, lift the latch / Sit by the fire and spin / Take a cup, and drink it up / Then call your neighbors in.* (Sua ranzinza, destrave a roca / Sente-se perto do fogo e vá fiar. / Apanhe uma xícara e tome-a toda / Depois, convide os vizinhos para entrar.). (N.T.)

E a tia Carrol respondeu num tom decidido:

— Certamente, se o pai e a mãe consentirem.

30. Consequências

A feira que a senhora Chester organizava era tão elegante e seleta que as jovens senhoras da vizinhança consideravam uma grande honra ser convidadas para cuidar de uma mesa, e todos se sentiam muito interessados em relação a isso. Amy foi convidada, Jo não, o que foi uma sorte para ambas, pois, nesse momento de sua vida, Jo estava decididamente em um período de mãos nos quadris e cotovelos para fora, tendo, inclusive, recebido muito choques de conceitos para que aprendesse a relacionar-se de modo menos beligerante. A "criatura arrogante e desinteressante" foi deixada em paz, porém o talento e o bom gosto de Amy foram devidamente elogiados ao transparecerem na mesa que ela decorou, dedicada à arte, pois ela se empenhou para prepará-la e garantir-lhe contribuições adequadas e valiosas.

Tudo correu bem até um dia antes da feira, quando surgiu uma das pequenas escaramuças que são quase impossíveis de se evitar sempre que cerca de vinte e cinco mulheres, idosas e jovens, com todos os seus ressentimentos e preconceitos particulares, tentam trabalhar juntas.

May Chester sentia um pouco de ciúme de Amy, porque esta era mais favorita do que ela, e, naquele dia, houve várias circunstâncias corriqueiras que só fizeram esse sentimento aumentar. O trabalho delicado de Amy feito com pena e tinta ofuscou por completo os vasos que May havia pintado — esse foi o primeiro espinho. Outra questão era que o jovem galanteador Tudor havia dançado quatro vezes com Amy na última festa e apenas uma vez com May — esse foi o segundo espinho. A queixa principal, no entanto, que amargurou sua alma e serviu de desculpa para a conduta hostil foi o boato sussurrado a ela por alguma fofoqueira que lhe disse que as Marchs haviam zombado dela na casa da família Lamb. A culpa disso tudo deveria recair sobre Jo, pois sua imitação impertinente tinha sido muito realista para que não fosse notada, e os divertidos Lambs deixaram que a brincadeira escapasse. Contudo, nenhuma insinuação disso havia chegado aos ouvidos das *culpadas*; e pode-se imaginar a surpresa de Amy quando, na noite anterior à feira, enquanto dava os últimos retoques em sua bela mesa, a senhora Chester, que, é claro, se ressentia da suposta ridicularização de sua filha, disse, num tom educado, mas lançando-lhe um olhar frio:

— Eu acho, querida, que as jovens senhoras estão ressentidas por eu ter dado esta mesa para uma pessoa qualquer, e não para uma de minhas filhas.

Como esta é a mesa mais distinta e, dizem alguns, a mais atraente de todas, e já que minhas filhas são as principais promotoras da feira, parece melhor que elas ocupem este lugar. Sinto muito. Sei, no entanto, que você está sinceramente interessada em nossa causa para deixar-se abater por uma pequena decepção pessoal, e, caso queira, você poderá ocupar outra mesa.

Apesar de a senhora Chester ter imaginado de antemão que seria fácil fazer esse pequeno discurso, ela achou, nesse momento, um pouco difícil pronunciar essas palavras com naturalidade tendo à frente dela os olhos ingênuos de Amy, que, surpresos e confusos, a miravam diretamente.

Amy sentia que havia algo por trás disso, porém não conseguia adivinhar o que era; então, disse baixinho, sentindo-se magoada e demonstrando que realmente estava:

— A senhora prefere que eu não cuide de nenhuma mesa?

— Ah, minha querida, não fique magoada, eu lhe imploro. Esta é apenas uma questão de conveniência... Veja bem, é natural que minhas meninas assumam a liderança, e consideramos que esta mesa é o local que cabe a elas. Eu a acho muito apropriada a você e estou muito grata por seus esforços para deixá-la tão bonita, entretanto, devemos abandonar nossos desejos pessoais, e, claro, buscarei uma boa mesa em outro lugar para você. Gostaria de cuidar da mesa de flores? As meninas menores ficaram com ela, mas estão desanimadas. Você poderia transformá-la em algo encantador, e, como sabe, a mesa de flores é sempre atraente.

— Especialmente para os cavalheiros — acrescentou May, com um olhar que demonstrava a Amy uma das causas de sua repentina impopularidade.

Amy enrubesceu de raiva, mas não deixou transparecer que havia sido atingida por esse sarcasmo infantil; então, respondeu com uma inesperada amabilidade:

— Como quiser, senhora Chester. Deixarei imediatamente este lugar e cuidarei das flores, se achar melhor.

— Você pode levar seus objetos para a nova mesa, se preferir — disse May, sentindo a consciência um pouco pesada ao observar os belos suportes, as conchas pintadas à mão e as exóticas iluminuras que Amy havia produzido com tanto cuidado e organizado de modo tão gracioso. Sua intenção era boa, porém Amy, embora a tivesse compreendido, disse sem pestanejar:

— Ah, sim, certamente, já que estão atrapalhando... — E, arrastando, de forma atabalhoada, para seu avental, as decorações que havia feito, retirou-se sentindo que ela e suas obras de arte haviam sido insultadas muito além de qualquer possibilidade de perdão.

— Agora ela está irritada. Ah, Deus, eu não deveria ter pedido a você que falasse com ela, mamãe — disse May, olhando desconsolada para sua mesa vazia.

— As brigas de meninas acabam logo — respondeu a mãe sentindo-se um pouco envergonhada, e com toda a razão, pelo papel que havia desempenhado, o que não era para menos.

As meninas pequenas saudaram Amy e seus tesouros com alegria; essa recepção cordial trouxe um pouco de paz a seu espírito momentaneamente transtornado, e então ela se pôs a trabalhar determinada a ter êxito com as flores, já que não havia conseguido com a arte. No entanto, tudo parecia estar contra ela. Já era tarde, e ela estava cansada. Todos estavam muito ocupados com seus próprios afazeres e não podiam ajudá-la, e as meninas pequenas eram apenas obstáculos, uma vez que as belezinhas faziam um estardalhaço e tagarelavam como se fossem um bando de passarinhos, atrapalhando seus esforços pouco habilidosos para preservar a mais perfeita ordem. Amy colocou o arco de folhas em pé, mas ele não ficou firme e ameaçava cair em sua cabeça quando se punha algo em suas cestas pendentes. O melhor azulejo que ela havia pintado ganhou um respingo de água que deixou uma mancha sépia na bochecha do cupido. Ela machucou as mãos com o martelo e resfriou-se trabalhando sob uma corrente de ar; essa última aflição a deixou apreensiva em relação ao dia seguinte. Toda jovem leitora que tenha sofrido aflições semelhantes criará simpatia pela pobre Amy e o desejo de que ela consiga cumprir sua tarefa.

Houve grande indignação em casa quando ela contou sua história naquela noite. A senhora March disse que o episódio era vergonhoso e que ela tinha feito a coisa certa. Beth declarou que não iria à feira, e Jo a aconselhou a pegar todas as suas lindas coisas e deixar aquelas pessoas desprezíveis seguirem sem ela.

— Não é porque elas são más que eu também devo ser. Eu odeio esse tipo de coisa e, embora eu acredite que tenho o direito de estar magoada, não pretendo demonstrar. Isso as afetará mais do que discussões irritadas ou ações raivosas, não é verdade, mamãe?

— Esse é o espírito, minha querida. Um beijo em vez de um soco é sempre a melhor saída, embora nem sempre seja fácil dar um beijo — disse a mãe imbuída pela experiência de alguém que havia aprendido a diferença entre o discurso e a prática.

Apesar das diversas tentações, muito naturais, de se ressentir e revidar, Amy aderiu à sua resolução durante todo o dia seguinte, empenhada em conquistar o inimigo pela bondade. Ela começou bem, graças a uma silenciosa lembrança muito oportuna que lhe surgiu inesperadamente. Enquanto Amy organizava sua mesa naquela manhã e as meninas pequenas estavam na antessala enchendo as cestas, ela pegou uma de suas produções preferidas: um pequeno livro de capa antiga que o pai havia encontrado entre seus tesouros, cujos textos haviam sido ilustrados por ela em folhas de pergaminho. Enquanto folheava, com um orgulho bastante compreensível, aquelas preciosas páginas com delicados desenhos, seu olhar pousou sobre um versículo que a fez parar e pensar. Emoldurado com um brilhante arabesco escarlate, azul e dourado, rodeado de pequenos anjos bondosos ajudando-se uns aos outros entre espinhos e flores, ela leu as seguintes palavras: "Amarás o teu próximo como a ti mesmo.".

"Eu deveria amar as pessoas incondicionalmente, mas não consigo", pensou Amy, enquanto seus olhos passavam da página iluminada para o semblante descontente de May por trás dos grandes vasos, que eram incapazes de preencher os espaços vazios que haviam sido ocupados por seus belos trabalhos. Amy manteve-se em pé por um instante, virando as folhas em suas mãos, e em cada uma delas encontrava algum conselho adequado para todas as insatisfações e inquietudes de seu espírito. Muitos sermões sábios e verdadeiros nos são oferecidos todos os dias por palestrantes involuntários nas ruas, nas escolas, nas empresas ou em casa. Até mesmo uma bela mesa pode se tornar um púlpito quando nos oferece palavras boas e úteis, que nunca saem de moda. A consciência de Amy pregou-lhe um sermão por meio daquele versículo, então naquele momento ela decidiu fazer o que muitos de nós nem sempre fazemos, levar o conselho a sério e colocá-lo imediatamente em prática.

Havia um grupo de meninas em volta de May admirando os vasos e comentando sobre a troca de vendedoras. Então, elas baixaram a voz, porém Amy sabia que estavam falando dela; ouvia apenas um lado da história e julgava de acordo com esse viés. Aquilo não foi agradável. Contudo, Amy estava tomada por um bom espírito e, naquele instante, teve uma oportunidade de provar isso. Ela ouviu May dizer com tristeza:

— É uma pena, porque não há tempo de fazer outras coisas, e eu não quero encher a mesa com bugigangas. A mesa estava pronta. E, agora, está arruinada.

— Ouso dizer que ela colocaria as coisas de volta se você lhe pedisse — sugeriu uma das meninas.

— Como eu poderia pedir isso depois de todo esse rebuliço? — começou a dizer May, logo sendo interrompida pela voz de Amy, que surgiu no corredor dizendo de modo animado:

— Você pode pegá-las de volta, e de bom grado, sem pedir, caso as queira. Eu estava justamente pensando em me oferecer para recolocá-las, pois pertencem mais à sua mesa do que à minha. Aqui estão, por favor, pegue-as e me perdoe por tê-las levado de forma precipitada na noite passada.

Enquanto falava, Amy devolvia sua contribuição com um aceno de cabeça e um sorriso; em seguida, saiu novamente às pressas, pois lhe pareceu mais amigável ter uma atitude simpática do que ficar e receber os agradecimentos.

— Isso foi adorável da parte dela, não foi? — exclamou uma das meninas.

A resposta de May foi inaudível, mas outra jovem, cujo temperamento estava evidentemente um pouco azedo por estar fazendo limonada, acrescentou, com uma risada desagradável:

— Muito adorável, pois ela sabia que não conseguiria vendê-los em sua própria mesa.

Oh, que dificuldade! Quando fazemos pequenos sacrifícios, queremos que, ao menos, eles sejam apreciados, então, por um instante, Amy estava arrependida de seu ato, sentindo que a virtude nem sempre recompensava a si mesma. No entanto, logo depois, ela descobriria que recompensava, sim, visto que seu humor começou a melhorar e sua mesa, a florescer sob suas mãos habilidosas; e as meninas estavam muito gentis, aquele pequeno ato parecia ter deixado a atmosfera incrivelmente límpida.

Foi um dia muito longo e difícil para Amy, que o passou sentada atrás de sua mesa; às vezes, sozinha, pois as meninas foram embora bem cedo. Poucas pessoas queriam comprar flores no verão, e os buquês começaram a murchar bem antes de anoitecer.

A mesa de arte era a mais atraente da sala. Uma multidão aglomerou-se em torno dela durante todo o dia; ouviam-se lances constantes aqui e ali de pessoas que carregavam semblantes importantes e faziam o dinheiro tilintar no caixa. Amy olhava com melancolia para aquela mesa, desejando estar lá, onde ela se sentiria em casa e feliz, não em um canto sem nada para fazer. Pode não parecer difícil para alguns de nós; porém, para aquela linda menina alegre e jovem, além de ser algo enfadonho, também era muito penoso; e, para piorar, a ideia de encontrar, mais tarde, sua família e Laurie e seus amigos transformava a situação em um verdadeiro martírio.

Ela só voltou para casa à noite, tão pálida e calada que, embora não tenha se queixado nem mesmo contado o que havia feito, eles sabiam que o dia tinha sido difícil para ela. A mãe, extremamente carinhosa, ofereceu-lhe uma xícara de chá. Beth ajudou com o vestido e fez uma pequena e encantadora guirlanda para os cabelos de Amy, enquanto Jo surpreendeu a família aprumando-se com cuidados incomuns e insinuando de um modo meio sombrio que, logo, as mesas seriam viradas.

— Por favor, Jo, não faça nada rude; eu não quero nenhuma confusão; então, deixe que tudo isso passe e se comporte — implorou Amy, que havia saído de manhã com a esperança de encontrar flores frescas para levar uma nova energia à sua miserável mesinha.

— Eu só quero ser agradável com todos os que conheço de um modo que os encante e mantê-los em seu devido lugar durante a festa pelo maior tempo possível. Teddy e seus amigos me ajudarão e, além disso, ainda vamos nos divertir — respondeu Jo, inclinando-se sobre o portão à espera de Laurie. Logo depois, ouvindo o som familiar de seus passos no escuro, ela correu para encontrá-lo.

— É meu menino quem chega?

— Tão certo quanto esta é minha menina! — Laurie enfiou a mão debaixo do braço de Jo com o ar de um homem cujos desejos haviam sido atendidos.

— Ah, Teddy, aconteceu tanta coisa! — E Jo falou sobre os erros de Amy com o zelo de uma irmã.

— Um grupo de amigos logo estará lá. Enforquem-me se eu não fizer com que comprem todas as flores que ela tiver, e depois montem acampamento em frente à sua mesa — disse Laurie, defendendo a causa de Amy com ardor.

— Amy disse que as flores não estão nada bonitas e que as mais frescas talvez não cheguem a tempo. Não quero ser injusta e espero estar equivocada, no entanto, não ficarei surpresa se elas nunca chegarem. Quando as pessoas cometem alguma maldade, ficam muito propensas a cometer outra — observou Jo em tom de desgosto.

— Hayes não lhes ofereceu as melhores flores de nossos jardins? Eu pedi que ele fizesse isso.

— Eu não sabia disso... Suponho que ele tenha esquecido, e, como seu avô não estava muito bem, resolvi não pedir para não o aborrecer, embora eu realmente quisesse algumas.

— Ah, Jo, como você pôde imaginar que havia alguma necessidade de pedir? Elas são tão suas quanto minhas. Nós sempre dividimos tudo — começou Laurie, em um tom que sempre deixava Jo irritada.

— Oh, Deus! Espero que não! Metade de suas coisas não me serviria para nada. Contudo, não devemos ficar aqui perdendo tempo. Preciso ajudar a Amy. Quanto a você, vá e seja esplêndido! E, se puder fazer a gentileza de pedir a Hayes que leve algumas belas flores até a feira, eu lhe abençoarei eternamente.

— Seria possível fazer isso agora? — perguntou Laurie, de maneira tão sugestiva que Jo bateu o portão em sua cara com uma rapidez nada hospitaleira e gritou por entre as barras:

— Vá embora, Teddy, estou ocupada!

Graças aos conspiradores, as mesas foram realmente viradas naquela noite. Hayes enviou uma selva de flores e, como peça de centro, uma linda cesta com um arranjo maravilhoso. Então a família March chegou em massa. O esforço de Jo valeu a pena, pois, além de se aproximarem, as pessoas ficaram para rir de seus absurdos e para admirar o bom gosto de Amy, e, aparentemente, se divertiram muito. Laurie e seus amigos foram até o local com muita elegância, compraram os buquês, montaram acampamento em frente à mesa e transformaram aquele canto no ponto mais animado do salão. Amy estava agora em seu próprio elemento e, por nenhum outro motivo, senão por gratidão, sentia-se mais animada e graciosa, chegando à conclusão, naquele momento, que a virtude, afinal, recompensava-se a si mesma.

Jo se comportou de maneira exemplar e apropriada, e, enquanto Amy estava feliz, cercada por sua guarda de honra, Jo circulou pelo salão, recolhendo fragmentos de fofoca que a permitiram entender por que os Chesters haviam feito a mudança. Ela repreendeu-se por sua culpa naquele mal-estar e resolveu inocentar a Amy o mais rápido possível. Também descobriu o que Amy havia feito com as obras dela de manhã e a considerou um exemplo de generosidade. Ao passar pela mesa de arte, procurou pelas obras de sua irmã e não viu nenhum sinal delas. "Acredito que estejam escondidas para que ninguém as veja", pensou Jo, que, apesar de ser capaz de perdoar os erros cometidos contra ela, ressentia-se muito com quaisquer insultos contra a sua família.

— Boa noite, senhorita Jo. Como está a Amy? — perguntou May com um ar conciliador, pois também queria demonstrar que podia ser generosa.

— Ela vendeu tudo o que foi possível vender e agora está se divertindo. Como você sabe, a mesa de flores é sempre atraente, "especialmente para os cavalheiros". — Jo não resistiu a dar-lhe aquele pequeno tapa, mas May aceitou-o de forma tão humilde que ela se arrependeu no mesmo instante e passou a elogiar os vasos grandes, que ainda não tinham sido vendidos.

— As ilustrações de Amy estão por aqui em algum lugar? Eu queria comprá-las para o papai — disse Jo, bastante ansiosa para saber o destino do trabalho de sua irmã.

— Todas as coisas de Amy já foram vendidas há muito tempo. Eu cuidei para que as pessoas certas as vissem; as obras nos renderam uma boa soma — respondeu May, que, assim como Amy naquele mesmo dia, havia conseguido superar diversas pequenas tentações.

Muito satisfeita, Jo apressou-se para espalhar a boa notícia. Amy pareceu emocionada e surpresa com o relato sobre as palavras e os modos de May.

— Agora, senhores, eu quero que vocês cumpram seu dever cívico nas outras mesas de forma tão generosa quanto na minha, especialmente na mesa de arte — disse ela, comandando "o grupo de Teddy", como as meninas chamavam os amigos da faculdade de Laurie.

— "Atacar, Chester, atacar!" é o grito de ordem para aquela mesa; porém, cumpram seu dever como homens, e seu dinheiro se transformará em arte em todos os sentidos da palavra — disse a irrepreensível Jo enquanto a dedicada falange se preparava para invadir o campo.

— Ouço e obedeço, acontece que March é muito mais agradável que May[25] — disse o pequeno Parker, fazendo um esforço frenético para ser espirituoso e terno, porém sendo prontamente silenciado por Laurie, que disse:

— Muito bem, meu filho, seja um bom garoto! — E arrastou-o para fora dando uns tapinhas fraternos em sua cabeça.

— Compre os vasos — sussurrou Amy para Laurie, lançando um golpe de misericórdia sobre a cabeça de sua inimiga.

Para o grande prazer de May, o senhor Laurence, além de comprar os vasos, desfilou pelo salão com um em cada braço. Os outros cavalheiros, com igual precipitação, compraram todo tipo de ninharias frágeis e também vagaram imponentes pelo salão, sobrecarregados com flores de cera, leques adornados, carteiras com filigranas e outras aquisições úteis e apropriadas.

Tia Carrol também estava lá, e ouviu a história, ficou satisfeita e, em um canto, disse algo para a senhora March que a fez sorrir com satisfação e olhar para Amy com o semblante composto de um misto de orgulho e ansiedade. A causa de seu deleite somente foi revelada alguns dias depois.

A feira foi declarada um sucesso, e quando May deu boa-noite à Amy, ela não tagarelou sem parar como de costume, deu-lhe apenas um beijo carinhoso com um olhar que dizia "perdoe-me e esqueça o que aconteceu". Amy ficou satisfeita e, ao chegar em casa, encontrou os vasos na sala enfileirados sobre a moldura da lareira com um grande buquê em cada um.

— A recompensa pelo mérito de ser uma generosa March — anunciou Laurie fazendo-lhe uma reverência.

— Você tem muito mais princípios, generosidade e nobreza de caráter do que eu poderia imaginar, Amy. Comportou-se com delicadeza, e eu a respeito com todo o meu coração — disse Jo de forma calorosa enquanto escovavam os cabelos juntas, mais tarde, naquela noite.

— Sim, nós a respeitamos e a amamos por estar sempre tão disposta a perdoar. Deve ter sido terrivelmente difícil, depois de ter trabalhado tanto e aprontar-se para que você mesma vendesse seus lindos objetos e receber em troca tamanho golpe. Acho que eu não conseguiria ter sido tão gentil como você — acrescentou Beth, deitada em seu travesseiro.

— Ora, meninas, não precisam me elogiar tanto. Eu só fiz o que deveria fazer. Apesar de vocês rirem de mim quando digo que desejo ser uma dama, me refiro

---

25. Uma alusão aos meses de março (*march*) e maio (*may*) como uma forma de brincar com o sobrenome da família March e o nome de May Chester, a quem eles pretendiam punir pelos maus modos. (N.E.)

a uma verdadeira nobre, tanto na mente quanto nas boas maneiras e, conforme aprendo e descubro, tento seguir esse caminho. Não sei explicar exatamente como, mas quero estar acima das pequenas mesquinharias, das loucuras e imperfeições que maculam tantas mulheres. Estou longe disso; ainda assim, eu faço o melhor que posso, e desejo, com o tempo, vir a ser como a mamãe... — Amy disse tudo isso de um modo sério, e Jo arrematou dando-lhe um abraço cordial:

— Agora eu entendo o que você queria dizer, e nunca mais vou rir de você. Você está se desenvolvendo bem mais rápido do que pensa, e terá que me dar aulas sobre a verdadeira cortesia, pois acredito que você descobriu o seu segredo. Continue tentando, querida, pois terá sua recompensa algum dia, e ninguém ficará mais feliz do que eu.

Uma semana depois, Amy recebeu sua recompensa, e a pobre Jo não conseguiu sentir-se feliz. Chegou uma carta da tia Carrol, e o rosto da senhora March se iluminou tanto depois de lê-la que Jo e Beth, que estavam presentes naquele momento, quiseram saber quais eram as boas notícias.

— No próximo mês, a Tia Carrol vai para o exterior e quer...

— ...que eu vá com ela! — irrompeu Jo, voando de sua cadeira em um arrebatamento incontrolável.

— Não, querida, não é você. É a Amy.

— Ah, mamãe! Ela é muito jovem... Eu serei a primeira. Faz tanto tempo que desejo isso... Me faria um bem imenso, e seria tão bom... Eu tenho que ir!

— Temo que seja impossível, Jo. A tia diz, decididamente, que será a Amy. Não temos poder de decisão quando ela oferece um favor desses.

— É sempre assim. Amy fica com toda a diversão; e eu, com todo o trabalho. Não é justo! Ah, isso não é justo! — exclamou Jo de modo passional.

— Temo que, em parte, seja sua própria culpa, querida. Um dia desses, tia Carrol conversou comigo e lamentou seu modos bruscos e seu espírito extremamente independente; e aqui ela escreve, como se citasse algo que você teria dito: "A princípio, eu queria levar a Jo, mas como 'favores a sobrecarregam', e ela 'odeia a língua francesa', prefiro não me arriscar a convidá-la. Amy é mais dócil, será uma boa companhia para Flo e receberá com gratidão qualquer ajuda que a viagem possa lhe oferecer.".

— Ah, minha língua, minha abominável língua! Por que não aprendo a ficar quieta? — lamentou-se Jo, lembrando-se das palavras que a haviam arruinado.

Depois de ouvir a explicação a respeito das frases citadas, a senhora March disse com tristeza:

— Eu gostaria que você pudesse ir. Contudo, isso não acontecerá desta vez. Por isso, tente suportar o fato com bom humor e não estrague o prazer de Amy com repreensões ou lamentos.

— Tentarei — disse Jo, piscando com força enquanto se agachava para pegar a cesta que ela mesma havia derrubado em seu ímpeto de alegria. — Farei como a Amy e, mais do que tentar parecer feliz, tentarei ser feliz sem me ressentir nem mesmo por um instante da felicidade dela. Não será fácil, no entanto, pois trata-se de uma decepção terrível. — E a pobre Jo inundou com lágrimas bastante amargas a pequena e espessa alfineteira que segurava.

— Jo, querida, sei que é muito egoísmo de minha parte, mas eu não conseguiria ficar sem você, e estou feliz por não ser você quem vai partir ainda — sussurrou Beth, abraçando-a, com cesta e tudo, de uma forma tão apertada e com uma expressão tão amorosa em seu rosto que Jo sentiu-se reconfortada, apesar do forte arrependimento que a fez querer esmurrar os próprios ouvidos e, humildemente, implorar a tia Carrol que a sobrecarregasse com esse favor e mostrar que ela o suportaria de modo bastante grato.

Assim que Amy chegou, Jo conseguiu participar da felicidade da família, talvez não tão animada como de costume, sem, todavia, afligir-se com a boa sorte de Amy. A própria jovem recebeu a notícia com grande entusiasmo, ficou sem saber para onde ir em uma espécie de arrebatamento solene e começou a organizar sua tintas e embalar seus lápis naquela mesma noite, deixando os detalhes mais triviais, como roupas, dinheiro e passaporte, para aquelas menos absorvidas pelos ideais da arte.

— Não é uma mera viagem de prazer para mim, meninas — disse ela ainda impressionada enquanto limpava sua melhor paleta. — Será decisiva para minha carreira, pois, se há uma genialidade qualquer em mim, eu a encontrarei em Roma, e farei algo para dar provas dela.

— E se não existir essa genialidade? — perguntou Jo, nesse momento com os olhos vermelhos, enquanto costurava os novos colarinhos de Amy.

— Então, eu voltarei para casa e darei aulas de desenho para ganhar a vida — respondeu a aspirante à fama, com compostura filosófica. No entanto, ela fez uma cara irônica diante dessa perspectiva e limpou sua paleta como se já estivesse tomando medidas vigorosas antes de desistir de suas esperanças.

— Não, você não vai dar aulas. Você odeia o trabalho pesado. Você se casará com algum homem rico e voltará para viver de modo luxuoso pelo resto de seus dias — disse Jo.

— Embora suas previsões às vezes se realizem, não acredito que esta se cumprirá. Eu gostaria, sim, de dar aulas, porque, se eu não puder ser artista, quero muito ajudar as pessoas que são — disse Amy sorrindo como se o papel de Dona Generosa lhe fosse melhor do que o de uma pobre professora de desenho.

— Hum! — disse Jo, suspirando. — Se desejar, você conseguirá. Seus desejos são sempre concedidos... Os meus, nunca.

— Você queria ir no meu lugar? — perguntou Amy, pensativa, dando batidinhas no nariz com o cabo de sua faca.

— Queria muito!

— Bem, em um ou dois anos, eu mando buscar você, e cavaremos juntas o fórum romano em busca de relíquias e, então, realizaremos todos os planos que tantas vezes traçamos.

— Obrigada. Vou lembrá-la de sua promessa quando chegar esse dia feliz, se é que chegará — respondeu Jo, aceitando aquela oferta magnífica, mesmo que vaga, com toda a gratidão possível.

Não havia muito tempo para preparações, e a casa ficou em grande rebuliço até a partida de Amy. Jo suportou muito bem até o desaparecimento do último balançar de fita azul e, então, se retirou para seu refúgio, o sótão, e chorou até não poder mais. Amy, por sua vez, também suportou fortemente até a partida do vapor. Então, quando a prancha de embarque estava prestes a ser retirada, ela percebeu, de repente, que um oceano inteiro estava prestes a se pôr entre ela e aqueles que mais a amavam e agarrou-se a Laurie, o último retardatário, dizendo em meio a um soluço:

— Cuide de todos por mim e, se alguma coisa acontecer...

— Eu cuidarei, querida, e, se alguma coisa acontecer, vou consolar você — sussurrou Laurie, sem imaginar que seria chamado para cumprir sua promessa.

Então Amy partiu para encontrar o Velho Mundo, que é sempre novo e bonito aos olhos dos jovens, enquanto seu pai e seu amigo a olhavam da terra, desejando fervorosamente que aquela viagem só trouxesse contentamentos à menina de coração feliz que lhes acenava até que não fosse possível se avistar mais nada, exceto o ofuscante sol de verão sobre o mar.

31. Nossa correspondente estrangeira

LONDRES

Minha gente querida,
Aqui estou, sentada ao lado de uma janela da frente do Hotel Bath, em Piccadilly. Não é um lugar elegante, mas o titio parou aqui há anos e não quer saber de ir para outro lugar. No entanto, ficaremos aqui por pouco tempo, por isso não importa muito. Ah, não sei nem de que modo começar a dizer como estou gostando de tudo! Jamais saberia, então vou oferecer-lhes partes do meu caderno, pois tudo o que fiz desde que cheguei foi desenhar e rabiscar.

Enviei algumas linhas de Halifax num momento em que eu não estava passando mal, porém depois tudo melhorou, não fiquei muito enjoada; ficava no convés quase o dia todo com muita gente agradável para me divertir. Todos foram muito gentis comigo, especialmente os oficiais. Não ria, Jo, os cavalheiros são realmente muito necessários a bordo do navio, tanto para que possamos usá-los como apoio quanto para nos servir, pois, já que eles não têm nada para fazer, torná-los úteis é uma caridade que lhes prestamos; do contrário, receio que eles fumariam até a morte.

A titia e a Flo passaram mal o caminho todo e quiseram ficar sozinhas, então, depois de fazer tudo o que eu podia fazer por elas, eu ia me divertir. Ah, os passeios no convés, o pôr do sol, o ar e as ondas esplêndidas... Era quase tão emocionante quanto montar um cavalo rápido quando navegávamos de forma majestosa. Eu queria que Beth pudesse ter vindo; teria feito tão bem a ela... Quanto a Jo, ficaria tão animada que teria subido e se sentado na bujarrona do mastro central, ou seja lá qual for o nome daquela coisa alta; certamente, teria feito amizade com os engenheiros e falado no megafone do capitão; sim, ela estaria num verdadeiro êxtase.

Foi tudo divino, e fiquei muito feliz quando chegamos à costa irlandesa, que é linda, muito verde e ensolarada, com chalés marrons aqui e ali, ruínas em algumas de suas colinas, sítios com mansões nos vales e cervos se alimentando nos parques. Ainda era de manhã bem cedo, e não me arrependi de ter levantado, pois a baía estava cheia de pequenos barcos e a costa parecia uma pintura, com um céu rosado acima. Nunca me esquecerei dessa imagem.

Em Queenstown, um dos meus novos conhecidos, o senhor Lennox, nos deixou e, quando eu disse algo sobre os lagos de Killarney, ele suspirou e cantou, olhando para mim:

Oh, have you e'er heard of Kate Kearney?
She lives on the banks of Killarney.
From the glance of her eye,
shun danger and fly,
for fatal's the glance of Kate Kearney.[26]

Parece algo sem sentido, não é?

Paramos em Liverpool, onde ficamos por algumas horas. É um lugar sujo e barulhento, por isso fiquei feliz quando saímos dali. Titio desembarcou

---

26. Em português: Ah, já ouviu falar de Kate Kearney? Ela vive nas margem do Killarney. De seus olhares, evite e fuja, pois o olhar de Kate Kearney é fatal. (N.T.)

rapidamente e comprou um par de luvas de pele de cachorro, alguns sapatos feios e grossos e um guarda-chuva, e logo depois cortou a barba no estilo costeleta de carneiro. Então, gabou-se, dizendo que parecia um verdadeiro britânico, porém, na primeira vez em que precisou mandar limpar a lama de seus sapatos, o pequeno engraxate sabia que um americano as vestia, e lhe disse, sorrindo: "Pronto, senhor. Dei a elas o brilho ianque da moda". Isso fez o titio rir muito. Ah, devo lhes dizer o que fez o estranho Lennox! Ele pediu que seu amigo Ward, que viajava conosco, encomendasse um buquê para mim; então, assim que entrei em meu quarto, esta foi a primeira coisa adorável que vi, com um cartão que dizia: "Cumprimentos de Robert Lennox". Não é divertido, meninas? Adoro viajar.

Nunca chegarei a Londres se não me apressar. A viagem foi como cavalgar por uma longa galeria de imagens, cheia de paisagens encantadoras. Observar de longe as casas das fazendas era minha maior alegria, com seus telhados de palha, heras até os beirais, janelas de treliças e, nas portas, mulheres altas com crianças rosadas. Até o gado parecia mais tranquilo do que o nosso, pastando com trevos até os joelhos, e as galinhas tinham um cacarejar animado, parece que nunca ficam nervosas como as galinhas ianques. Nunca vi cores tão perfeitas, uma grama tão verde, um céu tão azul, grãos tão amarelos, bosques tão escuros... Eu fiquei em êxtase durante todo o caminho. A Flo também, e nós ficávamos mudando de lugar, tentando ver tudo enquanto nos movimentávamos a cem quilômetros por hora. Titia estava cansada e foi dormir, mas o titio lia seu guia e não se surpreendia com nada. E, assim, seguimos adiante. Amy, pulando, "Oh, ali deve ser Kenilworth, aquele lugar acinzentado entre as árvores!". Flo, correndo para a minha janela, "Que lindo! Temos que ir lá algum dia, não é, papai?". Titio, calmamente admirando suas botas, "Não, minha querida, a menos que você queira cerveja; aquilo é uma cervejaria.".

Uma pausa e, então, Flo gritou: "Abençoe-me, há uma forca e um homem subindo nela!". "Onde, onde?", gritou Amy, olhando para dois postes altos com um feixe cruzado e algumas correntes penduradas. "Uma mina de carvão", observa o titio, com um brilho nos olhos. "Olha, um lindo rebanho de cordeiros, todos se deitando", disse Amy. "Veja, papai, eles não são lindos?", acrescentou Flo toda sentimental. "Gansos, senhoritas", responde o titio, em um tom que nos deixa caladas até Flo sentar-se para ler *Flirtations of Captain Cavendish*,[27] e a paisagem fica toda para mim.

Claro que choveu quando chegamos a Londres, e não havia nada para vermos senão nevoeiro e guarda-chuvas. Descansamos, desfizemos as malas

---

27. *Os flertes do capitão Cavendish*. (N.T.)

e fizemos algumas compras nos intervalos das chuvas. Tia Mary me deu algumas coisas novas, pois saí com tanta pressa que mal trouxe tudo de que eu precisava. Um chapéu branco com uma pena azul, um vestido de musselina para combinar, e o manto mais adorável que vocês puderem imaginar. É maravilhoso fazer compras na Regent Street. As coisas parecem tão baratas... boas fitas por apenas seis *pence* por metro. Fiz um bom estoque, mas comprarei minhas luvas em Paris. Isso não soa elegante e fino?

Para nos divertirmos, Flo e eu pedimos um cabriolé Hansom,[28] enquanto titia e titio estavam fora, e fomos passear; mais tarde, descobrimos que não se considera muito apropriado que duas jovens passeiem sozinhas neles. Foi tão engraçado! Pois, quando se fechou a portinhola de madeira, o homem passou a dirigir tão rápido que Flo, assustada, me pediu para mandar parar, mas ele ficava do lado de fora em uma posição mais elevada e atrás de nós; eu não tinha como falar com ele. Ele não me ouviu chamá-lo nem me viu bater minha sombrinha na frente do carro, e lá ficamos nós duas nessa situação, muito indefesas, sacudindo e dobrando as esquinas em um ritmo vertiginoso. Finalmente, em meio ao meu desespero, vi uma pequena janela no teto e cutuquei-a até abrir; então, surgiu um olho vermelho e uma voz cheirando a cerveja disse: "O que é, mamãe?". Dei ordens da forma mais séria possível e, batendo na porta, com um "Eia, eia, mamãezinha!", o homem fez seu cavalo caminhar como se fôssemos para um funeral. Eu cutuquei novamente a portinha e disse "Um pouco mais rápido!", então ele passou a dirigir da mesma forma imprudente de antes, e resignamo-nos ao nosso destino.

Hoje o tempo está agradável, e fomos ao Hyde Park, que fica aqui perto, pois somos mais aristocratas do que parecemos. O duque de Devonshire[29] mora aqui perto. Eu costumo ver seus lacaios descansando no portão dos fundos, e a casa do duque de Wellington[30] não é longe daqui. Ah, Deus, vimos tantas coisas! Era tão bom quanto ver a *Punch*,[31] pois havia viúvas gorduchas passeando em seus coches vermelhos e amarelos, com lindos serviçais em meias de seda e casacos de veludo sentados em cima, na parte de trás, e, na frente, cocheiros com a cara cheia de pó. Criadas elegantes com as crianças mais rosadas que eu já vi, meninas bonitas, que pareciam meio adormecidas, dândis preguiçosos, usando estranhos chapéus ingleses de couro lilás

---

28. *Hansom cab*, em inglês. É um cabriolé adaptado por Joseph Hansom para servir de táxi. Na frente, tinha um portinhola de madeira para proteger os passageiros e, acima dos passageiros, uma capota com uma pequena janela para comunicar-se com o condutor. *Cab* (táxi) é uma abreviação de *cabriolet*. (N.T.)
29. William Cavendish (1808-1891), sétimo duque de Devonshire. (N.T.)
30. Arthur Welesley (1769-1852), primeiro duque de Wellington. (N.T.)
31. Revista humorística inglesa publicada entre 1841 e 1992 e entre 1996 e 2002. (N.T.)

e soldados altos com casacos vermelhos curtos e boinas caídas para o lado; pareciam tão engraçados que eu tive vontade de desenhá-los.

Rotten Row[32] é uma corruptela de *Route de Roi*, ou o caminho do rei, hoje em dia, entretanto, é mais uma área de equitação do que qualquer outra coisa. Os cavalos são esplêndidos, e os homens, especialmente os noivos, cavalgam bem, mas as mulheres ficam rígidas e dão pulinhos, o que não está muito de acordo com nossas regras. Tive vontade de lhes mostrar um impetuoso galope americano, pois elas trotavam de modo solene para cima e para baixo, com trajes sumários e chapéus altos, parecendo as mulheres de uma Arca de Noé de brinquedo. Todos cavalgam — velhos, senhoras robustas, crianças pequenas —, e os jovens flertam bastante aqui; eu vi um casal trocar botões de rosa, pois está na moda usá-las na lapela, uma ideia simples que achei bastante agradável.

À tarde, fomos à Abadia de Westminster; não esperem que eu a descreva, isso é impossível, direi apenas que é sublime! Esta noite vamos ver Fechter,[33] que será um final apropriado para o dia mais feliz da minha vida.

Meia-noite

É muito tarde, mas eu não poderia enviar minha carta de manhã sem contar o que aconteceu ontem à noite. Quem vocês acham que chegou enquanto tomávamos chá? Os amigos ingleses de Laurie — Fred e Frank Vaughn! Fiquei muito surpresa, porque não os reconheceria se não me mostrassem seus cartões. Ambos estão altos e usam bigodes e suíças.[34] Fred é bonito, em seu estilo inglês, e Frank está muito melhor, pois agora só manca um pouco e não usa muletas. Laurie havia contado para eles onde estávamos, e eles vieram nos convidar para irmos à casa deles, mas o titio não quer ir; por isso, retribuiremos a visita e os veremos quando for possível. Eles foram ao teatro conosco, e nos divertimos bastante, pois Frank dedicou-se a Flo, e Fred e eu falamos sobre alegrias passadas, presentes e futuras como se nos conhecêssemos a vida toda. Diga a Beth que Frank perguntou por ela e ficou triste ao saber de sua saúde adversa. Fred riu quando falei de Jo e enviou os seus "respeitosos cumprimentos ao grande chapéu". Os dois se lembram bem do Acampamento Laurence e de como nos divertimos lá. Parece que já faz tanto tempo, não?

Titia está batendo na parede pela terceira vez, então eu tenho que parar. Sinto-me como uma verdadeira dama londrina difusa, escrevendo tarde da

---

32. É uma avenida ampla no Hyde Park, em Londres, construída no século XVII pelo rei Guilherme III para que se pudesse ir do palácio de Kensington até o palácio St. James. Nos séculos XVIII e XIX, passou a ser um local elegante de encontro e passeio a cavalo. (N.T.)

33. Charles Albert Fechter (1824-1879), ator anglo-francês. (N.T.)

34. Barba que se deixa crescer apenas nas partes laterais da face, desde as orelhas até perto das laterais da boca. (N.E.)

noite; meu quarto, cheio de coisas bonitas, e, em minha cabeça, um emaranhado de parques, teatros, vestidos novos e criaturas galantes que dizem "Ah!" e torcem seus bigodes loiros com a verdadeira ufania inglesa. Tenho muitas saudades e, apesar de minhas bobagens, sou sempre sua carinhosa...

Amy

PARIS

Queridas meninas,

Em minha última carta, contei-lhes sobre a nossa visita a Londres, como os Vaughns foram gentis e que companhia agradável nos fizeram. Mais do que qualquer outra coisa, gostei das viagens que fizemos até Hampton Court[35] e ao museu de Kensington;[36] em Hampton, eu vi os desenhos de Rafael,[37] e no museu, salas cheias com os quadros de Turner, Lawrence, Reynolds, Hogarth[38] e outros grandes artistas. O dia em Richmond Park foi encantador, pois fizemos um típico piquenique inglês, e, no entorno, havia mais carvalhos e grupos de cervos do que eu seria capaz de desenhar; também ouvi um rouxinol e vi cotovias voarem. Graças a Fred e Frank, vimos o que Londres tem de melhor para nos oferecer, e ficamos tristes por termos de ir embora; apesar de os ingleses demorarem para aceitar os outros, quando eles resolvem finalmente aceitar, acho que não há quem os supere em hospitalidade. Os Vaughns querem nos encontrar em Roma no próximo inverno. Ficarei terrivelmente desapontada se não os encontrar, pois Grace e eu somos grandes amigas, e os meninos são pessoas muito boas, especialmente Fred.

Bem, nós mal havíamos chegado aqui em Paris quando ele apareceu de novo dizendo que estava de férias e ia para a Suíça. Titia parecia séria no início, mas ele estava tão sereno que ela não conseguiu dizer uma palavra. Agora estamos bem e muito contentes por ele ter vindo, porque ele fala um francês nativo; não sei o que faríamos sem ele. Titio não conhece nem dez palavras, e insiste em falar inglês muito alto, como se isso fizesse com que as pessoas o entendessem. A pronúncia da titia é antiquada. Já Flo e eu, embora

---

35. Palácio real do início do século XVI situado no sudoeste de Londres. (N.T.)
36. Museu South Kensington, inaugurado pela rainha Vitória em 22 de junho de 1857. Em 1899, o museu passou a ser chamado Victoria and Albert Museum. (N.T.)
37. O pintor italiano Rafael (1483-1520), a pedido do papa Leão X, desenhou dez esboços preparatórios em papel acartonado para a tapeçaria que seria pendurada na Capela Sistina. Sobraram sete esboços, os quais foram comprados por Carlos I da Inglaterra (1600-1649). (N.T.)
38. Joseph Mallord William Turner (1775-1851), pintor, gravurista e aquarelista britânico. Thomas Lawrence (1769-1830), um dos principais pintores retratistas britânicos do século XIX. Joshua Reynolds (1723-1792), um dos principais retratistas britânicos do século XVIII. William Hogarth (1697-1764), pintor, gravador e ilustrador inglês. (N.T.)

nos gabássemos, achando que sabíamos muito, descobrimos que isso não era verdade, e estamos muito gratas por termos Fred para fazer todo o *parlez vous*,[39] como diz a titia, por nós.

Que momentos deliciosos! Fizemos passeios turísticos desde a manhã até a noite, paramos para almoçar em lindos cafés e vivenciamos todo tipo de aventura engraçada. Eu passava meus dias chuvosos no Louvre,[40] deleitando-me com os quadros. Jo torceria seu nariz empinado para algumas das melhores obras, porque ela não tem alma para a arte, mas eu tenho, e estou cultivando meu olhar e meu bom gosto o mais rápido que consigo. Ela gostaria mais das relíquias das grandes personalidades. Eu vi o chapéu de Napoleão e seu casaco cinza, seu berço e sua velha escova de dentes. Vi também os pequenos sapatos de Maria Antonieta, o anel de São Dionísio de Paris, a espada de Carlos Magno e muitas outras coisas interessantes. Falarei por horas sobre todos esses objetos quando eu voltar, dado que não terei tempo para escrever sobre tudo.

O *Palais Royal*[41] é um lugar celestial, tão cheio de *bijouterie* e de outras coisas maravilhosas que quase me desesperei por não poder comprá-las. Fred queria me dar alguma coisa, mas claro que eu não permiti. Depois fomos ao *Bois* e à *Champs Élysées*,[42] que são *trés magnifique*.[43] Vi a família imperial várias vezes; o imperador é um homem feio, de aparência dura; a imperatriz é pálida e bonita, porém achei que se veste com muito mau gosto: vestido roxo, chapéu verde e luvas amarelas. O pequeno Nap é um garoto bonito, que se senta para conversar com seu tutor e manda beijos com a mão para as pessoas enquanto passa em sua *barouche*[44] de quatro cavalos, com seus condutores em jaquetas de cetim vermelho e um guarda montado à frente e outro atrás.

Caminhamos várias vezes pelos Jardins das Tulherias, porque são lindos, embora os antigos Jardins de Luxemburgo me agradem mais. O cemitério do *Père la Chaise*[45] é muito curioso, pois seus vários túmulos parecem pequenos quartos, e, olhando para dentro, vê-se uma mesa com imagens ou

---

39. "Fale você", em francês. (N.T.)

40. O Museu do Louvre, no centro de Paris, fica no palácio de mesmo nome e foi fundado em 10 de agosto de 1793. (N.T.)

41. O Palais Royal (Palácio Real) é um palácio com jardim localizado no centro de Paris, em frente à ala norte do Louvre. No século XIX, a região era famosa por seus cafés. (N.T.)

42. O Bois de Bologne é o segundo maior parque de Paris. A Champs-Élysées é uma importante avenida de Paris com 71 metros de largura e 1,9 quilômetro de comprimento. Inicia na Place de la Concorde, perto do Louvre e dos Jardins das Tulherias, e segue até a atual praça Charles de Gaulle, no Arco do Triunfo. (N.T.)

43. Em francês, "muito lindos". (N.E.)

44 . Em francês, "carruagem". (N.E.)

45. O cemitério do Père la Chaise é o maior cemitério de Paris, oficialmente aberto em 1804. Muitas figuras importantes foram sepultadas nele. (N.T.)

quadros dos mortos e cadeiras para que os enlutados se sentem quando visitam o local. Isso é tão francês.

Nossos quartos dão para a *Rue de Rivoli*,[46] e, sentados na varanda, podemos ver toda a extensa e iluminada rua. É um local tão agradável que passamos nossas noites conversando ali quando estamos cansados demais para sair. Fred é muito divertido e — com exceção de Laurie, cujas maneiras são mais encantadoras — é o rapaz mais agradável que já conheci. Eu gostaria que Fred fosse moreno, pois eu não gosto de homens muito brancos. Os Vaughns, no entanto, são muito ricos e vêm de uma excelente família, então eu não colocarei defeito em seus cabelos loiros, pois os meus são mais loiros.

Na próxima semana, iremos para a Alemanha e para a Suíça, e, como viajaremos rápido, só poderei enviar-lhes mensagens apressadas. Continuo escrevendo em meu diário e tento "lembrar-me de tudo honestamente para descrever com clareza tudo o que vejo e admiro", conforme aconselhado por papai. É uma boa prática para mim, e, além disso, melhor do que esses rabiscos, meus desenhos lhes darão uma ideia mais aproximada de minha viagem. *Adieu*, abraço todas vocês com carinho.

Votre Amie[47]

HEIDELBERG

Minha querida mamãe,
Eu tenho uma hora antes de partirmos para Berna, então vou tentar dizer-lhe o que ocorreu, pois alguns acontecimentos, como você verá, são muito importantes.

A subida do Reno[48] foi perfeita. Fiquei sentada, aproveitando a viagem de barco com toda a minha força. Pegue os antigos guias de papai e leia sobre a região. Meu vocabulário não engloba palavras que sejam belas o suficiente para descrevê-la. Passamos momentos encantadores em Coblença,[49] porque, no barco, Fred tornou-se amigo de alguns estudantes de Bonn que nos fizeram uma serenata. Era uma noite de luar e, por volta de uma hora da madrugada, Flo e eu fomos acordadas por uma música maravilhosa debaixo de nossas janelas. Saltamos da cama e nos escondemos por trás das cortinas; pequenas olhadelas nos permitiam ver Fred e os alunos cantando

---

46. A Rue de Rivoli é uma famosa rua da capital francesa construída entre 1802 e 1865. Ela dispõe de muitos cafés e lojas requintadas. (N.T.)
47. Em francês, "sua amiga". (N.E.)
48. O Rio Reno nasce nos Alpes suíços, atravessa a Europa e deságua no Mar do Norte. Passa pela Suíça, pela Áustria, pelo principado de Liechtenstein, pela Alemanha, pela França e pelos Países Baixos. (N.T.)
49. Cidade alemã situada na confluência entre os rios Mosela e Reno. (N.T.)

lá embaixo. Foi a coisa mais romântica que vi na vida — o rio, a ponte, os barcos, a grande fortaleza em frente, o luar iluminando tudo, e a música que poderia derreter até um coração de pedra.

Quando terminaram, lançamos algumas flores sobre eles e os vimos brigar por elas; então, enviaram beijos com as mãos para as invisíveis senhoritas e foram embora rindo, para fumar e beber cervejas, eu suponho. Na manhã seguinte, Fred me mostrou uma das flores amassadas no bolso do colete e me pareceu muito sentimental. Eu ri dele e disse que foi a Flo quem jogou a flor, não eu, e isso pareceu ofendê-lo, pois ele jogou a flor pela janela e voltou a demonstrar-se sensível. Acho que terei problemas com esse rapaz.

As termas de Nassau estavam muito divertidas, assim como as de Baden-Baden,[50] onde Fred perdeu algum dinheiro e eu o repreendi. Ele precisa de alguém para cuidar dele quando Frank não está por perto. Uma vez, Kate disse que esperava que ele se casasse cedo, e eu concordo muito com ela; seria bom para ele. Frankfurt[51] estava deliciosa. Vi a casa de Goethe, a estátua de Schiller e a famosa *Ariadne* de Dannecker.[52] É linda, mas creio que eu teria gostado mais se conhecesse melhor a história. Eu não queria perguntar nada, já que todos conheciam a história, ou fingiam conhecer. Queria que Jo pudesse me contar tudo sobre o tema. Eu deveria ter lido mais, pois acho que não sei nada, e isso me mortifica.

Passemos agora para a parte séria, porque aconteceu aqui, e Fred acabou de ir embora. Ele tem sido tão gentil e se mostrado tão animado que todos nós nos afeiçoamos muito a ele. Eu nunca imaginei nada além de uma amizade durante esta viagem até a noite da serenata. Desde então, comecei a notar que as caminhadas ao luar, as conversas na varanda e as aventuras diárias eram, para ele, algo mais do que apenas diversão. Eu juro que não flertei, mamãe! Lembrei-me do que você me disse e fiz de tudo para seguir seus conselhos. As pessoas gostam de mim; não tenho poder sobre isso. Eu não me esforço para que se sintam assim e, embora Jo diga que sou uma desalmada, preocupa-me muito não poder retribuir o sentimento dos outros. Agora eu sei que a mamãe vai balançar a cabeça e que as meninas dirão "Ah, aquela vil mercenariazinha!", mas eu já tomei minha decisão: se Fred me pedir em casamento, eu aceitarei, embora eu não esteja perdidamente apaixonada. Eu

---

50. Nassau é uma cidade no vale do rio Lahn conhecida por suas águas termais. Baden-Baden se localiza no sudoeste da Alemanha e é famosa por suas termas e seu cassino. (N.T.)

51. Frankfurt, no estado de Hesse, na Alemanha, é a cidade natal de Goethe. (N.T.)

52. Johann Wolfgang von Goethe (1749-1832), escritor e estadista alemão. Johann Christoph Friedrich von Schiller (1759-1805), poeta, filósofo, médico e historiador alemão. Johann Heinrich von Dannecker (1758-1841) foi um escultor alemão que, além de *Ariadne sob a Pantera*, também fez um busto de Schiller, seu amigo de escola. (N.T.)

gosto dele, e nós nos entendemos bem. Ele é bonito, jovem, bastante inteligente e muito rico — muito mais rico que os Laurences. Não acredito que a família dele iria se opor; e eu ficaria muito feliz, porque são pessoas gentis, educadas, generosas e gostam de mim. Eu suponho que Fred, sendo o gêmeo mais velho, herdará a propriedade... e como é esplêndida! Uma casa urbana em uma rua muito elegante, não tão vistosa como as nossas casas grandes, mas duas vezes mais confortável e plena de um luxo genuíno, como gostam os ingleses. Agrada-me por ser autêntico. Eu vi a prataria, as joias da família, os antigos empregados e as imagens da casa de campo, com seu parque, uma grande sede, jardins encantadores e bons cavalos. Ah! Eu não pediria mais nada! E eu prefiro isso a títulos de nobreza, que costumam ser um chamariz para as meninas que, em seguida, nada encontram por trás deles. Talvez eu seja uma mercenária. Eu odeio a pobreza e, se possível, não pretendo suportá-la nem mais um minuto. Uma de nós *deve* se casar bem. Não foi a Meg, não será a Jo, e Beth ainda não pode, então serei eu, e oferecerei conforto a todos em meu entorno. Eu lhe asseguro que nunca me casaria com alguém que eu odiasse ou desprezasse. E, embora Fred não seja meu modelo de herói, ele se sai muito bem; e, com o tempo, caso ele goste muito de mim e me permita fazer o que me agrada, eu poderia me afeiçoar a ele. Então, tenho pensado muito nesse assunto na última semana, porque foi impossível deixar de notar que Fred gosta de mim. Ele não disse nada, mas demonstra em pequenos detalhes. Ele nunca acompanha a Flo; está sempre ao meu lado na carruagem, à mesa ou nos passeios; parece sentimental quando estamos sozinhos e franze a testa para qualquer outra pessoa que se aventure a falar comigo. Ontem, no jantar, quando um oficial austríaco olhou para nós e depois disse algo a seu amigo, um barão de aparência libertina, sobre *ein wunderschönes Blondchen*,[53] Fred ficou feroz como um leão e começou a cortar a carne de modo tão selvagem que ela quase foi arremessada de seu prato. Ele não é um desses ingleses frios e rígidos; na verdade, ele se exalta facilmente, pois tem sangue escocês, como se poderia imaginar em virtude de seus lindos olhos azuis.

Bem, ontem à noite, subimos até o castelo[54] para ver o pôr do sol; fomos todos, menos o Fred, que deveria nos encontrar lá depois de ir buscar umas cartas no correio. Foram momentos agradáveis em que caminhamos lentamente pelas ruínas, pelos porões, onde se encontra um gigantesco barril de vinho, e

---

53. Em alemão, "uma loira linda". (N.T.)
54. Palácio localizado em Heidelberg, no estado de Baden-Württemberg, na Alemanha. O castelo se sobressai na paisagem da região e está situado a 80 metros do vale do rio Neckar. (N.T.)

por belos jardins encomendados pelo príncipe-eleitor[55] há muito tempo para sua esposa inglesa. O grande terraço é a melhor parte do castelo, porque tem um vista divina. Enquanto os outros foram visitar os quartos internos, fiquei ali sentada tentando desenhar a cabeça do leão em pedra cinzenta da parede e os ramos de madressilvas escarlates agarradas a ela. Sentia-me como se fosse parte de um romance, sentada ali, observando o Neckar atravessar o vale, ouvindo a música da banda austríaca que tocava lá embaixo e à espera de meu amado, como a verdadeira protagonista de um livro. Eu tinha a sensação de que algo iria acontecer e estava pronta. Eu não me sentia nem tímida nem trêmula, mas muito calma e levemente agitada.

Logo eu ouvi a voz de Fred. Ele corria através do grande arco para me encontrar. Parecia tão perturbado que eu esqueci tudo sobre mim mesma e lhe perguntei qual era o problema. Ele disse que havia acabado de receber uma carta implorando para que ele voltasse para casa, pois Frank estava muito doente. Então ele precisava ir imediatamente no trem noturno; tinha tempo apenas para se despedir. Fiquei muito triste por ele e decepcionada comigo, mas apenas por um instante, já que, enquanto apertávamos as mãos, ele disse de uma forma que não deixava dúvidas: "Eu voltarei logo, Amy, você não vai me esquecer?".

Eu não prometi nada, apenas olhei para ele, e ele se satisfez com isso; não havia tempo para nada além de recados e despedidas, pois seu trem sairia em uma hora. Todos nós sentimos muito a falta dele. Eu sei que ele queria falar alguma coisa, porém, acho, por conta de algo que uma vez ele insinuou, que ele havia prometido ao pai que não faria nada desse tipo por algum tempo ainda, pois ele é um rapaz apressado, e o velho senhor morre de medo de ter uma nora estrangeira. Logo nos encontraremos de novo em Roma e, então, se eu não mudar de ideia, direi "Sim, obrigada!", assim que ele perguntar "Você aceita?".

Claro que tudo isso é algo extremamente confidencial, mas eu queria que você soubesse o que está acontecendo. Não fique ansiosa por mim; lembre-se de que sou sua "Amy prudente" e tenha certeza de que não farei nada de forma precipitada. Aconselhe-me o quanto quiser. Seguirei seus conselhos sempre que puder. Eu queria poder vê-la para termos uma boa conversa, mamãe. Confie em mim e me ame.

Sua Amy

---

55. Os eleitores, ou príncipes-eleitores, eram membros do colégio eleitoral do Sacro Império Romano-Germânico que, a partir do século XIII, detinham o poder de eleger o rei dos romanos, e, de meados do século XVI em diante, passaram a ter a função de eleger diretamente o imperador do Sacro Império Romano-Germânico. (N.E.)

32. Doces dificuldades

— Jo, eu estou preocupada com a Beth.

— Por que, mamãe? Ela tem parecido extraordinariamente bem desde que os bebês nasceram.

— Não é a saúde dela que me incomoda, é a cabeça. Tenho certeza de que algo se passa em sua mente, e quero que você descubra o que é.

— O que a faz pensar assim, mamãe?

— Ela fica sozinha por muito tempo, e não conversa mais tanto com o papai como costumava conversar. Outro dia, eu a vi chorando por causa dos bebês. Agora ela só canta músicas tristes, e de vez em quando eu percebo em seu semblante um olhar que não consigo decifrar. Isso não parece uma característica comum à Beth, e me preocupa.

— Você perguntou a ela o que está acontecendo?

— Tentei uma ou duas vezes, mas ela desconversou ou se mostrou tão angustiada que parei. Nunca obrigo minhas filhas a fazerem confidências, e raramente tenho de esperar por muito tempo para que me digam o que se passa.

A senhora March olhava para Jo enquanto falava, porém a expressão desta demonstrava que ela não tinha nenhuma outra inquietação secreta, exceto sua preocupação com Beth; então, depois de refletir por alguns instantes enquanto costurava, Jo disse:

— Talvez ela esteja crescendo e começando a ter sonhos, esperanças, medos e inquietações sem saber por que ou sem ter capacidade de compreendê-los. Ora, mamãe, apesar de Beth já ter dezoito anos, não nos demos conta disso e a tratamos como uma criança, nos esquecendo de que ela é uma mulher.

— Verdade. Meu Deus, como vocês crescem rápido... — respondeu a mãe dando então um suspiro e sorrindo.

— Isso é inevitável, mamãe, então você terá que esquecer suas preocupações e deixar que seus passarinhos saltem do ninho, um a um. Prometo nunca saltar para muito longe, se isso lhe serve de consolo.

— É um grande conforto, Jo. Sempre me sinto forte quando você está em casa, agora que Meg se foi. Beth está muito fraca, e Amy é muito jovem, então eu não posso contar com elas. Você, por outro lado, está sempre pronta nos momentos de aperto.

— Você sabe que eu não me importo com o trabalho pesado. Toda família deve ter o seu esfregão. Amy faz trabalhos artísticos esplêndidos, eu não; no entanto, sinto-me em meu próprio elemento quando é preciso lavar todos os tapetes, ou quando metade da família adoece de uma só vez. Amy está se destacando no exterior, mas, em casa, sou eu quem resolve tudo.

— Deixo Beth em suas mãos, então, porque ela abrirá aquele coraçãozinho terno para a sua Jo antes que para qualquer outra pessoa. Seja muito gentil, e não deixe que ela pense que a estamos vigiando ou falando dela. Não desejo outra coisa no mundo senão vê-la muito forte e alegre novamente.

— Que mulher feliz! Eu tenho desejos aos montes.

— E quais são eles, minha querida?

— Vou resolver os problemas da Beth, depois direi quais são os meus. Não são desejos que se acabam, então podem esperar. — E Jo voltou a costurar, demonstrando uma postura sábia que, ao menos por enquanto, deixava descansado o coração da mãe em relação a ela.

Embora aparentemente estivesse absorta nos próprios assuntos, Jo prestava atenção em Beth e, depois de muitas conjecturas conflitantes, finalmente chegou a uma conclusão que parecia explicar sua mudança. Jo acreditava que um pequeno incidente lhe havia entregado a pista que resolveria o mistério; o resto ela preencheu com sua imaginação fértil e o coração amoroso. Numa tarde de sábado, Jo estava sozinha com Beth e fingiu estar muito ocupada escrevendo. No entanto, enquanto rabiscava qualquer coisa, ela ficava de olho em sua irmã, que parecia estranhamente tranquila. Sentada em frente à janela, Beth, muitas vezes, deixava cair seu trabalho no colo e inclinava a cabeça em uma mão, em uma atitude desanimada, enquanto seus olhos repousavam sobre a paisagem enfadonha do outono. De repente, alguém passou embaixo, assobiando como um tordo operístico, e uma voz gritou:

— Tudo tranquilo! Eu venho à noite.

Beth teve um sobressalto, inclinou-se para a frente, sorriu e acenou com a cabeça; então observou o transeunte até que suas passadas rápidas desaparecessem; em seguida, disse baixinho como se confessasse para si mesma:

— Esse rapaz tão querido parece ser muito forte, saudável e feliz!

— Hum! — disse Jo, ainda atenta ao rosto da irmã. Então, sua luminosidade esvaneceu-se com a mesma velocidade com que havia surgido, seu sorriso desapareceu e, então, surgiu uma lágrima brilhando na borda da janela. Beth limpou-a com uma batidinha de dedos e olhou de modo apreensivo para Jo; entretanto, esta escrevia em uma velocidade incrível, aparentemente absorta no "Juramento de Olímpia". No instante em que Beth se virou, Jo começou a observá-la novamente, e então viu a mão de Beth ir calmamente aos olhos mais de uma vez e, pela sua silhueta, pôde avistar uma imagem tão plena de ternura que fez seus próprios olhos se encherem também de lágrimas. Temendo trair-se, ela fugiu, murmurando algo sobre precisar de mais papel.

— Ai de mim, Beth ama Laurie! — ela disse, sentada em seu próprio quarto, pálida com o choque da descoberta que acreditava ter acabado de fazer. — Nunca poderia imaginar isso, nem em sonhos. O que a mamãe dirá? Será que ela... — Jo parou nesse instante e enrubesceu com um pensamento súbito. — Será terrível se esse amor não for correspondido... — E continuou: — Ele deve retribuí-lo. Eu o obrigarei! — E ela balançou a cabeça de modo ameaçador para o quadro do rapaz de aparência travessa que, da parede, ria dela. — Ai, Deus, estamos crescendo muito rapidamente. Meg está casada e é mãe, Amy faz sucesso em Paris, e Beth está apaixonada. Eu sou a única com bom senso para manter-me longe de encrencas. — Jo parou atentamente por um instante com os olhos fixos no quadro, então alisou sua testa franzida e disse, numa atitude firme, para o rosto que estava diante dela: — Não, obrigada, senhor, você é muito charmoso, porém é tão estável quanto um cata-vento. Então, nada de escrever bilhetes tocantes e sorrir dessa forma insinuante, pois isso não lhe fará nenhum bem, e eu não o aceitarei.

Depois, suspirou e caiu em um devaneio do qual não acordou até que o início do crepúsculo a fizesse descer para realizar novas observações, que apenas confirmaram suas suspeitas. Embora Laurie flertasse com Amy e brincasse com Jo, seu comportamento com Beth sempre havia sido peculiarmente amável e gentil; entretanto, todos se comportavam do mesmo modo. Por isso, ninguém imaginou que ele se importava mais com ela do que com as outras. Na verdade, prevalecia ultimamente uma impressão geral na família de que "nosso menino" estava ficando mais afeiçoado do que nunca a Jo, que, no entanto, não queria ouvir nada sobre o assunto e repreendia violentamente qualquer pessoa que se atrevesse a sugerir essa circunstância. Se soubessem dos vários momentos ternos do ano anterior, ou melhor, das tentativas de momentos ternos que haviam sido cortadas pela raiz, diriam um "Não falei que era verdade?" com imensa satisfação. Porém Jo detestava esses flertes e não os permitia e, ao menor sinal de perigo iminente, tinha sempre uma piada ou um sorriso prontos.

Na época em que Laurie entrou na faculdade, ele se apaixonava cerca de uma vez por mês. Essas pequenas chamas, entretanto, eram tão breves quanto ardentes; não lhe causaram nenhum dano e divertiam Jo imensamente, pois ela se interessava muito pelas alternâncias entre esperança, desespero e resignação que lhe eram confidenciadas em seus encontros semanais. No entanto, houve um momento em que Laurie deixou de prostrar-se diante de diversos santuários e insinuou de um modo meio obscuro que havia uma única pessoa por quem ele sentia uma paixão intensa, e então passou a permitir-se ocasionais ataques byronianos de melancolia. Em seguida, começou a evitar por completo os assuntos amorosos, escreveu notas filosóficas para Jo, tornou-se muito estudioso e deu a entender que iria devorar os livros com a intenção de graduar-se envolto em glória. Isso a satisfazia muito mais do que as confidências do entardecer, os apertos carinhosos das mãos e os olhares eloquentes, pois em Jo o cérebro havia se desenvolvido antes do coração, e ela preferia os heróis imaginários, não os reais, porque, quando cansava deles, era possível trancar os primeiros no forno de ferro até que fossem novamente convocados; já os outros eram menos controláveis.

As coisas estavam neste ponto quando a grande descoberta foi feita e, naquela noite, Jo viu um Laurie que ela não conhecia. Se não tivesse colocado essa nova ideia na cabeça, ela não teria visto nada incomum no fato de Beth estar muito quieta e Laurie parecer bem mais gentil com ela ultimamente. Entretanto, tendo dado rédeas à sua imaginação, ela galopou em ritmo acelerado, e o senso comum não veio resgatá-la, tendo em vista estar bastante enfraquecido por conta do longo período que passara escrevendo romances. Como de costume, Beth punha-se deitada no sofá e Laurie sentava-se perto dela em uma cadeira baixa, divertindo-a com todos os tipos de fofocas; pois ela confiava na pontualidade de suas histórias semanais, e ele jamais a decepcionava. No entanto, naquela noite, Jo imaginou que os olhos de Beth pousavam naquele rosto vivo e moreno com um prazer peculiar, e que ela ouvia com intenso interesse um relato de alguma partida emocionante de críquete, embora as frases "pegar a bola lançada", "ser pego fora da base", e "bateu três pontos" fossem, para ela, tão inteligíveis quanto sânscrito. E, tendo decidido enxergar essas coisas, imaginou ter notado que havia algo mais sutil no comportamento de Laurie; percebeu que ele baixava a voz de vez em quando, ria menos do que o habitual, estava um pouco mais distraído e arrumava a colcha sobre os pés de Beth com uma regularidade que era realmente quase afetuosa.

"Quem sabe? Já aconteceram coisas mais estranhas...", pensou Jo sentindo-se agitada, andando de um lado para o outro em seu quarto. "Se eles realmente se amam, ela o transformará em um anjo, e ele tornará a vida de nossa querida Beth deliciosamente fácil e agradável. Não vejo como não amar a Beth, e acredito que eles possam se entender se ficarmos fora do caminho."

Como todos estavam fora do caminho, exceto ela, Jo começou a sentir que precisava livrar-se de si mesma bem rápido. Mas para onde ela iria? Então, desejando fortemente prostrar-se no santuário da devoção fraterna, sentou-se para resolver a questão.

Agora, o velho sofá era como o patriarca dos sofás — extenso, amplo, cheio de almofadas e gasto, bem gasto, como não podia deixar de ser, já que, quando eram bebês, as meninas haviam dormido e se esparramado sobre ele; quando crianças, subiam em suas costas, montavam em seus braços e, embaixo dele, guardavam os brinquedos; e, quando se tornaram jovens mulheres, nele repousaram a cabeça cansada, tiveram sonhos e ouviram conversas afetuosas. Todos o adoravam, pois era um refúgio da família; e um de seus cantos sempre foi o lugar favorito de Jo. Uma das muitas almofadas que adornavam o venerável sofá era meio dura, arredondada e comprida, como um cilindro, coberta com uma crina áspera de cavalo, e havia uma protuberância em cada extremidade. Essa almofada repulsiva era sua propriedade especial e costumava ser utilizada como arma de defesa, barricada ou prevenção severa contra o sono.

Laurie conhecia bem essa almofada e tinha motivos para considerá-la com profunda aversão, pois foi impiedosamente atacado por ela naqueles tempos em que a folia ainda era permitida; e, atualmente, a tal almofada costuma expulsá-lo do lugar mais cobiçado por ele: ao lado de Jo, no canto do sofá. Se "a salsicha" — como a chamavam — estivesse em uma das extremidades do sofá, era sinal de que podia se aproximar e que o repouso estava permitido; se estivesse atravessada no sofá, pobre do homem, da mulher ou da criança que se atrevesse a perturbá-la! Naquela noite, Jo havia se esquecido de fazer uma barricada em seu canto, e, menos de cinco minutos depois de sentar-se em seu lugar, surgiu uma forma maciça ao lado dela, com os braços esparramados sobre as costas do sofá e as longas pernas esticadas diante dele. Laurie exclamou, dando um suspiro de satisfação:

— Isso, sim, é preencher o espaço.

— Sem trocadilhos — retrucou Jo, socando a almofada nele.

No entanto, era tarde demais, pois não havia mais espaço para ela, e, saindo por baixo e arrastando-se pelo chão, ela desapareceu de forma muito misteriosa.

— Pare, Jo, não se faça de difícil. Depois de passar a semana toda estudando sem parar, eu mereço um carinho, e vou ganhá-lo.

— Beth lhe dará carinho. Estou ocupada.

— Não, não devemos incomodá-la com meus problemas, mas você gosta desse tipo de coisa; a menos que, de repente, tenha perdido tal gosto. Perdeu? E agora odeia seu menino e quer disparar almofadas em cima dele?

Raramente se ouvia algo mais sedutor que esse apelo tocante, mas Jo lançou água fria em "seu menino", voltando-se contra ele com uma pergunta dura:

— Quantos buquês de flores você enviou à senhorita Randal esta semana?

— Juro que nenhum. Ela está noiva. E agora, o que mais?

— Fico feliz, essa é uma de suas extravagâncias tolas, enviar flores e presentes para as meninas que, para você, não valem nem dois alfinetes — continuou Jo repreendendo-o.

— Meninas sensatas que valem muitas caixas de alfinetes não me deixam enviar "flores e presentes", então, o que posso fazer? Meus sentimentos precisam de uma válvula de escape.

— Mamãe não aprova o flerte, nem mesmo por brincadeira e, Teddy, você flerta desesperadamente.

— Eu daria tudo para poder responder "Você também!". Como não posso, direi apenas que não vejo nenhum mal nesse joguinho divertido, contanto que todas as partes entendam que é apenas um jogo.

— Bem, parece divertido, mas não consigo aprender. Eu tentei, porque é estranho estar com os outros e não fazer o que todos estão fazendo, porém, acho que não consigo — disse Jo, esquecendo-se de fazer o papel de mentora.

— Faça aulas com a Amy. Ela tem um talento natural para isso.

— Sim, ela sabe flertar muito bem, e nunca vai muito longe. Parece natural que algumas pessoas sejam capazes de agradar sem esforço e que outras sempre digam e façam a coisa errada no momento errado.

— Fico feliz que você não saiba flertar. É realmente revigorante ver uma menina sensata, direta, que sabe ser divertida e gentil sem se fazer de tola. Cá entre nós, Jo, algumas das garotas que conheço avançam tão rapidamente que chego a ter vergonha delas. Tenho certeza de que elas não desejam mal a ninguém, mas, se soubessem como nós, homens, falamos delas depois, imagino que mudariam seu comportamento.

— Elas fazem o mesmo e, já que suas línguas são mais ferinas, vocês homens levam a pior, porque vocês são, em todos os detalhes, tão tolos quanto elas. Se vocês se comportassem de forma correta, elas também se comportariam, mas, sabendo que os rapazes gostam dos absurdos que elas cometem, elas continuam e, então, vocês as culpam.

— A senhorita conhece muito bem esse assunto — disse Laurie em um tom elevado. — Não gostamos de brincadeiras e flertes, embora, às vezes, possamos agir como se gostássemos. Não falamos das meninas bonitas e recatadas nunca, exceto de modo respeitoso, entre cavalheiros. Deus abençoe sua alma inocente! Se pudesse estar em meu lugar por um mês, você veria coisas que lhe surpreenderiam muito. Juro, quando vejo uma dessas meninas intrépidas, tenho sempre vontade de imitar nosso amigo Cock Robin:

Fora! Vá embora!
Sua ardilosa e atrevida![56]

---

56. Música infantil intitulada *Little Jenny wren fell sick* (A pequena corruíra ficou doente). Na canção, a corruíra chamada Jenny fica doente e o pintarroxo (Robin Redbreast) cuida dela. A corruíra diz que, assim que

Era impossível não rir do conflito cômico entre a relutância cavalheiresca de Laurie em falar mal das mulheres e sua própria antipatia muito natural em relação aos disparates pouco femininos do qual ele encontrava muitos exemplos nos patamares mais requintados da sociedade. Jo sabia que o "jovem Laurence" era considerado um excelente partido pela maioria das mães, que ele recebia muitos sorrisos de suas filhas e era bastante lisonjeado por senhoras de todas as idades, a ponto de ter se tornado pretensioso; então, ela o observava com ciúmes, temendo que ele se tornasse mimado, e alegrou-se mais do que poderia admitir ao ouvi-lo dizer que ainda acreditava em meninas recatadas. Voltando repentinamente ao seu tom de repreensão, ela disse, baixando a voz:

— Se você precisa de uma válvula de escape, Teddy, procure uma das "belas meninas recatadas" que você tanto respeita, e não perca seu tempo com as tolas.

— Esse é o seu conselho, de verdade? — E Laurie olhou para ela com um misto de ansiedade e alegria em seu semblante.

— Sim, é este o meu conselho. No entanto, antes disso, você deveria terminar a faculdade e se preparar para assumir essa tarefa. Você ainda não merece a... Bem, quem quer que seja a menina recatada de sua escolha. — Então, Jo se calou com uma expressão um pouco estranha em seu rosto, pois quase deixara escapar um nome.

— Essa eu não mereço! — concordou Laurie, com uma expressão de humildade bastante nova para ele, baixando os olhos e, distraidamente, torcendo em volta dos dedos a borla do avental de Jo.

"Misericórdia, isso nunca dará certo", pensou Jo, acrescentando em voz alta:

— Toque uma canção para mim. Estou louca para ouvir alguma música, e as suas sempre me agradam.

— Prefiro ficar aqui, obrigado.

— Bem, você não pode, não há espaço. Vá e seja útil, uma vez que você é grande demais para ser ornamental. Sempre achei que você odiava amarrar-se aos laços do avental de uma mulher! — retrucou Jo, citando algumas palavras rebeldes que ele havia dito em outra circunstância.

— Ah, isso depende de quem usa o avental! — E Laurie deu uma retorcida audaciosa na borla.

— Você vai? — exigiu Jo, abaixando-se para pegar a almofada.

---

sarar, se casará com o pintarroxo. Ao ficar bem, no entanto, ela diz que não o ama, e o pintarroxo a manda embora: "Fora! Vá Embora! Sua ardilosa e atrevida!". (N.T.)

Ele escapou rapidamente e, quando já estava no final em *Up with the bonnets of Bonnie Dundee,*[57] ela saiu de cena para não mais voltar até que o jovem cavalheiro tivesse ido embora extremamente indignado.

Jo ficou acordada até tarde naquela noite; ela estava quase dormindo quando o som de um soluço sufocado a fez correr até a cama de Beth:

— O que foi, querida? — perguntou ansiosamente.

— Eu pensei que você estivesse dormindo — soluçou Beth.

— É a velha dor?

— Não, esta é nova, mas eu posso suportá-la. — E tentou conter as lágrimas.

— Conte-me o que está acontecendo e deixe-me curar essa dor como já fiz muitas vezes com a outra.

— Você não saberia, não há cura. — A voz de Beth cedeu e, agarrada à irmã, ela chorou desesperadamente, atemorizando Jo.

— Onde dói? Quer que eu chame a mamãe?

Beth não respondeu à primeira pergunta; mas, no escuro, levou a mão involuntariamente até seu coração, como se a dor estivesse lá; com a outra, ela segurava Jo com força, sussurrando ansiosamente:

— Não, não, não a chame, não diga nada a ela. Logo estarei melhor. Deite aqui e me faça um carinho. Vou ficar quietinha, e verá que dormirei rapidamente.

Jo obedeceu, mas, enquanto sua mão acariciava suavemente a testa quente e as pálpebras úmidas de Beth, ela sentia que seu coração transbordava e ansiava por falar. Entretanto, embora fosse jovem, Jo havia aprendido que os corações, assim como as flores, não podem ser maltratados, mas devem ser deixados para que se abram naturalmente; por isso, embora ela acreditasse conhecer a causa da nova dor de Beth, apenas disse com muita ternura:

— Alguma coisa a incomoda, querida?

— Sim, Jo — ela respondeu depois de uma longa pausa.

— Não se sentiria melhor se me dissesse o que está acontecendo?

— Agora não, ainda não.

— Não perguntarei mais, querida Beth. Lembre-se, no entanto, que mamãe e Jo estarão sempre prontas para ouvi-la e, sempre que puderem, ajudá-la.

— Eu sei disso. Contarei tudo em breve.

— A dor passou?

— Ah, sim, estou muito melhor, você é tão reconfortante, Jo.

— Vá dormir, querida. Ficarei aqui com você.

---

57. *"Up with the bonnets..."* (Viva os seguidores de Bonnie Dundee!) é o último verso do poema escrito por Walter Scott (1771-1832), em 1825, para homenagear John Graham (*c.* 1648-1689), sétimo senhor de Claverhous, primeiro visconde da cidade de Dundee, na Escócia. (N.T.)

Então, com as bochechas coladas, elas adormeceram, e, no dia seguinte, Beth parecia estar novamente bem, pois aos dezoito anos nem o coração nem a mente doem por muito tempo, e uma palavra amorosa cura a maioria das doenças.

Jo, contudo, havia tomado uma decisão e, depois de pensar em seu projeto por alguns dias, ela o confidenciou à mãe.

— Um dia desses, você me perguntou quais eram os meus desejos. Vou lhe contar um deles, mamãe — ela começou, ao se sentarem juntas. — Preciso fazer uma mudança e, no próximo inverno, quero ir a algum lugar.

— Por que, Jo? — perguntou a mãe, erguendo o olhar rapidamente, como se as palavras sugerissem algum duplo sentido.

Com os olhos em seu trabalho, Jo respondeu com sobriedade:

— Eu quero fazer algo diferente. Sinto-me inquieta e ansiosa por ver coisas novas, realizar e aprender mais. Eu penso demais em minhas próprias miudezas e preciso me movimentar e despertar; assim, se conseguirem ficar sem mim neste inverno, eu gostaria de saltar do ninho e testar minhas asas.

— E você pensa em ir para onde?

— Nova York. Ontem eu tive uma ideia brilhante, e lhe direi o que é. A senhora Kirke escreveu para você, perguntando se conhecia alguma jovem respeitável que pudesse dar aulas aos seus filhos e costurar para ela. Sei que é bastante difícil encontrar alguém que possa e queira fazer esses serviços, mas acredito que serei a pessoa adequada, se eu tentar.

— Minha querida, sair para trabalhar naquela enorme pousada! — A senhora March parecia surpresa, mas não descontente.

— Não seria exatamente sair para trabalhar, pois a senhora Kirke é sua amiga; a alma viva mais gentil do mundo; e ela tornaria as coisas agradáveis para mim, eu sei. A família dela fica isolada dos outros, e ninguém me conhece lá. E eu não me importaria se me conhecessem. É um trabalho honesto, e não tenho vergonha disso.

— Nem eu, mas e seus textos?

— A mudança será boa para a minha escrita. Vou ver e ouvir coisas novas, ter novas ideias e, mesmo que eu não fique por muito tempo, trazer de volta muito material para as minhas bobagens.

— Tenho certeza disso, mas serão essas as suas únicas razões para esse capricho repentino?

— Não, mamãe!

— Posso saber quais são as outras?

Jo olhou para a mãe e então baixou o olhar e disse lentamente, enquanto se formava um súbito rubor em sua face:

— Talvez seja vaidade minha e muito feio dizer isso... Temo que Laurie esteja ficando muito afeiçoado a mim.

— Então, você não gosta dele da mesma forma que ele, evidentemente, começa a gostar de você? — A senhora March demonstrou-se ansiosa ao fazer essa pergunta.

— Misericórdia, não! Eu amo o meu querido menino, sempre o amei e tenho orgulho dele, contudo, é só isso; quanto a algo mais, está totalmente fora de questão.

— Fico feliz com isso, Jo.

— Pode me dizer por que, por favor?

— Oh, minha querida, porque eu não acho que vocês serviriam um para o outro. Como amigos, você são muito felizes, e suas brigas frequentes logo passam, mas eu temo que, se fossem casados para sempre, ambos se rebelariam. Vocês são muito parecidos e muito afeiçoados à liberdade, sem mencionar o temperamento esquentado e a poderosa determinação dos dois, para que consigam ser felizes juntos em uma relação que, além de amor, requer paciência e tolerância infinitas.

— Este é o meu sentimento, embora eu não consiga expressá-lo. Fico feliz por você achar que ele está apenas começando a gostar de mim. Magoá-lo me deixaria profundamente incomodada. Será que eu conseguiria me apaixonar pelo querido e velho amigo somente por gratidão?

— Você tem certeza dos sentimentos dele por você?

O rubor na face de Jo se fez ainda mais intenso quando ela respondeu à mãe com um olhar que misturava o prazer, o orgulho e a dor que as meninas carregam ao falar sobre seus primeiros amores:

— Receio que sim, mamãe. Ele não disse nada; porém, é o que parecem dizer seus olhares. Acho melhor ir embora antes que isso se transforme em alguma coisa.

— Concordo! Se conseguirmos ajeitar tudo, você irá.

Jo sentiu-se aliviada e, depois de uma pausa, disse, sorrindo:

— Ah, se a senhora Moffat soubesse disso, como ela se espantaria com seu modo de educar! E como se alegraria ao saber que ainda há esperanças para Annie!

— Ah, minha querida Jo, as mães podem ter formas diferentes de educar, mas a esperança é a mesma para todas: o desejo de ver os filhos felizes. Meg está feliz e eu estou contente com o sucesso dela. Quanto a você, deixo que desfrute sua liberdade até que se canse dela, pois somente então descobrirá que há algo mais doce. No momento, Amy é minha principal preocupação, mas seu bom senso vai ajudá-la. Em relação à Beth, não tenho esperanças, exceto que fique bem. A propósito, ela me pareceu mais animada nos últimos dias. Você já conversou com ela?

— Sim, ela disse que tinha um problema, e prometeu-me contá-lo em breve. Eu não disse mais nada, pois acho que sei o que é... — E Jo contou sua historiazinha.

A senhora March balançou a cabeça, pois não vislumbrava o mesmo resultado romântico para o caso, mas parecia séria, e reiterou sua opinião de que, por causa de Laurie, Jo deveria sair de casa por um tempo.

— Não vamos dizer nada a ele até que tudo esteja resolvido; então, escaparei antes que ele se dê conta para que não tenha tempo de ser dramático. Beth deve pensar que estou indo para me divertir, o que é verdade, pois eu não posso falar a respeito de Laurie com ela. No entanto, ela poderá mimá-lo e confortá-lo depois que eu tiver ido e, assim, curá-lo dessa ideia romântica. Ele já passou por tantas pequenas provações do mesmo tipo que já se acostumou a elas e, em breve, conseguirá superar mais essa paixonite.

Jo falou de modo esperançoso, mas não conseguia se livrar do pressentimento de que essa "pequena provação" seria mais difícil do que as outras, e que Laurie não conseguiria superar sua paixonite tão facilmente como das outras vezes.

O plano foi discutido exaustivamente em um conselho de família, posto que a senhora Kirke havia aceitado Jo de bom grado, prometendo um lar agradável a ela. As aulas lhe dariam independência e, além disso, todo o seu tempo livre poderia ser aproveitado para a escrita, enquanto os novos cenários e as pessoas da nova sociedade lhe seriam úteis e agradáveis. Jo gostou dessa perspectiva e estava ansiosa para ir, pois o ninho doméstico estava ficando muito pequeno para sua natureza inquieta e seu espírito aventureiro. Quando tudo já estava resolvido, ela contou a Laurie, sentindo medo e tremores. Para sua surpresa, entretanto, ele aceitou os fatos de forma muito tranquila. Nos últimos tempos, ele andava mais sério do que o habitual, mas muito gentil; e quando, de maneira brincalhona, foi acusado de estar virando uma nova página, ele respondeu sobriamente:

— Estou mesmo, e quero que esta fique virada para sempre.

Jo ficou muito aliviada com esse ataque de virtude de Laurie e, então, preparou-se para viajar com o coração mais leve, porque Beth também parecia estar mais alegre, e Jo desejava que todos ficassem bem.

— Deixo uma coisa para os seus cuidados especiais — disse ela, na véspera de sua partida.

— Você está falando de seus papéis? — perguntou Beth.

— Não, falo de nosso menino. Prometa ser muito boa com ele, está bem?

— Claro, mas não posso ocupar o seu lugar, e ele, infelizmente, sentirá a sua falta.

— Isso não lhe fará mal. Lembre-se: eu o deixarei sob sua responsabilidade para que você o atormente, depois o mime e o mantenha equilibrado.

— Por você, farei o melhor que puder — prometeu Beth, perguntando-se por que Jo a olhava de uma forma tão estranha.

Quando Laurie se despediu, ele sussurrou de modo significativo:

— Isso não lhe fará bem, Jo. Ficarei de olho em você! Veja lá o que você vai fazer, ou vou buscá-la e trazê-la de volta para casa.

33. O DIÁRIO DE JO

NOVA YORK, NOVEMBRO

Querida Mamãe e Beth,

Embora eu não seja uma bela jovem viajando pela Europa, escreverei muito, pois tenho montanhas de coisas para contar. Quando perdi de vista o velho rosto do querido papai, eu me senti um pouco entristecida e talvez tivesse derramado uma ou duas gotas salgadas se uma senhora irlandesa com quatro pequenas crianças, todas meio chorosas, não tivesse desviado minha atenção, pois me diverti deixando cair pedacinhos de pão de gengibre sobre o assento todas as vezes em que elas abriam a boca para rugir.

Não havia mais nuvens e, aceitando isso como um bom presságio, eu também dissipei as minhas e aproveitei a viagem com todo o meu coração.

A senhora Kirke me recebeu com muita gentileza e, de imediato, me senti em casa, mesmo num casarão repleto de estranhos. Ela me hospedou no único lugar disponível, uma pequena sala inusitada no sótão, mobiliada com um fogão e uma bela mesa em frente a uma janela ensolarada, para que eu possa escrever sempre que desejar. Uma bela vista e a torre da igreja em frente servem de reparação aos muitos degraus que tenho de subir para chegar nesse meu quarto; gostei rapidamente do meu refúgio. O quarto das crianças, onde vou lecionar e costurar, é bem agradável e fica ao lado do quarto privado da senhora Kirke; as duas meninas pequenas são crianças bonitas, bastante mimadas, eu acho, mas elas gostaram de mim depois que contei a elas a história dos "Sete porcos maus". Não tenho nenhuma dúvida de que serei um exemplo de governanta.

Caso eu prefira, poderei fazer minhas refeições com as crianças, e, no momento, eu prefiro, pois sou tímida, embora ninguém acredite nisso.

"Sinta-se em casa, minha querida", disse a senhora K., com seu jeito maternal, quando eu cheguei. "Eu não paro o dia todo, como você pode imaginar, com tanta gente que tenho para cuidar, mas tirarei um grande peso da mente se eu souber que as crianças estão seguras com você. Meus aposentos estarão sempre abertos para você, e tentarei deixar os seus tão confortáveis quanto possível. Há algumas pessoas interessantes na casa, caso você se sinta sociável, e suas noites estarão sempre livres. Venha me ver se algo estiver errado, e eu espero que seja feliz aqui. Estão batendo o sinal do chá, devo me apressar e vestir minha touca." E lá foi ela, deixando-me sozinha para que eu me acomodasse em meu novo ninho.

Logo depois, assim que subi as escadas, vi algo de que gostei. Os degraus da escada dessa casa tão alta são muito longos e, enquanto eu estava no alto do terceiro, esperando passar uma empregada que andava devagar, eu avistei um cavalheiro, que vinha atrás dela, e que tomou dela a pesada cesta de carvão que segurava, levou-a para cima, colocou-a em uma porta próxima e foi embora dizendo, com um aceno de cabeça gentil e um sotaque estrangeiro: "Assim é melhor. Sua pequena coluna é muito jovem para carregar tanto peso!".

Não foi bondade da parte dele? Gosto desse tipo de atitude, pois, como diz o papai, o caráter se mostra nas pequenas ações. Naquela noite, quando contei isso para a senhora K., ela riu e disse: "Deve ter sido o professor Bhaer, ele está sempre fazendo coisas desse tipo!".

A senhora K. me disse que ele é de Berlim, que é um homem muito culto e generoso, mas pobre como um rato de igreja, e que dá aulas para sustentar a si mesmo e dois pequenos sobrinhos órfãos que ele está educando aqui, de acordo com a vontade de sua irmã, que se casou com um americano. Mesmo não sendo muito romântica, a história me interessou, e fiquei feliz em saber que a senhora K. lhe empresta seu quarto para que ele possa receber alguns de seus alunos. Há uma porta de vidro entre o quarto dele e o berçário; eu pretendo dar uma espiada para, depois, contar a vocês que aparência ele tem. Ele tem quase quarenta anos, por isso não há perigo, mamãe.

Depois do chá e de uma brincadeira antes de dormir com as meninas, eu ataquei o grande cesto de costura e passei uma noite tranquila conversando com minha nova amiga. Pretendo fazer cartas em forma de diário e enviá-las uma vez por semana; então, boa noite, escreverei mais amanhã.

Véspera de terça-feira

Nesta manhã, minha aula foi bastante animada, pois as crianças estavam agindo como se fossem Sancho;[58] num determinado momento, eu realmente

---

58. Sancho Panza, personagem da obra *El ingenioso hidalgo Don Quijote de la Mancha* (publicada pela primeira vez em 1605), de Miguel de Cervantes Saavedra. (N.E.)

achei que fosse precisar sacudi-las para que se acalmassem. Um bom anjo me inspirou a tentar a ginástica, e eu continuei até que elas, mais calmas, conseguiram se sentar quietas. Após o almoço, a babá as levou para uma caminhada, e eu pude me entregar ao meu bordado como a pequena Mabel, "com uma mente bem-disposta".[59] Eu estava agradecendo às minhas estrelas por ter aprendido a fazer belas botoeiras quando a porta da sala se abriu e logo depois se fechou e alguém começou a cantarolar o verso *Kennst du das Land*[60] como se fosse uma grande abelha. Apesar de ter sido terrivelmente impróprio, eu sei, não pude resistir à tentação e, erguendo uma extremidade da cortina que fica na porta de vidro, dei uma espiada. O professor Bhaer estava lá e, enquanto organizava seus livros, dei uma boa olhada nele. Um alemão típico: bastante encorpado, com cabelos castanhos por sobre toda a cabeça, uma barba espessa, um bom nariz, os olhos mais generosos que eu já vi e uma voz esplendidamente grave que faz bem aos ouvidos acostumados ao agudo ou com o desleixado tom da fala americana. A vestimenta dele parecia meio rústica; suas mãos são grandes, e o rosto não tem linhas muito bonitas, embora seus dentes sejam benfeitos; ainda assim, eu o achei simpático, pois sua cabeça tem uma boa compleição. Sua roupa de linho, apesar da aparência desbotada, estava impecável, e ele parecia um cavalheiro, ainda que faltassem dois botões em seu casaco e houvesse um remendo em um dos sapatos. Embora estivesse cantando, parecia um homem sério, até que foi à janela para virar os jacintos em direção ao sol e acariciar o gato, que o recebeu como um velho amigo. Então ele sorriu e, ao ouvir uma batida na porta, falou em um tom de voz alto e vívido: "*Herein*!".[61]

Eu estava pronta para correr quando vi uma criança carregando um grande livro e parei para ver o que estava acontecendo. "*Quéio* meu Bhaer", disse a pequenina, lançando os livros ao chão e correndo em sua direção para abraçá-lo. "Terás teu Bhaer. Então, venha ganhar um bom abraço dele, minha Tina", disse o professor, abraçando-a e sorrindo, e elevando-a tão alto sobre sua cabeça que ela teve de inclinar o rosto para beijá-lo.

"*Agóia piciso estudá* a lição", continuou aquela coisinha divertida. Então ele a colocou sobre a mesa, abriu o grande dicionário que ela havia trazido, deu-lhe um papel e um lápis, e ela começou a rabiscar, virando as páginas de vez em quando e passando seu dedinho gorducho pela página como se tivesse encontrado uma palavra; fazia isso de modo tão sério que eu quase

---

59. *Mabel on midsummer day: a story of the olden time* (Mabel em um dia de verão: uma história de antigamente), da poeta inglesa Mary Botham Howitt (1799-1888). (N.T.)

60. *Kennst du das Land, wo die Zitronenblühn?* (Você conhece a terra onde floresce o limoeiro?), primeiro verso da canção de Mignon em *Os anos de aprendizado de Wilhelm Meister* (1796), de Johann Wolfgang von Goethe (Livro 3, capítulo 1). (N.T.)

61. Em alemão, "aqui". (N.T.)

me traí por uma risada; enquanto isso, o senhor Bhaer acariciava os lindos cabelos da menina com um olhar paternal que me fez pensar que ela podia ser sua filha, embora parecesse mais francesa do que alemã.

Outra batida, e a chegada de duas jovens senhoras me envia de volta para o meu trabalho, e ali permaneci virtuosamente, ouvindo todo o barulho e a tagarelice da sala ao lado. Uma das meninas ria sem parar de forma afetada e dizia "Ah! Professor...", num tom coquete, e a outra pronunciava o alemão com um sotaque que parecia desconcertar a seriedade do professor.

Ambas pareciam desafiar profundamente sua paciência; eu o ouvi dizer enfaticamente por mais de uma vez "Não, não, não é assim, vocês ouvem o que eu digo?", e em outro momento escutei uma pancada alta, como se ele tivesse batido na mesa com um livro, seguida pela exclamação desesperada "Aaahh! Hoje, nada está bem!".

Pobre homem, eu tive pena dele; e, quando as meninas foram embora, dei uma última espiadela para ver se ele havia sobrevivido. Ele tinha se lançado de volta em sua cadeira, exausto, e permaneceu ali sentado, com os olhos fechados, até o relógio bater duas horas, quando então ele saltou, colocou os livros em um bolso, como se estivesse pronto para outra aula, apanhou a pequena Tina, que havia adormecido no sofá, em seus braços e, silenciosamente, a levou embora. Imagino que ele tenha uma vida difícil. A senhora Kirke me perguntou se eu estaria presente no jantar da cinco horas, e, sentindo um pouco de saudade de casa, pensei em ir para ver quais pessoas estavam comigo sob um mesmo teto. Vesti-me de forma respeitável e tentei esgueirar-me por de trás da senhora Kirke; ocorre que ela é baixa e eu sou alta, logo, meus esforços de ocultação não tiveram muito sucesso. Ela me ofereceu um lugar ao lado dela, e, depois de passada a minha timidez, tomei coragem e olhei à minha volta. A grande mesa estava repleta; a intenção de todos era obter seu jantar, especialmente os senhores, que pareciam estar comendo com hora marcada, pois engoliam a comida e saíam em disparada, desaparecendo assim que terminavam de comer. Havia a habitual variedade de jovens concentrados em si mesmos, jovens casais concentrados um no outro, senhoras casadas concentradas em seus bebês e velhos cavalheiros concentrados na política. Acho que eu não tenho muito a ver com nenhum deles, exceto uma doce senhora solteira cujo caráter parecia ter algo interessante.

Perdido na extremidade da mesa estava o professor, gritando respostas às perguntas de um velho cavalheiro muito curioso e surdo de um lado e conversando sobre filosofia com um francês do outro. Se Amy estivesse aqui, ela teria virado as costas a ele para sempre porque, mesmo sendo triste dizer, ele tinha um grande apetite e devorava seu jantar de uma maneira que teria horrorizado "sua senhoria". Não me importei, eu gosto de "ver as pessoas comendo com prazer", como diz Hannah, e o pobre homem deve necessitar de uma boa quantidade de alimentos depois de passar o dia dando aulas a idiotas.

Ao subir, depois do jantar, deparei-me com dois jovens ajeitando seus chapéus diante do espelho do corredor e, enquanto passava lentamente, ouvi um deles murmurando: "Quem é a nova convidada?". "Uma governanta, ou algo do tipo", respondeu o outro. "Por que diabos ela estava em nossa mesa?", indagou o primeiro. "É amiga da velha senhora." "Ela tem um rosto bonito, mas não tem nenhum estilo!", exclamou o curioso. "Nem mesmo um pingo. Acenda nossos cigarros e vamos embora!".

A princípio, senti raiva, mas depois já não me importei; porque ser governanta é tão bom quanto qualquer outro trabalho administrativo, e, se não tenho estilo, eu tenho bom senso, que é mais do que algumas pessoas têm, a julgar pelas observações das elegantes criaturas que saíram emitindo ruídos e soltando fumaça como se fossem chaminés defeituosas. Eu odeio gente ordinária!

Quinta-feira

Ontem foi um dia tranquilo: dei aulas, costurei e escrevi um pouco em meu pequeno quarto, que é muito aconchegante, com sua luz natural e um fogo para eu me aquecer. Atualizei-me das novidades e fui apresentada ao professor. Parece que Tina é filha da francesa que passa a roupa fina aqui na lavanderia. A pequenina ama o senhor Bhaer e o segue como se fosse um cachorrinho sempre que ele está em casa, e isso o deleita, pois ele aparenta gostar muito de crianças, embora seja um "solteirão". Kitty e Minnie Kirke também o consideram com carinho e falam muito sobre as peças que ele inventa, os presentes que ele traz e as histórias esplêndidas que ele conta. Ao que parece, os homens mais jovens zombam dele, e o chamam de Velho Fritz, *Lager Beer*[62] e Ursa Maior, e fazem todo tipo de piada sobre o nome dele. A senhora Kirke diz que ele se diverte com isso como se fosse um menino e que leva tudo de forma tão bem-humorada que, apesar de seus modos estrangeiros, todos gostam dele.

A dama solteira chama-se senhorita Norton, e é rica, culta e gentil. Ela conversou comigo hoje no jantar (pois fui à mesa novamente, é tão divertido observar as pessoas!) e me convidou para visitá-la em seu quarto. Ela tem bons livros e quadros, conhece pessoas interessantes e parece amigável, por isso serei agradável com ela, porque desejo frequentar a alta sociedade, que aqui não é a mesma de que a Amy tanto gosta.

---

62. Os jovens brincam com a semelhança entre o sobrenome Bhaer e as palavra inglesas *beer* (cerveja) e *bear* (urso). (N.T.)

Eu estava com as crianças em nossa sala de estar ontem à noite quando o senhor Bhaer entrou com alguns jornais para a senhora Kirke. Ela não estava lá, no entanto, a Minnie, uma senhorita em miniatura, apresentou-me de forma doce: "Esta é a senhorita March, amiga da mamãe!". "Sim, e ela é alegre e nós gostamos um montão dela", acrescentou Kitty, que é uma *enfant terrible*.[63]

Ambos nos curvamos e então rimos, porque a apresentação cheia de mesuras e o acréscimo brusco criaram um contraste bastante cômico.

"Ah, sim, ouvi dizer que essas pestinhas a estão importunando, senhorita March. Se elas fizerem isso de novo, me chame, e eu darei um jeito", disse ele, com uma carranca ameaçadora que encantava as pequenas miseráveis.

Prometi chamá-lo, e ele partiu, mas parece que estou condenada a vê-lo com frequência agora, pois hoje, ao passar por sua porta quando eu estava saindo, bati acidentalmente nela com o meu guarda-chuva. A porta ficou escancarada, e lá estava ele em seu roupão, com uma grande meia azul em uma das mãos e uma agulha na outra. Não pareceu nada envergonhado, porque, quando eu expliquei que havia sido um acidente e saí andando às pressas, ele acenou com a mão, com meia e tudo, dizendo com seu jeito alegre e altivo: "Lindo dia para caminhar. *Bon voyage, mademoiselle!*".

Ri até chegar lá embaixo, mas foi um pouco patético, também, imaginar que o pobre homem tem que costurar suas próprias roupas. Sei que os cavalheiros alemães bordam, mas costurar meias é outra coisa, e não é algo muito agradável.

Sábado

Não aconteceu nada digno de nota, exceto uma visita à senhorita Norton, que tem um quarto cheio de coisas bonitas; ela foi muito delicada, mostrou-me todos os seus tesouros e me perguntou se eu desejava acompanhá-la, vez ou outra, a palestras e concertos, caso me agradassem. A proposta foi feita como se eu estivesse fazendo um favor a ela, mas eu tenho certeza de que a senhora Kirke lhe falou sobre nós e lhe disse que faz isso como se fosse um ato de bondade para mim. Sou orgulhosa como o diabo, mas favores desse tipo vindos de pessoas boas não me sobrecarregam, e eu aceitei com gratidão os convites.

Quando voltei ao berçário, houve um alvoroço tão grande na sala que resolvi olhar o que acontecia; e lá estava o senhor Bhaer de quatro no chão, com Tina em suas costas, Kitty puxando-o com uma corda de pular e Minnie

---

63. Em francês, "criança terrível". Em seu sentido original, significa crianças que dizem coisas embaraçosas para os pais e outras pessoas em momentos inoportunos. (N.T.)

alimentando dois meninos pequenos com um bolo inglês que rugiam e se erguiam dentro de suas jaulas feitas de cadeiras.

"Estamos *bincando* de zoológico", explicou Kitty. "Este é o meu *efelante*!", acrescentou Tina, segurando os cabelos do professor. "Nos sábados à tarde, quando Franz e Emil vêm, a mamãe sempre nos deixa fazer o que queremos, não é, senhor Bhaer?", disse Minnie.

O "efelante" se sentou, com o mesmo olhar sério de todos os outros, e disse de um modo sóbrio para mim: "Juro que é isso mesmo. Se fizermos muito barulho, diga 'Shh!', e ficaremos mais quietos.".

Eu prometi que faria isso; contudo, deixei a porta aberta e estava gostando daquela brincadeira tanto quanto eles, porque eu nunca tinha presenciado tanta diversão em toda a minha vida. Eles brincaram de pega-pega, de soldados, dançaram e cantaram, e, quando começou a escurecer, todos se juntaram no sofá em volta do professor enquanto ele contava contos de fadas encantadores sobre cegonhas nos topos de chaminés e sobre os pequenos "kobolds", que pairam sobre flocos de neve quando está nevando. Seria bom se os americanos fossem tão simples e naturais como os alemães, não é?

Gosto tanto de escrever que não pararia nunca se eu não fosse detida por motivos econômicos, porque, embora eu tenha usado papel de gramatura fina e escrito com letra pequena, tremo só de pensar nos selos que serão necessários para enviar esta longa carta. Não se esqueçam de me enviar as cartas de Amy assim que as tiverem lido. Minhas pequenas novidades parecerão muito simples depois dos esplendores de Amy, mas eu sei que gostarão delas. Será que Teddy está estudando tanto que não consegue encontrar tempo para escrever para os amigos? Cuide muito bem dele por mim, Beth, conte-me tudo sobre os bebês e mande milhões de beijos a todos.

Da sua fiel Jo

P.S.: Ao reler minha carta, ela me pareceu muito cheia de Bhaer. Fazer o quê? As pessoas estranhas me causam muito interesse, e eu realmente não tinha mais nada para falar. Deus os abençoe!

Dezembro

Minha preciosa Beth,

Como esta será uma carta rabiscada sem muito cuidado, eu a endereço a você; talvez ela a divirta e lhe dê uma ideia dos acontecimentos, pois, embora sejam comuns, são bastante divertidos e nos trará um pouco de alegria. Depois do que Amy chamaria de os esforços *de hercúleos*, no sentido de um cultivo mental e moral, minhas jovens ideias começam a brotar e meus pequenos ramos a se curvar conforme os meus desejos. Elas não são tão interessantes para mim como Tina e os meninos, mas eu cumpro o meu dever com elas, que retribuem. Franz e Emil são meninos felizes, do jeito que eu gosto, sendo que, neles, a mistura entre os espíritos alemão e americano produz um estado constante de efervescência. As tardes de sábado são períodos de desordem, dentro ou fora de casa, já que nos dias mais agradáveis saímos todos para caminhar, como se fosse uma aula, com o professor e eu para manter a ordem. Ah, é tão divertido!

Somos muito bons amigos agora, e eu comecei a ter aulas com ele também. Eu realmente não pude evitar, e tudo aconteceu de uma forma tão engraçada que me sinto obrigada a lhe contar. Para começar do início, a senhora Kirke estava organizando o quarto do senhor Bhaer, certo dia, e me chamou, ao me ver passando em frente à porta.

"Você já viu um covil como este, minha querida? Venha e me ajude a colocar estes livros na posição correta. Eu os virei todos de cabeça para baixo tentando descobrir o que ele fez com os seis lenços novos que lhe dei há pouco tempo!"

Eu entrei e, enquanto trabalhávamos, dei uma olhada em meu entorno: era realmente um "covil". Livros e papéis em todos os lugares, um *meerschaum*[64] quebrado e uma velha flauta sobre a moldura da lareira como se houvesse sido tocada, um pássaro cansado e sem cauda gorjeava sobre o assento em frente a uma das janelas, a outra era adornada por uma caixa de ratinhos brancos. Barcos inacabados e pedaços de corda estavam jogados entre os manuscritos. Pequenas botas sujas secavam próximas à lareira, e traços dos amados jovenzinhos, para quem ele se faz de escravo, podiam ser encontrados em todo o quarto. Depois de fazer uma grande vistoria, três dos artigos perdidos foram encontrados, um sobre a gaiola do pássaro, outro coberto de tinta e um terceiro, queimado por ter sido usado como suporte para o fole da lareira.

"Que homem é esse?", disse rindo a bem-humorada senhora K., enquanto guardava as relíquias na bolsa de trapos. "Suponho que os outros lenços foram rasgados para fazer velas de barcos, bandagem para dedos cortados ou para fazer caudas de pipa. É terrível, mas não posso repreendê-lo. Ele é tão distraído e bem-humorado... Ele deixa que os meninos montem cruelmente nele. Eu concordei em lavar e costurar suas roupas; no entanto, ele se esquece de entregá-las a mim, e eu me esqueço de conferi-las, então, às vezes, ele chega a este estado deplorável."

---

64. *Meerschaum* ("espuma do mar", em alemão) é um tipo de mineral argiloso também chamado de sepiolita, muito usado para a confecção de cachimbos que recebiam o mesmo nome. Aqui significa um cachimbo mesmo. (N.T.)

"Vou remendá-las", eu disse, "não me importo, e ele não precisa saber. Quero fazer isso, ele é tão gentil comigo... Busca minhas cartas e me empresta livros."

Então, eu coloquei suas coisas em ordem e remendei o calcanhar de dois pares de meias, porque haviam perdido a forma depois de serem costuradas de qualquer jeito.

Nada foi dito, e eu esperava que ele não descobrisse. Em um dia da semana passada, no entanto, ele me flagrou fazendo isso. Ouvir as aulas que ele dá aos outros tem me interessado e me divertido tanto que me deu vontade de aprender; eu as ouço porque Tina corre para cá e para lá, deixando a porta sempre aberta. Eu estava sentada perto dessa porta, terminando de costurar a última meia e tentando entender o que ele dizia a uma nova aluna, que era tão estúpida quanto eu. A menina já havia ido embora e, como estava silencioso, pensei que ele também e, então, eu me encontrava muito ocupada tagarelando um verbo e balançando para lá e para cá da forma mais absurda quando um risinho me fez olhar para cima, e lá estava o senhor Bhaer, olhando e rindo baixinho, enquanto fazia sinais para que Tina não o dedurasse.

"Então", ele disse, enquanto eu permanecia paralisada e com cara de boba, "você me espia e eu a espio, e isso não é ruim; mas veja, eu não estou brincando quando pergunto se você quer aprender alemão."

"Sim, mas você é tão ocupado. Eu sou muito estúpida para aprender", gaguejei, vermelha como uma peônia.

"Aaahh! Arranjaremos um tempo, e não buscaremos o bom senso. Darei uma pequena aula à noite com muita alegria, pois tenho uma dívida com você, senhorita March!", ele disse apontando para o meu trabalho. "Sim", as duas gentis senhoritas disseram uma para a outra, "ele é um velho estúpido e nem percebe o que estamos fazendo; ele nunca vai notar que os buracos do calcanhar de suas meias foram remendados; ele deve imaginar que nascem botões novos quando os velhos caem e que o mesmo acontece com os cordões!". "Ah! Mas tenho olhos e vejo muito. Tenho um coração e me sinto grato por isso", ele retrucou. "Vamos lá! Uma pequena aula de vez em quando, ou então não permitirei que realize suas boas obras para mim e remende as minhas roupas!"

É óbvio que, depois disso, eu não sabia mais o que dizer; e, sendo realmente uma oportunidade esplêndida, eu concordei e nós começamos. Fiz quatro aulas, e então me atolei em um pântano gramatical. O professor foi muito paciente comigo, mas deve ter sido um tormento para ele, e, de vez em quando, ele olhava para mim com uma certa expressão de leve desespero que me fazia desejar disputar na cara ou coroa para saber se eu ria ou chorava. Tentei fazer as duas coisas e, quando resolvi suspirar por estar totalmente mortificada e aflita, ele simplesmente jogou a gramática no chão e caminhou para fora da sala. Eu me senti abandonada e desiludida para sempre, mas não o culpei por nada; enquanto eu arrumava meus papéis, desejando correr para meu quarto e me consolar, ele voltou, tão rápido e sorridente, como se eu fosse a sua aluna mais inteligente, dizendo: "Vamos tentar um novo método. Você e eu vamos ler esses pequenos e agradáveis *märchen*[65] juntos e não tocaremos mais naquele livro seco, que faz de tudo para nos causar problemas!".

Ele falou de um modo gentil e abriu os contos de fadas de Hans Anderson de uma forma tão convidativa que me deixou mais envergonhada do que nunca, e eu lancei-me aos estudos em um estilo tudo ou nada que parecia diverti-lo imensamente. Deixei de lado minha timidez e entreguei-me (não há outra palavra que expresse melhor o fato) com todas as minhas forças, tropeçando em palavras longas, pronunciando de acordo com a inspiração do momento e fazendo o melhor que podia. Ao terminar de ler a minha primeira página e parar para respirar, ele bateu palmas e exclamou com seu vozeirão *"Das ist gut!*[66] Agora, vamos lá! Minha vez. Lerei em alemão, preste atenção!". E assim foi ele, trovejando as palavras com sua voz grave e com um prazer bom de se ver e ouvir. Felizmente, a história era *O soldadinho de chumbo*, que é engraçada, você sabe, e, então, eu poderia rir, e ri mesmo, embora não tenha entendido nem metade do que ele leu, pois eu não pude evitar, ele estava tão sério, eu tão animada, e a coisa toda tão cômica...

Depois disso, nós nos sentimos bem melhor, e agora já consigo ler minhas lições muito bem, pois essa maneira de estudar é muito boa para mim, e consigo entender a gramática incrustada nos contos e na poesia como quem toma um remédio envolto em geleia. Gosto muito disso, e ele ainda não parece ter se cansado, o que é muito bom da parte dele, não é verdade? Não me atrevo a lhe oferecer dinheiro, por isso, pretendo dar-lhe algum presente de Natal. Dê-me alguma boa sugestão, mamãe.

Estou contente pelo fato de Laurie parecer tão feliz e ocupado e por ele ter parado de fumar e deixado o cabelo crescer. Viram? Beth lida com ele melhor do que eu. Não estou enciumada, querida, faça o seu melhor, só não o transforme em um santo. Temo não gostar dele se não tiver nem uma pitada de malcriação humana. Leia para ele algumas partes de minhas cartas. Estou sem tempo para escrever muito, e isso será suficiente para ele. Graças a Deus Beth continua tão bem.

---

65. "Contos de fadas", em alemão. Diminutivo do substantivo *Mär* (conto, história). (N.T.)
66. "Está (é) bom", em alemão. (N.T.)

Janeiro

Um feliz ano-novo para todos vocês, meus queridos familiares, incluindo, obviamente, o senhor Laurence e um jovem rapaz chamado Teddy. Não tenho palavras para dizer o quanto gostei do pacote de Natal; só o recebi à noite, quando já havia desistido de esperar. A carta chegou pela manhã, mas vocês não disseram nada sobre o pacote. Suponho que tivessem desejado que fosse uma surpresa. Fiquei um pouco triste por não receber um presentinho, pois acreditava que vocês não se esqueceriam de mim. Após o chá, sentada em meu quarto, senti-me um pouco deprimida; porém, quando aquele pacote enorme, enlameado e já todo amassado foi trazido para mim, eu o abracei e pulei e mais nada. Era algo tão familiar e reconfortante que me sentei no chão, li, olhei, comi, ri e chorei do meu jeito absurdo de sempre. As coisas foram exatamente como eu queria e, melhor, não eram coisas compradas, eram todas feitas por vocês. O novo "babador de tinta" de Beth é incrível, e a caixa de pães de gengibre de Hannah é um tesouro. Certamente usarei as belas roupas de baixo aflaneladas que você enviou, mamãe, e lerei atentamente as passagens dos livros marcadas pelo papai. Montes e montes de agradecimentos a todos!

Falar de livros me faz lembrar que estou ficando rica nesse sentido, pois, no ano-novo, o senhor Bhaer me deu um belo Shakespeare. É um dos livros que ele valoriza muito, e eu sempre o admirei; ficava em um lugar de honra, junto de sua Bíblia alemã, de Platão, Homero e Milton, então vocês podem imaginar como me senti quando ele o retirou de sua prateleira, sem a capa, e me mostrou o meu próprio nome nele, "do amigo Friedrich Bhaer".

"Você costuma dizer que queria ter um biblioteca. Eis uma, pois entre estas tampas (ele quis dizer capas) há muitos livros em um. Leia-o direitinho, e ele vai ajudá-la muito; o estudo dos personagens neste livro a ajudará a entender as pessoas do mundo e pintá-las com sua caneta."

Agradeci-lhe o máximo que pude e agora falo de "minha biblioteca" como se eu tivesse uma centena de livros. Eu nunca soube o quanto havia em Shakespeare, também nunca tive um Bhaer para me explicar. Por favor, não zombem de seu nome horrível. Não é pronunciado nem como *bear* [urso] nem como *beer* [cerveja], como dizem os outros, mas algo entre os dois que somente os alemães conseguem dizer. Fico feliz por gostarem do que eu falo sobre ele, e espero que vocês o conheçam algum dia. Mamãe admiraria seu coração afetuoso; papai gostaria de sua sabedoria. Admiro ambos e me sinto rica com meu novo "amigo Friedrich Bhaer".

Como não tenho muito dinheiro nem sabia o que ele gostaria de ganhar, comprei diversas coisas pequenas e as espalhei em seu quarto para que ele as encontrasse de forma inesperada. São objetos úteis, bonitos ou engraçados; um novo tinteiro em sua mesa, um pequeno vaso para sua flor (ele sempre tem uma flor ou algo verde em um copo, para mantê-lo fresco, diz ele) e um suporte para o seu fole de lareira, para que ele não precise queimar o que Amy chama de *mouchoirs*.[67] O suporte, eu o fiz como aquele inventado por Beth, uma grande borboleta com um corpo gordo e preto e asas amarelas, antenas de lã e olhos de contas. Ele gostou demais, e colocou na moldura de sua lareira como se fosse um objeto de arte; podemos dizer que, como objeto útil, esse presente foi um fracasso. Mesmo sendo pobre, ele não se esqueceu de nenhum criado ou das crianças da casa, e ninguém, desde a lavadeira francesa até a senhorita Norton, se esqueceu dele. Fiquei tão feliz com isso.

Fizeram um baile de máscaras e se divertiram muito na véspera de ano-novo. Eu não tinha roupa para a festa, então não pretendia ir. No último instante, no entanto, a senhorita Kirke lembrou-se de alguns velhos brocados e a senhorita Norton me emprestou algumas rendas e penas. Então, fantasiei-me de senhora Malaprop[68] e passeei com uma máscara. Ninguém me reconheceu, pois eu disfarcei minha voz e as pessoas nem imaginaram que a silenciosa e arrogante senhorita March (pois a maioria deles acredita que sou muito rígida e fria; e sou mesmo com os jovens impertinentes) seria capaz de dançar e se vestir para as festas e tornar-se um "belo desarranjo de epitáfios, como uma alegoria nas margens do Nilo".[69] Gostei muito, e foi muito divertido ver todos me olhando com surpresa quando tiramos nossas máscaras. Ouvi um dos jovens dizer a outro que ele sabia que eu era atriz e que, de fato, lembrava-se de ter me visto em um dos teatros menores. Meg adorará essa piada. O senhor Bhaer foi vestido de Nick Bottom, e Tina, de Titânia, uma perfeita fadinha em seus braços.[70] Vê-los dançar foi uma "bela paisagem", para usar um *teddyismo*.

Tive, afinal, um ano-novo muito feliz, e, quando eu relembrei de tudo em meu quarto, me pareceu que, apesar de meus muitos fracassos, estou conseguindo progredir um pouco, pois, agora, estou alegre o

---

67. Em francês, "lenços". (N.T.)

68. Personagem da comédia de costumes *The Rivals* (1775), escrita pelo irlandês Richard Brinsley Sheridan (1751-1816). A personagem usa as palavras de modo errado, trocando-as por vocábulos similares, mas que têm outros sentidos. (N.T.)

69. Exemplos de malapropismos, retirados das falas da personagem da peça *The Rivals*. Ela diz "um belo desarranjo de epitáfios", quando queria dizer "um belo arranjo de epítetos", e "como uma alegoria nos bancos do Nilo" em vez de "como um aligátor nos bancos do Nilo". (N.T.)

70. Personagens de *Sonhos de uma noite de verão* (c. 1595), de William Shakespeare. Nick Bottom tem sua cabeça transformada numa cabeça de um burro por Puck. Então, Puck também enfeitiça a rainha das fadas, Titânia, esposa de Oberon, para que se apaixone pelo mesmo Bottom com cabeça de burro. (N.T.)

tempo todo, trabalho com vontade e me interesso mais pelos outros do que antes: o que é satisfatório.

Deus abençoe a todos!

Com amor, Jo

34. Um amigo

Embora estivesse muito feliz com a atmosfera social de seu entorno, e muito ocupada com o trabalho diário que lhe comprava o pão e tornava seus esforços mais agradáveis, Jo ainda encontrava tempo para os trabalhos literários. O propósito que, agora, se apoderava dela era natural para uma menina pobre e ambiciosa; no entanto, ela não utilizou os melhores meios para alcançar o fim almejado. Ela percebeu que dinheiro conferia poder, e resolveu, portanto, que teria dinheiro e poder, que não seriam usados para si mesma, mas para aqueles a quem ela amava mais do que a vida.

O sonho de encher seu lar de confortos, dando a Beth tudo o que desejasse, desde morangos no inverno até um órgão em seu quarto, e de, ela própria, viajar para o exterior, e de ter sempre mais do que o suficiente para que pudesse permitir-se o luxo da caridade, tinha sido por anos o castelo nas nuvens mais estimado por Jo.

A experiência da história premiada parecia abrir um caminho que poderia, depois de longas viagens e muito trabalho pesado, levá-la ao sonhado *chateau en Espagne*.[71] O fracasso de seu romance, entretanto, extinguiu sua coragem, pelo menos por um tempo, porque a opinião pública é um gigante que assusta Joõezinhos corajosos em pés de feijões bem maiores que o dela. Assim, como o herói imortal, ela repousou por algum tempo após a primeira tentativa, o que resultou em uma queda e no tesouro menos aprazível dos tesouros do gigante, se bem me lembro. Porém o espírito de reerguer-se e correr novos riscos era tão forte em Jo quanto em João, então ela se recompôs e, dessa vez, seguiu pelo lado escuro para obter um butim maior, mas quase deixou para trás aquilo que era muito mais precioso do que uma sacola de moedas.

Ela passou a escrever histórias sensacionalistas, pois, naquela idade das trevas, até mesmo a América, a perfeitinha, lia bobagens. Sem contar a ninguém, ela criou uma "aventura emocionante" e corajosamente a levou ao senhor

---

71. "Castelo na Espanha", em francês, que representaria um castelo nas nuvens, um devaneio, uma fantasia. (N.T.)

Dashwood, editor do *Weekly Volcano*.[72] Ela nunca havia lido *Sartor Resartus*,[73] mas seu instinto feminino lhe dizia que a influência das roupas era muito mais poderosa sobre muitos do que o valor do caráter ou a magia dos bons modos. Por isso, vestiu-se no seu melhor estilo e, tentando convencer-se de que não estava nem animada nem nervosa, subiu bravamente dois pares de escadas escuras e sujas para chegar em uma sala bagunçada, enevoada por fumaça de charuto e a presença de três senhores sentados com os calcanhares em uma posição bastante acima de seus chapéus, artigos de vestuário, aliás, que nenhum deles se deu ao trabalho de retirar na presença dela. Um pouco apavorada com essa recepção, Jo hesitou no beiral da porta, murmurando com muita vergonha:

— Desculpem-me, eu estava procurando a redação do *Weekly Volcano*. Queria ver o senhor Dashwood.

Os sapatos mais altos baixaram e o cavalheiro mais esfumaçado ficou em pé; apreciando seu charuto entre os dedos com cuidado, ele avançou com um aceno de cabeça e um semblante que nada expressava senão preguiça. Sentindo que devia resolver o assunto de alguma forma, Jo entregou seu manuscrito a ele e, corando de forma cada vez mais intensa a cada frase, foi lançando fragmentos do pequeno discurso que havia preparado cuidadosamente para a ocasião.

— Uma amiga pediu que entregasse... uma história... como um experimento... Gostaria da opinião dos senhores... Ela ficará feliz em escrever mais, se esta estiver boa.

Enquanto ela corava e se atrapalhava, o senhor Dashwood pegou o manuscrito e, virando as folhas com um par de dedos bastante sujos, analisando-as de cima a baixo, lançava olhares críticos àquelas páginas bem organizadas.

— Não me parece ser uma primeira tentativa, estou certo? — disse ele observando que as folhas estavam numeradas, escritas apenas em um lado, e não estavam amarradas com uma fita — que seriam sinais certeiros de um novato.

— Não, senhor. Ela tem alguma experiência e ganhou um prêmio do *Blarneystone Banner* por um conto.

— Ah, é verdade? — Nesse momento, o senhor Dashwood deu uma rápida espiada em Jo, reparando em tudo o que ela vestia, desde o laço em seu gorro até os botões de suas botas. — Bem, se quiser, pode deixá-lo aqui. Temos tantas coisas desse tipo por aqui que não sabemos o que fazer com elas no momento, mas posso dar uma rápida olhada na história e lhe responder na próxima semana.

---

72. Semanário inventado por Alcott, que seria "O Vulcão". (N.T.)

73. *Sartor Resartus* (1836) é um romance do escritor escocês Thomas Carlyle (1795-1881). O livro comenta a vida e as ideias de um filósofo alemão fictício que teria escrito o livro "Roupas: Origem e Influência". (N.T.)

Jo não queria deixar seu manuscrito ali, pois o senhor Dashwood não a agradou em nada; entretanto, naquelas circunstâncias, não havia nada a fazer senão curvar-se e ir embora, mantendo-se particularmente altiva e digna, como sempre fazia quando estava aborrecida ou envergonhada. Naquele momento, ela tinha os dois sentimentos, pois estava perfeitamente claro, pelos olhares de reconhecimento trocados entre os senhores, que a ficção de "sua amiga" era vista como uma boa piada; por fim, uma risada, produzida por alguma observação inaudível do editor, enquanto ela fechava a porta, completou seu vexame. Meio decidida a nunca mais voltar, ela foi para casa e consumiu sua irritação costurando aventais compulsivamente e, em uma ou duas horas, já estava calma o bastante para conseguir rir da cena e esperar com ansiedade pela próxima semana.

Quando voltou, ficou feliz porque o senhor Dashwood estava sozinho. O senhor Dashwood estava muito mais desperto do que antes, o que era bom; ele não estava tão profundamente absorto em seu charuto a ponto de se esquecer de suas boas maneiras, então a segunda entrevista foi muito mais agradável do que a primeira.

— Nós o aceitaremos [editores nunca dizem "eu"] se você não se opuser a algumas alterações. É muito longo, mas ficará do tamanho certo se omitirmos as passagens marcadas por mim — disse ele num tom comercial.

Jo mal reconheceu seus próprios papéis; as páginas e os parágrafos estavam respectivamente amassadas e sublinhados, e ela se sentiu como se perguntassem a uma mãe se as pernas de seu bebê poderiam ser cortadas para que ele coubesse em um novo berço. Ela olhou para as passagens cheias de anotações e ficou surpresa ao observar que todas as reflexões morais que ela havia cuidadosamente inserido para equilibrar o romantismo excessivo haviam sido eliminadas.

— Mas, senhor, eu imaginei que as histórias deveriam ter algum tipo de moral, então cuidei para que alguns pecadores se arrependessem.

A gravidade editorial do senhor Dashwood relaxou em um sorriso, pois Jo havia se esquecido de sua "amiga" e falou como só uma autora falaria.

— Sabe, as pessoas não querem receber sermões, querem se divertir. A moral não vende hoje em dia. — Foi o que ele afirmou. Uma afirmação não muito correta, a propósito.

— Você acha que ficaria bom com essas alterações, então?

— Sim, é um enredo novo e bem-elaborado... A linguagem é boa, e assim por diante. — Foi a resposta amável do senhor Dashwood.

— Quanto a vocês... Isto é, a compensação... — começou Jo, não sabendo como se expressar exatamente.

— Ah, sim. Bem, pagamos entre vinte e cinco e trinta dólares por coisas desse tipo. O pagamento é feito assim que o conto é publicado — respondeu o senhor Dashwood, como se tivesse se esquecido disso. Dizem que esses detalhes costumam fugir da mente dos editores.

— Está bem, você pode ficar com ele — disse Jo, entregando a história com um ar satisfeito, pois, considerando que antes lhe pagavam um dólar por coluna, vinte e cinco dólares lhe parecia uma boa remuneração. — Devo dizer à minha amiga que você aceitará outra história, caso ela tenha uma melhor que esta? — perguntou ela, esquecendo-se do pequeno ato falho e encorajada por seu sucesso.

— Bem, podemos dar uma olhada nela. Não posso prometer que aceitaremos. Diga-lhe para fazer uma história curta, picante, e para deixar a moral de lado. Qual seria o nome que sua amiga gostaria de colocar? — disse em um tom descuidado.

— Nenhum. Se não for um problema, ela não deseja que seu nome apareça, nem pseudônimo algum — disse Jo, ficando corada de repente.

— Como ela quiser, é claro. O conto será publicado na próxima semana. Você virá buscar o dinheiro ou devo enviá-lo? — perguntou o senhor Dashwood, que sentia um desejo natural de saber quem era sua nova colaboradora.

— Virei buscar. Bom dia, senhor.

Quando ela partiu, o senhor Dashwood levantou os pés, fazendo uma graciosa observação:

— Pobre e orgulhosa, como de costume, mas ela tem talento.

Seguindo as instruções do senhor Dashwood e tomando a senhora Northbury como modelo, Jo deu um rápido mergulho no mar espumoso da literatura sensacionalista, mas, graças à boia lançada por um amigo, foi resgatada sem muitos arranhões.

Como a maioria dos jovens escritores, ela rumou para o exterior em busca de personagens e cenários, *banditti*, condes, ciganos, freiras e duquesas apareceram em seu palco e desempenharam seus papéis com a precisão e o espírito que se podia esperar deles. Seus leitores não ligavam muito para ninharias como gramática, pontuação e probabilidade, e o senhor Dashwood graciosamente permitiu-lhe preencher suas colunas por preços baixíssimos, não achando necessário contar a ela que a verdadeira causa de sua hospitalidade era o fato de ter sido abandonado de forma desprezível por um dos seus redatores que havia recebido a oferta de um melhor salário.

Ela logo se interessou por esse trabalho, pois sua bolsa que antes era magra agora estava mais encorpada, e o pequeno tesouro que ela estava guardando para levar Beth às montanhas no próximo verão crescia aos poucos, mas de forma constante, com o passar das semanas. Um detalhe perturbava sua satisfação: ela não havia contado a ninguém em casa. Tinha a sensação de que o pai e a mãe não aprovariam; preferia fazer o que queria primeiro e pedir perdão depois. Era fácil manter esse segredo, pois suas histórias não eram assinadas. O senhor Dashwood, naturalmente, descobriu quem era sua colaboradora, mas prometeu ficar quieto e, surpreendentemente, manteve sua palavra.

Ela pensou que isso não lhe causaria mal, pois sinceramente não pretendia escrever nada que a envergonhasse, e acalmava todas as ferroadas de sua consciência antecipando o momento feliz em que mostraria seus ganhos em casa e todos ririam de seu segredo bem guardado.

O senhor Dashwood, entretanto, rejeitava todos os outros contos que não fossem emocionantes e, já que não há como produzir emoções sem causar angústias à alma dos leitores, era preciso revirar tudo — a história e os romances, a terra e o mar, a ciência e a arte, os registros policiais e os manicômios — para obter o efeito desejado. Jo logo descobriu que sua experiência inocente tinha levado a apenas alguns poucos vislumbres do mundo trágico que está por trás da sociedade; por isso, observando a questão por um ponto de vista comercial, ela começou a suprir suas deficiências com a energia que a caracterizava. Ansiosa por encontrar material para suas histórias e desejando que estas tivessem enredos originais, pois não eram executadas de modo magistral, ela lia os jornais em busca de acidentes, incidentes e crimes. Despertou as suspeitas dos bibliotecários públicos ao procurar livros sobre venenos. Estudou os rostos nas ruas e os personagens, fossem bons, maus e indiferentes, que circulavam ao seu redor. Ela mergulhou na poeira dos tempos antigos em busca de fatos ou ficções que, de tão antigos, serviriam como se fossem novos, e apresentou-se à loucura, ao pecado e à miséria tanto quanto lhe permitiam suas oportunidades limitadas. Imaginou que estava prosperando finamente, mas de modo inconsciente ela estava começando a profanar alguns dos atributos mais femininos da personalidade de uma mulher. Estava vivendo no lado ruim da sociedade, e, mesmo sendo imaginária, a sua influência a afetou, pois ela estava alimentando seu coração e sua imaginação com alimentos perigosos e insubstanciais, e, rapidamente, isso varria o florescer inocente de sua natureza pela familiaridade prematura com o lado mais obscuro da vida, que, logo, se apresenta a todos nós.

Não que enxergasse isso; contudo, começava a senti-lo, visto que a descrição constante das paixões e dos sentimentos de outras pessoas a obrigou a analisar e especular os próprios sentimentos, uma diversão mórbida a que as mentes jovens e saudáveis não costumam se entregar voluntariamente. Uma transgressão sempre gera sua própria punição; e, quando Jo mais precisava da sua, ela a obteve.

Não sei se o estudo de Shakespeare a ajudou a compreender a índole das pessoas, ou se foi o instinto natural feminino para buscar o que é honesto, corajoso e forte, porque, enquanto dotava seus heróis imaginários com todas as perfeições do mundo, Jo descobria um herói vivo, que, apesar das muitas imperfeições humanas, a interessava. O senhor Bhaer, em uma de suas conversas, aconselhou-a, como um bom treinamento para uma escritora, a estudar as personalidades simples, verdadeiras e cativantes, onde quer que ela as encontrasse. Jo levou esse conselho ao pé da letra, visto que passou a estudar o próprio professor — um processo que, se ele soubesse, o teria surpreendido muito, pois o professor, muito digno, era modesto em sua própria opinião.

No início, o que a intrigava era entender por que todos gostavam tanto dele. Ele não era rico nem importante, não era jovem nem bonito, não era, em nenhum aspecto, fascinante, imponente nem brilhante e, ainda assim, era tão atraente como uma fogueira acesa: as pessoas pareciam se reunir em torno dele de modo muito natural, como se estivessem em volta de uma lareira aquecida. Ele era pobre, mas sempre estava doando alguma coisa; embora fosse um estrangeiro, entendia-se bem com todos os seus amigos; mesmo não sendo jovem, era feliz como um garoto; era simples e peculiar, no entanto, muitos o achavam bonito, e, sendo como era, suas esquisitices eram facilmente perdoadas. Às vezes, Jo o observava tentando descobrir qual era seu encanto e, finalmente, compreendeu que sua generosidade era a característica que operava esse milagre. Caso existisse alguma tristeza nele, esta devia estar "sentada, com a cabeça sob suas asas"; para o mundo, ele mostrava apenas seu lado radiante. Sua testa tinha algumas rugas; contudo, o tempo parecia tê-lo tocado com suavidade, considerando como ele era gentil com os outros. As marcas delicadas sobre sua boca guardavam a memória de muitas palavras gentis e de risos alegres; seus olhos nunca foram frios ou ameaçadores, e sua mão, bastante grande, era forte e calorosa, mais expressiva do que quaisquer palavras.

As roupas que ele usava pareciam combinar com sua natureza hospitaleira. Ele demonstrava estar à vontade nelas e, assim, sentia-se confortável. Usava sempre um colete amplo que combinava com seu grande coração. Seu velho casaco lhe dava um ar mais social, e em seus bolsos largos, muitas vezes, mãos pequenas entravam vazias e saíam cheias. Até mesmo suas botas lhe proporcionavam uma aparência benevolente, e os colarinhos de suas camisas nunca estavam rígidos e ásperos como os de outras pessoas.

— É isso! — disse Jo para si mesma, quando finalmente descobriu que a verdadeira boa vontade para com os seus semelhantes era capaz de embelezar e dignificar até mesmo um corpulento professor de alemão que se empanturrava no jantar, costurava as próprias meias e, além de tudo, carregava o terrível nome Bhaer.

Jo valorizava demais a bondade, mas não deixava de ter um enorme respeito pelo intelecto; por isso, uma pequena descoberta sobre o professor aumentou muito a consideração que ela tinha por ele. O senhor Bhaer nunca falava de si mesmo e, até receber a visita de um compatriota, ninguém nunca soube que, em sua cidade natal, ele era um homem muito honrado e estimado por seus conhecimentos e por sua integridade. Era bastante reservado, porém, em uma conversa com a senhorita Norton, ele confessou esse fato adorável. Jo soube disso por intermédio dela e o achou ainda mais encantador, porque o senhor Bhaer jamais lhe havia contado isso. Sentiu-se orgulhosa ao saber que ele era um professor honrado em Berlim, embora, na América, fosse apenas um pobre professor de línguas; sua vida caseira e trabalhadora ganhava uma beleza maior com o tempero do romantismo dessa descoberta.

Outro dom, muito melhor do que o intelecto, lhe foi mostrado da maneira mais inesperada. A senhorita Norton tinha acesso ao mundo literário, que, se não fosse por ela, Jo não teria a chance de conhecer. A mulher solitária interessava-se pela menina ambiciosa e, de um modo gentil, conferia muitos favores desse tipo tanto para Jo quanto para o professor. Certa noite, eles a acompanharam a um simpósio bem seleto, realizado em homenagem a diversas celebridades.

Jo foi preparada para admirar e adorar os poderosos que, de longe, ela havia venerado com entusiasmo juvenil. No entanto, naquela noite, sua reverência pelo gênio recebeu um duro golpe que a fez demorar algum tempo para conseguir se recuperar da descoberta de que as grandes criaturas eram, afinal, apenas homens e mulheres. Imagine sua consternação ao lançar um olhar de tímida admiração ao poeta cujas linhas sugeriam um ser etéreo, alimentado por "espírito, fogo e orvalho", e vê-lo devorando seu jantar com um ardor tão intenso que ruborizava seu semblante intelectual. Rejeitando-o como um ídolo caído, ela fez outras descobertas que dissiparam rapidamente suas ilusões românticas. O grande romancista balançava entre duas garrafas de licor com a regularidade de um pêndulo; o teólogo famoso flertava abertamente com uma das madames de Staëls[74] do momento, que, com os olhos, fuzilava uma outra Corinne,[75] que a satirizava de forma amigável, depois de superá-la nos es-

---

74. Anne-Louise Germaine de Staël-Holstein (1766-1817), conhecida como Madame de Staël, foi uma escritora e historiadora que participou ativamente da vida cultural e política de sua época, período que abrange a Revolução Francesa e a era napoleônica. Presenciou, por exemplo, a reunião dos Estados Gerais de 1789 e a Declaração dos Direitos do Homem e do Cidadão. (N.T.)

75. *Corinne*, ou *l'Italie* (1807), é uma narrativa fictícia de um diário de viagem escrito por Madame de Stäel. A personagem principal leva o mesmo nome do livro que apresenta uma discussão sobre os problemas da criatividade artística das mulheres em duas culturas muito diversas: Inglaterra e Itália. Para tanto, usa o romance entre Corinne, uma poeta italiana, e Lord Oswald Nelvil, um nobre inglês. (N.T.)

forços para absorver um filósofo profundo, que bebia johnsonianamente[76] e parecia dormir, já que a loquacidade da senhora impossibilitava o diálogo. As celebridades científicas, esquecendo-se de seus moluscos e dos períodos glaciais, fofocavam sobre arte, enquanto se dedicavam às ostras e aos gelos com a energia que lhes era característica, enquanto o jovem músico, que encantava a cidade como um segundo Orfeu, falava sobre cavalos; o espécime presente da nobreza britânica era o homem mais ordinário da festa.

Bem antes do final da noite, Jo estava muito desiludida e se sentou em um canto para se recuperar. O senhor Bhaer logo se juntou a ela, parecendo estar um pouco fora de seu ambiente, e, logo depois, vários filósofos, cada um com sua especialidade, foram chegando lentamente para uma disputa intelectual naquele mesmo canto. Jo gostou das conversas que estavam a quilômetros de sua compreensão, embora Kant e Hegel fossem divindades desconhecidas, com seus ininteligíveis termos "subjetivo" e "objetivo"; e a única coisa que "desenvolveu-se em sua consciência interior" foi, ao final de tudo, uma dor de cabeça. De modo gradual, ela percebeu que o mundo estava sendo despedaçado e, de novo, refeito e, de acordo com os locutores, sob fundamentos infinitamente melhores do que antes, que os princípios da religião eram justamente baseados em nada e, por esse motivo, que o intelecto estava a caminho de se tornar o único deus. Jo não entendia nada de nenhum tipo de filosofia ou de metafísica, mas uma agitação curiosa, meio prazerosa, meio dolorosa, a tomou enquanto ouvia, fazendo-a sentir-se à deriva no tempo e no espaço, como um pequeno balão em dia de festa.

Olhou para o lado para tentar perceber se o professor estava gostando e deparou-se com ele a encarando com a expressão mais sombria que ela já havia visto em seu semblante. Ele balançou a cabeça e fez sinal para que ela se retirasse; todavia, ela estava tão fascinada com a liberdade da filosofia especulativa naquele momento que se manteve no mesmo lugar, tentando descobrir em que os sábios cavalheiros pretendiam acreditar depois de terem aniquilado todas as antigas crenças.

Nesse momento, o senhor Bhaer se mostrava um homem tímido e lento para lançar suas opiniões, não porque não as tivesse, mas porque eram muito sinceras e sérias para se falar delas de forma leviana. Enquanto observava Jo e diversos outros jovens atraídos pelo brilho daquela pirotecnia filosófica, ele franzia as sobrancelhas e ansiava por falar, temendo que algumas almas jovens mais

---

76. Referência a Samuel Johnson, escritor inglês cujo alcoolismo era bem conhecido. Há uma citação de *Boswell* em *The Life of Samuel Johnson*, de 1791 (Everyman Edition, Londres, 1946, vol. II, p. 219), livro citado por Alcott na primeira parte de *Mulherzinhas*, no capítulo 21, que nos informa que, em 1778, Johnson disse: "Agora não bebo mais vinho, senhor. Desde cedo eu bebi vinho: depois parei de beber e depois, ainda, bebi uma quantidade enorme durante alguns anos.". (N.T.)

inflamadas se desviassem pelo foguetório e, ao final da exibição, descobrissem que seguravam apenas uma vareta vazia ou estavam com a mão queimada.

Suportou o quanto pôde, mas, quando foi chamado para dar uma opinião, ele disparou sua indignação de modo honesto e defendeu a religião com toda a eloquência da verdade — uma eloquência que tornou musical o seu inglês precário e belo o seu rosto tão comum. A luta foi difícil, porque os intelectuais souberam argumentar bem, mas ele não se deu por vencido e manteve sua opinião como um homem justo. De alguma forma, enquanto ele falava, o mundo se endireitou novamente para Jo. As velhas crenças, em que ela confiara por tanto tempo, pareciam estar renovadas. Deus não era uma força cega, e a imortalidade não era uma linda fábula, mas sim um fato abençoado. Sentiu como se o chão sob seus pés fosse novamente sólido e, quando o senhor Bhaer fez uma pausa, vencido pelo discurso, mas nem um pouco orgulhoso, Jo teve vontade de bater palmas e agradecê-lo.

Ela não fez nem uma coisa nem outra, apenas manteve a cena em sua mente e renovou junto ao professor seu respeito mais sincero; ela sabia que, para ele, falar naquele local e naquele momento havia lhe custado um grande esforço, uma vez que sua consciência não o deixaria calado. Ela então compreendeu que é melhor ter um bom caráter do que dinheiro, posição social, intelecto ou beleza, e concluiu que, se a grandiosidade é o que um homem sábio definiu como "verdade, reverência e boa vontade", então Friedrich Bhaer, seu amigo, além de ser um bom homem, era grandioso.

Essa crença foi se fortalecendo dia após dia. Ela valorizava sua estima por ele, cobiçava o seu respeito, queria ser digna de sua amizade e, quando o desejo se tornou mais sincero, ela quase pôs tudo a perder. Tudo começou com um chapéu de pontas; numa noite, o professor veio para dar a Jo sua aula com um chapéu de papel na cabeça; Tina o havia colocado em sua cabeça e ele havia esquecido de tirar.

"É evidente que ele não se olhou no espelho antes de descer", pensou Jo, com um sorriso, no mesmo momento em que ele disse "Boa noite!" e sentou-se com um ar sério sem perceber o contraste ridículo entre o tema da aula — nesse dia, iriam ler *A morte de Wallenstein*[77] — e o objeto que usava na cabeça.

Ela não disse nada no início, pois gostava de ouvi-lo rir com seu riso largo quando algo engraçado acontecia, então deixou que ele mesmo percebesse; porém aquilo foi esquecido, porque ouvir um alemão ler Schiller é uma tarefa

---

77. *A morte de Wallenstein* (1799), terceiro livro de uma trilogia escrita pelo poeta e dramaturgo alemão Friedrich Schiller (1759-1805). O livro conta a história do general Wallenstein durante a Guerra dos Trinta Anos (1618-1648). Sua trilogia inclui os livros *O campo de Wallenstein* e *Os Piccolomini*. (N.T.)

que exige bastante concentração. Após a leitura, teve início a aula, que foi bem animada, pois Jo estava alegre naquela noite e o chapéu de pontas mantinha seus olhos sorrindo de felicidade. O professor não entendia o que estava acontecendo com ela e, por fim, parou para lhe perguntar com um ar irresistível de leve surpresa:

— Senhorita March, por que ri na cara de seu mestre? Por acaso, perdeu seu respeito por mim e por isso está se comportando tão mal?

— Como posso respeitá-lo, senhor, quando se esquece de tirar o chapéu? — disse Jo.

Levando a mão à cabeça, o professor distraído tocou de modo sério o pequeno chapéu de pontas, retirou-o e olhou admirado aquela peça por um instante; então, jogou a cabeça para trás, emitindo risadas sonoras como um contrabaixo.

— Ah! Eu o vejo agora! Tina, aquela pestinha, me faz de tolo com meu chapéu. Não é nada, mas veja, se esta aula não acabar bem, você também vai usá-lo.

No entanto, aquela aula não continuou por muito tempo. O senhor Bhaer viu uma imagem no chapéu e, ao desdobrá-lo, disse com grande desgosto:

— Eu gostaria que esses jornais não chegassem em casa. As crianças não deveriam vê-los nem os jovens deveriam ler esses artigos. Não são bons, e eu não tenho paciência alguma com aqueles que causam esse tipo de mal.

Jo olhou para a página e viu uma ilustração benfeita, composta com um lunático, um cadáver, um vilão e uma víbora. Ela não gostou, mas o impulso que a fez entregá-lo de volta não foi de descontentamento, e sim de medo, porque achou, por um instante, que o jornal fosse o *Volcano*. Não era, no entanto, e seu pânico diminuiu quando ela se lembrou que, mesmo que fosse o jornal e que nele estivesse publicado um de seus contos, a história não estava assinada, por isso, o professor não a descobriria. Entretanto, ela havia traído a si mesma por um olhar e um rubor, pois, apesar de ser distraído, o professor via muito mais do que as pessoas imaginavam. Ele sabia que Jo escrevia e já a havia encontrado perto da redação do jornal mais de uma vez; porém, como ela não falava sobre o assunto, ele não a questionou, apesar de desejar muito conhecer o seu trabalho. Naquele instante lhe ocorreu que ela estava fazendo algo que a envergonhava, e isso o incomodou. Ele não disse para si mesmo "Não é da minha conta. Eu não tenho o direito de dizer nada!", como muitas pessoas teriam feito. Lembrou-se apenas de que ela era jovem e pobre, uma menina que se encontrava longe do amor da mãe e dos cuidados do pai, e, por isso, sentiu-se motivado a ajudá-la, e teve um impulso tão rápido e natural como o que o levaria a estender as mãos para salvar um bebê caído em uma poça. Tudo isso passou como um relâmpago em sua mente, mas nem um traço transpareceu em seu rosto; no momento em que o jornal foi devolvido e o fio foi colocado na agulha de Jo, ele sentiu-se pronto para dizer de forma muito natural e séria:

— Sim, você está certa em rechaçá-lo. Eu não acho que jovens bondosas devam ver essas coisas. São agradáveis para alguns, mas eu preferiria dar pólvora para meus meninos brincarem a esse lixo.

— Talvez nem tudo seja tão ruim, apenas tolo, você sabe, e se há demanda, não vejo nenhum mal em que o forneçam. Muita gente respeitável leva uma vida honesta com o que ganha com suas histórias sensacionalistas — disse Jo, riscando as pregas com tanta força que sua agulha seguiu uma fileira de pequenas fendas.

— Há uma demanda por uísque, mas eu acredito que nem você nem eu nos importamos com as vendas desse produto. Se as pessoas respeitáveis soubessem o mal que causam, perceberiam que não estão levando uma vida honesta. Elas não têm o direito de colocar veneno no confeito e deixar que as crianças o comam. Não, elas deveriam pensar um pouco; seria melhor varrer a lama das ruas do que fazer esse tipo de coisa.

O senhor Bhaer falou de uma forma afetuosa e então caminhou até a lareira amassando o papel em suas mãos. Jo ficou sentada imóvel; parecia que o fogo havia chegado até ela, pois suas bochechas ainda queimavam muito depois de o chapéu de pontas ter se transformado em fumaça e ter subido de modo inofensivo pela chaminé.

— Eu gostaria muito de queimar todos os outros — murmurou o professor, retornando com um ar de alívio.

Jo imaginou as labaredas que a pilha de papéis de seu quarto produziria e, naquele momento, seu dinheiro, ganho de modo duro, pesava um pouco a mais em sua consciência. Então, consolando-se, ela pensou "meus textos são diferentes, eles são apenas tolos, não ruins, por isso não devo me preocupar" e, apanhando seu livro, disse com um ar diligente:

— Vamos continuar, senhor? Agora, serei uma aluna muito boa e correta.

— Espero que sim. — Foi tudo o que ele disse, porém ele gostaria de dizer muito mais do ela podia imaginar, e o olhar sério e gentil que ele lançou a ela a fez sentir algo como se as palavras *Weekly Volcano* estivessem impressas em sua testa com letras maiúsculas.

Assim que foi para o quarto, ela pegou seus papéis e, cuidadosamente, releu cada uma de suas histórias. Como era um pouco míope, o senhor Bhaer às vezes usava óculos, e Jo os havia experimentado uma vez, sorrindo ao notar como eles ampliavam as letras miúdas de seu livro. Parecia que agora ela também estava com os óculos mentais ou morais do professor, porque os defeitos daquelas pobres histórias reverberaram diante de seus olhos e a encheram de consternação.

"São lixo e, em breve, serão piores que lixo se eu continuar, pois um é mais sensacionalista que o outro. Fiquei cega pelo dinheiro, segui machucando a mim e aos outros. Sei que é isso mesmo, uma vez que não consigo ler o material com verdadeira seriedade sem sentir uma terrível vergonha dele. O que devo fazer se os textos chegarem em casa ou se o senhor Bhaer tomá-los para ler?"

Essa mera ideia a preocupou imensamente, então Jo enfiou todo o pacote em seu fogão e quase incendiou a chaminé com o fogaréu que fez.

"Sim, esse é o melhor lugar para esse absurdo inflamável. Suponho que é melhor queimar a casa toda do que deixar outras pessoas explodirem a si mesmas com a minha pólvora", pensou enquanto observava aquele demônio transformar-se em cinzas negras de olhos ardentes.

Quando percebeu que não havia mais nada de seu trabalho de três meses, exceto uma pilha de cinzas e o dinheiro em seu colo, Jo, sentada no chão, ficou pensativa, tentando descobrir o que fazer com seus salários.

— Acredito não ter propagado muito mal ainda, e ficarei com este dinheiro para custear o tempo gasto — disse ela para si mesma, depois de uma longa reflexão, acrescentando impacientemente: — Eu queria não ter consciência disso tudo; é tão inconveniente. Se eu não me importasse em fazer o que é correto e não me sentisse desconfortável ao fazer o que é errado, poderia capitalizar tudo isso. Não tenho como deixar de desejar que mamãe e papai não tivessem insistido tanto nesses assuntos.

Ah, Jo, em vez de desejar isso, agradeça a Deus por "papai e mamãe terem insistido tanto", e, no fundo do coração, sinta pena daqueles que não tiveram guardiões como eles para protegê-los, envolvendo-os com princípios que podem parecer muros de prisão às jovens impacientes, mas que servirão como fundações sólidas para a formação do caráter na vida adulta.

Jo não escreveu mais histórias sensacionalistas, pois concluiu que o dinheiro não pagaria sua participação nesse sensacionalismo. Ela caminhou, no entanto, em direção ao outro extremo; como costuma acontecer com as pessoas de caráter semelhante, ela seguiu o caminho da senhora Sherwood, da senhorita Edgeworth e de Hannah More e, por fim, produziu um conto que poderia se chamar, de forma mais apropriada, de ensaio ou sermão, por sua intensidade moral. Desde o início, ela teve dúvidas a respeito dele; suas fantasias animadas e seu romantismo feminino não se sentiram à vontade no novo estilo, assim como se ela vestisse uma fantasia de dama do século passado, com seus trajes rígidos e desajeitados. Ela enviou essa preciosidade educativa para vários editores, mas não encontrou comprador, e esteve inclinada a concordar com o senhor Dashwood, isto é, quando ele afirmou que a moral não vende.

Em seguida, tentou escrever uma história infantil, que ela poderia ter vendido facilmente se não tivesse sido muito mercenária e exigido um lucro obsceno por ela. A única pessoa que lhe ofereceu um valor que lhe compensaria escrever para o público juvenil foi um cavalheiro digno, que acreditava que sua missão era converter todos à sua crença particular. Entretanto, embora gostasse de escrever para crianças, Jo não conseguia retratar meninos levados sendo comidos por ursos ou atacados por touros violentos apenas pelo fato de não frequentarem uma escola específica de sábado, nem conseguia representar todas as boas crianças que a frequentavam como pessoas recompensadas por todo tipo de felicidade, desde pão de gengibre folheado a ouro até escoltas de anjos, quando partiam desta vida com salmos ou sermões em suas línguas ciciantes. Suas tentativas foram improdutivas, então Jo fechou seu tinteiro e, em um acesso de humildade muito saudável, disse para si mesma:

— Eu não sei de nada. Vou parar um pouco antes de tentar de novo e, enquanto isso, "varrer a lama da rua", se não souber fazer algo melhor; isso é honesto, pelo menos. — Essa decisão de sua segunda queda do pé de feijão lhe fez bem.

Enquanto essas revoluções internas aconteciam, sua vida externa corria de forma tão atribulada e sem intercorrências como de costume, e, se às vezes ela parecia séria ou um pouco triste, ninguém notava, exceto o professor Bhaer. Jo nunca percebeu que ele a observava silenciosamente com o intuito de ver se ela aceitava seus conselhos e o que ganhava com isso; ela saiu vitoriosa, e ele, satisfeito, pois, embora nenhuma palavra tenha sido trocada entre os dois, ele sabia que ela havia desistido de escrever. Isso ele supôs pelo fato de o segundo dedo de sua mão direita não ter ficado mais sujo de tinta, porque, agora, ela não passava suas noites no quarto, não era mais encontrada nas proximidades das redações de jornais e estudava com maior afinco, o que o fez concluir que ela estava determinada a ocupar a mente com coisas úteis ou agradáveis.

Ele a ajudou de muitas maneiras, provando ser um verdadeiro amigo, e Jo estava feliz, pois, enquanto sua caneta estava ociosa, ela aprendia outras lições, além do alemão, e estabelecia os alicerces para a história sensacional de sua própria vida.

Foi um agradável e longo inverno. Jo não abandonou a senhora Kirke até junho. Todos pareciam tristes quando chegou a hora de sua partida. As crianças estavam inconsoláveis, e o cabelo do senhor Bhaer ficou completamente desgrenhado — ele sempre perdia o controle de sua aparência quando sua mente estava perturbada.

— Indo para casa? Ah, você é feliz por ter um lar para onde voltar — disse ele, quando ela lhe contou, e então sentou-se silenciosamente puxando o canto de sua barba, enquanto ela oferecia uma pequena recepção em sua última noite.

Ela iria partir bem cedo, então, se despediu de todos durante a noite e, quando chegou a vez do professor, disse de forma gentil:

— O senhor não poderá se esquecer de nos visitar, se for para aqueles lados, certo? Eu nunca o perdoarei se não for, pois quero que todos conheçam o meu amigo.

— Quer mesmo? Devo ir? — perguntou ele, olhando para ela com uma expressão ávida, que ela ignorou.

— Sim, venha no mês que vem. Laurie terá terminado a faculdade. Vai gostar de participar da colação de grau, que deve ser algo novo para você.

— Esse é o seu melhor amigo, de quem você fala? — disse ele em um tom alterado.

— Sim, Teddy, meu menino. Estou muito orgulhosa dele, e gostaria que você o conhecesse.

Jo desviou o olhar sem pensar em outra coisa naquele momento senão em seu próprio prazer com a perspectiva de apresentá-los um ao outro. Porém algo na expressão do senhor Bhaer a fez pensar que ele poderia achar que Laurie era mais do que seu "melhor amigo", e, simplesmente porque, em particular, ela não desejava dar a entender que esse era o caso, ela começou a corar involuntariamente e, quanto mais tentava evitar a vermelhidão em seu rosto, mais ela ficava corada. Ela não sabia mais o que deveria fazer em relação a ele, e apenas se dispersou porque Tina agarrou seu joelho.

Felizmente, a criança queria abraçá-la e, então, ela conseguiu esconder o rosto por um momento, desejando que o professor não notasse seu rubor. Contudo, ele percebeu, mas deixou a ansiedade momentânea de lado, recompôs sua expressão habitual e disse cordialmente:

— Temo não chegar a tempo para isso, mas desejo muito sucesso a seu amigo e felicidade a todos vocês. *Gott* te abençoe! — E, ao dizer isso, ele apertou suas mãos calorosamente, colocou Tina no ombro e foi embora.

Depois que os meninos foram colocados na cama, no entanto, ele se sentou em frente à lareira de seu quarto com o olhar cansado, e o *heimweh*, ou saudades do lar, pesou em seu coração. Então, ele se lembrou do momento em que Jo sentou-se com a pequena criança no colo e, com uma nova suavidade no rosto, inclinou a cabeça em suas mãos por um momento e, em seguida, vagou pelo quarto como quem busca algo que não conseguirá mais ser encontrado.

— Não é para mim, eu não devo desejar isso agora — disse para si mesmo, dando um suspiro que era quase um gemido. Então, como se quisesse repreender a si mesmo pelas saudades que era capaz de reprimir, beijou as duas crianças despenteadas sobre o travesseiro, apanhou seu *meerschaum*, raramente usado, e abriu um livro de Platão.

De modo viril, ele fez o melhor que pôde, mas acredito que ele tenha achado que dois meninos desenfreados, um cachimbo, ou mesmo o divino Platão eram substitutos satisfatórios para uma esposa e um filho em casa.

Embora Jo fosse partir muito cedo, na manhã seguinte, ele já estava na estação com ela, e, graças a ele, ela iniciou sua jornada solitária com a memória agradável de um rosto familiar sorrindo enquanto se despedia, com um buquê de violetas para lhe fazer companhia e, melhor de tudo, com um pensamento afortunado: "Bem, o inverno se foi e eu não escrevi livros, não fiz fortuna, mas fiz um amigo que vale a pena manter, e tentarei mantê-lo por toda a minha vida!".

35. Mágoa

Qualquer que fosse o motivo, Laurie estudou com vontade naquele ano, pois ele se formou com honra e fez seu discurso em latim com a graça de um Phillips[78] e a eloquência de um Demóstenes,[79] segundo relataram seus amigos. Todos estavam lá, seu avô — ah, tão orgulhoso... —, o senhor e a senhora March, John e Meg, Jo e Beth; e exultavam em torno dele com aquela sincera admiração que, no momento, os meninos fazem pouco, porém não a recebem mais do mundo por êxitos posteriores.

— Tenho de ficar aqui para esta droga de jantar; amanhã cedo, estarei em casa. Vocês virão me encontrar como de costume, meninas? — perguntou Laurie enquanto colocava as irmãs na carruagem ao final das comemorações do dia.

Ele disse "meninas" querendo dizer Jo, pois ela era a única que ainda mantinha o velho costume. Ela não tinha coragem de recusar nada a seu maravilhoso e bem-sucedido menino, então, respondeu de modo caloroso:

— Eu irei, Teddy, faça chuva ou sol, marcharei diante de você, tocando "Viva, lá vem o herói conquistador!" com uma harpa judaica.[80]

Laurie agradeceu-lhe com um olhar que a fez ter um pensamento repentino de pânico: "Ai de mim! Eu sei que ele vai me dizer alguma coisa... O que devo fazer?".

---

78. Wendell Phillips (1811-1884), advogado americano cuja eloquência ajudou a dar início ao movimento abolicionista. (N.T.)

79. Demóstenes (384-322 a.C.), renomado estadista e orador grego. (N.T.)

80. Um tipo de gaita. (N.E.)

Seus temores se abrandaram um pouco com as reflexões da noite e o trabalho da manhã, e ela decidiu que não seria tão vaidosa a ponto de imaginar que alguém lhe pediria em casamento mesmo depois de ela ter lhe apresentado todas as razões que indicavam qual seria sua resposta. Então, ela partiu na hora combinada, esperando que Teddy não lhe desse motivos para que ela ferisse seus pobres sentimentos. Uma visita à Meg e uma revigorante "degustada" em Daisy e Demijohn a fortaleceram ainda mais para o *tête-à-tête*; no entanto, quando ela viu surgir a figura robusta a distância, teve um forte desejo de dar meia-volta e fugir.

— Cadê a harpa de judeu, Jo? — exclamou Laurie, assim que a distância já lhe permitia ser ouvido.

— Esqueci. — Jo tomou cuidado novamente para que o cumprimento não parecesse romântico.

Ela costumava sempre dar o braço a ele nessas ocasiões; não o fez dessa vez para evitar a proximidade, e ele não se queixou — um mau sinal; em vez disso, falou rapidamente sobre diversos assuntos aleatórios até saírem da estrada e seguirem pelo caminho que chegava em casa por meio do bosque. Então ele diminuiu o passo, sua linguagem foi perdendo gradativamente a elegante fluência e, vez ou outra, houve pausas constrangedoras. Para resgatar a conversa que insistia em mergulhar nesses poços de silêncio, Jo disse às pressas:

— Agora, você terá belas e longas férias!

— É isso que eu pretendo.

Algo em seu tom resoluto fez Jo levantar a cabeça rapidamente e encontrá-lo olhando para ela com uma expressão que lhe afirmava a chegada do temido momento, fazendo-a estender a mão para implorar:

— Não, Teddy. Por favor, não!

— Vou dizer, e você precisa me ouvir. Não adianta, Jo, precisamos falar sobre isso, e quanto mais cedo, melhor para nós dois — respondeu ele, tornando-se de imediato meio agitado e ficando corado.

— Diga o que for preciso, então. Eu o escutarei — disse Jo, com um modo desesperado de paciência.

Laurie era um jovem apaixonado, mas estava sério nesse momento e pretendia "dizer tudo", mesmo que morresse tentando; então, mergulhou no assunto com sua impetuosidade característica, dizendo em uma voz que, apesar de seus esforços viris para mantê-la firme, ficava um tanto abafada em alguns momentos:

— Amo você desde que nos conhecemos, Jo. Não tive como evitar, você sempre foi tão boa para mim... Tentei demonstrar meu amor... Você não permitiu. Agora eu a farei ouvir e quero que me dê uma resposta, pois não posso continuar assim.

— Eu queria poupá-lo disso. Achei que você compreenderia... — disse Jo, achando muito mais difícil dizê-lo do que imaginava.

— Eu sei disso. As meninas, no entanto, são tão estranhas que nunca sabemos o que elas querem dizer. Dizem "não" quando querem dizer "sim" e enlouquecem um homem apenas para se divertir — respondeu Laurie, entrincheirando-se atrás de um fato inegável.

— Não sou assim. Nunca quis que você gostasse de mim dessa forma; e fui embora para tentar evitar isso, na medida do possível.

— Foi o que imaginei. Isso é algo que você faria; no entanto, de nada adiantou. Passei a amá-la ainda mais e me esforcei para agradá-la; abandonei o bilhar e tudo de que você não gostava; e esperei sem nunca reclamar. Eu ainda tinha alguma esperança de que você me amasse, embora eu nunca tenha merecido... — Neste ponto, ele não conseguiu controlar a voz embargada, então passou a quebrar os ranúnculos da primavera enquanto limpava sua "maldita garganta".

— Sim, você é... Você é extremamente bom para mim, e eu sou tão grata, tenho tanto orgulho e gosto tanto de você... Não sei por que não consigo amá-lo da forma que você deseja. Eu tentei, porém não consigo mudar o meu sentimento, e estaria mentindo se dissesse que o amo quando não o amo.

— De verdade e com toda a sinceridade, Jo?

Ele parou e segurou as duas mãos dela enquanto perguntava com um olhar do qual ela dificilmente se esqueceria.

— De verdade, e com toda a sinceridade, meu querido Laurie.

Eles estavam no bosque agora, perto do portão, e, quando as últimas palavras saíram com relutância dos lábios de Jo, Laurie soltou as mãos dela e virou-se como se fosse embora, mas, pela primeira vez em sua vida, a cerca era alta demais para ele. Então ele deitou a cabeça sobre a mureta coberta de musgo. Seu silêncio foi tão arrebatador que Jo ficou assustada.

— Oh, Teddy, sinto muito, sinto desesperadamente, eu poderia me matar se isso fosse ajudar em algo! Eu não queria que fosse tão difícil para você... Não há nada que eu possa fazer. Você sabe que é impossível amar pessoas que não amamos — exclamou Jo de forma deselegante, porém cheia de remorso, acariciando o ombro dele enquanto se lembrava da época — fazia tanto tempo... — em que ele a havia amparado.

— É possível, às vezes — disse uma voz abafada, vinda do muro. — Não acredito que seja o tipo certo de amor, e prefiro não o experimentar. — Foi a resposta decidida.

Houve uma longa pausa enquanto um melro cantava alegremente no salgueiro próximo do rio e a grama alta sussurrava ao vento. Pouco depois, assim que se sentou no degrau da entrada, Jo disse muito seriamente:

— Laurie, eu quero lhe dizer uma coisa.

Ele deu um salto como se tivesse sido baleado, jogou a cabeça para cima e exclamou em um tom feroz:

— Agora não, Jo, não suportarei ouvir isso!

— Ouvir o quê? — ela perguntou, intrigada com sua violência.

— Que você ama aquele velho.

— Que velho? — perguntou Jo, pensando que ele estava se referindo ao avô.

— Aquele maldito professor sobre quem você estava sempre falando. Se você disser que o ama, eu precisarei fazer algo desesperado. — Seu olhar era de alguém que pretendia manter a palavra, cerrando os punhos com um brilho de cólera nos olhos.

Embora quisesse rir, Jo conteve-se e disse de modo afetuoso, pois ela também estava ficando agitada com tudo aquilo:

— Não pragueje, Teddy! Ele não é velho nem um homem ruim; é generoso e gentil, e, depois de você, o melhor amigo que já tive. Não tenha um ataque de fúria. Quero ser bondosa, e sei que ficarei com raiva se você maltratar o meu professor. Nem me passou pela cabeça amá-lo ou a qualquer outra pessoa.

— Mas acabará amando; e, então, o que será de mim?

— Você também vai amar alguém, como um homem sensato, e se esquecerá de todo este descontentamento.

— Eu não consigo amar mais ninguém, e nunca vou esquecê-la, Jo, nunca! Nunca! — disse batendo os pés para enfatizar suas palavras apaixonadas.

— O que devo fazer com você? — suspirou Jo, descobrindo que as emoções desencadeadas eram mais difíceis de enfrentar do que ela esperava. — Você ainda não ouviu o que eu queria lhe contar. Sente-se e ouça. Quero realmente fazer a coisa certa e deixá-lo feliz — disse ela, na esperança de acalmá-lo com um pouco de razão; prova de que ela não sabia nada sobre o amor.

Vislumbrando um raio de esperança nessas últimas palavras, Laurie se jogou na grama aos pés dela, repousou um braço no degrau inferior da entrada e a encarou com o semblante de expectativa. Ocorre que a situação não era propícia para um discurso calmo ou para pensamentos claros da parte de Jo. Como ela poderia dizer coisas difíceis para seu menino enquanto ele a observava com os olhos cheios de amor e desejo, e os cílios ainda molhados com uma ou duas lágrimas amargas que a dureza de seu coração havia arrancado dele? De modo gentil, ela segurou a cabeça de Laurie e lhe falou, enquanto acariciava os cabelos ondulados que ele havia deixado crescer por causa dela, de modo realmente tocante:

— Concordo com a mamãe; você e eu não somos adequados um ao outro, porque temos um temperamento explosivo e sentimentos muito determinados que, provavelmente, nos tornariam muito infelizes se fôssemos tolos a ponto de nos... — Jo fez uma pequena pausa, mas terminou a frase com uma expressão arrebatadora. — ...casarmos.

— Não, não seríamos infelizes! Se você me amasse, Jo, eu seria um santo e você poderia fazer tudo o que quisesse.

— Não, eu não poderia, e não posso. Eu tentei e falhei, e não arriscaria nossa felicidade em uma experiência tão séria. Não concordamos e nunca concordaremos, por isso seremos bons amigos por toda a vida e não faremos nada de modo precipitado.

— Sim, faremos, se tivermos a chance — murmurou Laurie num tom rebelde.

— Seja razoável e encare isso de forma sensata — implorou Jo, quase exaurindo sua sagacidade.

— Não serei razoável. Eu não quero "encarar isso de forma sensata". Em nada vai me ajudar, e só tornará tudo mais difícil. Não acredito que você seja tão insensível.

— Eu preferia não ter... — Havia um pequeno tremor na voz de Jo e, imaginando que isso fosse um bom presságio, Laurie virou-se, recorrendo a todos os seus poderes de persuasão ao dizer em um tom sedutor, que, por sinal, nunca havia sido tão perigosamente sedutor:

— Não nos decepcione, querida! Todo mundo espera por isso. Vovô deseja muito isso, sua família aprova essa ideia, e eu não consigo seguir em frente sem você. Diga sim e sejamos felizes. Diga! Diga!

Somente passados alguns meses Jo conseguiu compreender como teve forças para manter-se firme em sua resolução depois de ter concluído que não amava seu menino, que nunca o amaria. Foi algo muito difícil, mas ela continuou decidida, sabendo que a demora seria vã e cruel.

— Não posso dizer "sim" com sinceridade, então eu não direi de forma alguma. Com o tempo, você perceberá que estou certa e me agradecerá por isso... — ela iniciou solenemente.

— Que me enforquem se eu concordar com isso! — E Laurie se levantou rapidamente da grama, enfurecido e indignado com a ideia em si.

— Sim, você concordará! — insistiu Jo. — Você vai superar tudo isso depois de um tempo e encontrará alguma menina adorável e talentosa que vai amá-lo, e ela será uma bela senhora para a sua bela casa. Eu não conseguiria. Sou caseira, atabalhoada, estranha e velha. Você sentiria vergonha de mim, e nós brigaríamos... Nós não conseguimos fugir disso nem mesmo agora, percebe? E eu não gostaria de viver em meio à alta sociedade, e você, sim. Você odiaria meus rabiscos, e eu não conseguia viver sem eles; assim, seríamos infelizes e desejaríamos não termos feito isso. Tudo seria horrível!

— Mais alguma coisa? — perguntou Laurie, encontrando dificuldades para ouvir pacientemente essa manifestação profética.

— Nada mais, exceto que não acredito que me casarei algum dia. Estou feliz do meu jeito. Amo muito a minha liberdade, e não tenho nenhuma pressa em desistir dela por qualquer mortal.

— Sei que não é assim! — interrompeu Laurie. — Você acredita nisso agora; no entanto, chegará um momento em que gostará de alguém, o amará de modo extremado, viverá e morrerá por ele. Sei que isso vai acontecer; você é assim, e eu terei de ver tudo isso... — E o apaixonado em desespero lançou seu chapéu no chão com um gesto que teria parecido cômico se a sua expressão não estivesse tão trágica.

— Sim, eu viverei e morrerei por ele, se, apesar de mim mesma, ele vier e me fizer amá-lo, e você deverá fazer o melhor que puder! — exclamou Jo, já perdendo a paciência com o pobre Teddy. — Fiz o melhor que pude, mas você não quer ser racional, e, além disso, é egoísta de sua parte continuar me atormentando por causa de algo que não posso oferecer. Eu sempre vou gostar de você, muito, na verdade, como um amigo, porém nunca me casarei com você, e quanto antes você acreditar nisso, melhor será para nós dois. Faça isso agora!

Foi um discurso exaltado. Laurie olhou para ela por um instante como se ele não soubesse bem o que fazer consigo mesmo, depois virou-se bruscamente, dizendo em um tom desesperado:

— Você vai se arrepender algum dia, Jo.

— Ei! Para onde você está indo? — ela exclamou, porque a expressão dele era assustadora.

— Para o inferno! — Foi a resposta que ele deu.

Por um instante, o coração de Jo quase parou ao vê-lo descer correndo pelo barranco em direção ao rio, mas seria preciso muita loucura, uma maldição ou uma desgraça para levar um jovem a uma morte tão violenta, e Laurie não era do tipo vulnerável que se deixava abater por um único fracasso. Ele não havia pensado em um mergulho melodramático, porém algum instinto cego o levou a atirar chapéu e o casaco em seu barco e remar para longe com toda a sua força; seu tempo rio acima foi melhor do que o que já havia conseguido em qualquer corrida de barcos. Jo respirou fundo e desatou as mãos enquanto observava o pobre rapaz tentando superar a dor que carregava em seu coração.

— Isso lhe fará bem. Ele chegará em casa em um estado de espírito tão leve e penitente que eu nem me atreverei a olhar para ele — disse ela e, enquanto caminhava lentamente de volta para casa, sentindo-se como se houvesse assassinado alguma criatura inocente e a enterrado sob as folhas, acrescentou: — Agora, preciso encontrar o senhor Laurence e prepará-lo para que seja muito gentil com o meu pobre menino. Queria tanto que ele amasse a Beth... Quem sabe com o tempo... Começo a achar que eu estava enganada em relação aos sentimentos dele por ela. Ah, Deus! Como as meninas podem achar que é bom que se apaixonem por elas para que depois possam recusar o amor dos garotos? Isso é terrível.

Certa de que ninguém poderia cuidar do assunto tão bem como ela, Jo foi prontamente conversar com o senhor Laurence, contou-lhe toda aquela difícil história com muita firmeza e, então, desabou, chorando com tanto remorso por conta de sua insensibilidade que o velho cavalheiro tão amável, embora estivesse extremamente decepcionado, não proferiu reprovação alguma. Ele apenas achou difícil compreender que uma menina não era capaz de amar Laurie, e esperava que ela mudasse de ideia; contudo, ele sabia melhor do que Jo que não é possível forçar o amor; então, balançou a cabeça, com tristeza, e resolveu salvar seu menino do perigo, pois as palavras de despedida que o jovem impetuoso disse a Jo o perturbaram mais do que ele podia admitir.

Assim que Laurie chegou em casa, exausto, mas agora bastante revigorado, o avô foi ao seu encontro como se nada soubesse e manteve a ilusão com bastante êxito por uma ou duas horas. Quando, no entanto, se sentaram juntos durante o crepúsculo — um momento de que costumavam desfrutar juntos —, o velho precisou esforçar-se muito para passar o tempo como de costume, e foi ainda mais difícil para o jovem ouvir os elogios relativos ao êxito do ano anterior, que, para ele, nesse momento, pareciam uma canseira do amor em vão.[81] Suportou o máximo que pôde; depois, foi para o piano e pôs-se a tocar. As janelas estavam abertas, e Jo, caminhando pelo jardim com Beth, entendia, pela primeira vez, a música melhor do que sua irmã, pois ele tocava a sonata *Pathétique*,[82] e tocou-a como jamais o havia feito.

— Muito bom, devo dizer, porém é tão triste que poderia fazer qualquer um chorar. Dê-nos algo mais alegre, rapaz — disse o senhor Laurence, cujo velho coração bondoso estava repleto de uma compaixão a qual ele ansiava demonstrar, ainda que não soubesse como.

Laurie tocou então algo mais animado, e tocou de modo efusivo por muitos minutos seguidos, e teria conseguido terminar a música bravamente se, durante uma calmaria momentânea, não tivesse ouvido a voz da senhora March dizendo:

---

81. Referência à peça de Shakespeare *Love's labor's lost*. Em português, *Trabalhos de amor perdidos*, na tradução da brasileira Aimara da Cunha Resende, ou *Canseiras de amor em vão*, traduzido pelo português Rui Carvalho Homem. (N.T.)

82. *Sonata para piano número 8 em C menor*, Op. 13 (1799), de Ludwig van Beethoven (1770-1827). (N.T.)

— Jo, querida, venha até aqui. Preciso de você.

Exatamente o que Laurie desejava dizer, porém com um significado diferente! Ao ouvi-la, ele perdeu o compasso da música e terminou com um acorde dissonante; restou o músico sentado em silêncio no escuro.

— Não consigo suportar isso — murmurou o velho cavalheiro. Então ele se levantou, tateou o caminho até o piano, colocou uma mão gentil sobre um dos ombros do rapaz e disse gentilmente, como se fosse uma dama:

— Eu sei, meu menino, eu sei.

Por um instante, não houve resposta. De repente, no entanto, Laurie perguntou bruscamente:

— Quem lhe contou?

— A própria Jo.

— Então o assunto está encerrado! — E ele sacudiu as mãos de seu avô com um movimento impaciente, pois, embora estivesse grato pela simpatia, seu orgulho masculino não suportaria a piedade de outro homem.

— Ainda não. Quero dizer uma coisa, e então estará encerrado — respondeu o senhor Laurence com uma suavidade incomum. — Creio que você não se importaria em sair um pouco de casa, estou certo?

— Não pretendo fugir de uma menina. Jo não pode me impedir de vê-la, e desejo ficar e fazer justamente isso pelo tempo que eu quiser — interrompeu Laurie em um tom desafiador.

— Não se for o cavalheiro que acredito que seja. Estou desapontado. A menina, entretanto, nada pode fazer em relação aos sentimentos dela, e a única coisa que você pode fazer é viajar por um tempo. Para onde você gostaria de ir?

— Qualquer lugar. Não me importo com o que aconteça comigo. — E Laurie levantou-se dando uma risada insolente que ecoou nos ouvidos de seu avô.

— Aceite isso como um homem, e não faça nada precipitado, pelo amor de Deus. Por que não vai para o exterior, como havia planejado, e se esquece do resto?

— Não posso.

— Você estava louco para ir, e eu havia prometido que lhe deixaria ir assim que terminasse a faculdade.

— Ah, mas eu não queria ir sozinho! — E Laurie apressou-se pelo quarto com uma expressão que, felizmente, seu avô não viu.

— Não quero que vá sozinho. Há uma pessoa pronta, e feliz, disposta a lhe acompanhar em qualquer lugar do mundo.

— E quem é essa pessoa, senhor? — Laurie se virou para ouvir o avô.

— Eu.

Laurie voltou tão rapidamente quanto havia se afastado e, estendendo a mão, disse com a voz quase rouca:

— Eu sou um bruto egoísta, e... O senhor sabe... vovô.

— Deus é minha testemunha, sim, eu sei, já passei por tudo isso antes, uma vez em minha juventude e depois com o seu pai. Agora, meu querido menino, basta sentar-se calmamente e ouvir o meu plano. Está tudo resolvido, e podemos sair assim que decidirmos — disse o senhor Laurence abraçando o jovem, temendo que ele fugisse como o pai dele havia feito um dia.

— Bem, senhor, o que é? — Laurie sentou-se sem demonstrar nenhum interesse no rosto ou na voz do avô.

— Há negócios em Londres que precisam ser resolvidos. Eu gostaria que você os resolvesse, embora eu possa cuidar melhor deles, e, além do mais, Brooke cuidará muito bem das coisas aqui. Meus sócios fazem quase tudo, eu estou apenas esperando até que você possa tomar o meu lugar, pois posso deixar a empresa a qualquer momento.

— Eu sei que o senhor odeia viajar. Eu não posso pedir que, em sua idade, faça isso por mim — disse Laurie, que, embora estivesse grato pelo sacrifício, preferia ir sozinho, se fosse o caso.

O velho cavalheiro sabia disso perfeitamente bem, e isso era precisamente o que ele queria evitar, porque o humor em que se encontrava seu neto lhe assegurava que não seria prudente deixá-lo viajar sozinho. Então, sufocando um arrependimento natural com o pensamento nos confortos domésticos que deixaria para trás, ele disse de um modo decidido:

— Bendito seja, ainda não estou morto! Eu gosto muito da ideia de viajar. Vai me fazer bem, e os meus velhos ossos nada sofrerão, pois viajar hoje em dia é quase tão fácil quanto ficar sentado em uma cadeira.

Um movimento inquieto de Laurie sugeriu que ele estava um pouco incomodado com sua cadeira, ou que não havia gostado do plano, fazendo o velho acrescentar às pressas:

— Não pretendo ser um estorvo ou um fardo. Vou porque acredito que você se sentirá mais feliz do que se eu ficasse em casa. Não pretendo perambular com você, mas, sim, deixá-lo livre para ir aonde quiser, enquanto eu poderei me divertir do meu jeito. Tenho amigos em Londres e em Paris, e gostaria de visitá-los. Nesse meio-tempo, você pode ir até a Itália, a Alemanha, a Suíça... onde quiser, e desfrutar dos quadros, das músicas, das paisagens e das aventuras que desejar.

Um pouco antes, Laurie sentia que seu coração estava completamente estraçalhado e que o mundo era um gigantesco deserto; no entanto, o som de determinadas palavras introduzidas pelo velho senhor de um modo quase lírico ao fim de sua última fala fez com que seu coração partido desse um salto inesperado, e um ou dois oásis verdejantes surgiram de repente naquele imenso terreno árido. Ele suspirou e depois disse, num tom desanimado:

— Como o senhor quiser. Não me importa para onde eu vá ou o que eu faça.

— Importa para mim, lembre-se disso, meu rapaz. Eu lhe dou toda a liberdade, quero apenas que a use de forma honesta. Prometa-me isso, Laurie.

— Tudo o que o senhor quiser.

— Bom — continuou o velho cavalheiro. — Agora, você não se importa; porém, se eu não estiver enganado, haverá um momento em que essa promessa o manterá fora de perigo.

Sendo um homem enérgico, o senhor Laurence atacou enquanto o ferro ainda estava quente, e eles tomaram uma decisão antes que aquela alma arrasada se recuperasse e pudesse se rebelar. Durante o período necessário para os preparos da viagem, Laurie entediou-se como costumam fazer os jovens cavalheiros em tais casos. Ficou temperamental, irritado e reflexivo de maneira alternada, perdeu o apetite, negligenciou seu vestuário e dedicou muito tempo a tocar piano de forma tempestuosa, evitando Jo. Consolava-se olhando para ela de sua janela com uma expressão trágica que, durante a noite, assombrava os sonhos dela e, de dia, a oprimia, lhe proporcionando um forte sentimento de culpa. Ao contrário de alguns sofredores, ele nunca falou de sua paixão não correspondida, e não permitia que ninguém, nem mesmo a senhora March, tentasse consolá-lo ou demonstrar alguma compaixão por ele. Em certos aspectos, isso foi um alívio para os seus amigos e, mesmo que as semanas anteriores à sua partida tenham sido muito desconfortáveis, todos se alegraram com a possibilidade de o "pobre e querido companheiro ir viajar a fim de esquecer seus problemas e, depois, voltar feliz para casa". Claro, ele sorria de modo sombrio para essa ilusão, mas passou por tudo com a triste superioridade de alguém que sabia que sua fidelidade, assim como seu amor, era inalterável.

No dia da partida ele fingiu estar feliz para esconder certas emoções inconvenientes que pareciam inclinadas a afirmar-se. Essa felicidade não convenceu ninguém; tentaram, mesmo assim, mostrar que acreditavam nela para o bem do amigo; e ele se saiu muito bem até que a senhora March o beijou e deu um sussurro envolto de prontidão maternal. Então, sentindo que poderia desabar, ele rapidamente abraçou todas as pessoas, não se esquecendo nem da aflita Hannah, e desceu as escadarias correndo como se disso dependesse sua vida. Jo o seguiu por um instante para acenar-lhe em despedida caso ele olhasse para trás. Ele olhou, então voltou, colocou os braços em volta dela, que estava um degrau acima dele, encarou-a com uma expressão que tornou seu curto apelo eloquente e dramático e disse:

— Ah, Jo, será que você não pode...?

— Teddy, querido, eu gostaria de poder!

Isso foi tudo, exceto por uma pequena pausa. Então, Laurie se aprumou e disse:

— Está bem, deixe para lá! — E foi embora sem dizer mais nada.

Ah, não estava tudo bem, e Jo se importava com isso, porque, enquanto os cabelos encaracolados dele estiveram em seu braço um instante depois de sua dura resposta, ela se sentiu como se tivesse esfaqueado seu amigo mais querido; e quando ele partiu sem olhar para trás, ela sabia que o menino Laurie nunca mais voltaria.

36. O segredo de Beth

Quando chegou em casa naquela primavera, Jo ficou impressionada com a mudança no aspecto de Beth. Ninguém havia falado nada sobre isso, nem pareciam ter notado, pois as alterações que se fizeram nela foram graduais, por isso não causaram espanto naqueles que conviviam diariamente com ela; no entanto, aos olhos desacostumados em virtude da ausência, sua transformação era muito evidente. Quando Jo olhou para o semblante da irmã, sentiu um enorme peso em seu coração. Seu rosto não estava apenas mais pálido, estava também mais abatido do que no outono, e ela carregava um olhar estranho e transparente como se o mortal estivesse sendo lentamente refinado para que o imortal brilhasse através da carne frágil com uma beleza indescritivelmente dramática. Jo conseguia enxergar e sentir isso; entretanto, não disse nada naquele momento, e logo essa primeira impressão perdeu muito de seu poder, pois Beth parecia feliz; ninguém aparentava duvidar de que ela estivesse melhor, e logo, cuidando de outros assuntos, Jo deixou de lado o seu temor por algum tempo.

Apesar disso, quando Laurie partiu e a paz foi novamente estabelecida, aquela vaga ansiedade voltou a assombrá-la. Ela havia confessado seus pecados e fora perdoada. Então, mostrou suas economias a Beth e lhe propôs uma viagem à montanha. Beth lhe agradeceu de coração, mas implorou para que não se afastassem muito de casa. Outra curta visita ao litoral seria melhor para ela; e, já que era impossível convencer a vovó a deixar os bebês, Jo levou Beth àquele lugar tranquilo, onde ela podia passar bastante tempo ao ar livre e deixar a brisa fresca do mar soprar um pouco de cor em suas bochechas pálidas.

Não era um lugar muito elegante, e as meninas fizeram poucos amigos, mesmo entre as pessoas mais agradáveis da cidade; elas preferiram fazer companhia uma para a outra. Beth era muito tímida para desfrutar da vida social, e Jo, tão dedicada à irmã a ponto de não se importar tanto com as outras pessoas. Estavam muito envolvidas uma com a outra e perambulavam por todos os lugares sem notar o interesse que despertavam nos outros, que, com olhos compassivos, observavam a irmã forte e a frágil sempre juntas, como se ambas sentissem instintivamente que não estavam distante de uma longa separação.

Sentiam isso, porém não diziam nada, pois, muitas vezes, entre nós e as pessoas mais próximas e queridas, há uma barreira muito difícil de ser superada. Para Jo, era como se um véu tivesse caído entre o seu coração e o de Beth, mas, quando ela estendeu a mão para afastar esse véu, percebeu algo sagrado naquele silêncio, e ela esperou que Beth falasse. Surpreendeu-se, e ficou grata, por seus pais não demonstrarem ver o que ela via, e, durante aquelas semanas tranquilas, quando as sombras para ela se tornaram algo tão evidente e simples, ela não disse nada em casa, pois acreditava que constatariam os fatos quando elas voltassem e eles percebessem que Beth não havia melhorado. Jo achava que sua irmã tinha realmente compreendido a dura realidade e que os pensamentos reflexivos chegavam a sua mente durante as longas horas em que ficava deitada sobre as rochas quentes com a cabeça no colo de Jo, enquanto os ventos sopravam de modo salutar sobre ela e o mar fazia música aos seus pés.

Um dia, porém, Beth lhe falou. Jo pensou que a irmã estivesse dormindo, pois estava muito quieta, e, deixando o livro de lado, sentou-se e observou seus olhos melancólicos tentando identificar sinais de esperança nas bochechas descoradas de Beth. No entanto, não conseguiu ficar satisfeita com o que contemplava, pois seu rosto estava muito magro e as mãos pareciam muito frágeis até mesmo para segurar as conchas rosadas que vinham coletando. Com mais amargura do que antes, ela percebeu que Beth estava lentamente se afastando dela; seus braços, instintivamente, apertaram com mais força o tesouro mais querido que possuía. Por um instante, seus olhos ficaram muito turvos para enxergar e, quando clarearam, ela viu que Beth a olhava com tanta ternura que quase não houve a necessidade de dizer:

— Jo, querida, estou feliz que você tenha percebido. Por mais que eu tenha desejado, não consegui dizer-lhe antes.

Não houve resposta, exceto o rosto de sua irmã junto ao seu; nem mesmo lágrimas, pois, quando se sentia profundamente comovida, Jo não chorava. Naquele momento, ela era a mais frágil, e Beth tentou consolá-la e apoiá-la, envolvendo-a com os braços e sussurrando palavras suaves em seu ouvido:

— Eu sei disso há um bom tempo, querida, e, agora que já estou acostumada com a ideia, não é difícil pensar nela ou suportar o fato. Tente ver da mesma forma, e não se preocupe comigo, porque é melhor assim, de verdade.

— Esse era o motivo de sua infelicidade durante o outono, Beth? Você já havia percebido naquele momento? E guardou para si mesma por tanto tempo? — perguntou Jo, recusando a ideia de admitir ou declarar que seria melhor, mas sentindo-se aliviada por saber que Laurie não era parte do problema de Beth.

— Sim, aquele foi o momento em que, mesmo não querendo admitir, desisti de ter esperanças. Eu tentei acreditar que fossem fantasias de uma pessoa doente e não quis que isso incomodasse ninguém. Então, quando vi que todos estavam tão bem, fortes e cheios de planejamentos felizes, percebi que eu nunca poderia ser como vocês. Foi difícil lidar com isso, e então me senti terrível, Jo.

— Ah, Beth, e você não me contou nada... Não me deixou confortá-la nem lhe ajudar! Como você pôde me deixar de fora e suportar tudo isso sozinha? — A voz de Jo carregava uma reprovação embora fosse terna, e seu coração doía ao imaginar a luta solitária travada por Beth enquanto aprendia a dizer adeus à saúde, ao amor e à vida e a aceitar sua cruz de tão bom grado.

— Talvez tenha sido errado, mas eu tentei fazer o que considerava correto. Eu não tinha certeza, ninguém me disse nada, e eu esperava estar enganada. Teria sido egoísta assustar todos vocês; mamãe estava tão ansiosa por causa de Meg, Amy estava longe e você tão feliz com Laurie... Pelo menos foi o que eu imaginei naquele momento.

— Eu achei que você o amava, Beth, e fui embora porque sabia que não havia possibilidades de eu me apaixonar por ele — declarou Jo, sentindo-se aliviada por dizer toda a verdade.

Beth pareceu tão espantada com essa ideia, que Jo, apesar de toda a sua dor, sorriu e acrescentou baixinho:

— Então, você não o amava, querida? Eu estava com medo de que gostasse dele e fiquei imaginando seu pobre coração o tempo todo repleto de uma paixão não resolvida.

— Ah, Jo, como eu poderia...? Ele gostava muito de você — disse Beth de um modo tão inocente quanto o de uma criança. — Eu o amo muito. Não há como evitar, ele é muito bom para mim. Infelizmente, nunca seria outra coisa além de um irmão. Espero que, algum dia, ele realmente se torne...

— Não por mim — disse Jo de um modo firme e num tom decidido. — Deixemos Laurie para Amy; são perfeitos um para o outro; além do mais, não tenho disposição para tais coisas, neste momento. Não me importa o futuro de ninguém, Beth, exceto o seu. Você precisa melhorar.

— Ah, eu gostaria muito disso! Eu tento; porém, a cada dia, tenho mais certeza de que nunca vou recuperar o que fui perdendo aos poucos. É como a maré, Jo, que muda lentamente sem nunca poder ser interrompida.

— Ela deve ser interrompida! Sua maré não pode mudar tão cedo, Beth, você só tem dezenove anos. Não posso permitir que você se vá. Vou me esforçar, rezar e lutar contra isso. Vou mantê-la bem, apesar de tudo. Deve haver maneiras... Não pode ser tarde demais. Deus não pode ser tão cruel a ponto de tirá-la de mim — exclamou a pobre Jo de modo rebelde, pois seu espírito era muito menos piedoso e submisso que o de Beth.

Pessoas simples e sinceras raramente falam muito da própria piedade. Esta se demonstra mais em atitudes do que em palavras, e tem mais poder do que discursos ou protestos. Beth não era capaz de racionalizar ou descrever a fé que lhe proporcionava coragem e serenidade para desistir da vida e esperar alegremente a morte. Como uma criança confiante, ela não fazia perguntas; deixava tudo nas mãos de Deus e da Natureza, o pai e a mãe de todos nós, certa de que eles, e somente eles, poderiam ensinar e fortalecer o coração e o espírito para a vida neste mundo e no além. Ela não repreendeu Jo com sermões santificados; só a amava mais por sua afeição apaixonada, e se agarrou mais ainda ao valioso amor humano, do qual Deus não quer que nos separemos, mas por intermédio do qual Ele nos aproxima de Si. Ela não disse "estou feliz em ir", pois a vida era muito doce para ela. No entanto, ela soluçou ao dizer "tento estar sempre disposta" enquanto abraçava Jo, enquanto rebentava sobre as duas a primeira onda amarga dessa grande tristeza.

Aos poucos, recuperando sua calma, Beth disse:

— Você vai contar aos outros quando chegarmos em casa?

— Acredito que perceberão sem que eu diga nada — suspirou Jo, que, agora, seguramente percebia mudanças diárias em Beth.

— Talvez não. Ouvi dizer que as pessoas que mais amam não costumam enxergar essas coisas. Se eles não enxergarem, você precisará lhes dizer por mim. Não quero segredos, será mais delicado prepará-los. Meg tem John e os bebês para confortá-la, você, por outro lado, deverá ficar ao lado do papai e da mamãe, está bem, Jo?

— Se eu conseguir. Vamos, Beth, eu ainda não desisti. Vou acreditar que são apenas fantasias de uma pessoa doente e não a deixarei pensar que isso é definitivo — disse Jo, tentando animá-la.

Beth pensou por um instante e então disse de sua maneira tranquila:

— Eu não sei como me expressar, e não tentarei fazer isso com mais ninguém além de você, porque só consigo falar com a minha Jo. Quero dizer apenas que tenho a sensação de não ter sido destinada a viver por muito tempo. Eu não sou como vocês. Nunca fiz planos sobre o que fazer quando crescer. Nunca pensei em me casar, como todas vocês pensaram. Nunca imaginei que seria outra coisa senão a tola Beth, trotando pela casa, sem utilidade em nenhum outro lugar, exceto ali. Nunca quis sair de casa, e, agora, a parte difícil é deixar a minha família. Não estou com medo, mas parece que, mesmo no céu, sentirei saudades de casa e de todos.

Jo não conseguiu falar mais nada e, por alguns minutos, o único som que se ouvia era o murmúrio do vento e o quebrar das ondas. Uma gaivota de asas brancas passou voando com o clarão do sol prateado brilhando em seu peito. Beth a assistiu até ela desaparecer; seus olhos estavam repletos de tristeza. Um pequeno pássaro acinzentado passou trôpego pela areia da praia cantando suavemente para si mesmo como se desfrutasse o sol e o mar. Chegou bem perto de Beth, olhou para ela de forma amigável e aprumou-se sobre uma pedra morna, ajeitando suas penas molhadas, bastante à vontade. Beth sorriu e se sentiu confortada, já que aquela coisinha parecia oferecer a sua amizade, mostrando a ela que ainda havia um mundo bastante agradável para ser aproveitado.

— Querido passarinho! Veja, Jo, como é manso. Eu gosto mais desses pequenos pássaros do que das gaivotas. Eles não são tão selvagens e bonitos e, ainda assim, parecem ser coisinhas felizes e confiantes. No verão passado, eu os chamava de "meus pássaros" e mamãe disse que eles eram parecidos comigo... Criaturas ocupadas, com cores suaves, sempre perto da costa e sempre cantando uma cançãozinha feliz. Você é a gaivota, Jo, forte e selvagem, afeiçoada às tempestades e aos ventos; voa sobre o mar, longe da costa, e é feliz sozinha. Meg é uma pombinha, e Amy é como a cotovia sobre a qual ela escreve, tentando levantar voo até as nuvens, mas sempre voltando para seu ninho. Querida Amy! Ela é tão ambiciosa e seu coração tão generoso e terno... Não importa o quão alto voe, ela nunca se esquecerá de casa. Espero poder vê-la mais uma vez; ela está tão longe...

— Ela voltará na primavera, e falo sério quando digo que você deve se preparar para vê-la e aproveitar sua companhia. Eu vou ajudar você, e estará de novo rosada quando chegar este momento — disse Jo, sentindo que, de todas as mudanças em Beth, a da fala havia sido a maior, pois, agora, ela parecia não precisar mais se esforçar para falar, e pensava em voz alta, de uma forma bastante diferente da tímida Beth de antes.

— Jo, querida, não alimente mais esperanças. Não lhe fará bem. Tenho certeza disso. Não ficaremos deprimidas enquanto esperamos; devemos desfrutar os momentos que ainda podemos passar juntas. Nós nos divertiremos, pois não estou sofrendo muito e, se você me ajudar, acredito que a mudança da maré ocorrerá com mais facilidade.

Jo inclinou-se para beijar seu rosto sereno e, depois desse beijo silencioso, passou a dedicar-se à Beth de corpo e alma.

Ela estava certa. Não havia necessidade de palavras quando chegassem em casa; papai e mamãe veriam de forma bastante clara, agora, aquilo que evitaram enxergar antes. Cansada da curta viagem, ao chegar, Beth foi imediatamente para a cama dizendo que se sentia muito feliz por estar em casa, e, assim que desceu, Jo descobriu que seria poupada da difícil tarefa de contar o segredo de Beth. Seu pai estava com a cabeça inclinada sobre a prateleira da lareira e, embora ela tivesse entrado na sala, ele se manteve na mesma posição; a mãe, no entanto, estendeu os braços como se pedisse ajuda e, sem dizer palavra alguma, Jo correu para consolá-la.

37. Novas impressões

Às três horas da tarde, todas as pessoas elegantes de Nice podiam ser vistas na Promenade des Anglais[83] — um lugar encantador, pois a passarela ampla, ladeada por palmeiras, flores e arbustos tropicais, era margeada pelo mar, de um lado, e, do outro, por uma grande avenida repleta de hotéis e casas de veraneio; mais adiante, avistavam-se os laranjais e as colinas. Ali, muitas nações estão representadas, muitas línguas são faladas, muitos trajes são usados, e em um dia ensolarado o espetáculo é tão alegre e colorido como o de um carnaval. Ingleses insolentes, franceses animados, alemães sisudos, espanhóis muito bonitos, alguns russos um tanto feios, judeus bastante humildes, americanos meio informais, todos dirigem, se sentam ou perambulam por ali, conversando sobre as novidades e criticando as celebridades recém-chegadas — como Ristori ou Dickens, Victor Emmanuel ou a rainha das Ilhas Sandwich.[84] Os carros são tão variados quanto as pessoas e atraem quase a mesma atenção, especialmente os *barouches* com cesta baixa, que são conduzidos pelas próprias senhoras, com um par de pôneis arrojados, rodeados por belas redes para evitar que seus volumosos babados voem para fora dos pequenos veículos, e pequenos cavalariços no poleiro da parte de trás.

No dia de Natal, um jovem alto caminhava lentamente por essa passarela com as mãos para trás e uma expressão indecifrável em seu semblante. Ele parecia um italiano, vestia-se como um inglês e tinha o ar independente de um americano — uma combinação que atraiu diversos olhares femininos que o seguiram com aprovação; e alguns dândis em ternos de veludo preto, com gravatas

---

83. A Promenade des Anglais é uma avenida com um calçadão de sete quilômetros, em Nice, na França. (N.T.)
84. Adelaide Ristori (1822-1906) foi uma atriz italiana; Dickens, um escritor inglês; Victor Emmanuel II (1820-1878), rei da Itália entre 1869 e 1878; a rainha das Ilhas Sandwich é uma referência à rainha Emma (1836-1885), esposa do rei Kamehameha IV. (N.T.)

rosadas, luvas amareladas e flores de laranjeira nas lapelas a princípio deram de ombros e depois invejaram a altura daquele homem. Havia uma abundância de rostos bonitos para admirar por ali; no entanto, esse jovem dava pouca atenção a eles; apenas olhava, de vez em quando, para uma moça loira vestida de azul. Pouco depois, ele deixou a passarela e aguardou por um instante no cruzamento como se estivesse indeciso quanto a ouvir a banda no Jardin Publique ou passear ao longo da praia em direção à Colline du Château.[85] O rápido trote de alguns pôneis, contudo, o fez olhar em direção ao lugar de onde vinha o som; uma daquelas pequenas carruagens, transportando uma única jovem, vinha rapidamente descendo a rua. Era uma moça loira vestida de azul. Ele olhou-a por um instante e, então, toda a sua expressão ganhou vida novamente. Acenando com o chapéu como um garoto, ele correu para encontrá-la.

— Ah, Laurie, é você mesmo? Pensei que nunca viria! — exclamou Amy, largando as rédeas e erguendo os braços, para grande escândalo de uma senhora francesa que apressou os passos da filha para que esta não fosse influenciada pela imagem imoral proporcionada pelo comportamento livre daqueles "ingleses desvairados".

— Fiquei detido no caminho, mas eu prometi passar o Natal com você, e aqui estou.

— Como está seu avô? Quando você chegou? Onde vai se hospedar?

— Muito bem... Na noite passada... No Chauvain. Passei no hotel em que está hospedada, mas você havia saído.

— Tenho tanto para contar que nem sei por onde começar! Entre, para que possamos conversar à vontade. Eu estava indo passear e ansiava por companhia. Flo está descansando a fim de se preparar para esta noite.

— Por quê? Haverá algum baile?

— Uma festa de Natal em nosso hotel. Há muitos americanos lá, e eles darão uma festa para comemorar este dia. Você virá conosco, certo? Titia ficará encantada.

— Obrigado. E para onde vamos agora? — perguntou Laurie, inclinando-se para trás e cruzando os braços, um gesto que agradou a Amy, que preferia conduzir a carruagem; sua sombrinha-chicote e as rédeas azuis sobre as partes traseiras dos pôneis brancos davam-lhe uma satisfação infinita.

— Vou primeiro até o banco ver se chegaram cartas para mim e, depois, à Colline du Château. A vista é muito linda... e eu adoro alimentar os pavões. Você já esteve lá?

---

85. Colina do Castelo ou Colline du Château, em francês. O castelo de Nice era uma fortaleza que foi construída no século XI e destruída em 1706 pelos franceses sob o comando do rei Luís XV. Hoje em dia é um famoso jardim público e um importante ponto turístico de Nice. (N.T.)

— Muitas vezes, anos atrás, mas não me importo de ir até lá dar uma olhada de novo.

— Agora me conte tudo sobre você. A última coisa de que soube, conforme escreveu seu avô, foi que ele aguardava seu retorno de Berlim.

— Sim, passei um mês lá e depois o encontrei em Paris, onde ele ficará durante todo o inverno. Ele tem amigos na cidade e tem muito com o que se divertir, então eu vou e volto, e ficamos extremamente bem.

— Um bom arranjo — disse Amy, sentindo falta de alguma coisa em Laurie, embora não soubesse dizer o quê.

— Sabe, ele odeia viajar, e eu odeio ficar parado, então, cada um de nós faz o que mais gosta, e assim não temos problemas. Passamos bastante tempo juntos, e ele adora ouvir minhas aventuras, enquanto eu fico contente em saber que alguém está feliz por me encontrar quando volto de minhas andanças. Que buraco velho e sujo, não é? — ele acrescentou, com um olhar de desgosto quando passavam ao longo da avenida em direção à Place Napoleon, na cidade velha.

— A sujeira é pitoresca, por isso eu não me importo. O rio e as colinas são deliciosos, e esses relances de ruas transversais estreitas são um prazer para mim. Agora teremos de esperar que a procissão passe. Vão em direção à Igreja de São João.

Enquanto Laurie observava apático a procissão de sacerdotes sob seus dosséis, freiras de véus brancos carregando velas acesas e uma irmandade qualquer vestida de azul cantando enquanto caminhava, Amy o observava, e ela percebeu nele um novo tipo de introspecção, pois certamente ele havia mudado e ela não conseguia reconhecer o menino de expressão alegre que ela havia deixado para trás naquele homem mal-humorado sentado a seu lado. Ele estava mais bonito do que nunca, e muito melhorado, pensou ela, no entanto agora, que a onda do prazer em encontrá-la havia passado, ele parecia cansado e desanimado — não doente nem exatamente infeliz; estava, na verdade, mais velho e mais sério do que se poderia esperar de um ou dois anos de vida próspera. Ela não conseguia entender por que, e não se aventurou a fazer perguntas, apenas balançou a cabeça e deu uma batidinha leve em seus pôneis enquanto a procissão prosseguia até os arcos da ponte Paglioni, desaparecendo na direção da igreja.

— *Que pensez-vous?*[86] — ela disse, arejando seu francês, cujo vocabulário havia se ampliado, quiçá sua qualidade também, desde o início da viagem.

— Que a *mademoiselle* fez bom uso de seu tempo, e o resultado é encantador — respondeu Laurie, curvando-se com a mão no coração e um olhar de admiração.

---

86. Em francês, "Está pensando em quê?". (N.T.)

Sentindo-se grata, ela ficou um pouco corada, porém, de alguma forma, o elogio não a satisfez como os louvores contundentes que ele costumava oferecer-lhe em casa, quando caminhava em torno dela em ocasiões festivas; disse-lhe também que ela estava "completamente jovial" dando um sorriso gentil e um tapinha de aprovação em sua cabeça. Ela não gostou de seu novo tom, pois, embora não fosse *blasé*, soava indiferente, apesar de seu antigo olhar.

"Se é este o adulto que ele vai se tornar, gostaria que continuasse sendo um menino", ela pensou, com uma estranha sensação de decepção e desconforto, embora tentasse parecer tranquila e animada.

No Avigdor,[87] ela encontrou as preciosas cartas vindas de casa e, passando as rédeas para Laurie, leu cada uma delas integralmente conforme seguiam pela rua sombreada, entre as sebes verdes, onde rosas-chás floresciam tão frescas quanto no verão.

— Mamãe diz que Beth está muito mal. Às vezes, acho que eu deveria voltar para casa, mas todos sempre me dizem que devo ficar aqui. Então, eu obedeço, pois nunca mais terei outra chance como esta — disse Amy, séria, sem desviar seus olhos da página.

— Acredito que você esteja certa. Não há nada que você possa fazer em casa; e saber que você está alegre, feliz e aproveitando sua viagem é um grande conforto para eles, minha querida.

Ele se aproximou um pouco e, nesse instante, ao dizer essas palavras, se assemelhava mais ao seu antigo modo de ser; o temor que, às vezes, pesava sobre o coração de Amy se aliviou um pouco, pois o olhar, a ação, o fraterno jeito de dizer "minha querida" pareciam assegurar-lhe que, se acontecesse algum problema, ela não estaria sozinha em uma terra estranha. Logo depois, ela riu e lhe mostrou um pequeno esboço de um desenho de Jo vestida com seu traje de escrever, com o laço fixado de modo displicente sobre seu chapéu, e de sua boca saíam as palavras "A genialidade incendeia!".

Laurie sorriu, segurou a folha em que estava o desenho, guardou-a no bolso do colete "para que o vento não a levasse embora" e ouviu com interesse a carta animada que Amy leu para ele.

— Este Natal têm sido bastante feliz para mim: presentes pela manhã, você e as cartas à tarde e uma festa à noite — disse Amy, enquanto desciam entre as ruínas do antigo forte e um bando de belos pavões, esperando ser alimentados, se agrupava mansamente em volta dos dois.

Enquanto Amy ria na parte de cima da ribanceira e jogava migalhas para aquelas aves coloridas, Laurie a observava da mesma forma que ela havia olhado

---

87. Casa bancária da família Avigdor. (N.T.)

para ele, com uma curiosidade natural, tentando assimilar as mudanças forjadas pelo tempo e pela ausência. No entanto, ele não reparou em nada que o deixasse perplexo ou decepcionado; pelo contrário, havia muito para admirar e aprovar, e, com exceção de algumas pequenas afetações da fala e dos modos, ela estava tão alegre e graciosa como sempre, tendo acrescentado algo indescritível em seu modo de se vestir e se comportar que chamamos de elegância. Sempre muito madura para sua idade, ela havia ganhado certa desenvoltura na postura e em seu jeito de conversar, o que a fazia parecer uma mulher cosmopolita, mais do que realmente era; seu antigo modo petulante, entretanto, mostrava-se de vez em quando, e a assertividade ainda se demonstrava em seus gestos, assim como a maneira sincera de se manifestar parecia intocada pela polidez estrangeira.

Embora Laurie não tenha percebido tudo isso enquanto a observava alimentar os pavões, ele viu o suficiente para que se sentisse satisfeito e interessado, e pôde guardar uma bela imagem da menina de rosto claro que estava em pé sob o sol; a tonalidade suave de suas roupas, o frescor de sua pele e o brilho dourado de seu cabelo a tornavam a personagem principal de um cenário encantador.

Ao chegarem ao platô de pedra que coroa a colina, Amy acenou com a mão como se o recebesse em seu refúgio favorito e disse, apontando para as respectivas direções dos lugares aos quais se referia:

— Você se lembra da Catedral e do Corso, dos pescadores arrastando suas redes na baía, e da estrada encantadora até Vila Franca, da Torre Schubert,[88] logo abaixo, e, melhor de tudo, daquele grãozinho bem longe no mar, que dizem ser a Córsega?

— Sim, me lembro de tudo isso. Não mudou muito — respondeu ele sem entusiasmo.

— Ah, Jo daria tudo por uma espiada nesse famoso grão... — disse Amy, sentindo-se bem-humorada e ansiosa por vê-lo da mesma forma.

— Sim. — Foi tudo o que ele disse, e, então, virou-se e cerrou os olhos tentando enxergar a ilha que uma usurpadora ainda maior do que o próprio Napoleão[89] fazia agora interessante a seus olhos.

— Dê uma boa olhada na ilha e depois venha me contar o que tem sido de sua vida durante todo esse tempo — disse Amy, já se acomodando para uma boa conversa.

No entanto, não foi o que aconteceu; embora ele tenha se juntado a ela e respondido a todas as suas perguntas sem restrições, tudo o que ela ficou

---

88. Não existe uma Torre Schubert em Nice. No entanto, existe a Torre Bellanda, onde o compositor romântico Hector Berlioz (1803-1869), contemporâneo e amigo de Schubert, hospedou-se em 1831 e escreveu sua *Abertura de o Rei Lear*. (N.T.)

89. Napoleão Bonaparte (1769-1821) nasceu em Ajaccio, na Córsega. (N.T.)

sabendo foi que ele havia perambulado pelo continente e que havia ido para a Grécia. Então, depois de ficarem ali por uma hora, voltaram para casa. Laurie cumprimentou a senhora Carrol e foi embora, prometendo voltar à noite.

Deve-se registrar que, naquela noite, Amy deliberadamente se vestiu com muita elegância e beleza. O tempo e a ausência haviam feito seu trabalho em ambos os jovens. Ela havia visto seu velho amigo sob uma nova luz, não como "nosso menino", mas como um homem belo e agradável, e estava consciente de seu desejo bastante natural de que ele também a visse de modo favorável. Amy conhecia seus pontos fortes e se aproveitava ao máximo deles com o bom gosto e a habilidade que são a fortuna de uma menina pobre, porém bonita.

A tarlatana e o tule eram baratos em Nice, então, ela se envolvia com esses tecidos em ocasiões importantes, e, seguindo a sensata moda inglesa de as meninas se vestirem de forma simples, fazia para si vestidos charmosos com flores frescas, algumas bugigangas e todo tipo de invenções delicadas, que, além de baratas, eram eficazes. É preciso dizer que, às vezes, a artista se sobrepõe à mulher, que se entrega a penteados tradicionais, gestos esculturais e drapeados clássicos. Ah, querido coração, todos nós temos nossas pequenas fraquezas, e achamos fácil perdoá-las nos jovens que satisfazem os nossos olhos com sua beleza e mantêm nossos corações alegres com suas vaidades inocentes.

— Quero realmente que ele me ache bem bonita e conte isso para todos lá em casa — disse Amy a si mesma enquanto colocava um vestido de seda branca, de Flo, um velho traje de baile, e o disfarçava com uma nuvem de ilusão;[90] seus ombros alvos e seus cabelos dourados se destacavam junto ao vestido produzindo um efeito extremamente artístico. Dessa vez, ela teve o bom senso de deixar os cabelos em paz; apenas puxou duas grossas mechas e juntou-as atrás da cabeça num coque como o de Hebe.[91]

— Não é a moda, mas é elegante, e eu não quero levar um susto quando me olhar no espelho — ela costumava dizer, quando aconselhada a frisá-lo, avolumá-lo ou trançá-lo, conforme recomendavam as mais novas regras de estilo.

Não tendo ornamentos suficientemente elegantes para a importante ocasião, Amy colocou ramalhetes rosados de azaleias em volta de suas saias felpudas e emoldurou os ombros com delicadas folhas de videiras verdes. Lembrando-se de suas botas pintadas, ela olhou para seus sapatos de cetim branco com uma animação infantil e deslizou pelo quarto admirando seus pés aristocráticos.

---

90. Ilusão é um tecido parecido com o tule, porém mais fino e transparente. (N.T.)
91. Hebe é a deusa grega que representa a juventude, filha legítima de Zeus e Hera; usava os cabelos sempre presos em um coque. (N.T.)

— Meu novo leque combina com minhas flores; minhas luvas se ajustam como num passe de mágica, e a renda manual do *mouchoir*[92] da titia dá um ar de elegância a todo o conjunto. Ah, só me faltam uma boca e um nariz clássicos para completar minha felicidade... — disse ela, olhando-se no espelho com um olhar crítico e uma vela em cada mão.

Apesar dessa aflição, ela parecia incrivelmente alegre e graciosa ao sair. Raramente corria — isso não se adequava ao seu estilo; era muito alta e, por isso, o imponente e junoesco[93] lhe era mais apropriado do que o festivo ou atrevido. Caminhava no salão de um lado para o outro enquanto esperava por Laurie, e, em determinado momento, parou sob o lustre, que causou um belo efeito sobre seus cabelos, mas logo mudou de ideia e foi para o outro lado do salão, como se estivesse envergonhada do desejo infantil de preparar uma primeira visão favorável. Não poderia ter feito coisa melhor, porque Laurie chegou tão silenciosamente que ela não o ouviu; e ela estava em pé, em frente a uma janela distante, com os olhos voltados um pouco para o lado enquanto segurava as saias de seu vestido com uma das mãos; o efeito produzido pela figura elegante e alva contra as cortinas vermelhas era o de uma escultura bem colocada.

— Boa noite, Diana! — disse Laurie, com uma satisfação que Amy gostava de ver naqueles olhos pousados sobre ela.

— Boa noite, Apolo![94] — ela respondeu, sorrindo de volta, pois ele também estava extraordinariamente charmoso, e o pensamento de entrar no salão de baile nos braços de um homem tão bem apresentável fez Amy, do fundo do coração, sentir pena das quatro senhoritas Davis.

— Aqui estão suas flores. Eu mesmo fiz o arranjo; lembrei-me de que você não gostou daquilo que Hannah chama de "buquê pronto" — disse Laurie, entregando-lhe um delicado ramo de flores em um suporte que ela cobiçava havia muito tempo, pois o via diariamente em frente às vitrines de Cardiglia.

— Como você é gentil! — ela exclamou agradecida. — Se eu tivesse certeza de que você viria, teria lhe preparado algo, embora, temo, não tão belo como este arranjo.

— Obrigado. Não é tão belo como eu gostaria que fosse, mas você o tornou melhor — acrescentou, enquanto fechava uma pulseira de prata em seu pulso.

---

92. Um tipo de lenço que, à época, as mulheres carregavam nas mãos quando usavam trajes de festa ou baile. (N.E.)

93. Referente a Juno, esposa de Júpiter na mitologia romana, uma mulher muito alta, simétrica, elegante e bela. (N.T.)

94. Diana e Apolo, na mitologia greco-romana, são irmãos gêmeos. Diana é deusa da caça, da Lua, da Natureza; é a deusa virgem das mulheres e do parto. Apolo é o deus do Sol, da luz, do conhecimento, da música, da dança e dos jovens. (N.T.)

— Por favor, não!

— Achei que você gostasse desses presentes.

— Não vindo de você, não parece natural; eu prefiro usar a velha franqueza.

— Fico feliz com isso — respondeu ele, com um olhar de alívio, e, em seguida, abotoou as luvas de Amy e perguntou se sua gravata estava alinhada, da mesma forma como costumava fazer quando iam juntos às festas em sua cidade.

As pessoas reunidas na longa *salle à manger*[95] naquela noite eram de um tipo que não se vê em nenhum outro lugar, exceto na Europa. Os anfitriões americanos haviam convidado todos os seus conhecidos de Nice e, por não terem nenhum preconceito contra títulos, garantiram a presença de alguns nobres em seu baile de Natal para lhe acrescentar esplendor.

Um príncipe russo aceitou de modo complacente sentar-se durante uma hora em um canto da mesa e conversar com uma senhora enorme, vestida como a mãe de Hamlet, num veludo preto, e com uma rédea de pérolas debaixo do queixo. Um conde polonês que aparentava ter cerca de dezoito anos dedicou-se às senhoras, que o consideraram "gentil e fascinante"; e Sua Sereníssima Qualquer-Coisa da Alemanha, tendo vindo jantar sozinho, caminhava vagamente em torno da mesa buscando o que devorar. O secretário particular do barão Rothschild, um judeu de nariz grande usando botas apertadas, sorria de modo cortês para todos, como se o nome de seu chefe o coroasse com um halo dourado. Um francês corpulento, que conhecia o imperador, veio para saciar sua obsessão por dança, e Lady de Jones, uma matrona britânica, adornava o cenário com sua *pequena* família de oito pessoas. Claro, havia muitas jovens americanas de pés leves e com vozes estridentes, belas inglesas com aparência de natureza-morta e algumas *demoiselles*[96] francesas simples e atrevidas; da mesma forma, estava presente o habitual grupo de jovens cavalheiros viajantes que, alegremente, se divertiam enquanto mães de todas as nações se alinhavam nas paredes, sorrindo para esses jovens sempre que estes dançavam com suas filhas.

Qualquer moça jovem é capaz de imaginar o estado de espírito de Amy naquela noite ao "entrar em cena" apoiando-se no braço de Laurie. Ela sabia que estava bonita, adorava dançar, sentia que, em um salão de baile, seus pés tocavam um solo nativo e adorava o delicioso sentimento de poder que emana quando, pela primeira vez, as meninas percebem o novo e encantador reino em que nasceram para governar em virtude de sua beleza, juventude e condição de mulher.

---

95. Em francês, "sala de jantar". (N.T.)
96. Em francês, "senhoritas", "damas". (N.T.)

Ela realmente sentiu pena das meninas Davis, que eram desajeitadas, comuns e não tinham outro par exceto um sombrio pai e três tias solteiras, que eram ainda mais sombrias; mas curvou-se para cumprimentá-las da maneira mais amigável possível, o que era bom, uma vez que lhes permitia ver seu vestido e arder em curiosidade para saber quem era seu amigo de aparência distinta. Com a primeira explosão da banda, Amy corou, seus olhos começaram a brilhar e seus pés a bater no chão de modo impaciente; ela dançava bem e queria que Laurie soubesse disso. Portanto, é mais fácil imaginar do que descrever seu choque quando ele perguntou em um tom completamente tranquilo:

— Você quer dançar?

— É o que se faz normalmente em um baile.

A expressão de espanto e resposta rápida fizeram Laurie reparar rapidamente o seu erro.

— Eu quis dizer... a primeira dança. Posso ter a honra?

— Posso lhe conceder uma se eu deixar o conde para depois. Ele dança divinamente, mas tenho certeza de que ele me perdoará, já que você é um velho amigo — disse Amy, desejando que o fato de ter citado o nome do conde produzisse um bom efeito, e para mostrar a Laurie que ele não deveria brincar com ela.

— Parece um bom rapaz, embora seja um pouco baixo para conduzir...

Uma filha dos deuses,
divinamente alta e ainda mais divinamente bela[97]

— foi o que ela pôde ouvir com toda a satisfação vindo dos lábios dele, entretanto.

O grupo em que se encontravam era composto de ingleses, e Amy foi obrigada a acompanhar dignamente um cotilhão,[98] sentindo-se capaz de dançar a tarantela com prazer naquele momento. Laurie a entregou para o "bom rapaz" e foi cumprir seu dever para com Flo sem exigir garantias de dançar novamente com Amy; essa repreensível falta de premeditação foi devidamente punida, pois ela logo em seguida manteve-se ocupada até o jantar; no entanto, teria cedido se ele demonstrasse sinais de penitência. Então, ela lhe mostrou seu livro de baile[99]

---

97. Trecho do poema *A dream of fair woman* (Um sonho da bela mulher), de 1833, escrito por Alfred Tennyson (1809-1892): *A daughter of the gods, divinely tall, / And most divinely fair.* (N.T.)

98. Antiga dança de salão, de passos complexos, semelhantes aos da quadrilha, que reunia músicas, folguedos e fantasias. (N.E.)

99. Pequeno livro com duas colunas em suas páginas; na primeira, eram anotadas as danças do evento; e na segunda, o parceiro com quem a moça dançaria. (N.T.)

com um orgulho recatado, e ele, em vez de correr, caminhou até ela para lhe pedir a próxima dança, uma gloriosa polca-redova. Suas desculpas educadas, no entanto, não a convenceram, e, após sair em um galope dançante com o conde, ela viu Laurie sentar-se ao lado de sua tia com uma verdadeira expressão de alívio.

Aquilo era imperdoável, e Amy não lhe deu mais atenção por um longo tempo, exceto por uma palavra, às vezes, quando ia até sua acompanhante entre uma dança e outra para buscar um alfinete necessário ou para descansar. Sua raiva, no entanto, gerou um bom efeito, pois ela a escondeu sob um semblante sorridente e parecia muito feliz e gloriosa. Os olhos de Laurie a seguiram com prazer; ela dançava com muita graça e animação, não saltava de forma brincalhona nem era lenta demais, fazendo com que aquele delicioso passatempo fosse o que realmente deveria ser. Naturalmente, ele passou a observá-la por um novo ponto de vista e, antes mesmo de chegar a madrugada, ele já havia concluído que a "pequena Amy se tornaria uma mulher extremamente encantadora".

A cena era muito animada e, em pouco tempo, o espírito sociável da festa prevaleceu e a alegria do Natal fez com que todos os rostos reluzissem, os corações se alegrassem e os pés se tornassem mais leves. Os músicos tocavam as cordas, os metais e os tambores como se estivessem se divertindo; todos que podiam dançar dançavam e aqueles que não podiam admiravam seus acompanhantes com uma afeição singular. A atmosfera estava cheia de Davis e muitos Jones que cambaleavam como um bando de jovens girafas. O secretário dourado disparava pela sala como um meteoro com uma francesa elegante que atapetava o chão do salão com as saias de seu vestido de cetim rosa. O sereníssimo teutônico encontrou a mesa do jantar e estava feliz, comendo sem parar todos os pratos do cardápio, consternando os garçons pela devastação que cometia. O amigo do imperador cobriu-se de glória, pois dançou tudo, sabendo ou não, e introduziu piruetas improvisadas quando se atrapalhava com a coreografia. Era encantador ver o abandono infantil daquele homem corpulento, que, embora fosse pesado, dançava como uma bola de borracha. Ele corria, voava e se empinava, seu rosto brilhava, sua careca se mostrava, sua casaca balançava descontroladamente, os sapatos brilhavam no ar, e quando a música parou, ele limpou o suor da testa e sorriu para os companheiros como se fosse um Pickwick francês e sem óculos.

Amy e seu polonês distinguiram-se pelo mesmo entusiasmo, porém com mais agilidade e graça. Laurie, por sua vez, viu-se involuntariamente marcando o compasso com a subida e a descida rítmica dos escarpins brancos que, incansáveis, passavam por ele como se tivessem asas. Quando o pequeno Vladimir finalmente a deixou, afirmando-lhe que estava "desolado por precisar ir tão cedo", ela estava pronta para descansar e ver como seu cavaleiro desertor havia suportado sua punição.

Teve o efeito desejado, porque, aos vinte e três anos, os afetos não correspondidos encontram nos amigos um bálsamo, os nervos juvenis se exaltam, o sangue jovem borbulha e os espíritos joviais e saudáveis se elevam quando submetidos aos encantamentos da beleza, da luz, da música e do movimento. Laurie tinha uma expressão animada quando se levantou para oferecer-lhe seu lugar e, quando ele se apressou para lhe trazer o jantar, ela disse a si mesma, com um sorriso satisfeito:

— Ah, eu sabia que isso lhe faria bem!

— Você está parecendo a *Femme peinte par elle-même* de Balzac[100] — disse ele, enquanto a abanava com uma das mãos e, com a outra, segurava sua xícara de café.

— Meu *rouge* não quer sair — disse Amy esfregando seu rosto reluzente e lhe mostrando a luva branca com uma simplicidade tão séria que o fez rir imediatamente.

— Que nome você dá a isso? — ele perguntou, tocando uma das dobras de seu vestido que havia voado até o joelho dele.

— Ilusão.

— É um bom nome. É muito bonito... Uma novidade, não é?

— É tão antigo quanto as colinas. Você já viu isso em dezenas de meninas e, até este momento, nunca soube que era bonito, *stupide*!

— Nunca a vi usando, e isso explica o erro. Compreendeu?

— Nada disso, é proibido. Neste exato momento, prefiro tomar café a receber elogios. Não, não fique perambulando, isso me deixa nervosa.

Laurie sentou-se de modo firme e, num gesto humilde, apanhou o prato vazio dela sentindo um estranho prazer em ser comandado pela "pequena Amy" que, agora, havia perdido sua timidez e sentia um desejo incontrolável de pisoteá-lo, como fazem as meninas de maneira deliciosa quando os senhores da criação demonstram algum sinal de sujeição.

— Onde você aprendeu essas coisas? — ele perguntou com um olhar inquisitivo.

— "Essas coisas" é uma expressão muito vaga, por isso, tenha a gentileza de explicar melhor — respondeu Amy, sabendo perfeitamente bem o que ele queria

---

100. *Femme peinte par elle-même* (Mulher pintada por ela mesma). Trata-se do texto *La Femme comme il faut* (1840), de Honoré de Balzac (1799-1850), publicado em uma coleção de vários autores chamada *Les Français peints par eux-mêmes* (Os franceses pintados por eles mesmos). (N.T.)

dizer; entretanto, ela desejava de um modo meio maldoso que ele descrevesse o indescritível.

— Bem... Essa atmosfera geral, o estilo, o autocontrole, a... ilusão... sabe? — Laurie riu, embora não conseguisse se livrar daquele nó enquanto procurava encontrar as palavras.

Apesar de sentir-se satisfeita, Amy não o demonstrou; apenas respondeu de modo recatado:

— Além de nós mesmos, a vida na Europa nos oferece um verniz. Eu estudo e também me divirto e, quanto a isso... — disse fazendo um pequeno gesto em direção a seu vestido. — Oras, isso é apenas um tule barato; os ramalhetes não custam quase nada, e estou acostumada a aproveitar minhas simples coisinhas ao máximo.

Amy lamentou a última frase, temendo que não fosse de bom-tom. Laurie, no entanto, gostou mais dela por isso, e se pegou admirando e respeitando muito sua paciência e a coragem de quem faz o máximo que consegue com uma oportunidade, com o espírito alegre de quem disfarça a pobreza com flores. Ela não entendia por que ele a olhava de um modo tão gentil, por que ele havia escrito seu nome em todas as páginas de seu livro de baile nem por que dedicou-se a ela pelo resto da noite da maneira mais agradável; contudo, o impulso dessas mudanças resultava de uma das novas impressões que ambos estavam inconscientemente causando e dos efeitos que recebiam.

38. Na estante

A vida das meninas na França é tediosa até se casarem, quando *"Vive la liberté!"* se torna o lema delas. Na América, como todos sabem, as meninas assinam cedo sua declaração de independência e apreciam sua liberdade com um entusiasmo republicano; já as jovens casadas, em geral, com a chegada do primeiro herdeiro ao trono, abdicam de sua liberdade e entram em uma reclusão que se assemelha à de um convento francês, embora não seja nada tranquila. Gostem disso ou não, elas são, na prática, guardadas na estante logo após as emoções do casamento; no entanto, a maioria delas pode exclamar, como fez certo dia uma mulher muito bonita, algo como: "Continuo tão bela quanto antes, porém, agora, ninguém toma conhecimento de mim, porque sou casada!".

Não sendo uma beldade, nem mesmo uma senhora muito elegante, Meg não passou por essa aflição até que seus bebês fizessem um ano de idade porque, em seu pequeno mundo, prevaleciam os costumes primitivos, e ela se via mais admirada e amada do que nunca, pois era uma mulher muito feminina, seu instinto materno era bastante forte e ela estava completamente concentrada em seus filhos, esquecendo-se de tudo e de todos os outros. Dia e noite, Meg os protegia com dedicação e uma devoção incansável, deixando John aos cuidados delicados de uma senhora irlandesa que agora administrava o departamento culinário da casa. Sendo um homem de costumes caseiros, John decididamente perdeu as atenções que ele estava acostumado a receber de sua esposa, mas como adorava seus bebês... Ele havia abandonado o conforto com alegria, por um tempo, supondo, em sua ignorância masculina, que a paz logo seria restaurada. No entanto, três meses já haviam se passado e as rotinas não foram restabelecidas. Meg parecia cansada e irritada, os bebês tomavam todos os minutos de seu dia, os cuidados com a casa foram negligenciados, e Kitty, a cozinheira, que levava a vida de forma tranquila, mantinha John sob um regime insuficiente de alimentos. Quando saía pela manhã, ele ficava desnorteado com as pequenas encomendas para a mãe cativa; à noite, quando voltava, ansioso para abraçar sua família, era recebido com um "Silêncio! Eles acabaram de dormir depois de dar trabalho o dia inteiro!". Quando propunha alguma diversão em casa, ouvia um "Não, isso perturbaria os bebês!". Se ele insinuasse uma palestra ou um concerto, recebia um olhar de repreensão e um decidido "Trocar meus filhos por prazer? Nunca!". Seu sono era interrompido pelo choro dos bebês e por visões de uma figura fantasmagórica que, durante as vigílias noturnas, caminhava de lá para cá sem fazer barulho. Suas refeições eram permeadas pela fuga constante da potestade chefe, que o abandonava imediatamente sem terminar de servi-lo sempre que ouvia um choro abafado vindo do ninho no andar de cima. E, quando lia seu jornal à noite, as cólicas de Demi entravam nas notícias sobre navegação e transporte e a queda de Daisy afetava o preço das ações, pois à senhora Brooke interessavam apenas as notícias domésticas.

O pobre homem sentia-se muito desconfortável, pois as crianças o tinham despojado de sua esposa, sua casa havia se transformado em um berçário e os constantes "Silêncio!" o faziam se sentir um intruso brutal sempre que ele entrava nos sagrados recintos da *Babyland*. Ele suportou essa situação com muita paciência durante seis meses e, quando percebeu que não havia nenhum sinal de mudança, fez o que outros pais exilados fazem... buscou um pouco de conforto em outro lugar. Scott havia se casado e morava não muito longe dali. John acostumou-se a visitá-lo por uma ou duas horas à noite, nos momentos em que a sala de sua própria casa estava vazia e quando sua esposa começava a entoar canções de ninar que pareciam não ter fim. A senhora Scott era uma garota animada e bonita, que não tinha nada para fazer além de ser agradável, e ela cumpria sua missão com muito êxito. A sala de estar vivia iluminada e atrativa, o tabuleiro de xadrez estava sempre pronto, o piano, sempre afinado, havia constantemente uma abundância de fofocas bem-humoradas e um belo jantar que era servido com pratos tentadores.

John teria preferido o seu próprio canto da lareira se não estivesse tão solitário; porém, naquelas condições, aceitava com gratidão essa alternativa e gostava da companhia de seu amigo e vizinho.

No início, Meg aprovou esse novo ajuste e ficou aliviada por saber que John se divertia em vez de cochilar sozinho na sala de estar, ou vagar pela casa e acordar as crianças. Aos poucos, entretanto, quando a preocupação com a dentição já havia passado e as divindades começaram a dormir em horários adequados, deixando a mamãe descansar, ela começou a sentir falta de John; descobriu, então, que sua cesta de costura era uma companhia maçante quando ele não estava sentado em frente vestindo seu velho roupão e, confortavelmente, aquecendo seus chinelos na grade da lareira. Meg não queria exigir que ele ficasse em casa, mas sentia-se magoada porque John não percebia, a não ser que isso lhe fosse dito, que ela precisava dele; e ela ignorava completamente as muitas noites que, em vão, ele havia esperado por ela. Por causa das atenções e das preocupações com os bebês, ela vivia nervosa, exausta e num estado de espírito irracional que mesmo as melhores mães costumam passar quando se veem aflitas por causa dos cuidados domésticos. A falta de outras atividades lhes rouba a alegria, e muita devoção ao bule de chá, esse símbolo das mulheres americanas, faz com que elas se sintam como se só tivessem nervos e nenhum músculo.

— Sim — ela dizia, olhando no espelho —, estou ficando velha e feia. John não me acha mais interessante; então, ele deixa sua desbotada esposa e vai ver a bela vizinha, que não tem deveres a cumprir. Bem, os bebês me amam, eles não se importam se estou magra, pálida e não tenho tempo para frisar meu cabelo... Eles são o meu conforto, e algum dia John vai compreender o que, de bom grado, sacrifiquei por eles, não é verdade, minhas preciosidades?

A esses apelos emotivos, Daisy costumava responder com um arrulho e Demi com um gritinho; em seguida, Meg trocava suas lamentações por uma folia maternal, que, naquele instante, abrandava a sua solidão. As mágoas, contudo, aumentavam conforme John passava a concentrar-se na política e continuava indo até a casa de Scott para discutir pontos interessantes, ignorando completamente que Meg sentia sua falta. No entanto, ela não dizia nem uma palavra. Um dia, porém, sua mãe a encontrou em lágrimas e insistiu em saber qual era o problema, pois percebia que o ânimo da filha piorava cada vez mais.

— Eu não diria a ninguém, exceto a você, mamãe. Eu realmente preciso de conselhos, pois, se John continuar assim por muito mais tempo, vão achar que sou uma viúva — respondeu a senhora Brooke, secando as lágrimas no babador de Daisy com um ar de vítima.

— Continuar como, minha querida? — perguntou ansiosamente a mãe.

— Ele fica fora o dia todo e, à noite, quando quero vê-lo, ele está sempre na casa dos Scotts. Não é justo que eu tenha todo o trabalho pesado e nunca nenhuma diversão. Os homens, mesmo os melhores, são muito egoístas.

— As mulheres também. Não culpe John antes de verificar se você também não está errada.

— Mas não é certo que ele me negligencie.

— Você também não o negligencia?

— Oras, mamãe, achei que você ficaria do meu lado!

— É o que faço, me solidarizo com você; a culpa, entretanto, talvez seja sua, Meg.

— Não vejo como.

— Vejamos. Será que John a negligenciou, como você diz, alguma vez quando, à noite, que é o único tempo livre dele, você fazia questão de oferecer sua companhia?

— Não, mas eu não posso mais fazer isso com dois bebês para cuidar.

— Eu acho que você poderia, querida, e eu acho que você deveria. Se eu falar com maior liberdade, você se lembrará que a mãe que culpa é a mesma mãe que se solidariza?

— Sim, eu me lembrarei! Fale comigo como se eu fosse novamente a pequena Meg. Muitas vezes, sinto como se, mais do que nunca, precisasse de ensinamentos, já que os bebês dependem totalmente de mim.

Meg colocou sua cadeira mais baixa ao lado da mãe e, com uma pequena *interrupção* em cada colo, as duas mulheres começaram a balançar e a conversar de modo afetuoso, sentindo que o laço da maternidade as unia mais ainda.

— Você acabou de cometer o erro que a maioria das jovens esposas comete; esqueceu-se de seu dever para com o seu marido em função de seu amor pelos filhos. Um erro muito natural e perdoável, Meg. E é melhor que seja sanado antes que tome outros caminhos; as crianças devem aproximá-los mais, não os separar, como se elas fossem somente suas e John não precisasse fazer nada senão sustentá-las. Observei isso durante algumas semanas e não comentei nada, pois acreditava que, na hora certa, tudo se ajeitaria.

— Temo que não se ajeitará. Se eu pedir que fique, ele vai pensar que estou com ciúmes, e eu não o insultaria com essa ideia. Ele não consegue perceber que eu o quero, e eu não sei como lhe dizer isso sem palavras.

— Torne tudo mais agradável para que ele não queira sair. Minha querida, ele sente falta do lar; porém, sem a sua presença, esta casa não é um lar, e você está sempre no quarto dos bebês.

— E não é meu dever ficar no quarto dos bebês?

— Não o tempo todo. Muito confinamento a deixa nervosa e indisposta para tudo. Além disso, você deve algo tanto a John quanto aos bebês. Não negligencie seu marido em prol dos filhos, não o afaste do quarto dos bebês, ensine-o a ajudar com os cuidados. O lugar dele é lá, assim como o seu, e, além disso, as crianças precisam dele. Faça-o sentir que é parte de tudo, e ele a ajudará de modo fiel e de bom grado; isso será melhor para todos vocês.

— Você realmente acha que dará certo, mamãe?

— Eu sei que dará certo, Meg, pois já passei por isso, e raramente dou conselhos, exceto quando sei, pela prática, que funcionam. Quando você e Jo eram pequenas, eu me comportei do mesmo modo, achando que não estaria fazendo meu dever se não me dedicasse integralmente a vocês. Pobre papai... Depois de ver rejeitadas todas as suas ofertas de ajuda, mergulhou em seus livros e deixou-me sozinha com meus experimentos. Esforcei-me da melhor forma possível, Meg, no entanto, percebi que era demais para mim. Eu quase a mimei com minha tolerância. Você estava mal, e eu me preocupei tanto que fiquei eu mesma também doente. Então, papai veio e nos resgatou, calmamente resolveu tudo e fez-se tão útil que percebi meu erro; nunca mais consegui fazer as coisas sem ele. Este é o segredo da nossa felicidade doméstica. Ele não deixa que os negócios o afastem dos pequenos afazeres e deveres que afetam a todos nós, e eu tento não deixar que as preocupações domésticas destruam meu interesse em suas atividades. Cada um de nós, em muitas coisas, faz sua própria parte em casa, porém, trabalhamos sempre juntos.

— É assim mesmo, mamãe, e meu grande desejo é ser para o meu marido e para as crianças o que você tem sido para o seu marido e suas filhas. Mostre-me como; eu vou fazer qualquer coisa que disser.

— Você sempre foi minha filha mais dócil. Bem, querida, se eu fosse você, eu deixaria John se envolver mais com a criação de Demi, que precisará de ensinamentos do pai; e nunca é cedo demais para começar. Então, eu faria o que já propus muitas vezes, deixe Hannah vir ajudá-la. Ela é uma enfermeira excelente, e você poderá confiar seus preciosos bebês a ela e se dedicar mais aos seus trabalhos domésticos. Você precisa de outras atividades, e Hannah pode cuidar do resto, e assim John terá sua esposa de volta. Saia mais, mantenha-se alegre e ocupada, pois você é o sol da família e, se você começar se tornar sombria, não haverá mais tempo bom. Em seguida, tente se interessar por tudo de que John gosta... Converse com ele, faça-o ler para você, troque ideias e, dessa forma, um poderá ajudar o outro. Não se feche para o mundo por ser uma mulher, mas entenda o que está acontecendo e se eduque para cumprir seu papel no mundo; tudo isso afetará a você e aos seus entes queridos.

— John é tão sensato... Eu tenho medo de que ele me ache estúpida se eu fizer perguntas sobre política e coisas do tipo.

— Não acredito nisso. O amor cobre uma infinidade de pecados; e a quem você poderia perguntar com maior liberdade do que a ele? Tente, e veja se ele prefere a sua companhia, por ser muito mais agradável, do que os jantares da senhora Scott.

— Eu vou tentar. Pobre John! Sinto muito por tê-lo negligenciado... Infelizmente eu achei que estivesse certa, e ele nunca disse nada.

— Eu imagino que ele tenha tentado não ser egoísta e deve ter se sentido um pouco desamparado. Este, Meg, é exatamente o momento em que os jovens casados tendem a se separar e exatamente o momento em que deveriam estar mais juntos, porque as primeiras afeições logo desaparecem, a menos que se tome cuidado para preservá-las. Nenhum período é tão bonito e mais precioso para os pais como os primeiros anos das pequenas vidas que lhes são dadas para que as eduquem e ensinem. Não deixe John se tornar um estranho para os bebês, porque isso pode acontecer, e tente mantê-lo seguro e feliz neste mundo de provações e tentações, mais do que qualquer outra coisa; e por intermédio das crianças vocês aprenderão a se conhecer e se amar como realmente deveriam. Agora, querida, eu tenho que ir. Pense neste sermão da mamãe, aja de acordo com o que eu disse caso lhe pareça bom, e que Deus abençoe a todos vocês.

Meg refletiu, considerou bons os conselhos e então tomou uma atitude, embora a primeira tentativa não tenha ocorrido exatamente como planejava. Não há dúvidas de que as crianças a tiranizavam, e elas passaram a mandar na casa assim que descobriram que chutar e gritar lhes traziam tudo o que queriam. Mamãe era uma escrava abjeta de seus caprichos, já papai não era tão facilmente subjugado e, ocasionalmente, afligia sua amável cônjuge, tentando aplicar disciplinas paternas a seu filho indisciplinado. Demi herdou um pouco do caráter decidido de seu pai, não chamaremos essa característica de teimosia, e quando ele resolvia obter ou fazer alguma coisa, nem mesmo todos os cavalos e homens do rei eram capazes de fazê-lo mudar de ideia. Mamãe achava que seus queridinhos eram jovens demais para que fossem ensinados a conquistar suas animosidades; papai, por outro lado, acreditava que nunca era cedo demais para se ensinar obediência. O senhor Demi logo descobriu que sempre que resolvia lutar com o papai ele saía perdendo; no entanto, como os ingleses, o bebê respeitava o homem que o havia conquistado e amava o pai cujo sério "Não, não!" era mais impressionante do que todos os tapinhas amorosos da mamãe.

Poucos dias após a conversa com sua mãe, Meg resolveu preparar uma noite aprazível para John; ela encomendou um jantar agradável, arrumou a mesa da sala de estar, vestiu-se lindamente e colocou as crianças para dormir cedo para que nada interferisse. Contudo, infelizmente, a animosidade incontrolável de Demi o fazia se opor a ir para a cama, e, naquela noite, ele resolveu criar um alvoroço. Então, a pobre Meg cantou e balançou-o, contou histórias e tentou todos os truques que conhecia para fazê-lo adormecer; tudo em vão. Os grandes olhos não se fechavam e, muito tempo depois de Daisy já ter ido dormir — era uma coisinha gorducha e fofa —, o impertinente Demi ainda estava olhando para a luminária com o semblante extremamente desanimador de quem está muito bem acordado.

— Será que o Demi vai deitar-se como um bom menino enquanto a mamãe desce para servir o chá do papai? — perguntou Meg, fechando suavemente a porta do corredor e, na ponta dos pés, se dirigindo para a sala de jantar.

— *Quéio* chá! — disse Demi, preparando-se para participar da folia.

— Não; mas eu guardarei algumas bolachinhas para o seu café da manhã se você nanar como a Daisy. Está bem, meu amor?

— Sim! — E Demi apertou os olhos, fechando-os como se fosse adormecer rapidamente e fazer de imediato chegar o dia seguinte.

Aproveitando aquele bom momento, Meg escapou e desceu correndo para cumprimentar o marido com um sorriso e o pequeno laço azul em seu cabelo, que ele tanto admirava. Ele viu aquilo tudo e disse de um modo surpreso e satisfeito:

— Nossa, mamãezinha, como estamos felizes esta noite... Você espera visitas?

— Só você, querido.

— Estamos comemorando um aniversário ou alguma data especial?

— Não, eu apenas cansei de andar desleixada, então, me arrumei e lhe preparei esta surpresa. Não importa o quão cansada eu esteja, você sempre se arruma bem para jantar, por isso achei que deveria fazer o mesmo, já que tenho tempo.

— Faço isso por respeito a você, minha querida — disse o antiquado John.

— Eu também, eu também, senhor Brooke — riu Meg, parecendo jovem e bonita novamente enquanto acenava com a cabeça para ele sobre o bule.

— Bem, está tudo lindo, como nos velhos tempos. Isto está uma delícia. Eu brindo à sua saúde, querida! — E John bebeu seu chá com um ar de arrebatamento e serenidade que, aliás, durou muito pouco tempo; assim que ele baixou a xícara, a maçaneta da porta girou misteriosamente e ouviu-se uma vozinha que dizia de modo impaciente:

— *Abi* a porta. *Tô* com fome!

— É aquele menino travesso. Eu disse a ele para ir dormir sozinho, e aqui está ele! Desceu sozinho, e pode se resfriar profundamente usando esses paninhos finos — disse Meg, atendendo ao chamado.

— Já é de manhã — anunciou Demi num tom alegre ao entrar, segurando sua camisola longa graciosamente sobre o bracinho. Seus cachinhos balançavam alegremente enquanto ele se apoiava na mesa, lançando olhares de amor aos bolinhos.

— Não, ainda não é de manhã. Você deve ir para a cama e não incomodar a pobre mamãe. Se for, você ganhará o bolinho com açúcar.

— Amo o papai — disse o astuto, preparando-se para escalar o joelho paterno e deleitar-se com alegrias proibidas.

Então, John balançou a cabeça e disse para Meg:

— Se você falou que ele deveria ficar lá em cima e dormir sozinho, obrigue-o a fazer isso, ou ele nunca vai aprender a obedecê-la.

— Sim, é verdade. Venha, Demi! — E Meg levou o filho sentindo um forte desejo de dar uns tapas no pequeno estraga-prazeres que pulava a seu lado, imaginando que ganharia sua pequena recompensa assim que chegassem ao quarto dos bebês.

Ele não ficou desapontado, pois aquela mulher fácil de enganar realmente lhe deu um torrão de açúcar, enfiou-o na cama e o proibiu de se levantar até amanhecer.

— Sim! — disse Demi, o mentiroso, alegremente, sugando seu açúcar e julgando sua primeira tentativa como eminentemente bem-sucedida.

Meg voltou para o seu lugar, e o jantar continuava de modo agradável quando o pequeno fantasma voltou e expôs as delinquências maternas ao exigir corajosamente:

— Mais açúcar, mamãe.

— Ah, isso não vai dar certo! — disse John, endurecendo seu coração contra o insinuante pequeno pecador. — Nunca teremos paz até que essa criança aprenda a ir para a cama de forma apropriada. Você já se fez de escrava por tempo demais. Dê-lhe uma lição, e então isso acabará. Coloque-o na cama e deixe-o lá, Meg.

— Ele não vai ficará lá. Ele nunca fica a menos que eu me sente a seu lado.

— Vou dar um jeito nele. Demi, faça o que a mamãe mandou! Vá lá para cima e se deite na cama.

— Não! — respondeu o jovem rebelde, indo sozinho até o cobiçado bolo e começando a comê-lo tranquilamente de um modo audacioso.

— Nunca diga isso ao papai. Terei que obrigá-lo a ir se não for sozinho.

— Vai embora. Não amo o papai — disse Demi enquanto corria para as saias da mãe em busca de proteção.

Nem mesmo esse refúgio se mostrou útil, pois ele foi entregue ao inimigo com um "Seja gentil com ele, John!", que o fez se sentir culpado e muito consternado, pois, se a mamãe o havia abandonado, é porque já era o dia do julgamento final. Privado de seu bolo, retirado de suas brincadeiras e levado por uma mão forte para aquela cama abominável, o pobre Demi não conseguia conter sua ira; então, desafiou abertamente o papai, sendo levado para cima, dando chutes e berros. No minuto em que foi colocado na cama de um lado, ele rolou para o outro e correu em direção à porta; mas foi vergonhosamente apanhado pela cauda de sua pequena toga e colocado de volta na cama. Uma luta animada foi mantida até que se esgotaram as forças do jovenzinho, momento em que ele soltou o seu mais alto rugido. Esse exercício vocal costumava vencer as forças de Meg. John, no entanto, sentou-se tão impassível como um poste, que, popularmente, se diz ser surdo. Sem nenhum tipo de adulação, sem açúcar, sem canção de ninar, sem história, até mesmo a luz foi apagada, e apenas o brilho avermelhado do fogo animava a "grande escuridão" que Demi começou a apreciar com curiosidade, não com medo. Essa nova ordem das coisas o desagradou, e ele uivou tristemente, chamando pela mamãe, enquanto sua ira diminuía e as lembranças de sua amorosa escrava voltavam àquele pequeno ditador cativo.

O lamento melancólico que substituiu o rugido apaixonado invadiu o coração de Meg, que correu para cima dizendo em tom de súplica:

— Deixe-me ficar com ele. Ele vai se comportar agora, John.

— Não, minha querida. Eu lhe disse que ele deve ir dormir, como você mandou, e é isso que ele fará, mesmo que eu tenha de passar a noite aqui.

— Ele vai chorar até ficar doente — implorou Meg, censurando-se por ter abandonado o filho.

— Não, ele não vai. Ele está tão cansado que, em breve, cairá no sono, e, em seguida, o assunto estará resolvido, pois ele vai entender que precisa obedecer. Não interfira, eu darei um jeito nele.

— Ele é meu filho, e eu não aceito que seja subjugado pela força.

— Ele é meu filho, e eu não aceito que seu temperamento seja estragado pela complacência. Vá para baixo, minha querida, e deixe o menino comigo.

Quando John falava nesse tom magistral, Meg sempre o obedecia, e nunca havia lamentado sua docilidade.

— Por favor, deixe-me beijá-lo uma vez, John?

— Claro. Demi, dê boa-noite para a mamãe e deixe-a ir descansar, porque ela está muito cansada por ter cuidado de você o dia todo.

Meg percebeu que a vitória havia ocorrido por causa daquele beijo, porque, depois dele, Demi passou a soluçar de modo mais calmo e manteve-se quieto na parte inferior da cama, onde havia chegado ao se contorcer em sua angústia mental.

"Pobre homenzinho, está exausto de tanto sono e choro... Vou cobri-lo e depois vou tranquilizar o coração de Meg", pensou John, rastejando até a cabeceira, na esperança de encontrar dormindo o seu herdeiro rebelde.

Ele não estava dormindo, e, no momento em que o pai o espiou, os olhos de Demi se abriram, seu pequeno queixo começou a tremer e ele levantou os braços dizendo com um soluço penitente:

— Sou bonzinho agora.

Sentada na escadaria, Meg ficou surpresa com o longo silêncio que se seguiu ao alvoroço e, depois de imaginar todos os tipos de acidentes impossíveis, ela entrou escondido no quarto para se acalmar. Demi dormia um sono profundo não em sua posição esparramada de sempre, mas encolhido, agarrado ao braço do pai e segurando seu dedo como se tivesse compreendido que a justiça precisa ser temperada pela misericórdia; apesar de ter ido dormir mais triste, agora ele era um menino mais sábio. Com o dedo preso à mão do filho, John esperou com muita paciência até que a mãozinha relaxasse mais e, enquanto esperava, adormeceu mais cansado com aquela peleja do que com o trabalho de um dia inteiro.

Meg sorriu para si mesma ao observar os dois deitados no travesseiro e, então, deixou-os, dizendo num tom satisfeito:

— Não preciso temer que John seja muito duro com meus bebês. Ele sabe lidar com eles e poderá me ajudar bastante. Demi está se tornando demais para mim.

Quando, por fim, John desceu, esperando encontrar uma esposa preocupada ou repreensiva, se surpreendeu com satisfação ao encontrar Meg tranquila, tecendo uma touca e lhe pedindo para ler algo sobre as eleições, se ele não estivesse muito cansado. Nesse instante, John percebeu que algum tipo de revolução estava em andamento e, sabiamente, não fez perguntas, lembrando-se de que Meg era uma pessoa tão transparente que mal conseguiria guardar um segredo, mesmo que disso dependesse sua vida; portanto, ela logo deixaria alguma pista. Com uma disposição extremamente amável, ele leu um longo debate e, em seguida, explicou-o de maneira muito clara, enquanto Meg tentava parecer profundamente interessada, fazia perguntas inteligentes e não deixava que seus pensamentos vagassem entre a situação da nação e a situação de seu tricô. Lá no fundo, no entanto, ela sentiu que a política era algo tão ruim quanto a matemática e que os políticos não tinham outro objetivo senão se insultar uns aos outros; porém, guardou essas ideias femininas para si mesma e, quando John fez uma pausa, balançou a cabeça e disse de um modo que ela imaginava ser uma ambiguidade diplomática:

— Bem, eu realmente não sei onde vamos parar.

John riu e a contemplou por um instante enquanto ela posicionava em sua mão um belo arranjo de rendas e flores, observando-o com um interesse genuíno que seu discurso não havia conseguido despertar.

"Ela está tentando se interessar por política por minha causa; então, para ser justo, tentarei me interessar pela confecção de chapéus por causa dela", pensou John, o justo, acrescentando em voz alta:

— Está muito bonito. É aquilo que você chama de touca *boudoir* para ser usada em casa?

— Meu amor, isto é uma boina! Minha melhor boina para ir a concertos e ao teatro.

— Peço perdão... É tão pequena que, naturalmente, a confundi com uma das coisas esvoaçantes que você usa de vez em quando. Como você a mantém presa?

— Essas rendas são presas sob o queixo com um botão de rosa, assim... — Meg fez uma demonstração vestindo a boina e a observando com um irresistível ar de tranquila satisfação.

— A despeito de ser uma boina adorável, eu prefiro o rosto que está emoldurado por ela, pois me parece estar novamente jovem e feliz! — John beijou aquele rosto sorridente e nem se importou com o botão de rosa sob o queixo.

— Estou feliz que você tenha gostado, pois eu quero que, uma noite dessas, você me leve a um dos novos concertos. Eu realmente preciso de um pouco de música para recuperar a minha harmonia. Você me levaria?

— Claro que sim, com todo o meu coração, ao concerto ou a qualquer outro lugar que queira ir. Você ficou enclausurada por tanto tempo que isso lhe fará um bem infindável, e, além de tudo, eu vou adorar. Por que essa mudança repentina, mamãezinha?

— Bem, eu tive uma conversa com mamãe outro dia, contei-lhe que me sentia muito zangada e mal-humorada, e ela disse que eu precisava de uma mudança e de menos preocupações; então, Hannah virá me ajudar com as crianças, e eu poderei dar mais atenção às coisas da casa e, de vez em quando, me divertir um pouco, para que eu não me torne uma mulher neurótica e exaurida antes do tempo. É apenas um experimento, John, e quero tentar pô-lo em prática tanto por você quanto por mim, porque eu o tenho negligenciado de modo vergonhoso nos últimos tempos. Quero que nossa casa volte a ser o que era. Você não se opõe a isso, certo?

Não importa o que John tenha respondido nem o modo como a boina tenha escapado da destruição completa. Tudo de que precisamos saber é que John não parecia se opor, a julgar pelas mudanças que foram ocorrendo aos poucos na casa e aos seus moradores. Não se transformou em nenhum paraíso, mas todos estavam melhores com o novo sistema de divisão de trabalho. A liderança paterna havia feito bem às crianças, pois John, sempre correto e firme, trouxe ordem e obediência à *Babyland*, enquanto Meg recuperava seu ânimo e recompunha seus nervos com alguns exercícios saudáveis, um pouco de prazer e muitas conversas particulares com seu sensato marido. A casa voltava a ser um lar, e John já não queria mais deixá-la, a menos que Meg o acompanhasse. Agora, eram os Scotts que visitavam os Brookes, e todos achavam que a pequena casa era um lugar alegre, cheio de felicidade, contentamento e amor familiar. Até mesmo Sallie Moffat passou a gostar de frequentar a casa. "É sempre tão silencioso e agradável aqui... Sinto-me muito bem, Meg", ela costumava dizer, apreciando o entorno com um olhar introspectivo, como se tentasse descobrir qual era o encantamento para que pudesse usá-lo em sua mansão, repleta de uma suntuosa solidão, pois não havia bebês desordeiros e radiantes por lá. Ned, além do mais, vivia em seu próprio mundo, onde não havia lugar para ela.

A felicidade doméstica não havia surgido de forma repentina. John e Meg precisaram encontrar juntos o segredo para isso, e cada ano da vida de casados lhes ensinava como usar essa fórmula, desvencilhando os mistérios do verdadeiro amor doméstico e da ajuda mútua, que até mesmo os mais pobres podem possuir e os mais ricos não podem comprar. Nesse tipo de prateleira, as jovens esposas e mães podem aceitar ser colocadas de bom grado, seguras contra as aflições e os delírios perpétuos do mundo, encontrando um amor leal nos filhos e nas filhas que se agarram a elas, sem temer a tristeza, a pobreza ou a idade, andando lado a lado, em dias ensolarados ou tempestuosos, com um amigo fiel, que é, na verdadeira acepção da velha palavra anglo-saxã *husband*,[101] o morador e cultivador da casa e, por fim, aprendendo — como Meg aprendeu — que o reino mais feliz de uma mulher está em casa e que sua maior honra está na arte de governá-la não como uma rainha, mas como esposa e uma mãe sábia.

---

101. *House-band*, em inglês antigo, significava "o senhor da casa"; origina-se do antigo nórdico *húsbondí*, junção das palavras *hús* (casa) e *bondí* (morador, cultivador). (N.T.)

39. Laurence, o preguiçoso

Laurie foi para Nice com a intenção de ficar uma semana; no entanto, ficou um mês. Ele estava cansado de vagar sozinho, e a presença familiar de Amy parecia oferecer um charme caseiro aos cenários estrangeiros dos quais ela participava. Ele sentia bastante falta dos mimos que costumava receber, e gostou de tê-los de volta; nenhuma atenção dada por estranhos, por mais lisonjeira que fosse, era tão agradável quanto a adoração fraternal das meninas. Amy nunca o mimou como as outras, porém estava muito feliz em vê-lo agora, e muito agarrada a ele; sentia que Laurie era o representante da amada família que lhe dava mais saudade do que ela seria capaz de confessar. Eles, naturalmente, se confortavam com a companhia um do outro e estavam sempre juntos, cavalgando, caminhando, dançando ou não fazendo nada; em Nice, não é possível ser muito ativo durante sua temporada mais alegre. Contudo, enquanto aparentemente eles se divertiam de uma forma despreocupada, estavam fazendo descobertas inconscientemente e formando opiniões um a respeito do outro. Amy se tornava cada dia mais estimada por seu amigo; ele, por outro lado, se tornava um pouco menos admirado por ela; ambos perceberam isso mesmo sem que nenhuma palavra fosse dita. Amy tentou agradar, e conseguiu, pois sentia-se grata em virtude dos muitos divertimentos promovidos por ele, e retribuiu-lhe com pequenos favores que as grandes mulheres sabem prestar com charme indescritível. Laurie não fez nenhum tipo de esforço, apenas deixou-se levar do modo mais confortável possível, tentando esquecer-se do passado e sentindo que, por ter sido tratado de modo insensível por uma mulher, todas as outras lhe deviam palavras gentis. Não lhe custava nada ser generoso, e ele teria dado a Amy todas as bugigangas que haviam em Nice se ela as aceitasse; ao mesmo tempo, ele sentia que não conseguiria mais mudar a opinião que ela estava formando a seu respeito e sentia medo daqueles olhos azuis penetrantes que pareciam observá-lo com uma surpresa que beirava a tristeza e o desdém.

— Todos foram passar o dia em Mônaco. Preferi ficar em casa para escrever cartas. Já acabei, agora; e estou indo à Valrosa[102] fazer esboços. Quer vir comigo? — disse Amy, ao encontrar Laurie num dia encantador em que ele chegou cheio de preguiça, como de costume, por volta do meio-dia.

— Vamos, sim. Mas será que não está muito quente para uma caminhada tão longa? — ele respondeu lentamente, já que as sombras do salão lhe pareciam muito convidativas em comparação ao intenso calor que fazia na rua.

---

102. Valrosa é um bairro de Nice, na França. (N.T.)

— Vou pedir a carruagem. Baptiste poderá conduzi-la, assim você não precisará fazer nada além de segurar a sua sombrinha e cuidar para que suas luvas se mantenham limpas — disse Amy, lançando um olhar sarcástico para as pelicas imaculadas, um ponto fraco de Laurie.

— Então, irei com prazer. — E ele estendeu a mão para pegar o caderno de esboços. Entretanto, ela o enfiou debaixo do braço e disse:

— Não se incomode. Para mim, não é nenhum esforço. Você, por outro lado, não parece apto para esse trabalho.

Laurie levantou as sobrancelhas e a seguiu em um ritmo vagaroso enquanto ela descia as escadas apressadamente; quando entraram na carruagem, ele tomou as rédeas para si, deixando o pequeno Baptiste sem nada para fazer exceto cruzar os braços e adormecer em seu assento.

Os dois nunca brigavam. Amy havia sido muito bem-educada, e, naquele momento, Laurie estava excessivamente preguiçoso para discutir; então, por um instante, ele apenas espiou por debaixo da aba do chapéu dela com um ar inquisitivo. Ela lhe respondeu com um sorriso, e eles seguiram juntos de maneira muito amigável.

Foi uma linda viagem por estradas sinuosas, repletas de cenários pictóricos que encantavam os olhos amantes da beleza. Aqui, um antigo mosteiro, de onde chegava até eles o canto solene dos monges. Ali, um pastor com calças curtas, tamancos de madeira, um chapéu pontiagudo e uma jaqueta grossa sobre um dos ombros, que se sentava em uma pedra fumando seu cachimbo enquanto suas cabras saltavam entre as rochas ou deitavam-se próximo a seus pés. Passaram alguns mansos burros marrons, carregando no lombo cestos com capim recém-cortado, e eles viram também uma bela menina usando uma capelina[103] sentada entre as pilhas verdejantes e avistaram uma velha senhora fiando em uma roca. Crianças morenas de olhos doces corriam de seus exóticos casebres de pedra para lhes oferecer ramos de flores ou laranjas ainda penduradas no galho. As colinas encontravam-se cobertas pela folhagem escura de oliveiras retorcidas; nos pomares, os frutos pendiam dourados; e grandes anêmonas escarlates margeavam a estrada, enquanto, além das encostas verdes e das montanhas escarpadas, os Alpes Marítimos erguiam-se pontiagudos e brancos contra o azul do céu italiano.

Valrosa merecia esse nome, pois, com seu clima de verão perpétuo, as rosas floresciam em todos os lugares. Elas pendiam das arcadas, empunham-se entre as grades dos grandes portões fazendo uma doce recepção aos transeuntes e se alinhavam pela avenida, serpenteando-se entre limoeiros e palmeiras

---

103. Um tipo de chapéu feminino de abas bem largas e bastante flexíveis. (N.E.)

plumadas até a entrada da vila, no alto da colina. Em todo canto com sombras, onde os assentos eram convidativos para quem quisesse parar e descansar, havia uma explosão de flores; as grutas frescas tinham sua ninfa de mármore sorrindo de um véu florido, e as fontes refletiam rosas carmesim, brancas ou cor de creme que se debruçavam, sorrindo para a própria beleza. As rosas cobriam as paredes da casa, drapejavam as cornijas, subiam os pilares e corriam de forma selvagem sobre a balaustrada do amplo terraço, de onde se via o ensolarado Mediterrâneo e a cidade de paredes brancas em sua costa.

— Este é um paraíso para uma lua de mel, não é? Você já tinha visto rosas tão lindas? — perguntou Amy, parando no terraço para apreciar a vista e sentir o suntuoso perfume que vagava por ela.

— Não, também nunca havia sentido espinhos iguais — respondeu Laurie, com o polegar na boca, após a vã tentativa de colher uma flor escarlate solitária que crescia um pouco além de seu alcance.

— Tente se abaixar e escolha aquelas que não têm espinhos — disse Amy, colhendo três das minúsculas rosas cor de creme que cobriam a parede atrás dela.

Ela as colocou na lapela dele como uma oferta de paz e, por um instante, ele as mirou com uma expressão curiosa, porque em seu lado italiano havia um toque de superstição, e, naquele exato momento, ele se encontrava num estado de melancolia entre a doçura e a amargura em que os jovens imaginativos encontram significados nas coisas mais insignificantes e, em todos os lugares, combustível para alimentar o seu romantismo. Ele pensou em Jo quando estendeu a mão para pegar a rosa vermelha cheia de espinhos, pois as flores de cores vivas eram ela, que costumava usar flores do mesmo tipo, colhidas na estufa de sua casa. As rosas pálidas que Amy lhe deu eram aquelas flores que os italianos costumam colocar nas mãos dos mortos, nunca em guirlandas nupciais; e, por um momento, ele se perguntou se o presságio era para Jo ou para ele próprio; porém, no instante seguinte, seu senso racional americano levou a melhor sobre o sentimentalismo e ele gargalhou forte, rindo de um modo que Amy ainda não havia presenciado nele desde que se encontraram na França.

— É um bom conselho, é melhor você aceitá-lo e salvar os dedos — ela disse, imaginando que seu discurso o divertia.

— Obrigado, eu aceito — respondeu ele em tom de brincadeira, o que alguns meses depois falaria de modo sério.

— Laurie, quando você vai ver o seu avô? — ela perguntou pouco depois, ao se sentar em um banco rústico.

— Muito em breve.

— Você já disse isso uma dúzia de vezes nas últimas três semanas.

— Ouso dizer que respostas curtas nos poupam de problemas.

— Ele está a sua espera, e você realmente deveria ir.

— Ah, criatura hospitaleira! Eu sei disso.

— Então, por que não vai?

— Depravação natural,[104] suponho.

— Indolência natural, você quer dizer. Você é realmente terrível! — Amy ficou séria.

— Não é tão ruim quanto parece, pois sei que, se fosse, eu só o atormentaria; então, prefiro ficar e atormentá-la um pouco mais. Você é capaz de suportar melhor; na verdade, parece que meus tormentos lhe caem muito bem! — disse Laurie se estendendo para descansar sobre a borda larga de uma balaustrada.

Amy balançou a cabeça e abriu seu caderno de esboços com um ar de resignação; contudo, ela achava que deveria dar um sermão "naquele menino", então, ela começou de novo:

— O que você está fazendo agora?

— Vigiando os lagartos.

— Não, não. Quero dizer, o que você pretende e deseja fazer?

— Fumar um cigarro, se você me permitir.

— Ai, que insolente que você é! Não aprovo os cigarros, e só permitirei que você os fume se você me deixar desenhá-lo. Eu preciso de uma figura humana.

— Com todo o prazer da minha vida. Como quer que eu fique? Será de corpo inteiro ou três quartos? Fico em pé ou deitado? Eu sugeriria respeitosamente uma postura reclinada; em seguida, desenhe você no esboço e lhe dê um título: *Dolce far niente*.[105]

— Fique como está! Durma, se quiser. Pretendo trabalhar bastante — disse Amy em seu tom mais enérgico.

— Que entusiasmo delicioso! — disse Laurie recostando-se em uma urna alta com um ar de plena satisfação.

— O que diria Jo se o visse agora? — perguntou Amy abruptamente, esperando despertá-lo com a menção do nome de sua irmã, que era ainda mais animada do que ela.

— Como de costume, acho que ela diria "Vá embora, Teddy. Estou ocupada!". — Ele riu enquanto falava, não era um riso natural, no entanto, e uma

---

104. No cristianismo protestante (calvinismo, metodismo, luteranismo etc.), o homem que não se regenera se torna escravo do pecado e é incapaz de exercer sua vontade de maneira livre para encontrar sua salvação. Essa doutrina teológica é conhecida como "depravação total" ou "depravação natural" e deriva do conceito de pecado original. (N.T.)

105. Em italiano, "o prazer de não fazer nada". (N.T.)

sombra passou sobre seu rosto; a verbalização daquele nome tocou uma ferida que ainda não estava curada. Tanto o tom quanto a sombra impressionaram Amy, pois ela já os tinha visto e ouvido antes e, nesse instante, ao levantar a cabeça a tempo, percebeu uma nova expressão no rosto de Laurie — um olhar duro e amargo, repleto de dor, insatisfação e tristeza. A expressão desapareceu antes mesmo de ela conseguir analisá-la, trazendo-lhe de volta um semblante apático. Por um momento, ela o observou com um prazer artístico, pensando em como ele parecia italiano enquanto se aquecia ao sol com os cabelos ao vento e os olhos sonhadores dos europeus sulistas; ele, entretanto, parecia ter esquecido que ela ainda estava ali e havia caído em um devaneio.

— Você está parecendo a efígie de um jovem cavaleiro dormindo em seu túmulo — disse ela, traçando cuidadosamente seu perfil bem delineado sobre a pedra escura.

— Gostaria de ser!

— É um desejo tolo, a menos que você tenha estragado sua vida. Você está tão mudado que chego a pensar que... — Amy parou, com um olhar entre o tímido e o melancólico, mais significativo do que sua frase inacabada.

Laurie percebeu, e entendeu a ansiedade afetuosa que ela hesitava em expressar; então, olhando diretamente em seus olhos, disse, assim como ele costumava dizer à mãe dela:

— Está tudo bem, senhora.

Isso a tranquilizou, e amenizou as dúvidas que a estavam incomodando ultimamente. Também a comoveu, e ela o demonstrou pelo tom cordial em que disse:

— Fico feliz com isso! Eu não acho que você tenha sido um menino muito mau; imaginei, porém, que talvez você pudesse ter desperdiçado dinheiro na terrível Baden-Baden, entregue o coração a alguma francesa encantadora e casada ou ter-se metido em enrascadas que os jovens parecem considerar como necessárias a uma viagem ao exterior. Não fique aí ao sol, venha e se deite sobre a grama aqui e "sejamos amigáveis", como Jo costumava dizer quando nos enfiávamos no canto do sofá e trocávamos segredos.

Laurie atirou-se obedientemente no gramado e começou a se divertir colocando margaridas nas fitas do chapéu de Amy, que agora estava a seu lado.

— Estou pronto para os segredos. — Ele levantou o rosto com uma expressão decidida de interesse em seu olhar.

— Não tenho segredos. Você pode começar.

— Não tenho nenhum. Imaginei que talvez você tivesse notícias de casa.

— Você já sabe de todas as novidades. Não lhe conto tudo sempre? Pensei que Jo lhe enviasse montes de cartas.

— Ela está muito ocupada. E, como viajo muito, é impossível manter as correspondências regulares, você sabe. Quando você vai começar sua grande obra de arte, Rafaela? — ele perguntou, mudando de assunto de repente após outra pausa, durante a qual ficou imaginando que Amy sabia de seu segredo e que gostaria de falar sobre o assunto.

— Nunca — respondeu ela, com um ar desanimado e decidido. — Roma levou toda a vaidade de mim. Depois de ver todas aquelas maravilhas, eu me senti muito pequena e, em desespero, desisti de todas as minhas esperanças tolas.

— Por que desistir? Você tem tanta energia e talento...

— Este é exatamente o motivo: talento não é genialidade, e não há energia no mundo que possa mudar isso. Eu quero ser grande ou não ser nada. Não quero ser apenas uma artistazinha qualquer; então, resolvi não tentar mais.

— E o que fará de sua vida agora? Se me permite perguntar...

— Quero cultivar meus outros talentos e me tornar um ornamento para a sociedade, caso eu tenha a chance.

Era um discurso característico, e soava ousado, mas a audácia cai bem aos jovens, e a ambição de Amy tinha uma boa base. Laurie sorriu; ele apreciou o ânimo que ela passou a ter e que lhe proporcionou um novo propósito assim que ela se desinteressou do outro, que ela tanto estimava, sem perder tempo se lamentando.

— Bom! E é aqui que entra Fred Vaughn, imagino.

Amy preservou um silêncio discreto em meio a uma expressão desanimada, porém, havia um olhar alerta que fez Laurie sentar-se e dizer com seriedade:

— Agora assumirei o papel de irmão e farei perguntas. Posso?

— Não prometo responder.

— Sua expressão responderá quando você não conseguir falar. Você ainda não é uma mulher tão experiente a ponto de conseguir esconder todos os seus sentimentos, minha querida. Ouvi rumores sobre Fred e você no ano passado; e acho que, se ele não tivesse sido chamado a voltar para casa tão de repente, e se não tivesse ficado detido ali por tanto tempo, algo teria acontecido, não?

— Não cabe a mim dizer isso. — Foi a resposta sombria de Amy; contudo, seus lábios sorriam e em seus olhos havia um brilho traidor revelando que ela tinha consciência de seu poder e que gostava disso.

— Você não está noiva, está? — Laurie, de repente, parecia muito mais um cuidadoso irmão mais velho.

— Não.

— E aceitará o compromisso se ele voltar e ajoelhar-se de maneira apropriada?

— Muito provavelmente.

— Você gosta do velho Fred, então?

— Eu poderia muito bem gostar, se tentasse.

— Você não pretende tentar até o momento apropriado, é isso? Deus do céu, que prudência sobrenatural! Ele é um bom sujeito, Amy; no entanto, eu não acredito que seja o tipo de homem que lhe agrade.

— Ele é rico, é um cavalheiro e tem modos encantadores — disse Amy, que, embora tentasse ser muito indiferente e digna, sentia-se um pouco envergonhada de si mesma, apesar da sinceridade de suas intenções.

— Entendo. Não há como ser uma rainha da sociedade sem dinheiro; então, você está buscando um bom partido e pretende começar desse modo, não é? Tudo muito bom e apropriado; assim é o mundo, mas soa estranho vindo dos lábios de uma das filhas da senhora March.

— Mesmo assim, é verdade.

Um discurso breve, proferido de forma tranquila e decidida, contrastando curiosamente com a jovem que o pronunciou. Laurie sentiu isso instintivamente e deitou-se de novo com uma sensação de decepção que ele não conseguia compreender. Seu olhar e seu silêncio, bem como certa desaprovação interna, irritaram Amy e a fizeram lhe dar uma bronca logo em seguida.

— Eu queria que você me fizesse um favor e acordasse um pouco — disse ela bruscamente.

— Faça isso por mim, minha boa menina.

— Eu faria, se deixasse — disse como se quisesse acabar com aquilo da forma mais sumária possível.

— Então, tente. Dou-lhe permissão — respondeu Laurie, que estava adorando provocar alguém depois de ter passado tanto tempo afastado de seu passatempo favorito.

— Você se irritaria em cinco minutos.

— Nunca me irrito com você. Para se fazer fogo, são necessárias duas lascas de pedra; e você é fria e suave como a neve.

— Você não imagina o que eu posso fazer. Se aplicada corretamente, a neve produz calor e formigamento. Metade de sua apatia é só afetação, e uma boa provocação provaria meu ponto.

— Provoque! Como disse um homem grande quando sua pequena esposa resolveu lhe bater, não me machucará, e talvez até me divirta. Veja-me como um marido ou um tapete e me bata até cansar, se esse tipo de coisa lhe fizer bem.

Estando decididamente irritada e ansiando vê-lo sacudir aquela apatia que tanto o alterou, Amy afiou a língua e o lápis e começou:

— Flo e eu temos um novo nome para você. É Laurence, o preguiçoso. Você gosta dele?

Ela pensou que isso o irritaria, mas ele só cruzou os braços sob a cabeça e disse de modo imperturbável:

— Isso não é ruim. Obrigado, senhoritas.

— Quer saber o que eu honestamente penso de você?

— Estou doido para saber.

— Bem, eu o desprezo.

Se ela tivesse dito "eu o odeio" em um tom petulante ou coquete, ele teria rido e gostado disso; porém o tom sério e quase triste de sua voz o fez abrir os olhos e perguntar abruptamente:

— Por quê? Pode me responder?

— Porque, tendo todas as chances para ser bom, produtivo e feliz, você é inadequado, preguiçoso e infeliz.

— Que linguagem forte, *mademoiselle*.

— Posso continuar, se quiser.

— Por favor, está bastante interessante.

— Imaginei que acharia mesmo. Pessoas egoístas gostam muito de falar de si mesmas.

— Eu sou egoísta? — Essa pergunta saiu involuntariamente e em um tom de surpresa, pois a única virtude de que ele se orgulhava era sua generosidade.

— Sim, muito egoísta — continuou Amy, com uma voz calma e fria que, naquele momento, era duas vezes mais eficaz que uma voz irritada. — Vou lhe mostrar como, pois eu o tenho analisado enquanto nos divertíamos, e não estou nada satisfeita. Você já está no exterior há quase seis meses e nada fez além de perder tempo, dinheiro e decepcionar seus amigos.

— Será que um sujeito não pode ter algum prazer depois de ser massacrado por quatro anos?

— Não me parece que você tenha se divertido muito. De qualquer forma, pelo que posso ver, também não me parece que isso lhe tenha feito algum bem. Em nosso primeiro encontro eu disse que você estava melhor. Retiro tudo o que eu disse, pois não está nem metade do que costumava ser em casa. Você se tornou abominavelmente preguiçoso, gosta de fofocas e perde tempo com frivolidades; parece que prefere ser mimado por pessoas tolas, em vez de ser amado e respeitado pelas sábias. Dinheiro, talento, posição social, saúde e beleza... Você gosta de tudo isso agora, não é? Ah, a velha vaidade! É a mais pura verdade e, por isso, não posso deixar de dizer: você tem todas essas coisas esplêndidas para usar e desfrutar e não consegue encontrar nada para fazer a não ser caminhar a esmo, e, em vez de se tornar o homem que deveria ser, você se tornou apenas... — Ela se conteve com um olhar que misturava dor e piedade.

— ...São Lourenço no braseiro[106] — acrescentou Laurie, concluindo a sentença.

No entanto o sermão de Amy começou a surtir efeito, pois os olhos de Laurie mostravam um brilho de quem estava bem desperto, e uma expressão que mesclava irritação e orgulho ferido havia substituído a antiga indiferença.

— Já imaginava que sua reação seria essa. Vocês, homens, nos dizem que somos anjos, que podemos fazer o que quisermos com vocês, mas no instante em que, de modo honesto, tentamos fazer-lhes um bem, vocês riem de nós e não nos ouvem, o que prova quanto vale a sua adulação! — Amy falou de forma amarga e virou as costas para o insolente mártir a seus pés.

Um minuto depois, uma mão desceu sobre a página a impedindo de continuar desenhando, e Laurie disse, imitando de um modo cômico a voz de uma criança penitente:

— Serei bonzinho, ah, eu serei bonzinho!

Amy estava muito séria e não riu; batendo com o lápis na mão que a atrapalhava, disse com sobriedade:

— Você não tem vergonha dessa mão? É tão suave e branca como a de uma mulher e parece que nunca fez nada além de usar as melhores luvas de Jouvin[107] e colher flores para as moças. Você não é um dândi, graças a Deus, então fico feliz de não ver nela diamantes ou grandes anéis com insígnias, apenas o pequeno e velho anel dado por Jo há tanto tempo. Ah, minha querida irmã! Eu queria que ela estivesse aqui para me ajudar!

— Eu também!

A mão desapareceu rapidamente; o eco de seu desejo havia produzido energia suficiente até mesmo para satisfazer Amy. Ela baixou a cabeça em sua direção com um novo pensamento em sua mente, mas ele estava deitado; seu chapéu cobria metade do rosto, como se buscasse uma sombra, e o bigode escondia a boca. Ela viu apenas que seu peito se inflou e voltou, tomando um longo fôlego, que poderia ter sido um suspiro, e a mão que usava o anel estava aninhada na grama, como se escondesse algo que fosse muito precioso ou muito terno para ser comentado. Em menos de um minuto, muitas peças pequenas se encaixaram na mente de Amy, ganhando forma e significado, e contando-lhe o que sua irmã nunca havia confiado a ela. Ela se lembrou de que Laurie nunca falava voluntariamente de Jo, lembrou-se da sombra em seu

---

106. São Lourenço foi um mártir católico; sentenciado à morte pelo imperador Valeriano — que havia decretado a perseguição aos cristãos —, ele foi colocado em uma grelha sobre um braseiro e queimado vivo. (N.T.)
107. Xavier Jouvin (1801-1844) foi um fabricante de luvas francês que inventou uma forma de corte para mecanizar o processo de produção das luvas. Além disso, as luvas fabricadas por ele cabiam perfeitamente em seus usuários, pois ele havia classificado 32 tamanhos diferentes de mãos. (N.T.)

rosto, naquele mesmo momento, da mudança em seu caráter e do pequeno e velho anel que não servia de ornamento para uma bela mão. As meninas sabem ler rapidamente esses sinais e conseguem sentir a eloquência deles. Amy havia imaginado que, no fundo, essas alterações tivessem sido causadas por alguma desilusão romântica; agora ela tinha certeza disso. Seus olhos penetrantes se transformaram, e, quando ela falou novamente, o fez com um tom de voz que, sempre que desejava, podia ser incrivelmente suave e gentil.

— Sei que não tenho o direito de falar assim com você, Laurie, e, se você não fosse o sujeito mais doce do mundo, estaria muito zangado comigo. Somos todas tão apaixonadas, e temos tanto orgulho de você, que eu não suportaria nem imaginar que as pessoas lá em casa pudessem ficar desapontadas com você do mesmo modo que fiquei; no entanto, é possível que elas tivessem entendido essa mudança melhor do que eu.

— Acho que elas entenderiam — falou a voz que vinha por debaixo do chapéu num tom sombrio tão tocante quanto abatido.

— Elas deveriam ter me contado, para que eu não saísse cometendo gafes e repreensões quando, na verdade, eu deveria ter sido mais gentil e paciente. Eu nunca gostei daquela senhorita Randal, e agora eu a odeio! — disse Amy de modo astuto, desejando certificar-se dos fatos.

— Não ligo a mínima para a senhorita Randal! — Laurie tirou o chapéu do rosto com um olhar que não deixou dúvidas de seus sentimentos em relação a essa jovem.

— Peço perdão, eu pensei... — disse Amy se interrompendo com uma pausa diplomática.

— Não, você não pensou. Você sabia perfeitamente bem que eu nunca me interessei por ninguém a não ser por Jo — Laurie disse em seu velho tom impetuoso e virou o rosto se afastando enquanto falava.

— Pensei nisso, sim, mas, como nunca me disseram nada e você veio para cá, eu achei que estava enganada. O que aconteceu? Jo não foi gentil? Eu tinha certeza que ela te amava muito.

— Ela foi gentil, mas não da maneira que eu desejei; e foi sorte dela não me amar, pois, de acordo com o que você disse, sou um sujeito que não serve para nada. No entanto, me tornei assim por culpa dela, e, se quiser, você pode dizer isso a ela.

A expressão dura e amarga no rosto dele voltou quando disse isso, incomodando Amy, pois ela não sabia qual bálsamo deveria aplicar.

— Eu estava errada, não sabia. Sinto muito por ter ficado tão irritada. Tudo o que eu mais desejo, no entanto, é que você consiga suportar melhor a situação, meu querido Teddy.

— Não fale assim, ela me chama por esse nome! — Laurie ergueu a mão com um gesto rápido para impedir que as palavras fossem ditas naquele tom de voz de Jo, que misturava gentileza e repreensão. — Espere até que você mesma passe por isso — acrescentou em voz baixa, enquanto arrancava um punhado de grama.

— Eu aceitaria a situação com coragem e, se não pudesse ser amada, buscaria conquistar o respeito da outra pessoa — disse Amy, de um modo decidido, como alguém que não sabia nada sobre o assunto.

Laurie envaidecia-se por ter suportado tudo de forma aparentemente firme; ele nunca resmungou, não implorou compaixão, e partiram, ele e seu problema, para que se resolvessem sozinhos. A bronca de Amy colocou o tema sob uma nova luz, e, pela primeira vez, pareceu-lhe ser fraqueza e egoísmo desanimar logo no primeiro fracasso e se trancar em uma indiferença temperamental. Ele se sentia como se tivesse sido arrancado de um sonho contemplativo e se via impossibilitado de adormecer novamente. Pouco depois, ele se sentou e perguntou com mais calma:

— Você acha que Jo também me acharia desprezível?

— Sim, se ela o visse agora. Ela odeia pessoas preguiçosas. Por que não faz algo incrível para que ela o admire?

— Fiz tudo o que pude, mas não adiantou.

— Terminar a faculdade com boas notas, é isso que você quer dizer? Não fez mais que sua obrigação, por amor a seu avô. Teria sido vergonhoso fracassar depois de gastar tanto tempo e dinheiro, sendo que todos sabiam que você seria um bom estudante.

— Eu fracassei, sim, diga o que quiser, pois Jo não foi capaz de me amar... — começou Laurie, inclinando a cabeça sobre a mão num gesto de desânimo.

— Não, não fracassou. Você entenderá depois... tudo isso lhe fez bem, e você provou que, se tentasse, conseguiria realizar algo. Se você se empenhar em um novo objetivo, talvez se esqueça desse problema e volte logo a se animar e ser feliz.

— Isso é impossível.

— Tente para saber em vez de dar de ombros e ficar pensando "O que ela sabe sobre essas coisas?". Estou tentando refletir com sabedoria; sou observadora e enxergo muito mais do que você imagina. As experiências e as inconstâncias dos outros me interessam, e, embora eu não saiba explicar, sempre me lembro delas e as uso para o meu próprio bem. Você pode amar a Jo para sempre, se quiser, mas não permita que isso acabe com a sua vida; seria muita crueldade desperdiçar tanto talento só porque não conseguiu o que queria. É isso! Não vou continuar o sermão, pois sei que você vai despertar e se comportar como um homem, apesar daquela menina de coração duro.

Eles ficaram em silêncio por um tempo. Laurie permaneceu sentado girando o pequeno anel em seu dedo, e Amy deu os últimos retoques ao rascunho apressado que fez enquanto falava. Pouco depois, ela colocou o desenho sobre o joelho dele e disse:

— Gostou?

Então, ele olhou e sorriu; não poderia ser diferente, pois o retrato estava muito bem-feito; uma figura esguia e preguiçosa estendida na grama, com um semblante apático, os olhos semicerrados e a mão segurando um charuto do qual subia uma pequena coroa de fumaça que circulava sobre a cabeça do sonhador.

— Como você desenha bem! — ele disse, realmente satisfeito e surpreso com a habilidade dela, e acrescentou, esboçando um meio sorriso: — Sim, este sou eu.

— Como você é agora. Este outro mostra como você era. — Amy colocou outro rascunho ao lado do primeiro.

Não estava tão bem-feito como o outro, mas havia vida e espírito que expiavam por muitas falhas, e relembrava o passado de modo tão vívido que uma mudança repentina se espalhou pela expressão do jovem enquanto ele apreciava aquela imagem. Era apenas um primeiro rascunho de Laurie domando um cavalo. Ele estava sem o casaco e sem o chapéu, e todos os traços daquela figura dinâmica, com uma expressão decidida no rosto e uma atitude triunfante, transbordavam energia e significado. O belo selvagem havia acabado de ser dominado, e seu pescoço estava arqueado sob a rédea firme; uma das patas batia impacientemente no chão, e suas orelhas estavam em pé, como se ele estivesse ouvindo a voz que o dominava. Na crina desgrenhada, nos cabelos tempestuosos do cavaleiro e em sua verticalidade havia um ímpeto de movimento repentinamente interrompido, de força, de coragem e de exuberância juvenil que contrastava fortemente com a horizontalidade graciosa do outro rascunho intitulado *Dolce far niente*. Laurie não disse nada; conforme seus olhos passavam de uma imagem para a outra, Amy o viu corar e apertar os lábios como se interpretasse e aceitasse o pequeno sermão que lhe havia sido entregue. Isso a deixou satisfeita e, sem esperar que dissesse algo, ela falou animada:

— Lembra-se do dia em que você brincou de domar o Puck, e todas nós ficamos assistindo? Meg e Beth estavam assustadíssimas, Jo aplaudia e pulava; eu estava sentada na cerca, desenhando. Encontrei esse esboço em minha pasta outro dia, fiz alguns retoques e o guardei para lhe mostrar.

— Muito agradecido. Você melhorou muitíssimo desde então, devo lhe parabenizar. Será que posso me aventurar, neste "paraíso para uma lua de mel", a lembrá-la de que às cinco horas é servido o jantar em seu hotel?

Laurie levantou-se enquanto falava, devolveu-lhe os desenhos sorrindo, fez uma reverência e olhou para o relógio como se quisesse dizer a ela que mesmo os discursos morais precisavam terminar em algum momento. Então, tentou retomar seu ar de despreocupação e indiferença; porém, agora, tratava-se de pura afetação, pois o despertar havia sido mais eficaz do que ele seria capaz de admitir. Amy sentiu a sombra da frieza em suas maneiras e disse para si mesma:

— Agora, eu o ofendi. Bem, se fez bem a ele, estou feliz; se ele me odiar por isso, espero que me desculpe; não posso fazer mais nada; ele que aceite a verdade, eu não posso retirar nenhuma palavra do que disse.

Eles riram e conversaram por todo o caminho durante a volta; o pequeno Baptiste, que vinha atrás, considerou que o ânimo de *monsieur* e *mademoiselle* era encantador. No entanto, ambos se sentiam pouco à vontade. A franqueza amigável havia sido perturbada; sobre o raio de sol havia uma sombra e, apesar da aparente alegria dos dois, eles carregavam no coração um descontentamento secreto.

— Vamos vê-lo esta noite, *mon frère*?[108] — perguntou Amy, ao se separarem em frente à porta do quarto de sua tia.

— Infelizmente eu tenho um compromisso. *Au revoir, mademoiselle*.[109] — E Laurie curvou-se como se fosse beijar a mão dela, à moda dos europeus, que combinava muito mais com ele do que com outros homens. Entretanto, algo em sua expressão fez Amy dizer apressada e calorosamente:

— Não, seja você mesmo comigo, Laurie, e se despeça do seu velho e bom jeito. Prefiro o forte aperto de mão dos ingleses a todos os cumprimentos sentimentais dos franceses.

— Adeus, querida! — Com essas palavras, proferidas no tom que a agradava, Laurie, depois de um aperto de mão quase doloroso de tão forte, se foi.

Na manhã seguinte, em vez da visita habitual, Amy recebeu um bilhete que a fez sorrir no início e suspirar no fim:

Minha querida mentora, por favor, dê *adieux*[110] a sua tia por mim e alegre-se, pois "Laurence, o preguiçoso" resolveu encontrar o avô, como um bom menino. Tenha um bom inverno, e que os deuses lhe concedam uma bem-aventurada

---

108. Em francês, "meu irmão". (N.T.)
109. Em francês, "até mais ver, senhorita". (N.T.)
110. Em francês, "adeus". (N.T.)

lua de mel em Valrosa! Acho que Fred também se beneficiaria com uma boa sacudida. Diga-lhe isso e transmita a ele minhas felicitações.

Com gratidão, seu Telêmaco

— Bom menino! Estou feliz que ele tenha ido — disse Amy, com um sorriso de aprovação. No minuto seguinte, porém, ela se sentiu triste ao olhar em volta e encontrar uma sala vazia; então, acrescentou, dando um suspiro involuntário: — Sim, estou feliz, mas vou sentir muita saudade.

40. O VALE DAS SOMBRAS

Com o fim da amargura inicial, a família aceitou o inevitável e tentou suportá-lo alegremente, ajudando-se uns aos outros com o aumento do amor que mantém as famílias afetuosamente unidas em períodos de dificuldade. Deixaram a dor de lado e cada um fez a sua parte para tornar feliz aquele último ano.

O quarto mais agradável da casa foi separado para Beth, e nele havia tudo o que ela mais amava — flores, fotos, seu piano, a mesinha de trabalho e os amados gatinhos. Os melhores livros do pai também estavam lá, a poltrona da mãe, a mesa de Jo, os melhores esboços de Amy, e todos os dias Meg trazia seus bebês em uma peregrinação de amor, proporcionando um raio de sol para a tia Beth. Sem contar nada a ninguém, John separou uma pequena soma para poder desfrutar do prazer de manter a inválida com um bom fornecimento das frutas que ela tanto amava e desejava. A velha Hannah nunca se cansava de inventar pratos delicados para tentar despertar aquele apetite tão caprichoso, chorando durante o seu preparo; e do outro lado do oceano chegavam presentes e cartas animadas, que pareciam trazer lufadas de calor e fragrâncias de terras que desconhecem o inverno.

Estimada como uma santa doméstica em seu local sagrado, Beth permanecia sentada, tranquila e ocupada como sempre, pois nada poderia mudar sua doce natureza altruísta, e, mesmo enquanto se preparava para deixar esta vida, ela ainda se esforçava para trazer felicidade aos que deixaria para trás. Seus dedos fracos nunca foram ociosos, e um de seus grandes prazeres era fazer pequenas coisas para as crianças que passavam por ali diariamente indo para a escola e de lá voltando: jogava um par de luvas de sua janela para mãos geladas, um livrinho para guardar agulhas a uma mãezinha de muitas bonecas, limpadores de canetas-tinteiro para os jovens escribas, que ainda lutavam com uma floresta de primeiras linhas e curvas, álbuns de recortes para quem amava as figuras e muitas outras coisas para que os obstinados caminhantes encontrassem uma via repleta de flores para o conhecimento, por assim dizer, e chegassem a considerar a gentil doadora como uma espécie de fada madrinha, que se sentava lá em cima e os regava de presentes milagrosamente adequados aos seus gostos e às suas necessidades. Se Beth buscava alguma recompensa, ela a encontrava no brilho daqueles rostinhos que sempre se viravam para a sua janela, acenavam e sorriam, e nas engraçadas cartinhas que lhe chegavam, repletas de borrões e gratidão.

Os primeiros meses foram muito felizes, e Beth costumava olhar seu entorno e dizer "Como isso é bonito!", enquanto sentavam-se todos juntos em seu quarto ensolarado, os bebês chutando e arrulhando no assoalho, a mãe e as irmãs trabalhando ao lado, e o pai, com sua voz agradável, lendo seus antigos livros cheios de sabedoria — que pareciam ricos em palavras gentis e confortáveis, tendo, hoje, a mesma aplicabilidade que tinham séculos atrás, quando foram escritos; era uma pequena capela, onde um padre paternal ensinava a seu rebanho as duras lições que todos devem aprender, tentando mostrar-lhes que a esperança pode oferecer um conforto ao amor, enquanto a fé torna possível a resignação. Sermões simples que atingiam em cheio as almas daqueles que os ouviam, pois o coração paterno fazia parte da religião do pastor, e as oscilações frequentes de sua voz ofereciam uma dupla eloquência às palavras que ele proferia ou lia.

Ter vivido esses momentos de paz foi bom para todos e serviu de preparação para as horas tristes que viriam, pois, um dia, Beth disse que a agulha estava muito pesada e deixou-a de lado para sempre. Falar começou a ser cansativo para ela, rostos a perturbavam, a dor passou a dominá-la, e seu espírito antes tranquilo era tristemente torturado pelos males que atormentavam seu corpo. Ah, Deus! Dias tão pesados, noites longas, muito longas, corações tão doloridos e muitos lamentos quando os que mais a amavam eram obrigados a assistir àquelas mãos finas que se estendiam em súplica a eles, forçados a ouvir o grito amargo "Ajudem-me, me ajudem!" e a perceber que não havia mais como ajudá-la. Um triste eclipse de uma alma serena, uma luta absurda entre a jovem vida e a morte; ambos, entretanto, foram misericordiosamente breves e, em seguida, findou-se essa rebelião da natureza e a velha paz voltou mais linda do que nunca. Com o naufrágio de seu frágil corpo, a alma de Beth ficou mais forte e, embora ela falasse pouco, as pessoas à sua volta percebiam que ela estava pronta, viram que o primeiro chamado do peregrino era também o mais adequado e esperaram com ela na praia, tentando ver os Seres Luminosos que iriam recebê-la quando ela cruzasse o rio.

Jo não a abandonou nem por um minuto desde o dia em que Beth disse "eu me sinto mais forte quando você está comigo". Ela dormia num sofá do quarto e acordava muitas vezes para cuidar do fogo, para alimentá-la, para erguê-la ou cuidar daquela criatura paciente que raramente pedia alguma coisa e "tentava não ser um incômodo". Ela ficava no quarto o dia todo, tinha ciúme de qualquer outra cuidadora e sentia-se mais orgulhosa por ter sido a escolhida do que por qualquer outra honra que já havia recebido em sua vida. Foram horas preciosas e cruciais para Jo, pois agora seu coração recebia os ensinamentos de que ela precisava. As lições sobre paciência foram ensinadas de forma tão amável que seria impossível não as absorver; a caridade para todos, o espírito encantador que é capaz de perdoar e realmente esquecer-se das indelicadezas; a lealdade ao dever que torna fácil o difícil e a fé sincera que nada teme e confia sem duvidar.

Muitas vezes, quando acordava, Jo encontrava Beth lendo seu livrinho já bem desgastado, a ouvia cantar baixinho para enganar as noites insones ou a via inclinar-se com o rosto sobre as mãos, enquanto lágrimas lentas escorriam entre seus dedos transparentes. Jo, deitada, a observava com pensamentos demasiadamente profundos para chorar, sentindo que Beth, em sua maneira simples e altruísta, estava tentando separar-se de sua velha e querida vida e se preparando para a próxima, por meio de palavras sagradas de conforto, de orações tranquilas e da música que ela tanto amava.

Vivenciar tudo isso fez mais por Jo do que os mais sábios sermões, os mais santos hinos e as orações mais fervorosas que alguém pudesse proferir. Com os olhos aclarados por muitas lágrimas e o coração amolecido pela mais terna tristeza, ela reconheceu a beleza da vida de sua irmã — sem intercorrências, sem ambições, porém cheia de virtudes genuínas que "têm um cheiro doce e florescem na poeira",[111] um abandono de si mesma que fazia a pessoa mais humilde da Terra ser lembrada mais cedo no céu, o verdadeiro êxito possível a todos nós.

Uma noite, quando Beth olhava os livros sobre a mesa, buscando algo para fazê-la esquecer o cansaço mortal que era quase tão difícil de suportar quanto a dor, ela virou as folhas de seu velho favorito, *O caminho do peregrino*, e encontrou um pequeno papel rabiscado com a caligrafia de Jo. O nome chamou sua atenção, e a aparência borrada das linhas lhe garantia que haviam caído lágrimas sobre ele.

"Pobre Jo! Ela está dormindo profundamente, então não vou acordá-la para pedir licença. Ela me mostra todas as suas coisas, e acho que ela não vai

---

111. *Only the actions of the just smell sweet and blossom in their dust* (Somente as ações dos justos têm um cheiro doce e florescem na própria poeira), versos de uma canção fúnebre de James Shirley (1596-1666) inseridos em seu drama *The contention of Ajax and Ulysses* (As disputas entre Ajax e Ulisses), de 1659. (N.T.)

se importar se eu der uma espiada nisso", pensou Beth enquanto olhava para a irmã deitada no tapete, com as pinças da lareira ao lado dela, pronta para acordar no minuto em que uma tora de lenha se desfizesse.

Minha Beth,

Sentada pacientemente à sombra
até que chegue a abençoada luz,
muito serena e santa é sua presença.
Santifica a turbulência da casa.
Alegria, esperança e dor terrenas
quebram como ondas na margem
desse rio tão profundo e tão solene
onde estão agora seus pés bem-dispostos.

Ah, minha irmã, que se afasta de mim
e das lutas e dos cuidados humanos,
como presente, deixe-me as virtudes
que tanto embelezaram a sua vida.
Transmita-me sua grande paciência,
cujo poder é capaz de manter
um espírito alegre e dócil,
mesmo em sua dolorosa casa-prisão.

Dê-me, pois eu preciso muito dela,
essa coragem tão sábia e tão doce,
que transforma o caminho do dever
em campos verdes sob seus pés dispostos.
Dê-me sua natureza altruísta,
que, com uma caridade divina,
pode, por amor, perdoar o erro...
Humilde coração, perdoe-me o meu!

A cada dia, assim, nossa despedida
perde um pouquinho de sua amarga dor,
e, enquanto aprendo esta dura lição,
minha grande torna-se um ganho.
Um toque de tristeza amansará
essa minha natureza selvagem,

dará à vida novas aspirações,
nova confiança no que não vejo.

Eu, segura deste lado do rio,
poderei para todo o sempre vislumbrar
um espírito amado e doméstico
esperando por mim na outra margem.
Minha tristeza gera fé e esperança,
que se transformam em anjos da guarda
e, junto com a irmã que foi primeiro,
pelas mãos, me levarão à casa eterna.

Embora as linhas estivessem borradas e um pouco apagadas, imperfeitas e fracas, trouxeram uma expressão de conforto indescritível ao rosto de Beth, porque seu único arrependimento era ter feito tão pouco, e isso parecia lhe garantir que sua vida não havia sido inútil e que sua morte não causaria o desespero que ela temia. Enquanto permanecia sentada com o papel dobrado entre as mãos, a tora carbonizada da lareira caiu. Jo se assustou, reacendeu o fogo e se rastejou até a cabeceira da cama, esperando que Beth estivesse dormindo.

— Não estou dormindo... e estou tão feliz, querida... Olha só, encontrei isto e li. Eu sabia que você não se importaria. Fui mesmo tudo isso para você, Jo? — ela perguntou, num tom de seriedade melancólico e humilde.

— Ah, Beth, tudo isso mesmo, tudo isso! — Jo deitou a cabeça sobre o travesseiro ao lado da irmã.

— Então, sinto que não desperdicei minha vida. Não sou tão boa quanto você acha que sou, mas tentei fazer as coisas corretamente. E agora, que já é tarde demais até mesmo para começar a agir de outro modo, é um conforto muito grande saber que alguém me ama tanto e acredita que eu pude ajudar de alguma forma.

— Mais do que qualquer outra pessoa no mundo, Beth. Eu cheguei a pensar que deveria impedir a sua partida, porém estou aprendendo a sentir que não a perderei; você será para mim muito mais do que foi até agora, e, embora pareça que sim, a morte não será capaz de nos separar.

— Eu sei disso e, por isso mesmo, não a temo mais; tenho certeza de que sempre serei a sua Beth, para amá-la e ajudá-la mais do que nunca. Jo, quando eu partir, você deverá tomar o meu lugar e ser tudo para o papai e a mamãe. Eles vão precisar de você, ajude-os e, sempre que parecer difícil trabalhar sozinha, lembre-se de que eu não me esquecerei de você, e que isso lhe trará mais felicidade do que escrever grandes livros e viajar pelo mundo, pois, além de o amor tornar o fim mais fácil, ele é a única coisa que levaremos quando partirmos.

— Vou tentar, Beth. — Ao dizer isso, Jo renunciou à sua antiga ambição e se comprometeu com uma nova e melhor, reconhecendo a insignificância de outros desejos e sentindo o consolo abençoado da crença na imortalidade do amor.

Então, os dias da primavera chegaram e se foram, o céu ficou mais claro, a terra mais verde, as flores vieram mais cedo e os pássaros voltaram a tempo de dizer adeus à Beth, que, como uma criança confiante, embora cansada, agarrou-se às mãos de quem a havia conduzido pela vida toda, enquanto papai e mamãe a conduziam delicadamente pelo Vale das Sombras e a entregavam a Deus.

Raramente, exceto nos livros, os que estão para morrer proferem palavras memoráveis, têm visões ou partem com semblantes beatificados; aqueles que já estiveram ao lado de muitas almas de partida sabem que, para a maioria das pessoas, o fim é tão natural e simples como ir dormir. Conforme Beth esperava, a "maré baixou sem dificuldades", e na escuridão pouco antes do amanhecer, no mesmo seio em que havia dado seu primeiro sopro de vida, ela, silenciosamente, deu o seu último, sem despedida, apenas um olhar amoroso e um pequeno suspiro.

Com lágrimas e orações e mãos ternas, a mãe e as duas irmãs a prepararam para o longo sono que nunca mais seria arranhado pela dor; apreciaram com gratidão a bela serenidade que logo substituiu a expressão de paciência pesarosa — que por tanto tempo afligiu a todos — e sentiram, com uma alegria respeitosa, que, para a querida Beth, a morte era um anjo benigno, não um fantasma assustador.

Quando amanheceu, pela primeira vez em muitos meses, o fogo estava apagado, o lugar de Jo estava vazio, e o quarto, bem silencioso. Próximo dali, um pássaro cantava alegremente em um galho fresco, as novas anêmonas floresciam na janela e o sol da primavera derramava-se como uma bênção sobre o rosto plácido no travesseiro, um rosto tão pleno de paz e sem dor que, por trás de suas lágrimas, aqueles que mais a amaram sorriram e agradeceram a Deus por Beth estar finalmente bem.

41. Aprender a esquecer

O sermão de Amy fez bem a Laurie, porém, é claro, ele não foi capaz de admitir isso por muito tempo. Os homens raramente admitem, pois, quando as mulheres são as conselheiras, os senhores da criação não aceitam o conselho até que se convençam de que aquilo era o que eles mesmos pretendiam fazer. Só então tomam alguma atitude e, se tudo der certo, dão metade do crédito à parte mais frágil. Se fracassam, dão a ela, generosamente, todo o crédito. Laurie reencontrou o avô e, por várias semanas, esteve dedicado a ele de um modo tão obediente que o velho cavalheiro chegou a afirmar que o clima de Nice o havia feito melhorar maravilhosamente e que talvez fizesse bem a ele voltar para lá. Nada agradaria mais o jovem cavalheiro; no entanto, nem mesmo elefantes conseguiriam arrastá-lo de volta após o sermão que havia recebido. O orgulho o impedia e, sempre que a vontade se manifestava, ele fortalecia sua resolução repetindo as palavras que mais profundamente o haviam impressionado: "Eu o desprezo!" e "Faça algo esplêndido para que ela o ame.".

Laurie remoeu o assunto em sua mente tantas vezes que, ao final, conseguiu confessar para si mesmo que havia sido egoísta e preguiçoso, para, em seguida, consolar-se dizendo que, sempre que um homem sente uma grande tristeza, deve entregar-se a todos os tipos de caprichos até que ela desapareça. Sentiu que seus afetos arruinados estavam completamente mortos agora e, embora achasse que nunca mais fosse deixar de ser um fiel enlutado, não precisava mais usar os sinais de luto de forma ostensiva. Jo nunca iria amá-lo; entretanto, ele poderia fazer com que ela o respeitasse e o admirasse; faria algo para provar que o "não" de uma menina não havia destruído sua vida. Sentiu necessidade de consertar isso e, nesse aspecto, o conselho de Amy era completamente desnecessário. Ele estava apenas esperando que os ditos afetos arruinados fossem decentemente enterrados. Ao concluir isso, sentiu que estava pronto para "esconder seu coração ferido e dar seguimento à luta".

Quando Goethe sentia uma grande alegria ou uma dor, transformava-as em uma canção. Laurie, da mesma forma, resolveu embalsamar sua tristeza amorosa em música e compor um réquiem que atormentaria a alma de Jo e derreteria o coração de todos os ouvintes. Portanto, assim que o velho cavalheiro o aconselhou a viajar de novo, pois percebia que o jovem já estava ficando inquieto e mal-humorado, Laurie foi para Viena, onde tinha amigos músicos, e passou a trabalhar com a firme determinação de distinguir-se. Sem saber se a tristeza era muito grande para ser traduzida em música, ou se a música era muito etérea para dar alma a uma desgraça humana, ele logo descobriu que o réquiem estava muito além de suas capacidades naquele momento. Era evidente que ele ainda não estava totalmente pronto para o trabalho e que suas ideias ainda precisavam clarear, pois, muitas vezes, em meio a uma tensão melancólica, ele se pegava cantarolando alguma música para dançar que, de modo vívido, o fazia se lembrar do baile de Natal em Nice, especialmente do francês encorpado, e, nesses momentos, dissolviam-se todo os impulsos para escrever uma composição trágica.

Tentou, em seguida, uma ópera — nada parecia impossível no início; mas, novamente, ficou cercado por dificuldades imprevistas. Ele queria que Jo fosse a heroína, e usou a memória em busca de lembranças delicadas e visões românticas de seu amor. A memória, contudo, tornou-se uma traidora e, como se estivesse possuída pelo espírito teimoso da menina, só o fazia se lembrar das esquisitices, das falhas e aberrações de Jo, só lhe mostrava os aspectos menos sentimentais — Jo com uma bandana na cabeça, batendo tapetes, protegendo-se com a almofada do sofá ou jogando água fria em sua paixão no estilo senhora Gummidge[112] —, e uma risada adorável estragou o quadro reflexivo que ele se esforçava para pintar. Jo não se deixava ser posta em uma ópera por nenhum preço, e ele precisou desistir dela dizendo "Abençoe essa menina, ela é um tormento!", e então puxou os cabelos, como cabia a um distraído compositor.

Quando olhou a sua volta, tentando encontrar na memória uma donzela menos intratável para imortalizar em sua melodia, esta produziu uma com a mais prestativa prontidão. A fantasma usava muitas faces, mas sempre teve cabelos dourados, estava envolta em uma nuvem diáfana e flutuava vaporosamente ante os olhos de sua mente em um caos agradável de rosas, pavões, pôneis brancos e fitas azuis. Ele não deu nenhum nome à aparição complacente; contudo, aceitou-a como sua heroína e ficou muito afeiçoado a ela, e deveria mesmo, já que ele a presenteou com todos os dons e as graças do mundo e a acompanhou, ilesa, por julgamentos que teriam aniquilado qualquer mulher mortal.

Graças a essa inspiração, ele progrediu bastante por um tempo, mas, de forma gradual, o trabalho foi perdendo seu charme, e ele se esqueceu de compor, enquanto sentava-se meditando com a caneta em punho ou vagava pela animada cidade para captar novas ideias e refrescar a mente, que, naquele inverno, parecia estar um pouco instável. Não fez muita coisa, mas pensou muito e sabia que, apesar de tudo o que sentia, algum tipo de mudança estava em operação. "Talvez seja o fervor da genialidade. Vou deixar a inspiração brotar e ver o que consigo obter", disse para si mesmo enquanto suspeitava secretamente de que não tinha genialidade alguma, mas, sim, algo muito mais comum. O que quer que fosse, irrompia por algum propósito, pois ele ficava cada vez mais descontente com sua vida volúvel, e começou a ansiar por algum trabalho verdadeiro e sério em que pudesse empenhar-se

---

112. A senhora Gummidge é uma viúva do romance *David Copperfield* (1850), de Dickens. (N.T.)

de corpo e alma, e, finalmente, chegou à sábia conclusão de que nem todos que amavam a música eram compositores. Ao retornar de uma das grandes óperas de Mozart, esplendidamente executada no Teatro Real, ele reviu seu próprio trabalho e tocou algumas de suas melhores partes; sentou-se olhando para os bustos de Mendelssohn, Beethoven e Bach,[113] que lhe retribuíram com um olhar benigno. De repente, rasgou todas as partituras, uma por uma, e, assim que a última página caiu tremulando de sua mão, declarou com seriedade:

— Ela está certa! Talento não é genialidade e nunca será. Essa música tirou de mim toda a vaidade, como Roma tirou a dela. Vou parar de ser uma farsa. Agora, o que devo fazer?

Parecia uma pergunta difícil de responder, e Laurie sentiu necessidade de poder trabalhar para sua sobrevivência diária. Agora, mais do que nunca, surgia uma boa oportunidade para "ir ao inferno", como ele havia dito certa vez, pois tinha muito dinheiro e nada para fazer. Satã é famoso por gostar de empregar mãos abastadas e ociosas. Ainda que o pobre coitado tivesse passado por uma imensidão de tentações internas e externas, ele havia resistido muito bem a todas; por mais que valorizasse a liberdade, ele dava maior valor à boa-fé e à confiança; assim, a promessa feita ao avô e seu desejo de poder olhar honestamente nos olhos das mulheres que o amavam e dizer "está tudo bem" o mantinham seguro e equilibrado.

Talvez alguma senhora Grundy[114] faça a seguinte observação: "Eu não acredito nisso, meninos sempre agirão como meninos; os jovens devem transgredir, e as mulheres não devem esperar milagres!". Ouso dizer que a senhora não deve dizer isso, senhora Grundy, ainda que seja uma verdade. As mulheres são capazes de realizar muitos milagres, e estou convencida de que podem realizar até mesmo o milagre de elevar o padrão da masculinidade quando se recusam a ecoar esses ditos populares. Deixemos os meninos serem meninos, quanto mais tempo melhor; e deixemos que os jovens transgridam, ou, como diz o ditado, semeiem seu trigo selvagem, apenas quando for necessário. Ao confiar e mostrar que acreditam na possibilidade de lealdade às virtudes que tornam os homens mais viris aos olhos das mulheres, mães, irmãs e amigas podem ajudar a amenizar as transgressões e a separar o joio do trigo para que a colheita não seja perdida. Se isso é uma ilusão feminina, deixe-nos aproveitá-la enquanto podemos, pois, sem a ilusão, a vida perde metade de sua beleza e do

---

113. Felix Mendelssohn Bartholdy (1809-1847), Ludwig van Beethoven (1770-1827) e Johann Sebastian Bach (1685-1750), compositores alemães. (N.T.)

114. A senhora Grundy surgiu na peça *Speed the Plough* (1798), de Thomas Morton (1764-1838). É a personificação da pessoa puritana e tirana dos bons modos e do decoro. (N.T.)

romantismo, e esses tristes agouros amargurariam todas as nossas esperanças de encontrarmos rapazes corajosos e afetuosos, que ainda amam suas mães mais do que a si mesmos e não têm vergonha de admitir isso.

Laurie imaginou que a tarefa de esquecer seu amor por Jo duraria anos e absorveria todas as suas forças, porém, para sua grande surpresa, notou que isso se tornava cada dia mais fácil. Recusou-se a acreditar no início, sentiu raiva de si mesmo e não conseguia compreender; nossos corações, no entanto, são coisinhas curiosas e contraditórias e, sem se importar conosco, o tempo e a natureza realizam seu trabalho. O coração de Laurie não doía mais. A ferida insistia em curar-se com uma velocidade que o surpreendia; e, em vez de tentar esquecer, ele se pegava tentando recordar. Ele não tinha previsto essa reviravolta e não estava preparado para ela. Ficou indignado consigo mesmo, surpreso com sua própria inconstância e repleto de um sentimento que misturava decepção e alívio, por ser capaz de se recuperar com tanta rapidez de um ataque tão intenso. Ele soprou e remexeu com cuidado as brasas de seu amor perdido que, no entanto, se recusaram a reavivar as labaredas. Havia apenas uma pequena chama confortável que o aquecia e lhe fazia bem sem causar febres; com relutância, ele foi obrigado a confessar que a paixão de menino abrandava-se aos poucos e se transformava em um sentimento mais tranquilo, muito afetuoso, um pouco triste e ainda ressentido, mas que certamente se dissiparia com o tempo, passando a ser uma afeição fraterna que se manteria intacta até o fim.

Assim que a palavra "fraterna" passou por sua mente em um de seus devaneios, ele sorriu e olhou para a imagem de Mozart que estava diante dele... "Bem, ele era um grande homem e, quando não pôde casar-se com uma das irmãs, ficou com a outra e foi feliz." Laurie não pronunciou essas palavras, mas disse para si mesmo em pensamento e, no instante seguinte, beijou o pequeno anel antigo e então falou:

— Não, eu não posso! Eu não a esqueci, nunca me esquecerei dela. Tentarei mais uma vez e, se não der certo, daí, então...

Interrompendo seus pensamentos, ele pegou caneta e papel e escreveu para Jo dizendo que nunca conseguiria resolver nada enquanto ainda houvesse esperança, mesmo que ínfima, de ela mudar de ideia. Será que ela poderia, que desejaria... E ele, então, voltaria para casa e seria feliz? Enquanto esperava uma resposta, ele não fez nada; manteve-se assim de forma bastante vigorosa, pois encontrava-se em uma torrente de impaciência. Finalmente a resposta chegou, e um ponto ficou bem esclarecido: Jo, decididamente, não queria e não desejava. Ela estava totalmente envolvida com Beth, ainda, e nunca mais queria ouvir a palavra amor. Concluindo, ela implorou que ele fosse feliz com outra pessoa e que sempre mantivesse um cantinho em seu coração aberto para ela, sua amada irmã. Em uma nota final, Jo pediu que ele não dissesse a Amy que Beth havia piorado; ela voltaria para casa na primavera, e não havia necessidade de entristecer o restante de sua estada. Haveria tempo suficiente, se Deus quisesse, mas Laurie deveria escrever para Amy com frequência para que ela não se sentisse sozinha, saudosa do lar ou ansiosa.

— Então, escreverei agora mesmo. Pobre menina... Acredito que sua volta para casa será bastante triste. — Laurie abriu a escrivaninha, como se escrever para Amy fosse a conclusão adequada à sentença que deixou inacabada algumas semanas antes.

Entretanto, não escreveu a carta naquele dia, pois, enquanto procurava seu melhor papel, ele se deparou com algo que o fez mudar de ideia. Em meio a contas, passaportes e documentos de negócios de diversos tipos encontrou várias cartas de Jo e, em outro compartimento, três bilhetes de Amy cuidadosamente amarrados com uma de suas fitas azuis e docemente sugestivos por conta das pequenas rosas secas colocadas neles. Com uma expressão que ficava entre o arrependimento e a diversão, Laurie reuniu todas as cartas de Jo, alisou-as, dobrou-as e guardou-as em ordem dentro de uma pequena gaveta da escrivaninha; então, ficou um instante pensativo enquanto girava o anel em seu dedo; em seguida, ele o retirou lentamente e o colocou na gaveta junto com as cartas, trancou a gaveta e saiu para ouvir a Missa Solene na Santo Estevão;[115] embora não estivesse aflito, sentia-se como se tivesse participado de um funeral, e, então, essa parecia a maneira mais adequada de passar o resto do dia do que escrever cartas para jovens senhoritas encantadoras.

A carta, entretanto, foi enviada logo depois e, como estava com saudades de casa, Amy a respondeu de imediato e se confessou da maneira mais deliciosamente confidencial. As correspondências floresceram de forma esplêndida, e as cartas voaram para lá e para cá com infalível regularidade durante todo o início da primavera. Laurie vendeu as estátuas, alimentou a lareira com sua ópera e voltou à Paris com a esperança de que alguém chegasse logo. Desejava ansiosamente ir para Nice; entretanto, não iria sem um convite, e Amy não o convidaria, pois naquele exato momento estava tendo algumas experiências particulares e preferia evitar os olhos inquisitivos de "nosso menino".

Fred Vaughn havia retornado e fez a pergunta que ela resolvera responder antes com um "sim, obrigada"; entretanto, dessa vez, ela respondeu "Não, obrigada!" de um modo gentil, porém decidido; isso porque, no momento de responder, lhe faltou coragem, e ela descobriu que era preciso algo mais do

---

115. Santo Estevão é uma antiga catedral gótica do século XII, em Viena, na Áustria. (N.T.)

que dinheiro e posição social para satisfazer ao novo anseio que enchia seu coração de esperanças e medos delicados. As palavras "Fred é um bom sujeito, Amy; no entanto, eu não acredito que seja o tipo de homem que lhe agrade" e a expressão do rosto de Laurie quando as enunciou voltavam à sua mente de forma obsessiva, assim como a expressão de seu próprio rosto quando ela disse com o olhar, sem usar palavras "Vou me casar por dinheiro!". Sentia-se incomodada pelo desejo de retirar o que havia dito; soava tão antifeminino. Não queria que Laurie pensasse que ela fosse uma criatura mundana e sem sentimentos. Ela já não se importava tanto em ser uma rainha da sociedade agora; desejava mais ser uma mulher que pudesse ser amada por alguém. Estava muito feliz, pois, além de não a odiar pelas coisas terríveis que lhe havia dito, ele ainda as havia recebido muito bem, sendo mais generoso do que nunca. As cartas de Laurie a confortavam muito, enquanto as vindas de casa pareciam muito irregulares e, quando chegavam, não eram tão satisfatórias quanto as dele. Respondê-las não era apenas um prazer, era um dever, porque o pobre companheiro estava desamparado e precisava de mimos, uma vez que Jo insistia em manter-se insensível. Ela deveria ter se esforçado e tentado amá-lo. Não devia ser muito difícil; muitas pessoas ficariam orgulhosas e felizes por ter um menino tão querido cuidando delas. No entanto, Jo nunca agiria como outras meninas, então não havia nada a fazer senão ser muito gentil e tratá-lo como um irmão.

Se todos os irmãos fossem tratados como Laurie foi nesse período, seriam muito mais felizes. Amy não dava mais sermões. Ela perguntava a opinião dele sobre todos os assuntos, mostrava-se interessada em todas as suas atividades, confeccionou pequenos e encantadores presentes e lhe enviava duas cartas por semana, repletas de fofocas animadas, confidências fraternais e esboços cativantes dos encantadores cenários que tinha em seu entorno. Embora alguns irmãos sejam agraciados com a gentileza de ter suas cartas carregadas nos bolsos de sua irmã, que as lê e relê diligentemente, que chora quando são curtas, que fica feliz quando são longas e as estima com muito carinho, não vamos imaginar que Amy tenha feito qualquer uma dessas coisas românticas e tolas. No entanto, certamente ela ficou um pouco mais abatida e introspectiva naquela primavera, perdeu muito de seu prazer pelas companhias e, às vezes, saía sozinha para fazer esboços. Não voltava com muitos desenhos, pois ficava observando a natureza, ouso dizer, quando ficava sentada durante horas, com as mãos dobradas, no terraço em Valrosa, ou esboçava distraidamente qualquer fantasia que lhe ocorresse: um cavaleiro forte esculpido em um túmulo, um jovem dormindo na grama com o chapéu sobre os olhos, ou uma menina de cabelos cacheados em um lindo vestido, dançando em um salão de baile nos braços de um cavalheiro alto; no lugar dos rostos, apenas um borrão, de acordo com a última moda na arte, que, embora fosse algo seguro, não era muito satisfatório.

A tia achava que ela tivesse se arrependido de sua resposta a Fred; suas negações eram inúteis, e as explicações, impossíveis, então Amy preferiu deixá-la acreditar no que quisesse, e teve o cuidado de deixar Laurie saber que Fred estava no Egito. Isso foi tudo o que ela fez, mas ele entendeu e pareceu aliviado quando disse a si mesmo, com um ar venerável:

— Eu tinha certeza de que ela iria pensar melhor. Pobre companheiro! Também passei por isso, e posso muito bem compreender esse sentimento.

Ao dizer isso, suspirou profundamente e, então, como se já tivesse cumprido seu dever, colocou os pés no sofá e deleitou-se efusivamente com a carta de Amy.

Enquanto ocorriam todas essas mudanças no exterior, agravavam-se os problemas em casa. A carta informando que Beth estava mais fraca nunca chegou a Amy, e a mensagem seguinte a encontrou em Vevay,[116] pois, em maio, o calor os expulsou de Nice e eles viajaram lentamente até a Suíça, por Gênova e os lagos italianos. Ela suportou tudo muito bem e, em silêncio, submeteu-se ao decreto da família de que não encurtaria sua visita, já que era tarde demais para dizer adeus a Beth e lhe parecia melhor ficar e deixar que a ausência amenizasse sua tristeza. Seu coração estava muito pesado e ansiava por estar em casa; todos os dias, ela olhava melancolicamente para o outro lado do lago, esperando que Laurie chegasse para confortá-la.

Ele não demorou muito para vir; as cartas dos dois chegaram pelo mesmo carregamento, mas ele estava na Alemanha e não a recebeu imediatamente. No momento em que a leu, preparou as malas, disse adeus aos companheiros de viagem e foi cumprir sua promessa com o coração cheio de alegria, um pouco de tristeza, esperança e expectativa.

Conhecia Vevay muito bem e, assim que o barco chegou ao pequeno cais, ele se apressou ao longo da costa até La Tour, onde os Carrols estavam vivendo *en pension*.[117] O mordomo estava desesperado, pois toda a família havia ido passear no lago; mas não, a *mademoiselle* loira talvez estivesse no jardim do castelo. Se o *monsieur* se desse ao trabalho de sentar-se por um minutinho, talvez ela aparecesse. No entanto, *monsieur* não poderia esperar um minutinho e, enquanto o mordomo falava, ele partiu para encontrar a *mademoiselle* por si mesmo.

---

116. Cidade da Suíça localizada no Cantão de Vaud. (N.T.)
117. Em francês, "em uma pensão". (N.T.)

Um velho e agradável jardim na orla de um lago encantador, com castanheiras a farfalhar sobre ele, heras se esgueirando em todas as partes e a sombra negra da torre se espalhando ao longe pelas águas ensolaradas. Num canto da ampla muralha baixa havia um banco, e, às vezes, Amy ficava ali para ler ou desenhar, ou para se consolar com toda a beleza que a rodeava. Estava sentada ali naquele dia, com a cabeça inclinada sobre a mão, saudosa de casa e com os olhos pesados, pensando em Beth e se perguntando por que Laurie não chegava. Ela não o ouviu atravessar o pátio nem o viu parar no arco que saía do caminho subterrâneo e levava ao jardim. Ele ficou ali por um instante, olhando para ela com novos olhos, vendo o que ninguém nunca tinha visto, o lado terno da personalidade de Amy. Tudo nela sugeria, silenciosamente, amor e tristeza; as cartas borradas em seu colo, a fita preta amarrada em seu cabelo, a dor e a resignação feminina em seu rosto, até mesmo a pequena cruz de ébano em sua gargantilha, que era extremamente tocante para Laurie, pois ele a tinha dado de presente, e ela a usava como único ornamento. Caso tivesse alguma dúvida a respeito de como Amy o receberia, esta foi sanada no momento em que ela levantou a cabeça e olhou para ele; então, ela largou tudo e correu em sua direção, exclamando em um tom inconfundível de amor e saudades:

— Ah, Laurie, Laurie, eu sabia que você viria!

Tudo parecia estar dito e resolvido entre eles; enquanto estavam juntos e em silêncio por um instante, a cabeça dele inclinada para baixo, protegendo a dela, Amy sentiu que ninguém poderia confortá-la e lhe oferecer apoio tão bem quanto Laurie. Ele, por sua vez, resolveu que Amy era a única mulher no mundo que poderia tomar o lugar de Jo e fazê-lo feliz. Ele não lhe disse isso, mas ela não ficou decepcionada; ambos sentiram a verdade, estavam satisfeitos e, de bom grado, deixaram o resto para o silêncio.

Amy voltou para onde estava antes e, enquanto secava as lágrimas, Laurie recolheu os papéis espalhados e vislumbrou bons presságios para o futuro ao ver as várias cartas já lidas e relidas e os esboços sugestivos. Quando ele se sentou ao seu lado, Amy sentiu-se tímida novamente, e corou ao lembrar-se de sua saudação impulsiva.

— Eu não pude me conter, estava me sentindo tão solitária e triste... E fiquei muito feliz em vê-lo. Foi uma surpresa levantar o rosto e encontrá-lo no mesmo instante em que comecei a temer que você não mais viria — disse ela, tentando, em vão, falar de um modo natural.

— Vim no instante em que fiquei sabendo da notícia. Eu gostaria de poder dizer algo para confortá-la pela perda da querida Beth, mas eu só posso sentir e... — Ele foi incapaz de continuar, pois também se sentiu repentinamente retraído, e não sabia bem o que dizer. Ele ansiava por colocar a cabeça de Amy sobre seu ombro e dizer-lhe que poderia chorar o quanto quisesse, mas não se atreveu; em vez disso, segurou a mão dela e lhe apertou de um jeito solidário que dizia mais do que quaisquer palavras.

— Você não precisa dizer nada, isso me conforta — disse ela baixinho. — Beth está bem e feliz agora, e eu não devo desejar que ela volte; contudo, temo voltar para casa na mesma medida em que anseio vê-los todos novamente. Não vamos falar sobre isso agora, porque me faz chorar, e eu quero aproveitar a sua estada. Você precisa ir embora logo?

— Não se você me quiser aqui, querida.

— Eu quero muitíssimo. Titia e Flo são muito gentis, mas você é como se fosse da família, e seria tão confortável tê-lo aqui por um tempo...

Amy falava e se comportava tanto como uma criança que sentia muita falta de casa, cujo coração transbordava de emoção, que Laurie se esqueceu imediatamente de sua timidez e deu-lhe exatamente o que ela queria: os mimos que tanto lhe agradavam e a conversa alegre de que necessitava.

— Pobrezinha, parece que você adoeceu de tanta tristeza! Vou cuidar de você, não chore mais, venha e caminhe comigo, o vento está muito frio para você ficar parada — disse ele, de modo um pouco carinhoso e um pouco impositivo que a agradava, enquanto, ao mesmo tempo, amarrava o chapéu de Amy, oferecia seu braço a ela e começava a caminhar de um lado para o outro pela calçada ensolarada sob as castanheiras de folhagem renovada.

Ele se sentiu mais à vontade em pé, e Amy achou agradável ter um braço forte para se apoiar, um rosto familiar para lhe sorrir e uma voz gentil que, deliciosamente, falava somente para ela.

O velho e curioso jardim já havia abrigado muitos namorados e parecia especialmente feito para eles; era bem ensolarado e isolado, e não havia nada além da torre para vigiá-los e do grande lago para levar para longe o eco de suas palavras. Durante uma hora, o novo casal caminhou e conversou, e encostou na muralha, apreciando as doces influências que ofereciam tanto charme ao momento e ao local; e quando um sino nada romântico os chamou para o jantar, Amy teve a sensação de que ali, no jardim do castelo, abandonava o fardo de sua solidão e tristeza.

No momento em que a senhora Carrol viu o rosto alterado da menina, sentiu que uma novidade se anunciava e exclamou para si mesma:

— Agora eu entendi tudo: a criança ansiava pelo jovem Laurence. Coração abençoado, eu nunca havia pensado nisso!

Com discrição louvável, a boa senhora não disse nada e não traiu nenhum sinal de esclarecimento, mas de modo cordial instigou Laurie a ficar e implorou que Amy aproveitasse a companhia do jovem, pois lhe faria mais bem do que tanta solidão. Amy foi um modelo de docilidade e, como sua tia estava bastante ocupada com Flo, foi deixada sozinha para entreter seu amigo; fez isso com êxito maior do que o habitual.

Em Nice, Laurie havia descansado, e Amy, passado sermões. Em Vevay, Laurie nunca estava ocioso; sempre caminhando, andando, navegando ou estudando de modo bastante ativo, enquanto Amy admirava tudo o que ele fazia e seguia seu exemplo da melhor maneira possível. Ele culpou o clima por sua mudança, e ela não o contradisse; estava feliz por poder usar a mesma desculpa para a recuperação de sua própria saúde e de seu ânimo.

O ar revigorante fez bem aos dois, e a abundância de exercícios lhes trouxe mudanças saudáveis, tanto mentais quanto físicas. Pareciam ter uma visão mais clara da vida e dos deveres lá no alto, entre as colinas eternas.

Os ventos frescos sopravam para longe as dúvidas desanimadoras, as fantasias ilusórios e as névoas da instabilidade. O sol quente da primavera trazia todo tipo de ideias novas, esperanças ternas e pensamentos felizes. O lago parecia lavar os problemas do passado, e as grandes montanhas antigas olhavam para baixo, de forma generosa, para eles, dizendo: "Crianças, amem-se mutuamente.".

Apesar da nova tristeza, aquele foi um momento muito feliz, tão feliz que Laurie não suportaria perturbá-lo por uma palavra. Demorou um pouco para se recuperar de sua surpresa com a cura do primeiro amor e, conforme havia acreditado firmemente, último e único amor. Ele consolou-se da aparente deslealdade pelo pensamento de que a irmã de Jo era quase como a própria Jo e pela convicção de que teria sido impossível amar tanto e tão cedo qualquer outra mulher que não fosse Amy. Seu primeiro pedido romântico havia sido tempestuoso, e ele o via de forma retrospectiva como se o examinasse por uma longa perspectiva dos anos com um sentimento que misturava compaixão e arrependimento. Não se envergonhava do fato, mas mantinha-o guardado no baú das experiências agridoces de sua vida, pelas quais se sentiria feliz quando a dor passasse. Resolveu que seu segundo pedido seria o mais tranquilo e simples possível. Não havia necessidade de fazer uma cena, não era preciso dizer a Amy que ele a amava; ela sabia disso sem palavras e já havia lhe dado sua resposta muito tempo antes. Tudo aconteceu de forma tão natural que ninguém pôde reclamar, e ele sabia que todo mundo ficaria feliz, até mesmo Jo. Contudo, quando fracassamos em nossa primeira paixão, passamos a ser cautelosos e morosos na segunda tentativa, por isso, Laurie deixou passar os dias, aproveitando todas as horas e deixando ao acaso a palavra que colocaria um fim ao primeiro e mais doce momento do novo romance.

Ele havia imaginado que o desenlace ocorreria no jardim do castelo, sob o brilho da lua, e da maneira mais graciosa e decorosa; nada disso, o assunto foi resolvido ao meio-dia no lago em meio a algumas palavras contundentes. Haviam passeado de barco por toda a manhã, indo da sombria Saint Gingolph até a ensolarada Montreux, com os Alpes da Savoia de um lado e, do outro, o Mont St. Bernard e os Dents du Midi. A bela Vevay no vale e Lausanne sobre a colina, um céu azul sem nuvens acima e o lago mais azul embaixo, pontilhado com os barcos pictóricos que pareciam ser gaivotas de asas brancas.

Eles estavam falando de Bonnivard[118] enquanto passavam por Chillon e de Rousseau enquanto olhavam para Clarens, onde esse autor escreveu *Heloísa*.[119]

Nenhum dos dois havia lido esse livro, porém sabiam que era uma história de amor, e cada um deles se perguntou internamente se a história seria tão interessante quanto a deles. Amy estava brincando com a mão na água durante um pequeno silêncio que se fez entre os dois e, ao levantar o rosto, Laurie estava encostado em seus remos com uma expressão nos olhos que a fez dizer de repente, apenas para manter a conversa:

— Você deve estar cansado. Descanse um pouco e deixe-me remar. Isso vai me fazer bem, pois, desde que você chegou, eu tenho estado completamente preguiçosa e confortável.

— Eu não estou cansado; pegue um remo, se quiser. Há bastante espaço, embora eu tenha de me sentar quase na metade do banco para compensar o peso — respondeu Laurie, como se estivesse gostando bastante do arranjo.

Sentindo que não havia consertado muito as coisas, Amy aceitou o terço de banco, tirou os cabelos do rosto e aceitou um remo. Ela remava tão bem quanto fazia muitas outras coisas e, embora usasse ambas as mãos — e Laurie, apenas uma —, os remos ficaram em sincronia, e o barco navegou sem problemas.

— Remamos muito bem juntos, não é? — disse Amy que, naquele momento, se opunha ao silêncio.

— Tão bem que eu gostaria de sempre poder remar o mesmo barco com você. Você aceitaria, Amy? — disse ele muito ternamente.

— Sim, Laurie — ela respondeu baixinho.

Então ambos pararam de remar e inconscientemente passaram a compor um pequeno quadro de amor e felicidade humanos junto às imagens dissolvidas que refletiam no lago.

---

118. François Bonnivard (1496-1570) foi um nobre historiador genebrino. Sua vida serviu de inspiração para o poema de Byron *The Prisoner of Chillon* (em 1816). (N.T.)

119. Jean-Jacques Rousseau (1712-1778), filósofo suíço, escreveu um influente romance epistolar chamado *A Nova Heloísa*. Clarens é uma pequena vila no município de Montreux, no Cantão de Vaud, na Suíça. (N.T.)

42. Sozinha

Era fácil fazer a promessa de autoabnegação quando se estava completamente absorvido por outro ser, quando coração e alma estavam purificados por um doce exemplo. Contudo, quando a voz que a ajudava silenciou, a lição diária ficou interrompida e a presença amada se foi, nada sobrou senão a solidão e a tristeza, e, então, Jo começou a achar muito difícil cumprir sua promessa. Como ela poderia confortar o pai e a mãe enquanto o próprio coração doía de saudades da irmã? Como ela poderia "alegrar a casa" quando sua luz, o calor e a beleza pareciam tê-la abandonado assim que Beth trocou a velha moradia pela nova, e, no mundo todo, onde poderia "encontrar trabalho prestativo e feliz para fazer" que pudesse tomar o lugar do serviço amoroso que havia sido sua própria recompensa? Tentou fazer seu dever de maneira cega e sem sentido e, secretamente, rebelando-se o tempo todo contra ele; por isso, parecia injusto ver suas alegrias diminuídas, seus fardos mais pesados, e a vida, cada vez mais difícil conforme dava seguimento à sua labuta. Era como se algumas pessoas recebessem toda a luz do sol e outras, toda a sombra. Não era nada justo, pois, muito mais que Amy, ela havia tentado ser boa sem nunca receber qualquer recompensa, apenas decepções, problemas e trabalho árduo.

Pobre Jo, vivia dias sombrios, e sentiu certo desespero quando imaginou que poderia passar toda a sua vida naquela casa tranquila, entregue aos cuidados monótonos, a alguns pequenos prazeres e ao dever que nunca parecia diminuir. "Eu não posso fazer isso. Eu não nasci para uma vida como esta, e sei que sairei daqui e farei algo desesperado se não aparecer ninguém para me ajudar", disse para si mesma quando seus primeiros esforços fracassaram e ela se viu cair em um estado de espírito temperamental e triste, que, muitas vezes, ocorrem quando uma pessoa fortemente determinada precisa ceder ao inevitável.

Entretanto, alguém veio ajudá-la, embora Jo não tenha reconhecido seus bons anjos de imediato, porque surgiram usando formas familiares e encantos simples, mais adequados à pobre humanidade. Muitas vezes, ela acordava assustada à noite, pensando que Beth a havia chamado, e, então, ao ver a pequena cama vazia, ela chorava amargamente, exclamando em sua tristeza inconformada: "Ah, Beth, Volte! Volte!". Ela não estendia seus braços saudosos em vão. Sempre que a ouvia soluçando, assim como também ouvia os sussurros mais fracos de sua irmã, sua mãe surgia rapidamente para confortá-la, não com palavras apenas, mas com a ternura paciente que acalma com um toque; lágrimas que, sem nada dizer, indicavam uma dor maior que a de Jo e sussurros interrompidos, mais eloquentes do que orações, porque a resignação esperançosa caminhava de mãos dadas com a tristeza natural. Momentos sagrados, quando, no silêncio da noite, um coração falava ao outro, transformando aflição em uma bênção que reprimia a dor e fortalecia o amor. Sentindo isso, o fardo de Jo parecia mais fácil de suportar, o dever se tornava mais doce e a vida ficava mais suportável, vista do abrigo seguro dos braços de sua mãe.

Quando o coração dolorido se sentia um pouco mais confortado, a mente perturbada também encontrava ajuda, pois um dia ela foi até a biblioteca e, inclinando-se sobre a cabeça grisalha que se levantava para recebê-la com um sorriso tranquilo, disse muito humildemente:

— Papai, converse comigo como fazia com Beth. Preciso mais do que ela, porque não estou nada bem.

— Minha querida, nada poderia me confortar mais que isso — respondeu ele com a voz oscilante e os braços em volta dela, como se ele também precisasse de ajuda e não temesse pedi-la.

Então, sentada na banqueta de Beth ao lado dele, Jo falou sobre seus problemas, sobre a tristeza ressentida por sua perda, sobre seus esforços infrutíferos que a desencorajavam, sobre a falta de fé que fazia a vida parecer tão sombria e sobre toda a triste perplexidade que chamamos de desespero. Ela confiou nele completamente, ele lhe ofereceu a ajuda de que precisava e ambos se sentiram consolados por suas ações. Porque já viviam em um momento em que podiam conversar não apenas como pai e filha, mas como homem e mulher, capazes e felizes por servirem um ao outro com compaixão e amor mútuos. Eram momentos felizes e atenciosos ali na antiga biblioteca, que Jo chamava de "a igreja de um membro só" e da qual ela saía com coragem renovada, a alegria recuperada e o ânimo mais conformado. Isso porque os mesmos pais que haviam conseguido ensinar uma criança a encontrar a morte sem medo estavam agora tentando ensinar a outra a aceitar a vida sem desânimo ou desconfiança e a usar as suas belas oportunidades com gratidão e força.

Jo foi ajudada de outras maneiras também — deveres e alegrias saudáveis e humildes que não se negavam em servi-la e que ela aprendeu lentamente a enxergar e a valorizar. As vassouras e os panos de prato nunca mais poderiam ser tão desagradáveis como já haviam sido, pois Beth havia administrado esses dois setores, e algo de seu espírito doméstico parecia estar vivo em torno do pequeno esfregão e da velha esponja que nunca foi jogada fora. Conforme as utilizava, Jo se pegava cantarolando as músicas que Beth costumava cantar, imitando o jeito organizado de Beth e, aqui e ali, dando pequenos toques que mantinham tudo com um ar renovado e acolhedor; e mesmo que esse fosse o primeiro passo para trazer felicidade para uma casa, ela não sabia até Hannah lhe dizer, apertando-lhe a mão de modo acolhedor:

— Ah, sua criaturazinha atenciosa, você está fazendo de tudo para que não sintamos saudades de nossa querida cordeira. Não falamos muito, mas estamos sempre de olho, e o Senhor vai abençoá-la por tudo isso, você verá que sim.

Enquanto costuravam juntas, Jo descobriu que Meg havia melhorado muito, que se expressava melhor, que sabia muito sobre os impulsos, pensamentos e sentimentos das mulheres, que estava feliz com o marido e as crianças, e que todos eles estavam fazendo muito um pelo outro.

— O casamento me parece algo excelente, afinal de contas. Será que eu floresceria metade do que você conseguiu se eu tentasse? — disse Jo, enquanto fazia uma pipa para Demi no quarto dos bebês, que estava de pernas para o ar.

— É exatamente do que você precisa para que o lado feminino de sua natureza emerja, Jo. Você é como o ouriço da castanha; espinhosa por fora, macia como a seda por dentro, e tem uma semente doce, quando se chega até lá. O amor lhe fará mostrar o seu coração um dia e, em seguida, o áspero ouriço se desvanecerá.

— As geadas abrem o ouriço da castanha, senhorita, e um bom chacoalho as fazem cair. Meninos colhem nozes; eu não quero ser recolhida e ensacada por eles — disse Jo, passando cola na pipa que não seria levada por nenhum vento, já que Daisy havia se amarrado nela como se fosse um pendente.

Meg riu, pois estava feliz com o vislumbre do velho ânimo de Jo, mas sentiu que tinha o dever de impor sua opinião se utilizando de todos os argumentos possíveis; e as conversas entre as irmãs nunca eram uma perda de tempo, especialmente porque dois dos argumentos mais eficazes de Meg eram os bebês, que Jo amava com muita ternura. Alguns corações somente se abrem com o sofrimento; e Jo estava quase pronta para ser ensacada. Um pouco mais de sol para amadurecer a castanha e, em seguida, não a chacoalharia a mão impaciente de um menino, mas a mão de um homem que se estenderia para retirá-la suavemente do ouriço e encontrar sua semente doce e saudável. Se suspeitasse disso, ela teria se fechado fortemente e se tornado mais espinhosa do que nunca; porém, felizmente, não estava pensando em si mesma, então, quando a hora chegou, ela deixou-se cair.

Se fosse a heroína de um livro de histórias moralizantes, deveria, neste período de sua vida, ter se tornado santa, renunciando o mundo e saído para fazer o bem, vestindo um gorro horroroso e carregando folhetos nos bolsos. Veja bem, ocorre que Jo não era uma heroína, era apenas uma menina, bastante humana, que lutava como centenas de outras, e agia de acordo com sua natureza: ficava triste, zangada, apática ou animada, conforme sugerisse seu humor. É altamente virtuoso dizer que seremos bons, mas não somos capazes de fazer isso de uma hora para outra; e é preciso um longo empurrão, um forte empurrão e um empurrão generalizado para que alguns de nós consigamos até mesmo fazer nossos pés começarem a caminhar na direção correta. Jo havia atingido um ponto em que estava aprendendo a cumprir seu dever e a se sentir infeliz quando não o cumpria; mas cumpri-lo com alegria... Ah, essa era outra história! Disse sempre que desejava fazer algo esplêndido, sem se importar com o quão difícil seria, e, agora, seu desejo estava se cumprindo; pois o que poderia ser mais bonito do que dedicar toda a sua vida ao pai e à mãe, tentando deixar a casa tão feliz quanto eles a haviam deixado para ela? E se as dificuldades eram necessárias para aumentar o esplendor do esforço, o que poderia ser mais difícil para uma menina inquieta e ambiciosa do que desistir das próprias esperanças, dos planos e desejos e, de bom grado, viver para os outros?

A providência resolveu atendê-la ao pé da letra. A tarefa estava à sua frente e, mesmo não sendo o que ela esperava, era melhor, porque o ego não fazia parte dela. Será que ela seria capaz de cumpri-la? Ela decidiu tentar e, em sua primeira tentativa, encontrou a ajuda que mencionei antes. Ainda assim, obteve mais uma ajuda; e ela a aceitou não como uma recompensa, mas sim como um conforto, assim como Christian, quando subia a colina chamada Dificuldade, aceitou o refresco oferecido pelo arvoredo onde descansou.[120]

— Por que você não escreve? Isso sempre a deixou feliz — disse a mãe, um dia, quando Jo estava coberta por um ataque de desânimo.

— Eu não tenho ânimo para escrever e, mesmo que tivesse, ninguém se importa com minhas coisas.

— Nós nos importamos. Escreva algo para nós e se esqueça do resto do mundo. Experimente, querida. Tenho certeza de que lhe faria bem, e nos agradaria muito.

— Não sei se eu conseguiria.

Contudo, Jo foi até sua escrivaninha e começou a revisar seus manuscritos inacabados.

Uma hora depois, a mãe a espiou, e lá estava ela, escrevendo, usando seu avental preto, e com uma expressão concentrada que fez a senhora March sorrir e sair bastante satisfeita com o êxito de sua sugestão. Jo nunca soube como aquilo aconteceu, mas havia algo naquela história que atingia diretamente os corações daqueles que a liam; depois de sua família ter rido e

---

120. No livro 1 de *O caminho do peregrino*, Christian sobe a Colina da Dificuldade a caminho do Palácio Belo; o Senhor da Colina havia plantado um arvoredo no meio da colina para que os viajantes pudessem descansar. (N.T.)

chorado com o texto, seu pai o enviou, muito contra a vontade de Jo, para uma revista popular, e, além de ter recebido dinheiro, o que a surpreendeu muito, ela também foi convidada a escrever outras narrativas. Cartas de várias pessoas, cujos elogios constituíam uma honra, seguiram a publicação de sua história, os jornais a copiaram, e ela foi admirada tanto por estranhos quanto pelos amigos. Era um grande sucesso para algo tão pequeno, e Jo ficou mais surpresa do que quando seu romance havia sido elogiado e condenado ao mesmo tempo.

— Não entendo. O que será que há nessa historiazinha tão simples que a faz ser tão elogiada? — ela disse, bastante confusa.

— Ela é verdadeira, Jo, esse é o segredo. Humor e emoção dão vida a ela, e, finalmente, você encontrou seu estilo. Você não escreveu para obter fama e dinheiro, e colocou nela seu coração, minha filha. Você experimentou o amargo, e, agora, é a vez do doce. Faça o seu melhor e fique tão feliz quanto nós com o seu sucesso.

— Caso haja algo bom ou verdadeiro no que escrevo, nada disso vem de mim. Devo tudo a você, à mamãe e à Beth — disse Jo, mais tocada pelas palavras do pai do que por todos os elogios do mundo.

Ensinada assim pelo amor e pela tristeza, Jo escrevia suas pequenas histórias e as enviava para longe, para que fizessem amigos para elas e para si mesma, achando que aquele era um mundo muito caridoso para aquelas humildes andarilhas, pois eram gentilmente recebidas e sempre enviavam de volta para casa de sua mãe lembranças generosas, como crianças obedientes agraciadas pela boa sorte.

Quando Amy e Laurie escreveram contando sobre o noivado, a senhora March temeu que Jo pudesse ter dificuldades para se contentar com isso; porém seus medos foram logo sanados, pois, embora Jo parecesse a princípio muito séria, ela aceitou a ideia com tranquilidade e estava cheia de esperanças e planos para "as crianças" mesmo antes de ter lido a carta duas vezes. Era uma espécie de dueto escrito, cada um deles falava apaixonadamente do outro; uma carta agradável de ler e adequada para se refletir, porque ninguém tinha objeções a fazer.

— Você gostou, mamãe? — disse Jo, ao se olharem após deixarem de lado as páginas escritas com letrinhas pequenas.

— Sim, eu esperava que isso fosse acontecer desde o momento em que Amy nos escreveu dizendo que havia recusado Fred. Naquele momento, eu tive certeza de que ela havia sido tomada por algo melhor do que, segundo você diz, um "espírito mercenário", e suas cartas foram deixando dicas que me faziam suspeitar de que o amor e Laurie sairiam vencedores.

— Quanta esperteza, mamãe... E quanto silêncio... Você nunca me disse nada.

— Mães devem ter olhos espertos e línguas discretas quando precisam educar meninas. Não quis colocar a ideia em sua cabeça, pois temia que você fosse escrever uma carta para felicitá-los antes mesmo que a coisa estivesse resolvida.

— Não sou mais a cabeça de vento que eu era. Pode acreditar em mim. Agora, sou suficientemente séria e sensata para que todos confiem em mim.

— É verdade, minha querida, e eu deveria ter dito a você, porém eu tive medo de que sofresse ao saber que o seu Teddy estava amando outra pessoa.

— Ah, mamãe, você realmente acha que eu seria tão tola e egoísta? Ainda mais depois de eu ter recusado o amor dele, quando ainda era novo e talvez melhor?

— Eu sabia que você estava sendo sincera, Jo. No entanto, estive pensando ultimamente que talvez você quisesse mudar sua resposta se ele voltasse e lhe pedisse a mão novamente. Perdoe-me, querida, eu a tenho visto muito solitária e, às vezes, observo uma expressão de carência em seu olhar que me machuca o coração. Então, imaginei que seu menino poderia preencher esse lugar vazio se tentasse mais uma vez.

— Não, mãe, é melhor assim; e eu estou feliz que Amy aprendeu a amá-lo. Você, entretanto, está certa em uma coisa. Estou sozinha, e se Teddy me pedisse mais uma vez, talvez eu dissesse "sim", não porque eu o amo mais, mas porque eu me importo mais em ser amada do que quando ele foi embora.

— Estou feliz, Jo. Isso mostra que você está progredindo. Muita gente a ama, então, por enquanto, tente ficar satisfeita com o amor de seus pais, de suas irmãs e irmãos, de seus amigos e dos bebês, até que a pessoa mais apaixonada de todas venha lhe entregar a sua recompensa.

— As mães são as mais apaixonadas do mundo, porém eu não me importo em sussurrar para a mamãe que gostaria de experimentar todos os tipos. É muito curioso... Quanto mais eu tento me satisfazer com todos os tipos de afetos naturais, mais eu pareço desejar. Não fazia ideia de que nossos corações eram capazes de acolher tanta gente. O meu é tão amplo que, agora, nunca parece estar cheio; e olha que eu costumava estar bastante satisfeita apenas com minha família. Não entendo.

— Eu entendo! — A senhora March deu um sorriso que expressava sua sabedoria enquanto Jo virava as páginas para ler o que Amy dissera sobre Laurie:

> É tão bonito ser amada como Laurie me ama. Ele não é sentimental, não fala muito sobre o assunto; eu, entretanto, vejo e sinto seu amor em tudo o que

ele diz e faz, e isso me deixa tão feliz e me faz ser tão humilde que nem pareço ser mais a mesma menina de antes. Até hoje, eu não sabia que ele era tão bom, generoso e afetuoso, pois agora ele me deixa ler seu coração, e eu o vejo cheio de impulsos nobres, esperanças e propósitos; estou tão orgulhosa de saber que ele é meu... Ele diz que se sente como quem "poderia fazer, agora, uma viagem promissora, comigo a bordo como imediato, e muito amor por lastro". Rezo para que possa mesmo e tento ser tudo o que ele acredita que sou, pois eu amo o meu capitão galante com todo o meu coração, a minha alma e as minhas forças, e nunca vou abandoná-lo enquanto Deus nos permitir ficar juntos. Ah, mamãe, descobri que o mundo pode ser um paraíso quando duas pessoas se amam e vivem uma para a outra!

— E essa é a nossa Amy, indiferente, reservada e cosmopolita! O amor é realmente milagroso. Eles devem estar muito, muito felizes! — Jo juntou cuidadosamente as páginas farfalhantes como se fechasse um belo romance que mantém o leitor preso até o fim quando, então, ele se vê novamente abandonado neste mundo prosaico.

Pouco depois, Jo caminhou lentamente até o andar de cima, pois o dia estava chuvoso e ela não podia sair para caminhar. Sentia-se inquieta e dominada por um velho sentimento, não amargo como já havia sido, apenas a triste e solitária dúvida: por que uma irmã tinha tudo que havia pedido e a outra nada? Não era verdade, ela sabia disso, e tentava afastá-lo, o desejo natural por afeição; entretanto, ela era forte, e a felicidade de Amy havia despertado uma ânsia faminta por alguém para "amar com a alma e o coração e agarrar-se enquanto Deus os deixasse ficar juntos". No sótão, onde terminaram as andanças silenciosas de Jo, havia quatro pequenos baús de madeira enfileirados, cada um marcado com o nome de seu proprietário e cada um cheio de relíquias da infância de menina que, agora, havia terminado para todas. Jo deu uma espiada nelas e, quando chegou em seu baú, apoiou o queixo na beirada e olhou distraidamente para aquela coleção caótica, até ver seus antigos cadernos de exercícios. Ela os pegou, virou suas páginas e reviveu aquele inverno agradável na casa da gentil senhora Kirke. Primeiro, sorriu e, depois, ficou introspectiva e entristeceu; quando se deparou com uma mensagem escrita pelas mãos do professor, seus lábios começaram a tremer, os cadernos deslizaram de seu colo e ela se sentou, olhando as palavras amigas, como se elas ganhassem um novo significado e tocassem um ponto afetuoso em seu coração.

"Espere por mim, minha amiga. Mesmo que eu demore um pouco, irei certamente."

— Ah, se ele viesse! Sempre tão gentil, tão bondoso e tão paciente comigo, meu querido e velho Fritz. Não lhe dei nem metade do valor que merecia quando eu estava com ele; agora, por outro lado, eu adoraria vê-lo novamente, pois todo mundo parece ter se afastado de mim, e estou muito sozinha.

E, segurando firme o pequeno papel, como se ainda fosse uma promessa a ser cumprida, Jo deitou a cabeça em uma confortável bolsa de retalhos de pano e chorou, como se quisesse rivalizar com a chuva que tamborilava no telhado.

Era autopiedade, solidão ou desânimo? Ou era o despertar de um sentimento que aguardava o momento certo com a mesma paciência daquele que o havia inspirado? Quem saberia dizer?

43. Surpresas

Entardecia, e Jo estava sozinha, deitada no velho sofá, olhando para o fogo da lareira e pensando. Era a sua maneira favorita de passar o entardecer. Ninguém a perturbava, e ela costumava deitar-se no travesseirinho vermelho de Beth planejando histórias, fantasiando sonhos ou lembrando-se afetuosamente da irmã que nunca parecia estar longe. Tinha o rosto cansado, grave e triste, pois no dia seguinte seria seu aniversário e ela estava pensando nos anos que passavam rápido demais, na idade que teria no outro dia e em quão pouco ela parecia ter realizado. Quase vinte e cinco anos e nada para mostrar. Jo estava enganada. Ela havia realizado muitas coisas e, logo em seguida, se deu conta disso e sentiu-se grata.

— Uma velha senhora, é isso que serei para sempre. Uma solteirona letrada, com uma caneta por cônjuge, uma família de histórias como crianças e, daqui a vinte anos, talvez um pouco de fama; quando, como o pobre Johnson, estarei velha e não poderei aproveitá-la, não poderei compartilhá-la e, já muito independente, não precisarei dela. Bem, eu não preciso ser uma santa amarga nem uma pecadora egoísta e, ouso dizer, velhas senhoras ficam muito bem quando se acostumam com as circunstâncias... — Jo deu um suspiro nesse instante como se essa perspectiva não fosse muito convidativa.

Raramente é, no início, e trinta anos, para quem tem vinte e cinco, parece o fim de todas as coisas. No entanto, não é tão ruim quanto parece; e é possível ficar bastante feliz quando se pode confiar em algo que se encontre dentro de si mesmo. Aos vinte e cinco anos, as meninas começam a falar sobre ser velhas senhoras solteiras, mesmo que, internamente, já estejam resolvidas a nunca ser. Aos trinta anos, não dizem nada sobre isso e, silenciosamente, aceitam o fato; e quando são sensatas, consolam-se ao saber que ainda têm mais vinte anos úteis e felizes, nos quais poderão aprender a envelhecer de modo gracioso. Não ria das solteironas, queridas meninas; pois, muitas vezes, se escondem romances trágicos nos corações que batem tão silenciosamente sob vestidos sóbrios; além do mais, muitos sacrifícios silenciosos da juventude, da saúde, da ambição e do próprio amor tornam aquelas faces desbotadas belas aos olhos de Deus. Até mesmo as irmãs tristes e amargas devem ser tratadas com gentileza, no mínimo, pelo motivo de terem perdido a parte mais doce da vida. E, olhando para elas com compaixão, e não com desprezo, as meninas na flor da idade devem ter em mente que também podem perder a temporada de desabrochar. Devem lembrar que bochechas rosadas não duram para sempre, que surgirão fios prateados nos belos cabelos castanhos e que, pouco depois, bondade e respeito serão tão doces como o amor e a admiração o são agora.

Senhores — querendo dizer meninos —, sejam corteses com as velhas senhoras solteiras, não importando que sejam pobres, simples e puritanas, posto que o único cavalheirismo que vale a pena é aquele que está sempre pronto para honrar os velhos, proteger os fracos e servir as mulheres, independentemente de posição social, idade ou cor. Basta que se lembrem das boas tias que não deram apenas sermões e brigaram, mas que também cuidaram e mimaram — frequentemente sem receber ao menos um obrigado —, lembrem-se das confusões das quais elas os ajudaram a sair, das dicas que lhe deram a partir dos poucos conselhos que conseguiam oferecer, das costuras feitas para vocês pelos velhos e pacientes dedos, dos passos dados por seus velhos e bem-dispostos pés; por tudo isso, deem às queridas e velhas senhoras as poucas atenções que as mulheres gostam de receber enquanto estão vivas. As meninas de olhos brilhantes costumam encontrar rapidamente essas características e gostarão muito mais daqueles que as possuem. Se a morte — praticamente a única força capaz de causar tal separação — lhes levar a mãezinha, certamente encontrarão um acolhimento afetuoso e cuidados maternos vindos de alguma tia Priscilla, que manteve o canto mais aconchegante de seu velho coração solitário para "o melhor sobrinho do mundo".

Jo deve ter adormecido (ouso dizer que o mesmo aconteceu ao meu leitor durante este pequeno sermão), porque, de repente, o fantasma de Laurie parecia estar diante dela, um fantasma substancial, realista, inclinando-se sobre ela com o mesmo olhar que tinha quando estava cheio de sentimentos e não desejava demonstrá-los. Mas, como Jennie da balada, ela

"Não imaginava que fosse realmente ele",[121]

por isso, continuou deitada, fitando-o num silêncio assustador, até que ele se inclinou e lhe deu um beijo. Então, ela o reconheceu e se levantou num pulo, exclamando alegremente:

— Ah, meu Teddy! Ah, meu Teddy!

— Querida Jo, então você está feliz em me ver?

— Feliz! Meu menino abençoado, as palavras não conseguem expressar minha alegria. Onde está Amy?

— Sua mãe a levou até a casa de Meg. Paramos por lá no caminho e não houve como tirar minha esposa das garras deles.

— A sua o quê? — exclamou Jo, pois Laurie traiu-se ao proferir inconscientemente essas duas palavras com orgulho e satisfação.

— Ah, meus deuses! Estraguei tudo! — Ele parecia se sentir tão culpado por ter declarado isso que Jo voou como um relâmpago sobre ele.

— Vocês se casaram?

— Sim, por favor, nunca mais farei isso de novo... — E ele se ajoelhou, apertando as mãos em penitência com uma expressão que revelava travessura, alegria e triunfo.

— Casados de verdade?

— Sim, sim, estou muito grato.

— Misericórdia. Que coisa terrível vocês farão em seguida? — E Jo despencou sobre sua cadeira com uma arfada.

— Felicitações típicas, mas não exatamente elogiosas — respondeu Laurie, ainda em uma atitude abjeta, mas radiante de satisfação.

— Qual atitude você esperava quando tira o fôlego de alguém ao entrar em casa como se fosse um ladrão e contar segredos como esses? Levante-se, seu ridículo, e me conte tudo!

— Nem uma palavra, a menos que você me deixe tomar meu antigo posto e não faça barricadas.

Jo gargalhou como não fazia havia muito tempo e deu um tapinha convidativo sobre o assento do velho sofá, dizendo num tom cordial:

— A velha almofada está lá em cima no sótão, não precisamos mais dela agora. Então, venha se confessar, Teddy.

---

121. Versos da balada popular *Auld Robin Gray* (1783), de Anne Lindsay Barnard (1750-1825). História do amor entre Jennie e Jamie. Jamie sai para ganhar a vida no mar enquanto Jennie o espera. A família de Jennie sofre muitos reveses, e o barco em que Jamie estava afunda. Ela promete casar-se com outro, o velho Robin Gray. Um dia, entretanto, Jamie retorna, e ela diz a frase "Não imaginava que fosse realmente ele... até que ele dissesse voltei para casa pra casar-me contigo". Mas ela manteve a promessa feita ao velho Robin Gray. (N.T.)

— Como parece bom ouvi-la dizer "Teddy"! Você é a única que me chama por esse nome — disse Laurie, sentando-se com um ar de grande contentamento.

— Como Amy o chama?

— Meu lorde.

— Típico. Bem, você bem se parece com um. — Os olhos de Jo a traíram dizendo que seu menino estava mais bonito do que nunca.

Embora a almofada não estivesse mais lá, havia uma barricada; esta, no entanto, era natural, construída pelo tempo, pela ausência e pelas mudanças dos sentimentos. Ambos a sentiram e, por um instante, se olharam como se essa barreira invisível lançasse uma pequena sombra sobre os dois. No entanto, ela desapareceu rapidamente quando Laurie disse, em uma vã tentativa de manter-se digno:

— Não estou parecendo um homem casado e um chefe de família?

— Nem um pouco, e você nunca parecerá. Você está maior e mais ossudo, mas é o mesmo malandro de sempre.

— Ora, Jo, sinceramente, você deveria me tratar com mais respeito — disse Laurie, que se divertia imensamente com tudo aquilo.

— Como poderia? A mera ideia de você estar casado e ter se assentado é tão irresistivelmente engraçada... Não há como ficar séria! — respondeu Jo, com um sorriso tão largo, tão contagiante, que eles caíram novamente na gargalhada; em seguida, acalmaram-se para ter uma boa conversa da boa e antiga maneira.

— Não vale a pena sair nesse frio para ir buscar Amy, pois todos virão para cá logo mais. Eu não conseguiria esperar. Queria ser a pessoa a lhe contar a grande surpresa, e dar a primeira colherada, como costumávamos dizer quando brigávamos pelo creme.

— É claro que queria; e estragou a história, começando-a pelo fim. Agora, faça as coisas direito e me conte como tudo aconteceu. Estou ansiosa para saber tudo.

— Bem, eu fiz isso para agradar a Amy — começou Laurie, com um brilho nos olhos que fez Jo exclamar:

— Mentira número um. Amy fez isso para agradá-lo. Ah, conte a verdade se for capaz, senhor.

— Agora ela acha que sabe tudo. Não é lindo ouvi-la falar? — disse Laurie perto da lareira acesa, e, como se concordasse, o fogo brilhou e lançou centelhas. — Dá na mesma, entende? Pois somos uma só pessoa. Há mais ou menos um mês, planejamos voltar para casa com os Carrols, mas eles mudaram de ideia de repente e resolveram passar mais um inverno em Paris. Mas o vovô queria voltar para casa. Ele viajou comigo para me agradar, e eu não poderia deixá-lo voltar sozinho, eu também não poderia deixar Amy, a senhora Carrol tinha começado a ter ideias inglesas sobre acompanhantes e outros absurdos, e não deixaria Amy voltar conosco. Então, resolvi o problema dizendo "Vamos nos casar, assim poderemos fazer o que quisermos!".

— É lógico que você propôs isso. Sempre fazendo as coisas se tornarem favoráveis para você.

— Nem sempre!

Algo na voz de Laurie fez Jo dizer às pressas:

— Como conseguiu fazer com que a titia concordasse?

— Foi difícil, mas, olha, nós a convencemos porque tínhamos muitas boas razões a nosso favor. Não houve tempo para escrever e pedir permissão, porém todos vocês gostaram da ideia e consentiram pouco depois; foi só uma questão de se adiantar ao tempo, ou, como dizia minha esposa na infância, "pegar o tempo pelo tabefe".

— Não ficamos muito orgulhosos dessas palavras e não gostamos tanto de dizê-las? — interrompeu Jo, dirigindo-se ao fogo da lareira, por sua vez, e observando com deleite a luminosidade feliz que ele parecia lançar nos olhos que estiveram tragicamente sombrios no passado.

— Uma bobagem, talvez; ela é uma mulher tão cativante que não tenho como deixar de me orgulhar dela. Bem, então, titio e titia estavam lá para manter a decência. Estávamos tão concentrados um no outro que nos tornamos mortalmente inúteis separados, e esse acordo encantador tornaria tudo mais fácil; então, nos casamos.

— Quando, onde, como? — perguntou Jo, em uma febre de interesse e curiosidade femininos, pois ela não conseguia se convencer do fato.

— Há seis semanas, no consulado americano, em Paris; um casamento bastante tranquilo, é claro, pois, embora estivéssemos muito felizes, não nos esquecemos da querida Beth.

Quando ele disse isso, Jo colocou sua mão sobre a dele e Laurie gentilmente alisou o travesseiro vermelho, do qual ele se lembrava bem.

— Por que vocês não nos contaram logo depois? — perguntou Jo, num tom mais contido, após se sentarem silenciosos por um momento.

— Queríamos surpreendê-los. No início, pensávamos que viríamos direto para casa, assim que nos casamos; no entanto, o nosso velho e querido cavalheiro percebeu que não estaria pronto em menos de um mês, no mínimo, e disse que poderíamos passar a nossa lua de mel em qualquer lugar que desejássemos. Amy já havia dito que Valrosa era um excelente lugar para uma lua de mel; então, fomos para lá e aproveitamos aquela felicidade que só ocorre uma vez na vida. Ah, Deus! O amor entre rosas!

Laurie pareceu esquecer-se de Jo por um instante, e Jo estava feliz por isso, pois, se ele havia dito todas essas coisas de forma tão tranquila e natural, é porque a havia perdoado e se esquecido do passado. Ela tentou afastar sua mão, mas, como se ele adivinhasse o pensamento que a levou àquele impulso quase involuntário, Laurie segurou-a firmemente e disse, com uma gravidade viril que ela nunca tinha visto nele antes:

— Jo, querida, quero lhe dizer algumas coisas e, então, enterraremos esse assunto para sempre. Como eu disse quando lhe escrevi contando que Amy havia sido muito gentil comigo, nunca vou deixar de amar você, mas esse amor foi transformado, e eu aprendi a ver que é melhor assim. Amy e você trocaram de lugar em meu coração. Eu acho que era para ser assim, e que teria acontecido naturalmente se eu tivesse esperado, como você queria, mas não fui paciente, e recebi em troca uma mágoa. Naquele momento, eu ainda era um menino, cabeça-dura e impulsivo, e precisei de uma difícil lição para conseguir enxergar meu erro. Pois, como você disse, Jo, foi um erro, e só descobri isso depois de ter feito papel de bobo. Dou minha palavra, minha mente ficou tão atrapalhada em certo momento que eu não sabia quem eu amava mais, você ou a Amy, e queria amar as duas com a mesma intensidade. No entanto, isso era impossível e, quando eu a encontrei na Suíça, tudo pareceu ficar imediatamente claro. Vocês duas passaram a ocupar seus lugares corretos; tive a certeza de que o antigo amor havia sido apaziguado antes de começar o novo, de que eu poderia honestamente dividir meu coração entre a irmã Jo e a esposa Amy, e amá-las muito. Será que você acredita nisso? Poderíamos voltar a ser como nos velhos tempos felizes quando havíamos acabado de nos conhecer?

— Acredito com todo o meu coração, mas, Teddy, não há como voltarmos a ser crianças, menino e menina, novamente. Os velhos tempos felizes não voltam, e não devemos esperar que isso ocorra. Somos homem e mulher agora, com trabalho sério para fazer; a época de brincar acabou, e temos que deixar as travessuras de lado. Tenho certeza de que você sente isso. Vejo a mudança em você, e você também a verá em mim. Sentirei falta de meu menino, ainda que eu ame o homem da mesma maneira e o admire muito mais, porque ele resolveu ser o que eu esperava dele. Não podemos mais ser companheiros de brincadeiras; seremos irmãos para nos amarmos e nos ajudarmos por toda a vida, não é, Laurie?

Ele não disse uma palavra, mas tomou a mão dela e baixou seu rosto sobre ela por um instante, sentindo que, do túmulo de uma paixão infantil, ressuscitava uma amizade bonita e forte que os abençoava. Pouco depois, Jo disse com alegria, pois ela não queria que seu retorno para casa fosse triste:

— Eu ainda não consigo acreditar que vocês, crianças, realmente estão casados e prontos para estabelecer um lar. Parece que ainda ontem eu abotoava o avental de Amy e puxava o seu cabelo quando você me provocava. Misericórdia! Como o tempo voa!

— Lembre-se de que uma das "crianças" é mais velha do que você; então, não precisa falar assim como se fosse uma avó. Tenho orgulho de ser um "cavalheiro adulto", como Peggotty disse de David,[122] e quando você vir a Amy, achará que ela é uma criança bastante precoce — disse Laurie, se divertindo com o ar maternal de Jo.

— Você pode ser um pouco mais velho na idade, mas eu sempre fui muito mais velha em sentimentos, Teddy. As mulheres sempre o são; e este último ano tem sido tão difícil que me sinto com quarenta...

— Pobre Jo! Deixamos você cuidando de tudo sozinha enquanto saímos para nos divertir. Você está mais velha. Eis uma ruga aqui e outra ali. Seus olhos, quando não sorri, estão tristes, e ao tocar na almofada agora mesmo, percebi uma lágrima. Você precisou suportar muita coisa sozinha. Que besta egoísta eu tenho sido! — E Laurie puxou seu próprio cabelo com uma expressão de remorso.

Jo apenas virou a almofada traidora e, tentando parecer mais alegre, respondeu:

— Não, eu tinha papai e mamãe para me ajudar, os queridos bebês para me confortar e o pensamento de que você e Amy estavam seguros e felizes para que os problemas aqui fossem mais fáceis de suportar. Fico solitária, às vezes, mas ouso dizer que é bom para mim, e...

— Nunca mais se sentirá solitária — interrompeu Laurie, colocando o braço sobre ela como se a defendesse de todos os males humanos. — Amy e eu não conseguiremos fazer nada sem você; então, você precisará ensinar "as crianças" a cuidar de uma casa, a dividir tudo, como costumávamos fazer, e você deixará que nós a mimemos; seremos extremamente felizes e nos daremos muito bem.

— Se eu não atrapalhar, vai ser muito agradável. Já começo a me sentir jovem de novo; de alguma forma, todos os meus problemas pareceram ter se dissipado quando você chegou. Você sempre me reconfortou, Teddy... — E Jo inclinou a cabeça sobre o ombro dele, tal como ela fez alguns anos antes, quando Beth estava doente e Laurie pediu que se segurasse nele.

---

122. Daniel Peggotty e David Copperfield são personagens do romance de mesmo nome deste último (de 1850), de Charles Dickens. Referência à forma como Daniel cumprimenta David e seu amigo James Steerforth no capítulo 21 desta obra. (N.T.)

Ele a olhou, imaginando se ela se lembrava daquele momento, mas Jo estava sorrindo para si mesma, como se todos os seus problemas tivessem realmente desaparecido com a chegada dele.

— Você continua a mesma, Jo, derramando lágrimas em um instante e, no seguinte, rindo. Você está com um olhar de malvada agora. O que foi, vovó?

— Eu queria saber como você e Amy se dão juntos.

— Como anjos!

— Sim, é claro, mas quem manda?

— Eu não me importo de dizer que, no momento, ela manda, pelo menos eu a deixo pensar que sim; ela fica feliz, você sabe. Vamos revezando aos poucos, porque, como dizem, o casamento divide os direitos e dobra os deveres.

— Na verdade, quem começa mandando continua. Amy mandará em você por toda a vida.

— Bem, ela faz isso de um modo tão imperceptível que eu acho que não vai me incomodar muito. Ela é o tipo de mulher que sabe mandar bem. Na verdade, até me agrada, pois ela vai nos enrolando em seus dedos de forma tão suave e bela como se fôssemos uma meada de seda, e o tempo todo nos faz acreditar que está fazendo um favor a nós.

— E eu vivi para ver isso... Você, um marido dominado e, pior, adorando! — exclamou Jo, com as mãos levantadas.

Foi bom ver Laurie endireitar os ombros e sorrir com desprezo masculino pela insinuação, enquanto respondia com seu ar "altivo e poderoso":

— Amy é muito bem-educada para tanto, e eu não sou o tipo de homem que se submete a isso. Eu e minha esposa nos respeitamos muito, tanto no âmbito individual quanto no mútuo, para nos tiranizarmos ou brigarmos.

Jo gostou disso e achou que essa nova dignidade era bastante adequada a ele; o menino, no entanto, parecia estar rapidamente se tornando um homem, e isso deu um toque de tristeza em seu prazer.

— Tenho certeza disso. Você e Amy nunca brigaram como nós dois. Ela é o sol, e eu, o vento, como na fábula; e se você bem se lembra, o sol foi mais capaz de controlar o homem.

— Pode estourá-lo ou iluminá-lo — disse Laurie rindo. — Que sermão eu recebi em Nice! Eu lhe dou minha palavra de que foi pior do que qualquer uma de suas repreensões, uma grande sacudida. Em algum outro momento, conto em detalhes como foi, pois ela nunca vai dizer nada; depois de dizer que me desprezava e tinha vergonha de mim, acabou se apaixonando pelo homem desprezível e casou-se com alguém que não valia nada.

— Que baixeza! Bem, se ela abusar de você, me procure para que eu o defenda.

— Estou parecendo alguém que precisa ser defendido, não é? — disse Laurie, levantando-se e fazendo uma pose que, de repente, deixou de ser imponente e se tornou enlevada no momento em que a voz de Amy foi ouvida chamando:

— Onde ela está? Onde está a minha querida e velha Jo?

A família entrou em tropa dentro de casa e todos se abraçaram e se beijaram novamente; e, depois de várias tentativas, os três andarilhos se sentaram para que fossem admirados e celebrados. O senhor Laurence, com sua boa saúde de sempre, estava, assim como os outros, ainda melhor após a viagem, porque seu mau humor parecia ter desaparecido quase totalmente, e seus antigos modos haviam recebido um verniz que o tornava mais gentil ainda. Foi bom vê-lo sorrindo para "seus filhos", como ele chamava o jovem casal. Melhor ainda era ver Amy prestar-lhe o dever e a afeição filial que haviam conquistado o seu velho coração; e, de tudo, o que o deixava mais feliz era poder observar Laurie, rodopiando entre os dois como se nunca se cansasse de desfrutar a bela imagem que compunham.

No instante em que colocou os olhos sobre Amy, Meg percebeu que nem mesmo seu vestido tinha um ar parisiense, que a jovem senhora Moffat seria completamente eclipsada pela jovem senhora Laurence e que "sua senhoria" era agora uma mulher extremamente elegante e graciosa. Jo pensou, enquanto observava o casal: "Como eles ficam bem juntos! Eu estava certa.". Laurie encontrou a bela e talentosa menina que seria muito mais adequada à sua casa do que a velha e desajeitada Jo, e que seria, para ela, um orgulho, não um tormento. A senhora March e o marido sorriam felizes e acenavam com a cabeça um para o outro, pois viam que a caçula estava bem de vida não só com as riquezas do mundo, mas com a melhor de todas as riquezas: o amor, a confiança e a felicidade.

O semblante de Amy resplandecia com o brilho suave dos corações que estão em paz; sua voz tinha uma nova ternura e seus modos indiferentes e puritanos eram agora uma dignidade suave, tanto feminina quanto encantadora. Nenhuma pequena afetação a maculava, e a doçura cordial de suas maneiras eram mais charmosas do que a nova beleza ou a velha graça, pois a marcavam imediatamente com o sinal inconfundível da verdadeira dama que ela sempre quis ser.

— O amor fez muito por nossa menina — disse a mãe suavemente.

— Ela teve um bom exemplo diante dela por toda a vida, minha querida — respondeu o senhor March num sussurro, pousando o olhar amoroso sobre o rosto envelhecido e a cabeça grisalha de sua esposa.

Daisy achou impossível manter os olhos longe da linda titia e grudou nela como se fosse um cachorrinho de colo para a bela *chatelaine*,[123] cheia de

---

123. Em francês, "castelã". (N.T.)

encantos deliciosos. Demi fez uma pausa para pensar sobre aquele novo relacionamento antes de se comprometer a aceitá-lo por algum suborno apressado, o qual tinha a forma tentadora de uma família de ursos de madeira trazida de Berna. Uma manobra de flanco produziu uma rendição incondicional, no entanto: Laurie sabia como dobrá-lo.

— Jovenzinho, quando tive a honra de ser apresentado a você, levei um soco na cara. Agora, eu exijo a desforra de um cavalheiro! — E com isso o tio alto passou a sacudir e a descabelar o pequeno sobrinho de forma que prejudicou a sua dignidade filosófica e, ao mesmo tempo, encantou a alma do menino.

— Deus me abençoe! Ela *tá* em seda da cabeça aos pés; que visão mais linda *ver ela* assim, bonita que nem uma rabeca, e ouvir as pessoas chamando a pequena Amy de senhora Laurence! — murmurou a velha Hannah, que não conseguia resistir a dar umas espiadas enquanto arrumava a mesa de uma maneira muito confusa.

Céus, como eles falavam! Primeiro um, depois o outro, então todos juntos — tentando contar três anos de história em meia hora. Foi uma sorte que o chá estivesse à mão para proporcionar algumas pausas e refrescos — pois teriam ficado roucos e exaustos se continuassem daquela maneira por muito tempo. Que cortejo feliz foi enchendo a pequena sala de jantar! O senhor March acompanhava com orgulho a senhora Laurence. A senhora March, com o mesmo orgulho, recostava-se no braço de "seu filho". O velho cavalheiro chamou Jo de lado e sussurrou:

— Você, agora, será minha menina.

E um olhar para o canto vazio perto da lareira fez Jo sussurrar de volta:

— Tentarei ocupar o lugar dela, senhor.

Os gêmeos pulavam sem parar, achando que fosse o fim dos tempos, pois todos estavam tão ocupados com os recém-chegados que deixaram as crianças fazerem o que bem desejassem, e você pode ter certeza de que eles aproveitaram essa oportunidade ao máximo. Eles roubaram goles de chá, recheio de gengibre à vontade, cada um deles apanhou um biscoito quente e, para coroar a transgressão, guardaram furtivamente uma pequena torta cada um em seus bolsos minúsculos, que, traiçoeiramente, lá permaneceram para grudar e se desfazer, ensinando-lhes que tanto a natureza humana quanto as massas confeitadas são muito frágeis. Sentindo-se culpados pelo roubo das tortas e temendo que a visão apurada de Dodô, a tia Jo, perfurasse o disfarce fino de cambraia e merino que escondia seu espólio, os pequenos pecadores se apegaram ao vovozinho, que estava sem os seus óculos. Amy, que passava de uma pessoa para outra como se fosse refresco, voltou para a sala de braços dados com o papai Laurence. Os outros formaram pares como antes, e esse arranjo deixou Jo sem ninguém. Ela não se importou naquele instante, pois ainda estava respondendo aos inquéritos ansiosos de Hannah.

— Será que a senhorita Amy vai passear em seu cupê e usar toda a linda prataria que está guardada há tanto tempo?

— Não me admiraria se ela dirigisse um carro puxado por seis cavalos brancos, comesse em pratos de ouro e usasse diamantes e rendas todos os dias. Teddy, também, acha que nada é suficientemente bom para ela — disse Jo com infinita satisfação.

— Valha-me! Você prefere picadinho ou bolinhos de peixe para o café da manhã? — perguntou Hannah, sabiamente misturando poesia e prosa.

— Qualquer coisa — disse Jo fechando a porta, achando que, naquele momento, comida era um tópico desagradável. Então ela ficou por um instante olhando para as pessoas que desapareciam no andar de cima; conforme as pernas curtas em calças axadrezadas de Demi se esforçavam para chegar até o último degrau da escada, ela foi tomada tão fortemente por uma súbita sensação de solidão que olhou à sua volta com os olhos cerrados, como se buscasse algo para se apoiar, pois até mesmo Teddy a havia abandonado. Se soubesse qual presente de aniversário estava a cada minuto mais próximo dela, não teria dito para si mesma: "Quando eu me deitar, chorarei um pouquinho. Não seria bom me mostrar triste neste momento.". Então ela passou a mão sobre os olhos, pois um de seus hábitos de moleque era nunca saber onde estava o lenço, e buscou um sorriso bem no momento em que ouviu alguém batendo na porta da varanda.

Ela abriu com uma ânsia hospitaleira e se assustou como se outro fantasma tivesse resolvido surpreendê-la, pois havia um cavalheiro barbudo e alto, sorrindo na escuridão como se fosse o sol da meia-noite.

— Ah, senhor Bhaer, estou tão feliz em vê-lo! — exclamou Jo, abraçando-o como se temesse que a noite o engolisse antes que ela o fizesse entrar.

— Eu também estou muito feliz em vê-la, senhorita March... Desculpe-me, cheguei em meio a uma festa... — E o professor fez uma pausa enquanto chegavam até eles o som de vozes e a batida de pés dançando.

— Não, não é uma festa. Somos só nós, a família. Minha irmã e alguns amigos acabaram de voltar para casa, e estamos todos muito felizes. Entre e nos acompanhe.

Mesmo sendo um homem muito sociável, eu acho que o senhor Bhaer teria ido embora no mesmo instante e voltaria outro dia; contudo, ele não pôde fazer isso, pois Jo já havia fechado a porta da casa e apanhado seu chapéu. Talvez a expressão dela tivesse algo a ver com isso, pois ela se esqueceu de esconder a alegria em vê-lo e a demonstrou com tanta franqueza que se tornou irresistível para o solitário homem, cuja recepção excedeu por demais as expectativas mais ousadas dele.

— Se ninguém me considerar um *monsieur de trop*,[124] eu me juntarei alegremente aos outros... Você estava doente, minha amiga? — ele perguntou de forma abrupta, pois, enquanto Jo pendurava seu casaco, caiu uma luz sobre seu rosto e ele notou nela alguma mudança.

— Doente não, porém cansada e triste. Passamos por muitas dificuldades desde a última vez em que nos vimos.

— Ah, sim, eu sei. Fiquei muito triste por você quando soube... — disse ele apertando mais uma vez as mãos de Jo com um olhar muito compreensivo, como se nenhum outro conforto fosse capaz de se igualar à expressão daqueles olhos amáveis e ao aperto daquela grande mão calorosa.

— Papai, mamãe, este é meu amigo, o professor Bhaer — disse ela, com um semblante e um tom de orgulho e prazer incontroláveis, como se tocasse um trompete e abrisse a porta com floreios.

Se o estranho tinha alguma dúvida a respeito de como seria recebido, esta foi imediatamente sanada por uma recepção cordial. Todos o cumprimentaram com gentileza, a princípio, pelo bem de Jo, e, depois, gostaram muito dele por ser a pessoa que era. Não houve como evitar, pois ele trazia consigo o talismã que abre todos os corações, e essas pessoas simples se afeiçoaram a ele imediatamente, sentindo-se ainda mais amigas porque ele era pobre. Isso porque a pobreza enriquece aqueles que vivem acima dela e é um passaporte certo para os espíritos realmente hospitaleiros. O senhor Bhaer sentou-se e olhava para todos com o ar de um viajante que bateu em uma porta estranha e, ao vê-la se abrir, percebeu que se encontrava em casa. As crianças foram até ele como abelhas a um pote de mel, e instalando-se uma em cada joelho, passaram a entretê-lo, vasculhando seus bolsos, puxando sua barba e investigando seu relógio com uma audácia juvenil. As mulheres transmitiram sua aprovação umas para as outras, e o senhor March, percebendo nele um espírito afim, abriu seus melhores conhecimentos em benefício do convidado, enquanto John, silencioso, ouvia e gostava da conversa, mesmo sem dizer uma só palavra, e o senhor Laurence descobriu que seria impossível ir dormir.

Se Jo não estivesse tão ocupada, o comportamento de Laurie a teria divertido, porque um leve toque — não de ciúme — de algo que se assemelhava mais à desconfiança fez com que ele ficasse a princípio distante e observasse o recém-chegado com uma circunspecção fraterna. Porém isso não durou muito. Apesar de suas suspeitas, ele demonstrou interesse e, antes que percebesse, já

---

124. Em francês, "demais", "em exagero", "um senhor sem noção". (N.T.)

fazia parte do círculo. O senhor Bhaer sabia conversar muito bem quando se via em uma atmosfera amigável, e fez justiça em relação a si mesmo. Raramente falava com Laurie, mas o olhava às vezes e deixava transpassar uma sombra em seu rosto, como se lamentasse a perda da própria juventude enquanto observava o jovem em seu auge. Em seguida, seus olhos se voltaram para Jo de um modo tão melancólico que, se ela os tivesse visto, certamente teria respondido às perguntas mudas que ele tentaria lhe fazer. No entanto, Jo precisava cuidar de seus próprios olhares e, sentindo que não poderia confiar neles, ela prudentemente os manteve na meia que estava tricotando, como se fosse um modelo de tia solteirona.

Um olhar furtivo ocasional a refrescou como goles de água depois de caminhar em uma rua poeirenta, pois suas olhadelas lhe indicavam boas perspectivas. O semblante do senhor Bhaer havia perdido a expressão desatenta, e ele parecia muito interessante naquele momento; um rosto realmente jovem e bonito, ela pensou, esquecendo-se de compará-lo ao de Laurie, como costumava fazer com homens estranhos, os quais sempre saíam prejudicados pelo contraste. Ele parecia bastante inspirado durante a conversa, embora não se possa considerar os costumes fúnebres dos antigos — tópico para o qual a conversa havia enveredado — um tema vibrante. Jo ficou radiante ao ver Teddy perder uma discussão e pensou consigo mesma, enquanto observava o rosto concentrado de seu pai: "Ele adoraria poder conversar todos os dias com um homem como o meu professor!". Por fim, ela notou que o senhor Bhaer vestia um terno preto novo que o fazia, mais do que nunca, parecer um cavalheiro. Embora seus cabelos espessos estivessem cortados e cuidadosamente penteados, não ficavam arrumados por muito tempo, porque, em momentos de muita emoção, ele os desgrenhava da maneira divertida que costumava fazer, e Jo gostava quando ficavam assim despenteados, mais do que penteados e comportados, porque achava que davam um ar imponente à sua bela testa. Pobre Jo... Como ela louvava aquele homem simples, e, enquanto fazia seu tricô sentada em silêncio, em uma cadeira afastada, não deixava que nada lhe escapasse, nem mesmo o fato de que o senhor Bhaer estava realmente usando abotoaduras de ouro nos punhos imaculados de sua camisa.

— Ah, meu querido amigo! Não teria se vestido melhor se tivesse saído para cortejar alguém — disse Jo para si mesma, e depois um pensamento súbito, nascido de suas palavras, a fez corar tão terrivelmente que ela precisou deixar cair o novelo e se abaixar para buscá-lo e esconder o rosto.

A manobra não teve o sucesso esperado, porque, no momento em que estava para atear fogo em uma pira funerária, o professor deixou cair sua tocha, metaforicamente falando, e mergulhou para pegar o pequeno novelo azul. Eles obviamente bateram as cabeças com força, viram estrelas e levantaram-se ruborizados e rindo, sem o novelo; e, assim, retornaram para seus lugares, desejando não ter saído deles.

Ninguém sabia quando a festa iria acabar. Hannah, com sabedoria, levou os bebês embora mais cedo (duas cabecinhas que balançavam como papoulas rosadas), e o senhor Laurence foi para casa descansar. Os outros sentaram-se em volta da lareira e se puseram a conversar sem se dar conta do tempo, até que Meg fez um movimento de ir embora porque sua intuição maternal impregnou-se com a ideia de que Daisy havia caído da cama e Demi, após estudar a estrutura dos fósforos, estava pronto para pôr fogo em seu pijama.

— Devemos cantar, como fazíamos antigamente, porque estamos todos juntos mais uma vez — disse Jo, sentindo que um belo brado seria algo bom e agradável para dar vazão às emoções radiantes de sua alma.

Não estavam todos ali. Entretanto, ninguém considerou que aquelas eram palavras impulsivas ou falsas, porque Beth ainda parecia estar entre eles, uma presença pacífica, invisível, porém mais amada do que nunca, uma vez que a morte não era capaz de dissolver a ligação doméstica que o amor tornava indissolúvel. A pequena cadeira estava em seu antigo lugar. A cesta arrumada, com alguns poucos trabalhos que ela deixou inacabados assim que a agulha começou a ficar "muito pesada", ainda estava na mesma prateleira. O amado piano, raramente tocado agora, estava no mesmo lugar, e, em cima dele, o rosto de Beth, sereno e sorridente, como nos primeiros dias, olhava para todos eles como se dissesse "Sejam felizes. Estou aqui!".

— Toque alguma coisa, Amy. Mostre a todos o quanto você melhorou — disse Laurie, com orgulho compreensível de sua aluna promissora.

Porém Amy sussurrou, com os olhos lacrimosos, enquanto girava o banquinho desbotado:

— Nesta noite, não, querido. Hoje eu não conseguiria me exibir.

No entanto, ela exibiu algo melhor do que brilhantismo ou virtuose, pois entoou as canções de Beth com uma voz tão extremamente afetuosa que nem mesmo os melhores mestres poderiam lhe ensinar, e tocou os corações dos ouvintes com um poder mais doce do que qualquer outra inspiração poderia ter lhe dado. A sala estava muito silenciosa quando sua voz tão clara falhou de repente no último verso do hino favorito de Beth. Foi difícil dizer...

Earth hath no sorrow that heaven cannot heal;[125]

---

125. "Não há tristeza da Terra que o céu não possa curar." Verso do poema *Come ye disconsolate*, publicado no livro *Sacred Song* (1816), do poeta irlandês Thomas Moore (1779-1852). (N.T.)

e Amy encostou-se no marido, que estava atrás dela, sentindo que sua festa de boas-vindas não estava perfeita sem um beijo de Beth.

— Agora, temos de terminar com a canção de Mignon, pois o senhor Bhaer sabe cantá-la muito bem — disse Jo, antes que aquela pausa se transformasse em dor.

Então, o senhor Bhaer limpou a garganta com um animado "Aham!" enquanto caminhava até o canto onde Jo estava em pé, dizendo:

— Canta comigo? Cantamos muito bem juntos.

Uma fantasia agradável, a propósito, pois Jo sabia tanto de música quanto um gafanhoto. Contudo, ela teria aceitado mesmo que ele propusesse cantar uma ópera inteira, e eles trinaram alegremente sem pensar em compassos ou na melodia. Não importava muito; o senhor Bhaer cantava bem e com o coração, como um verdadeiro alemão, e Jo logo passou a fazer apenas um zumbido subjugado, para que, assim, pudesse ouvir a suave voz que parecia cantar só para ela.

Know'st thou the land where the citron blooms[126]

costumava ser o verso favorito do professor, pois *"das land"*, para ele, representava a Alemanha, no entanto, agora ele parecia deter-se de um modo mais caloroso e melódico em outras palavras —

There, oh there, might I with thee,
O my, beloved, go![127]

— e uma ouvinte ficou tão emocionada com o convite afetuoso que ansiava dizer que conhecia a terra e, alegremente, iria para lá quando ela quisesse.

Essa canção foi considerada um grande sucesso, e o cantor se retirou coberto de louros. Alguns minutos depois, ele esqueceu-se completamente de seus modos e olhou fixo para Amy, que nesse momento vestia seu chapéu; ela havia sido apresentada simplesmente como "minha irmã", e ninguém a havia chamado por seu novo nome desde que ele chegou. Esqueceu-se ainda mais de si quando Laurie, ao sair, disse do seu jeito mais polido:

— Eu e minha esposa ficamos muito felizes em conhecê-lo, senhor. Por favor, lembre-se de que será sempre bem recebido quando estiver por aqui.

---

126. "Conhece a terra onde floresce o limoeiro." Tradução para o inglês do último verso da canção Mignon, de Goethe. (N.T.)
127. "Para lá, ah, para lá, poderíamos eu e você, minha amada, ir." (N.T.)

Em seguida, o professor agradeceu-lhe de um modo tão sincero, e parecia de repente tão iluminado de satisfação, que Laurie o achou o camarada mais expressivo que ele já havia conhecido.

— Eu também devo ir, mas ficarei muito feliz em voltar, se me der licença, querida madame, pois tenho alguns negócios a tratar na cidade que me manterão por aqui alguns dias.

Ele se dirigia à senhora March, ainda que olhasse para Jo, e a voz da mãe lhe deu um consentimento tão cordial como os olhos da filha, porque a senhora March não era tão cega para os interesses de suas filhas como supunha a senhora Moffat.

— Eu suspeito que é um homem sábio — comentou com plácida satisfação o senhor March, que estava próximo da lareira, após o último convidado ter ido embora.

— Eu sei que ele é um bom homem — acrescentou a senhora March, com aprovação decidida, enquanto dava corda em seu relógio.

— Eu achei que vocês gostariam dele. — Foi tudo o que Jo disse enquanto dirigia-se para o seu quarto.

Ela se perguntava qual seria o negócio que havia trazido o senhor Bhaer para a cidade; e, finalmente, concluiu que ele devia ter sido chamado para ser homenageado por algo importante e que sua modéstia o havia impedido de mencionar o fato. Se ela tivesse visto a expressão do professor quando, seguro em seu próprio quarto, ele olhou para a imagem de uma jovem senhora severa e rígida, com um cabelo volumoso e olhos que pareciam mirar sombriamente o futuro, talvez isso lhe oferecesse alguma luz sobre o tema a ser tratado, especialmente quando ele desligou o lampião e, no escuro, beijou a imagem.

44. MEU LORDE E MINHA SENHORA

— Por favor, senhora mãe, poderia me emprestar minha esposa por meia hora? Nossa bagagem chegou, e estou bagunçando todos os berloques que Amy trouxe de Paris tentando encontrar algumas coisas minhas — disse Laurie, ao voltar no dia seguinte e encontrando a senhora Laurence sentada no colo de sua mãe como se fosse "uma bebê" de novo.

— Claro. Vá, minha querida, eu esqueci que agora você tem uma casa que não é esta aqui — disse a senhora March segurando a mãozinha branca que usava o anel de casamento, como se pedisse perdão por sua cobiça materna.

— Eu não viria se não fosse preciso, porém não consigo seguir adiante sem a minha pequena esposa, como se eu fosse...

— ...uma rosa dos ventos sem vento — sugeriu Jo, quando ele fez uma pausa em busca de uma boa comparação.

Desde o retorno de Teddy, Jo havia voltado a seu velho comportamento atrevido.

— Exatamente! Amy me faz apontar para o oeste na maior parte do tempo, com apenas um sopro ocasional para o sul, e não recebi nenhuma mudança para o leste desde o nosso casamento. Nada sei sobre o norte; ainda assim, estou completamente saudável e moderado, não é, minha senhora?

— Até o momento, o tempo está adorável. Mesmo não sabendo quanto tempo isso vai durar, não tenho medo de tempestades, pois estou aprendendo a navegar meu barco. Vamos para casa, querido, e encontrarei seu calçador de sapatos. Acho que é isso que você está procurando entre as minhas coisas. Os homens são tão indefesos, mamãe... — disse Amy com um ar matronal que encantou seu marido.

— O que vocês vão fazer depois que já estiverem instalados? — perguntou Jo, abotoando o casaco de Amy da mesma forma que fazia com os aventais dela.

— Temos nossos planos. Não queremos falar muito sobre eles agora porque somos uma casal ainda muito novo; entretanto, não pretendemos ficar ociosos. Entrarei no mundo dos negócios com uma devoção que encantará o vovô, e provarei a ele que não sou mimado. Preciso de algo assim para me manter firme. Estou cansado de vagar por aí, e quero trabalhar como um homem.

— E Amy, o que ela vai fazer? — perguntou a senhora March bastante satisfeita com a decisão e a energia de Laurie.

— Depois de cumprir nossas obrigações de civilidade e exibir nossos melhores chapéus, vamos surpreendê-los com as elegantes hospitalidades de nossa mansão, com as companhias brilhantes que vamos atrair e a influência magnífica que vamos exercer no mundo em geral. É mais ou menos isso, não é, madame Récamier?[128] — perguntou Laurie lançando um olhar de deboche para Amy.

— Só o tempo poderá dizer. Vamos embora, senhor Impertinência! Não choque minha família me chamando por apelidos na frente deles — respondeu

---

128. *Madame Récamier* é um retrato de 1800 da *socialite* parisiense Juliette Récamier feito por Jacques-Louis David, mostrando-a no auge da moda neoclássica, reclinada em um sofá com um vestido da linha Empire, os braços despidos e os cabelos curtos. (N.E.)

Amy, decidindo que deveria ter um lar com uma boa esposa dentro dele antes de haver um *salon* para se tornar a rainha da sociedade.

— As crianças parecem tão felizes juntas! — observou o senhor March, achando difícil concentrar-se em seu Aristóteles após o jovem casal ter ido embora.

— Sim, e acredito que isso vá durar — acrescentou a senhora March com a expressão aliviada de um capitão que levou o navio com segurança até o porto.

— Sei que irá. E Amy está feliz! — Jo suspirou e, em seguida, sorriu alegremente quando o professor Bhaer abriu o portão com um empurrão impaciente.

Mais tarde, à noite, quando sua mente já estava mais tranquila em relação ao calçador, Laurie disse de repente para sua esposa:

— Senhora Laurence.

— Sim, meu lorde!

— Aquele homem pretende se casar com a nossa Jo!

— Eu espero que sim. Você não, querido?

— Bem, meu amor, eu o considero um grande homem, no sentido mais completo desta palavra expressiva. Só gostaria que ele fosse um pouco mais jovem e bastante mais rico.

— Ora, Laurie, não seja tão exigente e tão materialista. Se eles se amam, não importa a idade nem a riqueza deles. As mulheres nunca deveriam se casar por dinheiro... — Amy interrompeu-se de repente ao deixar que essas palavras escapassem e olhou para o marido, que respondeu com uma seriedade um tanto maliciosa:

— Com certeza, não, embora, às vezes, ouçamos certas meninas encantadoras dizerem que pretendem fazer exatamente isso. Se não me falha a memória, uma vez, você acreditou que este era o seu dever. Isso talvez explique o seu casamento com alguém como eu, que não serve para nada.

— Ah, meu querido menino, não, não diga isso! Esqueci que você era rico quando eu disse "sim". Eu teria me casado com você mesmo se não tivesse um só centavo; algumas vezes, cheguei até a desejar que você fosse pobre para que eu pudesse mostrar o quanto eu o amo. — E Amy, que era muito digna em público e muito amorosa em casa, deu provas convincentes da veracidade de suas palavras: — Você não acha realmente que sou aquela criatura mercenária que demonstrei ser uma vez, não é? Partiria meu coração se você não acreditasse que, com você, eu remaria de bom grado o mesmo barco, mesmo que você precisasse ganhar a vida remando no lago.

— Será que sou um idiota ou um bruto? Como eu poderia imaginar isso, se você recusou um homem muito mais rico para ficar comigo e nunca me deixa presenteá-la nem com a metade de tudo o que eu gostaria de dar a você, nem mesmo agora que eu tenho esse direito? As meninas fazem isso todos os dias, coitadinhas, e são ensinadas a acreditar que esta será sua única salvação; mas suas lições foram melhores e, embora eu tenha duvidado, não fiquei desapontado, porque a filha foi fiel aos ensinamentos da mãe. Eu disse isso à sua mãe ontem, e ela parecia tão feliz e agradecida como se tivesse recebido um cheque de um milhão de dólares para ser gasto com caridade. Você não está ouvindo as minhas observações morais, senhora Laurence! — Laurie fez uma pausa, pois Amy estava com o olhar ausente, embora olhasse fixamente para ele.

— Sim, estou e, ao mesmo tempo, admirando a covinha em seu queixo. Não quero que fique envaidecido, porém devo confessar que tenho mais orgulho de meu belo marido do que de todo o seu dinheiro. Não ria, mas seu nariz me conforta. — Amy acariciou suavemente aqueles traços tão bem talhados com uma satisfação artística.

Laurie havia recebido muitos elogios em sua vida, mas nunca um que lhe conviesse tanto, como demonstrou claramente, embora risse do gosto peculiar da esposa, enquanto ela dizia lentamente:

— Posso lhe fazer uma pergunta, querido?

— Claro, pode sim.

— Você se importará caso Jo se case com o senhor Bhaer?

— Ah, então esse é o problema, não? Achei que havia algo na covinha que não a agradava. Não sou o cachorro na manjedoura da fábula,[129] sou o sujeito mais feliz do mundo, e garanto que conseguirei dançar no casamento de Jo com o coração tão leve quanto os meus calcanhares. Você duvida disso, minha querida?

Amy olhou para ele sentindo-se satisfeita. Seu temoroso ciúme desapareceu para sempre, e ela agradeceu-lhe com uma expressão repleta de amor e confiança.

— Gostaria que pudéssemos fazer algo pelo querido e admirável professor. Será que não poderíamos inventar a história de um parente rico que tenha morrido na Alemanha e lhe deixado uma pequena fortuna considerável? — disse Laurie enquanto caminhavam de braços dados pela enorme sala de estar, como gostavam de fazer para se recordar do jardim do castelo.

— Jo descobriria nosso plano e estragaria tudo. Ela tem muito orgulho dele assim como ele é e, ontem mesmo, disse que achava a pobreza uma coisa linda.

---

129. *O cachorro na manjedoura* é uma fábula de Esopo (*c.* 620 a.C.-565 a.C.), cuja moral é: não prive os outros do que não pode desfrutar. (N.T.)

— Deus abençoe aquele coração! Ela não vai pensar assim quando estiver com um marido literato e uma dúzia de pequenos professores e *professorins*[130] para criar. Não vamos interferir agora, esperaremos nossa chance e lhes faremos algum favor, mesmo que seja contra a vontade deles. Devo a Jo parte da minha educação, e ela acredita que as pessoas devem pagar suas dívidas honestamente; então, eu a pagarei nesta moeda, e ela não poderá retrucar.

— Como é delicioso poder ajudar os outros, não é? Sempre sonhei em ter o poder de presentear livremente, e, graças a você, este sonho se tornou realidade.

— Ah, faremos muitas bondades, não é? Há um tipo de pobre que eu, particularmente, gosto de ajudar. Em geral, os mendigos que nada têm recebem cuidados, mas os pobres gentis se dão mal, porque eles não pedem caridade, e as pessoas não se atrevem a oferecê-la. No entanto, há mil maneiras de ajudá-los, caso saibamos como utilizá-las de forma delicada para não ofender ninguém. Devo dizer que gosto mais de ajudar um cavalheiro decaído do que um mendigo bajulador. Creio que isso não seja correto, mas eu prefiro, embora seja mais difícil.

— É porque somente um cavalheiro pode fazer isso — acrescentou o outro membro da sociedade doméstica de admiradores.

— Obrigado! Temo não merecer esse belo elogio. Contudo, eu ia dizer que, enquanto andava pelo exterior, vi muitos jovens talentosos fazendo todos os tipos de sacrifícios e suportando dificuldades reais para que pudessem realizar seus sonhos. Sujeitos esplêndidos, alguns deles trabalhavam como heróis, pobres e sem amigos, mas tão cheios de coragem, paciência e ambição que eu me via envergonhado de mim mesmo e ansiava dar-lhes uma boa e justa ajuda. Tenho muita satisfação em ajudar essas pessoas, pois, quando são geniais, é uma honra poder servi-las e não deixar que se percam ou se atrasem pela falta de combustível para manter o fervor do caldeirão. Por outro lado, se não forem pessoas incríveis, ainda assim é um prazer confortar as pobres almas e impedir que se desesperem ao descobrir isso.

— Sim, de fato, e há outra classe que não pode mendigar e que sofre em silêncio. Sei algo sobre isso, pois eu pertencia a ela antes de você me tornar uma princesa, como fez o rei da velha história com a jovem mendiga.[131] As meninas ambiciosas têm uma vida difícil, Laurie, e muitas vezes acabam vendo passar a juventude, a saúde e as preciosas oportunidades apenas por lhes faltar uma pequena ajuda no momento certo. As pessoas têm sido muito gentis comigo,

---

130. Em alemão, "professoras". (N.T.)

131. *O rei e a mendiga* é uma balada do século XVI. Conta a história de um rei africano, Coféuta, e seu amor por Zenelofon, uma mendiga. É a história de um amor à primeira vista. Shakespeare cita o nome da balada em várias peças, a saber, *Trabalhos de amores conquistados*, *Romeu e Julieta*, *Sonhos de uma noite de verão* e *Ricardo II*. (N.T.)

e sempre que vejo garotas lutando para conseguir algo, como costumávamos fazer, eu tenho vontade de estender minha mão e ajudá-las, da mesma forma que fui ajudada.

— Você é um anjo, e deve, sim, fazer isso! — exclamou Laurie, e, com o brilho de um fervor filantrópico, resolveu nesse momento que iria fundar uma instituição beneficente para ajudar exclusivamente jovens mulheres com tendências artísticas. — Os ricos não deveriam ter direito algum de só ficar sentados, se divertindo ou acumulando fortunas para que sejam desperdiçadas por terceiros. É bem menos sensato deixar heranças quando se morre do que usar com sabedoria o dinheiro em vida, tendo o prazer de tornar feliz a vida de outras pessoas. Nós nos divertiremos, e ao nosso prazer acrescentaremos uma camada extra, oferecendo uma parte generosa a outras pessoas. Quer ser uma pequena Dorcas[132] e andar por aí esvaziando uma grande cesta de confortos e a enchendo de boas ações?

— Com todo o meu coração, se você quiser ser um corajoso São Martinho,[133] que, enquanto cavalgava galantemente pelo mundo, parou e compartilhou seu manto com um mendigo.

— Trato feito. Aproveitaremos isso ao máximo!

Assim, o jovem casal selou o acordo com um aperto de mãos, e os dois continuaram caminhando felizes, sentindo que seu lar tão agradável estava ainda mais aconchegante, porque eles desejavam iluminar outros lares, acreditando que seus próprios pés andariam com mais firmeza pelo caminho florido que havia diante deles se suavizassem os caminhos pedregosos para que outros pés seguissem o mesmo caminho, e sentindo que seus corações estavam mais intimamente unidos por um amor que lembrava com carinho dos menos abençoados que eles.

45. DAISY E DEMI

Não posso dizer que cumpri meu dever como humilde historiadora da família March sem dedicar pelo menos um capítulo aos seus dois membros mais preciosos e importantes. Daisy e Demi já haviam chegado à idade do

---

132. Dorcas é uma personagem bíblica do Novo Testamento (Atos dos Apóstolos, 9:36-42) conhecida por sua dedicação aos pobres da cidade de Jope. (N.T.)

133. Martinho de Tours (316-397 d.C.) foi militar, monge e bispo de Tours, na França. O episódio do manto ocorreu quando ele ainda era um jovem soldado do exército romano e encontrou um mendigo tremendo de frio. (N.T.)

discernimento, porque, em nossa era veloz, bebês de três ou quatro anos já reivindicam seus direitos e também os obtêm, isto é, fazem mais do que muitas pessoas mais velhas. Não havia gêmeos que corressem maior perigo de ser completamente mimados pela adoração do que esses Brookes tagarelas. De modo bem claro, eles eram as crianças mais notáveis já nascidas, conforme será demonstrado quando eu mencionar que andaram aos oito meses, falaram fluentemente aos doze, e aos dois anos eles já se sentavam à mesa em seus lugares e suas boas maneiras encantavam a todos os observadores. Aos três anos, Daisy exigiu uma agulha e realmente costurou uma bolsa com quatro pontos. Ela também passou a realizar tarefas domésticas no aparador da sala e cozinhava em seu fogão microscópico com uma habilidade que trazia lágrimas de orgulho aos olhos de Hannah, enquanto Demi aprendia o alfabeto com o avô, que inventou um novo método para ensinar as letras, formando-as com seus braços e pernas, combinando, assim, a ginástica para a cabeça e para os pés. O menino desenvolveu uma precoce genialidade mecânica que encantava o pai e distraía a mãe, pois ele tentava imitar todas as máquinas que via e mantinha o berçário em uma condição caótica com sua "costuradeira", uma estrutura misteriosa feita de cordas, cadeiras, pregadores de roupas e carretéis, para que todos vissem que as rodas "giram e giram". Além disso, uma cesta pairava sobre a parte de trás de uma cadeira, em que ele, em vão, tentava içar sua confiante irmã, que, com devoção feminina, permitia que sua pequenina cabeça colidisse contra a cadeira até ser resgatada, quando o jovem inventor comentou indignadamente:

— Por que, mamãe? Esse é meu elevador, e estou tentando puxá-la para cima.

Embora tivessem personalidades completamente diferentes, os gêmeos se davam muito bem juntos e raramente brigavam mais do que três vezes por dia. Demi, claro, tiranizava Daisy e, de modo galante, a defendia de todos os outros agressores, enquanto Daisy fazia de si mesma uma escrava e adorava o irmão como se fosse o único ser perfeito do mundo. Daisy era uma criatura rosada, gorduchinha e alegre, que sabia chegar ao coração de todos e lá se aninhar. Era uma dessas crianças cativantes, que parecem feitas para ser beijadas e abraçadas, adornadas e adoradas como pequenas deusas e, em todas as ocasiões festivas, ser apresentadas, para aprovação geral. Suas pequenas virtudes eram tão sutis que ela teria sido considerada um anjo se algumas pequenas travessuras não a tornassem deliciosamente humana. Em seu mundo, o dia estava sempre bom, e todas as manhãs ela subia até a janela em sua pequena camisola para olhar lá fora e, mesmo que o dia não estivesse bom, dizer: "Ah, que dia lindo! Que dia lindo!". Todo mundo era amigo dela, e ela lançava beijos a um estranho de forma tão confiante que o solteirão mais inveterado abrandava suas convicções e os que amavam bebês se tornavam fiéis adoradores.

— Eu amo todo mundo — ela disse uma vez, abrindo os braços, com a colher em uma mão e uma caneca na outra, como se estivesse ansiosa para abraçar e nutrir o mundo inteiro.

À medida que ela crescia, Meg começou a sentir que o "Lar dos Pombinhos" seria abençoado pela presença de um habitante tão sereno e amoroso como o que havia ajudado a transformar a velha casa em um lar; também começou a rezar para que ela fosse poupada de uma perda tão terrível como aquela que mostrou aos Marchs que, sem saber, tinham um anjo dentro de casa. Seu avô às vezes a chamava de Beth, e a avó cuidava dela com uma infatigável devoção, como se tentasse reparar algum erro do passado — invisível para todos, exceto para seus próprios olhos.

Demi, como um verdadeiro ianque, era extremamente curioso, se interessava por tudo e, às vezes, ficava muito perturbado por não ter respostas satisfatórias ao seu perpétuo "Para que serve?". Ele também tinha uma inclinação para a filosofia, para grande deleite de seu avô, que costumava manter conversas socráticas com ele, em que o aluno precoce, ocasionalmente, questionava o professor, causando uma indisfarçável satisfação às mulheres.

— O que faz minhas pernas caminharem, vovô? — perguntou o jovem filósofo, inspecionando aquelas partes ativas de sua estrutura com um ar contemplativo, enquanto descansava certa noite depois de brincar antes de dormir.

— É a sua pequena mente, Demi — respondeu o sábio, acariciando respeitosamente os cabelos loiros do neto.

— O que é minha pequena mente?

— É algo que faz seu corpo se mover, como as molas que fazem girar as engrenagens do meu relógio. Lembra que as mostrei para você?

— Me abra. Eu quero ver girando.

— Do mesmo modo que você não podia abrir o relógio, eu também não posso abrir você. Deus dá corda em você para que suas engrenagens girem até que Ele as faça parar.

— É mesmo? — Os olhos castanhos e brilhantes de Demi se arregalaram enquanto ele digeria o novo pensamento. — Dão a corda em mim como no relógio?

— Sim, mas eu não posso te mostrar como, pois isso é feito quando não estamos vendo.

Demi colocou as mãos nas próprias costas, como se esperasse encontrar uma corda como a do relógio, e, em seguida, comentou com um ar de seriedade no rosto:

— Acho que Deus faz isso quando estou dormindo.

Seguiu-se uma explicação cuidadosa, à qual ele ouviu com tanta atenção que a avó, ansiosa, disse:

— Meu querido, você acha que é sábio falar sobre essas coisas com o bebê? Ele está com os olhos arregalados, e agora está aprendendo a fazer perguntas impossíveis de serem respondidas.

— Se ele tem idade suficiente para fazer perguntas, também tem idade suficiente para ouvir respostas verdadeiras. Não estou colocando pensamentos em sua cabeça, eu o estou ajudando a decifrar as questões que já estão lá. Essas crianças são mais inteligentes do que nós, e eu não tenho dúvidas de que este rapaz entende tudo o que eu lhe disse. Agora, Demi, diga-me onde fica sua mente.

Se o menino tivesse respondido como Alcibíades — "pelos deuses, Sócrates, eu não sei dizer" —, o avô não teria ficado surpreso, mas quando, depois de ficar por um instante equilibrado em uma só perna como uma jovem cegonha meditativa, ele respondeu, com um tom de calma convicção, "na minha barriga", o velho cavalheiro não pôde fazer outra coisa senão rir junto à vovó e encerrar a aula de metafísica.

Teria havido motivo para que a mãe ficasse apreensiva com isso se Demi não tivesse dado provas convincentes de que era um verdadeiro menino, bem como um aprendiz de filósofo, porque, às vezes, após alguma discussão que levava Hannah a profetizar, com sinistros acenos de cabeça, "essa criança não vai ficar muito tempo neste mundo", ele se virava e amenizava os temores dela aprontando algumas travessuras com as quais essas coisinhas queridas, sujas, espertas e impertinentes distraem e encantam o espírito de seus pais.

Meg criou muitas regras morais e tentava mantê-las, mas qual mãe é capaz de resistir às artimanhas encantadoras, às evasivas engenhosas ou à audácia tranquila dos homens e das mulheres em miniatura que tão cedo se mostram como talentosos Artful Dodgers?[134]

— Chega de uvas-passas, Demi. Assim, você vai passar mal — disse a mamãe ao jovem que, no dia em que faziam pudim de ameixa com passas, costumava oferecer seus serviços na cozinha com infalível regularidade.

— Eu gosto de passar mal.

— Não quero que você fique mal. Então, saia já daqui e vá ajudar a Daisy a fazer bolinhos.

Ele foi embora com relutância, porém seus erros pesaram sobre seu espírito e, pouco depois, ele teve a oportunidade de repará-los, pois superava a mãe em inteligência; então, propôs um acordo astuto com ela.

---

134. Jack Dawkins, mais conhecido como Artful Dodger, ou Matreiro, é um personagem do romance *Oliver Twist* (1837), de Dickens. Ele é um batedor de carteiras, líder de uma gangue de crianças criminosas, treinadas pelo senhor Fagin. (N.T.)

— Já que vocês foram bonzinhos, vou brincar do que vocês quiserem — disse Meg enquanto levava seus dois assistentes de cozinha para o andar de cima e abandonava o pudim borbulhando com segurança na panela.

— Sério, mamãe? — perguntou Demi com uma ideia brilhante em sua mente bem-dotada.

— Sim, é sério. Qualquer coisa que vocês quiserem — respondeu a mãe em sua ingenuidade, preparando-se para cantar *The three little kittens*[135] meia dúzia de vezes, ou para levar a família para "comprar um pão de um centavo",[136] independentemente do vento ou do cansaço.

Demi, entretanto, a encurralou com uma resposta indiferente:

— Então, vamos descer e comer todas as uvas-passas.

Tia Dodô era a principal companheira de brincadeiras e confidente das duas crianças; o trio deixava a pequena casa de pernas para o ar. Tia Amy ainda era apenas um nome para eles, a tia Beth logo desapareceu em uma memória agradavelmente vaga, porém a tia Dodô era uma realidade viva, e eles a aproveitavam ao máximo; isso a deixava profundamente grata. Porém, quando o senhor Bhaer chegou, Jo negligenciou seus companheiros de brincadeira, deixando que o desânimo e a desolação se instalassem naquelas pequenas almas. Daisy, que gostava de vender beijos, perdeu sua melhor cliente e faliu. Demi, com sua compreensão infantil, logo descobriu que tia Dodô gostava mais de brincar com o "homem-urso" do que com ele, porém, apesar de ficar magoado, ele escondeu sua angústia, pois não tinha coragem de insultar um rival que guardava uma mina de pingos de chocolate no bolso do colete e um relógio que podia ser retirado de seu estojo e ser livremente chacoalhado por seus admiradores ardorosos.

Talvez, algumas pessoas vissem essas boas generosidades como subornos. Demi, entretanto, não as via por essa perspectiva e continuava a patrocinar o "homem-urso" com uma afabilidade meio introspectiva. Daisy, por sua vez, concedeu-lhe pequenas afeições na terceira visita e acreditava que o ombro dele era seu trono; os braços, seu refúgio; e os presentes, tesouros de valor inestimável.

Às vezes, os cavalheiros são tomados por ataques súbitos de admiração pelo parentes mais jovens dos pais das moças, a quem honram com a sua consideração, porém essa filoprogenitividade não lhes cai nada bem e não costuma enganar ninguém. A devoção do senhor Bhaer era sincera e, da mesma forma, eficaz — porque, no amor e no direito, a honestidade é a melhor política. Ele

---

135. Em inglês, "Os três gatinhos", uma canção infantil. (N.T.)
136. Referência à canção infantil *Penny bun* (pãozinho de um centavo). (N.T.)

era um desses homens que ficam à vontade em meio às crianças e parecia particularmente bem quando as pequenas faces causavam um contraste agradável com o seu rosto viril. Seus negócios na cidade, seja lá quais fossem, o detiveram por vários dias, mas eram raras as noites em que ele não aparecia para ver... Bem, ele sempre chamava pelo senhor March, então suponho que vinha por ele. O excelente pai iludia-se, acreditando que ele era realmente o motivo das visitas, e deleitava-se em longas discussões com seu irmão em espírito, até que uma observação casual de seu neto mais perspicaz lhe trouxe uma iluminação.

O senhor Bhaer chegou numa noite e fez uma pausa na entrada do estúdio, espantado com o espetáculo à sua frente. O senhor March estava deitado no chão, com suas respeitáveis pernas no ar, e ao lado dele, também deitado, estava Demi, tentando imitar a pose com as próprias perninhas, cobertas por meias escarlates; os dois rastejadores estavam tão seriamente concentrados que nem perceberam os espectadores, até que o senhor Bhaer emitiu uma risada sonora e Jo exclamou com uma expressão escandalizada no rosto:

— Papai, papai, o professor está aqui!

As pernas com calças pretas baixaram e surgiu uma cabeça grisalha, enquanto o preceptor dizia com dignidade imperturbável:

— Boa noite, senhor Bhaer. Peço que me dê licença por um instante. Estamos terminando nossa lição. Agora, Demi, faça a letra e diga o nome dela.

— Eu conheço essa! — E, depois de alguns esforços convulsivos, as pernas com meias vermelhas tomaram a forma de dois compassos abertos, e o pupilo inteligente gritou de modo triunfante:

— É um "W", vovô, é um "W"!

— Ele é um Weller[137] nato — disse Jo, rindo, enquanto o pai se recompunha e o sobrinho tentava ficar de cabeça para baixo, como único modo de expressar sua satisfação pelo fato de a aula ter acabado.

— Onde você foi hoje, *bübchen*?[138] — perguntou o senhor Bhaer, erguendo o pequeno ginasta.

— Fui ver a pequena Mary.

— E o que você fez lá?

— Eu a beijei — disse Demi com uma franqueza ingênua.

— Ahh! Está começando cedo. E o que a pequena Mary disse sobre isso? — perguntou o senhor Bhaer, continuando a ouvir as confissões do jovem pecador, que estava em seu joelho explorando os bolsos do colete.

---

137. O personagem Sam Weller, do já citado romance *As aventuras do senhor Pickwick*, de Dickens, costumava trocar o "w" pelo "v". (N.T.)

138. Em alemão, "menino", "jovenzinho". (N.T.)

— Ah, ela gostou, ela me beijou e eu gostei. Não é verdade que os meninos gostam das meninas? — perguntou Demi, com a boca cheia e um ar tranquilo de satisfação.

— Ah, garoto precoce! Quem colocou isso em sua cabeça? — disse Jo, desfrutando a revelação inocente tanto quanto o professor.

— Não está na minha cabeça, está na minha boca — respondeu o literal Demi, colocando a língua para fora e mostrando um pingo de chocolate sobre ela, pensando que a tia Jo estivesse se referindo ao doce, e não às suas ideias.

— Você deve guardar alguns para a amiguinha. Doces para o seu docinho, homenzinho. — E o senhor Bhaer ofereceu a Jo alguns bombons com um olhar que a fez imaginar que o chocolate era o néctar bebido pelos deuses.

Demi também percebeu seu sorriso, ficou impressionado com isso e perguntou com ingenuidade:

— Será que os meninos grandes gostam das meninas grandes, *pofessor*?

Como o jovem Washington, o senhor Bhaer "não conseguia dizer uma mentira", então ele deu uma resposta um tanto vaga dizendo que ele acreditava que os meninos grandes deviam gostar, às vezes, delas; disse isso num tom que fez o senhor March apanhar a escova de roupa, olhar para o rosto esquivo de Jo e, então, afundar-se em sua cadeira, como se o "garoto precoce" tivesse colocado uma ideia em sua cabeça que, ao mesmo tempo, era doce e amarga.

Quando a tia Dodô o encontrou no armário das porcelanas meia hora depois, ela quase o deixou sem respirar com um abraço terno, em vez de sacudi-lo por estar lá, e, seguindo esse novo comportamento, ela o premiou de modo inesperado com uma grande fatia de pão com geleia: estes eram os mistérios que mais intrigavam a pequena inteligência de Demi.

46. Sob o guarda-chuva

Enquanto Laurie e Amy faziam seus passeios conjugais sobre tapetes de veludo, enquanto organizavam a casa e planejavam um futuro feliz, o senhor Bhaer e Jo desfrutavam um tipo diferente de passeio, ao longo de estradas enlameadas e campos encharcados.

— Eu sempre passeio no finzinho da tarde, e não sei por que eu deveria deixar de fazer isso só porque eu encontro o professor quando ele sai de sua casa — disse Jo para si mesma, depois de dois ou três encontros fortuitos com o senhor Bhaer, pois, embora houvessem dois caminhos para a casa de

Meg, ela certamente o encontrava, fosse na ida ou na volta, independentemente do caminho que escolhesse. Ele sempre andava muito rápido e parecia nunca a reconhecer até que estivessem muito próximos; então, fazia de conta que seus olhos míopes não haviam conseguido reconhecer a moça que se aproximava naquele momento. Nesses casos, se ela estivesse indo para a casa da Meg, ele sempre tinha alguma coisa para os bebês. Agora, se ela estivesse voltando para casa, ele dizia que havia caminhado até ali apenas para ver o rio e que já estava voltando, a menos que já estivessem cansados de suas visitas frequentes.

Em tais circunstâncias, o que Jo poderia fazer senão cumprimentá-lo com polidez e convidá-lo a entrar? Caso estivesse cansada de suas visitas, ela escondia seu cansaço com habilidade perfeita e ainda cuidava para que sempre houvesse café para o jantar, "pois Friedrich... quero dizer, o senhor Bhaer... não gosta de chá".

Na segunda semana, todos sabiam perfeitamente bem o que estava acontecendo, ainda que tentassem fingir não notar as mudanças no semblante de Jo. Nunca perguntaram por que ela cantava enquanto trabalhava, arrumava seus cabelos três vezes por dia e voltava tão viçosa de seu exercício ao entardecer. E ninguém parecia ter a menor suspeita de que o professor Bhaer, enquanto falava de filosofia com o pai, estava dando lições de amor à filha.

Por não conseguir sequer entregar o coração de forma decorosa, Jo tentou seriamente embotar seus sentimentos e, fracassando nessa tentativa, passou a levar uma vida um tanto agitada. Ela sentia um medo mortal de ser ridicularizada por ter se entregado depois de suas diversas e veementes declarações de independência. Sentia um pavor especial de Laurie, mas, graças ao novo intendente, ele estava se comportando de maneira louvável, nunca chamava o senhor Bhaer de "um grande cara" em público, nunca aludia, nem da maneira mais remota, à aparência melhorada de Jo, nem expressava a menor surpresa ao ver o chapéu do professor na mesa dos Marchs quase todas as noites. Em particular, porém, ele tripudiava, e ansiava pelo momento em que poderia dar a Jo uma travessa de prata com um urso e um cajado irregular[139] como brasão de armas bastante apropriado.

Durante uma quinzena, o professor partia e voltava com a regularidade de quem está apaixonado. Então, ele ficou três dias sem aparecer, nem deu nenhum sinal, um procedimento que fez com que todos ficassem preocupados e que Jo se tornasse introspectiva, no início, e depois — infelizmente para o romance — muito zangada.

---

139. Em inglês, "*Bear and Ragged Staff*"; é um emblema heráldico associado ao condado de Warwick. (N.T.)

— Estou aborrecida, ouso dizer; ele voltou para casa da mesma forma repentina como apareceu por aqui. Não é nada para mim, claro, mas acredito que ele deveria ter sido mais cavalheiro e vindo aqui para nos despedirmos — disse ela a si mesma, lançando um olhar desesperado para o portão enquanto se arrumava para a caminhada habitual durante uma tarde nublada.

— É melhor você pegar o guarda-chuva, querida. Parece que vai chover — disse a senhora March, observando, sem aludir ao fato, que ela usava seu novo chapéu.

— Sim, mamãe. Quer alguma coisa da cidade? Preciso correr até lá para comprar papéis — respondeu Jo, puxando o laço para baixo do queixo diante do espelho como desculpa para não olhar para a mãe.

— Sim, eu quero um pouco de tecido de algodão com ligamento de sarja, um pacote de agulhas número nove e dois metros de fita azul estreita. Você está com meias grossas e algo quente sob o casaco?

— Acredito que sim — respondeu Jo de modo distraído.

— Se encontrar o senhor Bhaer, traga-o para casa, para tomarmos chá. Estou com saudades do nosso querido amigo — acrescentou a senhora March.

Jo a ouviu e não respondeu; então, beijou a mãe e saiu rapidamente, pensando com um brilho de gratidão, apesar de sua mágoa: "Como ela é boa para mim! O que fazem as meninas que não têm uma mãe para ajudá-las a superar seus problemas?".

As lojas de tecidos não estavam entre os depósitos, os bancos e as vendas de mercadorias por atacado, onde a maioria dos cavalheiros se reuniam. No entanto, Jo passeou por aquela parte da cidade antes de cumprir suas tarefas, perambulando como se esperasse alguém, examinando os instrumentos de engenharia em uma vitrine e as amostras de lã em outra, com um grande interesse nada feminino, tropeçando em barris, quase sendo esmagada por fardos que desciam e empurrada sem cerimônia por homens muito ocupados que pareciam se perguntar "Como diabos ela chegou aqui?". Uma gota de chuva em sua bochecha levou-a das esperanças frustradas às fitas arruinadas, pois as gotas continuavam a cair e, sendo uma mulher, bem como muito romântica, ela achou que, embora fosse tarde demais para salvar seu coração, poderia tentar salvar seu chapéu. Então, lembrou-se do pequeno guarda-chuva, que, na pressa para sair, ela havia esquecido de pegar; era inútil arrepender-se agora, e não havia nada a fazer senão pedir um emprestado ou ficar ensopada com resignação. Ela olhou para o céu ameaçador, para o arco carmesim já salpicado de preto, para a frente ao longo da rua enlameada e, em seguida, após olhar longa e persistentemente para trás, avistou um armazém sujo com o nome "Hoffmann, Swartz, & Co." sobre a porta, e disse a si mesma, com um ar severamente repreensível:

— Isso me serve bem! Que ideia foi essa de vestir minhas melhores roupas e me aventurar até aqui na esperança de encontrar o professor? Jo, eu estou envergonhada de você! Não, você não deve ir lá para pedir um guarda-chuva emprestado nem perguntar aos amigos dele se sabem onde ele está. Você deve se afastar lentamente e cumprir suas tarefas na chuva, e se você acabar morrendo e estragando seu gorro, será bem merecido. Então, vamos!

Depois de dizer isso a si mesma, ela atravessou a rua correndo tão impetuosamente que, por pouco, escapou de ser atropelada por um carro de carga que passava e precipitou-se nos braços de um imponente senhor de idade que lhe disse "Peço-lhe perdão, senhorita!" parecendo mortalmente ofendido. Um pouco assustada, Jo se recompôs, colocou seu lenço sobre as amadas fitas e, deixando a provocação de lado, correu, com os tornozelos cada vez mais molhados e com o som de muitos guarda-chuvas se chocando acima de sua cabeça. O fato de ainda haver uma fita azul em ruínas acima do desprotegido chapéu atraiu sua atenção e, ao olhar para cima, ela viu o senhor Bhaer olhando para baixo.

— Sinto que conheço esta senhorita determinada que segue tão bravamente sob os focinhos de muitos cavalos e tão rápida em meio a tanta lama. O que faz por aqui, minha amiga?

— Estou fazendo compras.

O senhor Bhaer sorriu, pois viu uma fábrica de picles de um lado da rua e uma loja de couro por atacado do outro e apenas disse educadamente:

— Você está sem guarda-chuva. Posso acompanhá-la e carregar os pacotes para você?

— Sim, obrigada.

As bochechas de Jo estavam tão rubras quanto sua fita, e ela tentou imaginar o que ele estaria pensando dela, porém ela não se importou, pois, no instante seguinte, ela estava caminhando de braços dados com o professor sentindo-se como se o sol tivesse reaparecido repentinamente com um brilho incomum, já que o mundo havia voltado aos eixos e uma mulher completamente feliz havia conseguido navegar por aquele dia úmido.

— Pensamos que você tinha ido embora — disse Jo às pressas, porque sabia que ele estava olhando para ela. O chapéu não era suficientemente grande para esconder seu rosto, e ela temia que a alegria em seu semblante pudesse ser considerada inadequada para uma moça.

— Você acha que eu iria embora sem me despedir daqueles que foram tão divinamente gentis comigo? — ele perguntou de um modo tão repreensível que ela achou que o havia insultado com essa hipótese sugerida, então, respondeu com entusiasmo:

— Não, eu não acho. Eu imaginei que estivesse ocupado com seus negócios, mas sentimos a sua falta, papai e mamãe especialmente.

— E você?

— Fico sempre feliz em vê-lo, senhor.

Em sua ânsia para manter a voz bastante calma, Jo a fez parecer um tanto indiferente, e a gélida dissílaba no final pareceu esfriar o ânimo do professor, pois seu sorriso desapareceu enquanto ele disse de um modo sério:

— Eu me sinto grato, e vou vê-los mais uma vez antes de partir.

— Então, você vai realmente partir?

— Não tenho mais negócios por aqui, já fiz o que deveria ter feito.

— Com êxito, imagino — disse Jo; pois sua curta resposta disfarçava a amargura de sua decepção.

— Eu creio que sim, porque tenho uma via aberta para mim, para que eu possa me sustentar e oferecer bastante ajuda aos meus jovenzinhos.

— Conte-me, por favor! Eu gostaria de saber tudo sobre... seus planos em relação aos meninos — disse Jo com ansiedade.

— Isso é muito gentil de sua parte; eu lhe contarei tudo. Meus amigos conseguiram uma vaga para mim em uma faculdade, onde poderei ensinar, como fazia em casa, e ganharei o suficiente para tornar mais suave o caminho de Franz e de Emil. Eu deveria estar contente, não deveria?

— Na verdade, deveria. Será esplêndido! Você poderá fazer o que mais gosta, e nós poderemos ir visitá-lo e ver os meninos com mais frequência! — exclamou Jo, agarrando-se aos meninos como uma desculpa pela satisfação que não conseguia esconder.

— Ah! Mas não nos encontraremos com frequência, pois a faculdade se localiza no Oeste.

— Que longe! — E nesse instante Jo deixou suas saias soltas à própria sorte, como se não importasse mais o que acontecesse com suas roupas nem consigo mesma.

O senhor Bhaer era capaz de ler várias línguas, porém ainda não havia aprendido a ler as mulheres. Gabava-se de conhecer Jo muito bem e, portanto, ficou muito espantado com as contradições da voz, da expressão e dos modos que ela lhe mostrava em rápida sucessão naquele dia, pois, em apenas meia hora, ela passou por diversos estados de ânimo diferentes. Quando a encontrou, ela parecia surpresa, embora fosse impossível não suspeitar que estivesse ali com um propósito expresso. Quando lhe ofereceu o braço, ela o aceitou com uma expressão que o encheu de prazer; porém, quando ele perguntou se ela sentia falta dele, ela respondeu de um modo tão frio e formal que o fez sentir-se decepcionado. Ao ficar sabendo de sua boa sorte, ela quase bateu palmas. Será que estava feliz pelos meninos? Então, ao descobrir para onde ele iria, ela disse "Que longe!" em um tom de desespero que o levou ao apogeu da esperança, mas no instante seguinte ela novamente o derrubou dizendo, como se estivesse totalmente concentrada em seus próprios interesses:

— Eis o local de minhas compras. Quer entrar comigo? Será rápido.

Jo se orgulhava bastante de suas capacidades de negociação e desejava impressionar seu acompanhante com o esmero e a rapidez com que realizaria os negócios. No entanto, em virtude da agitação em que se encontrava, tudo deu errado. Ela derrubou a bandeja de agulhas, somente se lembrou de que deveria comprar um tecido de algodão com ligamento de sarja depois que o tecido já havia sido cortado, deu o dinheiro errado e ficou toda confusa solicitando fita cor de lavanda no balcão da chita. O senhor Bhaer ficou parado, observando-a corar e claudicar e, enquanto ele a observava, sua própria confusão parecia desaparecer, pois estava começando a perceber que, em algumas ocasiões, as mulheres, assim como os sonhos, vivem num mundo de contradições.

Quando saíram, ele colocou o pacote debaixo do braço e, com um aspecto mais animado, passou pelas poças espalhando água como se estivesse gostando daquilo.

— Será que não deveríamos fazer um pouco disso que você chama de compras para os bebês, para que, hoje à noite, possamos fazer uma festa de despedida em minha última visita ao seu agradável lar? — ele perguntou ao deter-se diante de uma janela cheia de frutas e flores.

— O que podemos comprar? — perguntou Jo, ignorando a última parte de sua fala e, ao entrar numa loja, sentindo a mistura de variadas fragrâncias com uma afetação de prazer.

— Eles comem laranjas e figos? — perguntou o senhor Bhaer com um ar paternal.

— Sempre que podem.

— Gostam de nozes?

— Como um esquilo.

— Uvas de Hamburgo. Sim, vamos beber em homenagem à minha terra natal, certo?

Jo desaprovou aquela extravagância e perguntou por que ele não comprava uma cesta de tâmaras, uma barrica de uvas-passas e um saquinho de amêndoas e dava o assunto por encerrado. Então, o senhor Bhaer confiscou a carteira de Jo, retirou a sua própria e só deu o assunto por encerrado depois de comprar alguns quilos de uvas, um pote de margaridas rosadas[140] e um bom frasco de mel, para ser considerado à luz de um garrafão.[141] Em seguida, deformando seus bolsos com os pacotes protuberantes e lhe entregando as flores, para que ela segurasse, ele abriu o velho guarda-chuva e eles se puseram a caminhar novamente.

— Senhorita March, quero lhe pedir um grande favor — começou o professor, após uma úmida caminhada de meio quarteirão.

— Sim, senhor. — E o coração de Jo começou a bater tão forte que ela temeu que ele pudesse ouvir.

— Apesar da chuva, ouso dizer isso porque me resta pouco tempo.

— Sim, senhor... — E Jo quase esmagou o pequeno maço de flores ao apertá-lo subitamente.

— Eu gostaria de comprar um vestidinho para a minha Tina e não saberia fazer isso sozinho. Será que você poderia fazer a gentileza de me ajudar com seu bom gosto?

— Claro, senhor. — E Jo sentiu-se repentinamente tão calma e fresca, como se tivesse entrado em um refrigerador.

— Talvez também um xale para a mãe de Tina; ela é tão pobre e doente, e o marido lhe dá tanto trabalho... Sim, sim, um xale grosso e quente seria algo muito bom para dar à mãezinha.

— Farei isso com prazer, senhor Bhaer. — "Eu estou indo muito rápido, e ele está ficando cada vez mais afetuoso", acrescentou Jo para si mesma e, em seguida, com uma sacudida mental, entrou na loja com tanta energia que era agradável de se observar.

O senhor Bhaer deixou tudo por conta dela, que escolheu um vestido bonito para Tina e, em seguida, pediu para ver os xales. O funcionário, que era um homem casado, resolveu se interessar pelo casal, que parecia estar fazendo compras para a família.

— A senhora talvez prefira este. É um artigo de qualidade superior, tem uma cor bastante agradável, é bem discreto e muito elegante — disse ele, sacudindo um xale cinza aparentemente bem confortável e jogando-o sobre os ombros de Jo.

— Gosta deste, senhor Bhaer? — ela perguntou, virando-se de costas e sentindo-se profundamente grata pela oportunidade de poder esconder o rosto.

---

140. Em inglês, *rosy daisies*, fazendo referência à Daisy. (N.T.)
141. Em inglês, *demijohn*, palavra de origem francesa (*dame-jeanne*, a dama Joana ou a senhora Joana), é um nome popular para garrafão, e aqui faz referência a Demijohn. (N.T.)

— É muito bonito, vamos ficar com esse — respondeu o professor, sorrindo para si mesmo e fazendo o pagamento enquanto Jo continuava a vasculhar as prateleiras como uma verdadeira caçadora de pechinchas.

— Agora, podemos ir para casa? — ele perguntou, como se essas palavras fossem lhe agradar muito.

— Sim, já é tarde, e eu estou muito cansada. — A voz de Jo estava mais carregada de emoção do que ele pôde perceber. Agora, o sol parecia ter desaparecido da mesma forma repentina que havia surgido, e o mundo se tornou novamente lamacento e triste; pela primeira vez, ela percebeu que seus pés estavam frios, que sua cabeça doía e o seu coração estava mais gelado que os pés e mais cheio de dor que a cabeça. O senhor Bhaer estava indo embora, ele gostava dela apenas como amiga; tudo havia sido um erro e, quanto mais cedo acabasse, melhor seria. Com essa convicção, ela fez sinal a um bonde que se aproximava com um gesto tão apressado que as margaridas voaram para fora do buquê e ficaram seriamente danificadas.

— Este não é o nosso bonde — disse o professor, acenando para que o veículo se afastasse e parando para pegar as pobres flores.

— Peço perdão. Não enxerguei o nome direito. Não importa, eu vou andando. Estou acostumada a me arrastar na lama... — balbuciou Jo, piscando os olhos, porque ela preferia morrer naquele instante a enxugar os olhos para que todos pudessem ver.

O senhor Bhaer viu as lágrimas rolando em sua face, embora ela tenha virado o rosto para o outro lado. Essa visão pareceu tocá-lo muito, porque, inclinando-se repentinamente para baixo, ele perguntou em um tom bastante significativo:

— Queridíssima do meu coração, por que você está chorando?

Ora, se Jo não fosse uma novata nesse tipo de assunto, ela teria dito que não estava chorando, que estava resfriada, ou diria, ainda, qualquer outra mentira feminina que se adequasse à ocasião. Em vez disso, aquela criatura sem dignidade respondeu, com um soluço irreprimível:

— Porque você está indo embora.

— *Ach, mein Gott*,[142] que bom! — exclamou o senhor Bhaer, conseguindo unir as mãos, apesar do guarda-chuva e dos pacotes. — Jo, eu não tenho nada, além de muito amor, para te dar. Eu vim para ver se você se dava conta disso e esperei para ter certeza de que eu era algo mais do que um amigo. Eu sou? Há um lugarzinho em seu coração para o velho Fritz? — ele acrescentou, tudo em uma só respiração.

---

142. Em alemão, "Ah, meu Deus!". (N.T.)

— Ah, é claro! — disse Jo.

Então, ele ficou muito satisfeito, pois ela juntou suas mãos sobre o braço dele e o olhou com uma expressão que lhe mostrava claramente o quão feliz ela ficaria em caminhar pela vida ao lado dele, mesmo que não tivesse melhor abrigo que o velho guarda-chuva, contanto que fosse ele a segurá-lo.

A proposta foi certamente feita em condições difíceis, pois, mesmo que quisesse, o senhor Bhaer não conseguiria ajoelhar-se em meio a tanta lama. Ele também não poderia oferecer sua mão a Jo, senão de modo figurado, pois ambas estavam ocupadas. Também não poderia fazer grandes demonstrações de afeto no meio da rua, embora ele estivesse quase fazendo isso. Então, a única maneira de expressar seu êxtase era olhar para ela com uma expressão que dignificava seu rosto a tal ponto que parecia realmente haver pequenos arco-íris nas gotas que brilhavam em sua barba. Se ele não amasse tanto a Jo, acredito que não conseguiria ter feito a proposta naquele momento, pois ela estava longe de parecer adorável; suas saias estavam em um estado deplorável, as botas de borracha, molhadas até o tornozelo, e seu chapéu estava em ruínas. Felizmente, o senhor Bhaer a considerava a mulher mais bela do mundo; e, para ela, ele estava mais imperioso do que nunca, embora a aba de seu chapéu estivesse bastante amolecida, com um pequeno regato escorrendo dela para seus ombros (pois ele segurava o guarda-chuva de modo a proteger apenas Jo da chuva), e todos os dedos de suas luvas estavam fora de lugar.

Os transeuntes provavelmente viam neles um casal de lunáticos inofensivos, pois haviam se esquecido inteiramente de chamar o bonde e caminhavam vagarosamente, alheios ao aprofundamento do crepúsculo e do nevoeiro. Pouco se importavam com o que os outros pensassem, porque estavam desfrutando o prazer daquele instante de felicidade que, durante toda a vida, raramente ocorre mais de uma vez, o momento mágico que confere juventude aos velhos, beleza aos feios, riqueza aos pobres e, aos corações humanos, oferece uma antecipação do paraíso. O professor parecia ter conquistado um reino, e o mundo não poderia oferecer-lhe mais nada em relação à felicidade. Jo, por sua vez, caminhava pesadamente ao lado dele, acreditando que aquele havia sido sempre o seu lugar e se perguntando como ela poderia escolher qualquer outra sorte. Era evidente, ela foi a primeira a falar de forma inteligível, pois as observações emotivas que se seguiram ao impetuoso "Ah, claro!" dela não eram nem coerentes nem relatáveis.

— Friedrich, por que você não...

— Ah, céus, ela me chama pelo nome que ninguém fala desde que Minna morreu! — exclamou o professor, parando sobre uma poça, estimando-a com grato prazer.

— Eu sempre o chamo assim quando falo comigo mesma... Eu me esqueci, não farei mais isso a menos que você goste.

— Goste? É mais doce para mim do que eu consigo explicar. Se também passar a usar "tu", direi que seu idioma é quase tão belo quanto o meu.

— "Tu" é muito sentimental, não é? — perguntou Jo enquanto dizia para si mesma que era um adorável monossílabo.

— Sentimental? Sim. *Gott,*[143] nós alemães acreditamos nos sentimentos, eles nos mantêm jovens; "você" é tão frio, diga "tu", queridíssima do meu coração, significa muito para mim — defendeu o senhor Bhaer, mais como um estudante romântico do que como um professor sério.

— Bem, então, por que não me disse tudo isso antes? — perguntou Jo com timidez.

— Agora eu vou, de bom grado, abrir meu coração, porque você deverá cuidar dele depois disso. Veja, então, minha Jo... Ah, esse lindo nomezinho engraçado... Eu queria dizer algo no dia em que nos despedimos em Nova York, mas pensei que você e seu amigo bonito fossem noivos, então, eu nada disse. Se eu pedisse sua mão naquele momento, você teria respondido "sim"?

— Eu não sei. Temo que não, pois eu não tinha coração para isso.

— Ahh! Não acredito nisso. Estava adormecido, esperando o príncipe encantado atravessar o bosque para acordá-lo. Ah, bem, *"Die erste Liebe ist' die beste"*,[144] mas isso eu não deveria esperar.

— Sim, o primeiro amor é o melhor, mas se contente, pois nunca tive outro. Teddy era apenas um menino e, rapidamente, superou sua pequena fantasia — disse Jo, ansiosa para corrigir o erro do professor.

— Bom! Então, descansarei feliz, pois sei que você me dará tudo. Esperei por muito tempo e fiquei um pouco egoísta como você descobrirá, *professorin.*[145]

— Gosto disso — exclamou Jo, encantada com seu novo nome. — Agora me diga o que, de fato, o trouxe para cá, quando eu o encontrei aqui?

— Isto. — E o senhor Bhaer tirou um pequeno papel amassado do bolso de seu colete.

Jo o desdobrou e se sentiu muito envergonhada; era uma de suas contribuições para um jornal que lhe pagava por seus poemas, para o qual ela havia enviado seus escritos como uma tentativa ocasional.

— Como isso poderia tê-lo trazido para cá? — ela perguntou, imaginando o que ele queria dizer.

---

143. Em alemão, "Deus". (N.T.)
144. Em alemão, "o primeiro amor é o melhor". (N.T.)
145. Em alemão, "professora". (N.T.)

— Eu o encontrei por acaso. Eu sabia que, pelos nomes e pelas iniciais nele, havia um pequeno verso que parecia me chamar. Leia e me diga qual é o verso. Vou lhe proteger para que não se molhe.

NO SÓTÃO

Quatro baús, todos enfileirados,
poeirentos e gastos pelo tempo,
todos criados e preenchidos há tempos,
por crianças que agora são adultas.
Quatro pequenas chaves penduradas lado a lado,
com fitas desbotadas e ali postas com orgulho infantil,
há muito tempo, durante um dia chuvoso.
Quatro nomes, um em cada tampa,
esculpidos pelas mãos de um menino;
por dentro, se escondem histórias de um grupo feliz
que já havia brincado ali,
sempre pausando para ouvir o doce refrão que ia e vinha do telhado,
ali no alto: o som da chuva de verão que caía.

"Meg", dizia a primeira tampa, em linhas suaves e justas.
Com uma expressão amorosa, olhei seu conteúdo,
pois, dobradas aqui com muito cuidado,
estão reunidas belas peças,
o registro de uma vida pacífica...
Presentes à criança e à menina delicada,
um vestido de noiva, linhas para uma esposa,
um sapato minúsculo e os cachos de um bebê.
Não há nenhum brinquedo neste primeiro baú,
porque todos, já velhos, foram levados,
e agora, juntos novamente,
pertencem às brincadeiras de uma outra pequena Meg.
Ah, mãe feliz! Bem sei que você ouve
na chuva de verão, como um doce refrão,
as canções de ninar sempre suaves e baixinhas.

"Jo" na tampa seguinte, arranhada e desgastada;
e dentro de uma loja heterogênea,
bonecas sem cabeça, livros escolares rasgados,

pássaros e animais embalsamados,
despojos trazidos para casa de um chão de fadas,
pisado apenas por pés jovens,
sonhos de um futuro nunca realizados,
memórias de um passado ainda doce,
poemas pela metade, histórias malucas,
cartas de verão, quentes e frias,
diários de uma criança obstinada,
dicas de uma mulher precocemente velha,
uma mulher em um lar solitário, ouvindo, como um refrão triste...
"Seja digna, amor, e o amor virá", dito pela chuva de verão.

Minha Beth! A tampa que leva o seu nome
está sempre limpa, varrida por belos olhos chorosos
e por mãos cuidadosas que muitas vezes vinham.
A morte canonizou para nós uma santa,
cada vez menos humana e mais divina,
e, ainda assim, nós colocamos, com afetuosa lamentação,
relíquias neste santuário doméstico...
O sino de prata, tão raramente tocado,
a touquinha que ela usou pela última vez,
a bela e justa Catarina[146] que pendia,
carregada por anjos, em sua porta.
As canções que ela cantou, sem lamento,
em sua dolorosa casa-prisão,
estão para sempre misturadas docemente com a chuva de verão.

Na superfície polida da última tampa...
uma bela lenda que agora se torna realidade,
um cavaleiro galante carrega, em seu escudo,
a palavra "Amy" em letras de ouro e azul.
Dentro há fitas que amarraram seu cabelo,
sapatinhos que dançaram uma última vez,
flores desbotadas, colocadas ali com muito cuidado,
leques cujo trabalho aéreo já terminou,
as chamas ardentes de alegres enamorados,

---

146. Catarina de Siena (1347-1380), pertencia a uma fraternidade dominicana leiga e foi uma importante
filósofa cristã, canonizada santa em 1461.

ninharias que desempenharam seu papel nas esperanças,
medos e vergonhas femininas.
Registros de um coração de solteira que,
agora, aprende feitiços mais justos e verdadeiros,
ouvindo, como um refrão alegre,
o som dos sinos nupciais de prata na chuva de verão.

Quatro baús, todos enfileirados,
poeirentos e gastos pelo tempo;
quatro mulheres, ensinadas pela felicidade e pelo infortúnio,
a amar e a trabalhar quando adultas.
Quatro irmãs — separadas por um tempo,
nenhuma perdida, apenas uma que partiu mais cedo —
que se aproximaram e se tornaram ainda mais queridas
pelo poder imortal do amor.
Quando nossos pertences escondidos forem abertos ao Pai,
que sejam ricos em momentos brilhantes,
em ações que se mostrem mais belas pela luz,
em vidas cuja música corajosa
ainda soará por muito tempo,
como uma melodia que empolga o espírito,
em almas que subirão e cantarão de bom grado
durante o longo sol após a chuva.

J.M.

— Esse poema é muito ruim... Eu escrevi, no entanto, tudo o que estava sentindo num dia em que me encontrei muito solitária, e chorei por sobre uma bolsa de retalhos. Nunca imaginei que chegaria a algum lugar para contar histórias — disse Jo, enquanto rasgava os versos que o professor havia guardado por tanto tempo.

— Deixemos que se vá, ele já cumpriu o seu dever, e terei um novo quando eu ler todo o livro marrom em que você mantém seus pequenos segredos — disse o senhor Bhaer com um sorriso enquanto observava os fragmentos voarem ao vento. — Sim — acrescentou ele com sinceridade —, eu li o poema e disse para mim mesmo "Ela está triste, está solitária, um amor verdadeiro poderá confortá-la. Meu coração transborda por ela. Será que não devo ir até lá e dizer: 'Se isso não for algo muito pobre para dar pelo que espero receber em troca, fique com ele em nome de *Gott*!'?".

— E, assim, você veio e descobriu que não era muito pobre, mas sim a coisa mais preciosa de que eu precisava — sussurrou Jo.

— Não tive coragem de pensar isso no início, embora o modo como você me recebeu tenha sido divinamente gentil. Contudo, logo comecei a ter esperança, então eu disse para mim mesmo: "Vamos ficar juntos nem que eu tenha de morrer para isso!". E assim foi — exclamou o senhor Bhaer com um olhar desafiador, como se as paredes de névoa que os envolvia fossem barreiras que precisassem ser transpostas ou derrubadas com sua valentia.

Jo achou isso esplêndido e resolveu ser digna de seu cavaleiro, embora ele não tenha chegado empinando um cavalo de batalha maravilhosamente enfeitado.

— Por que se afastou por tanto tempo? — ela perguntou um pouco depois, achando muito agradável fazer perguntas confidenciais e obter respostas deliciosas, pois ela não conseguia ficar em silêncio.

— Não foi fácil para mim, eu estava sem coragem de tirá-la de uma casa tão feliz sem ter alguma perspectiva de também poder lhe garantir um lar, mesmo depois de muito tempo, talvez, e muito trabalho. Como eu poderia pedir-lhe que desistisse de tudo por um pobre velho sem fortuna que tem apenas seu pouco aprendizado?

— Fico feliz que você seja pobre. Eu não conseguiria suportar um marido rico — disse Jo de um modo decidido, e então acrescentou num tom mais suave: — Não tenha medo da pobreza. Eu já a conheço há bastante tempo a ponto de não a temer, e sou feliz trabalhando para aqueles que amo; e não se chame de velho... Quarenta anos é o auge da vida. Eu o amaria mesmo que tivesse setenta anos!

O professor achou aquilo tão comovente que ficaria feliz em usar seu lenço se fosse capaz de chegar até ele. Como não conseguiu apanhar o lenço, pois estava com as duas mãos ocupadas, Jo enxugou os olhos dele e disse, rindo e derrubando um ou dois pacotes:

— Posso ser teimosa; no entanto, ninguém pode dizer que eu estou fora de meu elemento neste exato momento, pois, supostamente, a missão especial de uma mulher é secar lágrimas e suportar fardos. Devo aceitar minha parte, Friedrich, e ajudá-lo a conseguir ter uma casa. Aceite isso, ou eu nunca irei — acrescentou ela decidida enquanto ele tentava recuperar os pacotes.

— Veremos. Você terá paciência para esperar durante um longo tempo, Jo? Preciso ir embora e realizar meu trabalho sozinho. Devo, primeiro, ajudar meus meninos, porque nem mesmo por você eu posso quebrar a promessa que fiz para Minna. Você é capaz de perdoar isso e ser feliz enquanto mantemos nossas esperanças e aguardamos?

— Sim, eu sei que posso, pois nos amamos, e isso faz com que todo o resto seja fácil de suportar. Também tenho minhas obrigações e meu trabalho. Não ficaria feliz se eu os negligenciasse, mesmo que fosse por você; então, não precisamos ter pressa ou ficar impacientes. Faça sua parte no Oeste, eu faço a minha aqui, e ambos seremos felizes esperando o melhor e deixando o futuro a cargo de Deus.

— Ah! Você me dá tanta esperança e coragem e eu não tenho nada para lhe oferecer senão um coração repleto e essas mãos vazias — exclamou o professor, bastante emocionado.

Jo nunca aprenderia a agir de forma apropriada, pois, quando ele disse isso no momento em que estavam na escadaria, ela colocou suas mãos sobre as dele e sussurrou com delicadeza:

— Agora elas não estão mais vazias... — E, inclinando-se, beijou seu querido Friedrich sob o guarda-chuva.

Foi assustador, mas ela teria feito isso mesmo que o bando de pardais de cauda enlameada no telhado fosse composto de seres humanos, pois ela estava muito distante nesse momento, e nada a preocupava exceto a própria felicidade. Embora tenha ocorrido de um modo tão simples, esse momento representava o auge daquelas duas vidas; eles deram as costas para a noite, a tempestade e a solidão, voltando-se para a luz, o calor e a paz do agregado familiar que aguardava para recebê-los com um feliz "Bem-vindo à casa!". Jo levou seu amado para dentro e fechou a porta.

47. Tempo de colheita

Durante um ano, Jo e o professor trabalharam e esperaram, alimentaram esperanças e se amaram, se encontraram ocasionalmente e escreveram cartas tão volumosas que, segundo Laurie, essa era a causa do aumento do preço do papel. O segundo ano começou com certa sobriedade, pois suas perspectivas continuavam um pouco estreitas e a tia March havia falecido de repente. Passadas as primeiras tristezas — pois amavam a velha senhora, apesar de sua língua afiada —, tiveram motivo para se alegrar; ela havia deixado Plumfield para Jo, o que lhe possibilitou toda sorte de coisas agradáveis.

— É uma bela casa antiga e poderá render uma boa soma, já que você pretende vendê-la, certo? — disse Laurie, quando estavam todos falando sobre o assunto algumas semanas depois.

— Não, não pretendo. — Foi a resposta decidida de Jo, enquanto acariciava o *poodle* gordo que havia adotado em respeito à sua antiga dona.

— Você não quer morar lá, quer?

— Quero, sim.

— Mas é uma casa imensa, minha querida, e custará um dinheirão para mantê-la em ordem. Só o jardim e o pomar precisam de dois ou três homens, e acredito que a agricultura não faça parte da tradição da família Bhaer.

— Se eu pedir, tenho certeza de que Friedrich tentará fazer algo.

— E você espera sustentar-se com os produtos daquela terra? Bem, para mim, isso soa paradisíaco, mas sei que, para você, seria um trabalho desesperadamente árduo.

— Plantaremos algo muito rentável — disse Jo, sorrindo.

— Em que consistirá essa boa plantação, senhora?

— Meninos. Quero abrir uma escola para rapazes... Uma escola boa, feliz e caseira. Eu cuidarei deles, e Fritz dará aulas.

— Esse é um plano que só poderia vir de Jo! Não é a cara dela? — exclamou Laurie, apelando para a família, que parecia tão surpresa quanto ele.

— Eu gostei — disse a senhora March de forma resoluta.

— Eu também — acrescentou o marido, que acolheu a ideia de poder ter uma oportunidade de experimentar o método socrático de educação para a juventude moderna.

— Será muito trabalhoso para Jo — disse Meg, acariciando a cabeça de seu filho mais exigente.

— Jo pode fazer isso e ser feliz ali. É uma ideia esplêndida. Conte-nos tudo sobre o assunto — exclamou o senhor Laurence, que ansiava poder ajudar o casal, mesmo sabendo que recusariam sua ajuda.

— Eu sabia que o senhor ficaria do meu lado. Amy também, vejo isso em seus olhos, embora, antes de dar alguma opinião, sei que ela ainda vai remoer o assunto com prudência em sua mente... Então, meus queridos — continuou Jo com seriedade —, basta entender que esta não é uma ideia nova, é um plano antigo. Antes do meu Fritz, eu costumava pensar como, após ter feito fortuna e não ser mais necessária para minha família, eu alugaria uma grande casa, adotaria alguns meninos pobres, desamparados e órfãos, e cuidaria deles para alegrar suas vidas antes que fosse tarde demais. Eu vejo tantos garotos se perdendo por lhes faltar ajuda no momento certo, e adoraria fazer alguma coisa por eles. Parece que sinto seus desejos e compreendo seus problemas e, ah, eu adoraria poder ser como uma mãe para eles!

A senhora March estendeu a mão para Jo, que a segurou, sorrindo com lágrimas nos olhos, e continuou da velha maneira entusiasmada que já não viam há muito tempo:

— Contei meu plano para Fritz uma vez, e ele disse que era exatamente o que ele gostaria de fazer, e concordou em tentar quando ficássemos ricos. Deus abençoe seu lindo coração, ele fez isso durante toda a sua vida; ajudar meninos pobres, quero dizer, não ficar rico, pois isso ele nunca será. O dinheiro não fica por muito tempo em seu bolso para que possa investi-lo. Agora, no entanto, graças à minha boa e velha tia, que me amava mais do que eu jamais mereci, eu sou rica, pelo menos eu me sinto assim, e nós poderemos viver em Plumfield perfeitamente bem se conseguirmos montar uma escola que prospere. É um lugar perfeito para meninos; a casa é grande, e os móveis são fortes e simples. Há muito espaço para dezenas de pessoas lá dentro e áreas externas esplêndidas. Eles poderiam ajudar com o jardim e o pomar. É um trabalho saudável, não é mesmo, senhor? Então, Fritz poderá treinar e ensinar à sua maneira; e o papai poderá ajudá-lo. Posso alimentar, cuidar, mimar e educá-los; mamãe me daria apoio. Sempre quis muitos meninos, nunca tive o suficiente, agora poderei encher a casa e divertir-me com crianças queridas. Pense no luxo... Plumfield só minha e um bando de meninos para aproveitá-la comigo.

Enquanto Jo falava e acenava com as mãos e suspirava em êxtase, a família parecia estar se divertindo muito; o senhor Laurence riu tanto que pensaram que ele fosse ter um ataque apoplético.

— Eu não vejo nada de engraçado — disse ela séria, quando conseguiu ser ouvida. — Nada poderia ser mais natural e adequado do que eu e meu professor abrirmos uma escola e morarmos em nossa propriedade.

— Ela já está se apossando de ares de nobreza — disse Laurie, que considerava a ideia uma grande piada. — Será que posso perguntar como você pretende financiar o estabelecimento? Se todos os alunos forem pequenos diabretes, temo que sua colheita não será muito lucrativa em um sentido mais materialista, senhora Bhaer.

— Ora, não seja um desmancha-prazeres, Teddy. Claro que também terei alunos ricos; talvez eu comece somente com eles. Então, quando tivermos um bom capital, poderei aceitar um diabrete ou dois, apenas por prazer. As crianças ricas costumam precisar de cuidados e conforto tanto quanto as pobres. Eu tenho visto pequenas criaturas infelizes abandonadas aos cuidados dos empregados, ou atrasadas, que são empurradas adiante, uma verdadeira crueldade. Algumas são impertinentes por não serem bem-criadas ou por serem negligenciadas; outras, por terem perdido suas mães. Além disso, mesmo as melhores crianças precisam passar pela adolescência, momento em que mais precisam de paciência e bondade. As pessoas riem delas e as empurram, tentando mantê-las distantes, e esperam que todas se passem de crianças bonitas a bons jovens de uma só vez. Ainda que não reclamem muito, essas almas cheias de coragem, elas sentem tudo. Passei por algo parecido, e sei muito sobre o assunto. Tenho um interesse especial por jovens ursos e bichos do mato, e gostaria de lhes mostrar que consigo enxergar os corações afáveis e honestos dos meninos bem-intencionados, apesar de seus braços e pés desajeitados e cabelos desgrenhados. Além disso, eu tenho bastante experiência; pois não é verdade que criei um menino que hoje é o orgulho e a honra de sua família?

— Em minha defesa, direi que você tentou criar — disse Laurie com um olhar de gratidão.

— E obtive um êxito que ultrapassou todas as minhas esperanças, pois aqui está você, um homem de negócios sensato e decidido, fazendo o bem com o seu dinheiro, levando bênçãos aos pobres, em vez de apenas guardar seus dólares. Além disso, você não é somente um homem de negócios, você também aprecia as coisas boas e bonitas, as aproveita e as divide com os outros, como fazia nos velhos tempos. Tenho orgulho de você, Teddy, porque está melhor a cada ano; e todos percebem isso, embora você nunca os deixe declarar. Sim, e quando eu tiver o meu rebanho, só vou apontar para você e dizer a eles: "Eis o modelo de vocês, meus rapazes!".

O pobre Laurie não sabia nem para onde olhar, pois, embora já fosse um homem, foi tomado por algo de sua antiga timidez quando essa explosão de louvor fez com que todos os rostos se voltassem com aprovação para ele.

— Não exagere, Jo, isso é um pouco demais — ele começou, com seu velho jeito de menino. — Todos vocês fizeram mais por mim do que eu jamais poderei agradecer, então tenho de fazer o melhor para não os desapontar. Nos últimos tempos, fui abandonado por você, Jo, e, mesmo assim, tenho obtido a melhor ajuda de todas. Então, se hoje eu estou bem, você pode agradecer a estes dois por isso. — E ele colocou suavemente uma mão na cabeça de seu avô e a outra nos cabelos dourados de Amy, pois os três nem sempre estavam juntos.

— Acho que as famílias são as coisas mais bonitas do mundo! — irrompeu Jo, que estava em um estado de espírito incrivelmente elevado nesse momento. — Quando eu tiver minha própria família, espero ser tão feliz quanto as três que mais conheço e amo. Se John e meu Fritz estivessem aqui, nossa reunião seria como um pequeno paraíso na Terra — acrescentou com mais calma.

Naquela noite, quando Jo se retirou para o seu quarto, depois de uma noite feliz de conselhos familiares, esperanças e planos, seu coração estava tão repleto de felicidade que ela só conseguiu acalmá-lo ao ajoelhar-se ao lado da cama sempre vazia perto dela e permitir-se pensar com ternura em Beth.

Foi um ano muito surpreendente, pois as coisas pareciam acontecer de uma forma extraordinariamente rápida e fascinante. Pouco antes de se dar conta, Jo se viu casada e vivendo em Plumfield. Em seguida, uma família de seis ou sete meninos surgiu como cogumelos e floresceu de modo inesperado; meninos pobres, assim como os ricos, pois o senhor Laurence sempre encontrava algum caso tocante de privação e implorava que os Bhaers se apiedassem da criança; e ele, por sua vez, pagava de bom grado alguma ninharia para ajudar. Dessa forma, o velho cavalheiro astuto conseguia driblar o orgulho de Jo e entregar aos seus cuidados o tipo de menino que mais a encantava.

Claro que, no início, foi um trabalho difícil, e Jo cometeu alguns equívocos; o sábio professor, no entanto, a guiou com segurança até águas mais calmas, e, no final, ele conseguia conquistar até mesmo o diabrete mais descontrolado. Ah, como Jo amava seu "bando de garotos"... E como a pobre e querida tia March teria lamentado se estivesse ali para ver os recintos sagrados da puritana e bem organizada Plumfield invadida por Toms, Dicks e Harrys! Havia uma espécie de justiça poética em tudo isso; afinal, a velha senhora havia sido o terror dos meninos por quilômetros ao redor de sua propriedade, e agora os exilados banqueteavam-se livremente com ameixas proibidas, chutavam o cascalho com botas profanas sem sofrer qualquer tipo de reprovação e jogavam críquete no grande campo onde a irascível "vaca de chifre espiralado" costumava ser um convite para se aproximarem e serem chifrados. A casa tornou-se uma espécie de paraíso dos meninos, e Laurie sugeriu que deveria ser chamada de "Bhaer-garten",[147] como um elogio ao seu mestre e apropriada a seus habitantes.

Nunca foi uma escola da moda, e o professor não fez fortuna; era exatamente o que Jo pretendia que fosse... Um lugar feliz e acolhedor para meninos que precisavam de ensino, cuidados e bondade. Todos os quartos da grande casa logo se encheram. Cada pedaço do jardim passou a ter um dono. O celeiro e o galpão começaram a ter uma boa coleção de animais, pois eram permitidos animais de estimação. E, três vezes por dia, às refeições, Jo sorria para o seu Fritz da cabeceira de uma longa mesa alinhada e, em cada lado, para as fileiras de rostos jovens, que olhavam para ela com olhos afetuosos, palavras confidentes e corações agradecidos, cheios de amor pela "mamãe Bhaer". Agora, ela tinha muitos meninos e não se cansava deles, embora não fossem anjos, de

---

147. Em alemão, *kindergarten* significa jardim de infância, mas Laurie brinca com o nome do senhor Bhaer e chama o local de "Jardim de Bhaer"; brinca também com o sobrenome que soa como a palavra inglesa *bear* (urso), que é como Jo se refere a suas crianças em um momento, por serem selvagens, como se fossem bichos do mato. (N.T.)

forma alguma, e alguns deles causassem muita ansiedade e dessem trabalho ao professor e à professora. Entretanto, a fé na existência de um lugarzinho bom no coração de seus diabretes, mesmo no dos mais travessos e dos mais agressivos, deu-lhe paciência, habilidade e, com o tempo, êxito, porque nenhum menino mortal era capaz de resistir por muito tempo à luminosidade benevolente do papai Bhaer nem aos mil perdões da mamãe Bhaer. Para Jo, era muito preciosa a amizade dos rapazes, os choros e sussurros penitentes depois de fazerem algo errado, suas confidências engraçadas ou tocantes, seus entusiasmos encantadores, os planos e as esperanças e até mesmo os infortúnios, porque tudo isso só os tornava mais queridos ainda para ela. Havia meninos atrasados e meninos tímidos, meninos fracos e meninos arruaceiros, meninos de língua presa e meninos gagos, um ou dois coxos, e um mestiço bastante alegre, que, apesar de não ter sido aceito em nenhum outro lugar, foi acolhido no "Bhaer-garten", ainda que algumas pessoas dissessem que sua admissão arruinaria a escola.

Sim, Jo era uma mulher muito feliz lá, apesar do trabalho árduo, de muita ansiedade e da algazarra perpétua. Ela gostava muito de sua escola e achava os aplausos de seus meninos mais satisfatórios do que qualquer elogio do mundo, porque agora ela não contava mais histórias, exceto para seu rebanho de seguidores e admiradores entusiasmados. Com o passar dos anos, ela deu à luz dois meninos que vieram aumentar sua felicidade — Rob, em homenagem ao avô, e Teddy, um bebê despreocupado que parecia ter herdado o temperamento otimista bem como o espírito animado de sua mãe. Como conseguiam sobreviver naquele turbilhão de meninos, era um mistério para sua avó e as tias, mas eles floresceram como dentes-de-leão na primavera, e seus cuidadores desordeiros os amavam e os serviam com benevolência.

Houve muitos dias festivos em Plumfield, e um dos mais deliciosos foi o da colheita anual de maçãs, pois nesse dia todos vieram festejar: os Marchs, os Laurences, os Brookes e os Bhaers. Cinco anos depois do casamento de Jo, um desses festivais frutíferos ocorreu num dia tranquilo de outubro em que o ar estava pleno de um frescor cativante que elevava o espírito e fazia o sangue querer dançar de um modo revigorante pelas veias. O velho pomar vestia seu traje de festa. Varas-de-ouro e ásteres adornavam os muros cobertos de musgo. Gafanhotos saltitavam rapidamente na grama seca, e grilos soavam como flautistas encantados em um banquete. Os esquilos estavam ocupados com a própria colheita. No corredor de amieiros, os pássaros cantavam em despedida, e todas as árvores estavam prontas para, ao primeiro chacoalho, iniciar uma chuva de maçãs verdes e amarelas. Todos estavam lá. Todo mundo ria e cantava; subiam nas árvores e caíam. Afirmaram que nunca houve um dia tão perfeito ou um grupo de pessoas tão alegres para apreciá-lo, e eles se entregaram aos prazeres simples daquele momento de uma forma tão livre como se, no mundo, não existissem preocupação nem tristeza.

O senhor March caminhava sem rumo e com tranquilidade, citando Tusser, Cowley e Columella[148] para o senhor Laurence, enquanto desfrutavam...

O suco suave da maçã.

O professor marchava para cima e para baixo entre os corredores verdes como um corpulento cavaleiro teutônico, usando uma vara como lança e liderando os meninos, que montaram sua própria companhia de salvação realizando maravilhas acrobáticas. Laurie dedicava-se aos pequeninos; levou sua filha para passear em uma cesta, carregou Daisy para ver os ninhos de passarinhos nas árvores e evitou que o aventureiro Rob quebrasse o pescoço. A senhora March e Meg ficaram sentadas por um bom tempo entre as pilhas de maçã como duas Pomonas,[149] escolhendo as contribuições que não paravam de chegar, enquanto Amy, com uma linda expressão maternal em seu semblante, desenhava os vários grupos e vigiava um rapaz abatido que, sentado com sua muleta ao lado, a apreciava.

Nesse dia, Jo sentiu-se em seu próprio elemento — ela corria com seu vestido preso em cima, um chapéu meio fora de lugar e seu bebê embaixo do braço, pronta para qualquer aventura animada que pudesse surgir. O pequeno Teddy tinha uma vida encantada, pois nada de mal acontecia a ele, e Jo não ficava inquieta quando ele era levado para o alto de uma árvore por um rapaz, ou quando galopava nas costas de outro ou recebia maçãs intragáveis de seu pai indulgente, que tinha a ilusão germânica de que os bebês eram capazes de digerir qualquer coisa, desde repolho em conserva até botões, unhas e seus próprios sapatinhos. Ela sabia que o pequeno Ted voltaria a aparecer em algum momento, seguro e rosado, sujo e sereno, e ela sempre o recebia de volta de forma calorosa, pois Jo amava seus filhos com ternura.

Às quatro horas da tarde, todos pararam, e as cestas permaneceram vazias enquanto os colhedores de maçã descansavam e comparavam cortes e contusões. Então Jo e Meg, com um destacamento de meninos mais velhos, prepararam uma ceia no gramado, pois o chá na área externa era sempre a alegria culminante do dia. A terra literalmente fluía com leite e mel nessas ocasiões,

---

148. Thomas Tusser (1524-1580), poeta e agricultor inglês; Abraham Cowley (1618-1667), poeta e ensaísta inglês, escreveu o ensaio *Of agriculture* (*Da agricultura*); e Columella, alcunha de Lúcio Júnio Moderato (4 d.C.-?), escritor romano conhecido por seus tratados sobre agricultura. (N.T.)
149. Pomona é a deusa romana dos pomares (N.T.)

porque os rapazes não eram obrigados a sentar-se à mesa e podiam tomar quantos refrescos quisessem — a liberdade é o tempero mais amado pela alma dos meninos. Eles aproveitaram esse raro privilégio em toda a sua plenitude: alguns experimentaram o prazer agradável de beber leite com as pernas para o ar, outros deram um certo charme à brincadeira de pula-carniça, comendo torta nas pausas entre os jogos; biscoitos eram semeados pelo campo, e os restos de maçã eram empoleirados nas árvores como se fossem um novo tipo de pássaro. As meninas pequenas tomaram seu chá em uma festa privada, e Ted caminhava à vontade entre os itens comestíveis.

Quando ninguém aguentava mais comer, o professor propôs o primeiro brinde habitual, sempre feito nessas ocasiões:

— Que Deus abençoe a tia March! — Um brinde feito de coração pelo bom homem, que nunca se esquecia do quanto devia a ela e, silenciosamente, bebia ao lado dos meninos, que haviam aprendido a manter sempre viva a memória dela.

— Agora, ao sexagésimo aniversário da vovó! Vida longa para ela, com três vivas!

Todos gritaram "Viva!" com muita vontade, como seria de esperar, e os aplausos, após terem começado, não paravam mais. Foram propostos brindes à saúde de todos; desde à saúde do senhor Laurence, que era considerado um patrono especial, até à do atônito porquinho-da-índia, que estava perdido, procurando seu dono. Em seguida, Demi, o neto mais velho, entregou à rainha do dia diversos presentes — foram tantos que precisaram ser levados até o local da festa em um carrinho de mão. Alguns presentes eram divertidos; porém, o que para outros olhos seriam considerados defeitos eram ornamentos aos olhos da avó, pois os presentes das crianças tinham sido feitos por elas mesmas. Para a senhora March, cada um dos pontinhos que os dedos pacientes de Daisy havia feito nos lenços embainhados por ela valia mais do que quaisquer outros bordados. A milagrosa habilidade mecânica de Demi, embora a tampa não fechasse, o banquinho de Rob, bambo, por ter pernas irregulares, mas que vovó considerou com carinho, e nenhuma página do livro caro que a filha de Amy lhe deu era tão linda quanto aquela em que, em letras maiúsculas retorcidas, estava escrito "Para a querida vovó, da sua pequena Beth".

Durante a cerimônia, os meninos desapareceram misteriosamente; a senhora March tentava agradecer emocionada às crianças, e Teddy enxugava os olhos em seu avental; nesse momento, o professor começou a cantar de repente. Então, acima dele, as vozes começaram a surgir e, de árvore em árvore, ecoava a música do coro invisível, enquanto as crianças cantavam com muita vontade a pequena canção que Jo havia escrito. Laurie fez a música, e o professor treinou seus garotos para que a cantassem com o melhor efeito. Isso foi algo completamente inusitado, e foi um grande êxito, pois a senhora March não conseguia disfarçar a surpresa e insistiu em cumprimentar todos aqueles pássaros sem penas, desde o alto Franz até o pequeno mestiço, cuja voz era a mais doce.

Depois disso, os meninos se dispersaram para poder brincar mais um pouco, deixando a senhora March e suas filhas sob a árvore do *festival*.

— Acho que nunca mais me chamarei de "Jo azarada"; meu maior desejo foi lindamente realizado — disse a senhora Bhaer, tirando o pequeno punho de Teddy do jarro de leite que ele mexia vigorosamente.

— E, ainda assim, sua vida é muito diferente da que você havia imaginado. Você se lembra de nossos castelos no ar? — perguntou Amy sorrindo enquanto observava Laurie e John jogando críquete com os meninos.

— Queridos companheiros! Fico muito feliz em vê-los assim, deixando os negócios de lado e brincando neste dia — respondeu Jo, que agora falava sobre toda a humanidade de forma maternal. — Sim, eu me lembro, mas a vida que eu queria naquela época, hoje, me parece egoísta, solitária e fria. Ainda não abandonei a esperança de escrever um bom livro; no entanto, eu posso esperar, e tenho certeza de que será melhor, pois contarei com experiências e exemplos como estes. — E Jo apontou para a frente, indo dos rapazes animados ao longe até seu pai, que se apoiava no braço do professor enquanto caminhavam para lá e para cá ao sol, aprofundados em uma das conversas que os dois tanto gostavam, e depois para a mãe, sentada, entronizada entre as filhas, com suas crianças no colo e a seus pés, como se todos encontrassem conforto e felicidade naquela face que, para eles, nunca envelhecia.

— Meu castelo no ar foi o que mais se aproximou da realidade. Eu queria coisas esplêndidas, com certeza; porém, em meu coração, eu sabia que me sentiria satisfeita com algo mais simples, com John e crianças queridas como as que eu tenho. Graças a Deus, tenho tudo isso e sou a mulher mais feliz do mundo — disse Meg, colocando a mão na cabeça de seu menino crescido, com uma expressão repleta de afeto e contentamento devotado.

— Meu castelo é muito diferente do que eu planejei, mas eu não o modificaria, muito embora, assim como Jo, eu não tenha abandonado todas as minhas esperanças artísticas nem me limitei a ajudar os outros a realizar seus lindos sonhos. Comecei a esculpir a figura de um bebê, e Laurie diz que é a melhor coisa que já fiz até agora. Eu também acho, e quero fazê-lo em mármore, de modo que, aconteça o que acontecer, eu possa, ao menos, manter a imagem do meu pequeno anjo.

Enquanto Amy falava, uma grande lágrima caiu sobre os cabelos dourados da criança que dormia em seus braços, pois sua filha bem-amada era uma pequena criatura frágil, e o temor de perdê-la lançava uma sombra sobre a alegria esfuziante de Amy. Essa dificuldade, entretanto, nutria muito o pai e a mãe, pois o amor e a tristeza os unia ainda mais profundamente. Amy se tornava cada vez mais doce, mais profunda e mais afetuosa. Laurie, por sua vez, cada vez mais sério, forte e firme; e ambos estavam aprendendo que a beleza, a juventude, a boa sorte, mesmo o amor em si não eram capazes de afastar dos mais abençoados as preocupações e a dor, a perda e a tristeza, porque:

Into each life some rain must fall,
Some days must be dark and sad and dreary.[150]

— Ela está melhorando, tenho certeza disso, minha querida. Não desanime, tenha esperanças, e mantenha-se feliz — disse a senhora March, enquanto Daisy dobrava os joelhos para, afetuosamente, encostar seu rosto rosado na face pálida de sua prima.

— Eu nunca desanimarei, mamãe, enquanto eu tiver você, para me animar, e Laurie, que carrega mais da metade de todo o fardo — respondeu Amy afetuosamente. — Ele nunca me deixa perceber sua inquietude; e é tão doce e paciente comigo, tão dedicado à Beth, e sempre me oferece tanto apoio e conforto que só me faz amá-lo muito mais. Então, apesar dessa minha única cruz, posso dizer o mesmo que Meg. Graças a Deus, sou uma mulher feliz.

— Não há necessidade de eu dizer isso, pois todos podem ver que estou muito mais feliz do que mereço — acrescentou Jo, olhando para seu generoso marido e depois para seus filhos gordinhos, rolando na grama ao lado dela. — Fritz está ficando grisalho e encorpado. Eu estou tão magra quanto uma sombra, e tenho trinta anos. Nunca seremos ricos, e Plumfield pode se incendiar a qualquer noite, pois esse incorrigível Tommy Bangs não para de fumar charutos debaixo dos lençóis e já pôs fogo em si mesmo três vezes. Apesar desses fatos nada românticos, não tenho nada a reclamar, e nunca me diverti tanto em toda a minha vida. Desculpe a observação, mas, vivendo entre meninos, não há como deixar de utilizar suas expressões de vez em quando.

— Sim, Jo, acho que sua colheita será boa — disse a senhora March, espantando um enorme grilo preto que Teddy estava observando e o fazia mudar seu semblante.

---

150. Em inglês, "Em todas as vidas, é preciso que caia alguma chuva / Alguns dias serão negros e melancólicos". Dois últimos versos do poema *The rainy day* (1842), de Henry Wadsworth Longfellow (1807-1882), poeta e educador americano. (N.T.)

— Não tão boa quanto a sua, mamãe. Aqui está ela; e nunca poderemos agradecê-la o bastante por sua paciente semeadura e colheita — exclamou Jo, com aquela impetuosidade amorosa que nunca deixaria de usar.

— Espero que, ano após ano, haja mais trigo que joio — disse Amy com suavidade.

— Um grande maço! Sei que há espaço em seu coração para isso, mamãe querida — acrescentou a voz afetuosa de Meg.

Emocionada, a senhora March só conseguiu estender os braços, como se reunisse em si todos os filhos e netos, e dizer, com o semblante e a voz repletos de amor maternal, gratidão e humildade:

— Ah, minhas meninas, por mais que vocês vivam, nunca poderei lhes desejar uma felicidade maior do que esta!

Este livro foi impresso pela Gráfica Grafilar
em fonte Arno Pro sobre papel Pólen Bold 70 g/m²
para a Via Leitura no inverno de 2022.